红楼梦 俗文艺作品集成

戏曲集（一）　朱恒夫　刘衍青　编订

上海大学出版社
·上海·

序言

詹 丹

《红楼梦》所具的百科全书性,单从其与戏曲结缘论,也洋洋大观。

虽然这种结缘让有些学者产生冲动,很愿意相信《红楼梦》作者是一位戏曲家,也费心费力做了研究,所得出的结论,堪称另一种"荒唐言"。但产生这种冲动的原因,是可以理解的。因为隐含在《红楼梦》小说中,作为情节发展和人物性格塑造一部分的元明清戏曲作品,姑且称之为小说文本外的"副文本",随处可见。据徐扶明等学者统计,《红楼梦》共有40来个章回涉及了当时流行的37种剧目,据此,有人夸张地称《红楼梦》中藏着一部元明清经典戏曲史,也并不令人惊讶。

研究元明清戏曲与《红楼梦》文本的关系,努力挖掘涉及的剧目是怎样滋养着《红楼梦》的创作成就,当然是一种重要的研究路径,而且确实取得了令人瞩目的成绩,丰富了我们对《红楼梦》同时也是对那些戏曲作品乃至当时社会文化的认识。当然这仅仅是一方面。

另一方面,《红楼梦》作为一部传统社会的小说巨著,也构成文化创作的丰富源泉,不断激发后人的创作灵感,延伸出大量戏曲改编作品。而且,不受传统戏曲种类局限,辐射到其他各种类别,在近两百年的历史长河中,持续不断,滚滚而来。

虽然本人的研究兴趣在《红楼梦》小说本身,但偶尔对改编的戏曲乃至影视作品也稍有涉猎,这里略谈几句感想。

其实,小说问世没多久,就有了仲振奎改编的共32出的《红楼梦传奇》。由于需要将《红楼梦》小说的基本内容在32出戏中全部演完,就不得不对小说的许多线索进行归并。比如将原本分处于第一回和第五回的木石前盟的神话传说和太虚幻境的情节进行归并。再比如在情节设计中，交代林黛玉的父母在黛玉进贾府前都已去世，这样林黛玉进贾府后不会再有牵挂，也避免再去探望病重的父亲及奔丧之类横生的枝蔓。又比如戏曲中林黛玉和薛宝钗是一起进贾府的，而在小说中，林黛玉和薛宝钗分别在第三回和第四回进贾府。在读小说的时候，读者可能感到奇怪：为什么对林黛玉进贾府有详细的描写，而对薛宝钗进贾府的情况则几乎没有描述，宝玉和宝钗正式见面的场合又在哪里？戏曲改编大概考虑到读者的心理疑惑，于是就安排了两人恰巧凑在一起进贾府，同时也改去了小说第三回中贾政未见林黛玉的情节，而让这两人见到了家中每一位长辈，等等。虽然从整体看，戏曲对小说文本的改造比较多，但出于演出制约和现场效果的特殊需要等，不得不对纷繁复杂的小说情节线索加以重新梳理，使得小说文本一些细腻之处就不可避免地被抹除，原本较能够凸显人物性格差异的精微之处，也不再彰显。

如何看待戏曲改编和小说文本的差异，是一个饶有趣味的接受学问题，这里举两例来谈。

其一，《红楼梦》小说改编而成戏曲的，影响最大、最深入人心的是越剧《红楼梦》。而越剧《红楼梦》改编之所以成功，一般认为，重要原因之一，是改编者在改编过程中做了一个大胆选择：将《红楼梦》小说中家族衰败的主线基本删除，只抓住了宝黛爱情这条线索。当《红楼梦》被改编成一部凸显爱情主题的作品时，尽管在越剧最后部分也有抄家的情节设计，但主要也是为了烘托宝黛爱情的悲剧性。此外，越剧《红楼梦》对小说一些重要情节的处理变动也很有意思。比如，它将黛玉葬花的情节放在了宝玉挨打之后，而在小说中，黛玉葬花在第二十七回，宝玉挨打在第三十三回，当中还间隔了六七回。这一改动让北大教授、曾经也是红楼梦学会会长的吴组缃非常不满。他认为，小说中，宝玉挨打后，林黛玉前来探望，宝玉让晴雯给林黛玉送去两条旧手帕，林黛玉在其上作《题帕三绝句》，通过这些情节的处理，表明两人此时已彻底理解了对方的心意，不可能再有大误会发生。而越剧在这之后，还把小说之前的一段情节挪过来，即林黛玉误以为贾宝玉吩咐怡红院里的丫鬟不给自己开门，然后心生哀怨，在悲悲戚戚中葬花，这样的变动设计是不合理的，也没有理解宝玉挨打后的一系列事件所蕴含的宝黛已经有了默契的深意。但现在回过头来思考这个问题，我觉得还可以有另一种思路。为什么越剧《红楼梦》要进行这样的情节改动？在我看来，情感的高潮与情节的高潮未必相等。在越剧《红楼梦》中，情感是其表现的主要内容，黛玉葬花则是其高潮，不同于宝玉挨打这一情节的高潮。如果黛玉葬花这一幕出现过早，是不符合越剧《红楼梦》高潮设计的整体布局的。

其二，鲁迅曾为厦大学生改编的《红楼梦》话剧写过一篇小序，这就是著名的《〈绛洞花主〉小引》。其中有一段话，十分经典，即"单是命意，就因读者的眼光而有种种：经学家看见《易》，道学家看见淫，才子看见缠绵，革命家看见排满，流言家看见宫闱秘事"。这虽然是从读者反应角度对《红楼梦》主题的经典概括，其梳理也相当精准。但让人感到疑惑的是，何以在这篇短小的"小引"中，鲁迅会强调这个问题？其实，如果我们阅读了《绛洞花主》剧本，就可以意识到，这出话剧对《红楼梦》作出了很大的改动。它甚至安排了"反抗"这样一出戏，让宁国府的焦大和进租的乌进孝等分享反抗的经验，并设计黑山村、白云屯等村民联合起来，要求贾府减轻租税，显示了一个来自底层的人对上层社会的对抗。而这种对抗性，在小说本文中，是很难发现的。即使鲁迅本人不会这样理解小说（就像他在其他场合论及焦大一样），但话剧的改编，把《红楼梦》定位为社会问题剧，鲁迅还是从读者接受的角度，给出了同情式理解。所以"小引"引入种种不同的眼光，其实，也是给话剧的大胆改编提供了合法依据。这在一定程度上启发我们，所谓改编，其实都是后人站在自身立场，对原作的一次再理解和再创作，从而形成持续不断地与原作的对话。从这一思路看，拘泥于作品本身的改编，改编者宣称的所谓忠实于原作，就可能是迂腐的，也是不现实的。

令人感叹的是，《红楼梦》作为白话小说，在当初正统文人眼里应该就是俗的，但时过境迁，它也有了雅的地位，而使得改编的其他类别的文艺作品，成为一种俗。这种雅和俗的微妙分离、变迁和对峙，也是值得讨论的耐人寻味的现象。

朱恒夫老师是我十分钦佩的国内研究戏曲的名家，不但善于发现新问题并加以解决，也勤于收集整理原始资料。之前，他已经主编并出版了数十卷的《中国傩戏剧本集成》，令人叹为观止，如今他和他的高足刘衍青教授搜罗广泛的《红楼梦俗文艺作品集成》也即将面世，知道我是《红楼梦》爱好者，就嘱我写序。以前翻阅顾炎武《日知录》，说"人之患在好为人序"，使我对写序一事，颇有忌惮，但朱老师所托之事，又不便拒绝，只能硬着头皮，略写几句感想，反正"人之患在好为人师"方面，我几十年教师当下来，已脱不了干系，再加一"患"，有虱多不痒的

3

心理准备。只是一路写来,定有不当处,还请朱老师指正,借此也表达我对朱老师勤勉工作的敬意。

是为序。

2019 年 3 月 15 日

前言

朱恒夫　刘衍青

《红楼梦》自问世之后，不断地衍变，至今天，已经形成了一个形式多样、品种丰富的"红楼梦"文艺作品群。我们可以将它们分成五类，即曹雪芹创作的小说《红楼梦》，根据原典改编、续编的小说、戏剧、曲艺和影视剧。因而研究"红楼梦"的"红学"范围也相应地扩大，亦将它们纳入研究的范围。所以，"红楼梦"不仅仅指原典小说，还包括用多种文艺形式改编的作品，"红学"也不只是研究曹雪芹所创作的《红楼梦》的学问。

客观地说，《红楼梦》的人物与故事能达到几乎是"家喻户晓，人人皆知"的程度，主要得力于由原典改编的作品，尤其是戏曲、说唱和影视剧，所谓"俗文艺"是也。因为，接受原典的思想和艺术，须具备识字较多和文化修养较高这两个条件，否则，即使了解了故事情节的大概，也是囫囵吞枣、似懂非懂的，甚至阅读的兴趣会越来越小，直至束之高阁。而俗文艺的戏曲、说唱和影视剧就不同了，它们将原典《红楼梦》中的故事内容，通过悦耳的音乐、动人的表演、怡人的景象等，让人们直观理解并得到美的享受。与原典相比，更为不同的是，俗文艺的改编者所呈现的作品，往往选取小说中最动人的故事情节、最为人们关注的人物并对原典的内容进行通俗化处理，接受者用不着费心思考，就能明了作品的思想内涵和人物性格。

因原典用精湛高超的艺术手法逼真地描写了复杂的社会生活，表现了能引发许多人共鸣的人生观，故而甫一问世，就受到了读者的欢迎，尤其到了乾隆五十六年(1791)，程伟元、高鹗刊行了一百二十回本后，《红楼梦》迅速传播，到了士人争相阅读的地步。为了让更多的人接受，一些文人与艺人将其改编成戏曲或说唱作品。据现存资料看，程高本问世的第二年，仲振奎就写出了第一出红楼戏,名曰《葬花》。说唱可能略晚于戏曲,据范锴《汉口丛谈(卷五)》记载,1808年,汉口的民间艺人开始说唱《黛玉葬花》。随着文明戏的出现,1913年,春柳社等话剧社团开始改编并演出《红楼梦》。最早的电影《红楼梦》问世于1927年,为上海复旦影片公司和孔雀影片公司分别摄制的《红楼梦》无声片;1944年,中华电影联合有限股份公司摄制了第一部《红楼梦》有声片,由卜万苍执导,周璇饰演林黛玉,袁美云饰演贾宝玉。因电视剧这一文艺样式晚出,故而电视剧《红楼梦》直到1987年才出现。但由于电视剧的传播方式不同于戏曲、说唱和电影,它真正达到了让《红楼梦》的故事与人物家喻户晓、人人皆知的普及程度。

　　将原典小说改编成俗文艺作品的人,除了文人外,还有艺人。文人改编者,其动机多是因为由衷地热爱原典小说,欲让更多的人分享其精彩的故事、发人深思的思想和栩栩如生的人物形象,如仲振奎读了《红楼梦》后,"哀宝玉之痴心,伤黛玉、晴雯之薄命,恶宝钗、袭人之阴险,而喜其书之缠绵悱恻,有手挥目送之妙也",于是他用40天的时间,编成传奇。万荣恩作《潇湘怨传奇》也是出于这样的心地,在购得《红楼梦》后,"披卷览之,喜其起止顿挫,节奏天成,末节再三,流连太息者久焉。因不揣愚陋,谱作传奇"。艺人改编者,则多是受艺术市场引导,样式以说唱为主。他们在改编时,很少像文人那样借他人之酒杯以浇自己心中之块垒,而是力求吻合大多数接受者审美之趣味。

　　如果说原典《红楼梦》是定型的、不变的话,那么,俗文艺红楼梦则不仅运用新出现的文艺样式,如话剧、电影、电视、歌剧、舞剧、音乐剧,等等,就每一种样式的内容来说,也在不断地变化。仅以戏曲为例,从时间上来说,自1792年仲振奎的传奇《葬花》诞生始,清代相继创编了20部红楼梦传奇、杂剧,今存的就有仲振奎《红楼梦传奇》、孔昭虔《葬花》、万荣恩《潇湘怨传奇》、吴镐《红楼梦散套》、吴兰徵《绛蘅秋》、石韫玉《红楼梦传奇》、朱凤森《红楼梦传奇》、许鸿磐《三钗梦北曲》、陈钟麟《红楼梦传奇》、周宜《红楼佳话》、褚龙祥《红楼梦填词》,等等。民国年间,京剧名角纷纷与文人合作编创新戏,齐如山与梅兰芳,欧阳予倩与杨尘因、张冥飞、冯叔鸾、陈墨香与荀慧生等,刘豁公与金碧艳等,编创了大量的京剧红楼戏。除京剧外,各地方剧种中的名旦也纷纷编演红楼戏,经过长时间的舞台实践,有许多剧目成了粤剧、闽剧、秦腔、越剧、评剧等剧种的骨子戏。新中国成立后,戏曲红楼梦的编演掀起了一波又一波的高潮,仅越剧就有弘英《红楼梦》(1953年)、夏昉《红楼梦》(1953年)、包玉珪《红楼梦》(1954年)、洪隆《红楼梦》(1956

年)、王绍舜《晴雯之死》(1954年)、冯允庄《宝玉与黛玉》(1955年)、张智等《晴雯》(1956年)、徐进《红楼梦》(1958年)、胡小孩《大观园》(1983)、吴兆芬《晴雯别宝玉》《宝玉夜祭》《元春省亲》《白雪红梅》《晴雯补裘》(20世纪80—90年代)等等。除了徐进的越剧《红楼梦》影响较大之外,受观众欢迎的还有吴白匋等改编的锡剧《红楼梦》,徐玉诺、许寄秋等改编的河南曲剧《红楼梦》,王昆仑等改编的昆剧《晴雯》,赵循伯改编的川剧高腔《晴雯传》,徐棻改编的川剧高腔《王熙凤》,陈西汀改编的京剧《尤三姐》,等等。其他剧种如粤剧、评剧、潮剧、湘剧、吉剧、龙江剧、黄梅戏、秦腔等,亦编演了许多红楼戏。

总之,两百多年来,俗文艺红楼梦作品因不断地涌现,已经形成了一个改编、衍变原典小说内容的品种较多、数量庞大的作品群。

对于这些俗文艺红楼梦作品,学人从它们出现时就关注着。早期的红楼梦戏曲研究,多是作者的亲友以对剧本的题咏、序、跋等形式介绍其创作的背景、动机,并对作品进行评论,如许兆桂对吴兰徵《绛蘅秋》评曰:"观其寓意写生,笔力之所到,直有牢笼百态之度,卓越一世之规。虽游戏之作,亦必有一种幽娴澹远之致,溢乎行间,不少留脂粉香奁气。"民国时期,学人对红楼俗文艺作品,开始以专文的形式发表研究成果,如含凉的《红楼梦与旗人》、哀梨的《红楼梦戏》、赵景深的《大鼓研究》、李家瑞的《北平俗曲略》、方君逸研究话剧的论文《关于〈红楼梦〉的改编——〈红楼梦〉剧本序》等。新中国成立后,因政治的与文艺的原因,"红楼梦"受到了前所未有的关注,"红学"自20世纪50年代到20世纪末,不断掀起热潮,学人除了对原典做深入探讨之外,还对红楼梦俗文艺作品进行全面的研究,其成果之一就是汇编俗文艺作品或包括俗文艺作品在内的资料集,如一粟编的《红楼梦资料汇编》(全二册,中华书局1964年版),阿英编的《红楼梦戏曲集》(上、下册,中华书局1978年版),胡文彬编的《红楼梦子弟书》(春风文艺出版社1983年版)、《红楼梦说唱集》(春风文艺出版社1985年版),天津市曲艺团编的《红楼梦曲艺集》(春风文艺出版社1985年版),台湾"中央研究院"历史语言研究所俗文学丛刊编辑小组编的《福州评话红楼梦》(上、下集,新文丰出版股份有限公司2001年版),刘操南编的《红楼梦弹词开篇集》(学苑出版社2003年版),等等。

然而迄今为止,学界还没有将大部分在历史上产生过一定影响的红楼梦俗文艺作品结集汇编,这无疑是一个缺憾。因为俗文艺作品能够为现在及未来对原典小说《红楼梦》的改编提供经验与教训，能够由它们了解到不同时期的人们对《红楼梦》的审美趣味，能够由它们探讨《红楼梦》的传播范围和深度，也能够由它们而了解到"红学"理论对红楼梦俗文艺作品的影响程度，从而对"红学"发展史有全面而较为正确的认识。

鉴于这样的认识，我们便做了这项工作。之所以称之为"集成"，是因为一定还有遗漏的作品。本集成中，我们仅收录了俗文艺红楼梦的戏曲、说唱与话剧的剧本，而没有收录也属于俗文艺的电影与电视剧的剧本，之所以这样，主要出于这两种文艺样式剧本在其艺术形态中所占的成分不大的考虑。

本集成比起同类的书籍，有两个特点：一是作品较全。民国之前的传奇、杂剧剧本和民国以来的话剧剧本基本上搜集齐全，晚清以来诸剧种的红楼戏剧目和诸曲种的红楼说唱曲目，搜集并刊载了杂剧、传奇、京剧、桂剧、粤剧、秦腔、评剧、越剧、川剧、潮剧、吉剧、龙江剧、曲剧、锡剧、黄梅戏等十多个剧种和子弟书、弹词、广东木鱼书、南音、福州评话、弹词开篇、滩簧、高邮锣鼓书、梅花大鼓、西河大鼓、东北大鼓、京韵大鼓、南阳大调曲子、河南坠子、岔曲、单弦、兰州鼓子、马头调、岭儿调、扬州清曲、四川清音、四川竹琴、长沙弹词、粤曲、山东琴书、相声等二十多个曲种的剧本。当然，由于中国的剧种、曲种实在太多，每个剧种和曲种又有很多的班社，想搞清楚在两个多世纪的时间内有哪些剧种、曲种和有哪些班社编演过红楼戏和红楼曲目，是十分困难的，所以我们也只能说已经尽了自己最大的努力，不敢称"完美"，如果以后发现新的俗文艺作品，再作补遗。二是忠实于原著。为了反映作品原貌，我们尽可能采用最早的版本，如仲振奎的传奇《红楼梦》，用的是嘉庆四年(1799)绿云红雨山房刊本；南音《红楼梦》，则用的是清末广州市太平新街以文堂机器版刻印本。

原典小说《红楼梦》是中国文学的代表作，是中国古典小说的巅峰之作，在艺术审美、历史认知和人生启迪的作用上，古今的任何文艺作品都难以望其项背。文艺创作界为了传承这一宝贵的文化遗产，也为了让当代的人更容易接受它，会持续地对它进行改编；学术界尤其是"红学"界为了挖掘原典和俗文艺作品所蕴含的思想与艺术价值，也会持续地对它进行研究。因此，我们所编的这部集成，无论是对文艺创作，还是对学术研究，应该说都能发挥点积极的作用。

编 校 说 明

本集成的编校整理,遵循如下原则:

一、收录红楼梦俗文艺作品中的戏曲、说唱、话剧剧本,共分为八个分册:"戏曲集"四册、"说唱集"二册、"话剧集"二册。

二、对于收录的剧本,尽可能采用最早的版本,并标注每部剧本的出处。

三、为了尽可能地展现剧本原貌,除必要的文字订讹外,原则上不逐一考订原剧本的疏误。

四、对未加标点的抄本,按现行标点符号使用规范进行标点;难以辨认的字,用□代替。

传　　奇

红楼梦传奇	仲振奎	3
潇湘怨传奇	万荣恩	75
绛蘅秋	吴兰徵	141
十二钗传奇	朱凤森	215
红楼梦传奇	石韫玉	252
红楼梦传奇	陈钟麟	276
红楼佳话	周　宜	451
红楼梦填词二十四出	褚龙祥	461

杂　　剧

葬花	孔昭虔	551
三钗梦北曲	许鸿磐	553
红楼梦散套	吴　镐	563

传 奇

红楼梦传奇

仲振奎

原　　情

（末仙装上）

【中吕引子·四园春】情关一座高千丈，问若辈谁能撞？古骨森森非本相。（贴仙装上）赤霞宫里，灵河堤上，又注风流账。

（末）天若有情天亦老，（贴）月如无恨月常圆。（合）有人打破三生梦，高坐清虚第一天。（末）小仙乃放春山遣香洞太虚幻境警幻真人焦仲卿是也。（贴）小仙乃警幻仙姑兰芝夫人是也。（末）夫人，我和你生堕分离劫数，死归忉利天宫，将欢补恨，永偕碧落之缘，去喜忘悲，早醒红尘之梦。上帝因我夫妇识破痴情，命司幻劫，分掌太虚幻境两天之事。夫人主离恨天，小仙主补恨天，专管世间一切情男情女，离合生死，统领各司，稽查册籍。痴多者岂必圆成，疏极者或翻团聚。合者可离，离者可合；生者可死，死者可生。万变不常，一情所引。凡此因果，皆我太虚天中主之。（贴）相公，我想情场如斯颠倒，那些痴儿骏女，尚尔沉溺于中，真堪一哂也！（末）便是：

【过曲·泣颜回】辛苦是情场，一片情天罗网。恩男爱女，难逃情劫悲惘；怜生痛死，纵仙缘也堕非非想。算通身泪点流完，空遗恨神人霄壤。（贴）

【前腔·换头】春窗刻凤暗虚房，隔断那九地三天音响。我想若能不合，哪得有离，若能不生，哪得有死？无边魔障，都因爱心迷惘。金刀破枣，仗天恩别注回生榜。唤香魂重到人间，偿不尽生前悲映。

（末）那一宗还泪公案，神瑛、绛珠、芙蓉仙子和一班欢喜冤家俱经下世，合是夫人主持离恨，也该打点布散相思了。（贴）妾怜绛珠魔劫甚重，意欲招彼神瑛，

3

梦游幻境,谱成歌曲,指点迷途,庶能不着情魔,免堕无量苦海。相公意下如何?(末)夫人言之有理。

【千秋岁】但忘情定免牛头旁,也省却恩报愁偿。提醒痴人,提醒痴人,怎不把你个仙姬全仗?那绛珠得免劫难,转可速就良缘,我也得少一番运用。只是凤孽已深,恐难唤转。况且芙蓉仙子与神瑛并无身缘?今生泪,前生账,心缘重,身缘妄。便做醍醐非枉,怕佳人命蹇容易催伤。

(贴)如今先召神瑛,随机指点,若还不醒,然后以练容金鱼赐与绛珠,则他日回生便易为力矣。

【越恁好】真身不坏,真身不坏,此金鱼补恨方。那芙蓉仙子呵!芙蓉杨柳,早注定同根长。意孜孜,恨茫茫,意孜孜,恨茫茫,袅亭亭两灵儿重现高唐。为妒雨惊风,到来生尚兀自无限苦伤。香鸾侍,翠凤双,冤结都休讲。好笑绛珠聪明一世,未免懵懂一时矣。求仙至愿,翻被仙降。

(各笑介。末)史真人应为夫人弟子,会当以真诀相传。(贴)且待了彼尘缘,再为指授。(合)

【红绣鞋】她是侯门薄命孤孀,孤孀。做大罗天上仙娘,仙娘。抛绣袷,改云妆,葱种绮,菜栽琅,看骑鸾参拜西王、西王。

【尾声】生生死死情无恙,一曲红楼好梦香。(末)夫人,你且去唤取神瑛来上方。

林颦卿死补还泪缘,柳晴雯生泄搜园痛。
贾宝玉离堕野狐禅,史湘云合勘红楼梦。

(同下)

前　　梦

(生金冠箭蟒上)

【正宫引子·喜迁莺】奇情天与,又赋就玲珑一寸心珠。借月为家,将花作枕,年少正好欢娱。频送懒,文章无用;真快乐,缘分何如?问此生恁风流,莫认寻常纨袴。

[清平乐]凌霄奇气,别具云霞志,命酒看花闲一世,才是人生乐事。功名水

上浮沤，荣华草露空留。常傍玉闺春暖，也应抵得封侯。小生姓贾名宝玉，金陵人也。先祖代善，以功封荣国公，中年下世。祖母史太君在堂。父亲讳政，现任工部员外。母亲王氏，诰封宜人。小生生时，口中衔下一块五彩晶莹之玉，因取名宝玉。丰仪绝世，灵悟非常，因为祖母爱怜，与姊妹一同娇养。我想女儿是水做的骨肉，男人是泥做的骨肉，我但见了女儿，便觉神气清爽，见了男子，便觉臭浊逼人。以此终日闺中，未尝轻出户外。脂香粉泽，闻之则心骨皆仙；玉软花酣，见之则神魂若醉。祖母又与一侍儿，名唤袭人，温柔可爱，朝夕相依。煮酒裁诗，自谓无惭风月。争奈父亲定要小生读书，为求取功名之计，只得闷守书斋，可也了无生趣。其实，文章不过禄蠹之津梁，贤传圣经何劳敷衍？勋业亦属名虫之作用，皋夔益赞岂读诗书？总不如活泼心胸，陶写性灵为妙。正是但愿一生花里活，何须百卷案头排。

【过曲·玉芙蓉】流光过隙驹，垂白欢无补，算香天翠海，此生堪度。甚蟾宫折桂云梯步，待鸾纸裁花锦句书。可笑这班女子也撇不去功名二字，常常苦劝小生，也觉太不知心了。红闺住，怎得个同心伴侣，绝没些俗人心孔，常此对清虚。痴坐半日，身子乏了，不免隐几一回。嫩寒锁梦因春晓，乱絮吹云觉昼长。（睡介。贴仙装上）春梦随云散，飞花逐水流，寄言众儿女，何必觅闲愁。小仙兰芝夫人，来领宝玉魂游太虚，将《红楼梦》新曲，令美人歌唱，使彼听闻，化其痴心，早入佳境，庶免历劫之苦。来此已是，宝玉醒来！（生起介）呀！这却是何处也？你看朱阑玉砌，绿树清溪，人迹罕逢，纤尘不到，真好清凉地面呢。且住！那边有位仙姑，待我问她一问。（揖介）神仙姐姐，这是什么地方所在？（贴）此乃离恨天上，灌愁海中，放春山，遣香洞，太虚幻境。吾即警幻仙姑是也，司人间之风情月债，掌尘世之女怨男痴。今日与尔相逢，亦非偶然，可便随我一游。（生喜介）这可妙极了！（行介）

【前腔】轻云满袂裾，拂面吹灵雨，太虚幻境，见金书翠榜，半天呈露。假作真时真亦假，无为有处有还无。（想介）这对句好奇也。为甚么将真作假偏多误，还只待有处如无总是虚？痴情司、结怨司、朝啼司、莫哭司、春感司、秋悲司、薄命司，呀！你看两傍配殿，各署司名，不知里面是些什么？吓！神仙姐姐，小生要到各司中随喜随喜呢。（贴）此各司中，贮着普天下过去未来女子册籍，尔凡眼尘躯，未便先知就里。（生）神仙姐姐，小生哪里就能知道，略容我去去罢。（贴）也罢，便在薄命司中走走罢。（案上设册籍，生入看介）金陵十二钗正册，金陵十二钗副册,金陵十二钗又副册。且住。小生家本金陵,莫非我家女子,都在这上面?待我取来一看。霁月难逢,彩云易散,这却是谁?堪羡优伶有福,却与公子无缘。这又是谁?待我且看正册。玉带林中挂,金簪雪里埋。越发奇了。后面又有这许多画儿,好难解也?缘何故,这谜儿难悟;细端详,教我难打闷葫芦。

(贴掩册介)这闷葫芦打他则甚?且和我游玩去来。(生随行介。内奏乐介。生听介。内唱)

【北中吕·粉蝶儿】开辟鸿蒙窍阴阳,害人情重,问谁人风月都空?悼温金,悲冷玉,伤心何用?唤醒愚蒙,仗红楼一场春梦!

(生)是歌得好也呵。神仙姐姐,此曲何名?(贴)此曲名《红楼梦》。(生)《红楼梦》,好吓。(内唱)

【石榴花】一个儿艳晶晶员峤小仙葩,一个儿润生生玉无瑕。若说是无缘偏又遇着他,有缘也假,无处抓拿。甚的是好相知,甚的是好相知,东恩西怨同归罢,生离死别两无回话。若没个补缘人,若没个补缘人,重安了连环靶,都化做阳台一片晚云斜。

(生泪介)怎这样凄楚人呵?(内唱)

【斗鹌鹑】一个儿眼睁睁万事全抛,眼睁睁万事全抛,颤巍巍绫衣换了。又谁知翠娟娟杨柳依人,娇滴滴芙蓉更好。一个儿秋雨团蒲宝树高,早勘破繁华景,雾烟消。只分的伴孤眠佛火宵青,倒博个故双花银灯夜皎。

【上小楼】一个使聪明将身害,一个弄机关生性歪,划地里好梦无多,春色将阑,为着谁来?并头莲原自双开,并头莲原自双开,盲风瞎雨于花何碍?空赢得汗颜难盖。

【寄生草】无心的翻成对,着意的偏堕坑,有恩的都从死里逃身命,有情的心虽如铁终难冷。这的是死生离合皆前定,只一个瑶池侍从不关情,眼看着白茫茫大地真干净。

(生)神仙姐姐,此曲音节甚哀,又无头绪,小生不愿听他,别处随喜去罢。(贴)咳!痴儿尚然未悟。

【朱奴插芙蓉】[朱奴儿]红楼梦仙音甚都,怎唤得你痴儿愚鲁。困顿方才念仙语,怕回首空伤迟算。(叹介)人难度,是生来命途。[玉芙蓉]把相思劫中甘苦耍咀茹。

(生径行介。贴)你看他竟自去了,直恁么唤他不醒也。(生)呀!

【倾杯赏芙蓉】[倾杯序]蓦忽的日暗风凄路径芜,一抹烟和雾。只见这黑水长溪,又没桥梁,倒有那狰狞豺虎,怪鸟鸣呼!(贴)宝玉作速回头!(生)哎呀!神仙姐姐,这是哪里吓?(贴)这是迷津,遥亘千里,其深万丈,无舟可通。你若堕落其中,那便百千万劫了!(生惊介)呀![玉芙蓉]却原来迷津浪涌无舟渡,还只怕直堕其中断送吾。何方去?望仙姑指与。(内金鼓介。贴下。生)哎呀!不好了!水中许多夜叉海鬼来也!神仙姐姐,救我一救!偏偏她又去了!(急走介)唬得俺三魂不守汗如珠!

（夜叉海鬼上,赶生绕场,作拖下水介。众下。生大叫介。丑急上)宝玉!宝玉!怎样了?(生醒介,痴介)好奇梦也!

【尾声】这无端噩梦心惊怖,为甚的黑海迷津陷此躯?(丑)你到底做了什么梦?(生)吓!袭人!且和你归向房栊说太虚。

浅睡偏惊春梦婆,虚堂斜照半窗过。
何由小海风波大,愁听红楼一曲歌。

（带丑下)

别　　兄

(旦素妆上)

【商调引子·绕池游】凄凉独自,命薄真如纸。(泪介)痛双亲而今已矣,兄依妹倚。又扁舟催人离异,做愁天孤云莫飞。冰雪聪明命不犹,恹恹多病又多愁。如何更有分离感,千里关河一叶舟。奴家林黛玉,金陵人也。父亲如海公,官拜两淮盐政。母亲贾氏,诰封夫人。单生奴家一人。嗣兄良玉,系我母乳哺长成,与奴有爱,无异同胞。(泪介)争奈父母相继归西,依傍嗣兄,便在扬州居住。我哥哥欲承先业,奋志读书,一切家事,皆命义仆王元经理,以此事业尚不凋零。只是形影相依,未免孤苦耳。日来外祖母史太君悬念奴家,几次遣人来接,奴家不敢推辞,只得买舟北上。今早已经下船,尚未解缆,且待哥哥到来,和他嘱别一番。(叹介)想奴家姿禀天人,胸罗今古,屯遭至此,其如命何!(泪介)

【过曲·山坡羊】泪潸潸,不能舍的乡地;远迢迢,不能分的兄妹;哭哀哀,不再生的二亲;软怯怯,不中用的愁身体。真命苦,怨天不做美,有颜便似玉,虚生耳,倒不如腹少才华做凡女子。思之,虚飘飘病怎支?含悲,实丕丕苦告谁?我听得母舅家,有个衔玉而生的表兄,唤做宝玉,长奴一岁,只不知怎么样个人儿。

【前腔】少甚么王孙公子,却是他灵胎奇异。打量着生有根基,到红尘游戏、游戏。那人间世,便是奴家呵,恁风姿也,天仙来到此。俺的心儿聪慧,不让灵妃月姊。如今呵,却一处相依。敢灵山旧相识,迟疑,要分明见有时,须知,蓦生人他是谁?

(副净侍儿暗上。小生带末上)

【引子·忆秦娥】销魂地,一番风雨添憔悴,添憔悴,江云燕树,分开同气。

(副净)大爷来了。(旦泪介)哥哥!(小生泪介)贤妹,你抛弃家园,远依舅氏,愁多似絮,身弱如花,使我悬心,切宜珍重。(旦)哥哥,你抱恨终天,卜居异地,勉承堂构,矢志诗书,愿惜良时,无忧远道。(小生)贤妹!

【过曲·金络索】[金梧桐]你腰身柳不支,瘦弱花相似,劳顿舟车,自要扶持,自三餐好顺时。[东瓯令]到京师,双鲤投波莫漫迟,平安庶免兄牵系。今日在姜兄处遇一道长,他有一枚练容金鱼,说是安期岛玉液泉所出,能起死回生,使身形不坏,这话却也无凭。但是此鱼长只四分,浑身金色,投之水中,自然活动。那鳞甲上,且有篆书八字,道是:亦灵亦长,仙寿偕臧。实实是一件异物。我想妹妹必然爱他,特地买来奉送。[针线箱]但取这仙寿偕臧几字儿,[解三醒]言词利,[懒画眉]供你兰闺无事闲嬉戏。[寄生子]跃清波一片天机,权把做忘忧计。

(送旦介。旦)果然奇怪。雪雁,取水来。(副净取水介。旦抱鱼看喜介)多谢哥哥,这真是个宝贝呢。

【前腔】身同粟粒微,浪跋灵鲲势,鳞细于尘,上篆阳冰字。这是乾坤巧弄奇,鼓灵机,棘蒉猕猴不罕希。敢则是金龙幻作须弥芥,谁信道白小多蟠活即师。须珍秘,仙泉玉液谁能至?我想那道人呵,居然到蓬岛安期,多管是神仙辈。

(末)启爷开船了。(小生)开船罢,我送姑娘一程。(末)是。(叩头介)王元叩送姑娘。(旦)起来。老人家,大爷诸事,你须加意照料呢。(末)老奴敢不尽心。(回身介)吩咐开船。(下。内鸣金开船介。旦泪介)

【尾声】伶俜更向他乡寄,(小生)分手前途泪满衣,(合)又知是何月何年重见伊?

晚云流水放扁舟,珍重金鱼作远游。

此去燕台秋正好,二分明月忆扬州。

(同下)

聚　美

（外冠带上）

【黄钟引子·玉女步瑞云】念切君亲,忠孝万分难尽。（老旦上）椒房贵,尤加敬谨。（外）生平严正立朝端,（老旦）为感君恩天地宽。（合）但得公余频舞采,白头人最爱寻欢。（外）下官贾政,字存周。贯本金陵,位居水部。夫人王氏,内助甚贤。所生三子三女,大儿贾珠,不幸天亡,寡媳李氏,抚孤守节。二儿宝玉,衔玉而生,虽在髫年,也还聪慧。争奈诗书懒读,情性乖张,终日在姊妹丛中厮混。只因母亲爱怜,不能严加管束。三儿贾环,庶出之子,阘茸而幼。大女元春,以才人入选,蒙圣恩册为凤藻宫贵妃。三女探春,四女仲春,龆龀未字。下官为渠公次子,家兄贾赦,已袭正节。皇上念先人之功,持颁余荫,是以下官得司今职,拜恩之后,竭蹶不遑。近来又蒙恩旨,许令元妃归省,现在盖造省亲别墅。碌碌事多,一时无人经理,只得将侄媳王氏接来,承管一切家务,且喜才情开展,御下有方,甚得母亲欢心,这也极妙了。今日秋光甚好,特请母亲出堂欢笑一番,夫人,酒筵可会齐备?（老旦）齐备了。（外揖介）奉请母亲上堂。（正旦、副净扶净上。净）

【前腔】大国铭恩,一世荣华过分,垂老日龙钟自哂。孩儿、媳妇,请我出来则甚?（外）今日秋光甚佳,儿媳备有酒筵,请母亲一坐。（净）生受你们。（内奏乐,外、老旦奉酒介。净）你们坐了,叫两个孙媳伺候罢。（外、老旦告坐介。合）

【过曲·画眉序】锦堂人,天寿加筹步安稳,对秋高气爽,同庆长春。（副净、正旦奉酒介）酒怀宽,琼斝芳流;山珍荐,金盘香歆。暮年欢笑精神健,到百岁灵蓍还闰。

（净）那省亲别墅,有几分工程了?（外起介）将次落成。（净）我听得对联匾额,皆系宝玉所题,可还好么?（外）也尽有些小聪明,只是正业上不肯认真料理。（净）孩子家慢慢教导,太逼紧了,倒怕生病,反要旷功呢。（外）是。（净）今日宝玉那里去了?（老旦起介）庙上跪香去了。（净）我说他怎么不来呢?（正旦、副净奉酒介。合）

【前腔】丹桂暗吹芬,筵上风来绣帘引。更酒情踊跃,笑语殷频。（净）林丫头也该来了?(外、老旦)正是。(净)我听得你薛家妹子,带了儿女,也要进京,敢则也该到了。(老旦)也该到了。(净)盼天涯秋水孤舟,排灯下珠环云鬓。(合)暮年欢笑精神健,到百岁灵蓍还闰。

(净)收过了罢。(众)是。(小生上)禀上老太太,林姑娘到了。(净喜介)好好,我正想她,她就来了。(旦上)满袖辞家泪,孤云出岫心。(见介。净抱旦哭介)儿吓!你直恁命苦,怎么你父母通不在了!我也不能见他一面!(旦哭介,众泪介。净)

【滴溜子】青天的、青天的、为何太忍,双亡化、双亡化、无儿堪悯。(旦)女孙伶仃失训,因连次遭人,感深下悃,特放扁舟来见至亲。

(净指外介)这是你舅舅。(旦拜介。外)儿吓!我和你母亲最相友爱,你今到此,便与家中一样,有甚言语,告诉你舅母。(旦)是。(外点头叹介)好个孩子。(净指老旦介)这是你舅母。(旦拜介。老旦携旦背介)儿吓!我嘱咐你,我有个孽根祸胎,是家里的混世魔王,你只不要睬他。(旦)可是衔玉而生的这位表兄么?(老旦)正是。(旦)知道了。(背介)不知怎样个惫懒人儿。(净指正旦介)这是你珠大嫂。(互见介。旦视副净迟疑介。净笑介)你不认得她么?她是我们这里有名的一个泼辣货,叫做凤丫头。(众笑介。老旦)儿吓!这是你琏二嫂。(旦见介)原来是二嫂子。(副净)哎哟呦!我的姑娘!当不起!当不起!(细看介)好标致人物,真是老祖宗的气派,怨不得老祖宗天天心里口里想。(小生上)禀太太,薛府姨太太和姑娘进府。(净)你们去罢。(外、老旦)是。(外)眼看娇女悲同气,(老旦)心系连枝喜再逢。(下。正旦随下。杂旦暗上。净)紫鹃!叫姑娘们来。(杂旦应下。副携旦手介)妹妹清臞,可服什么药?(旦)服养荣丸。(净)我们现配着药,就便给她配些。(副)是。(老旦携小旦上。老旦)自携青鬓客,来拜白头人。老太太!这是媳妇的姨侄女儿薛宝钗,特来拜见老太太的。她娘明早过来请安。(净)替我问姨太太好。(小旦拜介。净扶住介)真好人物呢。(向旦介)你们也见一见,以后总要常在一堆的。(旦、小旦见介。老旦)这是林妹妹。这是你凤姐姐。(小旦、副净见介。副净)宝妹妹,我还没去请姑妈安呢。(小旦)好说。(净)媳妇,我想姨太太既来,也不必外边居住,咱们家梨香院空着,就请到那边住罢。只是窄小些,却可常常来住的。你去告诉你老爷。(老旦)是。宝丫头,你在老太太身边坐坐,我着人来请你。(小旦)是。(老旦下。副净)我也得去照料林姑娘的行李呢。老太太!林妹妹的行李,就铺在里间房里罢。(净)把宝玉挪到前间，林丫头就在后间住罢。（副净）是。几声灵鹊报，一对玉人来。（下。小旦）妹妹也是才到么？（旦）也是才到。

【鲍老催】乍来绣壶，幸珠晖玉泽，邂逅佳人。（小旦）你朣梅雅度仙丰韵，才是真佳丽，冠群芳，羞金粉。（杂旦引贴、正旦垂髻上。净）过来见了薛、林两家姐姐。（各见介。净）这是我两个孙女，她叫探春，她叫仲春，以后你们一处读书、写字、做针线罢。（众）是。（合）今生有缘相亲近，云姿月貌人儿俊，何必向飞元把鲜于问？

（生上）残钟送客寺门净，活火围香房户深。老太太，宝玉回来了。（净）快见了你姐姐妹妹。（生见介。旦惊介）倒像哪里会过来？（生）这妹妹我认得的。（净笑介）又胡说了。你在哪里见过她？（生）见是不会见过，却像是熟识的。姐姐尊名？（小旦）奴家宝钗。（生）妹妹尊名？（旦）奴家黛玉。（生）表字呢？（旦）无字。（生）我送妹妹一字，莫若颦卿最妙。（贴）二哥哥可又杜撰了。什么出典？（生）这出在《古今人物考》。西方有石名黛，可代画眉之墨。这妹妹眉尖若蹙，用这两字岂不恰好？（四望介）可惜喜鸾姐姐、史大妹妹未来，不然，倒是个胜会呢。（内）太太请宝姑娘。（小旦）来了。再来请老太太安罢。（净）好说。三丫头、四丫头陪了过去。（贴、正旦）是。（小旦）画堂辞阿姥，深院过梨香。（下。净）紫鹃，林姑娘带来丫鬟太小，你便伺候林姑娘罢。（杂旦）是，姑娘。（紫鹃叩头。旦）妹妹请起。（净）袭人呢？（丑应上。净）伏侍宝玉去睡罢，我要睡了。（合）

【尾声】绕芳灯，花半褪，听金壶银箭已宵分。（杂旦丑、扶净下。生）妹妹，你认得我，我也认得你。

（合）莫不是大会龙华，和你有旧因。
　　似会相识两惊疑，执手翻嫌见面迟。
　　试剪西窗红蜡烛，不妨谈到月斜时。

（携手下）

合　　锁

（小旦上）

【中吕过曲·驻云飞】小病新瘥，倦倚妆台花半軃。生怕禁寒卧，还怕支寒坐。嗏！闲理绣床罗,刺花描朵。习静空闺,且做清功课。盼咐炉熏莫漫多。

〔菩萨鬘〕红帘深掩香闺悄,梅花昨夜新开了。无力拨炉灰,慵来病乍回。不知愁甚个,草草梳妆坐。云冷暗罘罳,独儿睡醒时。奴家薛宝钗,金陵人也。生书香之后,为豪富之家。最厌繁华,颇耽书史。罕言寡语,人道妆愚。安分随时,自云守拙。父亲早世,老母相依。哥哥薛蟠,性情骄纵,奴家常时相劝,略不回心,这也无可奈何。近因挈眷来京,寄居贾府,姨母甚爱奴家,又得与姐妹们相聚。其中,黛玉姿才,一时无两,尤为契合。此间有位表弟,名唤宝玉,当初系衔玉而生。想奴家幼年,有一疯僧,赠我金锁,说是将来与有玉的是姻缘。因此奴家见他,每每回避。只不知这话可真否?

【前腔】天意如何,慧眼支郎传证果。道他是东床卧,奴是赔钱货。嗏!争说附松萝,玉胎金锁。谁占王昌,没的难猜破。只分人前回避呵!

不免做些针黹则个。(针黹介。生上)

【南吕引子·临江梅】心字香前花一朵,终朝几遍摩挲。乔乔怯怯占娇多,愁也怜他,怨也怜他。我宝玉,自与林妹妹相依,莫说她深谈浅笑,足以摇荡神魂,便做薄怒娇嗔,也觉低迷心魄。又且性情洒脱,绝无名虫禄蠹之谈。自古佳人难得,知己尤不易逢。因此小生一心一意,要和她到老,只不知祖母意下如何?若得一语完成,小生便终身极乐了。今日她往东府看戏未回,小生独坐房中,十分岑寂。前日听得宝姐姐身上欠安,不免去看她一看。

【过曲·绣太平】〔绣带儿〕虽则是心疏意浅,由来本性温和。动人怜,暗里藏娇,不出口俊眼留波。〔醉太平〕犯微疴,只怕花憔月悴人无奈,好趁着暇时相过。纵不比那多情素娥,也须是怨我抛他。来此已是她闺中了。待我掀帘而入。宝姐姐!可大愈了么?(小旦)原来是宝兄弟。我好了,多谢你惦记着。请坐。莺儿倒茶来。(杂旦上)来了。原来是宝二爷。(笑介)二爷,今日甚风儿吹你到此?(生笑介)特来瞧瞧姐姐的病体。(小旦)成日价说你这玉,我究竟不会赏鉴,今日倒要瞧瞧呢。(移身近生介。生摘玉送介。小旦)呀!真是奇呢!你看灿若九霞,润分五色。

【懒针线】〔懒画眉〕晶洁空明九光多,说甚么璞守荆山老卞和,敢则召龙腾虎总无讹。〔针线箱〕是谁人直凿的天根破?不是那泛常珍货。(杂旦)姑娘,这上面还有字呢?(小旦念介)莫失莫忘,仙寿恒昌。(反看介)一除邪祟,二疗冤疾,三知福祸。一边儿绿字夸仙寿,一边儿金书除祟疴。莫失莫忘,仙寿恒昌。

（背介）他和我，这分明成对，不住把八字吟哦。

（与生挂玉介。杂旦）这两句话，倒不和姑娘项圈上的是一对儿么？（生笑介）原来姐姐项圈上也有八个字，我也赏鉴赏鉴。（小旦）你别听她，没有什么字。（生）好姐姐，你怎么瞧我的呢？（小旦）不过是两句吉利话儿，没有什么稀罕。（解衣取锁介）你便瞧去。（旦上）好几日不见宝姐姐。东府回来，瞧瞧她去。（生）不离不弃，芳龄永继。（笑介）姐姐，果然这八个字，和我是一对儿，这也奇吓。（旦）这是宝玉的声音吓。（悄听介。生还锁介）

【醉宜春】[醉太平]因何芳龄几字，对恒昌仙寿，略不争多。（背介）敢兰因絮果，反不是意里娇娥。差讹，除非水尽却飞鹅。不然呵！[宜春令]管成就鸳鸯则个。（杂旦）这是个和尚送的，说要配。（小旦嗔介）你不去倒茶，在此乱说。（杂旦笑下。生偷眼看小旦介）偷眼看，云娇花媚，也非轻可。

好香吓！姐姐熏的什么香？（小旦）我不喜熏香。（生）这香味儿，竟从未闻过呢？（小旦）噢！是了，我今早吃了冷香丸的。（生）什么冷香丸？（小旦）说也琐碎。这方子，是春天白牡丹花蕊十二两，夏天白荷花蕊十二两，秋天白芙蓉花蕊十二两，冬天白梅花蕊十二两，于次年春分日晒干研细，又要雨水的雨十二钱，白露的露十二钱，霜降的霜十二钱，小雪的雪十二钱，才丸得成。（生）可难凑巧。（小旦）不多几年，也竟得了。

【琐窗绣】[琐窗寒]按名花分季搜罗，却共那雪艳霜清雨露和，喷清香到口，所病旋瘥。（生）余芬扇馥，时紫衣里透肌肤，且休夸那百和。（合）[绣衣郎]这非关在名香传呵，这非关在名香传呵！

（旦笑入介）好香吓！（生、小旦笑迎让座介。生）你穿着这衣服，外面下雪了么？（旦）可不下了半日呢。（生）莺儿。（杂旦应上。捧茶送介。生）你叫我的人取斗篷去。（旦笑介）是不是我来了，你就该去罢。（生笑介）不过取了来，哪里就去。（杂旦接杯下，捧酒上）太太说天冷，劳二爷、姑娘来，一杯淡酒搪搪风，不自己陪了，姑娘陪着罢。（生）我正想着吃酒，冷的才好。（小旦）宝兄弟，那本草上道，酒性最热，热饮则散，冷饮则凝，快不要吃冷的。（生）便依着姐姐吃热的罢。（旦笑，视生点头介）

【大节高】[大胜乐]仗芳尊酒热破寒多，这肝肠须似火，热心情休更把坚冰做。[节节高]深承荷，倚仗他，天花唾，从今冷战热馘商量过。（副净提手炉上）姑娘手炉在这里。（旦）谁叫你送来？（副净）紫鹃姐姐叫送来。（旦冷笑介）我冷死了么？也亏你倒听他的话,我的话只当耳边风,他说了就比圣旨还快。我问伊何事偏心大,悄语伊行莫妆痴,闲中世事新看破。

（生微笑背介）

【东瓯莲】［东瓯令］微言刺,俏言词,刻薄书生心太多,但聪明一任花奚落。(小旦背介)这话儿尽夺的随和坐。(冷笑介)却缘何舌底动风波?［金莲子］我闲处试瞧科。(转介)妹妹请酒。且开怀博取醉颜酡。(旦)酒多了,我们也该去了。(生)我们去罢。(旦为生披斗篷介。合)

【尾声】漫天雪似杨花簸,姐姐请罢。(小旦)请。(下。生、旦携手介)双携玉手到香窝。(旦)宝玉,我问你可有暖香?(生)什么暖香?(旦笑介)若无暖香,怎配冷香呢?(生笑介。旦)我还问你,以后可吃冷酒了?(生笑介)妹妹休得取笑。(旦)吓! 我笑你卖尽查梨惯撒科。

暖阁红炉颂酒时,因怜生爱爱生痴。

此中暗有关心处,不遣人知人已知。

（同下。副净提手炉做鬼脸诨下）

私　　计

（丑上）柔情一缕破瓜时,自恨生非绝世姿。要共玉郎偕白首,好将心力自扶持。奴家袭人,自宝玉梦醒红楼,与奴私偕连理,深情密爱,似漆如胶,奴的终身可也不须忧虑了。只是宝玉的正配人儿尚无定准。若论他的意思,却与林姑娘亲密,一房居住,朝夕相依,甚至日间同卧一床,深谈浓笑,夜间挑灯共坐,温语柔言。虽无伉俪之欢,俨有唱随之势,只不知老太太和太太心下何如? 若据奴家看来,林姑娘嘴舌厉害,性气孤高,却不及宝姑娘温柔敦厚,能容下人。奴家既在宝玉身边,不得不虑及于此。怎生使个法儿,教他撇了林姑娘,娶了宝姑娘才好。且慢慢看个机会便了。前因大姑娘奉旨省亲,整整忙乱了半年,盖了一座花园,姑娘赐名大观园。楼亭之外,又起了一座庙宇,叫做栊翠庵,招了女尼,在内焚修。又买了一班苏州女乐,在梨香院承值。上元这夜,姑娘驾临,沸地笙歌,接天灯火,帘飞彩凤,帐舞盘龙,说不尽奢华富贵。娘娘和老太太、老爷、太太说了一回话,又和二爷、姑娘们做了一回诗,然后游园饮宴,赏赐诸人。临起身,叫四姑娘画这园图进呈,又吩咐宝玉和姑娘们进园居住。昨日搬来,我们住了怡红院,林姑娘住了潇湘馆,宝姑娘住了蘅芜院,大奶奶住了稻香村,三姑娘住了秋掩书斋,四姑娘住了蓼风轩。每房中又添了两三名大丫头,五六名小丫头,一时这园中花招绣带,柳拂香鬟,好不风流艳丽。却愁宝玉进了迷城,要生出许多不尴不尬之事,教我怎生照应得来?我们这边添了三个大丫头,那麝月、秋纹也罢了,只有晴雯十分美貌,性情又不随和,宝玉见了,说她模样儿和林姑娘相似,喜的无可奈何。哎呀!天哪!怎么男子家不从一而终,竟自见一个爱一个?尤且我家宝玉,饿眼馋喉,任是什么人,都要纠缠纠缠。我听得他在外边也很闹事。那日在薛大爷家饮酒回来,系着一条红绉汗巾,问起根由,才知和什么琪官儿换了,却将我的一条葱绿汗巾把与他去。奴家说他几句,他倒涎着脸,将红汗巾来赔我,你道这些事儿可还了得?倘若老爷知道,岂不白白要打死了么?奴家想来没去,须是拿个去字哄他,等他情急,苦劝一番,多少是好。今日母兄接奴回去吃年茶,说道要赎奴回去,被奴斩钉截铁,说了一个至死不回。恰好宝玉来到我家,那些光景,料然母兄也都明白,断无赎我的念头了。我却偏要将赎我之事,说与他知道,看他是何情景,再做理会。吓!晴雯妹妹。(贴上)娇羞花解语,宛转玉生香。姐姐回来了。(丑)回来了。二爷呢?(贴)敢是在林姑娘那里?(丑笑介)我听得紫鹃说,怎么二爷抱着林姑娘袖子闻香,你可知道么?(贴)我不知道。本来林姑娘身上那香味儿与人不同,并不是香珠香袋熏衣香的气味,敢则自来的肌肤香呢?(生上)春花新放怡红院,暮鼓遥闻栊翠庵。小生搬进园来,十分快乐。老太太又与了一个侍儿,名唤晴雯,百媚千娇,竟与林妹妹依稀仿佛,但不知她情意如何?且自着意温存她些儿。今日从袭人家来,想起林妹妹替做了《杏帘在望》一诗,大为元妃赏鉴,走去谢她,恰好大嫂子、宝姐姐、三妹妹也在那里,商量要起诗社,大家另取一个雅号,小生便叫怡红公子,林妹妹是潇湘妃子,宝姐姐是蘅芜君,大嫂子是稻香老农,三妹妹是蕉下客,唯有四妹妹画着园图,不来入社,又商量去接史大妹妹,议论了半日。不知此时袭人会否来家?且去看她一看。(笑介)原来你回来了,正要叫人来接你。(丑笑介)不劳二爷费心。(生笑介)姐姐,我问你,你家那穿红的是谁?(丑)是我的姨妹。(生)真好人物,怎么也在我家就好了。(丑)这可休想,明年便出嫁了。(生)咳!可惜!(丑叹介)自从我来这几年,不得和他们一处,如今我要回去了,他们又都去了。(生惊介)怎么你要回去?(丑)今日我妈和哥哥商议要来赎我。(生急介)为什么赎你?(丑)这又奇了,我不比家生女儿,哪里能在这里一世?(生)我不叫你去,你也难去。(丑)也没个长远留下人的道理,我家来赎,正该叫去,只怕连身价还不要呢。(生)依你说,去定了。(丑)可不去定了呢?(生叹介)原来是个薄情无义的人!早知要去,我也不该弄来。(冷笑介)晴雯!你去不去?(贴笑介)我么,撵着也不走呢。(生)好!你还好!(闷睡介。贴下。丑摇生介)起来,怎么就睡了?(推生起介。生拭泪介。丑笑介)这有什么伤心的?你果然留我,我自然不去了。(生)你倒说,我还要怎么样留你?(丑)咱们平日相好自不必说,但则要安心留我,须依我三件事。(生)莫说三件,三百件我也依。只要你守着我,等我飞了灰,化了烟,那时你顾不得我,我顾不得你,听凭你们去罢。(丑)可又来了。这是头一件要改的。(生)改了。(丑)第二件,你如今大了,妹妹们也大了,以后须要存神,留个疆界。(生)依了。第三件呢?(丑)那第三件,是不要和丫头们厮混,吃什么嘴上的胭脂,和那爱红的毛病儿,通要改了。(生)通改了。(丑)至于你喜读书也罢,不喜读书也罢,却要装个喜读书的样子,也叫老爷不恼你。(生)我通依了。(丑)如今是再不去的了。

【大石过曲·催拍】要相依夜灯晓衾,须守奴三条例禁。休得迷沉,休得迷沉。你做公子公孙,不是山野山林。怎把大礼全乖,成了荒淫?(合)从此后,记取规箴,全莫纵幼年心。

(生背笑介)

【前腔】笑花情言娇感深,买仓庚心痴妒甚。暗自沉吟,暗自沉吟。我有千种相思,怎样持禁?要缓分离,权让他频纵频擒。(转介。合)从此后记取规箴,全莫纵幼年心。

(贴上)三更天了,睡罢。

【前腔】响丁丁花天漏深,昏邓邓银灯欲阴。香烬春衾,香烬春衾,好向华胥一觉酣心。(丑)隐褥芙蓉,且付他法灸神针。(合)从此后,记取规箴,全莫纵幼年心。

花嗔花笑岂无端,梅子枝头一点酸。
约法三章君莫恨,从来枘凿事真难。

(同下)

传 奇

葬 花

（生携书上）

【商调过曲·山坡五更】忒匆匆韶春已暮，乱纷纷落花如雨，急煎煎子规唤人，闷恹恹一腔心事和谁语。小生与林妹妹两小无猜，同心已久，自谓今生得一知己，可以无憾。不料她搬进园来，性格忽然一变，若远若近，若喜若嗔，倒叫小生无从揣度。偏遇这暮春时候，一片风花，好难消遣也。心缘在，信誓虚，情怀误。只为神光离合，离合无凭据。长恨绵绵，那和春去。因此携着这《会真记》，出得怡红院来，不免依花借草，披阅一番，以解闷怀则个。（坐地看书介）

【前腔】破苍苔斜依花树，对香词细参宫羽。问东风吾生奈何，逐游丝，芳踪多怅纱窗阻。

（风起举袖介）呀！早落的满身花片也！我想美女名花，皆天地至灵之气，那美人全在温存，这花片岂宜践踏，待我送入沁芳桥下，做个水葬湘妃，也不枉怜香惜玉一场。（兜衣起介。放书介。行介）只是这地上的还得扫起才好。（抛花介）花鲜润，水洁清，无尘污。你看明霞千点，千点随波去。流出仙源，知他何处？

（复坐看书介。旦珠笠、云肩、荷花锄，锄上悬纱囊，手持帚上）

【北越调·斗鹌鹑】则俺是瑶岛司花，常惦记珠宫艳友。眼看着搓粉揉香，还说甚红肥绿瘦。这些时拾翠精神，变做了伤春症候。因此上，丢不下惜花的心，放不落拈花的手。准备着护胭脂药圃云锄，拨动俺扫天门零陵凤帚。

【紫花儿序】早贮过绛纱囊丹砂几斗。回避了摧花雨过眼缤纷，又遇着妒花风拂面飕飕。不分明芳春竟去，无倒断花梦谁留？飘流，这是薄命红颜榜样不？怎怪的烟荒月瘦，燕懒莺痴，蝶怨蜂愁。宝哥哥看什么书呢？（生起介）妹妹来的正好，我和你将这落花扫起者。（旦）且慢，将书来看。（生藏介）没有什么书吓。（旦）你又来了，一本书儿，也这样藏头露尾，若不拿来，我就恼了。（生笑介）哦，恼了，妹妹如何恼得？（送旦介）请看。（旦看介）是好文字也呵！

【天净沙】这的是艳盈盈金荃集上词头，俊翩翩玉台咏里风流，著超超红豆场中圣手。原来词曲之中，也有天仙化人手段。好一似锦翻翻飞琼回袖，韵悠悠霓裳在月殿龙楼。

（生）妹妹看得好快。（旦笑介）你道俺女孩儿家便无一目十行的本事么？（看完介。生）妹妹你道好不好？（旦笑介）果然有趣。（生笑介）我是个多愁多病身，你便是倾国倾城貌了。（旦怒掷书介）呀！

　　【调笑令】你怎生信口便胡诌，道倾国倾城病与愁？（哭介）甚心肠爱把奴欺负？好端端少年的心友，定要到参辰路儿相背走，问哥哥作甚来由？

　　我去告诉舅舅，看你如何？（生急介。扯旦介）妹妹，饶过这次罢，以后再不敢了！（旦）

　　【小桃红】白没事怎将人轻薄肯干休？到高堂你亲口回尊舅。（生连揖介）妹妹饶了罢！（旦冷笑介）你仗着礼体斯文把罪名救，百装出假温柔。我问你，怎没遮拦，还认取年华幼？（生）小生怎敢欺负妹妹？只不过一时间语言昏愦。倘属有心，便堕落沁芳桥下。（旦掩生口介）禁声！做甚便盟神立咒，敢则你失心中酒。（笑介）呸！兀的不是个银样蜡枪头！

　　（生痴介。旦）我们扫花去来。（生应，拾书藏介，荷锄携囊介。旦持帚扫介。生装花入囊介）

　　【秃厮儿】扫不尽锦阑前蜂衔雀糯，只免了锦鞋边玉蹁香蹂，恨则恨东风幸薄不耐久。（生）妹妹，我想这花瓣儿和美人一般，岂宜践踏？你未来之先，我已兜了一衣襟送入沁芳桥下去了。如今也送到桥下去罢。（旦）此间水气虽清，但是流出园门，便有许多秽浊，岂不污了此花？（生）是吓！这便怎样呢？（旦）我在那湖山背后立了一个花冢，尽使碎绿残红，皈依净土，你道何如？（生笑介）我宝玉也算惜花，怎及妹妹这般精细！（旦笑介）免劳谬奖。但教归净土，较胜付东流沉浮。

　　来此已是，大家葬花则个。（葬花介。旦泪介。生惊介）妹妹为何掉下泪来？（旦）偶有所感耳！（背介）

　　【圣药王】则这花一丘，土一丘，知它能共我合山丘？便道情不休，意不休，不休休到底也休休，那不为花愁？

　　（转介。生）妹妹珍重玉体，切莫常常愁闷。（为旦拭泪介，亦自掩泪介。贴上）风回裙蝶舞，花绕鬓云香。

　　我晴雯，为寻二爷，来到园中，怎奈百寻不着，不知往哪里去了？呀！原来和林姑娘在此葬花。二爷，太太请你呢！（生）如此，我去了。妹妹也回去罢。（旦）知道。哥哥请。（生）香词归绣口，花梦隔琴心。（带贴下。旦）宝玉去了，不免回

转潇湘馆去者。(荷锄持帚介,叹介)侬今葬花人笑痴,他年葬侬知是谁?一朝春尽红颜老,花落人亡两不知!(泪介)

【麻郎儿】我好似雨中花香蔫玉愁,水中萍蒂小枝浮,百忙里芳心厮耨,又何曾性格钩辀。

【么篇】只为的面羞、事丑、众口,做不的雾非花夜度明休。待博个水和渔天长地久,不堤防喜成嗔熏香犹臭。

【络丝娘】他其实克性儿言投意投,他料不至将无作有。只是我呵,话到了咽喉,却难剖,闪的他一场消瘦。

(内唱如花美眷一曲介。旦痴听出神介,锄帚堕地介,软瘫坐介,泪介。杂旦上)水流云不定,花落鸟空啼。我紫鹃,为寻姑娘到此。呀!怎生痴痴流泪,是谁得罪了也?(旦)非也。我触景伤情,你哪里知道,扶我回去罢。(杂旦取锄帚扶旦介。旦嗽介。杂旦惊介)姑娘,嗽病又起了。(旦叹介)

【煞尾】柔肠断尽由他嗽,甚年光商量健否?(杂旦)姑娘,到底为着何来?(旦)你待要叩根原下一个解愁方,只问取惹烦冤那三尺扫花帚。

饯春何早得春迟,独许芳心燕子知。
闲扫落花流水外,百愁如雨病慵时。

(扶旦下)

海　　阵

(副净上,走场介。净领队子上)

【仙吕·点绛唇】大海鲸涛金鳌尾掉乾坤,倒铁拨铜铙拍浪齐歌啸。十万生犀占海天,金鳌岛畔驾楼船。旁人莫道风波险,夺得骊珠在手边。咱家潘德命,气可排山,力能扛鼎。本系渔户出身,杀人亡命,同兄弟潘德投逃入海中,占住金鳌大岛。数年以来,有胜兵十万所向无前,虎视东陲,鹰扬南服,业既鲸吞诸岛,便思蚕食中原。不高鹅鹳之军,新列龟鼍之阵,足以乘风破浪,便当刻日兴师。探得海防总制唤周琼,老迈无能大也。潜逃阽阽飞鸢堕处高,去把九州占了,去把九州占了。

(丑摇船上)背驼元武甲,发挽夜叉头。(跳船介)巡海喽啰报。(净)报什么?

（丑）周总制带兵出海。（净）知道了。（丑跳船下。净）大小喽啰迎上前去。（众）嘎。（行介。合）

【拗芝麻】正待将人祭宝刀，他早来厮闹，海马跑虾儿跳，大小喽啰剽。蛤蟆弩眼鬼鸟凭云叫，从此中原应占了，周琼不是元戎料。

（领众下。末，白须戎装引队上）

匣裹芙蓉有湛卢，口衔威命出京都。但留碧海鲸猊冢，安用封侯万骨枯。本帅周琼奉旨扫荡群盗，今日出师。已命儿辈督兵先行剿杀。本帅随后策应。军士们杀上前去。（众应介）（拥末绕场介）（合）

【前腔】天气横将宙合包，吞吐双丸耀，百谷朝千珍效，肯听取蛟螭闹。榑桑弓影横海将军到，歼厥渠魁胁从饶，麒麟阁上图形貌。

（下。小生上，走场介）壮志吞诸岛，英雄出少年。龙盐知可得，虎气直通天。小将周端，奉父亲将令前驱扫荡海疆。（内金鼓介）你看那盗船早蜂拥而来也，军士们将船一字摆开。（众应介。副净引众上战介。净上，双战小生介。末引众上接战介。末众败下。净）喽啰们追上前去。（众应介。合）

【尾声】针南指月上，潮送帆樯，威风浩浩，早把个没胆的周郎唬。粮饷不继奋戈一战，谅必成擒。只是良将无多，尚须招纳。（副净）哥吓，那周琼老头儿有何本领，不须良将，看兄弟手到擒来。（净）兄弟拿那周琼什么难事，倒怕中原皇帝遣个能手到来，反要吃亏费力呢。况且欲兴大业，少不得恶战几十场也。不是小可成功的你，便三头六臂哪里招架得来，便做御驾亲征也愁众寡不敌，怎么少得良将？（副净）只是那良将一时怎得就有？（净）可将招军旗在岛上竖起一面，各处采访奇才便了。今日正当演阵之期，吩咐大小喽啰各归队伍，听吾号令！（副净麾旗介）呔，大小喽啰各归队伍，听大王号令演操。（众）嘎。（净高坐介。内鸣金鼓，副净执旗引水军上，走阵介。合）

【过曲】鹅鸭满渡船，漾横风旗幡皂，一队队蟹将虾兵鼓浪豪。吹螺排阵脚，吹螺排阵脚，只听灵鼍大鼓柁楼敲，喊的喉咙牛叫。鱼肠剑蚌壳刀，杂蛾箭蛇矛逐暮潮，定把海王惊坏了，只怕晶宫破裂蓬莱震倒，兀的不是盖世雄骁。

（走阵下。净）

【赤马儿】鱼丽鲸麾，一声忽哨，驾得网船龙窟斗，刮喇喇海涨山摇，只见鲨背帆开虹梁路峭，震的轰雷大炮。去把九州占了去，去把九州占了。

（众走阵上。合）

【前腔】龙蜺旗号,鹬蚌争交,长蛇势矫,蟠蛑螯大也,潜逃蟠蛑螯坏了。白浪堆边启壮图,狼星今不贯天弧。
好行烈烈轰轰事,前绺偷鸡非丈夫。

(领众下)

禅　戏

(丑上)

【南吕过曲·一江风】小冤家,不信奴奴话,性子又难招架。昨日史大姑娘来,在林姑娘那边住下,叵耐小祖宗直谈到三更多天,催了几次,才回来睡了。今日天色才明,即便披衣过去。奴家起去瞧他,早已洗过脸,叫史姑娘梳头呢。我想姊妹们和气也有个分寸礼节,没有个黑天白日闹的。奴家赌气回来,接着他也回来了。和他吵了一场,他自觉无趣,独自坐在房中。弄银毫暗里书愁,冷面飕飕,竟自把奴抛下。如何奴睬他?由他跌个又太猖狂,只好奴甘罢。(下。生上)

【越调引子·霜天晓角】一齐放下,转觉心闲暇。如许情河波浪,也实在担惊怕。前日林妹妹问我从哪里来,我说宝姐姐处来。她说亏得那里绊住,不然早来了。那时小生便说差了一句,道是只许和你解闷儿,她就大生其气,费了无限温存,才得罢了。昨日宝姐姐生日,史妹妹来了,晚间唱戏,偏偏凤嫂子说,做小旦的很像一个人,史妹妹嘴快道,像林姐姐,我恐怕林妹妹多心,瞅了她一眼,哪知史妹妹恼了,又赔了无限不是。这也罢了,再不想林妹妹更恼,又受了多少的语言。今日好端端又被袭人吵闹了一场,小生竟不知是何缘故。我想不过这几个人尚难应酬妥协,将来尚欲何为?这正是庄子所说:巧者劳而智者忧了,这正是山木自寇,源泉自盗了。

【过曲·绣停针】索垢求瑕,一点痴情惹话疤。几番多谢鹦哥骂,受拘钳做了村沙。甚科条连加罪罚,我也太低迷急急巴巴。如今若俯就他们,将来日甚一日,若加震怒,又觉无情,索性身边不要一人,倒觉心恬意适。不免拟《南华》一段。(写介,念介)焚花散麝,而闺阁始人含其劝矣。戕宝钗之仙姿,灰黛玉之灵窍,丧灭情意,而闺阁之美恶始相类矣。彼含其劝,则无参商之虞矣。戕其仙姿,无爱恋之心矣。灰其灵窍,无才思之情矣。彼钗玉花麝香,皆张其罗而穴其隧,所以迷眩缠陷天下者也。（叹介）玉钗花麝全抛罢，但是寂寥怎样禁愁乍，待借禅机陶写。待我书他一偈。（写介）你证我证，心证意证，是无有证，斯可云证，无可云证，是立足境。（笑点头介）

【前腔】舌吐莲花，色色空空长道芽。有甚心头块垒难消化，算披了一领袈裟。昨日宝姐姐念出《寄生草》一曲甚好，我不免也拟他一拟。（写介）无我原非你，从他不解伊，肆行无碍凭来去。茫茫着甚悲愁喜，纷纷说甚亲疏密。从前碌碌却因何？到如今回头试想真无趣。（笑介）无住着千般都罢，则那没底末倒是花瓜。料小情城禁不住翻身打，总艳容光也不过葬黄沙。落得安闲潇洒。

一时困倦起来，不免去睡他一睡。（下。老旦上）春花一朵压香鬟，梦里仙云几往还。不解做愁因甚个，冷吟闲醉住人间。奴家史湘云，早丧椿萱，相依叔婶。自怜薄命，耻说侯门。每好清吟，生多才调。从不萦心于花月，颇堪食苦于齑盐。只是未免伶仃，且多劳瘁。幸得此间老太太，系奴嫡祖姑母，得以常常往来，与妹妹们不时相聚。其中宝姐姐本性金和，林姐姐仙才葩发，与奴倍觉关情。今日同林姐姐上房回来，她到宝玉那边去了。奴家独在潇湘馆看了一回道书，身子有些倦怠，不免也到怡红院走遭。（行介）竹影横阶静，花阴绕径斜。呀！那边林姐姐已来了。（旦笑上）谁知惹草拈花客，竟有长齐绣佛心。奴家去看宝玉，他却睡了。见他案上有《拟庄》一段，甚是可恼，又觉可笑。袭人又取出两纸送与我看，原来是一偈一曲。袖了回来，和史妹妹大家一笑。（老旦）姐姐，为何这样欢喜？（旦出笺介）妹妹，你看这个人悟了。（老旦看笑介）果然悟了。这都是宝姐姐一曲引出来的，他倒不是个罪魁么？（旦）不妨，我能收摄其痴心邪说。（老旦）如此，我们同去。（转行介）好非所好，徒以自迷。（旦）欲除妄念，仍用禅机。宝玉！（生应上）这声音是林妹妹吓。（老旦）二哥哥，你好禅语吓？（生笑介）不敢，也颇颇去得。（旦笑介）宝玉，我问你，至贵者宝，至坚者玉，尔有何贵？尔有何坚？（生茫然介。旦笑介）这样愚钝，还参禅呢？（老旦笑介）二哥哥可输了？（旦）你道无可云证，是立足境，这还未了。我要下一转语，无立足境，方是干净。（老旦）是吓！这才是真正禅机呢。（旦笑介）连我们所知所能，你尚且不知不能，还参什么禅？以后再不许谈禅了。

【祝英台】为甚的拟南华，书佛偈，轻易嘴儿喳。无立足时，中具初机，方是认真灵芽。全差，箭锋儿一点先输，笑杀几千人，也怎逃得棒喝声声齐下？（老旦）

【前腔·换头】还怕,划地着痴魔,成左性颠倒变疯傻。自来那些禅魔所扰的人呵!多半抛弃正途,丢了亲人,翻借月云为家。详察,少年公子人儿,怎便灰心禅榻?更休把那些旁门左道谈他。(生)

【前腔·换头】闲耍,我暂时消遣春愁,不是爱楞伽。今日片言,知解全虚,方信嚼蜡留渣。

(背介)娇娃,怎般了彻灵明,我的前根殊下。论扶舆,可不钟毓了佳人而罢。

(丑捧茶上)姑娘们请杯茶罢。(旦笑介)好嫂子,坐着罢,怎么给我倒起茶来?(丑笑介)姑娘惯拿我们取笑儿,丫头罢咧,怎么说出这两个字来。(旦笑介)你说是丫头,我却将嫂子待。(众笑介。丑出前场望天介)天上云头甚乱,竟不知是东风是西风呢。(旦笑介)也不知东风压了西风,西风压了东风呢?(丑惊介)呀!

【前墙】听者,却为何压了西风,此话暗惊呀。一日洞房,花烛双圆,敢有几分磨牙。权且耐心儿等个机缘,哑谜何须轻打。这言词怎不教人胆寒心怕?

(接杯下。内)娘娘宫里送出灯谜来了,老太太叫请二爷、姑娘们去打呢。(众笑介)是了,这大姐姐却也高兴呢。(合)

【尾声】且将灯谜消闲暇,谁是个惯猜诗社家?(旦)宝玉我们谈禅罢。(生)再不谈他了。(旦笑介)则被我一棒儿头打醒了他!

(同笑介)

四禅无处避情魔,赢得花枝巧笑嗟。

知是几生修得到,七心开孔慧光多。

(同下)

释　　怨

(杂旦上)

【南宫引子·于飞乐】为钟情,翻送恼,不合又助悲添怨。成生分问谁能劝?恁瞒心,他昧己,各生机变。这其间细底,被奴家闲中看穿。那日宝二爷来和姑娘好好顽笑,凭空他说了两句,是什么多情小姐同鸳帐,不要你叠被铺床,当时姑娘恼了,幸而老爷叫他,飞奔而去,也就罢了。接连几日,或喜或怒,反复不常。

到了前日，宝玉来看姑娘病体，正好说话，忽然大闹。这一闹，直闹的个天翻地覆，亏得袭人和我抵死劝开，两下竟不往来。如今老太太、太太都知道了，逗着琏二奶奶做张做智，形容得着实难听。我想姑娘和宝玉，心下其实相亲，只为你疑我，我疑你，两下里倒生了许多风浪，竟不知姻缘大事可能成就否？日来姑娘不住伤悲，奴家劝过多次，总不开怀。那宝玉又全不过来，难道倒等我家姑娘去赔他的不是不成？因此，奴家也十分纳闷。

【过曲·太师引】恁良缘，两下都情愿，偏则是恩多怨连。论心迹又毫无更变，但双双恨语仇言。越挑疵越加眷恋。这的是情天磨炼。最牵愁是鲍星正悬，怕成了筐篮漏水欠完全。你看姑娘出房来了，我且闪在一边，听她说些什么。（下。旦上）

【赚】想起凄然，他自知心我见怜，不过闲排揎。恼羞成怒竟冲冠，忒狂颠。水流花泛方今见，月破云遮表意难，空依恋。岂无慧剑将情断，眼潮频溅。奴家原知宝玉心中有我，便是金玉姻缘，他又岂肯听这邪说。只是事有可疑。头一次他要看宝姐姐的香串儿，呆了半晌，等到脱下来时，他并不知去接。第二次，宝姐姐到怡红院去，随即闭上门儿，奴家敲门不开。第三次，他来看我，我说了几句霜儿雪儿，冷香暖香的话，他就十分着急。至于前日偶因张道士提亲，奚落了他几句，他竟动了真气，说白认得了我。奴家和他口角了一场，他便要砸碎了玉。因此奴家百般伤感，又百般疑心。假饶你真心向我，便提那金玉之事，你只管了然无闻，这就毫无私心了。但我提起，你便做出许多光景，这不是有心欺瞒了么？想奴家和他耳鬓厮磨，心性相对，不料竟至于此！且又两日不来，可不负了奴家的心也！

【前腔】枉结缠绵，竟作参商住两天。此后休相见，伯劳飞燕任飘翩。自为怜，水萍身世风花旋，本是伶俜还孑然。抛奴善，纸鸢断了东风线，那能无怨？

（杂旦上）奴家听了半日，似有悔心，再等我劝她一劝。姑娘，只管闷闷的怎么？（旦叹介）紫鹃，我一腔心绪，难解难言，叫我怎得不闷？（杂旦）姑娘，不是紫鹃多嘴，前日姑娘也太急了些。那宝玉脾气，别人不知，我们是知道的吓。（旦）你倒来派我的不是。（杂旦笑介）姑娘，好好的做甚么剪了穗儿呢？若论他素日待姑娘却好，未免姑娘小性儿，歪派他些，他才这样的呢。（旦）你去取本书来，我看看解闷。（杂旦取书送旦看介。生上）孤负春心空自悔，调停花事太无才。小生那日从窗隙中偷窥林妹妹，听得她说了一句镇日价情思睡昏昏，不觉心痒起来,以致语言颠倒。更兼这几日屡次不顺她心,教她生气,总由小生不能温存之过。但是别人不知我心,情原可恕,难道你也不知我心里眼里只有你一人,你却倒来奚落我,如何不急?因此吵了一场,两日不敢过去。今日且去与她赔话,看是如何?(敲门介。杂旦)哪个?(生)是我。(杂旦笑介)这是宝玉的声音吓,来赔不是了。(旦)不许开门。(杂旦)罢咧,姑娘看破些罢。(开门介,笑介)我只道二爷再不上门了,谁知又来也。(生笑介)我便死了,那魂一日也来一百遭。(旦泪介。生笑介)妹妹可大好了?(旦不理介。生坐旦旁笑介)我知道你在恼我,我却不敢来,又不敢不来,所以今日才来了。你若不理我,叫别人知道我们拌嘴,大家来相劝,那倒不生分了么?(旦哭介)你也不用来哄我,我也不敢亲近二爷,只当我去了罢。(杂旦)好了。(下。生笑介)你哪里去?(旦)我回家去。(生)我跟了去。(旦)我死了呢?(生)你死了,我做和尚。(旦恼介)你又来胡说了。(怒视生良久,以指点生额介)你这。(叹介,泪介。生以袖拭泪介。旦掷帕与生介。生取帕拭泪介。副净暗上窥介。生携旦手强笑介)我的五脏都碎了,你还只是哭。

【仙侣入双调过曲·江头金桂】[五马江儿水]休得把啼痕轻泫,九回肠,不耐烦。(旦)我为的这个心。(生)我也为的这个心。两两心心相印,性命牵连,纵嗔多没闲言。就是前日,也不过偶然角口,不到得便存芥蒂。[柳摇金]我和你似影依形,如针穿线,说不尽千般关爱,怎付冰渊。小生如今也悔不来了。你宽宏恕俺痴可怜。[桂枝香]漫茹悲含叹,将身作践,但开颜一笑应消散,莫使旁人作话传。(旦)

【前腔】非是我多猜多怨,你从来心太偏。(生)小生怎敢偏心?那些亲戚,都是外三四路,你我是姑表兄妹呢。(旦冷笑介)姑表虽亲虽近,争如姨善。(生)其实小生心中并无别人。(旦)哦!感君心多谢歪缠。(生)那是小生一时愚蠢。(旦)从此后另更颜面,免受刁钻。(生)还要妹妹怜念。(旦)可也不能了。早把妄心来剪,你捏扁搓圆,我难受人闲语。(生)以后再不敢了。(旦)再敢呢?(生)再敢,听妹妹处置。(旦叹介)算来难,不饶他罪须中断,只合将他且放宽。饶便饶你,以后却不许来。(生笑介)妹妹,还要许来才好。(副净拍手笑介)何如?我说不三日就好了。老太太一定教我来劝,你们说这两个小冤家,真个不是冤家不聚头呢。(生旦各低头介。副净)如今好了,快和我见老太太去。(携旦行介)你们三日好了,两日恼了,越来越成了孩子了。有这会子拉着手哭的,前日又成了乌眼鸡呢?

蜂猜蝶怨亦何嫌,心性由来冷暖兼。

送暖太深才送冷,甜中苦是苦中甜。

（同下）

扇　　笑

（贴上）

【仙吕引子·鹊桥仙】花柔无奈,又经风摆,为是平时涩耐。红莲摇梦夜蟾来,自叹我泥中情态。

奴家跌了宝玉一把扇儿,受了他些言语也还罢了。巨耐袭人也软撑硬抵,帮着数说奴家。被奴奚落了一回,宝玉竟要回了太太,撵我出去。（冷笑介）我就死也是不出这门的。恰好林姑娘走来,大家罢了。奴家转想转恨,那宝玉平日最是温存,从无一言半语,忽然这样作践奴家,其中必然有缘故。

【过曲·皂罗袍】不料非常疼爱,竟薄言逢怒,定有差排。封姨何必妒花开,明珰怎肯吹灯解？么花十八,心情恁乖。挑茶干刺,叨登费捱。忍幽悄半枕新凉在。

（睡介。生上）

【前腔】扶醉绕沁芳桥外,向怡红归去,秋水楼台。莲花锁萝月波筵,珠兰香里藤床矮。（见贴笑介）晚云深院,吟虫遍阶。罗襟烟细,凉风水来。拥桃笙画出无聊赖。小生今早也忒过分了些,不免去温存她一番。（抚贴介,贴起推生介,生笑拉贴坐介）你的性子太娇惯了,便是跌了扇子,我也不过说了几句,你就说了那些。说我也罢了,那袭人好意劝你,你又拖上她则甚？（贴）二爷,人来看见很不雅相,我也不配坐在这里。（生笑介）既不配坐,为什么配睡呢？（贴笑介。生）我心头甚热,怎么好？（贴）你心头热么？老太太那里送了些果子来,冰在水晶缸里呢。你放我去罢,好叫他们拿果子你吃。（生）你便拿来不得？（贴冷笑介）我是蠢材,连扇子也跌了,敢则连盘子都打了呢？（生笑介）你还记着这些话么？（贴）怎么不记着,一辈子还记着呢！

【前腔】那些个温存宁耐,恁将人轻贱,问可应该？敢千金买得扇儿来,迎头招了东风怪。玻璃瓶盎,常时摔开,茱萸新锦,常时剪开,怎今朝气比天还大？

（生笑介）我这几日肉头心惊，十分烦闷，才是这样，你切莫恼我。若说那些对象，不过是借人使用，你爱这样，我爱那样，各自性情不同。比如你爱打盘子，就打了也使得，你爱撕扇子，就撕了也使得，只不要生气。（贴）这么说，拿扇子来我撕，我最爱的撕扇子。（生送扇，贴撕介。生）

【前腔】听嗤的一声撕坏，（笑看贴介）早春风上颊，笑逐颜开。（贴连撕介。生笑介）撕得好！湘兰抛玉堕瑶阶，裂缯褒姒偏心爱。佯痴佯钝，堆将俏来。非挑非泛，流将喜来。好风姿乍可增憨态。

（小旦持扇上，指贴笑介）你少作些孽罢。（生夺小旦扇与贴撕介。小旦）好吓！怎么拿我的东西开心呢！（生）打开扇匣，拣几把去就是了。（小旦）既这样，搬出来，尽她撕岂不好？（生）你就搬去。（小旦）我不造孽，她会撕，她就会搬。（下。贴倚生怀笑介）我也乏了，明日再撕罢。（生大喜介）古人千金买笑，这扇儿能值几何？

【玉交枝】只见云娇花懈，眼迷厮多少情怀，偎人软玉观音赛，嫣然笑口还咍，怜卿爱卿呆打孩。（搂贴悄介）香心能许狂蜂采？（贴推生介）二爷，吃果子去罢。（生笑介）纵红冰难消渴抱来，为伊家情深似海。

（抱贴介，贴避下。生笑介）

销魂一笑值千金，半似无心半有心。

可奈殢郎怀抱处，晚凉庭院月初沈。

（下）

索　优

（副净带两役上）

【越调过曲·水底鱼儿】王命亲衔，来寻小蒋涵。潜藏贾府，此话有人谈，此话有人谈。咱乃忠顺王府长史官是也。奉王爷令旨，前往贾府，索取优人蒋涵。左右打道。（役喝道诨介。副净）

【前腔】虎窟龙潭，轻轻用手拈。不愁崽子，狐兔把踪潜。

（役）已到贾府了。（副净）通报。（役）门上有人么？（小生上）什么人？（役）忠顺王府差官要见。（小生）老爷有请。（外上）

【引子·桃柳争春】朝衙放参,熏风满袖来南。拣凉亭,寻欢纵谈。

(小生跪介)禀老爷,忠顺王府差官要见。(外沉吟介)素与忠顺王府并无往来,为何差官到此?道有请。(外迎副净入见介。各坐介。小生献茶介。接杯介。副净)下官此来非敢擅造,因奉王命,有事相求,仰仗老先生做主。不但王爷感情,连下官也感激不尽。(外)大人既奉王命而来,不知有何见谕,望大人宣明,学生好遵办。(副净冷笑介)也不必办得,只用老先生一句话就完了。我们府里有个做小旦的琪官儿,名唤蒋涵,一向好好在府,如今竟三五日不见回去,各处皆找不着。闻得人都说,他近日和衔玉的那位令郎相厚。下官听了,尊府不比别家,可以擅来索取,因此启明王爷。王爷说,若别个戏子呢,也罢了,这琪官甚合我心,是断断少不得的。故此请老先生转达令郎,将琪官放回,一则可慰王爷之心,二则下官辈也免访求之苦。(揖介。外怒背介)哎呀呀!这畜生要死!适间环儿说他强奸金钏儿不从,逼打投井而死,我还不信,哪知又闯下这样祸来,这还了得!(转介)叫宝玉来!(小生应下,引生上见介。外怒介)该死的畜生!你怎么做出这些无法无天的事来!那琪官,是顺忠王爷驾前承奉的人,你何等草芥,敢于哄骗他出来?(生)哎呀!爹爹!孩儿不知什么琪官吓!(哭介。副净冷笑介)公子也不必隐饰,或藏在家,或知其下落,早说出来,我们也少受些辛苦,岂不念公子之德?(生)恐系讹传,实在不知。(副净冷笑介)若说不知,那细汗巾怎得在公子处?(生惊背介)哎呀!这事坏了!且打发他去,再做道理,(转介)大人既知底细,为何他置了房屋倒不知道呢?(副净)在哪里?(生)他在东郊二十里紫檀堡居住,恐在那里也未可知。(副净笑介)一定是在那里了,我且去找一回,若有了便罢,若没有,再来请教。(与外别介。外)宝玉不许动,回来,有话问你。(送副净下。生急介)这事不好了呢,须得递个儿信儿里面去才好。焙茗!焙茗!锄药!锄药!怎么一个小厮也不在?如何是好!(丑老妪上。生)好了,来了个老婆子了,你快进去告诉老太太、太太,老爷要打我呢。快去!快去!要紧!要紧!(丑作聋介)吓!跳井吓!让他跳去,怕什么?(生急介)出去叫我的小厮来!(丑)有什么不了的事,老早完了,怎么不了事呢?(生)呀呸!(丑下。生哭介)

【过曲·罗帐里坐】没乱里肠慌泪沾,问谁人怜俺救俺?偏遇个痴聋费喊,我陡地唬开心胆。怒轰轰料不把鞭答略减,此身羸弱又何堪?可轻恕,我从今不敢!

(小生、末上)老爷在书房叫二爷呢!(生)哎呀!(颤介)

【前腔】听说叫惊魂冉冉,似飞蛾投身赴炎。(小生、末)哥儿快走!(生哭介)灾星怎脱,伏愿你仁天垂鉴,好年华没的早填坑堑。(小生、末扶生介)哥儿不要延捱了。(生)哎!想来无法避威严,只合硬着头皮蹈险。

　　(小生、末扶生哭下。丑、贴上,丑)风雨横空至,(贴)雷霆震地来。姐姐,听得老爷痛打二爷,老太太、太太都到书房去了。不知为着什么事这样生气?(丑)论二爷呢,很会闹事,得老爷管教管教也好。(贴)只是他哪里禁受得起?(丑)可不是呢,我和你们前望望,看可有消息。(贴)如此就去。(杂扶生、净、老旦同拥上。合)

　　【黄钟过曲·出队子】一番惩创,一番惩创,嫩笋皮肤着重伤。层层紫黑间青黄,血肉淋漓衣裤上,怎不教亲人针心刺肠?

　　(贴见慌介。场上先设床帐,丑、贴扶生睡介。净)儿吓!好生将息,我再来看你。(生哼介。净恨介)嗨!虎毒不食儿,(老旦)牛老犹舐牛犊。(下。丑笑介)为什么就这样毒打?(生)不过那些事,问他做甚?你且瞧瞧哪里打坏了。(丑看介)娘吓!怎么打得这样!(贴泪介。丑叹介)若听我一两句,敢也不致如此。(小旦托药上)忍悲怜大杖,止痛倩灵丹。袭人姐姐,晚间将这药用酒研开,与他敷上就好了。(丑接介)多谢姑娘。(小旦)宝兄弟可好些了?(生)多谢姐姐,好些了。(小旦叹介)早听人一句话,也不至有今日。莫说老太太、太太心疼,就是我们看着心里也。(低头弄带介)明日再来看你,你好生静养着罢。(同丑下。贴泪介)二爷可觉怎么?(生)也不觉怎么。你去梳洗罢,我要睡些儿。(贴应下。生叹介)我受了这一顿,他们一个个怜惜我,若死了,还不知何等悲痛呢!纵然一生事业付东流,但得如此,死亦瞑目!只不知林妹妹更伤到什么分儿了!(旦哭上,抚生恸介。生举首看介)嗳!你又来做什么?虽然太阳落了,那地上还未退,若受了暑,怎么好?我虽然吃了打,也不觉疼痛,我装这样子教老爷听,其实是假的,你不可认真。(旦拥面泣介,哽咽介)你从此可都改了罢。(生泪介)你放心,我就死也死得着了也。

　　【画眉序】如雨泪滂洋,透了罗衣又罗裳。更谁人仁爱似你心肠?相看处痛楚都忘?休悲念精神无恙,暑云凉雨空园里,珍惜自身为上。

　　(内)二奶奶来了。(旦)我从后院去了,回来再来。(生扯旦介)这又奇了,怕她做甚?(旦急介)你瞧瞧我眼睛,又该她取笑。(生放手介。旦急闪下。副净上。贴随上。副净)宝玉!可好些了?(生)好些了。(副净)娘娘有恙,明早老太太、太太入宫请安,张罗了半日,才得来看你。(生)可知大姐姐什么病?(副净)说是痰喘。你安心睡着,我去送些东西来你吃。(叹介)只是打得太重了,我也心疼。(下。生)晴雯,你瞧瞧林姑娘去。(贴)二爷有什么话说?(生)没有话说。(贴)没话说,她问我来做什么,我怎样答应呢?(生)也罢,就将床头这两条鲛绡帕子,送与她去,说我多多致意。(贴)这帕子旧了,怎么好送与她?(生)不妨,越旧越好。(贴)哦!越旧越好?既这样,我与你放下帐儿,你安心睡一睡,我去了就来。(生应介。贴放帐介。生暗下。贴)我如今拿了这帕子到潇湘馆去走一遭者。

无端下马拜荆条,愁宋还怜瘦沈腰。
一掬断肠情女泪,可堪淹透两鲛绡。

(下)

诰 构

(老旦上)

【越调引子·金蕉叶】泪流、泪流,为娇儿添些僝僽。忒下得鞭笞乱抽,恨杀人销金逭口!今日老爷痛打宝玉,若不是老太太和我抵死救回,几乎一命难保。这畜生本不争气,只是也太狠了,竟全不顾妾身仅存此子,直恁下得无情!(泪介)我那苦命的儿吓!不知这时候怎么样了,已曾吩咐到怡红院去,唤个丫头来问她一问,此时想也该来了。(丑上)随机施暗箭,趁火接犁头。(见介)太太唤我有何吩咐?(老旦)你不管叫谁来罢,你又丢下了他,谁伏侍呢?(丑)二爷安稳睡了,有她们伺候着呢。恐怕太太有什么吩咐的,她们听不明白,倒误了事。(老旦)也没甚话,问问他这会子疼的怎么样了?(丑)宝姑娘送了一丸药来,替他敷了,便沉沉睡去,可见好些。(老旦)可吃些什么?(丑)喝了两口汤。(老旦)我恍惚听见今日宝玉挨打,是环儿在老爷跟前说了什么话,你可曾听见?(丑)倒没听见这话,说是二爷霸占了王府什么小旦琪官,差官来要,所以打的。(老旦摇头介)也为这个,还有别的缘故呢?(丑)袭人今日大胆在太太跟前说句不知好歹的话,论理——(住口介。老旦)你只管说。(丑)论理,我们二爷也得老爷教训教训,若老爷再不管,不知将来做出什么事来呢!(老旦)我的儿,你说的是。我也是这个心，我何曾不知道管教儿子？只是你珠大爷又死了，我年已五十，只剩他一个，又长得单弱，老太太又宝贝一般。若管紧了，或有好歹，或气坏老太太，岂不倒坏了，所以纵他些。常时我也说他，他略好些儿，过后又依然如故，端的吃了亏才罢。若打坏了，教我靠谁呢？（泪介。丑亦泪介）不要说太太说他，就是我，哪一日哪一时不劝？只是再劝不醒。今日太太提起这话，我还惦记着一件事，要回明太太呢。（老旦）我的儿，你只管说。（丑）也没甚说的，只是怎么变个法儿，教二爷还搬出园来住就好了。（老旦惊介）难道和谁作怪了不成？（丑）眼前原没事，却保不住将来和谁作怪。袭人的小见识，觉得二爷也大了，姑娘们也大了，宝姑娘、林姑娘，虽则两姨姑表姊妹，到底有男女之分，日夜一处起坐不方便，由不得叫人悬心。二爷性格，是太太知道的，倘或错了一点半点，人多口杂，那小人的嘴有什么分量。即如今二爷捱打，就有人眼睛哭得红桃子一样的呢，这却为着什么来？那嘿，丫头中有个把狐狸妖精，好打扮引诱他的，也要太太定个主意呢。（老旦）好孩子！你这话提醒了我，我竟不知你这样好。我自有道理。只是还有一句话，你今日既这样说，你好歹留心，保全了他就是保全了我。（丑）太太！我日夜悬心，又不好出口，只好灯知道罢了。

【过曲·山桃红】[下山虎]我只为事儿贻臭，暗里担忧，要朝夕防疏漏。常把闲中意留。[小桃红]却不敢轻开口，恐怕的坏名头。这里跟，那里随，竟终朝没个闲时候也。[下山虎]但只愿不在园中心便丢，那宝姑娘却好，他语笑全无苟。和而不流，知谁个有福儿郎赋好逑。（老旦）[下山虎]你真即溜，心意和柔。那更你人敦厚，体心到头。尤难大理分明，与言忠见周。儿吓！我将你留在宝玉房中，叫你们一辈子过活。你要心神时刻留，莫落他人后。不然，我也叫你开脸了，一则老爷未必肯依，二则你做了屋里人，就不敢劝他，他也未必听你。三则到底未有正配，倒恐闲言此事休。至于你的月钱，每月在我分例内派出银二两、钱一吊。我告诉你二奶奶便了。（丑叩头谢介。老旦）起来。但只这千斤担，你的担头尽收，慢道双飞欠一筹。儿吓！你且去罢。谁知囊下妾，提醒梦中人？（下。丑笑介）这番却被我摆布着了，（惊介，四望介）幸喜无人听见。（行介）

【蛮牌令】真大幸，话儿投，早生拆散了顺和俦。女淳于将毂灸，雌苏季到燕游。锦囊佳计，悬河辩口，博得个花蕊双头，枕函边明风已流。只是太太忒拘泥些，什么正配不正配呢。我早是破天荒占了头筹！

【尾声】从今怕甚言挑逗，问谁及绿珠婚媾，年深岁久绸缪。

杀人不用赫连刀,舌底横生万丈涛。

饶是白丝应变黑,从来谣诼爱吹毛。

(下)

听　　雨

(旦上)

【南昌过曲·梁州新郎】[梁州序]芳年虚掷,凉秋又报,一点金荷孤照。碧阑干外,疏篁碎玉频敲。只觉酸来心底,闷锁眉尖,那更俺薄命同秋草。撇不去凄凉怀抱也两鲛绡,情句画成独自瞧。[贺新郎]愁和病,啼兼笑。费支持,瘦损花容貌。闲坐卧,夜闺悄。奴家因宝玉受责,未免心疼,走去看他,又怕泪眼难干,被凤丫头取笑,只得悄地回来。哪知他命晴雯送来半旧鲛帕两幅。奴家初意不解,既而想出他的意思,倒教奴家喜一回,悲一回。当下在鲛帕之上,题了三绝。忽然一病淹绵,将次两月,或好或歹,医药无灵。我想死生有命,富贵在天,本非人力所可勉强。只是奴家以惊鸿游龙之姿,抱桂馥兰芬之性,伶仃孤苦,所愿都虚,一旦鬼箓冤沉,人天梦断,不免痴魂难化耳!(泪介)

【前腔】眸空凝血,身难自了,苦杀我回肠千道。月残花谢,谁知黛玉今朝?便算知心留想,玉骨成灰,小梦烟空抱。浮生如寄也忒萧寥,石火泡光容易消。(叹介)聪明误,精华耗,算虚生浪死殊堪笑,何处是,我依靠?这些时哥哥也不见有书来,不知他光景如何了?

【渔灯儿】当日个赠仙鱼分袂河桥,杳不见平安信雁带鸿捎。想必是功名事犹缓扶摇,又未卜于飞曾效。此间喜鸾姐姐姿容性格,冠绝一时,我倒有心与他撮合,只不知他曾订下否?锁天台难访红桃。

(叹介)我也不用去管这些事了。

【锦渔灯】厮盼着青裳树丹颜呈笑,倒做了杜鹃花红泪常飘。不能够扣紧连环成凤交,这散娄光的媒人,何必更唠叨?想我和他虽然情投意合,争奈我千里依栖,无人做主。舅母本也不甚怜爱,加以凤丫头百般诋毁,以致老太太心上也冷落了许多,看来是无益了。只是两下痴心,终归不遂,即使腼颜人世,亦甚无聊,又不如早赴泉台,倒落得个身心干净也!

【锦上花】既不呵食同器,居共牢,不如去跨斑龙,吹洞箫。纵小梁清未许领仙曹,且下个他日种,来世苗。但可能前生债,后世消。猜不透三生缘法枉煎熬,魆地倩魂飘。偏是今夜这般风雨呵!

【锦中拍】我只听空檐乱敲,杂一片风箫。又兼着花和树萧骚不了,竹和蕉淅泠相闹。不住的骤红阑铁马频摇,助愁人许多烦恼!一声低,一声又高。厮搅着雨惨风号,风悲雨啸,和我这泪踪儿流到晓!不免题诗一首,以写闷怀。(写介,叹介)

【锦后拍】觑着他忍天心把人抛,闪的我病他痴做成焦。可甚的心盟无处缴,可甚的心盟无处缴。怎怪得悲秋气红颜易老,战秋窗风雨夜萧条。独把这一首秋词吟了。疏喇喇秋声到耳人寂寥。

(生上)冲泥过别馆,含意慰愁人。(旦笑起介)这样风雨怎么来了?(生)我想风雨长宵,妹妹必然孤闷,特来和你谈谈。(旦笑点头介)你好了?我因抱病多日,没来看你。(生)我好了,妹妹可好些?(旦)也只如此。(生)日来可吃药了?(旦)药是吃着,也无甚效验。(生)妹妹这病,都由郁结所致,总要排遣静养才好。(旦点头介。生见诗介)原来妹妹在此做诗。(取看介,旦夺介。生)好妹妹,赏我看看罢。(旦笑介)偶尔闲吟,略无好句,你便看去。(生)秋窗风雨夕,这题倒与春江花月夜相似呢。(旦笑介)此诗原拟此格。(生念介)秋花惨淡秋草黄,耿耿秋灯秋夜长。已觉秋窗秋不尽,那堪风雨助凄凉?助秋风雨何来速?惊破秋窗秋梦续。抱得秋情不忍眠,自向秋屏挑泪烛。(叹介)泪烛摇摇爇短檠,牵愁照眼动离情。谁家秋院无风入,何处秋窗无雨声?罗衾不奈秋风力,残漏不催秋雨急。连宵脉脉复飕飕,灯前似伴离人泣。寒烟小院转萧条,疏竹虚窗时滴沥。不知风雨几时休?已觉泪洒纱窗湿。(泪介)读妹妹此诗,使我寸肠欲断也!

【北骂玉郎带上小楼】铸雪裁云锦句敲,一似清商怨,和玉箫。空江呜咽送回潮,感心苗,不觉的气沮神摇。(背介)为痴生郁陶,为痴生郁陶。倚红笺怨写秋宵,泪模糊未消,泪模糊未消。痛杀我相思盈抱,苦了他乱愁如草,隔香衾梦想魂劳,梦想魂劳。问何时金屋深贮陈娇?

(转介)妹妹。任淅沥沥窗儿外那断雨零飘,你是个病烦人要强寻欢笑。

(送诗还旦介。旦)你去罢,我要睡了。(生)我也去了,(旦)且慢,外间风雨难行,紫鹃!(杂旦内)怎么?(旦)可将玻璃灯点起,照了二爷去。(杂旦应持灯上。生)不用你送,我自照了去罢。(携灯介)

33

【尾声】风天雨地玻璃耀,这分明心灯留照,(下,复上)妹妹,你要什么,告诉我,我好要去。(旦笑介)等我夜间想起来再告诉你罢。(生下。旦叹介)难得他百样的殷勤来破薅恼。

风风雨雨奈何秋,泪较秋窗雨点多。

强自裁诗寄幽思,个侬亲口为吟哦。

(下)

补　　裘

(小旦扶病贴上。贴)

【仙吕引子·卜算子】病染身偏重,力倦神难耸,只为金泥没处缝,强起拈针弄。

(指小旦介)昨夜和麝月妹妹偶然作耍,未经添衣出院,着了风寒。今日头晕眼花,四肢沉重,二爷请大夫看了,说是太阳感寒。服过药,些微有汗。只因二爷从舅太爷处拜了引寿回来,将老太太新赐的一件俄罗斯国雀金裘烧去盏大一块,女工成衣皆不能补,袭人姐姐又因母病而回,他明日一早便去拜寿,假若不穿此衣,老太太知道了缘故,他岂不受气?奴家只得扶病替他补好则个。妹妹,你把那烛台拿近些。(小旦拿介)(贴)适才他在这里闹得慌,是我叫他去睡了,且待我补起来者。(用剪拆介,复用金刀割介,竹弓绷介,穿针补介)

【过曲·桂枝香】金刀微送,竹弓轻控,一时经纬分明,做意儿挑针拈弄。(伏枕哼介)奈惊花到眼,奈惊花到眼。一霎指尖难动,腰肢沉痛。(复缝介。合)漫生慵,金丝界线谁能补?只合停眠忍病缝。(小旦)

【前腔】寒情摇梦,针神催送,不辞病里耽劳,谅为他垂青殊众。(贴伏枕抚心介。小旦)靠檀隈小停,靠檀隈小停,好比雪消云冻,风敲花重。姐姐,(合)漫生慵,金丝界线谁能补?只合停眠忍病缝。

(贴起缝,仍伏枕介)哎呀!

【前腔】心神虚纵,耳波喧哄,(强起缝介)说不得瘦骨劳蒸,要做的天衣无缝。(喘介)剩丝儿嫩喘,剩丝儿嫩喘,轻魂飙动,双肩山重。(合)漫生慵,金丝界线谁能补?只合停眠忍病缝。

（杂持衣上）二爷叫将这皮衣替姐姐披上呢。（贴点头介，杂披衣介。下。小旦）

【前腔】娇身禁冻，芳心深用，（贴嗽介。小旦）一番儿病体增劳，（背介）怕做了轻尘短梦。（贴）妹妹！取个牙刷儿来。（小旦取送介。贴刷介。小旦）这金泥补成，还须刷动，茸毛方纵。（合）费针工，听铜龙玉漏沉花底，徙倚空房蜡炬红。

（小旦看笑介）一些也看不出。姐姐！竟做得俄罗斯国的裁缝呢。（贴笑介）补虽补了，到底不像，我也再不能了。（倒介。小旦扶介。贴）妹妹快扶我睡罢。

寒扶病骨强拈针，补就金裘漏已沉。

不惜万金花性命，为君无量爱怜心。

（扶下）

试　　情

（杂旦上）

【南吕过曲·懒画眉】软风庭院宝帘垂，开到桃花春又归；慕琼娇恙未全回。纤影添憔悴，心病难将心药医。我紫鹃，因姑娘和宝玉那番口角之后，情意加倍绸缪，未知宝玉之心是真是假，几番要试他一试，未有空闲。今日姑娘病体稍痊，午窗小卧，奴家做些针黹，且看宝玉来否？（针黹介。生上）

【前腔】一番花谢一增悲，锦地香天两意违，双双紫燕画桥飞。蜂蝶都成对，苦耐春愁瘦沈围。

小生为看林妹妹，一径行来，已到潇湘馆了。你看，竹阴遍地，花影环墙，深掩湘帘，悄无人语，敢是她往别处去了？（见杂旦，笑介）紫鹃姐姐，姑娘呢？（杂旦）睡了。（生）她夜来咳嗽可好些？（杂旦）好些了。（生）阿弥陀佛！（杂旦笑介）你也念起佛来，这又奇了。（生笑介，抚杂旦介）你穿得这样单薄，还在这风头坐呢。（杂旦嗔介）二爷！一年小，二年大，以后不要动手动脚。那起黑说白道的，背后嚼舌，你全不留心。还是这样行为，怎怨得姑娘吩咐我们，不许和你说笑。你瞧，她近来可不是远你还远不及呢？（下。生呆介，行介，泪介，坐介。副净上）我雪雁，取了人参回来，已望见潇湘馆了。（见生惊介）那桃花树下不是宝玉么？怎么痴痴坐着哭呢？敢是呆病又发了！等我耍他一耍。（蹲介）咄！哭吓！哭罢！（生）你又来做甚，你难道不是女儿？她们既嫌我远我，你又来寻我，可不又有口舌了？你快去罢。（副净）咦！这是什么话，是了，又受了姑娘的气了。（笑介）

【前腔】说你痴来更加痴，偷向花边把泪垂。悬知揣了闷弓儿，子细还淘气。（学旦声介）宝玉！你可敢了？（学生声介）妹妹！以后再不敢了。（刮鼻介）羞羞羞！你这卖蜜人儿没面皮。

（笑下。杂旦上）

【前腔】纤纤小步到花蹊，为着幽情悄试伊。雪雁回去，说起宝玉在沁芳亭后桃花树下流泪，因此前来寻他。红桃花树小亭西，呀！果见双流泪，怎如此春风不肯归？（笑介）我不过说了两句，你就赌气到这风地里来哭，弄出病来，还了得么？（生笑介）谁赌气呢？我想你这样说，自然别人也这样说，将来都不理我，我成了孤鬼儿了，所以伤心起来。（杂旦笑坐生旁介。生笑介）刚才对面说话，你尚且走开，如何又挨着我坐呢？（杂旦）你倒忘了，几日前你姊妹两个正说话，二奶奶走来，奚落了一阵，姑娘才这么说。适间听得她们入宫去了，所以我来问你，你前日说什么燕窝的话？（生）我因你家姑娘离不得燕窝，是我回过老太太，一天送一两来，吃上二三年就好了。（杂旦笑介）吃惯了，明年家去怎么好？（生惊介）谁家去？（杂旦）妹妹回扬州去。（生笑介）你说白话呢。原因无人照料她才来的，如今回到哪里去？（杂旦）她有哥哥呢，不会照应她？你难道不知道？况且年纪大了，该出阁了，自然送还林家。难道林家女儿，在贾府一世不成？明年早则春天，迟则秋天，这里纵不送去，林家也必有人来接。前夜姑娘说了，叫我告诉你，小时玩的东西，她送的你还她，你送的她也还你，快打点去罢。（生急介）哎呀！

【仙吕入双调过曲·朝元令】魂迷梦迷，只说偕连理。花依月依，不道成抛弃。骨化形销，寸心都碎，怎生下得分离？从小和伊，心儿意儿两做痴，烟水送将归？风花井影飞。（哭介）怎捱这三稍滋味，清清冷冷遣愁无计，寄愁无计。

（痛哭介，呆介。杂旦）二爷！二爷！哎呀！看他神色顿然改变，不要弄出病来吓！（笑哄生介。生不理介。杂旦慌介）不好了呢！

【前腔】看他情移性移，衰飒无神气。魂离魄离，所事都茫昧。紫鹃吓紫鹃！作甚来由这番儿戏？二爷！二爷！是我哄你来。（生不理介。杂旦急介）声声唤他全不知。（泪介）看着光景，好不可怜！我也怜伊，痴心恁般真个稀。白首定同归,青庐更莫迟,才信道真情真意。怪不得玉人心醉,玉人心醉。

(贴上)我晴雯。新病初瘥,精神尚少。因老太太宫里回来,叫二爷说话,只得去寻他。(见生惊介)哎呀!怎么这个样儿?(杂旦)他来问姑娘病,我告诉他,就变成这个样儿了,你快扶他去罢。(贴扶生下。杂旦)这却怎么好?(定介)且回潇湘馆去,再做道理。(向内介)姑娘服过药了?(旦内)服过了。(旦上)花雨迷离春院悄,柳风绰约暮寒轻。紫鹃,我一病多时,今早虽觉好些,这会儿倒又精神倦怠了。(杂旦)本来天气困人,姑娘加意调摄,自然就好。(丑急上)这是哪里说起?(哭介)紫鹃姑奶奶,你说了些什么话,你瞧瞧他去。你回老太太,我不管。(坐介。旦惊介)怎么了?(丑怒介)紫鹃姑奶奶,不知说了些什么,我们那呆子眼也直了,手脚也冷了,胡说八道,是什么林家接的人来了,快打出去。看着西洋船,说是接的船来了。李嬷嬷说是不中用了,只怕这时候已经死了呢?姑奶奶,你这是何苦呢?(旦急介,吐介,咳介。杂旦捶介。旦推介)不用你捶,你竟勒死我罢!(杂旦)我并没说什么,不过几句顽话,他就认真了。(丑)你还不知道他傻,顽话专要认真的。

【前腔】他是个天生最痴,何用来相戏?常时你知,为甚的故意儿招他气?我也无法维持,你保他生死。(杂旦)我怎么保他?(丑怒指杂旦介)你闯下来的祸,你不保谁保?口儿里休乱吷,你暗下心机,问妖娆,有何仇负了伊?你断送他一身亏,说的来没系儿,待要向谁行推诿?遮遮掩掩是何心肺,是何心肺!

(旦恨介)你说了什么话,赶早去解说,只怕就好了。(丑)去吓!姑奶奶!(杂旦顿足介)受他无限气,因我一番心。(同丑下。旦叹介)听袭人言语,敢是紫鹃说了奴家回去的话,他情急了,所以如此。(泪介)此心真可感也!

【前腔】想我时低运低,感你情无二,则他蜂欺蝶欺,闪得神如醉。雪雁!你去看二爷可曾好呢?(副净内应介。旦)心似悬旌,黛全锁翠,问可能化解灾危?难分莺喜鸟悲,愁中病中,又添些苦意儿。他若是有差迟,我不若先他死。那紫鹃呵!分明是前生冤对,没揣的送他辞世,送奴辞世!

(副净上)姑娘!紫鹃去了,二爷就哭出来了,说是要去同我去,只是拉着紫鹃不放。老太太说,且留紫鹃在那里住几天,姑娘若要人使唤,叫琥珀来罢。(旦)你看见二爷没有?(副净)我看见的,果真好了。(旦)果真好了?阿弥陀佛!(下。副净学介)果真好了,阿弥陀佛!(笑介)

说道分离便感伤,如歌河满断柔肠。

可怜病里佳人泪,更为知心堕几行。

(下)

花　　寿

(老旦醉上)

【正宫过曲·倾杯赏芙蓉】却谁道梨花春酒醉当风,倍觉心头涌。悄地里离了芳筵,过了回廊,倚了山湖,占了花丛,好贪着林阴透骨梢云重。权借这药圃围香石凳空,把花茵拥,酣眠万卉中,认钧天一觉梦儿浓。(睡介。小旦、旦上。合)

【铺地锦】步翘云悄向那花田迥,因为个侬,被琳腴醉倒,芍药阑东。(旦)今日宝哥哥生日,大家行令猜拳,欢饮了一回,忽然不见了云妹妹,听得丫鬟说,他在湖山背后石凳上睡着了,宝姐姐,我们去寻他去来。(小旦)寻他去来。(合)香海分开,花路斜通,呀,女庄周先占下蘧蘧梦。

(小旦)妹妹你,看云妹妹浓香一枕,落花满衣,蝶队蜂群,四围环绕,真神仙中人也。(旦)便是。(合)

【古轮台】我见她态娇慵,映花花比艳姿容。蜂喧蝶嚷围香哄,真要算神仙伯仲。问玉佩金裙,可消得蕊珠青凤?

(旦)待我唤她醒来。云妹妹!云妹妹!(老旦醉语介)泉香酒冽醉扶归,宜会亲友。(小旦、旦笑介)醉到这个分儿,还讨酒令呢!快醒醒罢!(老旦开眼望介,自看介。笑介)本是贪取凉风,因甚的神思懵懂?(小旦、旦笑介)恁红酥一朵欲消融,似这般香熏锦烘,胜得那珠围翠捧。四妹妹!现画园图,教她将你画上罢。如此佳人,无边幽韵,花天擎醉,宜画入图中。

(老旦)休捉弄,早求一片脆冰红。

(旦)他们都等着你呢。快去罢。(小旦同扶介。合)

【隔尾】花驮柳捧穿溪垄,扶醉低鬟云未拢,人在凉烟暮霭中。(扶下。丑上)

【黄钟引子·瑞云浓】弧南夜朗,恰对枣花帘幌,雪藕冰桃寿筵敞。(贴上)花枝招展,尽簇拥灯前,齐捧仙酿,又夸甚金人露掌?

(丑)今日二爷生日,我们暗地里开了一坛香雪春,备了四十碟鲜果,替他祝寿,怎么二爷此时还不回来?(贴)姐姐!我请他去。(丑)等他来罢,不要闹得上头知道了,怪不好意思。(生上)还丹无九转,奇福有群花。袭人!我们还得吃酒才好。(丑)我和她已经备了果碟儿,开了好酒,替你做生日呢。(生喜介)既这样,我们脱了衣裳就吃罢。(贴)你脱便脱,我们还要安席呢。(生笑介)安什么席,如此热天,快卸了妆,一同畅饮。(丑、贴卸妆介,丑送酒介)虽不安席,也在我们手里吃一盏儿,尽尽我们的心。(生叹介。贴送酒介)我这杯要吃个一口干无滴呢。(生笑饮介)干。(共坐饮介。生)

【过曲·降黄龙】快吸流霞,多谢花情,沁骨沾肠。(合)愿千秋万年,共祝恒春,仙树同芳。欢场,酒天花地,做个可意的群芳盟长。更家门蒸腾日盛,福缘长享。

(丑、贴奉酒介。合)

【前腔·换头】何当我辈侍儿,得执金壶,与君常傍。叨荣匪浅,算身注东华,名并烟娘。(生合)兰房翠偎红倚,料没些乖离惆怅。摆几座脂营结采,粉阵吹香。

(生)我们也该行个令才好。(丑)要行令就行令,只不要大呼小叫。再则我不识字,可不要文的。(贴)我们占花名儿罢。(丑)这玩意儿虽好,人少了没趣。(贴)我们去请了宝姑娘、林姑娘、云姑娘来,可不好?(丑)怕闹的大发了,大奶奶知道呢。(生)索性请了大奶奶来,怕什么?(贴)也好,我就请去。(丑)你在这里等,我去罢。(贴)你去请客,我拿筹子去。(丑、贴下。贴持筹筒骰子上。生笑介)我和你先掷骰子。(贴笑介)输了可不许赖酒。(生)你输了呢?(贴)我输了么?(笑介)二爷代吃。(生笑介)你叫我代吃,我也吃。(贴笑介)二爷,红到你,你先掷。(生、贴互掷介。丑、杂旦提灯引正旦、小旦、旦、老旦上。合)

【黄龙衮】花亭昼传觞,花亭昼传觞,夜蜡还倾酿,直挽银汉波,一齐儿浇下心才爽。特占花名,寻欢一饷,兴太高,心怎却,聊同往。

(生笑介)好了,热闹起来了。(丑)我还带了紫鹃来,前日伏侍了几夜也该谢谢她。(生笑介)她哄我病了,我还谢她么?(杂旦)既这样,我去就是了。(生笑扯介)可不是该谢的?(旦笑介)我们这不也夜饮聚赌了么?(正旦笑介)生日节间何妨,你们都来坐了。(老旦)我日间醉了,这会儿不能再吃,只好坐坐罢。(各坐介。丑送酒介。贴掷介)六点,宝姑娘起。(小旦笑介)我先抓,不知抓个什么呢?(掣介,众看介)任是无情也动人,牡丹花,在席贺一杯。(众笑饮介)你也原

39

配牡丹花。(小旦掷介)十六点,该紫鹃。(杂旦掣介)荼蘼花,开到荼蘼花事了。在席各饮三杯。(众饮介,杂旦掷介)十九点,该大奶奶。(正旦掣介)很好。(众看介)寒姿霜晓,是梅花,请自饮一杯。下家掷骰。(正旦饮介。旦掷介)十八点,该云妹妹。(老旦掣介,众看介)香梦沉甜,海棠花。(旦看介)只恐夜深花睡去。(笑介)这夜深两字,不如改做石凉好?(众笑介。老旦笑介)你快坐上这西洋船家去罢。(众笑介,看介)掣此签者,不便饮酒,上下家各饮一杯。(老旦)阿弥陀佛!真正好签!(生、旦饮介。老旦掷介)九点,该晴雯。(贴掣介。众)松上寄生女萝花,自饮一杯,随意奉一杯。(贴奉生饮介,贴掷介)又九点,该林姑娘。(旦)不知可有什么好的了。(掣介,众看介)风露清愁,是芙蓉花,好极了,除了她,别人也不配。自饮一杯,牡丹陪一杯。(小旦、旦饮介,旦掷介)二十点,该袭人。(丑掣介,众看介)武陵别景,是桃花,同辰者陪一杯。(旦、丑饮介。丑掷介)十二点,该二爷。(生掣介,笑藏介,众搜出看介)风絮飘零,是杨花,(笑介)也很像她。在席一杯,自饮三杯。(众笑饮介。合)

【黄龙醉太平】[降黄龙]丛芳,独是杨花忒煞轻狂,惯被风引上。红帘翠幌,看乍点西窗,旋过东墙。[醉太平]飘扬,闪一片暮云,天外送春光。颇似恁性情摇漾,造痴生妄。这花筹有眼,合付伊行。

(生笑介,掷介。旦)我可撑不住了,去罢。(众)去罢。(生留介。众)迟了,该去了。(丑、贴)既这样,每位再奉一杯。(送酒介,众饮介。合)

【黄龙捧灯月】[降黄龙]如海兰浆,不更能支,倦体摇荡。筹添几转,北斗阑干,花梦迷茫。[灯月交辉]透罗衣露采生凉,穿柳曲风丝来爽,携一片夜园情同归睡乡。

(杂旦提灯引众下。生笑介)我们拿大杯来再吃几杯。(贴)我吃不得了呢。(生)勉强吃些儿,我今日很高兴。也不用行令,只吃一个流星赶月罢。(丑)你做月,我们做星,来赶你。(生)轮流着好,我先吃起就是了。(生、丑、贴轮饮数巡叫干介,各醉介。丑、贴拍手随意唱小曲介。生大笑介)今日这生日过着了,我好不快哉乐哉也。

【玉漏迟序】群花供养,尽生平未有今宵欢畅。媚眼娇歌,漫夸唯酒无量。劝人把名花要赏,劝人把金杯莫放。陶然矣,倩红袖控扶归帐。

(起欲倒介,丑、贴扶介,同踉跄介。合)

【尾声】惊花乱散春魂漾,问谁个玉卮无当,唯愿取岁岁年年乐未央。

九春香色注瑶觥,尽向掺掺手内擎。
如此生辰天下少,不劳仙曲奏长生。

(相扶下)

搜　　园

(副净上)

【双调引子·捣练子】心比蒜,腹藏鳞,口生波浪面生春,却是玉楼金屋品。珠情玉韵虎狼心,吓鬼瞒天计最深。笑里有刀君莫怕,把持威福到而今。奴家王熙凤,金陵人氏。丈夫贾琏,本系大房之子,因这边二老爷家,诸事无人照管,二太太系奴姑母,特命搬来,同理家务。奴家天性聪明,滑稽善辩,多谋足智,善能治剧理烦,肩艰任巨。主持家政,一例严明,顺我者生,逆我者死。喜的老太太怜爱,可以放胆而行。手下得用之人,又皆心腹,以此每每干预些外事。更兼私放支头,多收月利,行之数载,私橐亦颇丰腴。但只有女巧儿,并无子嗣。人道心机太过,我言天道难知。从来福祸无门,岂必贤豪有子?这也不在话下。今早二太太满面怒容,拿着一个春意儿香袋,硬派做奴家之物,说是傻大姐在园里拾了,被我家太太看见送过来的。奴家辩白了一场,才得罢手。那王善保家的出了主意,定要搜园。我想园中这班儿姑娘丫头,平时好不厉害,借此去搜他一搜,搜得着,大家出气,搜不着,又不与我相干,当下应了。二太太又叫了晴雯来骂了一顿,说要回明老太太撵她,这又不知是谁放了暗箭。那王善保家的,一力撺掇,我也不便开言,只好听她摆弄罢。此时天色尚早,我且歇息片时。正是,计就月中擒玉兔,谋成日里捉金乌。(下。生上)

【过曲·孝顺歌】情虽厚,意未申,怡红院中花一群,熏岂是香焚,膏宁为明烬,其中个人,郑旦夸光,许多丰韵,未许消魂,空怜厮认。咫尺红墙路,隔乱云。又未知何日得缔良姻。小生坐拥群花,放怀一醉,哪知乐极悲来,接着大姐姐归天,十分伤感,三妹妹又许了周家,行将远嫁。姊妹们渐次分离,林妹妹这段婚姻又无定准,一腔恶抱,无以为欢。病榻愁灯,幸有晴雯相依为命,怎奈屡求欢好,她执意不从,看来光景是怕袭人妒忌,这也怪不得她,只是小生害杀了也。(贴哭上,倒生怀哭介,生惊介)怎么!怎么?是谁欺负了你,快快说来!(贴哽咽介)太太唤取,也不问青红皂白,便说道:好个美人儿,真是个狐狸妖精呢!谁许你这样花红柳绿的打扮?又说,你干的事,打量我不知道么?我明日揭你的皮!二爷,你道我干了什么事来?(生)并没干差一件吓!(贴哭介)还要回了老太太撵我呢。

【前腔】无端绪,为甚因,说来话儿真怕人。

(生)你便怎么说?(贴)她问宝玉可好些,我说我不大在房里去,袭人、麝月才知道呢。(生)嗏嗏!太太怎么说?(贴)太太说,阿弥陀佛,你不近宝玉,是我的造化。便喝声:出去,我看不上这浪样儿!二爷,这不把我冤屈死了么?和伊纵相亲,何尝结殷勤,冤人诱引。我自那番病后,身子总不得好,近来又着风寒,若果真撵了出去,多分是死。(哭介)只是二爷呵!蒙你擎奇,酬君无分,到死春蚕,柔丝难尽!(合)咫尺红墙路,隔乱云,又未知何日得缔良姻。

(生泪介)

【前腔】肝肠断,五内焚,如何舍她可意人?罗袜散香尘,金裘线谁引?想是太太的气话,你且休慌。(贴)二爷!我心里也明白,是人放了暗箭了,看来断不能免。只是舍你不得,怎生是好?(哭介,生抱贴哭介)遭逢困顿,未占欢期。抛离何迅,眼看琼枝玉消花褪。(合)咫尺红墙路,隔乱云,又未知何日得缔良姻。

(副净带净杂上)

【赚】恩仇折准,好去搜园问祸根。(净)二奶奶,先往哪里去?(副净)先往怡红院去。踏芳尘怡红来到,早是掩重闉。(敲门介,丑上开门介)有何因,贪夜来敲月下门。(生慌介)二嫂子却是为何?(副净)丢了一件要紧东西,怕是丫头们偷了,大家查一查好除疑。你们去搜罢。(众应介)谁的箱笼谁来打开。(丑忙开箱介,众搜介)没有什么。这是谁的箱子?(贴怒倒箱介)净)姑娘不要生气,叫查就查,不叫查,还许我们回太太呢。我们并非私自来的,是太太叫来搜的。(贴怒介)你说是太太打发来的,我还是老太太打发来的呢。太太那边人都见过,就只没看见你。(副净笑介)晴雯不许多言!妈妈,你别和他一般见识,你且细细搜你的。(众搜介)满地掀翻翡翠裙,零脂和剩粉,轻抛尘坌。(净)也没什么。(副净)你可细查查,若查不出来,难回话呢。(净)都细翻过了。(副净)哦!都细翻过了?这等,我们去罢。漫因循,去把夜园搜尽。

(带众下。生)这是哪里说起?晴雯,你身子又不好,又闹乏了,去睡睡儿罢。(贴下。老旦带杂含怒上)

【鹊踏枝】尤物是晴雯,入眼便堪嗔,急除宝玉迷魂阵。(生见老旦惊介)母亲。(老旦不睬介。生背介)完了,晴雯保不住了!(老旦)晴雯呢?(丑)病了。(老旦)扯她来。(杂下扶贴上。老旦)好个病西施,你装这样儿给谁瞧?扯她出去,交与她哥嫂。(生背顿足介。老旦冷笑介)我统共一个宝玉,难道凭你引他坏了么?妖狐去!妖狐去!省得缠人!袭人!以后这些丫头,你须查管。我将宝玉交与你了!休只管避评论。(丑应介。贴哭介)最苦生离别未分,死离别未分。辣苦酸咸,苦辣酸咸,无从置吻,甚日得再图亲近?

(杂扶贴哭下。老旦)宝玉,你此后好生念书,仔细你爹要问你。(生)孩儿送母亲。(老旦)罢了!难容心上刺,且拔眼中钉!(下。生彷徨介)这怎么好?这怎么好?(痛哭介。丑)二爷,哭也不中用了。(生)究竟晴雯犯了什么弥天大罪,就这么撵了。(丑)太太嫌她生得好,未免轻狂些,说这样美人儿,心里是不安静的,倒像我们粗粗笨笨的好。(生)咦!美人儿就不安静么?晴雯外面虽然伶俐,心中其实老成,便有过失,也不过顽笑而已。你和麝月未尝不和我顽笑,为什么太太不挑你们呢?(丑惊介,笑介)是呢,太太为什么不挑我们呢?想是回来再发放,也未可知。(生)晴雯也是老太太那里过来的,和你一样,虽生得比人强,也没什么妨碍着谁的去处。就是性情爽直,口角锋芒,也没得罪了谁?可不是你说的,生得好累了她了。(哭介)

【尾声】无边冤抑怜红粉,便能拼心疼怎忍?我想他娇生惯养,何尝受过一日委屈,兼之一身重病,一肚子闷气,又没个亲爹热娘,他这一去,那里等得一月半月,再不能见一面两面的了。(哭介)我的晴雯吓!怕不做露叶风灯断俏魂?

(哭下。丑冷笑介)听她言语大是疑,我且自由她,看她怎样。
漫天风雨送娇花,无计留花枉自嗟。
不是妒花花引妒,教人错怨风雨斜。

(愤下)

诔 花

(生上)

【商调过曲·二郎神】人儿夭,撇的来似鲫鱼直跳。问去后谁消愁一抱。衣篝虚麝气,几番错唤娇娆,唤不着娇娆心碎了。疼杀人春葱绫袄,却么这开交。

怎得他扑琅生现出灯宵！小生昨夜瞒了袭人，悄出后门，去见晴雯一面。她一见小生，又惊又喜，又悲又痛。说道：我不料今生还能见你！小生问她可有什么说话？她道：我有什么说的？不过一两天就好回去了。只是我死也不甘心！我虽生得好，并没有私情勾引着你，怎么说我是狐狸妖精？今日既担了虚名，又没有远限，不是我说后悔的话，早知如此，我也打正经主意了。随将两个指甲咬下与我。又脱下红绫袄子，和小生换了。便说道：你去罢！这里腌臜，你的身子要紧。今日这一来，我就死也不枉担了虚名。你的恩情，只好来生补报罢！彼时小生哭得死去活来，难抛难舍。恰值五儿来了，扶我回来。睡到五更，便梦见她来辞我。天明之后，叫人打听，果尔身亡！（哭介）哎呀！天哪！这不是生生送了她性命么？早间小丫头说起，也曾梦见她来，做了芙蓉神女。此时芙蓉正开，小生特制一首诔文，用她心爱的冰绡縠写了，悄向花前偷声一哭！（行介）

【前腔・换头】号咷！佳人分浅，仙容已杳。怎到得花宫来唤叫，是天呼命也，不能够彩凤同巢。酪子里一片针砂把心碎搅，只落得虚头的名号。说多娇，共翠被红蕤，占了良宵。来此已是池边了。（叹介）虽不能多陈祭品，却有这一片丹心。晴雯吓，晴雯！你须怜鉴小生，休嫌轻率。（哭揖介）想你暑天戏扇，寒夜补裘，那番情况，不能见矣！

【二犯二郎神】［莺啼序］恨漫漫裘边扇底魂竟消，直恁么绝艳偏彫。［集贤宾］眼看着万树芙蓉花自好，为什么送红颜身先花落！［二郎神］早知道如今无处，我悔当初朦胧过了。教花笑，说是个幸薄儿郎，填不满深深情窖。待我将祭文读与她。维太平不易之元，蓉桂竞芳之月，无可奈何之日，怡红院浊玉，谨以花蕊冰绡，芳泉露茗，致祭于芙蓉女儿之灵曰：窃思女儿自临人世，十有六年，玉得于衾枕栉沐相与共处者，仅五年八月有奇。忆女儿生时，其质则金玉也，其体则冰雪也，其神则日星也，其貌则花月也。熟料鸠鸩为灾，茝兰被刈，花原自怯，岂耐狂飙？柳本多愁，何禁骤雨？诼遭蛊虿，病入膏肓。自蓄心酸，谁怜夭折？仙云既散，芳趾难寻。洲迷聚窟，何来却死之香？海失灵槎，不获回生之药。委金钿于草莽，拾翠盒于尘埃。楼空鳲鹊，徒悬七夕之针；带断鸳鸯，谁续五丝之缕？况乃金天属节，白帝司时，连天衰草，岂独蒹葭；匝地悲生，无非蟋蟀。芳名未泯，檐前鹦鹉犹呼；艳质将亡，槛外海棠预萎。抛残绣线，谁补金裘；裂损桃枝，空伤宝扇。尔乃西风古寺，落日荒邱，隔雾圹以啼猿，绕烟塍而泣鬼。红绡帐里，公子情深；黄土垄中，女儿命薄。固鬼蜮之为灾，岂神灵之有妒？毁诐奴之口，讨岂从宽;剖悍妇之心,忿犹未释!在卿之尘缘虽浅,而玉之鄙意尤深。因蓄惓惓之思,不禁谆谆之问。始知上帝垂旌,花宫待诏。生侪兰蕙,死辖芙蓉,相物类方,斯言可据。用希灵感,陟降于兹。不揣鄙辞,有污慧听。

【集贤听画眉】[集贤宾]仰看那空天不语何杳渺,跨苍虬,驾绿辂,碾咿哑,月御衔山悲太早。镂珠珰琼佩飘摇,侍云旗花姑南岳。可能够一灵儿来到?[画眉序]藉葳蕤桂膏,莲焰凭虚吊,仿佛见幽魂娇小。

【黄莺带一封】[黄莺儿]却又恍惚不能招,盼归来徒自劳。则问她住神林可念人悲悼?泛金霞兮海涛,弄珠林兮凤箫,衡一抹空蒙尘雾区寰罩。[一封书]闪的我兀淘淘把愁泪抛,还求你玉简重留下紫霄。呜呼尚飨!(哭介,莫茶焚文介)

【莺集御林春】[莺啼序]空留恨旧日韦皋,再生缘,何处缴?[集贤宾]哭烂了犀帏,教我怎样抛?杀尧婆讵忘悲恼?晴雯吓晴雯!欲拼身来伴你,[簇御林]只是有人心上难丢落。你是知道的,[三春柳]你知我这根由,切休要冷语娇言怨侬薄!明日等芙蓉花落,装入净瓶,送到埋香冢去便了。(欲下,旦内)且请留步!(生惊介)敢是晴雯阴魂来了?(旦笑上)飘零娇婢命,新雅诔花辞。宝哥哥,好新奇的祭文吓!可与曹娥碑并传矣。(生笑介)偶尔写恨,谁知被你听见了,有甚瑕疵,妹妹改削改削。(旦)将来倒要看看原稿。只听得什么红绡帐里,公子情深,黄土垄中,女儿命薄。这一联意思却好,只是红绡帐熟烂些,想我们用软烟罗糊窗,何不说茜纱窗下,公子情深呢?(生笑顿足介)好极!好极!这一改,新妙之至。只是你住的窗儿,我怎好借用?(旦笑介)何妨。我的窗即可为你的窗,如此分析,倒觉太生疏了。(生)非敢生疏,那唐突闺阁,却万万使不得的。我如今改作茜纱窗下,小姐多情,黄土垄中,丫鬟薄命,算你诔她的罢。你素日又待她甚厚,这可不好呢。(旦笑摇头介)小姐、丫鬟,也不典雅。(生想介)是吓!这样罢,我竟改作茜纱窗里,我本无缘,黄土垄中,卿何薄命罢。(旦惊介,迟疑介)这改的好,快去罢,太太叫你呢。(生)这等,妹妹也回去罢。(旦)我知道了。(生)

【尾声】问今朝甚处有春红笑,只隔一画夜时光魂梦杳,空教我诔尽名花把恨挑!(下。旦视生下良久叹介)他怎生说"茜纱窗里,我本无缘"呢?

【南吕过曲·红衲祆】莫不是为奴嗔,不愿谐?莫不是冷奴心,将病解?莫不是,怹高堂,有甚风声歹?莫不是,怹痴肠,终牵薛宝钗?这话儿教人怎猜?这事儿教人怎揣?还怕是言出无心,做了谶语天机,也好教我闷恹恹难放怀!

花天擎泪诔芙蓉,恰向花前带笑逢。

何事茜纱缘法少，暗添愁结上眉峰。

（闷下）

失　　玉

　　（净秃和尚、副净跛道士上。净）我盗一只牛。（副净）我偷一只狗。（净）若无牛狗，大家撒手。（副净）若有牛狗，大家一口。（内）到底是怎么着了？（合）月华满天，万象来会，娶妾会真，随意点缀。（同笑介。净）贫僧志九。（副净）小道涵虚。（净）道兄，咱们法力高强，云游四海，我能隐身。（副净）我能望气。（净）我能勾摄生魂。（副净）我能变幻梦境。（净）我能埋兵布阵。（副净）我能倒海移山。咱们同伙多年，也造了千千孽债，得了万万金钱，这家当我真仙。（净）那家当我活佛。日来游到京城。咻，道兄，这京城你住过的吓？（副净）便是，我住过十年。（净）可有什么巧宗儿？（副净）偌大京师，怎么没有巧宗儿？只是辇毂之下，轻易干不得的。我如今想了一宗大买卖，只不知你做不做。（净）什么买卖？（副净悄说介）如今海上潘王，招延豪杰，你我如此法力，到了那里，怕不军师元帅起来。这场富贵，非同小可，这不是大买卖么？（净笑介）此事我已留心久了，只为此去要建奇功，须凭两个阵法，用着些人，一时没有全备。（副净）哪两个阵法？（净）一个迷魂阵，一个勾魂阵。（副净）用些什么人呢？（净）那迷魂阵用三百二十名美女。（副净笑介）那美女娇娇怯怯，哪里拿的动刀，使得动枪，要她做什么？（净笑介）如今人见了美女，怕不丧魄销魂，还待动刀动枪么？（副净）虽是如此，哪里拐逃得这许多？（净）只要摄了魂来就是了。（副净）那勾魂阵呢？（净）那勾魂阵要二百八十名美男。（副净）要他做甚？（净）天下还有不好女色专好男色的呢？迷魂迷不得他，少不得勾魂也勾了他，这不一网打尽了么？（副净）据我看来，还得摆个元宝阵才好。见了元宝，他才顾财不顾命呢？（各笑介。副净）请问师兄，这美男也摄魂么？（净）这却要生人的。（副净）怎么又要生人呢？（净）以阳勾阳，犹如以毒攻毒，全要阳盛，才送得死他，若是勾魂，就大半阴了。（副净）领着许多人，不怕关津隘口盘诘么？（净）我闻得潘王有十万军兵，可以到彼挑选。只是领队之人，须得一个绝色，还要有些根器才好。怕他那里没有这样人，却是带了一个去的妥当。单则一时哪里得有？（副净想介）咱们那年在大荒山无稽崖经过那块女娲补天未用之石,不是已投生人世了么?(净)是吓!他如今在哪里?(副净)就是这荣公府里的贾宝玉,那块石头如今变做了一寸多长鲜明美玉,在胎里口中衔下来,真是一件奇宝,除灾却病,见吉知凶。(净)那玉到处有瑞云笼罩,神鬼护持,出入百万军中,矢石不能伤损,此去甚是合用。只是这宝玉你见过没有。(副净)见过多次,他面若中秋之月,色如春晓之花,鼻似刀裁,眉如墨画,一对岩岩电眼,两行灿灿银牙,不但男子无双,抑且妇人少有。但是轻易不出大门,没法儿拐他前去。(净想介)这玉,他家可宝贝么?(副净)怎么不宝贝?这是他的命根呢。没了这玉,他就不得活了。(净)这就容易了。我们如今隐身进府,取了他玉,等到垂危,将玉送还,用几句话儿打动他归我禅门,不怕他不随着我走,那不是人也得了、玉也得了么?(副净)若不走呢?(净)不走嚜,咱们仍旧取了玉去,替另找人。(副净)好计好计!就这样行!(净)他家可还有些女子?(副净)他家女子极多,美的也不少。若论绝世佳人,也只两个,一个叫林黛玉,一个是使女柳晴雯。(净)晴雯!我昨日收了他家一个新死女魂,不是叫晴雯么?(副净)想是她了。(净)那黛玉你如何知道?(副净)他家老太太时常领了到我们师父那里来烧香看戏,我们通看见过,并且还有年庚八字在我们师父处,替他禳灾祈福呢。(净)这就好了。其余你还知道些什么?(副净)其余还有几个什么傅秋容呢、史湘云呢,不过五六人,也都生得好。(净)是了,我们就使起隐身法来,到这几处去,一面摄魂,一面盗玉便了。(各画符念咒介)急急如律令!敕敕敕!(合)

【仙吕过曲·上马踢】神通变现多,鬼画符儿妙,真形顿地收,化成烟雾杳。藏癸趋壬,常怕丁神找。弄鬼装妖,幻比偷天,喜的是人不觉。

(副净)这是史湘云家了。(净)我们进去。(急下。末天神提鞭打上)咄!妖僧孽道!此系天仙府第,焉敢隐身擅入,快走出去!(下。净、副净乱走碰跌介。净)哎呀呀!碰破了髻头了!(副净)哎呀呀!跌折了瘸腿了!(定介,笑介。净)道兄,什么天仙,有天神护卫?(副净)难道就是史湘云么?我们贾府去罢。(净)再有天仙呢?(副净)且莫管他,到那里再看。(净)两团黑气!(副净)一阵妖风!(净)穿过夹道。(副净)走到胡同,这里就是了。(净)道兄!你先望望气看。(副净望介)这府里气甚衰飒,虽有红光,也都被黑气掩了,不多时就要损伤人口呢。(净)这等咱们进去。(下即上。净出玉介)在这里了。(看介)果然是一件至宝,咱们如今回去,查了黛玉年庚,摄取灵魂,再拐了宝玉,那事业就做得成了。(合)

【前腔】东洋战阵开,好座坑人窖,雄兵上将来,望风身便倒。谁本天阉,一定魂飞了。(净)咱们不时前来看个机会,好用言语打动他。(副净)极是。(合)看风下操,片玉收来,不怕他人不到。

(笑下,丑提灯哭上)皇天菩萨,怎么好端端把玉丢了。如今哪一处没有找过,哪一人没有问过,只得到园里找去。(寻介)平时这劳什子没一日不挂着,偏偏今日枯海棠开花了,一家子闹着赏花做诗呢,吃酒呢,我忙着伺候,不知他怎么丢了,教我哪里去找?屋里屋外,只少翻过地皮来,也没些影响。(哭介)这园里又没有,这却怎么了?菩萨吓!我可不是个死了么?

命酒看花乐事多,谁知平地起风波。

人生祸福原难料,失却通灵且奈何。

(哭下)

设　　谋

(老旦上)

【仙吕过曲·傍妆台】闷沉沉,几度寻思难把话儿暗,到头这事如何,怔空着我坐毡针。自宝玉失玉痴呆,老太太着急,吩咐老爷,替他娶亲冲喜。因宝丫头有一把金锁,可以辟邪,又有金玉姻缘之说,定了主意,要讨宝丫头。既是王家瓜葛,又且稳重大方,这是极妙的了。争奈袭人悄地请我出来,说宝玉与林丫头十分亲密,那年夏天,宝玉曾将袭人错认做林丫头,说了好些私心话儿,加以紫鹃一句顽话,便病了多时,唯恐知道娶的宝丫头,不是冲喜,倒是催命,要我想个万全之法,这却叫我难了。不提防琼浆思另饮,教我两下踌躇薛共林。林家既系衰门,林丫头性情气度,也总不及宝丫头好,况又有怯病。他背上无三甲还腹欠壬,轻花飞絮太临侵。且去回了老太太,看是如何?

(副净扶净上。净)

【前腔·换头】髩松华发未堪簪,更为孙儿病体皱眉心。那袭人鬼鬼魆魆,和你说些什么?(老旦)她说宝姑娘甚好,实在老太太有眼力。(净)可不是宝丫头好呢?(老旦)但是宝玉心中,只有林丫头,恐怕娶了宝丫头,这畜生要闹得个天心不顺呢。所以她回了媳妇,要想个万全之策。(净沉吟介)这就难了。林丫头原也好,就是病多些。况且又与他姨妈说过了,怎好改口呢?这大事难擿窖,要身健比黄金,况此舌难扪朕,又只怕痴颠甚,真无任费酌斟,有何良计要搜寻。

（副净）良计倒是有一个,只不知姑妈肯不肯?（老旦）你有什么主意,可就说出来,大家商量。（副净）依我想,这件事只有一个掉包儿的法子。（净）怎么掉包儿呢?（副净）如今不管宝兄弟明白不明白,大家吵嚷起来,说是老爷做主,将林姑娘配了他,瞧他的神情。若是全不管,这包儿也不用掉了,若有些喜欢,这事就大费周折呢。（老旦）便算喜欢,却怎么样?（副净耳语介,老旦点头笑介）就这么行罢了。（净）你到底也告诉我。（副净耳语介,净）这么样也好,只是苦了宝丫头了。若林丫头知道,又怎么样呢?（副净）这话原只说与宝玉听,外面一概不许提起,有谁知道呢?

【掉角儿序】代李僵桃,权欺瘦沉,喜的是病痴难审。到佳期芳缘自谐,又何须转鸠为鸩?不是我说,那林妹妹左性儿,很难受呢。口儿尖,心儿重,性儿阴,身常病,泪常淋,久无庇荫,欢嗔任心。又全无驱邪宝锁,玉金符谶。且待我试试看。袭人,扶二爷出来。（丑扶生上。副净）宝兄弟大喜,老爷给你娶亲了。（生笑介。副净）给你娶林妹妹,好不好?（生大笑介。副净）老爷说你好了,给你娶林妹妹,还这么傻,就不给你娶了。（生正色介）我不傻,你才傻呢。（众惊介。生）我瞧瞧林妹妹去,叫她好放心。（副净）林妹妹早知道了,要做新媳妇,她还肯见你。（生）娶过来,她见我不见?（副净）你好好儿的,就见你,你若是傻,就不见你了。（生）我的心,前日已交给她了,她过来,横竖给我带来,我就好了。（副净）袭人,你快扶他进去罢。（丑扶生下。副净笑介）看这光景,竟得行那着了。（净、老旦）只好这样行呢。我们不要管他,且求姨太太去。（合）

【尾声】命门针,消灾禄,擘开莲子借莲心,单则要铭背三缄莫漏音。

以假为真不是真,权将妙计慰痴人。

八门金锁五花阵,别仗心机役鬼神。

（同下）

焚　　帕

（旦上）

【北南吕·一枝花】嗟哉你缘难旦暮成,兀的倒身患膏肓病。受凄惶无从能正本,怕将来悠忽竟伤命。都为的遗失通灵,才惹下了这痴呆症。闪得我皱双蛾熨不平,眼看着小方乔瘦尽冰肌,怎教俺愁紫竹抛开宝镜。画桃赋藕事都讹,还遣花星避病魔。悔把瑶琴弹别怨,断弦赢得泪痕多。奴家那日谱成三曲,写入孤桐,不料末调太高,君弦忽断。自谓屏躯将辞人世,哪知不几日间,宝哥哥失玉疯癫,形神危殆。倘若琴竟通灵,岂免身为异物。(泪介)哎呀!天哪!那茜纱无缘之语,可不竟成谶了么?日来他已搬出园中,仍在老太太里房居住,奴家看过他几次,着实忧心。不知今日如何了,我且再去看他一看。

【梁州第七】他和我是当翠水指天为证,度红羊历劫翻身。想他所衔之玉,莫非就是我林黛玉么?他他他口衔黛玉为生命,但见面言欢语喜,但见面心畅神清,但见面眉花眼笑,但见面体健身轻。他他他小书生不让元经,谪仙人合配双成。他他他不打量一家儿银汉金城,不打量十年来虚华画饼,不打量两心期泛梗浮萍。他赤力力白费了志诚,急登登昏迷了本性,惨模糊幽恨成冤病。哪里是星为祟灾来峻,一谜价被愁推落坑穽。说起失玉这事,可也太奇。到处跟寻,竟无踪影。若果奴家数应此玉,必且先他而死矣。怕不做晓月晨星。(欲下。丑傻大姐哭上。旦)傻丫头哭什么呢?(丑)姑娘,珍珠姐姐打我呢。(旦)她为什么打你?(丑)就是为宝二爷娶宝姑娘的事。(旦惊介,彷徨介,定介)你且跟我这里来。(转介)怎么宝二爷娶宝姑娘呢?(丑)老太太、太太、二奶奶商量了,娶宝姑娘过来,给二爷冲喜。(笑介)还要给林姑娘说婆婆家呢?(旦呆介,颤介,径下。丑)我说这个也是宝,那个也是宝,又是宝姑娘,又是宝奶奶,真正才宝做一堆的,她就打我了,姑娘,你评评这个理。(抬头介,笑介)咦!怎么就走了?(杂旦上)傻大姐,我家姑娘呢?(丑)正说话就走了。(杂旦笑介)和你有什么话说?(丑)就是宝二爷娶宝姑娘的话吓!(杂旦惊介)怎么宝二爷娶宝姑娘呢?(丑)上头说的,二爷病了,娶宝姑娘冲喜呢。(杂旦)哎呀!你这话告诉她了么?(丑)她问我,我怎好不告诉她呢?(杂旦急介)不好了!你死多活少了!(丑惊哭介)姐姐,我怎么死多活少了?(杂旦)上头知道,不活活打死你么?(丑)哎呀!(怕介。杂旦)我且快寻姑娘去。(丑拖住介)好姐姐,你别告诉他们吓!(杂旦推倒丑急下。丑起气介)我就不信这些话是说不得的。打的打,推的推,通糟蹋我。若是说不得,上头又怎么就做呢?(杂旦内)姑娘看仔细。(丑望惊介,奔下。杂旦、小旦扶旦上。杂旦)姑娘回去歇歇罢。(旦笑介)可不是,我这就是回去的时候了。(急走介。杂旦)麝月!这怎么好?偏偏今日她这脚步儿又走得飞快,哪里赶得上她。(小旦)那是潇湘馆了。(杂旦)好了,阿弥陀佛,可到家了。(旦跌介,二旦急扶介。旦吐介,杂旦惊介)哎呀!这不是吐红了么?(旦昏介,二旦扶旦坐介。小旦)我且回老太太去。(下。杂旦)姑娘!姑娘!(旦不应介。杂旦哭介)这番罢了。(旦徐徐开目四望介)你哭什么?(杂旦)刚才姑娘从二爷处来,觉得身子有些不好,我没了主意,所以哭了。(旦笑介)我能早死,岂非万幸!(喘介)

【牧羊关】这冤愆债全还过,望夫山不用登,甚的是美甘甘着意知情?一枕儿春梦初醒,寒灰尽冷。昏惨惨的人间殊闷损,黑漫漫的泉底料安宁。今日里荡东风花飞定,唯愿取速化虚烟,再不生!

(副净扶净上。净)娶妇莫娶多娇女,做人莫做有情人。林丫头!你怎么又病了?这会儿可好些?(旦开目看净笑介)老太太!你白疼了我了!

【四块玉】多谢你念先人,道奴是孤凄命。美意儿移花栽到谢公庭,到头来只落的都干净。兀的不结了恩,兀的不叨了幸,兀的不人世间空弄影!

(净冷笑介)好孩子,养着罢,不怕的。(旦微笑闭目介。净出叹介)这孩子不是我咒她,只怕难好了,你们也该替她预备预备。(副净应介。净)紫鹃!这些话到底是谁说的?(杂旦)不知姑娘听了谁的话呢?(净)孩子家从小儿一处顽笑亲热是有的,到懂了人事就该分别些,才是女孩儿的本分,我才疼她,若是她心里有别的想头,成什么人了?(冷笑介)我可是白疼了她呢。从来医心无药,林丫头若果真是心病,不但治不好,我也没心肠了。(副净)林妹妹的事,老太太不用费心,倒是姑妈那边的事要紧。喜日近了,我们且去请姑妈来说结了,好办事。(净)你说的是,我们就去。(下。杂旦气介。旦长吁介)懊侬心最痴,怜侬命垂绝,曷不求神仙,无端堕情劫。

【哭皇天】俺只为苦仁儿个中如杏,俺只为怕飘风波面吹萍,俺只为靠周亲免叹机丝命,俺只为爱彼温柔心性。谁知道没相干云消天净,还说什么春花结家,秋雨挑灯,鲛绡寄泪,诗句含情。值不得回头一笑都冰冷!(喘介。杂旦)姑娘冷么?(旦点头介。杂旦)火盆移近些罢。(旦点头介。杂旦移介,旦)再近些。(叹介)取我诗本来。(杂旦取送介,旦翻介,指介。杂旦)敢是要手帕子么?(旦点头介。杂旦送介,旦摇头介)有字的。(杂旦另送介。旦)外面是谁?(杂旦出看介,旦抛诗帕入火介,杂旦急抢介)完了!都烧坏了!姑娘,这是什么意思?(旦)咳!紫鹃!留甚么他人笑柄,我只合的尽付丙丁!紫鹃!我和你分有尊卑,亲同姊妹,相依数载,无限关情,只道终身聚首,不料和你分离。(杂旦哭介。旦)

这也是大数如此,你也不必悲伤。我死之后,那妆奁内有个紫金鱼儿,千万与我含殓。倘得太阴炼形,也胜是虚生一世。(杂旦)姑娘!事到如今,我也不得不说了。姑娘心事,我也知道。现在宝玉这样大病,况且娘娘服制未满,怎能做亲?那些瞎话,不要听他。还要自己安心保重才好。(旦微笑介)

【乌夜啼】太悠悠这没料的人情,人情竟送冷,便不死也只虚生。哎呀!紫鹃吓!你是我体心人。哎呀!妹妹吓!你再不必来提醒。俺如今拼却娇身,躲却愁城,切切的走阴司,急急的弃红尘,急急的弃红尘,也省得心头眼底无穷恨!流毕了千行痛泪,再不系半点痴情!一任取天悲绝代,唯仗着鱼炼真形。

【煞尾】纵不得金丹绛雪归仙境,落可的风快钢刀斩葛藤,不患桃人伤土梗。妹妹,我的身子是干净的,好歹叫他们送我回去。墓鸳鸯既不能,小魂灵怕孤冷,好松楸江南云影。(忽起介)宝玉,宝玉你好。(倒介。杂旦急扶哭叫介)姑娘醒来!姑娘醒来!(旦徐醒介,喘介)哎呀!宝玉吓!害得俺没终竟,送入了泉台,那可不痛快杀您。

镜花水月枉禁愁,万苦应知死即休。

焚却鲛绡完恨债,更无情感到心头。

(杂旦哭扶下)

鹃　　啼

(正旦上)

【仙吕过曲·一封罗】[一封书]情捐命也捐,剩残魂,延几天,毒害焉能人不怨?(泪介)苦杀我姊妹班中失阆仙!奴家李纨因为孀居,那边喜日,不便过去。正在稻香村与兰儿改诗,忽地紫鹃走来,说林妹妹病势只在旦夕,唬得我连忙过来,看了光景,果是不祥。咳!这都是二娘的主谋,直送了她的性命才罢![皂罗袍]三回五次闲挑冷言,千方百计离鸳间鸯,合欢枝苦被她金刀剪!(下。杂旦上)

【中吕引子·粉蝶儿】积恨填胸,香魂此番难守,几丝儿气结咽喉,惜花轩翻做了前生仇寇,忒情偷识得人心真谬。劝君莫系情,系情徒自苦。残烛又经风,催将归地府。新欢方入门,旧恨已难补。可惜天上花,竟化泉中土。我家姑娘,一心牵着宝玉,前因王姓提亲,绝粒数日,已自垂危,后来知道未经依允,才转过来。接着宝玉失玉疯癫,上头定了宝姑娘冲喜,傻大姐漏了语言,立地迷了本性。扶回园里,吐血不休,焚帕焚诗,一卧不起。今日病体更甚,已经晕过几次,眼见得不能好了。(哭介)我想姑娘孤子一身,虽有一个哥哥,又不常通音信。薛家正在势耀之时,宜乎舍此就彼,只是也太势利了些。听得都是二奶奶的摆弄。(恨介)咻!我好不痛心切齿也!

【过曲·粉孩儿】匆匆的送华年,遭谗口,觑炎凉意歹,恨来真陡。方才去回老太太不在房中,去看宝玉也搬去了。细问墨雨,才知今日做亲,这些人好狠毒呢!尤且宝玉更是可恨!深情密爱一旦丢,合他人去结绸缪。这边厢肠断魂离,他那壁鸳配鸯偶。

想我姑娘也太痴心了,什么有情之物,还值得为他而死么?

【红芍药】甘不过乔做温柔,相思树却换鸺鹠。这也难怪姑娘,便是奴家呵险被她拖刀计儿诱。幸奴家向铜豌豆,只可怜姑娘呵!软绵绵扯不去锦套头,小魂儿暗风吹皱。画鱼函灵鹊无缘,买花船变了虚舟。

(净上)东边日出西边雨,冷处悲多热处欢。奉二奶奶之命,叫紫鹃姑娘去扶新人。来此已是。姑娘,二奶奶叫你呢。(杂旦)林奶奶,你请罢。姑娘死了,我们自然是去的。我守着病人,身上也不干净。姑娘还有气呢,不时的叫我,也万不能去。(净恼介)姑娘的话是不打紧,只是叫我们怎样回呢?(正旦急上)紫鹃!你还不去替姑娘穿衣裳,难道女孩儿家叫她赤身露体去么?(杂旦痛哭急下。正旦)你来做什么?(净)二奶奶叫紫鹃姑娘,她不肯去。(正旦)为什么叫她?(净附耳介,正旦点头介)本来她也离不开,你叫了雪雁去也是一样,二奶奶问,说是我的主意。(净)大奶奶说了就是了,我带了雪姑娘去罢。(下。内)大奶奶!姑娘不好了!(正旦急下。内细乐一套。杂旦哭上)我的姑娘吓!

【耍孩儿】万劫一身偏不寿,兀那归真去,何处是凤阙麟洲。(哭介)伤悲!他恶噉噉薄幸难生受,恨的我碎咬牙儿咒,世不曾见这欺心兽!今日她死了,你算躲过了,日后你拿什么脸来见我?(哭介)哎呀!姑娘吓!

【会河阳】小梦如烟,愁魂更愁,她生未卜此生休,问谁埋向花坟,乌啼废邱?那紫金鱼儿替她含了,棺衾之类尚未备来,也并无一个人来问信。(哭介)这可不痛杀我也!人踪绝,人情陋,甚日消得我心头怄,甚时捏着你衫儿袖!

(正旦哭上)

【缕缕金】才非福,艳难留,玉人偏厄运,叹泡沤。紫鹃!看这光景,今夜是不能入殓了。还得叫些人来,一同守夜才好。

(杂旦)大奶奶!这园里人,通是二奶奶叫去了,还有谁呢?(正旦泪介)万种悲凉态,离魂时候,竹梢残月挂帘钩,灯光暗如豆,灯光暗如豆。

(杂旦)大奶奶!你是个有情有义的人,还来送我姑娘,也不枉相好一场。你看那些人可有个影儿?(痛哭介)

【越恁好】什么至亲关切,至亲关切,回面尽如仇!今日收篮罢斗,黄泉路恨能休?浮云太薄风弄秋,何曾会久?砖儿呵!重测测何其厚?瓦儿啊,脆薄薄无将就!

(正旦)你也不用恨了。起先姑娘绝气之时,你可曾听见那一阵音乐?(杂旦)也曾听见,那是新人进门呢。(正旦)娘娘服中,那边不用鼓乐,想是你姑娘升仙去也。(杂旦)哦!升仙去了。(叹介)

【尾声】纵乘云直上登离垢,骑不得白凤随她翠轙游,(合)可能够月现云开重聚首。

寂寞空园秋夜长,竹风桐露助凄凉。
瑶姬一去归何处,痛哭潇湘旧馆荒。

(同哭下)

远　　嫁

(小旦上)

【中吕引子·尾犯】悲逝复怜生,花落夜寒,离轻愁更。姊妹相依,无端孤另。魂已断,凄其旧馆人欲去,萧条画屏,最堪怜是雨桥风更,灯伴纤纤影。奴家喜鸾,系出贾氏,只因父母双亡,老太太怜爱,太太认为己女。常时得与姊妹相聚,尤加亲爱者,黛玉、探春两人,怎奈林妹妹竟尔殀亡,使我寸肠欲断,又值探妹妹行将远嫁,更觉执手难分,不免去送她一送。

【过曲·尾犯序】残照逼离情,冷落花畦,珠泪双迸。此去关河,问何年转程。孤影,瀛海上风多浪涌,蓬岛外烟凄月冷。荒荒地,干戈时节,着个小娉婷。妹妹!(贴上)伤心悲远嫁,矢志靖边烽。姐姐,(小旦)奴家特来奉送。(贴)有劳了。

（小旦）好说，妹妹，我和你相依未久，一旦远离，无限情怀，难以言罄。（贴）奴家薄命，远别双亲，既乖姊妹之欢，复有道途之苦。

【前腔·换头】星程雨驿似飘萍。别路苦长，难拒亲命，垂海妖云，正兵戈相争。（小旦）妹妹娴熟韬钤，战胜攻取，正堪建立功劳。（贴）难定。有几个娥眉皓齿，画得上麟台凤鼎。天涯远，如何教我抛撇了好家庭？

日来二哥哥病可好些？（小旦）前日他知道林妹妹去世，一恸而绝，幸喜救回将来，还不知怎样呢？（贴泪介。小旦）

【前腔·换头】佳人归玉京，笑杀旁人，苦杀多情。我想凤嫂子也太狠毒了！吓鬼瞒神，还科派顶了虚名。老太太也甚是懊悔，说害了他了。伤情，哭不转娇花嫩柳，唤不出烟痕画影。空凄断，轻怜痛惜，都是假惺惺！

（贴）我想二哥哥天性多情，日前既丧晴雯，如今又亡黛玉，此皆痛心切骨之事，若使尤能伤人，非止病魔来扰，我此去甚不放心。

【前腔·换头】他痴心难唤醒，怕命似悬丝，身如飘梗。那宝姐姐也不是仅讲道学可以笼络得来的。只用道理牢笼，恐更添上嫌憎。姐姐！你可将我言语细劝宝姐姐。丁宁，他没奈何悲花恋凤，难便把言规语净。奴今去，心儿怎放，兄妹最关情。

（小旦）妹妹好起身了，前途保重，切莫多愁。（贴）姐姐！小妹有一拜。（小旦）愚姐也有一拜。（拜介。各泪介。贴）

【鹧鸪天】泪满罗衣万里行，卧龙山外捣衣声。（小旦）云浮大海风催冷，日落长河水欲冰。（贴）凭浩气，斗心灵，天潢倒挽洗戈兵。（小旦）一朝得扫烟尘净，凯奏来将父母宁。

蜃气蒸成海市高，红裙斜压雁翎刀。

从今梦倚三壶月，青雀舟中检豹韬。

（分下）

哭　园

（生上）

【正北宫·端正好】痛沉沉，难存坐，（哭介）哭杀人无处腾那。闪下这彻天冤,害得无明夜,端的是熬煎杀!小生一病痴迷,被她们欺鬼瞒神,一场摆弄,只说娶了林妹妹,哪知倒是宝姐姐。及至细问起来,才知林妹妹已死!(哭介)就就这样害杀了她也!前日随老太太、太太到潇湘馆哭了她一场,未能尽哀,便被她们催逼回去。今日宝姐姐生日,众人畅饮欢呼,小生勉强吃了几杯,按不住心头悲戚,佯推欲卧,悄地来到园中,着实哭她一哭,(哭介)哎呀!妹妹吓!

【滚绣球】你竟长眠茧窝,为支离谁个?几年来受多少折挫,今日里死生分一面还差。我心儿里没耐向的痴,梦儿中可也没处的抓。谁想你做轻虹随风而化,一旦价影断音遐。我哈喽喽为青鸾佳信眼儿斜,又又谁知弄虚嚣诳骗咱。哎呀!妹妹吓!送的你落叶飞花。

【倘秀才】奈朦胧天何也那地何。镇日价暗吞声,难禁架,更受些儿没聊赖的言语多。他假姻缘将人拘缚,只分的顿开了网罗。

【叨叨令】向断肠天和你消闲过,那日一恸而绝,径向泉途问你,有人道,你生不同人,死不同鬼。

大嫂子又说,你临死之时,半空有着音乐之声,一定是成仙的了。小生久拼一死,倒为此展转迁延。

怕进了幽城费查,被泰山宫早牒向酆都来往下。那时节兀的不更波查也么哥,兀的不又虚花也么哥。哎呀!妹妹吓,急切里仙云那答,难道只这呜呜咽咽的罢。我当初梦中将心剖交与你,只道你过门时带来与我,哪知如今你带着上天去了。

【脱布衫】那高云里余心怎拿,须共你上塝为家,我已自觑人间鱼龙戏假,却怎能筋儿梯从空挂下?

我想要得上天,非仙即佛。

【小梁州】遥望着佛地仙山万里遐,淹答的心内顽麻。好妹妹!你看往日之情,来度我一度罢。料不能再世倚兼葭,难甘罢,来度我上灵槎。

妹妹!度我一度!度我一度!哎!你怎么全不理我,敢则恨着我么?

【么篇】你敢则无边怨恨如天大,实不不是阴错阳差。若论娶宝姐姐这节事情,小生之心,唯天可表!他们都乔坐衙,精打诧,直弄得神魂颠倒,无何奈始成家。你生前喜也是怜小生,嗔也是怜小生,难道死后就全不怜我了么?

【满庭芳犯】你共我但差一嫁,亲亲热热,浃浃洽洽。你纵不怜我,我却怎能抛你?怎忘得雨敲诗,墓埋花,和那几遭禅话。想那日和你谈禅,你笑着说道:

宝玉！我问你,宝姐姐和你好,你怎么样？宝姐姐不和你好,你怎么样？你和宝姐姐好,宝姐姐偏不和你好,你怎么样？你不和宝姐姐好,宝姐姐偏和你好,你怎么样？我笑道：任凭弱水三千,我只取一瓢饮。到如今,被黑心人那里暗使着绝命钢叉,真个把欠知心的冤家送下。你倒向云天上脱胎舍家,寻思起恨杀。我心中悲也不悲。你魂魄化也不化。

（风起介。生哭介）

【上小楼】只见灵风飒飒,钱灰飘堕,料应是天海归来,艳魄猫狉,一地胡拿。（四面拥抱介）妹妹！你来了也！你来了也！现真容,留圣迹,天风裙衩。慰痴人,殢心窝,万般悲咤。（望介,哭介）你竟不肯一现仙容,叫小生如何是好！

【么篇】我将这冤苦鸣,恁当做衷情寡。俺便合戴着僧伽,披着袈裟,拜着菩萨,誓成功寻见她。遇着咱,图个三生一夜,那便是犯天条,也值得被风吹化。

（恸倒介。小旦上）当局真堪死,旁观也痛心！正饮酒,不见了二爷,又不在房中,定是偷到园中去了。因此一径寻来,呀！原来哭倒在此！咳！可怜可怜！（扶生起介。生）哎呀！

【朝天子】把你润风风玉花,活生生拗折。消不了相思假,但剩下茜纱窗疏篁低亚,幻中缘无收煞,似这祆庙全焚,可也包山悄下。我志诚心你也难勾抹。哎呀！妹妹吓！一回儿哭她,哎呀！宝玉吓！一回儿哭咱。哎呀！天吓！更没处重寄幅儿鲛绡帕。

哭坏唐衢竟不闻,空园寂寞锁寒云。

何由得睹珊珊步,天海今无李少君。

（小旦强扶生下）

通　　仙

（侍从翠旗羽葆引贴仙装上）

【正宫慢词·长生道引】烧丹炼汞,在本分工夫用,一寸净灵台,此即天宫,免去谟觞求仙洞。跳猿定也,御气飞空,是为乘凤与骖龙。小仙兰芝夫人,近因离恨天中,幻情诸案,将次完结,唯神瑛、绛珠,尚须补恨,数应史真人撮合于前,觉迷于后。现在湘云始具志心,未成大道,特奉焦仙之命,前去传彼真诠。

【中吕过曲·合笙】俺骑着一捧天风,望神仙第宅云彩中。趁更声漏点清液永,唤醒他浮生梦。九灵镜空,看玄霜翠霞滋味浓。九天路通,听鸾笙凤箫声韵宏。十芒心孔,仗灵慧生光,大丹应合用。不在云笈开签,洞元虔睬,天女自钦奉。

(众下。老旦道装上)

【大石引子·念奴娇】金羊夜皎,正元功肃穆,三关轻送。一片冰轮来海底,满度金乔光炯。缘督为轻,收心至踵,无浪因风动。还丹成否?且须朝拜仙洞。

碧奈花开瑶笋长,云衣一着紫琳香,倘能种得丹泉粟,免向人间更断肠。奴家史湘云,以叔婶之命,出嫁董生,女貌郎才,琴和瑟好。怎奈他一病支离,竟成不起。奴家欲以身殉,却又上有翁姑,须为董郎侍奉,只得偷息人间。日前贾府祖姑薨逝,奴家前去吊献,才知道黛玉殁亡,着实伤心。因念草露风灯,难免三官之考,遂尔矢志修仙。却喜平时读书尚熟,要决梢知,当此孀居,正宜抛却俗尘,力求正果。几日来三关已透,虚世生明,只是未有真传,恐遭魔扰。奴家以女子之身,既不能求谒名山,又未便招延道侣,只好凭着慧悟,慢慢而行的了。

【过曲·念奴娇序】虚房静悄,溉琼田几偏。香心一点和融。十二重楼旋转处,督任阴跷先通。谁共?闲论丹头,为传真诀。千川月印启愚蒙。(贴众上。合)应自有金仙引道,朝谒青童。

(侍女)史湘云速来迎驾。(老旦喜介)你听仙乐盈庭,兼之异香满室,有人唤奴引驾,想有真仙下降也。(侍女又唤介。老旦跪介)尘凡弟子史湘云敬迓仙舆,乞恕不知,有失祇候。(贴笑扶老旦起介)史娘请起。(老旦拜见介)请问上仙何来?(贴)吾乃放春山遣香洞太虚幻境警幻仙姑兰芝夫人是也。因汝夙有根基,心忘风月,堪称道器。特指迷途。(老旦跪介)下愚固陋,得承上仙指引,何幸如之!(贴)大凡修仙,不在金丹服食,唯须心地洁清。要诀无多,你须静听。忠孝节廉,其根本也。闭九窍,通三关,其功用也。心死而后身生,保精而后藏神,其真诀也。今汝有忠孝之性,廉节之心,稍知功用,未能尽死其心,则心且召魔。定贻后悔。你且起来听着。

【前腔·换头】休懵,鞭心芥孔。要纤埃全扫,明珠澄水晶莹,姹女婴儿,休要去元白工夫轻用。当懂,元气周天,丹宫无垢,自然不死御刚风。(合)应自有金仙引道,朝谒青童。

至于工夫次序,也须层累而企。去欲速之心,守常惺之体,得一步再进一步,到一层才上一层,桶底大脱,火枣生胸矣。幸汝颖慧过人,以此诀坚行一载,便可成真。(老旦拜谢介)谨遵仙师要旨而行。(贴)功成之后,尚有一段补恨情缘,应汝作合,汝宜勉之。(老旦)仙师,那补恨情缘可否宣示。(贴)待汝道果既登,自然说明就里。

【前腔】功用,你且白炼朱砂,青栽琳树,蹑干履兑取圆通。开绛阙,待着恁明月飞琼。须共,出地香花,飞天灵萼,一时携手返瑶宫。(众拥贴行介。合)应自有金仙引道,朝谒青童。

(众下。老旦跪送介,起仰望良久介,喜介)我湘云好侥幸也。

【前腔】知重,我欲飞去瑶天,手摩银汉,即逢仙驭入尘中。传要诀,定能到紫府银宫。只不知补恨情缘当在何处?占凤,怎冰下无人,绳便阙系,等俺孀女管牵红。我想前因后果,谅非偶然,我果能了此一宗公案呵!应自有金仙引道,朝谒青童。

【余音】大药金丹何须用,看俺佩曳海山风,去嵌雪瑶台人姓董。

宝光珠雀掌中来,烟女相期去九垓。

一片右英坛顶月,从今不许着纤埃。

(下)

归　　葬

(小生上)

【仙吕入双调过曲·双劝酒】新拖旧遢,开除无处。锦貂绣于,都归典铺。只为的事多难措,算将来煞费枝梧。在下乃荣国府门官吴新登是也。俺这荣、宁两府,本来富贵风华,自从琏二奶奶来管家务,闹了个稀烂,私放支头,盘剥小民重利,又背地里打着老爷旗号,东面恳请,西面说事。琏二爷又不成材,私娶了尤二姐,被她知道了,骗进府来,要了性命,又暗地卖出。尤二姐本夫张华,告了部状,希图泄忿。闹得都老爷知道了,参劾了郝老爷、珍大爷,查抄了家产,这府里几乎一例抄没。幸喜北静王一力保全,只抄了琏二爷一处,老爷即便将两府家口搬来居住。郝老爷、珍大爷出关去了,圣上恩旨,便教老爷袭了荣公之职。怎奈数年以来,支应浩繁,库藏空虚,又添了两口家眷,浇裹不来,只得遣了尼僧女乐。

接着老太太受惊成病,转背归西;二奶奶费尽心机,积攒的私房,尽被抄去,哭了几夜,吐血而亡;宝二爷又为林姑娘去世,患病疯癫。丧仪医药,所费不支,把老爷逼得走投没路。老太太的蓄积,又为盗贼所劫,箱箧一空。如今要送老太太灵榇回南合葬,各处张罗,都不应手,只得将间壁这所大宅子,抵了三千金,且作盘费。点了总管赖升和跟班诸人,择定今日酉时起马,这倒也了却一桩大事。只是一切账目,俱未开发,将来年下很饥荒呢。话言未了,赖总管来也。(末上)

【哭歧婆】多年总管,爪牙纷布。封翁七品,荣而且富。裂皮斑剥鬓萧疏,虽老此心常恋主。

自家总管赖升。三代旧人,一腔忠悃。怎奈两府事业日渐衰微,哥儿们又多浪荡,眼见得支撑不住了,这却如何是好?(小生笑迎介)老太爷来了。(末笑介)兄弟,我因总忙起身,支派些家事,就来迟了。(小生)来的不迟。老爷酉时才起马呢。(末)这么着,我且坐坐。(小生)老太爷,如今老爷南去,要到你令郎地方过了,你去瞧他不瞧?(末)自然要去的。(小生)老爷盘费不足,只怕要烦你令郎心呢。(末)那有什么说的?只是好好一件美事,却被上头弄坏了。(小生)什么美事呢?(末)咱们这里林姑娘的哥哥,叫做林良玉,两日前我听得人说,在扬州行鉴,发了大财,有一二千万之富,各处都有字号大店,近来京城也有了十几处银楼,若不是琏二奶奶弄鬼,敢则老太太把林姑娘配了二爷,那时林姑娘也不死,二爷也不病,得了这一份天大妆奁,咱们这府里不大兴旺了么?(小生)真个可惜了呢,我想这府里的事,哪一件不是琏二奶奶闹坏了?(末)可是呢,这林姑娘的性命,不是她送的么?薛家这门子亲,什么好?薛大爷还是人么?(小生)那宝姑娘却也罢了,听得说二爷不大喜欢。(末)他自幼儿和林妹妹好,忽然撇了姓林的,娶了姓薛的,怎怪他不喜欢呢?老爷也很心疼,说本意原要把林姑娘配二爷的,因为老太太言语,不敢违拗,还说太太偏向亲戚呢。(小生)如今林姑娘的灵柩,也该趁此带回南去才是。(末)老太太留的五百两银子,上头使了,听得说,要等他哥子来搬呢。(杂上)伺候齐了么?老爷要起身了。(小生)伺候齐了。(杂下,随外素服上)

【五供养】无限刺心悲楚。穗帐秋风,泣坏皋鱼。南天开葬穴,桐杖诣苫庐。那更邮程千万。看囊箧浑难前去。只分的扶灵榇下三沽,再思良计救焦枯。

(小生下。众拥外行介。合)

【月上海棠】才上车,早离了荣宁两府家常路。望元州官道,一意驰驱。马蹄轻夕照遥山,水程近虚烟柔舻。從從去,回望神京,几行云树。

王谢门衰燕子稀,更堪血泪染麻衣。

蘨荒三列齐围火,池跃铜鱼万里归。

(俱下)

后　梦

(贴上)

【仙吕过曲·临镜序】柳青娘,玉身娇小称情场,怜杀我禁病禁愁,只怕的生是枉。纤腰一捻,常自怯晨妆。颤轻飘花一朵,轻晓雨树摇香,总被情丝漾。却盼到依张敞,哪知心迹又倜张。

奴家柳五儿,珊珊玉骨,常患捧心,怯怯花枝,每思续命。因为二爷爱惜女孩儿,想着贴身伺候,费尽许多周折,日来才在身旁。谁知二爷为林姑娘去世,一向抱染沉疴,近日方痊,了无情绪,兼之二奶奶端庄可畏,袭人又时刻提防,奴家倒将旧日念头,一齐冷了。今夜二爷忽然要在外房住宿,派奴伏侍,只得在此等他。(生上)

【不是路】空费思量,一去谁知梦也凉?怎缴这胡涂账,匆匆草草小黄粱。小生虽然哭了林妹妹几次,只是抛她不下,今日袭人偏偏又把晴雯所补的雀金裘拿来我穿,更添我一番悲感。又被这些人行坚坐守,实在可压可憎。无可奈何,只得在这外房住下。(泪介)哎呀!妹妹吓!你若怜着小生,好歹今夜在梦中会上一会。望娘行,悄趁鸡前,梦里来相向。(贴为生解衣介。生睡介)支枕遥听玉漏长,多少懵骏况。金环幸为羊权降,诉些悲怆。

(睡不着介,起坐介,叹介)

【哭相思】悠悠生死别经年,魂魄不曾来入梦。(闭目合掌介,贴笑介)二爷真像个和尚。(生笑介)果然像么?(贴笑介)果然像。(生细看贴介)人道五儿和晴雯一样,果然脱个影儿。(招介)五儿这来。(贴)二爷要什么?(生视贴良久介,贴羞介)二爷要什么?(生)你和晴雯姐姐好么?(贴)好的。(生)晴雯病重,我去看她,不是你也在那里么?(贴笑点头介。生)你听见她说了什么?(贴)没有听见。(生携贴手介)她和我说,早知担了些虚名,也就打正经主意了,你怎么没有听见?(贴羞介)也亏她女孩儿家说出这些话来。(生放手介)怎么,你也是道学先生。我因你生得和她一样,才和你说这些,你倒是派她不是,这又奇了。(贴)二爷,夜深了,睡罢。(笑介)今夜不是要养神么?怎么倒坐着呢。(生笑介)实告诉你,什么养神,倒是要遇仙呢。(贴羞介)你莫混说了,人家听见,什么意思?(内响介。小旦内)外间什么响?(生、贴各惊介。贴吹灯悄下。生)敢则林妹妹来了也。

【望吾乡】半夜金堂,何处嘘声起绣窗。抛球想必仙真降,缕金裙佩风来往。妹妹吓!我欲睹娇模样,你怜侬病,来消妄想。须知道玲珑梦里空无障。(睡介。内奏乐介。生徐起行介)呀!何处乐声嘹亮,待我看来。真如福地,原来是座禅林。假去真来真胜假,无原有是有非无。且住。我记得太虚幻境那对联是:假作真时真亦假,无为有处有还无。这里也是什么真假有无,却说得好。待我进去问问去来因果。(行介)你看一径松阴,满空花雨,这般气象,好不庄严也。

【十二红】法雨法雨香台滉,松径松径翠阴凉,一尘不到似天上。薄命司!原来这就是太虚幻境,我梦中来过的,如今竟得亲身到此,真正是大幸呢。且喜册籍犹存,待我取来一看。无恙,这册儿好更端详。这玉带挂在两株树上,不是林黛玉么?这雪里金钗,不是薛宝钗么?一个夜台抱恨,一个绣窗寄畅;一个知心侣伴,一个无意鸳鸯。看这诗句,也无甚不祥,为什么离合死生这般悬异?早是一生一死太荒唐,蜂媒莽,红丝枉,误杀好容光,留恨空天壤。待我再看这弓上香橼,敢是大姐姐?虎兔相逢大梦归。(想介)是吓!她是卯年下世的呵。这船中女子,想是三妹妹。这古庙美人,难道是四妹妹?这飞云几缕,逝水一湾,莫非史湘云?上面金书一篆字,是何缘故?我且看这又副册,这水墨之痕,敢是晴雯?怎么后面又有五株柳树呢?这鲜花一簇,破席一条,分明是花袭人呢。堪美优伶有福,却与公子无缘,哦哦,原来如此。一个冤归泉下,闪的我痛折愁肠,一个花移槛外,却与我并没下场。今朝明白花胡账,(放册介)这不了闲缘又何须强。只是伏侍多年,又有些情分,怎么抛得她下?(哭介,贴悄上)你又发呆了。林妹妹请你呢。(下。生)这是晴雯吓,待我赶上前去!(急行介)待把我两般心事诉红妆。(迟疑介)呀!一路来并不见晴雯,她从何处去了?那林妹妹又在何处呢?你看那白石阑中有一株青草,叶尖上微带红霞,中间有些花朵,微风动处,妩媚可人,却不知叫什么名儿?这般矜贵,只觉满袖香风漾。(小旦上)何方蠢物,擅敢偷窥仙草。(生惊介,揖介)神仙姐姐,小生听得晴雯说,林妹妹请我,所以来的。

请问神仙姐姐,此草何名?(小旦)这草么,名曰绛珠,生在灵河岸上,那时萎败,有神瑛侍者,日浇甘露,得以长生,历劫报恩暂归真境,我即专司此草者。(生)姐姐既是花神,可知芙蓉花是谁掌管?(小旦)这倒不知。我主人才知道呢。(生)你主人是谁?(小旦)潇湘妃子。(生)是了,这潇湘妃子,便是我表妹林黛玉了。(小旦冷笑介)此乃上界神女,岂与凡人有亲?若不速退,叫力士打你出去。(生惊退介)呀!如此庄严话又刚,休苦受黄荆杖。(贴上)速请神瑛侍者。(小旦)我等够多时,并无神瑛侍者来到。(贴)那去的便是。(小旦)神瑛侍者请转!(下,生急走介,贴扯住介,生惊看介)原来是晴雯。(哭介)你想杀了我也!(贴)侍者,我非晴雯,乃妃子侍女,奉命请你一会。(生)姐姐!那妃子是谁?(贴)到彼便知。(生背介)她声音面目,皆是晴雯,怎么说不是呢?(旦仙装引侍女暗上坐介,贴)请侍者参见。(下,生拜介,侍女卷帘介,生举头见旦痛哭介)妹妹!你原来在这里,叫我好想!(众喝介)这侍者无礼,快快出去!(撵生介,生急走介,旦众下,副净暗上立介,生彷徨介)叫我从哪里出去?怎么好?那是凤嫂子吓!(笑介)我原来回到家中了,怎么这样迷乱起来?姐姐,你在这里么?那林妹妹!(副净带鬼脸介,生惊哭走介,副净下。四力士提鞭上)呔!什么人敢在天仙福地啼哭,照打!(生急奔介,力士下。生回望介)且喜力士去了!(看介)补恨天!(叹介)心中事,恨最长,问谁人能够比娲皇,刚才见,旋即扬,料无缘,能共你成双。真如福地好家乡,只让我暂相羊。

(净和尚笑上)宝玉!你看了离恨天中什么了。(生)看了些册籍。(净)世上情缘,都只如此,你可悟了么?(生)悟了!(净)既悟了,你去罢。(推生跌介。净下。生惊醒介)哎呀!(贴急上)二爷!二爷!魇住了么?(生痴想介,大笑介。贴惊介)二爷又犯病了!(生)

【节节高】浮云过眼忘,漫悲伤,红楼梦破都明亮。有何风浪,虚情诳,痴愁枉,置身须在青霄上。撇开尘界上天堂,心儿畅。从今花底不干忙,大睁慧眼看空相。

【尾声】平生孽债徒劳攘,填却银河浪不狂,小生原许下他做和尚的,岂可失信?是必拜莲花身毒礼鸠王。

梦醒红楼忽憬然,尘缘消尽见心缘。

宝雯满地花谁采,长啸高登广果天。

(笑下。贴随下)

护 玉

（丑上）

【正宫过曲·锦缠道】玉来归,感菩提慈悲送回。起病果稀奇,竟从容兴居饮食都宜。料从今消灾免危,不争的又早是神情全异,踪迹甚堪疑。扢的把奴家搁起,毫无挂眼时。敢深知,其中就里,其中就里,近日敢深知。前日二爷又病了,有个和尚送了玉来,登时病起,和好人一样。那和尚要一万两银子,太太和二奶奶打算了几日,尚未停妥。今日和尚又来要银,二爷会他去了。但是这事我有三不放心:一则当日失玉之时并无外人,拆字请乩皆有空门之象,今日和尚送来,敢则便是和尚取去,保不住得银之后,不再来取。二则和尚行踪怪异,怕他着魔,另有心肠,白费了奴家许多心力。三则他日来待我光景,比前大不相同,漫道恩爱衾裯,便亲热言语也无一句,怕他知道奴家的暗计,存恨在心。那日他和莺儿说,袭人是靠不住的,这话就古怪了。（生急上）自知金可练,安用玉通灵。（取玉走介。丑）二爷!你急忙忙拿玉哪里去?（生）还和尚去。（丑）哎呀!这玉是你的命根,还不得的!（急赶扯住生介,生推倒丑介,丑不放介,哭介）前日丢了玉,几乎把我命要了,如今有了又去还他,你也活不成,我也活不成了!你要还先叫我死了罢!（生推丑介）你死也要还,你不死也要还!（杂旦急上）怎么!怎么!（丑哭介）他要把玉还给和尚呢!（杂旦急扯住生介）哎呀!这却如何使得?（生左右推介,大笑介）这玉就死命的不放,若我走了,又待如何?（丑惊哭介。老旦,小旦上）怎么好端端拿这玉去做什么?（生）那和尚不近人情,必要一万两银子,我还了他玉,他见不稀罕,敢则随意给他些就罢了。（老旦）原来如此,为什么不说明了,也叫人放心。（小旦）这倒使得,若真个还他,那和尚古怪,可不又闹不清了。至于银钱,我的头面还变得来,你也不用出去,我给他钱就是了。（取玉介）你们放了手罢。（杂旦,丑放手介。生笑介）你们原来重玉不重人,我跟他走了,你们守着玉罢。（急下。丑）太太!他说要跟着和尚走呢。（老旦）快叫人吩咐门上,莫放二爷出去!（丑急下。老旦）这畜生竟不知是何意见?

【普天乐】父娘恩,深无比,抚成人,新成室。偏存个乖劣心期,傍昙花要着缁衣。（小旦愁介）怕情迁性移,下得便抛家计,做了转关难料,拆开恩爱夫妻。

(俱下。净和尚上)白书逢僧虎，玄邱啸鬼狐。那日咱家取了玉去，果然他家宝贝，出了赏贴，送还者谢银一万。咱家几次来打探机缘，才知他与黛玉、晴雯有情未遂。且喜两人魂魄已自摄来，可以诱他同走。我便寻入他的梦境，示以禅机。后来送还了玉，本不为万金起见，却借索银名目，来指名会他。我晓得太虚幻境他们当年的公案，用些言语打动他。他进去取玉去了。待他出来，佯为指引，敢则就上了钩也。(生上)师父，玉被他们抢去，弟子在此，愿随师父去罢。(净)我要玉不要人。(生跪介)师父慈悲则个。(净)你且起来，你可知那玉的来头么？(生)弟子不知，望师父指点。(净)

【古轮台】在那大荒西，倚高峰青埂弄神奇。偷下这繁华世界，了情缘把空花闪你。你若入我门来，那黛玉、晴雯仙魂指日可见。想见他生小痴魂，娇颜艳体，且须撒手，空门之内，指登牟尼。(生喜介)弟子便随师父去罢。(净背介)这里怕走不了呢。(转介)你尚有世缘未了，等到那日，我自来引你。做君家一个印度懒残师。(生)请问师父，弟子还有多少世缘？(净)你且听我一偈：火宅抽身，鳌头小占。意马收缰，玉人见面。咦！荣华富贵没收成，和你同登太虚殿。(生)是吓！弟子梦游太虚幻境，曾见过师父的，真是一尊活佛了。但不知这地方却在何处？(净)说远就远，说近就近。且等灵山高会，和你潜行去。着了紫梨衣，欢天喜地，称心如意。鸠摩宗法许双栖，巧笑迦和底，不经生死没分离。我和你既是旧相识，如今不要银子了，但记着我的言语罢，我去了。(生送介。净)

【尾声】虚空领悟西来意，好打破葫芦没底，(下。生)且喜那仙草仙花尽可依。

听师父偈中，说什么鳌头小占，想父亲正有书来，命我乡试，不免料理些场屋工夫，赚取一举以慰父母，以了世缘便了。

浮名从不系心胸，偶被名牵为懊侬。

劈破玉笼飞彩凤，顿开金锁走蛟龙。

(下)

礼　　佛

(杂旦上)

【仙吕过曲·羽调排歌】剪了香心,抛开梦影,皈依古佛青灯。昏衢麻线好难行,世事盘陀不惯经。不忍听,不忍争,早则游丝委地懒萦情。优婆命,华盖星,没牵没绊且翻经。奴家紫鹃。自林姑娘下世,立意不与宝玉交言,怎奈他一种柔情,再三剖白,又见他几番大病死去活来,奴家倒心中不忍。可惜我姑娘性急了些,假如在世,这姻缘尚可结成。咳!而今是无益了!从来万事难凭人做主,一生唯有命安排,奴家见此风波,看得世情雪淡。恰好四姑娘愿入空门,再三求准,太太叫她带发修行,便在栊翠庵居住,因问情愿伏侍之人,奴家便求了太太,来伺候四姑娘。昨日搬到此间,且喜十分清静,只是心心念念,忆着林姑娘,不能抛下耳。(泪介。正旦上)

【南吕过曲·宜春令】分珂月,点慧灯,唪莲花香生妙经。这云堂暮鼓,把世间缘敲得无余剩。早将我算定今生,也只合伊蒲清冷。那化人城谅许我住香天,打碎梅花磬。紫鹃,我立心事佛,情愿剪发盟神,幸得太太依从,可酬素愿。只是你青年妙丽,哪能耐此凄清?(杂旦)姑娘说哪里话来?

【前腔】奴心死,早断腥,为林娘把人间看轻。似电光一闪,夕阳已剪桃花影。博得个绣佛长斋,全不怕更迷真性。只求姑娘时常指点愚仁。神机慧悟,好指点这寸心明净。(正旦)将来慢慢讲求便了。(杂旦)多谢姑娘。(生上)一心归妙法,随意叩禅关。妹妹,你倒遂了愿了。只是愚兄尚自沉沦苦海,奈何奈何!(正旦)哥哥世缘太重,怎及妹子无挂无牵?(生笑介)贤妹差矣,我有什么牵挂来?

【解三酲】俺几曾为他们忠心耿耿,为他们肯去夜晓营营?俺把些香迷翠惹竟全看剩,俺把些燕莺欢比做浮萍。俺自从亡了玉人,还有甚闲心兴?算了一枕华胥梦不成!(杂旦泪介。生)守得真源定,你道是牵挂多人,我道是了没关情。紫鹃,你果然伏侍四姑娘一生,功劳可也不小。只是你既自愿出家,为什么前日又帮着袭人阻我?(杂旦)二爷,那和尚古怪,未知是妖是佛,怕你走差路头,因此紫鹃呵!

【前腔】怜伊做浪花无定,这其间体认难清。(生笑介)你又哪里知道我从太虚幻境过来,久知他是一尊活佛了。(正旦)什么太虚幻境?(生)太虚幻境中,有神女主持,我家诸人,皆有册籍在内。(正旦)那册籍上写些什么?(生)我便念将你的出来。勘破三春景不长,缁衣顿改昔年妆。可怜绣户侯门女,小卧青灯古佛旁。(正旦)原来也有定数。(杂旦)二爷,林姑娘呢?(生)她是两株大树,上面挂了一条玉带。我前日已经会过她来,现今以为神女,好不威严。晴雯也在那里伺候她呢。(杂旦)哦!原来如此?住仙宫是何人为证?(生)是我亲眼见的。(杂旦)见佳人敢惹的讥评。(生)并没一言,早被侍女们撵了出来。(杂旦背介)我紫鹃,若能去伏侍她就好了。怎得丹房悄展韩房镜,也免的枉住尘中没着生。一片娇云影,只隔断半壁虚屋、几点钟声。(生大笑介)妹妹!我去了呢。(正旦)哥哥去了。(生看杂旦笑介)紫鹃很好,也罢。

【尾声】谕佛法都平等,青鸾会许侍儿行,只要去寻见瑶宫的那旧日盟。

(下。杂旦)姑娘!你听二爷言语,只怕将来也要走上这路呢。(正旦)他若走上这路,那就不得安宁了。(杂旦)便是。(正旦)你且随我进来。(杂旦)是。

珠火生眉优钵香,水田衣衲事空王。

人天最永唯花窟,百福何如清福长。

(同下)

逃　　禅

(净和尚、副净道士上。净)

【仙吕入双调过曲·字字双】拐行手段我为魁,妖魅;(副净)拐人拐到漏州西,顽意;(净)任他逋峭着痴迷,圈禛(副净)何尝有座上天梯,(各笑介。合)把戏!把戏!(净)道兄,我用尽心机,骗得宝玉心肯意肯,约定今日出场同走,我们等他去。(副净)这时候好放牌了,快走快走!(净)踏破铁鞋无觅处,(副净)得来全不费工夫。(下。末、小生上)我们贾府家丁,因为二爷和兰哥儿乡试,今日出场,特地来接。(末)哥吓,人山人海,眼睛要放快些呢。(小生)知道。(内鼓吹,生众士子挨拥上。净、副净暗上扯生下。众下。末)哥呵,兰哥儿出来了,怎么二爷还没有出来?(小生)我们去问兰哥儿。(末)有理。(下。净、副净引生上。生)师父,我们走罢!(净)走罢。(生)

【窣地锦裆】天空海阔鸟高飞,脱却儒衣换佛衣。师父!那黛玉、晴雯仙魂指日可见?(净)今夜就见的。(生大笑介)仙魂今日会相依,从此应无断肠时。(大笑下。净、副净各做势下。末、小生上)我们走去问了兰哥儿,说是二爷一同出场,如今不知走到哪里去了,我们快快找去。(合)

【倒拖船】急须寻去休迟滞,休迟滞。若无公子怎逃罪,怎逃罪?小街大街胡同内,分头找,赶忙追。恨身躯不能飞,寻不见哥儿可就了不的!

为云飘散水分流,此去何时更转头。

无限花枝留不住,暮云残日杳难求。

(同下)

遣　　袭

(老旦哭上)

【商调过曲·二郎神】抛娘去,刺娘心,痛娇儿宝玉,可怎的覆地翻天无觅处?年华老迈,叫娘争受悲吁。是不合将情来问阻,闪杀他山椒水渚忒胡涂。为残缘鬼窟,亲人都付空虚!老身只有一个宝玉,前出科场,不知去向,京城内外,跟寻了一月有余,都无下落。他却中了第七名举人。天子甚爱其文,询及缘由,令各省地方官搜寻,也无消息。老身年过半百,靠谁主张?(哭介)早知如此,便娶了林丫头也罢了。日前写了家书,报与老爷知道,不知如今可曾接着否?(哭介)哎呀!我的儿吓!(小旦哭上)

【前腔·换头】号呼,我终身无人做主,生生撇舍,比病死家园还更遽。我红消翠减,怎生般天佑儿夫?早遣他活去生还,也归故居。一霎里,喜孜孜向灯前共住,免欷歔,上赖你天公,化转痴愚。婆婆。(老旦)媳妇,我生儿不肖,忍弃家园,误你青年,使我沉痛。(小旦)婆婆,说哪里话来。媳妇颜不花红,命如纸薄,遭兹遐弃,莫可如何。尚望婆婆强自排遣,切莫过伤。(老旦泪介)儿吓!你叫我怎能不伤呢?

【集贤宾】千辛万苦来抚育,正膝下欢娱,竟人向天边无定所。又谁知生死何如?送得我残年受苦。算此后光阴难度,我生命蹙,要忘悲快归黄土。(小旦)

【集贤听黄莺】[集贤宾]你孩儿撇你真坦如,又何必苦为萦纡,你老景余年奴看取。纵不能改换门闾,也守得崦嵫日暮,莫常抱无量忧苦。(低介)[黄莺儿]喜的是水怀珠,倘熊罴入梦,何患影儿孤?(老旦)这却还好,儿吓,我还有事和你商量。(小旦)婆婆有什么事情,吩咐媳妇便了。(老旦)这般寻觅,没个影儿。(哽咽介)宝玉是不回来了,那袭人虽然跟他多年,却未经收在正屋里,不便留她,我已命人唤她兄嫂去了。等他来时,叫他领回另嫁。那五儿更不必说,人也大了,叫她出去配人罢。(小旦)媳妇也如此想。(杂旦儿暗上。老旦)你去唤袭人、五儿来。(杂应下。老旦)儿吓!这袭人却有些难处,若遣她怕她寻死觅活,若不遣她又怕老爷回来不依。(小旦)且等她来,以大义说她,再则婆婆与她些妆奁,叫她哥嫂配一门正经亲事,她也就可安心了。(老旦)这也说得是。(杂领丑、贴上。杂)太太!袭人、五儿唤来了。(丑、贴见介。老旦)袭人,我想宝玉和你虽有恩情,却未分明说破,老爷是全部知道的。我岂不愿你为宝玉苦守,只是老爷如何肯依?我已经吩咐你哥嫂,叫他替你寻一门正经亲事,我还与你一分妆奁,你却不可拂我之意。(丑哭跪介)哎呀!太太!念袭人呵!

【前腔】贱身躯早与公子俱,怕贻笑庭除。(老旦)你既未分明,便是侍女;哪有侍女守节之理?(丑沉吟介)却说是守义从来无侍女。(老旦)况且老爷也断不依。(丑)又兼之主人难恝,待抛离竟去,却怎把旧恩情来负?(想介)袭人从不敢违拗太太的言语,任凭太太主张罢。几踌躇,打熬一世,偿不了白辛勤。

(老旦)好孩子,你真个明白,你哥嫂定与你拣个好人家的。五儿,你是不用说的,我已叫你娘去了,你好好跟她回去配人罢。(贴哭跪介)太太,五儿却是不愿出去的。(老旦)这又奇了,你与宝玉什么相干,你倒不肯出去。(贴)五儿不为二爷起见。(老旦)可又来。(贴)念五儿呵!

【二犯二郎神】投身未久心意迁,愿常侍阶除,忍似燕匆忙辞旧主?五儿果然有了过犯,太太撵了,是该的,今日呵!甚愆尤除名而去?若是二爷在家,或者还有一说。如今二爷又走了,怕什么?比不得花貌晴雯遭嫉妒,望洪恩容依厦宇,暂时住,待得他年再寻归路。(老旦怒介)我的言语怎敢不依?你可仔细你的皮肉!(贴叩头哭介)五儿情愿太太处死,不愿出去!(老旦)这倒教我疑惑起来了。

【莺簇一金罗】留恋亦何须,敢私情,曾共居?(贴)二爷并无苟且。(老旦)既无苟且,为什么不肯去呢?(贴)五儿情愿长久伺候二奶奶。(老旦)不劳,锦堂中自有人维护,绣帷前怕没花扶助?我今日偏不许你在这里。(贴哭介。老旦)敢违吾,再枝梧,那时动了我无明,你死矣夫,奈何?称得你心头你好不愚!(贴哭叩头介)只求太太恩典。(老旦)看你涓涓清泪如同滚珠,哀哀求告,应知切肤早难言,就里无缘故。侍儿取家法过来。(贴哭介。小旦)婆婆且请息怒,待媳妇问问她去。(老旦)也罢,你问问她去。(小旦携贴向前场介)

【琥珀猫儿坠】肺肝倾吐，不必更妆愚。料我官人曾汝觑，好将心事告知奴。（贴）五儿并不为着二爷，只是不愿出府。（小旦）这却也奇。龃龉，竟没缘由却思长住。

（老旦）她说什么？（小旦）她说并不为二爷呢，依媳妇愚见，且送她四妹妹那里去，晨钟暮鼓，受些凄凉，自然就肯去了。（老旦）此言甚是。侍儿，你可送五儿到栊翠庵去。（杂）是。（老旦哭介）只是我那亲儿呵！你却在何处也？（小旦泪介。合）

【尾声】望天云，悲风絮，可能够月再团圆花再舒？（带丑下。贴背介）二爷吓！我只为那一夜灯前难弃汝。

一园秋雨一龛灯，心迹年来略似僧。
欲颂金经盟古佛，沾衣恐有泪痕凝。

（同杂下）

壬子秋末，卧疾都门，得《红楼梦》于枕上读之，哀宝玉之痴心，伤黛玉、晴雯之薄命，恶宝钗、袭人之阴险，而喜其书之缠绵悱恻，有手挥目送之妙也。同社刘君请为歌辞，乃成《葬花》一折，遂有任城之行，厥后录录，不遑搁管。丙辰客扬州司马李春舟先生幕中，更得《后红楼梦》而读之，大可为黛玉、晴雯吐气，因有合两书度曲之意，亦未暇为也。丁巳秋病，百余日始能扶杖而起，珠编玉籍，概封尘网，而又孤闷无聊，遂以歌曲自娱，凡四十日而成比。成之日，挑灯漉酒，呼短童吹玉笛调之，幽怨呜咽，座客有潸然沾襟者。起步中庭，寒月在天，四无人语，遥闻宿鸟随枝，飞鸣切切，而余亦颓然欲卧矣。所慨刘君溘逝，无由寄质一编，以成凤诺，不几乎挂剑墓门而重伤余怀乎？刘君名宗梁，四川人。嘉庆三年岁在戊午且月望日红豆村樵自序于小竹西。

都转宾谷夫子题辞

梦中死去梦中生，生固茫然死不醒。试看还魂人样子，古今何独《牡丹亭》？
不解冥冥主者谁，好为儿女注相思。许多离恨何补偿，姑听文人强托辞。
底事仙山有放春，争妍逐艳最伤神。真灵亦怕情颠倒，人世娥眉不让人。
栊翠怡红得几时，葬花心事果然痴。一园尽作埋香冢，不独芙蓉竖小碑。
有情争欲吊潇湘，说梦人都堕梦乡。与奏玉圆辞一阕，免教辛苦续《西厢》。

题　辞

传奇演义竞排场，琐碎荒唐两不妨。十斛珠穿丝一缕，难将此事付高王。
童憨穉戏了无猜，富贵家儿才不才？天遣口中衔石阙，情场红翠合生埋。
黛痕眉影可怜生，钏响钗光别有情。娇鸟一群声万种，不同名士悦倾城。
文章佳处付云烟，竟有文鳞续断弦。恩怨分明仙佛幻，人心只要月常圆。
各样聪明各种痴，一人情态一花枝。亏他五色花生笔，写到尖叉合拍时。

铅山　蒋知让　藕船

镂月裁云苦费情，眼前说梦可怜生。且从梦境看天上，翠榜金书十二城。
深苑东风着意吹，娇红残绿太离披。葬花绝好埋忧地，争奈春来又满枝。
留仙裙掩合欢鞋，生死悲欢两意谐。多分灵芽才补恨，世间奇福是荆钗。
歌喉一串泪珠成，关马清辞比继声。唱出相思满南国，故应红豆檀村名。

清江　黄郁章　贡生

水弦檀板度新歌，只赚痴儿掩泪波。一样骚人心事苦，当场难得解人多。
石头何处证三生，路滑原难放步行。钗钏玲珑狮子吼，檀郎认得阿谁声。
分明三业事多端，莫认当前作梦看。此是羯磨真实语，不曾些子把人瞒。
迷海为鱼事岂殊，忏除回向费工夫。花前为按鸟阑谱，似见光明大宝珠。

丹徒　郭堃　厚庵

独秀神芝玉苗芽，百花丛擢一枝花。极矜严处真痴爱，儿女私情亦大家。
气到熏莸自不同，浮花浪蕊扇雌风。情深正愿和情死，枉费娥眉妒入宫。
小凤雌皇合一群，怜香底事逼香焚。填词若准《春秋》例，首恶先诛史太君。
何必重生乞玉鱼，神瑛原是列仙儒。一家眷属生天去，小妇芙蓉妇绛珠。

仪征　詹肇堂　石琴

天遣多情聚一家，情多翻种恨根芽。若非补恨拈红豆，争得情缘证茜纱。
露华深护玉山禾，消得卿卿眼泪多。顾我愁心何处寄？半生清泪亦如波。
返魂续命几曾真，幻结人间未了因。不枉葬花心事苦，三生终有葬侬人。

漫劳鹎鸟妒鸾皇，总付荒唐梦一场。勘破温柔乡里事，安心同住白云乡。
读罢新编已惘然，那堪顾曲更当筵。愿将结习消除尽，复解《南华》第二编。

　　　　　　　　　　　　　　　吴州　俞国鉴　澄夫

前因后果妙于该，一片痴情任剪裁。不是词人偏爱憎，炉花风雨太无才。
死去生来事有无，却劳补恨费工夫。人间大抵都归梦，何必伤心为绛珠？

　　　　　　　　　　　　　　　古蓼　祝庆泰　苇艇

风月偏宜锦绣堆，大家儿女费安排。伤心紫府司花册，犹记金陵十二钗。
顽石分明是化身，等闲休负满园春。当头好月能逢几，且饮醇醪近妇人。
今古情缘一梦中，诔花埋玉恨难穷。返魂纵有灵香蓺，幻果都归色相空。
吴霜点鬓奈愁何，拍板新词子夜歌。剪烛更翻红豆谱，与君一样泪痕多。

　　　　　　　　　　　　　　　兴化　徐鸣珂　竹芗

命薄果然命薄，情多实是情多。多情薄命可如何？只好替天补过。
半枕红楼残梦，一编红豆新歌。酒阑灯灺泪如河，直把唾壶敲破。

　　　　　　　　　　　　　　　北平　袁镛　棠村

西　江　月

蒙庄妙悟启元风，锦绣丛中证色空。娇鸟一群丝百丈，可怜辛苦为怡红。
成佛生天亦偶然，痴儿骏女苦萦牵。西风一掬潇湘泪，化作冰珠个个圆。
雀裘金线对银缸，惨淡情怀影不双。一转风轮成小劫，炉烟常傍茜纱窗。
脂盋阳秋绝妙辞，年年红豆种相思。伤心更有怜春阁，泪尽寒潮暮雨时。

　　　　　　　　　　　　　　　吴州　陈燮　澧塘

世事都如梦，红楼梦最新。由来真是幻，何必幻非真？
雨馆残灯夜，梅花异国春。一声猿臂起，愁泪几沾巾。

　　　　　　　　　　　　　　　涪陵　邹渡宁　延清

彩云一片断仍连，重证情缘胜得仙。幻境太虚原不幻，红楼旧恨补人天。

传 奇

脂粉丛中暮复朝,茜纱窗下黯魂消。露华记否当年事,雨雨风风慰寂寥。
泪尽潇湘念未灰,熏人花气暗相摧。岂知珠草回春日,犹带芙蓉一例开。
缘逢深处天偏妒,情到真时死不休。千古伤心词客惯,两行泪洒笔花秋。
甘泉　张彭年　涵齐

如泡如梦孰为真!参透玄机迥出尘。一管生花能惊幻,更于何处觅仙人?
听雨潇湘奈若何,埋花心事费摩挲。大观园里炎凉态,争怪杜鹃红泪多。
眼过风花聚散轻,一群娇鸟各钟情。凭谁唤醒怡红梦,栊翠庵中磬一声。
又见还魂事可传,别裁新体继临川。春灯挑尽如年夜,当读《南华》内外篇。
莫怨名登薄命司,花天月地恰相宜。一生红豆村中过,此福人间更有谁?
吴州　姜凤喈　桐仙

新里翻新,慧中参慧,豪端如许风流。
生香艳语,一字百温柔。费尽玲珑心孔,闲谱出万种绸缪。
人离恨天犹难补,才子笔能勾。
无俦,须要用黄金铸板,白玉雕按,付二八娉婷,绝妙歌喉。
檀板轻敲低唱,细描摹一觉扬州。今古事,无非梦境,岂独是红楼?
秣陵　黄　钰　秋舲

满 庭 芳

红楼无梦不成春,梦到红楼转似真。锦瑟浓香花世界,谁人不是梦中人?
我住红楼二十年,而今梦醒大罗天。鬟华不现空中相,那得重寻梦里缘?
多君说梦惊痴顽,入梦苍黄出梦闲。不是先生无梦后,争教此曲到人间。
吴州　吴　会　晓岚

十二金钗半折磨,生生死死奈情何。却怜情海波千尺,不抵颦卿泪点多。
绛珠宫里春空老,青埂峰前月易斜。只有芙蓉情种子,年年开作断肠花。
公子佳人总太痴,痴情何必仗仙慈?一声玉笛高吹起,即是红楼梦醒时。
吴州　仲振履　云江

清嘉庆四年(1799)绿云红雨山房刊本、同治十三年(1874)友于堂刻本、光绪年间石印本、光绪三年(1877)上海印书屋排印本等。阿英编《红楼梦戏曲集》(中华书局1978年版)收录。

潇湘怨传奇

万荣恩

净　　宁国公　茫茫大士　北靖王
副净　荣国公　天将　睡神　赵全　王善保家
副　　渺渺真人　傧相
丑　　空空道人　天将　茗烟　雪雁　傻婢
外　　林如海　天将　力士　贾赦　眉瑞
末　　天将　力士　雨村　贾敬　贾珍　西平王
生　　天将　贾政
小生　宝玉　贾琏　差官　天将
老旦　天将　贾母　薛姨母　邢夫人
正旦　王夫人　李纨　柳嫂　鸳鸯
小旦　警幻仙姑　贾元春　宝钗　迎春　袭人
贴　　林黛玉　史湘云　秦可卿　探春　惜春　王熙凤　贾兰　妙玉　晴雯
　　　紫鹃　麝月　秋纹　柳五儿　尤三姐　吴贵妻

砌抹

钟情　假山　旗幡　云　拂子　拐杖　玉　天将　小旦　净　副　云童
　　　仙女
庭聚　老旦　生旦　小旦　贴　婢　书　小印　脂粉
荐宾　外　末　贴　老旦　丑　院子　茶盏盘　纨扇
探亲　老旦　旦二　贴四　小旦　副老旦　丑　小生　茶盏盘　玉
神游　小旦二　贴　小生　杂女乐　镜台　帷幔　枕被　拂子　宫门匾对
　　　小白旗　酒壶杯

梦姻	小旦　贴　小生　净　丑　怪虎狼　镜台　帷幔　枕被　旗	
奇缘	老旦　小旦　贴　小生　毡衣　酒壶杯　金锁　玉	
警曲	小生　贴　小旦　假山石　亭　桥　花锄　帚　竹篱　曲本	
归省	老旦　生旦　小旦　小生　贴　外　末　内侍　宫女　灯　仪卫 袍笏　官扇　红灯　旗杖　黄撑玉盏	
埋香	小生　贴　亭　围墙　假山石　花冢　花锄　篮	
盟心	小生　小旦　贴二　假山石　亭　墙　帕	
结社	旦　小生　贴　丑　副　拂子　白秋海棠二本　花缸二　笔砚　笔筒 诗笺	
祭祠	净　副净　神将　外　末　生　小生　院子　仪卫　祭案　香炉 烛台	
试玉	老旦　旦　小旦　贴　丑　针线	
拾囊	老旦　丑　香囊	
检园	副净　旦　贴　小生　小旦　丑　副　箱笼	
屈夭	旦　小生　贴　小旦　布帐　妆镜　茶壶盏　红袄二　手帕　背袱	
撰诔	小生　贴　丑　祭案　芙蓉花　香炉　烛台　花瓶　祭文	
琴梦	副净　老旦　旦　贴　小旦　小生　潇湘馆墙匾　帐被枕　妆台 琴　镜　书　砚　笔筒　笔　大镜　帐钩	
巧逗	小旦　二贴　小生　丑　笔砚　巾　书册　镜台	
秘议	老旦　生　旦　小旦　贴	
傻露	贴　小旦　小生　丑　假山石　花冢	
兰摧	小旦　旦　贴二　仙女　幢幡　帷幔　镜台	
诧聋	贴　旦　老旦　小旦　小生　生　副　丑　新衣　官灯四　鼓手　方巾	
泪奠	小生　贴　潇湘馆匾　灵位　烛台　香炉	
惊幽	小旦　贴　丑　红灯　帕	
余情	贴　小生　末	
籍府	净　副净　末　外　生　小生　老旦　旦　小旦　贴　杂　圣旨 枷锁　箱笼　金银	
感痴	小旦　小生　贴　红灯	
幻悟	净　外　末　小生　小旦　贴　四神女　官门　对匾　拂子　仙草	

	剑	鞭	镜	鬼怪						
醒玉	净	小生	拂子							
别试	旦	正旦	小生	贴	小旦	丑	末	外		
却尘	净	副	末	丑	小生	贴	杂	拂子	拐子	考具
骇报	正旦	旦	小旦	贴二	五	报单				
舟遇	生	小生	净	副	院子	船户	红氅衣	僧帽	拐杖	拂子	笔砚 束
情缘	小旦	小生	贴	净	副	副净	正旦	天将	仙女	假山	匵 玉 镜 幢幡 云

情　旨

（丑扮空空道人上）

【西江月】识道空空即色，谁知色色还空？悲欢聚散证元功，天眼禅眉断送。昨日花残月缺，今朝暮鼓晨钟。往来何处觅行踪？顷刻浮生一梦。

【凤凰台上忆吹箫】贾子多情，林姬寡侣，两人意合同居。有姨家爱女，钗玉齐符。忽遇逸人献计，花接木秦晋良图。叹别馆残魂顿耗，恼订陈朱。　悲呼，有愁莫诉，甘神归仙境，耻作尘姝。幸多情眷恋，血泪难除。剖衷曲良缘嗟阻，得神仙指引迷途。归原地证盟木石，依旧清虚。

　　苦钟情的贾宝玉遭逢生别离
　　病伤心的林黛卿担承死薄命
　　不损坏的潇湘馆常贮冷吟闻
　　有收场的惊幻宫共入蒲团定

卷　一

钟　情

（场上设假山"太虚幻境"匵，内锣鼓云拥上绕场下。外红面盔甲执旗上）

【赏花时】天上人间自不同,(末绿面盔甲、副净黄面盔甲共执旗上)说到姻缘事事空。(丑黑面盔甲、生紫面盔甲共执旗上)有多少造化运元功,(老旦蓝面盔甲、小生白面盔甲共执旗上)致令得情烦债冗,(合)偿报悉无穷。俺乃孽海情天把守各司等众侍儿们是也。仙师将次登殿,则索伺候去来。

(内细乐,小旦仙装,引四仙女,贴黛玉,贴晴雯,从山间,八仙童云拥上)

【醉扶归】一丝幽恨恨重重,离天愁海会相逢,拿住情根不放松,哪知枉做虚无梦。看这万种情冤孽行踪,难出俺遣香洞。(升坐介)春梦随云散,飞花逐水流。寄言众儿女,何必觅闲愁?吾乃太虚幻境警幻仙姑是也。司人间之风情月债,掌尘世之女怨男痴。无端会合,到头来总属浮沤;百岁相思,踏足处方为浮界。予情脉脉,引至无边;此境绵绵,缘而有着。西园公子,剪乱绪而偏多;南国佳人,恨惊波之靡定。心花怒发,早无寻乐之区;意蕊勾留,孰是寄愁之府?青山怨满,每以相而生缘;碧海泪深,致从因以示现。联寸心于莫解,此之谓情;生百感于非常,转成为恨。情能终局,欢娱皆系前因;恨少收场,苦恼多由宿业。咳!想俺这欲界情关,何时得破?今有孽海情天一段风流公案,未曾发放,不免唤近来晓谕一番。绛珠,晴雯,听吾吩咐。(二贴近前介。小旦)

【南江儿水】陋室空堂种,当年情万重。枯杨白草幽禽哢眼见他绿纱糊在蓬窗用。说甚么胭脂浓渍菱花拥,劝你把死别生离休恐。省多少代做衣裳,除却千般惊痛。

(贴)弟子偶有情牵,致遭尘劫,但不知此后降生谁氏,苦乐因缘,作何了结?上求仙师指示。(小旦)绛珠呀绛珠,前因后果,难以明言,但此去人寰,须索珍重。

【南泣颜回】飞花堕地恨无穷,凭仗慈悲醒动。看他啼眼盈盈,珠露浓浓,好年华罢却神仙种。苦根苗滴下苍穹,了三生转证瑶宫。道言未了,二位先师早到也。(净蓬头垢面,副草履双丫髻,各执拂笑上)

【得胜令】休笑俺破袈裟跣足容,休笑俺挂双拐步草丛,看别过蓬岛放浪踪。哈哈哈,叹凡人扰攘真堪痛。我盗一只牛,你偷一只狗。若无牛狗,大家撒手;若有牛狗,大家一口。(净)俺茫茫大士。(副)俺渺渺真人。如今往哪里去?(净)前后大荒山无稽崖青埂峰下经过,忽见一石,乃女娲氏补天所遗之物,唯欲携入红尘,引登彼岸,又恰闻警幻宫中,多少风流冤家,俱要下凡历劫。那绛珠仙草也在其中,正好这石复还原处,你我何不带到彼处,给他挂了号,同这些情鬼下凡,一了此案？（副）便是，请。（见小旦介）警幻仙师在上，贫道稽首。（小旦）仙师少礼，今将何往？（净、副）闻得赤霞宫神瑛侍者，常在灵河岸上灌溉珠草，使之久延岁月，得受精华，修成女体。但因未酬其德，甚至五内郁结，欲将一生之泪，报他灌溉之恩。今将这件物交割齐备，好待一干风流冤鬼下世。（捧玉奉上，小旦接看介）

【北收江南】呀！一个怕衣中金缕剪难缝，一个怕风柳絮泥沾重，一个把情关就理费寻踪。可惜同是伤心，空喊画饼，枉了他杯弓蛇影虚愚弄。叹浮生不终，叹浮生不终，只落得与君分手各西东。哪知道回转头来，一望冥冥蒙蒙。

（净、副接玉介。众合）

【么篇】枉有红鸾愿，终唯白虎凶，便是他佛家也受妖魔悚。你仙家也受千年劫，痴魂难把天心动。恁若知参商牛女一朝逢，试还问五更风雨西施垄。

（小旦）我有二偈，尔可牢牢记者。绛珠呀绛珠！人间天上总情痴，湘馆啼痕空染枝。鹦鹉不知侬意绪，喃喃犹诵葬花诗。晴雯呀晴雯！丽质何因犯主威，披裘人自泣斜晖。可怜白骨添新冢，蔓草荒烟蝶乱飞。晓谕已毕，但其后堕落迷途，还望二师指引。正是：假作真时真作假，无为有处有为无。（副、净引二贴携仙下介）俺等也就此下罢。（副）

【迎仙客】何必学黄鹤楼邯郸中，却会到梦葫芦唤醒痴翁，嗟道是发慈悲去憎懂。你我不必同行，就此分手，三劫后，我在北邙山等你，会齐了，同往幻境销号去。（净）最妙最妙。（合）只见浩渺渺水天连，阔茫茫山树共，有多少离别悲欢，赶不上斜阳送。

庭　聚

（生冠带上）

龙门鱼尾未经烧，身列朝端姓字标。漫道尘冠堪挂却，何时江上买鱼舠？下官贾政，字存周。学穷万卷，年近五旬。昔掌主事之班，今升员外之职。不幸先人去世，未得展吾幼学。且喜萱堂康健，荆室幽娴。孩儿贾珠，早岁夭亡，仅留一子。次女元春，前已被选入宫，十分宠幸。这也不在话下。最可异者，次后又生一子，初落下时，口中便衔一块五彩美玉，还有许多字迹在上，此诚千古罕闻之事，因取其名曰宝玉。今乃宝玉周岁之日，不免请母亲出堂，一同俱庆。（向内拱介）母亲有请。（老旦白发贾母上）

【传言玉女】锦诳轻裘,漫比玉堂春画,把青史闺人细究。(正旦王夫人引四婢上)乌衣翠袖,愧膝下承欢增寿。(贴王熙凤上)竹林雏凤。彩衣飞奏。

(生)母亲在上,孩儿拜见。(老旦)常礼罢。(生)夫人拜揖。(旦)相公万福。(贴)叔父万福。(坐介。老旦)今乃孙儿周龄,理宜大家同庆。(生)为此请母亲欢聚。(老旦)生受你。丫鬟们,吩咐抱公子出来。(婢向内语介,贴上)晓得。流苏帐暖黄莺啭,翡翠屏闲紫燕飞。太夫人呼唤,有何使令?(老旦)前日命你所办耍物,可曾完备?(贴)完备多时。(老旦—)如此,摆列上来,好待公子取者。(贴)晓得。(摆介。老旦)

【步步娇】岁月如流,好时光又到周龄候。(贴抱宝玉指介)这是诗书。(老旦)典册任勾留,(贴)这是符印。(老旦)将一副兵机,凭他研究。半晌费寻求,早不道文章技勇难成就。(贴)公子取着了。(老旦)取着甚么?(贴)太夫人听禀。

【桃红菊】霎时间声喧取否?小钗鬟闺帏厮守。笑吟吟一场戏购,笑吟吟一场戏购,却原来粉黛齐收。

(生恼背介)

【大胜乐】无端的怒气潜钩,怪儿曹直恁谬。狂憨望尔申余佑,忘了诗书上功名就。(老旦)我儿,你说哪里话来?经纶岂弗能荣后,树立尤须贵自谋。从今后你也不必烦恼了。看他丰神清秀,只索是含饴相逐画堂游。孩儿媳妇随我进来。(生、旦)是。(众下)

荐　　宾

(外冠带引二院子上)

白发苍苍日见新,不亲权势岂因循。经纶庶政怀清白,几载兰台座里人。老夫姓林,名海,字如海,本贯姑苏人也。身系世禄之家,名在书香之列。昔遂探杏风流,今点巡盐御使。争奈花甲已届,子息全无。幸喜夫人贾氏,生得一女,乳名黛玉。貌同花艳,才并雪称,下官最所钟爱。前日有人荐来西席,姓贾,号雨村,名捷南宫,身膺邑宰。只因未谙史事,至今失职闲居,因请来教训女儿。不料夫人去世,昨夜雨村又将都中复员之信,再三相谋,只是未有门路。今日燕寝幽闲,不免唤女儿出来,与她排遣排遣。院子。(副净、副)有。(外)请小姐出堂。(副净、副)小姐有请。(贴引老旦、丑婢上)

【番卜算】梦里识春愁,梦断魂厮逗。看片片游丝不自由,几忘了花开候。

爹爹在上，孩儿叩见。（外）罢了，看坐。（丑）有。（外）我见，看你终日愁容，须索宽解。（贴）孩儿不幸，早背萱亲，伶仃瘦骨，虽欲解怀，究何从解？

【桂枝香】相依左右，椿堂祥佑，虽没个兰桂承颜，今日女儿呵！把茜衫儿当斑衣彩斗。况华颜已周，白发非旧，愿康宁默佑享清幽。母亲呀！极目慈闱远，伤心珠泪流。

（外）我与你缓步庭阶，少遣闷怀便了。（贴合）

【皂罗莺】灿烂屏开锦绣，更轻寒轻暖，日淡风柔。散步唯闻暗香流，开帘怕逐东风瘦。

（净上）不辞跋涉关山瘁，来见葭莩骨肉亲。这里已是。门上有人么？（副）是哪个？（净）敢烦通报，说贾府差人要见。（副）住着。禀老爷、贾府差人在外。（外）着他进来。（副）是。贾府来人呢？老爷命你进见。（净进见介）姑老爷、小姐在上，小人叩头。（外）起来讲。（净）姑老爷听禀：

【志麻郎】到此地风尘罢休，望台下详请听剖。想俺太夫人呵，念小姐容颜消瘦，特着我携婢妇，勤奔走，情意厚。请小姐命驾登舟，勿使怀思久。

（外）承太夫人美意，择日送小姐到船便了。外厢酒饭吩咐。请贾爷到来，一同议事。（副）嘎。（同净下。外）孩儿。（贴）爹爹。（外）想你一去呵：

【驻马听】日影平洲，绿浸晴光人去候。春回野店，江深芳谷鸟声幽。撇得我回眸，膝下益添忧。伤心兰梦真莫有，想从兹道路优游，空剩俺萧条禁受。

（贴）爹爹呀！

【步步娇】早妆懒把髻丫就，倦指呵还瘦。霜抹晕红流，鸦语寒云，怕堂上人孤零，离却这花州。甚闲愁，抖的心如皱？

（副随末便服上）今朝诗酒清闲客，整日琴书会里人。（副）贾爷到。（贴、老旦、丑处下。外）先生。（末）大人。（外）请坐。（末）有坐。（副送茶，接，下。末）顷奉台召，不知有何见教？（外）天缘凑巧。适因家岳母遣人来接小女，此时正思送女入都，因蒙教训之勤，未经酬报。且闻大内兄现袭一等将军之职，二内兄现在工部员外郎，为人谦恭淳厚，故弟已修书一封，托其务为周全。先生可于出月初二日与小女同路而往，岂不两便？（末）多谢大人。但恐晚生草率，未敢进谒。（外）先生说哪里话来？（末）既如此，敬遵台命，晚生告退。（外送介）先生请。（末揖介下。外）我儿。（贴上）爹爹。（外）你且作速收拾者。

【清江引】修书且自淮扬叩，满眼风尘旧。春花树远遮，秋月人同受。（贴拭泪介)爹爹呀,从此望灵椿保重麻嘉辕。

探　　亲

(老旦贾母白发上)

【海棠春】华堂富贵春无限,想娇女晨妆相见。(副老旦邢夫人、旦王夫人、旦李纨同上)好待玉人来,且把眉儿展。婆婆、祖母万福。(老旦)罢了,坐下。(坐介。老旦)媳妇,前日着人接你甥女到来,怎么还不见到?

【江儿水】万里征尘远,终朝人影悬。莫不是椿庭朝暮共书砚?莫不是彩舟波浪难乘便?莫不是少年景色多留恋?欲放此怀难展。便赴京华,为甚音稀信远?

(杂丫鬟上)林姑娘到。(老旦)吩咐有请。(杂)林姑娘有请。(贴引净、丑婢上)

【一枝花】自怜生命蹇,萱室无端变。风餐并水宿,谁经惯北地南天?步步心疲倦,迢迢行路远。梦到家园,又被野树西风叫转。(见介)

外祖母在上,孙女拜见。(老旦)我儿免礼罢。这是舅母、大嫂,过来相见。(贴)舅母、大嫂在上,受甥女一拜。(众)姑娘请。(同拜介。老旦)我儿,你且坐下。(哭介)

【二犯香罗带】寒山衰草连,愁云几片。刺骨秋风冷更绵。我儿你娇羞从未出人前也。想我一闻你母亲身故呵!听报神思变,受苦煎,愁肠百结向谁宣?(合)哪识道相逢素面,殊教我泪珠弹破云烟,空落得伤心涌泉。

(贴)呵呀,外祖母呀。(哭介)

【前腔】花容只自怜,行行气喘。再休题娇养,从来在画阁前。想我母亲呵!你残躯病骨早归天,也剩我无倚傍,影怆然,杨花空自惹牵连。(合前)

(老旦)丫鬟,今日远客初来,吩咐众姑娘,不必上学去。(杂)是。(下。贴)

【皂罗莺】承觑千金婉娈,似珠怜玉惜,宝爱怜怜。祖母,你鬓点星霜莫心牵。孩儿呵!愿常依膝下厮欢抃。(拭泪介)俺那母亲何处呵!泪珠涟,白云几度,何处茂金萱。(小旦上)

【赚】四宝才研,闻道仙娥下九天。(贴上)闲清殿,趁日长宫绣还添线。(贴上)便是春满兰房好觅闲。(贴笑上)列位姑娘等一等,我来迟了。柳眉轻情,到今时熏香设宴延亲眷,敢来相见,急来相见。(见介)

林姐姐请。(贴)不敢,还是众位姐姐请。(同拜坐介,婢送茶介。老旦)此是二孙女迎春、三孙女探春、四孙女惜春,这个呢,(笑介)这是家中泼辣货,今后只叫他凤辣子便了。(贴)原来是琏二嫂子。(贴)不敢。闻得妹妹针线书字,在在精工,今日得遇,自惭形秽了。又闻妹妹贵体微弱,不知可曾服药否?(贴)自来未曾离药,经了多少名医,都未见好。(贴)闻说有甚和尚乱说,可是有的?(贴)就是那年三龄时节,忽来了一个和尚,他说道:

【皂罗莺】念百岁鸟飞兔转,叹红颜难育,昙室姻缘。彼时父母如何舍得?他又说道,索是如此,方可平安。亲友何须用周旋。从今朝泪珠当无见。老方全,谨依吾语,不啻去安禅。那和尚说了些不经之谈,也无人理他,如今还是服人参养荣丸。(老旦)好,我这里正配丸药,教他们多配一料就是。媳妇、孙儿,你们有事,就此去罢。(四旦三贴)如此失陪了。(贴)正是:自言行乐朝朝是,愿得如花岁岁看。(同下。小生带玉上)昨夜灯花朝鹊噪,不知何事到人家?

【忒忒令】听莺声拜罢萱前,绕玉砌步来竹院。(老旦)过来,见了林妹妹。(小生)是来见的。(见贴背介)呀!喜名姿独自,恁如花美眷。妹妹拜揖。(贴)哥哥万福。(同拜介。小生)看她细莲步,整花钿,弹香肩,溜波眼,好似会留恋。妹妹,闻你读书得好。(贴)些须识几个字。(小生)尊名?(贴)小字黛玉。(小生)表字呢?(贴)无字。(小生)这等我送妹妹一字,莫若颦颦,极妙。不知妹妹可有玉否?(贴半晌笑介)没有。那玉乃罕物,岂能人人皆有?(小生怨介)

【腊梅花】是何罕物把人牵,无灵少秀徒污玷。(看贴介)他蟾宫谪降仙,却谁知未有缘。(摔玉介)从今尘垢任他填。(哭倒介)

(老旦)孙儿,快休如此。林妹妹原有玉的,只因姑母去后,摘以殉葬,因此她说没有,也是不便夸张之意。你可好生带上。(丫鬟拾玉,老旦扶小生带玉介)丫鬟,吩咐将林姑娘安置碧纱厨里,宝玉安置碧纱厨外。(杂)晓得。(老旦)我儿随我进来!(小生、贴)是。(行介)

【尾声】暖风几阵催良燕,这是第一夜人间良愿,写不尽俺聚合天涯同缱绻。

神　　游

(场设妆台帏幔。贴上)

珠箔轻明出玉墀,数教鹦鹉念新诗。琉璃帐底斜阳透,正是檀奴午睡时。妾身秦氏,小字可卿。今早太太因梅花盛开,特请西府祖太太在会芳园饮宴。不料

宝叔一时欲寝,太太命妾相送。谁想不喜上房,偏要在奴房里。如此,只得命丫鬟,好生服侍。进来。(小旦袭人扶小生上)

【御林莺】风流念难算天,恩爱情空迢远。埋头午梦人心倦,厮等得花阴暗迟,鸡声暗延。说甚么名姿倾国随风卷,呀,似巫山浮云一片,刚睡去梦魂边。(四看介)这里好,这里好。(贴)既然称意,袭人姐,你可用心伺候。(下。小旦展衾,小生坐床上介)

【香遍满】纱衾展,抱了个鸳鸯枕影圆。看这些锦帷绣帐凭留恋,日映连珠数点悬,嫩寒芳气远。(睡介。小旦放帐。下。小生帐内)此际好风景也。(走行介)呀!悠悠望里边,蓦忽地云英现。信步行来,好一派洞天也。

【前腔】青郊游遍,早望见雕栏玉砌妍。刚绕过梵王钟鼓琉璃殿,只见青山一片连,水流花放远。咳!这个去处有趣,我就在此了却一生呵。强如讲席前,朝夕经严谴。

(向内望介)你看冉冉云裳,想必有人来了,不免闪在一边,听他则个。(旁立介,小旦仙装上)

【沁园春】天上人间,心萼双枝,情关一圈。在去来因里,结成眷属;无何境外,幻出根源。以福完全,以缘离合,兴尽悲来顷刻边。情和恨,迸两行愁泪,哭煞云烟。怜他少小牵连,向苦海迷途觅万千。有许多牵绊,难忘儿女,许多伤感,断送姻缘。梦境团圆,天门证果,转透红尘万法宣。知音者,听无端惊省,点点钟传。

(小生)听他歌声悲惋,原来是位仙姑,则索向前相见。(揖介)神仙姐姐,从何处来?往何处去?望乞携带携带。(小旦)吾居离恨天之上,灌愁海之中,乃太虚幻境警幻仙姑是也。今因访察机会,布散相思,幸而与尔相遇。此离吾境不远,可试随我一游否?(携小生手行介)

【南园林好】各途人,荣枯因缘;各样境,盈虚往还;各种情,贪嗔痴怨。尽气力,去安排。没把柄,自齐捐。

(场设宫门,中悬"孽海情天"匾,旁悬"厚地高天,堪叹古今情不尽","痴男怨女,可怜风月债难酬"。对联上插七面小白旗,幕痴情司、结怨司、朝啼司、暮哭司、春感司、秋悲司、薄命司等字。小生看介)原来如此,敢烦仙姑引我到各司中游玩游玩。(小旦)各司贮的是天下女子过去未来的簿册。但尔肉眼凡躯,未能明识。也罢,就在此薄命司随喜随喜去。正是:春恨秋悲皆自惹,花容月貌为谁怜?（携小生下。杂扮四仙女上）花分牝牡树雌雄,何况聪明智慧虫。一个圈儿能跳出,人间甚处着虚空?我们乃警幻宫中众仙女是也。昨闻今有绛珠妹子,生魂前来游玩,只得在此伺候。（虚下。小旦携小生上）一块疑团不解,万般愁绪交加。伤心无际望天涯,多少情痴牵挂。（拭泪,小生笑介）且随我去游玩,何必打这闷葫芦。（行介）

【忆多娇】绣幕半牵,雕檐入画,就理机关岂可言?（向内唤介）你们快出来迎接贵客。你看异草仙花景物环。（四仙女上）闻召前来,闻召前来。猛抬头浑难辨。我们不知有何贵客,特来迎接。姐姐,怎么引了这浊物来污染清净之境?（小旦笑介）你们不知原委。今日本欲往荣府去接绛珠,适从宁府经过,路遇二公子之灵,谆谆谕吾,大发慈心,引彼入正。先以彼家上中下女子之册,命之熟玩,尚未跳出迷津。故接引至此,或冀将来一悟,未可知也。（入座饮介。二侍女上。小生）不知众仙姑大名?敢乞指示。（小旦）这是钟情大士,那是引愁金女,那是渡恨菩提。（上酒介。小旦）舞女哪里?（小旦、三贴上）大师,有何吩咐?（小旦）今日贵客到来,你们可将新制《红楼梦》十二支歌演一回者。（众）晓得。（内打细十番,舞女歌介）

【引】开辟洪濛,谁为情种?都只为风月情浓。奈何天,伤怀日,寂寥时,试遣愚衷。因此上演出这怀金悼玉的《红楼梦》。

【终身误】却道是金玉良缘,俺只念木石前盟,空对着山中高士晶莹雪,终不忘世外仙姝寂寞林。叹人间美中不足今方信。纵然是齐眉举案,到底意难平。

【枉凝眉】一个是阆苑仙葩,一个是美玉无瑕。若说没奇缘,今生偏又遇着他!若说有奇缘,如何心事终虚话?一个枉自嗟呀,一个空劳牵挂。一个是水中月,一个是镜中花。想眼中能有多少泪珠儿,怎经得秋流到冬,春流到夏?

【恨无常】喜荣华正好,恨无常又到,眼睁睁把万事全抛。荡悠悠芳魂销耗。望家乡路远山高,故向爹娘梦里相寻告。儿命已入黄泉,天伦呵!须要退步抽身早。

【分骨肉】一帆风雨路三千,把骨肉家园齐来抛闪。恐哭损残年,告爹娘休把儿悬念。自古穷通皆有定,离合岂无缘。从今分两地,各自保平安。奴去也,莫牵连。

【乐中天】襁褓中父母叹双亡,纵居那绮罗丛,谁知娇养?幸生来英豪阔大宽宏量,从未将儿女私情略萦心上。好一似霁月光风耀玉堂,厮配得才貌仙郎,博得个地久天长。准折得幼年时坎坷形状,终久是云散高唐,水涸湘江。这是尘寰中消长数应当,何必枉悲伤?

【世难容】气质美如兰,才华馥比仙,天生孤癖人皆罕。你道是啖肉食腥膻,视绮罗俗厌,却不知好高人愈妒,过洁世同嫌。可叹这青灯古殿人将老,辜负了红粉珠楼春色兰。到头来依旧这风尘肮脏连心头。好一似无瑕白玉遭泥陷,又何须王孙公子叹无缘。

【喜冤家】中山狼,无情兽,全不念当日根由。一味的骄奢淫荡贪欢媾。觑着那侯门艳质同蒲柳,作践的公府千金似下流。叹芳魂艳魄,一载荡悠悠。

【虚花语】将那三春看破,桃红柳绿待如何?只把韶华打灭那清淡天和。说甚么天上夭桃甚,云中杏蕊多,到头来谁见把秋捱过?则看那白杨村里人呜咽,青枫林下鬼吟哦。更兼着连天衰草遮坟墓。这的是昨贫今富人劳碌,春荣秋谢花折磨。似是般生关死劫谁能躲?闻说道西方宝树唤婆娑,上结着长生果。

【聪明累】机关算尽太聪明,反算了卿卿性命。前生心已碎,死后性空灵。家富人宁,终有个家亡人散各奔腾,枉费了意悬悬半世心。好一似荡悠悠三更梦,忽喇喇似大厦倾,昏惨惨似灯将尽。呀!一场欢喜忽悲辛,人世终难定。

【留余庆】留余庆,留余庆,忽遇恩人。幸娘亲,幸娘亲,积得阴功,劝人生济困扶穷。休似俺那爱钱财忘骨肉的狠舅奸兄,正是乘除加减,上有苍穹。

【晚韶华】镜里恩情,更那堪梦里功名?那美韶华去之何迅。再休提绣帐鸳衾。只这戴珠冠,披凤袄,也抵不上了无常性命。虽说是人生莫受老来贫,也须要阴骘积儿孙。气昂昂头戴簪缨,光灿灿胸悬金印,威吓吓爵禄高登,昏惨惨黄泉路近。问古来将相可还存?也只是虚名儿与后人钦敬。(小生伏几卧介)

【好事终】画梁春尽落香尘,擅风情,秉月貌,便是败家的根本。箕裘颓堕皆从敬,家事消亡首罪宁,宿孽总因情。

【飞鸟各投林】为官的家业凋零,富贵的金银散尽。有恩的死里逃生,无情的分明报应。欠命的命已还,欠泪的泪已尽。冤冤相报岂非轻,分离聚合皆前定。欲知命短问前生,老来富贵也真侥幸。看破的遁入空门,痴迷的枉送了性命。好一似食尽鸟投林,落了片白茫茫大地真干净。(正歌毕,小旦拍小生肩介)

痴儿岂尚未醒耶?如此,撤去筵席,我且送彼去者。(合唱、携行介)

【尾声】问苍苍情向何边演,把慧业扫空迷恋,切要守定这一重关意马心猿。(同下)

梦　姻

（贴可卿仙装上）

【南泣颜回】生长大罗天，强逼轮回一转。人寰辛苦，其中怎着神仙？凄风冷雨，问东皇何事匆匆贬？叹幽姿各样魔牵，到头来谁家庭院？（坐介。小旦携小生上）

【南步步娇】天眼旁观真难劝，男女相思劵，牵缠不肯捐。总是情痴，更番相恋。咳！知觉祸根源，莽乾坤一任烟花卷。可卿妹子何在？（贴起介）有。（小旦指小生介）此乃荣国公之嫡孙，偶游至此，汝可于良时成姻，使领略些幻境风光，尚然如此，况尘世之情景哉？万一悔心向正，吾即可对先人矣。可卿呀可卿，汝且好生相伴，吾其去也。正是：大千世界火中莲，那识莲花九叶全。空色色空空不辨，回头苦岸即西天。（下。小生揖贴介）仙姑已去，想小生与姐姐陌路相逢，岂非天乎？

【江儿拨棹】看你国色天姿软，喜前来，与你轻松衣带寻欢忭。（搂贴，贴不语介）娇羞相映芙蓉面，纤腰倚定香云倦，多谢你同心眷恋。

【川拨棹】两下里这些儿意缠绵，不由我把芳魂尽去牵。（同下）

（净、丑夜叉领水卒、执旗跳跃、伏旗下，杂扮虎狼跳跃下，小生、贴迎上）

【忒忒令】面豺狼过来野烟，到此间荆榛难剪。（内鸣金呐喊介）你看这道黑溪阻路，鸣的不唬杀人也。叹杠梁已断，恁无边波卷。（小旦急赶上）快休前进，作速回头要紧！（小生）呀！看她飞莲步，响花钿，到重渊，频声喘，半晌魂惊软。仙姑快来，此系何处？（小旦引小生卧原处介）此即迷津也，深有万丈，遥亘千里，终无舟楫可通，只有木筏相接。此乃木居士掌舵，灰侍者撑篙，不受金银之谢。遇有缘者渡之。尔今若堕落其中，深负我从前之意矣！（内鸣金。夜叉水卒拖小生随同小旦、贴下，小生叫介）可卿救我！（贴二婢上）宝玉，勿怕。麝月、秋纹在此。（扶小生，小生展目介）呀！原来是一场大梦！

【沉醉东风】空对着影庭轩，风敲幕前，玉人来立地生香艳。梦儿里巫峡情联，暗想像还记起仙容现。（拟介）是这般觅好缘，何难见？是这般佩钿，是这般留恋，好一似许飞琼名落九天。（四望介）嗳！

【尾声】想当时情不浅，看寂寂残阳过枕边，这其中拆散俺鸳鸯两下眠。

（同下）

奇　　缘

（老旦引小旦、贴上）

【探春令】一帘浓雾散空庭,微曦度窗楹。小屏清初袅春光倩,轻寒意尚相凌。

闷去看花过小苑,闲来刺绣傍雕阑。老身王氏。幼适薛门,生有一子,名唤薛蟠。不幸年少丧父,遂迫至老大无成,罔思立地顶天,唯喜斗鸡走狗。且幸尚有一女,乳名宝钗,看她温柔贞静,练达老成。前因到京访亲,多蒙贾府妹子,执意恳留,只得在此住下。我儿,你看这几日朔雪飘飘,又是一番景况也。（小生带玉上）

【花心动】心不闲,奈槎停碧落,云归翠岭。遥望见花影轻轻,鸟语嘤嘤,野草幽葩点重门。寂静,看曲槛回阑相遮映。似重过罗浮仙境。隔院情,想向慈帏何处,款款园亭。

来此已是梨香院了。不免径入。姨母在上,甥儿拜揖。（老旦）公子请起。（小生）姐姐拜揖。（小旦）兄弟万福。前承记念,贱恙已愈。但闻你有玉,未经细看,今日闲暇,望乞赏鉴赏鉴。（小生取玉付小旦看介）

【渔灯儿】你看那冥冥的价赛连城,你看那莹莹的美质晶莹,你看那棱棱的华彩耀腾,只这个恁酥花明净,好一似五彩神灵。

莫失莫忘。仙寿恒昌。（看小旦介）你还在此作甚么?（贴下,送茶上）我听这两句,倒相和姑娘项圈上的是一对。（小生）原来姐姐之圈亦有字吗?倒要赏鉴一二。（小旦解衣取锁出介）请看。（小生接介）呀!

【前腔】原来是沉沉的丽水精英,原来是重重的宝色交呈,原来是星星的双南足胜,（指字介）安排着祥词厮定,想由来的烁沙汀。

（小旦接收介。贴）林姑娘到。（贴上）

【颗颗珠】离绪挂幽情,重重宽剩,痛极病伶仃。（见老旦介）

姨母万福。（老旦）姑娘请。（贴）姐姐。（小旦）妹妹请坐。（贴）有坐。（见小生介）怎么你也在此,哎哟,我来的不巧了。（小旦）却是为何?（贴）要来一齐来,不来俱不来,岂不至太冷太热?（老旦）好说,莺儿将酒过来,待我与林姑娘、宝二爷赏雪。（贴设席,小旦把盏,小生、贴止介）不敢有劳,就此同饮。（入座饮介。合唱）

【北中吕·粉蝶儿】瑞雪轻轻,满长空彤云遮定。小园中冬昼凄清。日回南、星建北,鹅毛粉净。兽炭频增,喷幽香梅花疏影。

(老旦)莺儿,可取暖酒过来。(小生)不必烫了,我最爱饮凉的。(小旦)宝兄弟,亏你还旁通杂学,怎知酒性最热,若冷饮于心,必致凝结受害。你今后切不可如此。(小生放杯,贴笑介)也亏你倒听她言,我平日和你说话,全似耳边风,怎她说一声,就此应承的快。(小生笑介,贴送酒,合唱)

【上小楼】粉乾坤,真可称,富豪家,乐矣生。应道是地在冰壶,鸟在琼枝,人在蓬瀛。锦帐清,肉屏重整,下的那密层层缓斟芳酩。(小生、贴起介)多谢姨母,就此告辞。(老旦)倘若无事,还来光降。(行介)

【泣颜回】携手向中庭,暂把幽怀同骋。风生檐下,多少琼树回环,爱团炉共领。碧沉沉旅雁魂惊冷。谢华筵醉里归来,倩芳卿暗中动问。(贴携小生下。老旦)看他已去,孩儿随我进来。

【尾声】客边人人同庆,则那些红炉暖阁琼醴赠,你看他携手相扶醉色倾。(同下)

警　曲

(场设假山石、亭、桥、花卉,贴担花锄携帚上)

【绕红楼】添将愁味酿深情,乍相逢暗结琼英。半瞬流光,周天情性,脉脉泪常零。

[如梦令]春去落花庭院,万种相思萦恋。收拾旧云锄,冷蕊残英娇瓣。飞片飞片,独葬新愁无限。奴家林黛玉。寄迹在外祖母之处,多蒙视同珍宝,送至大观居住。你看这几日来,红瘦绿肥,真好愁闷人也。

【步蟾宫】香腮闷托情常耿,深院锁新蝉,春归半顷。下珠帘,双燕掠银屏。早一点痴情徐领。左右无聊,不免向花冢间掩瘗一回,多少是好。(锄花、掩介)

【一剪梅】春归何事太伶仃,愁听金莺,懒数金铃。小楼睡起可怜生,眉点堪凭,香蒸难胜。韶光九十过将零,半为花嗔,半为花惊。梁间新燕语星星,若道无情,却似多情。

(内放桃片,从桥下出,贴指介)呀!看这沁芳闸内,流出许多桃片,好教人新愁旧恨,陡上心头也。

【榴花泣】天台云断,风日正融清,流得来飘荡荡之恁关情。莫不是浮槎误

89

入到仙庭,把御沟红叶同称。桃源可行,饭胡麻好借此送迎。那来者好似宝玉模样,难道把娇姿嫩蕊,直当作野草闲英。

(小生执曲本兜花片上)

【前腔】曲终不见,江上数峰青,向幽艳费评衡。嗳!看这《会真记》的词藻呵!分明是杜鹃啼月断肠声,不由侬代惺惺,痴情顿生。想小生这一段苦心,唯天可表!则怕钟情,偏有魔缠定,不能够畅满盈盈,到而今寸步伤情。(见介)

(贴)你在那里做什么?(小生)好好把花扫起来,撩在水里去罢。(贴)撩在水里不好,那畔角上奴有一座花冢,如今把它扫埋于内,日久随土消化,岂不干净?(小生喜介)侍我放下书与你收拾者。(贴)甚么书?(小生)不过是五经四书。

【驻云飞】古圣遗经,易法诗蓰礼教明。政事书言谨,笔削词华逞。(贴)你休隐讳,好好与我看看便了。(小生)妹妹,若论我二人,是不怕了,你看后切莫告语他人。嗏,绝妙好风情,恬吟密咏,妹妹!展卷分明,陡觉春怀迸,反复吟哦自不胜。(贴接着介)

【桂枝香】虽则想边虚影,也是缘中应省。似这小书痴佛殿逢迎,还亏那俏丫鬟两厢约定。最妙是《惊梦》一出。恨风光不成,恨风光不成,把别离愁整,只落得梦魂厮应。(泪介)似这等钟情之辈,天下正未必多得如此崔张也。问谁能月夜绸缪意,阳关赠别情。(小生笑介)妹妹你说可好?(贴笑介)果然有趣。(小生笑介)我是个多愁多病身,你就是那倾国倾城貌。(贴怒指介)哥哥,是何道理,好好把淫词艳曲欺负奴家?待我告诉舅舅、舅母去。(小生)

【锦鱼灯】恰才个红粉颊樱桃微映,霎时间蹙双眉薄面相争。(贴泪介。小生)则见她泪珠倾。(揖介)妹妹呀!谢唐突求无与争衡。(贴不理,走介,小生拦介)妹妹少留。(贴哭介)哥哥休得无礼!(小生笑介)妙嗄!便是这淡梨花、含薄醉,越怡情。

(揖介)妹妹息怒,小生一时狂惑,望勿介怀,如若有心欺负,身随花灭,皇天鉴之。(贴笑介)一班唬的如此光景,原来是银样蜡枪头。(小生收书笑介)小生也待告诉去。(贴笑介)快把花埋了罢。(小旦双人上)竹院寻来人寂寂,花阴踏遍日迟迟。(见介)那里没有找到?那边大老爷欠安,姑娘们都去请安,太夫人命你去呢?快回去换衣裳罢。(小生)妹妹少住,小生去也。正是:春深画阁调鹦鹉,昼永闲廊醉海棠。(同下。贴)宝玉已去,独步前行,益发令人难遣也。

【罗帐里坐】庭花寂静,斜阳小屏,无聊展转苍苔残冷。这便是我林黛玉作愁人的消受了。恨绪悲情,盼不到月华照影一轮生,只索倦把雕阑倚定。

来此已是梨花院。你听墙内笛韵悠扬,歌声婉转,想是演习词文了,不免静听一回者。(内唱《牡丹亭·游园》【皂罗袍】曲介。贴)呀,原来传奇中也有绝妙好文章,可惜世人只知好看,未必能领略其间趣味哪。(坐石听介,内又唱【山桃红】曲介)适闻"如花美眷,似水流年",忽想起古诗中有"水流花谢两无情",再词中有"流水落花春也去,天上人间",所见《西厢记》中"花落水流红,闲愁万种",细思滋味,不觉心痛神驰也。

【渔家傲】好一似碎玉余金错杂声,好一似冰澌水流,瑟响琴鸣,好一似泥喃语燕留莺称,好一似风雨长空径,好一似铁甲金戈,衔枚前骋。总则是迭荡铿锵入耳迎。

(贴香菱上)

【江儿水】红灭辞春末,阴浓入夏曾。池塘冉冉垂杨映,园林处处鸣禽静,时光屈指黄梅径。可怪无从问,请永锁长门,人在天涯何境。林姑娘在此作甚?紫鹃姐姐也找姑娘呢?说琏二奶奶送上茶叶,姑娘你可回家去坐罢。(贴)

【意多娇】灯映棂,月浸庭,辽薄春寒到茜屏。香菱妹妹呀!我和你耐数残更静夜听。花冢呀花冢!可惜芳情,又只剩得满地平铺渍泪轻。(同下)

卷　二

归　省

(外、生、末二上,生上)

【醉翻袍】风和国祚太平兆,梨园一派响笙箫。幸则幸良辰美景庆元宵,花灯万盏都安乐。看多少灵芝敬献,香霭齐烧。比似着灯光相射,月色相交。这的是覆载恩深,怙冒多欢笑。自入宫闱泪未干,一封恩诏万人欢。从来归省知多少,难得天颜将紫鸾。下官贾赦。今日乃贵妃省亲之辰,特同二弟带领子侄人等前来伺候。这时想必到来,只索上前迎接。

【正宫·端正好】一声莺报上林春,五更鸡唱扶桑晓。贺昭阳锦绣偏饶,遍天街车马知多少,端的是塞满东华道。(虚下)

(杂扮太监内侍、宫娥引小旦乘辇上)来此已是，请娘娘住辇。(外众俯伏介)臣贾赦、贾政等接驾，愿娘娘千岁千岁千千岁。(侍)平身、回避。(众下，二老旦、二正旦上)臣妾接驾，愿娘娘千岁千岁千千岁。(侍)平身。(行介)来此已到园中，请娘娘升座。(参见介。侍)赐坐。(坐介。小旦)许多亲眷，可惜不能相见。(正旦跪介)启娘娘，现有外亲薛王氏及宝钗、林黛玉在外候旨。(小旦)快请进来相见。(内侍下，引老旦改装，小旦、贴俯伏上)臣妾薛王氏、宝钗、黛玉见驾，愿娘娘千岁千岁千千岁。(小旦)赐坐。(坐介。小旦)田舍之家，齑盐布帛，得遂天伦之乐，今虽富贵，骨肉分离，终无意趣。(众)草莽寒门，鸠群鸦属之中，岂意得征凤鸾之瑞。今贵者上锡天恩，下昭祖德，此皆山川日月之精奇，祖宗之远德，钟于一人，幸及臣等。且今上体天地好生之大德，垂古今未有之旷恩，虽肝脑涂地，岂能报效于万一。唯优愿我君万岁千秋，乃天地苍生之福也。贵妃切勿以臣妾等残年为念，更祈自加珍爱，劝慎肃恭，庶不负上之宠幸也。(小旦)宝玉因何不见？(老旦)无职外男，不敢擅入。(小旦)宣进来。(小生上俯伏介)臣宝玉见驾，愿娘娘千岁千岁千千岁。(侍)平身。(小生起介。小旦)吩咐将有凤来仪赐名潇湘馆，红香绿玉赐名怡红院，蘅芷清芬赐名蘅芜院，杏帘在望赐名浣葛山庄。(小生)领旨。(侍)筵宴齐备，请娘娘更衣升座。(内细十番，场上设五席，小旦升座。二老旦、正旦、小旦、贴、小生旁坐。众下。正旦、贴捧羹把盏、宫娥接介。合唱)

　　【八仙会蓬海】风熏日皎，看万朵祥云，摇动晴宵。华筵初启，鳌山遥映青霄。[玩仙灯]果合欢桃生上苑，花并蒂莲舒御沼。[月上海棠]宜欢笑，又恰好殿拥南山，境开蓬岛。

　　(侍跪介)启娘娘，上酒演灯。(内吹打，扮各色灯上，演下。众合唱)

　　【南画眉】灯层层巧妆描，万朵名花绽池沼。听铜壶息漏，禁鼓停敲。小院外兰麝齐烧，御楼前光辉相照。锦帷绣幛般般俏，人在洞天欢笑。

　　(杂扮各色花灯演上。众)

　　【北刮地风】密匝匝灯竿高，白尺花灯儿逐件飘摇，梅花灯朵朵含春耀，李花灯舞态娇娆。一处处紫云缭绕，一片片彩霞缥缈。柳喷烟，榴吐火，满园佳兆。锦乾坤，真美巧，渺仙音直达昏晓。玉箫声入耳东风袅，共祝天颜福寿高。

　　(侍跪介)启娘娘，赐物俱齐，请验行赏。(送单上，小旦看介)依此而行。(侍)钦哉谢恩！(众)千千岁！(内侍引仪仗上)启娘娘，时已丑正三刻，请驾回銮。(小旦拭泪上辇介)

【尾声】时欢娱,只怕催银箭。我这里寂寥取道,(众)臣妾送娘娘。(侍)娘娘有旨,就此止行。(小旦)只索望着家乡,含悲将云暮扫。(众下)千岁!

(众)千岁!(老旦)贵妃已去,你们各自安息着。正是:紫禁迢迢玉漏鸣,碧天如水夜云生。(众)泪痕仔细含情水,骨肉天涯无限情。

埋 香

(小生上)

【双调·夜行船】百岁光阴一梦解,重回首往事难排。昨日春归,今朝花采,藕花池晚笙歌派。

[减字木兰花]春光渐老,流莺不问人烦恼。细雨窗纱,深巷明朝卖杏花。金铃花护,悔教见罪人如玉。小立阶前,待燕归来下画帘。小生贾宝玉。不料昨日误说两句戏语,竟致得罪林妹妹。今日不知她躲往何处去了?索性迟两日,等她气息再去。也罢。(叹介)你看这许多凤仙、石榴等花,锦重重落了一地。(叹介)这是她心里生气,也不收拾。这花朵待我送去,明日再问她便了。(作兜花介)

【北新水令】问卿卿因甚落瑶台,乱纷纷娇姿媚态。芳英劳拾取,檀蕊莫挤挨。(听介)你看远远有呜咽之声,何事衔哀?想是哪一房的丫鬟受了委屈,到此地方来哟!不免闪过一边,听她则个。远看着那山坡,教俺不能奈!

(场上设假山花冢,小生立山中椅上介,贴担花锄、竹篮上)

【正宫白练序】东风里盼,阵阵晴丝下小阶。斜阳外,景物那堪重改。意冷漫倚台,奈极目天涯无尽来。魂消界,深沉院落,小桃轻摆。

[如梦令]双蝶翩翩相斗,小鸟啼花情逗。春去没多时,又见芭蕉绿透。消受,消受,腰与垂杨同瘦。奴家林黛玉。适遇饯花之期,不免将这些残英落瓣,一一掩埋便了。(掩花拭泪介)嗳!想奴家幼失椿萱,寄人篱下,不知将来作何归结?你看这花冢之上,好不令人伤感也。

【莺花皂】奇慧性中来,做了个不开怀女秀才。敢前生欠下伤心债。甚潇潇暮雨把吴娘害,冷胭脂委草莱。这是个断肠人便活也呆,那是个少年人便死也该。不能作嫣红姹紫,连理同栽。一任侬埋香瘗玉,淡妆自哀。则只是奴家呵,欲把虚空打碎,又被虚空碍。呀,你看日已西斜,不免趁此时葬花一回者。

【离庭宴带歇拍煞】侬则见花谢花飞花满阶,助人愁光无赖。霎时间柳丝榆荚费安排,锦前程镜花水月,巧因缘海市蜃台。枉堕落情渊孽海,论钟情岂在形

93

骸?纵无缘情根自栽。从今后任风刀霜剑浑无奈,荷锄归冷雨难捱。焰青灯离情宁耐?掩风流净土长埋。花呀,花呀!想奴家今日呵!叹红颜春不再来,剩一种新诗自爱。问知音哀也不哀?只落得倩雪儿歌出沿门卖。(小生)嗳!

【山坡羊】丢不掉是前生冤债,割不断是今生恩爱。求不成是缩地仙方,望不到人在天涯外。这是前生该,今生怎去捱。甫能够同心合意恩如海,又恐怕徒弄虚脾引祸灾。怜才,羡卿卿家雅俊才;痴孩,惹侬家呆打孩。

我想林妹妹的花容月貌,将来亦到无可寻觅之时,则藐躬尚安在哉?且斯处斯园,斯花斯柳,又不知当属谁氏矣。仔细想来,呜的不痛煞人也!(大哭抖花介。贴)隐隐山坡上也有悲声,难道还有个痴子不成?(看小生介)啐!我当是谁?原来是这个狠心短命的!嗳!(回走介,小生下赶上介)妹妹请住,我知你不理我,我只说两句话,从今以后,但凭尊意。(贴立介)请说来。(小生)妹妹呀!既有今日,何不当初?(贴转立介)当初怎么样?今日怎么样?(小生)当初呵:

【忆秦娥前】承珍待,风风雨雨妆台外。妆台外,暮和花坐,朝和花在。

我想姊妹自小至大,和气到底才好。谁承望姑娘人大心大,把我三日不理,四日不会。想我又没亲兄弟、亲姊妹,也和你俱是独出。只怕同你的心一样,谁知我是白操了这一番心,有冤没处诉了。(拭泪介)嗳。我也知道如今不好,但万不敢在妹妹跟前有错,纵有错处,你或教导谨戒,或打或骂,我也都不灰心,谁知你总不理会,致使我今日呵!

【忆秦娥后】千般意绪回肠害,思量辗转心无奈。心无奈,失魂少魄,超升难再。(贴)你既这样说,为什么我去了,你不叫人开门?(小生)呀呀呀!此事从何而起?我要是那样,立刻就死了。(贴)何必起誓?想是你那姑娘们懒得起动,也是有的。但你亦该教训教训。今日得罪了我的事小,倘或什么宝姑娘、贝姑娘来也得罪了,事情岂不大呢?(内叫介)请林姑娘、宝二爷用膳。(小生携贴行介)妹妹,我和你且自去者。(合唱)

【南尾声】雕墙一堵严中外,眼看那夕照怡红两扇开。(贴)待我取了花锄去,(取锄、篮担上介)这是座哭不倒的长城空将情泪洒。(同下)

盟　　心

(贴泪上)

【霜天晓角】心乎太忍,万种风流尽。粉面千行泪揾,重匀也不堪匀。血泪轻衫任自经,伤情回首步空庭。人间哪有痴于我,冷况宁教让小青。奴家林黛玉。昨晚宝玉命晴雯送来罗帕二方,想宝玉这番苦心,能领会奴这番苦意,令奴可喜。奴这番苦意,不知将来如何了结?又令奴可悲。忽然好好送两方罗帕来,若不是领你深意,又令奴可笑。再想私相传递,奴又可惧。奴每好泣,想来无味,又令奴可愧。如此左思右想,一时五内沸然,由不得余意缠绵,题诗在上。(袖出帕念介)眼空蓄泪泪空垂,暗洒闲抛却为谁?尺幅鲛绡劳惠赠,叫人焉得不伤悲?抛珠滚玉只偷潜,镇日无心镇日闲。枕上袖边难拂拭,任他点点与斑斑。彩线难收面上珠,湘江旧迹已模糊。窗前亦有千竿竹,不识香痕渍也无?咳!宝玉呀,宝玉!你这样情深意切,真个教人难受也。

【风云会四朝元】彩云徐引,兰香喷鼻闻。(指帕介)须识道词华恳切,漫徒认才思秀敏。这帕呵!都是相思雪染巾,谢无端相慰,谢无端相慰,一帕中含万种幽痕。侬是相府嫁佳人,语和演须心忖。(泪介)莫笑痴情忿,嗏!何日解痴魂?假假真真,枉自空亲近。想起金玉之言呵!西风劈面瞋,几度暗伤情。但是,宝玉还不像个薄幸儿郎。看他深深用意,行行体谅,恁相亲教人怎忍?今日史湘云到此,宝玉自然说起麒麟之故。但野史外传,大半才子佳人,多因小巧玩物,或玉环金佩,或鲛帕鸾绦,每遂终身之愿。今宝玉亦有麒麟,恐借此生隙,与湘云也做出风流佳话,如何是好?不免悄悄前往,见机以察二人之意便了。

【喜渔儿】麒麟暗把佳期认,情深允,两下里结双头,许赐良姻。(泪介)那时呵,纵非如金玉亲,鹊桥新,悄把鸾盟肯。则奴家呵,伤心处冷泪惊魂。涕纷纷,分明是蓝桥水涨,不由人缓步因循。(下。小生、贴上)

【喜迁莺】玉梳斜挂,倚纱窗对坐,柳媚烟匀。铁马纷纭,软帘风引,剩春寒杏子衫裙。(小旦上)一霎里重添珠粉,一刻里午睡兰温。殊教侬熏香奈坐,闲行又闷。兴隆街的大爷来了,老爷叫二爷出去相会。(小生不悦介)有老爷相会就是了,何必见我?(贴笑介)自然你能会宾接客,所以叫你出去呢。常言道,主雅客来勤,自然你有些惊动人处,他才要会。(小生)罢罢,我也不称雅,不愿同这些人来往。(贴笑介)还是这个情性,如今大了,你也该有志上进呀。

【锦上花】三冬富,白不群,优书卷,握宝珍。须有日鳌头独占步青云。(笑介)你就不愿读书。去考举人进士,也该常会官宰,谈论仕途经纶。也好应酬庶务,日后亦好广交知己。争奈年虚度,十几春。闺闱里,放浪身。残胭剩粉日相亲,忘却细论文。(小生不悦介)姑娘,请到别位房中坐坐去,这里仔细污了知经济通学问的人。(小旦)姑娘快别说罢,想薛姑娘也曾说及,谁知他不答一言,登时怨去。那时宝姑娘满面飞红。幸而是宝姑娘,若是林姑娘,不知又闹得怎样,哭得怎样呢?想起此话,宝姑娘真有涵养,心地宽宏,令人敬服。哪识这一个倒反同他生分了。那林姑娘见他不理,后来不知赔多少不是呢?(小生)林姑娘可也曾说这些混账话否?如亦说过,我早和她生分了。(怨下。贴)原来这是些混账话。(小旦)姑娘,不必烦恼,请到房中坐坐去。正是:酒逢知己千杯少,话不投机半句多。(同下。贴上)

【琥珀猫儿坠】感卿怜我,我更可怜卿。我是何人谁是卿?两人暗地送情真。切勿教脉脉衷怀,付之虚论。奴家林黛玉,适闻宝玉言,林妹妹不说这样混账话,若亦如此,我也与她生分了。咳,宝玉呀,宝玉!奴果然眼力不差,不愧为你之知己。但你在人前一片私心,称扬于我,其亲近厚爱,不避嫌疑。且你既为我知己,我自为你知己。你我既为知己,何必又有金玉之论呢?即有金玉之论,亦应你我有之,如何来一宝钗呢?况所悲者,父母早逝,虽有铭心刻骨之言,无人为奴主张。且加之近日神思恍惚,病已渐成,医者更云气弱血亏,恐致劳怯之症。咳!奴虽为你知己,恐不能久待;你纵为奴知己,奈奴薄命何?(泪介)

【太师引】谢多情,情偏永,数年来心事难申。咳!纵是你热偎疼近,怎挨得几载时辰?纱窗絮语情词罄,奈空剩我病骨徒存。奴待进去相见,自觉无味,不免就此回去罢。闲添困,而今自忖,切勿便快梦南柯,顿致增恨。(欲下,小生迎笑上)妹妹,哪里去,怎么又哭了?有谁得罪了你?(代拭泪介,贴避介)好好的,奴何曾哭?你又要死了!做甚么,不自尊重!(小生笑介)说话忘情,也顾不得死活?(贴)死了不值甚么,只是丢下甚么金,甚么麒麟,可怎么好呢?(小生急介)你还记这话,敢是咒我,是气我?(贴忙笑介)你勿着急,奴原说错了。(小生半晌介)妹妹你放心。(贴半晌介)奴有甚么不放心?奴不知道这话,你倒说甚么放心不放心。(小生叹介)你果然不明白恁话,难道我素日在妹妹身上的心,都想是已用错。连你的心都体贴不着,就难怪妹妹日日为我生气了。(贴)果然奴不明白放心不放心的话。(小生叹介)你果然不明白,好妹妹,你莫哄我,这话不但我素日之意用错,连妹妹待我之意也都辜负了。妹妹呀,你多因不放心之故,故才一病缠身,但凡宽慰些,这病也不得日重一日了。(贴、小生半晌相向不语介。贴)咳!(走介,小生拉介)妹妹且站住,小生说一句话再走。(贴推开介)有甚么可说的?你的话奴都知道了。(竟下。小生发怔介,小旦持扇上)那去者好像林姑娘模样?(见小生介)你怎么还在此站着。也不带扇子去,亏我看见赶了送来。(小生拉小旦介)好妹妹,我的心事从未敢说,今日大胆说出来,死也甘心。我为妹妹弄了一身病在此,又不敢告诉人,只好捱着等妹妹病愈,只怕我的病才好呢,睡梦之中,总忘不了你。(小旦惊介)这是哪里说起,敢是中了邪还不快走。(小生醒认急下介。小旦)呀!细思方才之言,必因林姑娘而起,将来难免不才之事,真令人可惊可畏。

【上小楼】原来他悄向天台早有良姻,瞒着我兰田悄趁。尽着恁赤线交申,暗下里把机关莫隐。这将来鱼水谐亲,西厢心肯。因此上添得我泪珠偷拭。事已如此,不免得便告禀夫人便了。咳!咳!他将甜话儿将人笼稳,哑谜儿要人亲信。保难无花前相誓,星前相会,灯前相近。若是奴多方劝论,想必是不听的。殷勤,他莫情真言当忖,勿把那花铃偷震。却怎能硬心情是瑶台路窘。(下)

结　　社

(贴尼装上)

【南泣颜回】江乡芳草逗斜阳,落红满地文章。丹青斯像,分明一副潇湘。临风惆怅,对云房依旧罗屏障。尽山深卧稳烟霞,觑天空唱彻沧浪。

(集唐)数声鸡犬白云中,似隔仙源无路通。此外俗尘都不染,心持半偈万缘空。小尼妙玉。结庐在栊翠庵中,自称槛外人是也。今早功课已完,不免往大观园闲步一回,有何不可。正是:迷途一线行难却,慧业千层悟即通。(下。小旦、二贴、小生、正旦引丑上)

【绕地游】携柑共访,佳话堪欣赏。恁提起风流交畅。

(贴)请坐。(众)有坐。(坐下。小旦)菱藕二位,因何未到?(贴)她们未谙吟哦,殊难附骥。(贴)说哪里话来?史妹妹呢?(贴)昨已着人相邀,想必就至。看茶。(丑送茶介。众)既承雅意,但不知作何吟咏?(小生)今日芸儿送来白海棠二本,何不就各韵七律一首,以门盆魂痕昏为韵便了。(贴)妙呀!吩咐将笔砚摆列者。(丑)嗄!(场上设三席笔砚介。贴)姐姐请。(合唱)

【中吕·驻云飞】庭院昏黄,金锁玲珑日转廊。绿晕侵罗帐,红腻摇书幌。嗟!闻召聚红妆,雅集何方。几阵轻寒,报道花无恙。半醉相携咏海棠。

(丑)史姑娘到。(贴引副上)

【鹊桥仙】淡日初斜,轻阴乍酿,又早是撩人情想。三妹妹,这一番举动呵,

怀秋滋味惯些儿,争道是薛林名望。(见介)

(贴)史姐姐来的巧呀,就此入座。(各座写介。合唱)

【北塞鸿秋】到秋来理残妆,刚咏彻莲花状。喜新晴试罗裳,倚遍阑干上。趁疏郊纵目,漫踏损苍苔样。恐秋归步闲阶难挽生芦花飐。无意强秋留只把幽吟畅。吩咐砌边蛩切勿学催春况。

【仙吕·赏花时】香爇龙涎宝篆扬,帘卷虾须秋昼长,心事暗相量。秋容欲老,凭一纸尽风光。(送正旦介)请看,(正旦)既承不弃,只得放肆了。(念介)

　　珍重芳姿昼掩门,自携手瓮灌苔盆。胭脂洗出秋阶影,冰雪招来露砌魂。淡极始知花更艳,愁多焉得玉无痕。欲偿白帝宜清洁,不语婷婷日又昏。蘅芜君题。

　　半卷湘帘半掩门,碾冰为土玉为盆。偷来梨蕊三分白,借得梅花一缕魂。月窟仙人缝缟袂,幽闺怨女拭啼痕。娇羞默默凭谁诉,倦倚西风夜已昏。潇湘妃子题。

　　神仙昨夜降都门,种得兰山玉一盆。自是霜娥偏受冷,非关倩女欲离魂。秋光捧出何方雪,雨渍添来隔宿痕。却喜诗人吟不倦,岂令寂寞度朝昏。枕霞旧友题。

【朱奴儿】呀!羡他诗才爽,还香凝墨将,一字字诉说衷肠。不由人一点灵犀暗已降。(又念介)

　　斜阳衰草带重门,苔翠盈铺雨后盆。玉是精神难比洁,雪为肌肤易销魂。芳心一点娇无力,倩影三更月有痕。莫谓缟仙能羽化,多情伴我咏黄昏。蕉下客题。

　　秋容浅淡映重门,七节攒成雪满盆。出浴太真冰作影,捧心西子玉为魂。晓风不散愁千点,宿雨还添泪一痕。独倚画栏如有意,清砧怨笛送黄昏。怡红公子题。

　　呀!也说不尽心头万状,好教人多酬唱,只略分谢王。

　　诸作俱佳,若论风流浑厚,终让蘅、潇。(众)是呀!

【正宫端正好】锦墨写银笺,宝串焚金象,画堂深帘卷回廊,悠悠雅兴添清想,阵阵金风朗。

(贴尼装上)风过一林空,辞枝覆砌红。禅心明镜若,秋老惜方丛。来此已是秋爽斋了,不免径入。(见介)列位雅致呀!小尼稽首。(众)仙师少礼。不知仙师光降，有失迎迓，望乞恕罪。（贴）不敢。今日天朗气清，意欲邀列位到小庵煮茗清谈，不知可否。（众）如此，是极妙的了。（贴）请。（合唱）

【尾声】拈毫吟咏饶倜傥，好时光却离绛帐。（内打钟鼓介）呀！这才是罢却丝纶，转叩禅房。

（同下）

祭　　祠

（净、副净白衫装引四神将上）

【川拨棹】褒忠宴，奏钧天，席座前。美功臣，画上凌烟。死勋劳微衷已全。满乾坤正气悬，护山河壮气悬。

（净）俺宁国公贾演是也。（副净）俺荣国公贾法是也。（合）想俺自国朝定鼎以来，富贵流传，名膺天府，功勋奕世，已历百年。奈运数将终，不可挽回。想俺等之子孙虽多，无一可继业者。唯嫡孙宝玉一人，禀性乖张，赋情怪谲。虽聪明灵意，略可望成，无奈运数合终，恐无人规引入正。前幸遇警幻仙姑，嘱之警其痴顽，以归正道，尚不知可能觉悟否？今乃除夕祭祠之日，不免到彼观其动静便了。厓从们！（杂）有！（净、副净）就此驾云前去。（杂）领法旨！（绕场介。合唱）

【尹令】生时各家宅眷，死时各条分辨，销时各途轮转。多事阎罗，做弄出闲是闲非局万千。（下。末、外、生冠带引二院子上）

【瑞云浓】南台清湿，秋耿忠贞共勉。阀阅家声功业建。几回对镜，怕功业难成，韶华空卷。谁敢道抚躬无忝？

（末）下官贾敬。（外）下官贾赦。（生）下官贾政。（合）今日乃先祠家祭之期，院子们，祭筵可曾完备？（杂）完备了，公子有请。

（正生、小生上）

【南吕·一枝花】寒威正解宣，暖律初通遍。星官犹未已，木德渐相连。纵是两载均迁，不争这画角儿吹断的今宵半。怎禁他晓钟儿促偃的来岁换也。便纵然争得些春色儿鲜妍，却又早减却了年华去远。（见介）伯伯、叔叔、爹爹。（末、外、生）罢了，祭席已完，我们带领孩儿诣家祠行礼去。（合唱）

【啄木儿】苹蘩洁，牲币延，宜祀之辰笾豆荐。（场上设幔香案、贾氏宗祠匾，旁设"已后儿孙承福德，至今黎庶念荣宁"。净、副净暗上、列坐介，杂递香爵照常以次排立介。杂）请上香。（末）不孝敬等，谨领儿孙虔备香帛，用申三献之礼。

伏唯昭格。(拜介)愿先灵享微,怜佑后人,式启前贤。仰天恩祖德洪庥远,便纡青拖紫,永沾恩眷。敢让他列爵汾阳福禄连。

(上现彩云,出"皇恩浩荡"四字,二灵暗下)

(末、外、生)呀!香烟烛彩结成"皇恩浩荡"四字。方才这番志愿,敢是先灵默许也。奇哉奇哉!我等就此拜谢。(拜介。合唱)

【三段子】祥烟一缕接心源,氤氲座前,银花暗连,照丹诚烁然斐然。是祖宗浩气相凝撰,也望儿孙努力同负建,隐识道爱国忠君吾志愿。

(末、外、生)院子撤下祭筵,孩儿们退去。(众下。合唱)

【尾声】平生义气同谁展?莫不为公卿派衍,只索是辅弼星辉帝座前。(同下)

试　玉

(贴扮紫鹃上)

【仙吕·翠裙腰】晓来细雨山添秀,远水涨平洲,阑干倚遍空回首,下危楼,半天风景暗悲秋。

[如梦令]绝代风流占尽,脉脉此情兼恨。双字怎消磨?一点嵌牢方寸。闲趁,闲趁,残月晓风愁境。奴家紫鹃是也。幼年服侍太夫人。自从林姑娘到后,将我派在这潇湘馆使用,早已五载。我想俺姑娘自幼与宝玉情投意合,实结同心,争奈幼失双亲,无从启齿。常见她泪痕满面,春思关心。不是临水含悲,即是背灯掩泣。真个好闷人也!

【二郎神】成迤逗,人逢少趣谁自由?哪事萦情无定有。恁些缘勾,相逢到处飘流。只剩个失意人儿相厮守。想俺姑娘呵,那怨语何曾离口?冷啾啾,常教人心坎里嵌了闲愁。

今日闲暇无事,不免将来刺绣一番者。(坐绣介。小生上)

【六么令】乍凉时候西风透,碧阴脱叶,余暑才收。拂云簪解,扫月牙抽,琐碎玲珑清昼。夷犹,听声声蝉噪竹梢头。(觑介)

【二江风】半窗幽,午日疏帘候。原来是紫鹃姐姐在此。看闷坐闲情逗。妹妹往哪里去?呦!院深沉,多应是恼的芳春,怕的黄昏,一觉安闲够。这微风拂面飔,则为甚虾须不下钩?却难道恐他燕子将桃园谬?(见介)

(贴)二爷请坐。(小生)紫鹃姐姐,林妹妹的咳嗽可好了么?(贴)好些了。

（小生）阿弥陀佛，宁可好了罢。（贴）你也念起佛来，真是新闻。（小生）哎呀！紫鹃姐姐呀！

【寄生草】终日忧，终日愁，为名姿一病经年久。玉台宝镜生尘垢，绿茵冷落闲针绣。（捏贴介）穿这样单薄，还在风里坐，你若再病了哟，岂知人一片意儿牵，岂知人两叶眉儿皱。

（贴笑介）咱们从此只可说话，切勿要不自尊重，致使人家议论。（小生发怔介思）你也不必着恼，只今后留意便了。（小生）但不知妹妹的燕窝可曾用完？如或用上数载，此症即可好了。（贴）只恐怕未必常有。（小生）却是为何？（贴笑介）在这里常用，明岁家去，哪里有呢？（小生惊起介）呀呀呀！此话从何而起？

【上京马】他何处共谁人分手？（贴）妹妹回苏州去。（小生笑介）你又说白话了，苏州虽是原籍，因姑母去世，无人照管，所以接了来的。小阁银屏永厮守，不须弄口，谁禁你空空诱。

（贴）你太看小人了，难道姑娘当出阁时，不去送还林府，终不成林姑娘在你贾府一世不成？所以早则明春，迟则明秋，一定是要回去的。（小生发怔不语介。贴晴雯上）

【仙吕·翠裙腰】雨余花落莓苔，䑛寒雁断城楼。楚天日暮斜阳碎，景悠悠，沁芳小渡藕花秋。（见小生介）太夫人相唤，原来却在这里。（贴笑介）他在此问姑娘的病症，我告诉了半日，却只不信，你倒同他去罢。正是：闭门不管窗前月，一任梅花自主张。（下。贴携小生行介）呀呀呀！

【双调·夜行船】无绪无情意莫由，却不道等闲愁，闷难收。你看他心绪熬成，眉梢蹙就，难道紫鹃说些什么，又添这场禁受。（同下）

（老旦、正旦引小旦上）

【小梁州】珠箔银屏次第周，十二花楼，芙蓉岸上海棠洲，神仙囿，何必到瀛洲？

（旦）婆婆。（老旦）媳妇坐下。（坐介。贴携小生坐介。老旦）宝玉，宝玉，为何如此模样？（贴）适从沁芳亭而来，不知紫鹃说些什么，以致如此。（老旦）袭人，你可速唤紫鹃到来，问她端的。（小旦）晓得。（下。二旦）呀！

【拨不动】你看他悠悠㑳，怅怅皱，容颜不似晨昏旧。津液无边口角流，悲声不住胸头嗾，实难猜究。

（小旦引贴上。小旦、贴下。贴）太夫人在上，小婢叩头。（老旦）紫鹃，你为什么得罪宝玉,快去赔罪。(贴)是。(向小生跪介。小生展目见贴,大哭介)哎呀痛杀我也!(拉贴介)你若果真同小姐回去,可连我都带了去呀!

【锦缠道】忆风流,结社在香村锦楼,绣幕控双钩,未言时早自觉密意先投。殢杀人,咏黄花含情玉喉,羡杀人,横瑶琴生香妙手,藕榭复菱洲。正相逢数载,萍踪不久留。那厢有人来接妹妹了,顷刻催归棹,把一回思翻做了两重愁。

(丑扮丫鬟上)林之孝家等请安。(老旦)着她进来。(丑)是。(下。小生)了不得,林家的人来接妹妹了,快打出去罢!(老旦)那不是林家的,没人来接,你只放心罢。(小生哭介)凭他是谁,除妹妹之外,不许一人姓林。(老旦)凡姓林的都打出去了!紫鹃,你可好生伺候,媳妇,我与你且自去者。正是:逢凶须化吉,遇难即成祥。(二旦下。小生)紫鹃姐姐,你为什么唬我?(贴)这是我哄你的,怎么就认起真来?(小生)你说的那样有情有理,因何是戏语呢?(贴)如今是不去的了,我且扶你安息者。(小生伏贴肩介)

【驻云飞】一点残灯,倚透纱窗翡翠楼。银汉横空溜,玉漏催人久。早难道何处更寻秋。月朗云浮,深掩潇红,依旧孤帏守。想象当年梦里求。(扶下)

拾　　囊

(丑扮丫鬟上)

【字字双】新桃生产十多春,厮混。终朝园内等闲身,散闷。添香煮茗不相同,没分。掏摸促织往来频,搅困。

自家傻大姐的便是。今日无事,不免到园中走一遭也。(行介)呀!你看那边是什么东西,待我取起来看。(取囊看介)这是什么呀?(转行介)

【前腔】香囊一个在亭隈,尴尬。彩丝千朵费疑猜,怠懒。因何被我拾将来,古怪。且携起去问裙钗,痛快。(老旦上)

【么篇】桃花深浅,似王维诗系。宜数行沙鸟几番飞,一片征帆千里归。你听那渺渺渔歌垂杨底。(丑立介)

(老旦)傻丫头,又得了什么爱物,如此喜意?可取将来我看。(丑)太太说的巧,真个是件爱物儿,太太请看。(丑递老旦看介)

【北古水仙子】我我我费猜题,看看看红绿交加五色齐。是是是一个纱囊,呀呀呀万般春意。(看丑介)她她她本痴呆宁谙理?见见见悄风情勾却孤凄。敢敢敢隐逗起春心无限绪,有有有彩鲛绡恰到芳园际。我我我仔细问方知。这是哪里来的？（丑）我掏促织，在山后拾得的。（老旦）快勿告诉别人，这不是好东西，连你也要打死呢。怜你是个傻丫头，以后再休提了。（丑叩头介）晓得，再不敢了。（老旦）去罢。（丑起介）是。（下。老旦）你看她竟自怏怏而去。不免与二夫人说知便了。嗳看这园中，真个煞费整治也。

【南尾声】堪叹风波实相值，坏人伦相诟休违。想我房中唯王善保家的最能干事，不免命她送香囊去。那时候管教她不须惭秽事。（下）

检 园

（副净上）

龙遭铁网难翻爪，虎落深坑怎逃脱？自家王善保家的便是。你道为何道这两句？只因幼年与大夫人陪房，二夫人视同心腹。昨日忽闻大夫人在大观园中拾着春意锦囊，命我送往二夫人处，多蒙二夫人叫我也进园来照管照管。我想那些丫鬟们素日不大趋奉，每欲寻她错误，天幸生出这件事来，尽可发挥。所以昨日略用三言两语，便将个花朵般的晴雯无有容身之地，这也罢了。我又说这些小事，只交与奴才，如今要查，等到晚上园门关时，内外不通，竟给他个冷不防，带着人到各处搜寻一番便了。谁知我只说这两句，夫人竟公然信了。故此命我同琏二奶奶各处搜检一回。才已将潇湘馆看过，如今又要往怡红院去。（看内介）你看那边环佩声响，想是二奶奶到来也。（贴引副上）妈妈可曾查遍了么？（副净）方才紫鹃那些东西，不知是从哪里来的。（贴笑介）宝玉和他们相伴几年，那自然是宝玉的，况符儿并扇子，俱是太夫人合夫人常见的，妈妈不信，还只管取了去。（副净）二奶奶知道就是了。（贴笑介）这也不甚稀罕，还要往各处去呢。正是：混浊不分鲢共鲤，水清方见两般鱼。（随下。小生、小旦、贴淡妆上）

【黄钟·醉花阴】帘斲寒云杏花小，空倚到阑干最早。羞粉黛，怯红潮，转忆前朝，泪滴无昏晓。清减尽柳条腰，陡地风波却甚兆？

（扶坐介。小生）嗳，晴雯姐姐，我想你受那番委屈，真令人难摸拟也。（贴上）转过潇湘廊，又到怡红院。（小生迎介）姐姐为何而来？（贴）丢了一件要紧之物，因寻求不着，所以大家都查一查，不过去疑之意。（坐介。贴、小旦旁立介，副抬箱上，副净）上命官差，概不由己。（指箱介）这是谁的？怎么不打开叫搜？（小旦欲开，贴举箱倒介。副净）姑娘快休生气，我们并非私自来的，原是奉夫人之命，特来搜察你们，叫翻呢我们就翻一翻，不叫翻，我们还许回夫人去，何须急的这个样子呢？(贴怒指副净介)住着，我且问你，你说是夫人打发来的，我还是太夫人打发来的呢。

【北出队子】愁怀未消，堪恨伊太自傲。想夫人那边的人，我都见过，只没看见你这个有头有面大管事的奶奶。因何贝锦自唠叨，为甚么青蝇常暗搅，却不道诔张多倚导。

(贴)妈妈，你不必合她一般见识，你且细细查看，还要到各处走走呢。若迟了，走了风，可就担不起了。(副净)并没差错之物，纵有，亦无甚关系。(贴笑介)既如此，就到暖香坞去。(众)晓得。(下。小生)她们已去，晴雯姐姐你须排解一二。(拭泪介。小生)

【玉芙蓉】吟句忆吹箫，兀坐闻和笑。些儿意系满柔腰。想起从前呵！秋来春去浑闲事，也博得着急知心订久要。谁知今日呵！愁难去，恁无柳，枉教想煞花前睨我不言宵。

【前腔】情缘别样娇，都是亭台召。恨亭台也与人恩意齐抛。嗳，姐姐呀！只恐怕玄都寂寞桃花尽，你却教前度刘郎向阿曹。

(贴)奴看夫人，颇有相逐之意，若果如此，奴与你就永不能相见了。(扶贴介)你说哪里话来？(贴)嗳！

【正宫·端正好】鸳鸯被，半床饶。蝴蝶梦，孤帏搅。常则是哭香囊雨泪潇潇。若是这牡丹亭上遭重到，有一日转西厢相依借老。(扶下)

(贴引小旦、丑上)

【驻云飞】春色初交，水绿山青第几桥。燕掠斜阳巧，蝶戏芙蓉道。呀！乘兴醉芳醪。月照鲛绡，草影苔痕，此际风光好。昨日街头卖杏梢。

(贴引副净、副上)二奶奶到。(贴迎介)姐姐何事到此？(贴)前因丢了一物，连日访查不出，恐怕连累旁人，所以大家搜一搜看。(贴冷笑介)我们的丫鬟自然都是些贼，我就是第一个窝主，她们所窃来的，都交给我藏着呢？要搜可同我抄阅去。(携贴引众下。正旦上)天有不测风云，人有旦夕祸福。老身姓柳，执掌内厨。生有一女，名唤五儿。闻得宝玉善于作养，意欲送往怡红院去，前已托了芳官再三禀复，尚未回音。谁想二夫人忽遣王善保家的前来检园，不许添补一人，只得将此事搁下。不料明早夫人又命将晴雯远逐，我想晴雯小妮子无甚过恶，不过心性刚强，语言尖利，不大与人修厚，怎么蓦地里将她逐去？真令人难解。适才袭人又命将晴雯衣裳等件，着我一并送去，只得明日收拾停当，前去走一遭也。正是：积善本无边，方便为第一。（下。贴携贴引副净、副、小旦、丑上。贴）姐姐，可曾抄阅尽否？要翻不妨再翻一遍，只是我的箱柜任从翻阅，若说丫鬟这却不能，你们不依，只管回夫人，说我违背，该怎处我自去领。（贴）既是丫鬟之物，俱在这里，我们且到别处去，也让姑娘好安寝罢。（副净拉贴衣笑介）连姑娘身上我都翻了，果然没有什么。（贴怒打副净介）呀！

【古水仙子】她她她行太燥，俺俺俺玉洁冰清志愿高。敢敢敢将螳背由敖，准准准把虎威紧靠。嗟嗟嗟野豺狼今当道，怪怪怪尊卑数不谙分毫。恨恨恨眛着心做事多颠倒，休休休吊着胆到底没申好，快快快把莠言再重造。

（解衣拉贴介）你可细细翻看，省得叫奴才来翻我。（贴代扣介）姑娘别生气，她算什么，姑娘气着，倒值多少？请安置罢，我们去了。（向副净介）妈妈你饮了酒，就疯癫起来，还不快随我到别处去。正是：是非只为多开口，烦恼皆因强出头。（引众下。贴看内指介）你们别忙，自然抄的日子有呢？想早时不是议论甄家，谁想咱们也渐渐的来了，可知这样大族人家，若从外杀来，一时是杀不死的。古人云，百足之虫，死而不僵，必须从家里自杀自灭，才能一败涂地呢。（拭泪介）

【尾声】日久荣华难永保，那时节尽情搜讨，早不道骨肉猜疑衰样兆。（贴引小旦、丑泪下）

屈　天

（场设布帐、茶壶，贴暗卧介，小生上）

【仙吕·桂枝香】因卿别了，恹恹谁吊，好一似杨柳烟飞，却便道桃花风搅。这相思怎消？这相思怎消，害得我无昏没晓，难禁难告泪珠抛。就是芳官蕙香呵，旧恨添眉角，总教俺新愁上眼梢。来此已是吴贵家了，不免径入。（进介）你看屋宇萧萧，人烟寂寂，想是她就睡在这里。（掀帐低唤介）晴雯姐姐，晴雯姐姐醒来！（贴展目半晌、拉小生手大哭介）我只道不得见你了，阿弥陀佛，你来得好，可将茶倒半盏来，想奴渴了半日，再叫也叫不着人来。（作嗽态介，小生拭泪介）茶在哪里？（贴）就在那边桌上。（小生取帕拭盏倒茶介。贴）快给奴喝一口罢。这就是了，怎比得咱们的茶呢？（小生）来了。（自尝摇首。贴接饮，小生接盏放桌上介）姐姐呀，想我那一日闻变信呵！

【下小楼】心嗟，花残月小，捱连朝风雨杳。恩情爱情受磨扰，几度思量欲到，争奈路迩音渺。（泪介）姐姐，你有什么说的？趁着没人，快告诉我罢。（贴呜咽介)还有什么说的?不过挨一刻是一刻。只是一件,奴死也不甘心。想奴虽生得比人好些,并没有弥天大罪,怎么一口咬定了有私情勾引?奴今日既担了虚名,不是说一句后悔的话,早知如此,不当初呵!(作咽介,小生低唤介)姐姐醒来。(贴作咽半晌泣唱介)当初打起正经主意呵!

【双调·夜行船】翠拥红邀。效于飞勾住恋花蝶小。了三生只为情痴,禁么担,顿使良缘,偏教爱惜,愈加关照。拼也准备着鬼门关,心愿对江天同告。

(小生捶介,贴挣起将贴身袄脱递小生,小生脱袄穿贴袄,以袄代贴披介。贴)你且扶奴起来,到那边去。(小生)姐姐贵体欠安,还是安置的好。(贴)不妨。(小生)是。(扶贴半晌起坐介。贴)今日一会,不知可能相见了?

【玉交枝】事情难料,哪里是收场下梢?恨生成何似花枝好,惹如今春妒阿娇,情思摇曳难打熬。梦魂辗转添烦恼。担不起半生这遭,却教我一身怎了?

(扶小生介)

你今日一来,奴就死了,也不枉担了虚名。你可扶奴进去,这里腌臜,哪里禁得?你的身子要紧,可也就此去罢。(拭泪扶行介)

【皂罗袍】债是前生未了,任虚耽岁月,实受萧条。是虽是我命因招,恨还恨他谗言召。冷风凉月,红颜暗销,莺俦燕侣,青春易老。怪侯门梦到音难到。

(扶下)

(贴扮□□在内语介)你两个的话,我已都听见了。(携小生上)

【归仙洞】步苔径阑槛杳,避春风真奇宝。亲愿赋桃夭,倒闪在荼蘼道。争奈得春情难了,携素手,娴风调,是何人勾逗,引上蓝桥?

好呀!你做主子的,怎么跑了下人房里来?敢是看见我年轻色俊,要来调戏我么?(小生作吓状、赔笑介)好姐姐,快没嚷,是她服侍我一场,私自来看看她的,并无别意。(贴笑介)怨不得人人都说你有情有义,既要叫我莫嚷,这也容易,只是允我一件。(搂小生、小生作抖介)姐姐别闹,有话咱们慢慢的讲。(贴)来哟!

【双调·步步娇】欢喜冤家欣来到,一顾东风笑。寒衣绣幪飘,暗里相思,万种齐来扰。底事美丰标,怪怯怯教我虚空挑。

(搂小生,小生躲介。贴)我等什么似的,今日才等着你,我看你二人讲了半日还是各不相扰的。我可不能像她那样傻,若再不从,我就嚷起来了哟。

【江儿水】莫认章台年少,奈这等闲顿觉春怀峭,结就双双鸳鸯小,含成朵朵丁香巧,织女黄姑消受,把个倾国倾城争胜得半偎半抱。

(拉小生,小生外拽介。正旦、贴背袱上)晴雯姐姐在哪里?(见贴,贴惊介)嫂子到来则甚?(正旦)这是袭姑娘叫送来给你们姑娘的,他在那屋里呢?(送袱,贴接介)待我送进去,相烦回去,上覆袭姑娘便了。(看小生介)正是落花有意随流水,流水无情恋落花。(作失意下。正旦)我的爷,你怎么跑了这里来?(小生)柳嫂子,我与你一路儿走。(贴)宝二爷,袭姐姐已留下门了,我们就此回去罢。(小生)嗳!

【双调·香罗带】东风一夜耗,恩收爱了。伤心怕听窗外鸟。问苍天何事情多扰?只剩得泪珠流,分离到。更长漏残灯半照,便做挫折金针,也解不尽俺愁肠千万道。(下)

撰 诔

(小生引丑婢上)

【帝台春】梨花夜月,堆起半帘香雪。挑尽了残灯烨,恨涌翠帷宁贴。红粉飘零如落叶。忆往昔何曾言别。到今日呵,知他一脉情肠,两下各千回百折。

小生贾宝玉。因前日看晴雯姐姐回来,神思厌倦,废寝忘食,昨又忽闻小丫鬟说,已封为芙蓉花神去了。嗳,我想她那样的人,必有一番事业。虽然超生苦海,从此永无相见之期了。免不得伤感悲思,欲往灵前一拜。谁料去了半日,鸦雀无闻,闭门不纳,好教我想起从前呵。

【三仙桥】一自行踪播越,似絮随风遭磨灭。怡红久侍,堪欣朝暮恩情切。又谁知转家乡风景劣。俺便是睡梦里魂难贴。苦、苦不过你生离别,痛、痛不过你罹冤业,愁、愁不过你虚飘飘一身孤又怯。又没个知己你娘爷,柱罗绮丛中曾欢悦。到如今痛红颜,空忆那一双双同住在鸳鸯舍。因此转回园中,铺陈祭设,不知可曾完备。(丑)完备了。(小生)如此,可好生铺设,你且回避。(丑嗄下,小生)我想这番诚意,若非自作诔文,这一段凄惨酸楚之意,竟无可以发泄了。因用姐姐所喜之冰鲛縠一幅,楷字写成,题曰《芙蓉女儿诔》,当此黄昏人静,不免前去祭奠者。(拭泪介)仔细思来,兀的不痛煞也。(行介)

【前腔】痛煞你时乖运蹇,猛然间两抛撇。哪有日重逢握手,连理冤能雪。吃紧的好人儿欢爱刬。你道我华堂中愁来较可些,怎知我恨茫茫无休歇,思绵绵不断绝,急煎煎这衷肠对着谁说?恨只恨进谗言与你何干涉,生扭做女孩儿家勾当也,你凭着絮叨叨断人肠,越教我扑簌簌珠泪惹。

【醉扶归】樱唇红褪恩中绝,香消杏脸顿轻撇。锦帷娇喘爱携云,翻做了空阶倩影羞迎月。也曾和她绣带许知心,反教我拾翠鹃啼血。来此已是了。你看连天衰草,匝地悲声,真个好凄凉景况也。

【双调·香罗带】愁肠千万结,实难打迭,新愁旧恨朝谁说?怎捱过今夜这时节。也只见西风起,锦屏揭,无言怕听窗外铁。便做沥胆披肝,也解不尽俺愁肠重又结。

(拜介,贴暗上,小生跪,念介)

维太平不易之元,蓉桂竞芳之月,无可奈何之日,怡红院浊玉,谨以蕊殽泉茗,致祭于白帝宫中芙蓉女儿之前曰:窃思女儿自临人世,迄今凡十有六载,其先之乡籍姓氏,湮沦而莫能考者久矣。而玉得于亲昵狎亵,相与共处者,仅五年八月有奇。忆女曩生之昔,姊娣悉慕媖娴,妪媪咸仰慧德。孰料花原自怯,柳本多愁。偶遭蛊虿之谗,遂致膏肓之疾。洲迷聚窟,何来却死之香?海失灵槎,不获回生之药。蕙棺被燹,顿违共穴之情;石椁成灾,逮同灰之诮。岂道红绡帐里,公子情深;始信黄土垄中,女儿命薄。(贴点首拭泪介)毁诐奴之口,讨岂从宽;剖悍妇之心,忿犹未释。在卿之尘缘虽浅,而玉之鄙意尤深。因蓄惓惓之思,不禁谆谆之奠。呜呼哀哉!尚飨。

(再拜起欲行介,贴)且请留步。好新奇的祭文,真可与曹娥碑并传了。(小生见贴笑介)原来是妹妹在此。我想世上的祭文,难免庸熟,故此改了新样,谁知被妹妹听见了。有什么使不得的,敢求斧削一二。(贴)适才闻得红绡一联,命意却佳,但是红绡帐里,未免欠雅。何不改作茜纱窗下,公子多情呢?(小生笑介)妙极妙极!真是妹妹想得出也。

【啄木儿】新蝉噪,声哽咽,对星河藕丝堆雪。罗帕上题诗将心事写也,沁香亭永诀。再不能够似旧冰肌贴,再不能枕箪同欢悦,再不能把同心双结。水东流又何能从西接?

(拭泪介)我的晴雯姐姐呀!

【香柳娘】叹风流歇绝,叹风流歇绝,井梧飘叶。把佳期割断,梨花坠雪。这前盟告诀,这前盟告诀,秦期晋约,都成吴越。要相思妥贴,要相思妥贴,直待爱河水竭,情山崩裂。

我又有了。莫若说茜纱窗下,我本无缘;黄土垄中,卿何薄命罢。(贴变色半晌笑介)果然绝妙,再不必乱改了。我与你就往那边去罢!(小生)请。(行介)

【尾声】云裘雀羽恩情绝,剪秋灯半明还灭,纵是那成灰心尚热。

卷　三

琴　梦

(场挂"潇湘馆"匾。副净睡神上)

黑甜乡里是家园,蝴蝶梦中为籍贯。生生世世作勾留,叶叶丝丝引藤绊。一双影子去还来,雨片镜儿昏又暗。混沌山中受精华,懵懂炉内经冶锻。懒惰天尊职掌司,胡涂力士勤宣唤。钩魂摄魄却凡尘,道骨仙风归彼岸。区区官职最平常,这个官衔真难看。惹人思念引人痴,有甚相干精扯淡。我睡魔神是也。方才黄巾力士传说警幻宫中有旨,命先将绛珠,后将神瑛各引入梦,使之唤醒痴迷,同归幻境,只得前去走遭也。(下。贴上)

【仙吕·点绛唇】透幕侵箔,不知香冷恹恹样。彻夜绵绵,寂寞东篱赏。(坐介)

奴家林黛玉。日前袭人到来,忽谈及妻妾家庭之事,不合说了句东风西风之语,不知她这是有心还是无心。嗳!想奴自幼来京,终身未了,虽有无限心情,只是无从齿及。你听这雨过宵深,真个闷人也。

【桂枝香】瑶台肮脏,银河情状,长空碾万里天光。深院锁,半帘屏障,咨嗟了几场。(拭泪介)苍山数点,白云一片送残阳。拭目关河里,凭阑人断肠。左右无聊,不免将瑶琴抚吟一回,有何不可。(抚琴吟介)风萧萧兮秋气深,美人千里兮独沉吟。望故乡兮何处?倚阑干兮涕沾襟!(小生、贴同上)妙师从这里来。(贴)哪里来的琴声呢?(小生)想是林妹妹在那里抚琴呢?(贴)既如此,前去静听一回便了。(听介、贴吟介)山迢迢兮水长,照轩窗兮明月光。耿耿不寐兮银河渺茫,罗衫怯怯兮风露凉。(小生、贴点首介。贴吟介)

子之遭兮不自由,子之遇兮多烦忧。子之与我兮心焉相投,思古人兮俾无尤。(贴叹介)这又是一拍,何忧思之深也!(内吟介)人生斯世兮如轻尘,天上人间兮感凤因!感凤因兮不可惬,素心如何天上月?(贴惊介)如何忽作变征之声,音直可裂金石矣,只是太过。(小生)太过便怎么?(贴)恐不能持久。(内作弦断介,贴欲走、小生惊介)怎么样?(贴)日后自知,你也不必多说,可就此转路去罢。正是:万事不由人做主,一生都是命安排。(同贴下。贴)君弦忽断,不知是吉是凶?争奈一时厌倦,且自歇息片时便了。咳!想起日间老妪所言,本属无知,细思奴家的身体,一如落叶飞花,虽看宝玉光景,心下并没别人,但是太夫人、夫人、又不见有半点起意。(拭泪介)想父母纵未别谐秦晋,但何不当椿萱并茂之日,早结下这姻缘,致使今日呵!

【仙吕·醉罗歌】[醉扶归]懒整整懒整整乌云样,斜褪斜褪绣罗裳。冷月清霜暗情伤,暮雨黄花葬。[皂罗袍]玉容憔悴也只为郎,名姿清减也只为郎,缘何好事真难望?[排歌]蜂黄重,蝶粉狂,恹恹无语恁愁肠。(倚几卧介。副净引老旦、正旦、贴、小旦、丑见贴,净暗笑下。众)我们一来道喜,二来送行。(贴起出位介。众)

【仙吕·桂枝香】切莫再装聋做样,虚惊退让。想你这一去呵,无端雨意云肠,成就了鸾凤孟浪。把半生怨伤,把半生怨伤,一时悉畅。恁是良缘配上?试看他庭前喜植宜男草,枕上欣逢可意娘。

(贴恼介)你们是什么说话呀?(贴)你难道不知道林姑爷升了湖北粮道,娶了位继母,十分合心,因此将你许了继母什么亲戚,还说是续弦,所以着人来接,想必即日就送你回去呢。(贴半晌不语介。老旦)她还不信呢?媳妇,咱们且自进去。(贴拉老旦介)外祖母教我,南边我是死也不去的,况且有了继母,是必求外祖母做主。(跪、求介。老旦)不中用了。既作巾帼之人,终是要出嫁的。在此地殊非了局。丫鬟,你可扶姑娘起来。(丑扶贴起介)我已被她闹乏了,我们且就此去罢。正是:各人自扫门前雪,休管他家瓦上霜。(同下。贴)她们竟撇奴而去。想平时相待亲厚,不过都是假设之情。(拭泪介)罢罢罢,不如寻个自尽,以结此身便了。怎么不见宝玉?或是见他一面,就死也是甘心的。

【玉包肚】无情岂我昧情场,负却衷肠。将旧情一旦轻抛,把佳期另结鸾凰。怏怏残病不堪尝。心数归期珠泪伤。(欲下,小生迎笑上)

妹妹大喜呀!(贴拉小生介)好宝玉,奴今日才知你是无情无义的人了。

【双调·锁南枝】窗前恨,心悒怏,寂寂寞寞无了场。愁急恨还长,境过思依样,形和影相对当。你便忘了帕上诗,怎不记灯前状?

(小生)我怎么无情无义?你既别订良姻,咱们不能相顾了。(贴大哭拉小生介）好哥哥！你叫奴跟了谁去？（小生笑介）你原是许了我的，所以才到这里来，我待你是怎么样，你也自去想想。（贴拭泪介）我如今是死活打定主意的了。（小生）既如此，你且随我进来。（引贴坐原处介。贴）你到底教奴去不去？（小生）我教你不去，你只不信，你且看看我的心罢。（取刀划心介）不好了，我的心没有了，活不得了。（闪下。贴大哭介）宝玉，你怎么做出这事来？不如先来杀了我罢。（贴扮紫鹃上）满窗药气愁千点，一缕茶烟泪几行。（扶贴介）姑娘，姑娘！敢是压住了，快醒醒儿罢！（贴展目介）呀！原来是一场噩梦！天哪！若果如梦中所见，想我林黛玉好命苦也。（扶行介）

【双声子】香肩傍，香肩傍，听多少更筹永唱。秋波样，秋波样，看寂寂房栊障。（贴）姑娘好将养，切勿要不自加珍爱，极意凄惶。（内作风叶声介）咳！

【北尾煞】光景无多添惆怅，叶呀叶！则你到秋来受尽了风霜，勾引俺伤心人去同愁葬。（扶下）

巧　　逗

（贴扶小生病容，小旦随上）

【风马儿】带病闲行暗自伤，忆新燕掠雕梁。（哭介）林妹妹你回苏州去了吗？咳！那人儿已在秋江上。（贴）宝二爷丢下了罢。无端相戏，何必过凄惶？（坐介。小生）

长吁伏枕泪痕多，无限伤心苦病魔。马影春山随梦去，鸡声夜月奈情何？紫鹃姐姐，你为什么唬我？（贴）不过是哄你之语。林府实已无人，纵有远族，各省流寓，即使来接，太夫人也必不放去的。（小生）便太夫人放去，我也不依。（贴笑介）果真不依，只怕是影响之言，你如今也大了，连亲已定下，再过两年娶了亲时，还有谁吗？

【四边静】寻思起，暗自量，岂能够依托终身历久长。早无端叠个愁肠，怕从今好事徒悬想。二爷，二爷！你把这美前程结果了他行，兀的不下场头撇开了往样。

（小生惊介）谁定了亲，定了谁？（贴笑介）奴常听见太夫人说，要定琴姑娘呢，不然那样疼她？（小生笑介）人说我傻，你更比我傻，况她已给梅翰林了，果然定下她，那时我可还是这个景了。先是发誓碎玉，你已劝过，我病得刚刚才好，你又来怄我吗？（贴笑介）你不用着急，这原是我不忍回去，故来试你。如今你也好了,该放我回去瞧瞧那一个去了。(小生)我昨夜就要教你去的,偏又忘了。我已经大好了,你就去罢。正是:余生恨重愁偏惹,寸念情多病易侵。(扶小旦下。贴)左右无聊,不免回潇湘馆去罢。姑娘呀姑娘!

【金落索】支床瘦骨伤,对镜消模样,旧恨新愁,万斛舟难量。(行介)这一带菱洲覆小塘,好风光,盼不着仙境天台刘阮郎。稻花摇雨余香远,藕叶翻风翠带长。伤情处,青山依旧人惆怅。这凄凉,暗里怎当,想欠下冤牵账。(下。贴扶丑)

【北粉蝶儿】游梦家乡,又伏向绣衾偷傍。待朦胧盹不到这愁肠,推枕起,重拂拭新妆。清凉况,帘儿外秋意弥长,赢不得愁城万状。

(场设笔砚书册介,贴坐介)秋花惨淡秋色黄,耿耿秋灯秋夜长。已觉秋窗秋不尽,哪堪风雨助凄凉?助秋风雨来何速,惊破秋窗秋梦续。抱得秋情不忍眠,自向秋屏挑泪烛。泪烛摇摇爇短檠,牵愁照眼动离情。谁家秋院无风入,何处秋窗无雨声?罗衾不禁秋风力,残漏声催秋雨急。连宵脉脉复飕飕,灯前似伴离人泣。寒烟小院转萧条,疏竹虚窗时滴沥。不知风雨几时休,已教泪洒窗纱湿。奴家林黛玉。自一病年余,神思恍惚,想来是不起之症了。(泣介。丑)姑娘!请自耐烦些便好。(贴)咳!想我平日做的诗稿,不免将来评阅一番。(丑暗下)

【东瓯令】搜残稿,简旧章,闺闱名心尚未忘。自惭下里无高唱,岂敢冀知音赏?只是我冰心孽恨满缥缃,触手总情伤。(贴扮紫鹃上)

生憎冷雨打幽窗,知是情魔不肯降。底事红颜容易老,教侬何处问东皇?姑娘,今日好些么?(贴)紫娟妹妹,你且扶我梳洗一回。(贴)这等弱息,不梳洗也罢了。(贴理妆介)咳!(贴)

【金落索】看她微吁恨不忘,泪洒愁常酿。似醉如狂,镇日魂飘荡。往常间絮语怨长江,病怎当?把一个花样人儿,只剩得瘦淡装。姑娘呀!你何不求签许愿?(贴)则怕神明纵祷愁难放。(贴)姑娘,今日可曾服过了药?(贴)服过了。怎奈药饵空投恨不降。(贴背介)心暗想,这病呵,哪里是寒暑湿病应当,闷恹恹着甚衷肠,此一节无他恙。

姑娘,那宝玉的心倒实,听见姑娘要去,就那样起来。(贴不答介,贴半响介)一动不如一静。我们这里,就算好人家,别者皆容易,最难得的从幼一处,怯情彼此皆知。(贴)你这几日还不乏吗?何不歇歇去呢?(贴)我倒是一片真心,为姑娘愁了半年,无父母,无兄弟,谁是知寒识热之人?趁太夫人明白之时,作定了大事要紧。

【九回肠】则见他挂儒冠神清气爽,着青衫骨秀年芳,更堪怜知心暗绾把人情谅。看他言谈性格,与姑娘绝非渺渺之人。为甚不牵彩线结鸾凰,阳台有路通慈舫,巫峡他年醉海棠。女儿妆,恁比他玉堂金马风流相,勿舍却占河阳果掷潘郎。(贴)休胡说!怕笼中鹦鹉词轻泄,对水上鸳鸯心自怆。念人在香闺里,闷无言,一恁他花蝶戏双双。

(贴)姑娘,不是这样说,太夫人一有不测,那时虽也完事,只怕耽误时光,还不得趁心如意呢。公子王孙虽多,哪个不有三妻四妾。即娶一位天仙,也不过三宵五夜。甚至怜新弃旧,反目成仇的。

【梁州序犯】琵琶别唱,奈性情浮荡,恋闲花撇却糟糠。若是有人有势还好,如姑娘这样的人,若不立定主意,只是凭人欺负罢了。岂不闻黄金万两容易得,知心一个也难求。知他因甚病恹恹?也自相将。看那沉腰瘦损,潘鬓凝霜,这两际何难放?(贴悫介)这般话,太猖狂,难道俺蓦地心将鸾凤伤?(贴)还须请姑娘开怀。(贴)咳!偶然间稍不教怀思畅,值甚寻瘢索绽生疑妄,总是你胡多讲。

呀!你今日敢是疯了?怎么去了几日,忽然变了一个人。我明日必回太夫人,退还你去,我不敢要你了。(贴笑介)我说的是好话,不过教姑娘内心留神,并非叫你去为非作歹,何苦回太夫人,叫我吃亏?有何好处?姑娘,你只管愁闷怎了?还须自己保重为要!

【榴花灯犯】且和你向庭阶学弄簧,且和你缓寻芳。且和你扑蝶闲书幌,且和你拈红豆斗草双双。且和你嬉笑秋千枝上红裙漾,且和你响琼箫引彩凰。只休要纱窗偷卧效羲皇。(贴)休只顾烦言孟浪,我含愁坐有甚闲肠?一任他秋归院宇梨花冷,瑶墀下苔藓风凉。

(贴背介)早是薛夫人曾有言,想宝玉太夫人那样疼爱他,他又生得那样,若向外面说亲,太夫人断不如意,不如把林妹妹定与他,岂不四角俱全。咳!想你既有主意,为甚么不和夫人说去,致使我姑娘呵!难将,常教闭闷,每日里残妆强理愁魔障,更可怜瘦影难支病态偿。姑娘,且和你太夫人处去来。(贴)

【尾声】免不得精神强打同欢赏,怎奈我倦倚阑干意惨伤,难道这弱息残躯待北邙?(同下)

秘　议

（小旦上）

不如意事常八九，可与人言无二三。奴家袭人是也。自幼侍室宝玉，相伴多年。争奈他钟情花柳，唯思弄粉调脂，淡意经纶，不顾功成名就。多方劝谕，直如云散风流；百计提撕，殊难计从言听。这也罢了。不料前日忽失去晶莹美玉，遍求未得。太夫人仍命在此居住。我看这两日，纷纷议论宝玉亲事，想来或是薛姑娘了。倘果如此，我也好卸些担荷。（指内介）但是这一位终日昏迷，病势沉重，心里只有一个林姑娘，时时记念。若竟与他说知，除非是人事不知还可，如少明白，只怕不能冲喜，实是催命了。适才闻说，太夫人请老爷到来商议，只索静听一回，再作道理。正是：欲知心上事，但听口中言。（下。老旦上）

【二郎神慢】萦怀甚，尚未毕男姻女聘。（生、旦上）望膝下含饴欢聚，金萱茂祥云仙境。（贴引净、丑使女上）屈指韶光风月半，陡觉得春侵帘永。（合）同欢庆，团圆骨肉，价值黄金相称。

（老旦）坐下。（坐介）我儿，你不日就要起任，我有多少话要与你说，不知你听也不听。（生）母亲吩咐孩儿岂敢不遵？（老旦）想我钟爱的只有宝玉，偏又病得糊涂，昨日教人卜卦，回说要娶金命的人，帮扶冲喜方好，不然，只怕保不住。你如今是要宝玉好呢，还是凭他去呢？（生）母亲有何主意？但只姨太太处，不知可说明白否？且宝玉功服未满，也难完姻。再者，孩儿的日期，已经奏明，不敢耽搁，这几日怎么办呢？（老旦）我也在此细想，但只迎娶，不必完姻。这都碍不着了。

【集贤宾】姻缘自古天生成，喜当日应承美事，人间宁齿冷？岂无端惹却议评。我儿呀！临时整理，使金玉双双持赠。倘如因那金锁，招出这美玉来，也订不得。（生）母亲吩咐极是，也只好按着□意办去。（老旦）既如此，你且去罢。（生）孩儿告退。（背介）咳！难再省，岂果道偶然侥幸。（慢下。小旦急上）

画肉画皮难画骨，知人知面不知心。适闻太夫人之言，使奴又悲又喜。此时若再不说明，岂不是一害三命呢？（见跪泣介）太夫人、夫人在上，婢子有一言告禀。（老旦）起来讲。（小旦）宝玉的亲事，太夫人已定下薛姑娘，自然是极好的。但有一事，婢子想，太夫人看去，宝玉和薛姑娘好，还是和林姑娘好。（老旦）他两个自幼相伴，所以宝玉和黛玉又好些。（小旦）太夫人呀，想宝玉和林姑娘的事，

大半俱是亲见,独是那年夏日呵:

【前腔】园林万绿空翠凝,见肩并雕槛。不料林姑娘去后,婢子送扇前往,宝玉即拉住说道,好妹妹,我的心事从未说出,我为你也弄了一身的病,只好等你的病好,我的病才得好呢。睡里梦里也忘不了你。那时婢子呵,见如痴如醉细语赠,任临风信口装成。神魂莫定,料伊家双情暗聘。想今日此举呵,难比并,(哭介)须要望奇谋操柄。

(老旦叹介)宝玉真是那样,这个教人作难了。(贴)难倒不难,有个偷龙换凤之计在此。(老旦、旦)计将安出?(贴笑介)如今不管宝兄弟明白不明白,大家只说老爷做主,将林姑娘配他,看他神情如何?倘若他仍全不管呵!

【大石调·青杏子】天赋美风情,应知是金玉双成。广寒仙子如宝敬,兰心蕙心,恁黄姑织女,雅咏好盟。(老旦)若是他有些喜欢,便怎么?(贴)哟!

【仙吕·赏花时】准备天台醉二星,欣羡云窗奏紫笙。莺燕友,凤鸾乘,移花接木,不许外人评。(老旦、旦)妙呀!丫鬟们不可漏泄消息。(众)晓得。(合)

【前腔】今日良平定计行,来日丝罗结好盟。宫柳漾,态轻盈。天长地永,举案两多情。(同下)

傻 露

(场设假山、花冢,贴上)

【双调·夜行船】减却容颜知为谁?可怜没个人知。白昼凄风,黄昏冷雨,湿断许多心泪。

奴家林黛玉,适才忘了手绢,使紫鹃回去取来。咳!你看红绿交加,真个是风光如画。争奈奴家的蹙蹙双眉,再展也展不开呀!

【幺篇】落日下楼西,椿萱同梦依依。落花流水人何处?相思万种,新愁几许,撮上心兮。想起那年宝玉寄帕的时节呵!

【步步娇】一幅香罗伊亲寄,寄与咱非他意。伊教咱行梦里行,梦里知他不心离。嗳!老天呀!若是结芳褵,省了多少风花泪。(丑内哭介。贴)奴看宝玉为人,还不像个薄幸的。

【新水令】当初信口怕别离,到头话儿牢记。他道一句句两心知,恁自满意儿真实。岂把神前咒,做了小儿戏?

(听介)你听那边似有悲声,想是这些大丫鬟有什么说不出的心事,所以到此发泄哟。

【风入松】含情独自发娇痴,羞向外人题,题来反惹生丛议。柔肠百结千回,多绪多情萦系。等闲愁,闷禁持。

(丑上见介。贴)原来是你,你好好儿为什么到这里伤心?(丑拭泪介)林姑娘,你评评道理。他们说话,我不知道,我就说错句话,珍珠姐姐也不犯就打我呀!(贴笑介)你叫什么名字?(丑)我叫傻大姐儿。(贴笑介)你姐姐为何打你?(丑)为什么,就是为宝二爷娶宝姑娘的事情。(贴作讶状半晌,低问介)宝二爷娶宝姑娘,她为什么打你?(丑)我们太夫人、夫人和二奶奶商量,给宝二爷冲喜,我又不知道。她们不叫人吵嚷,我只和袭人姐姐说了一句,明日宝姑娘又是宝奶奶,不知犯着珍珠姐姐什么,她就打了一下,还说不遵号令,且要撵出去呢。(贴半晌颤语介)你别混说了,如人听见,又要打你了,你去罢。(丑下,贴怔立介。贴扮紫鹃上)姹紫嫣红看不尽,一般都付与东流。(见贴介)姑娘,手绢在此。(贴不应介。贴)哎哟!

【新水令】别来双鬓粉脂欹,问君家心思牵系。情恍惚,影支离,柳媚花痴,何事萦心事。姑娘还是回去,还是往何处去?(贴扶行介)我问问宝玉去。

【么篇】废寝忘食,伤怀感愧,花前也、月下也、深深誓。辜负了,辜负了同心同意。他有日不测相逢话别离,领取一场捐背。(扶下)

(小旦扶小生上)

【初问占】万叠浮云,千重逝水,情思恋恋凭谁寄?恨萦纡,愁堆积,苍天不管人憔悴。

(坐介,贴扶上)宝二爷在家么?(见小生介)宝玉,你为何病了?(小生)我为林姑娘病了。

【归塞北】肠断处,悬望怕别离。半真半假娇模样,一生病染药难医。回首暗伤悲。

(小旦)姑娘才好了。紫鹃妹妹,你可好生挽回姑娘去罢。(贴扶看小生微笑点首介。贴)姑娘,回家去歇歇罢。(贴)这可就是回家的时候儿了!

【前腔】肠断处,不日到别离,是真是假难忖拟,一声长叹数归期,撒手各东西。(扶下)

(小旦扶小生介)宝玉我且扶你将息者。(扶行介)

【拨不断】心悄悄,计差池,姻缘顷刻心先碎。傻病般般强打支,情魔种种禁

担起,几曾见霎时愈矣。(扶下)

兰摧

(小旦仙装引四仙童执幢幡上)

【逍遥乐】一片虚空造,中有仙姝惹愁恼。红尘碧落总难逃。花丛姊妹,孽海姻缘,哪不关招?吾乃警幻仙姑是也。今有绛珠仙子,凤谴初完,尘缘已尽。因此特具仪从,接引归真,不得有误。仙童们!就此御风去者!正是:不向醒时寻梦里,漫从天上恋人间。(下。正旦上)

【三仙桥】小苑无人夜悄,趁微云移月招,潜潜往造。暂时强劝告,蓦地间心若搅。猛想起旧丰标,教我一想一泪抛。想当日那态娇娆,想当日那妆艳小,端的是赛丹青难描。莫描,哪晓得不监牢。怕则饥寒气躁,苦变做了鬼胡由,谁认得林黛卿的依靠?妾身李纨是也,适有紫鹃使人来说,林姑娘有变,我想姊妹们相伴一场,更兼她容貌才情,少双寡二,唯有青女素娥,稍可劈鬓。不料凤姐想出一条偷梁换柱之计,致使他小小青春,竟作了北邙乡女。我如今也只得约同三妹妹前往潇湘馆去,少尽姊妹之情便了。(下)

(场设幔、镜台,贴扶贴上)

【三叠引】苍苍不准残魂告,真是教奴自悼。甚的妙多娇,十六载命同秋草!(坐伏介)

(贴)事情到了如此,不得不说了。姑娘的心事,我们也都知道。至于意外之变,再没有的。姑娘不信,只拿宝玉的身子说起,这样大病,岂能做亲?姑娘呀!你切勿滥听浮言,须索自己保重。(贴)紫鹃妹妹,你是我知心的。想奴家寸心莫解,一死如归,怎奈魔障未消,剩延残喘。(悲介)咳!天那!这样可怜的人,为甚苦苦要留在人世哟!

【川拨棹】情空好,假连枝做断梗飘,似如今画饼虚劳,似如今画饼虚劳。恨相逢起祸苗,借凤友与鸾交,等墙花同路草。(伏介)

(正旦、贴上)来此已是,为何静悄悄的?(见贴介)妹妹醒来。你今病体如何,少不得将养就好的。(贴)咳!好长时候哟!

【奈子落琐窗】记来朝万朵云饶,到今时生霎灯摇。如何转身,家乡渺杳,在归途怎般难了。情天孽海路迢迢,醒来何处魂招?我那爹娘呵!

【混江龙】自离了家园旧道,晓风残月挂秋梢。迷途浩浩,苦海迢迢,浪打风飘杨柳悲,萍流蓬转桃花笑。秋绪如麻,情怀暗惹,泉台戏耍,人世飘飘。前生烧下断头香,今生惯作离群鸟。呵呀爹爹呀! 望你早求早判,省却鲍系藤绕。我那外祖母呀!

【风云会四朝元】你将人留到,向慈帏爱护饶。怎知奴生瘦弱死难阿保,葬青莲朵朵高。

(众)好端端的怎说这话?(贴)烦你们上复太夫人和夫人呵! 说从今以后,说从今以后,月夜花朝,莫忆儿曹,翠绕珠围,丢开奴了。紫鹃妹妹,我这里并没亲人,奴的身子是干净的,你切要叫他们送奴回去。颜色宁多俏,身体恁难熬,不信容颜,一旦全销槁。咳! 因由是那招,待将痴魂把他恼。奴好恨也! 人生到此,牵牵惹惹,再无他靠。

(小旦引队暗上、众下)我们且扶到床上去。(扶卧介。贴)

【浣溪乐】呀! 他是个证盟师慈悲老,管侬家生死根苗。去来因只有伊知道,度脱奴精灵离苦恼。(旦)紫鹃,你可下了帷幔罢。(贴下幔介。贴)算今朝撒手,何处吹箫。宝玉,宝玉,你好! (晕介。内奏乐、小旦仙童引贴仙装绕场下。旦)呀! 空中妙乐飘扬,室内异香馥郁。(贴哭介)哎呀! 姑娘去了也。(众哭介)

【秋夜月】香顿销,鹤驾云霄到。冰清玉洁如花貌,把虚无觑破抽身早。她做仙人去了,做仙人去了。

(旦)紫鹃且免悲伤,可将衾枕移到房中去,我与你安排殓事去来。(作撒帐下。合唱)

【尾声】合家大梦伊先觉,到头来怨声多少?(贴哭介)想起那边的事来呵,为甚么牵绊冤家共一宿。(同下)

诧 奁

(贴上)

计就月中擒玉兔,谋成日里捉金乌。妾身王熙凤是也。今日乃宝玉良辰,但不知他的病是真是假,不免还去试探一番,有何不可。来此已是。袭人,你可好生服侍宝二爷出来?(小旦扶小生上)

【黄莺儿】幽梦画楼前,蓦抬头,莺燕喧。重门片片残红卷,叹巫山愿悭,叹巫山愿悭。这相思万种呼谁辩。病难捐,何时聚首,消却恨绵绵?

(小旦)原来是二奶奶在此,请坐。(坐介。贴)宝兄弟大喜。老爷已择了今夕良辰,与你娶亲,你喜欢不喜欢?(小生笑介,贴笑介)给你娶林妹妹过来好不好?(小生大笑介。贴)老爷又说,你若还是这样傻,就不给你娶了。(小生正色介)我不傻,你才傻呢。(起介)

【金落索】欲圆未得圆,相见何难见。两下里情牵,莫虑会悟无方便。待我见见林妹妹去,也好叫她放心。往相逢,吐尽语几千,省却一度相思泪万穿。莫教怨恨心先冷,静待佳期意转坚。休悬恋,堪欣今日是因缘。我就生也留连,死也留连,爱你心生死都不变。

(贴笑介)林姑娘也知道的。她如今作新人了,自然不见你的。袭人,你可快快给他装新,新人想必到来也。(小生更衣介。老旦、生、旦上)

【大石调·青杏子】深院艳阳天,美良缘语笑频喧。绮罗间簇东风面。鸳鸯戏伴,丁香结子,豆蔻含鲜。

传傧相。(副上)牵丝凭月老,撒帐待冰人。傧相叩头。(老旦)请新人。(副向内介)伏以百道红灯薄暮天,文星今昔会婵娟。姻缘本是天成就,举案齐眉乐万千。(内吹打,四宫灯、贴、丑扶小旦上、行礼介。副)送入洞房,傧相告退。(下。老旦)袭人,你可服侍合卺者。(合卺介,小生注目小旦介,丑下。小生揭小旦方巾,背介)呀!难道又是一个不成?(持灯擦眼介,小旦接灯放桌上,小生回坐介)

【仙吕·桂枝香】玉容倚倦,绛唇桃艳,翠粘盛服,新妆绿掩。垂鬟弹鬓,看低头笑怜,看低头笑怜。别有百般情显,教我心惊胆软。暗留连,难道是一片巫山外,悠悠梦里边?

(老旦)我儿与你且送新人进去。正是百年缔就同心带,两美欣看解语花。(老旦、生、旦、小旦、贴下。小生)袭人姐姐!方才坐在那边一位美人儿是谁?(小旦笑介)是新娶的二奶奶。(小生半晌介)二奶奶到底是谁?(小旦)宝姑娘!(小生)嗳!

【不是路】境态缠绵,奈相逢不识心头辨。关情变,碧云深处人何见?尽牵连。林姑娘呢?(小旦)老爷做主,娶的是宝姑娘,怎么混说起林姑娘来?(小生)你刚才不见林姑娘么?还有雪雁呢,怎么说没有?把沉鱼落雁相厮转,敢是你们哄我么?幻术无端假戏怜。愁思情,林妹妹在哪里?我要找妹妹去。眼看生隔蓝桥岸,有槎难钱,有槎难钱。

(拉小旦介)我问你,宝姐姐怎么来的?记得老爷给我娶林妹妹,怎么被宝姐姐占了来呢?你们听见林妹妹此时哭得怎么样了?(小旦)林姑娘病着呢。(小生哭介)我如今有句心切话只求你去回明,想我同林姑娘都是难保的,可将我二人相依一处。姐姐呀,你依这一言,也不枉了数年的情分。(大哭介,内叫介)袭人,请宝二爷进来安寝罢。(小旦)晓得。(扶行介)

【尾声】看落红肠断凄凉院,剩一番蜂愁蝶怨,除非是这待得相逢梦里团圆。(扶下)

泪　　奠

(场设潇湘馆匾、灵位,贴上)

【山坡羊】冷清清困人的天气,恨恹恹搅人的春意。虚飘飘幽魂满空,荡悠悠那许探心事?脱了兮,何处见依稀,蓦然想起添悲思,转眼花非。断头香坠,伤分离,在心头一个人如痴,人似风前一片飞。小奴紫鹃是也。想我姑娘年已及笄,尚然待字,不料一病缠绵,倏尔永诀。因即停柩在此潇湘馆中。谁想宝玉近月以来,坐卧不宁,时深哭想。切恨被人愚弄,并非忘恩负义之徒。只可怜我家姑娘没福消受。如此寻思,人生缘分,俱有定数。在那未到头时,大家都是痴心妄想,及至无可如何,可怜情深义深,一旦化为乌有。在那亡过的未必知道,唯有这活的临风对月,洒泪悲啼,真个是苦恼伤心,无休无了。嗳!你看这几日屋在人亡,好不凄惨人也。

【前腔】惨淡淡芙蓉香碎,冷萧萧芭蕉光碎。聒刺刺空棂纸鸣,一阵阵云送征鸿至,想娇痴,逢时值授衣,这物在人亡,叠向闲箱里。那禁月挂秋桐,促砧声敲到凄其。扫不尽芳闺渍燕泥。伤悲,挽不断雕檐宿网丝。(作添香设茗介)

【步步娇】看日影中庭人心碎,铛药饶余味。何处玉人归,缓步墙阴,寂寂回廊闭。痛杀病娇痴,如今客来,剩有鹦哥伺。(拭泪介)

今早传说宝玉亲来祭奠,此时想已即到也,也只得在此伺候。(小旦扶小生上)

【金珑璁】今生生意已,雨泪淋漓。浑瘦尽,问阴期。夜台知有伴,不如早共归。西捱短日转无依。(见位大哭介,伏唱)

【夜雨打梧桐】霜般白,雪样肌,照不到冷泉堆。好伤悲!独向婵娟陪侍,蓦地回思。当日与你偶尔相离,一时半刻,也难打依支。何况是,今朝永隔断幽明世?欢娱不俟,只想妹妹这一缕芳情呵,怎不向人间系翻从地下飞?我的妹妹呀,是我害了你也。(拜晕介,小旦、贴扶介)宝二爷苏醒。(小生半晌介)妹妹呀,想你未病之先,未尝一问,今日物在人飞,呜的不痛杀我也。

【正宫·破齐阵】帐掩香消,人矣堂空,玉冷魂归。一榻凄风,半窗冷泪,又是悠然永逝。忽愧绸缪,生前阻梦到依稀。暗自悲,人间长别离。(贴暗下)想起那年结社的时节呵!

【江儿水】倚玉桃花咏,吟香柳絮吹,课完妙句篇篇美,湘江竹点斑先碎。锦罗帕湿痕犹渍,静掩重门深翠。不想而今,忽地捐遗长逝。想众姐妹中,唯妹妹与我最是好的。

【催拍】记并肩流觞水湄,记携手问字岸堤。记埋花路迷,春露秋风,处处徘徊。拥翠怡红,步步追随。今安在?海角天涯。魂欲断,日平西。(拜介)妹妹呀,想我一生并没有亏心待你,就是前日之事,也是出于无奈,并非我甘心负你的哟。

【滴溜子】离别恨,离别恨,从今暗起。相思债,相思债,何时可已。欲指人前难指。此情谁共知?花残月堕,剖不断柔肠,我甘心细碎。(起介)

【山坡羊】碧阴沉,纱窗半掩黄昏里。白珊珊,绣帘几阵梨花坠。乱凄凉尘锁翠平遮,昏惨淡香冷金犹羼,燕子栖那人儿何处矣。枝头杜宇,杜宇空啼未?闻得妹妹临终时节,空中有一片音乐之声,岂非是羽化了么?却怪流水桃花,仙山云路迷。摇曳,恨湘波踪影蔽。愁常闭,巫峰魂梦唉。

(内起旋风作鬼哭介,小生)呀听!隐隐有悲泣之声,妹妹呀,你还怨恨小生么?

【月上海棠】无休计,雨珠儿点滴相继。恨姻缘簿上,合该缺背!紫丝罗一囤的消磨,合欢带何时得结系?把盟共誓,愿转世轮回,和你同衾伉俪。

(小旦)二爷且免悲伤,日已暮了,请即就此回去罢。(小生)嗳!

【摊字金破令】休说他娇鬐妍笑,风流体态遗。就是赧颜微怒,泪眼慵低,便千金何处使?纵别有佳人,一般姿色,怎似情投善伺?恰可相知。思量到此呆到痴,孤独愧迷离,余生死亦宜。唯只愿速离涂泥,早赴幽期。和伊地中化将连理奇。(扶行介。小生)

【尾声】半生心事三生泪,何会有一宵如意,把影儿里恩情和他向梦儿里对。(扶下)

惊　　幽

（贴女魂上）

【南吕国曲·过懒眉】游魂似纸倩风驮,一霎千寻卷夕波,看栖鸦点点集墙窝。疏林逗出前山火,野岸遥临隔水坡。小仙秦可卿是也。多蒙师父唤醒尘迷,归成正果。今复命我到此,指引王熙凤去径,使之同归幻境。一路行来,已是大观园了。不免闪身而入。正是:奉劝世人休碌碌,举头三尺有神明。（下。贴上）

【正宫引子·齐天乐】漫天暗气连云锁,蕙室吐香满座。帘影平遮,桐阴半斡,想见当年故我。（内作风声介）来此已近潇湘馆了,为甚么霎时间寒冷起来呀!（行介）

【好姐姐】一交黄昏悄那,孤零零花阴独坐。把风儿暗过,乌鸦刚睡,着谁惊作。声寒意冷难成么,何处秋池响败荷。

（贴上）娘且住,怎么连我也认不得了?（贴）呀!

【南吕·香遍满】云鬟月鬓,寻常淡妆难画摩。出落风神年尚小,一团都是婧。还怜韵致多,看这万种娇,也不识谁家么?

（贴）婶娘,只管受荣华,享富贵的心盛,把我那年说的万年永远之谋,都付与东洋大海了。

【懒画眉】只道你绸缪未雨善调和,哪知吊古空传紫玉歌。我眠香宿体就巢窝,谁道你回头不识当初我,猛向南柯唤醒他。婶娘,那时怎样待我,如今就忘在九霄云外了。

【前腔】生前相待却如何?疼痛终须贵自摩。婶娘呀!风狂雨打景无多,烟沉月坠关难破。却不道百岁徒教一瞬过!婶娘,我有几句说话。去国离乡二十年,于今衣锦返家园。蜂采百花成蜜后,为谁辛苦为谁甜?你且牢牢记着。吾去也。正是:莫认人身留半截,岂同鬼话说三分。（下。小旦、丑持灯上）夜深了,请奶奶同去罢。（贴半晌叹介）

【月云高】吞声那些,欲说伊谁可?惹得傍人笑,招着他们唾。现世冤家,分定厌缠里。去不去心头债,了不了生前过。教我心上黄连苦自魔,锁上门儿暗里磨。（同下）

卷 四

余 情

（贴上）

【齐天乐】半寒半暖偎人困,空守着一床脂粉。睡去还惊,醒来无味,叫尔如何安顿？天生悲悯,怕不为加些愁闷,另外伤春,生死难申,遭逢着这些星运语谁人？小奴麝月是也。宝二爷命奴打扫净室,只得在此伺候。（下。小生上）咳,妹妹呀！

【山坡五更】恶噉噉一场伶仃,乱匆匆三生性命,荡悠悠一缕断魂,痛察察一丝密意缘何赠。[五更转]风光尽,信誓更,形骸剩。只有痴情一点,一点无厮称。拼向黄泉,牢牢共证。

香魂一缕随风散,愁绪三更入梦遥。小生贾宝玉,今夜月色侵眸,桐阴满院。猛想前情,真个令人肠断也。（坐介。内起鼓打一更介）

【中吕过曲·榴花泣】[石榴花]沙堤宿草,空自点流萤。衣裳薄,酒初醒,芳魂渺渺梦中行。呀呀的孤雁南征。[泣颜回]心愁顿生,想玉人也泣向霜华冷。（叫介）妹妹,难道梦儿也不做一个,若不辞山远水长,好趁此月白风清。（仰视介）

你看这一轮冷月,好似一面明镜。咳！月儿月儿,你何不把我二人的影儿,一齐摄入其中,使我会她一会？（凄然介）嗄！（起立闲步介,内打二更介）

【前腔】曲终不见,江上数峰青。天河净,泪珠倾,栖鸦叫月坠枝声。有玉箫唱彻寒更,临风细听,无聊倦把窗摧定。（坐叫介）妹妹,妹妹！恁这宵情意如何,尚识得我絮语分明。（内打三更介）

忽然困倦,不免倚几而卧。（欲睡作惊介）妹妹哪里,怎么一转眼就不见了？敢道是为薄情辜负,害得你不尴不尬,因此痛恨小生么？咳！该恨该恨！小生久已知罪了！

【瓦渔灯】[瓦盆灯]我为你从来办至诚？我为你记心盟。我为你两下结知心,我为你惺惺的岂假惺惺？我为你量暖测寒愁伊病,我为你惯趋跄应承。只说你行随坐守过今生。（大哭介）小生若有一点负心,天日可表。[灯]怪书生辈人人薄幸,切莫错认王魁行径。[喜渔灯]忍把恩山万丈都抛闪,别图个美满前程。妹妹,你如今那里去呀! 无定,叹阴房火青。悠悠素带飘风冷,卷起湘江泪几层。(起行介,内打四更介,末扮阴吏上)

[哭相思]悠悠生死别经年,魂魄不会来入梦。(见介,小生)借问此是何处? (末)此阴司泉路,你寿未终,何故至此。(小生)适因寻访故人而至,不觉迷途。(末)故人是谁? (小生)姑苏林黛玉。(末冷笑介)林黛玉,生不同人,死不同鬼,无魂无魄,何处寻访? 凡人魂魄,聚而成形,散而为气,常人尚无可寻访,何况林黛玉呢? 汝速回去罢。(引小生坐介,小生半晌介)既云死者散也,又为何有这个阴司呢? (末冷笑介)那阴司说有就有,说无就无,皆为愚人不守本分,无故自殒者,故设此狱,囚其魂魄,受无边之苦,以偿生前罪业。汝寻黛玉,是自行夭折也。且黛玉已归太虚幻境,汝若有心寻访,潜心静养,自然有时得见。如不安生,即以无故自陷之罪,囚禁阴司,除父母外,欲图一见黛玉终不能矣。正是:从来苦海本无边,须识回头即彼岸。(下。小生作醒介)案上红灯,窗前皓月,仔细想来,林妹妹果真成了仙去也。

【金莲子】鸾凤因,恩情美满终难尽。这一段姻缘儿怎申? 只必似度云霄,一双双仙子了前盟。

罢罢罢! 人生数十寒暑,皆如梦幻泡影,似妹妹急早解脱,未为不幸也。

【尾声】早引入蓬莱境,仙源此去路重寻。但不知小生此后呵,可能有洞口双吹玉笛声。

(下)

籍　　府

(副净引四校尉上)

【六么令】缇骑重臣,气比阴霾,势似雷霆。乌鸦偏认虎头惊,衔天诏不宽情。五花官踏是魔神震,五花官踏是魔神震。

中垒金腰将,期门豹首人。一朝权在手,便把令来申。俺锦衣府堂官赵全是也。奉旨查抄荣宁家产,左右,须要用心稽查。(杂)来此已是,门上有人么? (末上)是哪个? (杂)圣旨下。(末)老爷有请。(外、生上见介。副净)圣上有旨,跪听宣读。(外、生跪介)诏曰:贾赦交通外官,倚势凌弱,重负朕恩,有忝祖德。即着锦衣府赵全,查看家产,革去世职,发往刑部议罪。钦此! 谢恩。(生、外)万岁万岁万万岁！（拿外介，众下。丑上）西平王、北靖王驾到，请爷迎接。（末、净引二内侍上）从空伸出拿云手，提去天罗地网人。（生俯伏介）犯臣见驾，愿殿下千岁千岁千千岁！（末净坐介，副净见介、众校尉跪介）禀王爷，在内查出御用衣裙，并多少禁用之物。东府抄出两箱房地契，一箱借票，都是违例取利的，不敢擅动，候旨施行。（副净）好个重利盘剥，理该全抄，请王爷就此宣旨，叫奴才去全抄来，再后定夺罢。（末、净起，生跪介）奉旨着锦衣官，唯提贾赦质审，余交西平王遵旨查办，钦此！谢恩。（生）万岁！（副净）领旨。（引外、众、校尉下。净）政老，方才老赵呈禀有禁用之物，原系办贵妃所用，孤等声出也无碍，如今政老且将赦老家产呈出，切不可再有隐匿，致干罪戾。（生）犯臣何敢隐蔽？但犯臣祖父遗产，并未分过，唯各人所住之房屋，所用之物，便为己有。（净）这也无妨，唯将赦老所有交出来就是了。王兄，俺也就此复旨去罢。（生跪送介。末、净）但请放心。（引内侍下。生）母亲有请。（老旦上）

【仙吕双调·沉醉东风】没来由群鸦乱鸣，因甚的群龙吠影。（正旦上）花枝谢，梦魂惊，哭声难定。（老旦）孩子呀，是何罪名，是何案情？这飞来奇祸，教人难解明。（大哭介）

我的儿，不想还见得着你。（正生）母亲，请放心罢，本来事情原不小，蒙主上天恩，大爷厚德，万般轸恤。就是大哥暂时拘质，等问明白，自然也没事的。（小生、差官上）东院笙歌西院哭，南宫欢喜北宫愁。门上有人么？（丑上）在。老爷，外有差官要见。（生见介）王爷有何谕旨？（小生）贾大爷！喜我们王爷同西平郡王进内复旨，将大人惧怕之心，感激天恩之语，都代奏了。主上甚是悯恤，并念贵妃薨逝未久，不忍加罪，着加恩，仍在工部员外行走，所封家产，唯将贾赦入官，余俱给还。（生谢介）万望回去，多多上复王爷，说贾政明日早朝叩谢便了。（小生）请了。（下。老旦）我儿，想我活了八十多年，俱托祖宗洪福，从没有此变异。如今年已老了，亲见你们颠沛，叫我如何过得去呢？倒不如早合上眼，一任你们去罢。（外使臣上）圣旨下，贾赦交通外官，恃强凌弱，今从减议，发往台站效力赎罪。贾珍强占民妻，罪在不宥，但念功臣后裔，身系世袭，不忍加罪，亦从宽革去世职，派往海疆效力。贾琏、贾蓉年幼无干省释。贾政实系外任多年，居官尚属勤慎，免治伊治家不正之罪。谢恩。（生起介）万岁！（外）请了。（下。生）母亲，如今且免伤悲罢。（老旦）嗳！想俺家自列爵一来，勋名盖世，不承望今日一败涂地，世职削去，赦儿前往台站，珍儿又往海疆，真个好伤心也。（大哭介）

【黄莺儿】顷刻别离声,是无端甚感情,高风怪雨却谁经。行装且停,持杯且倾,桥头杨柳西河令。泪长零,关山阻越,肠断短长亭。

(生)母亲放心,大哥虽则效力,也为国家办事,不致受苦。珍儿正是年轻,愈该出力。若不这样,便是祖宗遗德,亦不能久享了。(老旦)罢罢罢!你们且随我进来。(生、旦)是。(老旦)

【前腔】何日返家庭,叹萧墙忽变更?鬓丝点点鹤斑新。忧愁暗乘,忧思莫申。(看生介)风刀剪断连枝梗,孩儿呀,晚青青,天粘衰草,一望客销魂。(同下)

感　痴

(小生上)

【夜行船】一缕香魂难救转,因错误懊恨当年。意外丝牵,意中情断,天嗄!纵有娇姿怎恋。小生一时愚昧,致令林妹妹一病亡故,昨又闻妙玉被人劫去,未知下落。想她自称槛外人,如何遭此结局?当日园中何等富丽,自二姐姐出阁之后,花亡蝶嫁,名园一空。因知人生在世,飘渺虚无,不免风流云散。争奈薛姐姐并袭人等,时常以接续遣绪,勤攻书史之言相劝。咳!不料家运衰颓,一至于此!为此终朝抑郁。想起紫鹃姐姐来此已经半月,从未说句知心之语,心中甚不过意。她呢又比不得麝月、秋纹,可以安放得的。想起患病时节,相伴多时,情意不薄,今日不知为何冷冷相待。自然为林妹妹亡故,我便成家之意。咳!紫鹃呀紫鹃!你这样一个聪明女孩儿,难道我的苦楚都看不出么?且喜今晚人俱睡熟,不免趁此更深,特地找去,看她有何言语?若还有得罪之处,不妨赔个不是,是呀!

【步步娇】睡起无聊,缓步闲庭院,难把愁怀遣,伤心泪自怜。待诉衷肠,急把庞儿见。玉漏度花前,想幽情,陡起神先倦。(下。贴上)

【北八声甘州】寒更声浅,见月影横窗,引动愁怜。青丝半绾,插金钗懒倚台前。秋到碧桐人待寝,漏滴铜壶夜未迁。前事上心边,宝篆香燃。(呆坐介。小生上)

【混江龙】银缸犹碾,玉钩帘下掩重轩。相思一点,又怎经愁恨千千?苔径玉人清露冷,梨云秋夜晚风扇。绕墙阴花影听蛩鸣,踏芳菌月色流萤卷。来此已是西厢里间,不免往内一觑便了。悄悄的斜倚绣户,轻轻的怕拽响金砖。(低叫介)

紫鹃姐姐,还未安寝吗?(贴惊怔半晌介)是谁?(小生)是我。(贴)是宝二爷,你来为甚?(小生)我有句肺腑之言,要和你说。你开了门,我到你房中去坐。(贴)二爷有什么话,天晚了,请回罢,明日再说罢。(小生呆立半晌介)我也没有多语,只问你一句。(贴)既是一句,就请说。(小生呆立不语介。贴)呀!怎么不言不语,敢是走了,还是傻站着呢?有什么又不说,尽着在这里恼人。已经恼死一个,难道还要恼死一个么?这是何苦来哟!(小生叹介)咳!紫鹃姐姐,你从来不是铁石心肠,怎么近来连一句好言语也没有?但我有不是,只望姐姐说明,我就死了,倒还得个明白的呢。

【川拨棹】空嗟怨,恨涟涟,故叶捐。痛前生种下深冤。思绵绵将人倒颠,思量起,尽苦煎,何处觅,断头缘?

(贴冷笑介)二爷,还有什么言语。若就是这个话呢,奴当姑娘在时,已听厌了。若是奴们有不好处呢,二爷道是回夫人去,左右奴们服侍的人,更算不得什么了。(哽咽介,小生大哭介)这是怎么说?我的心事,你还有什么不知道的?难道不叫我说,任我愁闷不成么?(呜咽介。小旦上执灯介)

【桃红菊】乍凉生秋光暗添,听虫声灯光未残。怪他行无端愁闷,怪他行无端愁闷。却因何淫淫涕涟?(见介)

到底是怎么着?一个赔罪,一个又不理。你倒是哀哀的央及哟!紫鹃姐姐,也就太狠心了。外面这般寒冷,人家央及多时,总连活动之意也没有。嗳!二爷!奶奶说夜已深了,此处风寒,二爷还是早早安置罢。(贴内)这可是什么意思呢?早就请二爷进去,有话明日说罢,这是何苦来哟。(小生长叹介)罢了!罢了!我贾宝玉今生今世也,难表白这个心了!想唯有苍天知道罢了!(大哭介。小旦)二爷,我劝你死了心罢,白陪眼泪,也是可惜的!(小生)咳!

【江儿水】仍旧清秋到,疏桐落叶天。晚来怕见银河面。(哭介)妹妹呀!怎知你年年磨折灾紫绊,却教我香魂葬送音容断。紫鹃姐姐呀,叫你如何不怨?错过当前。到而今盼望天涯难见。(哭下。小旦随下。贴泣介)

宝玉已去,想来不像个薄幸郎君,奴家可不错怪了你也。

【满庭芳】听罢一声长叹,叹光阴何限。徒倚阑干。(内打三更介。贴)说话良久,早是三更时分了。蒹葭雾锁烟云淡,空对着影溶溶冷月虚檐。残凄凄树咽寒蝉,暗飕飕叶落前山。泪眼涓涓相看。姑娘呀,姑娘!你这一去,撇得我紫鹃呵,顷刻里浮踪两地,只落得乌鹊晚庭喧。(泪下)

幻 悟

（场设宫门，匾写"引觉情痴"，联为"喜笑悲哀都是假，贪求思慕总因痴"。净内语介）走！呀！（小生随上，净下）

【霜蕉叶】[霜角晓下]寒山古路，逐影随云雾。[金蕉叶]片片荒郊四布，冷惺忪风斜月暮。

（小生）你看四野萧条，寒阴满目，好不凄清人也。

【红衲袄】阴凄凄野火虚，气萧萧诸籁赴，战西风槭槭凋梧树，坠寒枝隐隐宿草枯。（贴扮尤三姐上，闪下，小生见宫门介）呀！此地却像我曾到过的。我这里按狐疑，影模糊。此处哪有丽人，想必神仙下界了。是何处美如花，临下土。（小旦扮鸳鸯上，招手下）看她宛转分明的相招也，却原来不多时返故都。（赶下。场设仙草山石，小旦仙装上）

【逍遥乐】一点灵光住，了却凡缘返仙路。黄尘碧落有还无，韶华一度，生死何常，转证仙株。（坐介）

（小旦内语介）宝玉，你又发傻了，林妹妹请你呢？（小旦上，转下。小生上）好姐姐，你略等一等。

【霜蕉叶】过来玉字，佳境留人处。（见草介）呀！朵朵仙姿细吐，心动魂消忘久伫。

（小旦）你是哪里来的浊物，在此窥探仙草？（小生施礼介）我找鸳鸯姐姐，误入仙境，但不识此处是甚地名，林妹妹却在何处，望乞明示。（小旦）谁知你的姐姐妹妹，我是看管绛珠仙草的，不许凡人在此逗留。（小生央告介）神仙姐姐，既管仙草，不知道草有何好处？（小旦）听者！

【逍遥乐】生长灵河土，有神瑛把露注。因此上人间历劫报勤劬，到如今仙源有主，蜂蝶休缠，那得相于。

（小生）请问管芙蓉花的是哪位神仙？（小旦）我却不知，除是主人方晓。（小生）姐姐主人是谁？（小旦）我主人是潇湘妃子。（小生）是了。你不知这位妃子，就是我表妹林黛玉。（小旦怒介）咄！还不快走！

【霜蕉叶】洞天玉府，岂是英皇女？何物花言巧语，敢到仙凡秦晋赋。

（下。内叫介）快请神瑛侍者回来。（小生急行介）

【江头送别】仙台际，不争我浮踪浪趋，仙珠草，不争我信口相呼。咳！想起从前的事呵,这都是痴生造下风流苦,生生害杀娇妹。(欲下,贴持剑上)宝玉!你往哪里走?

【南点绛唇】阿鼻迷途,阿弥觉路,随人作地沉天渡。(贴)姐姐快快拦住,不要放他走了。(贴)你们兄弟都不是好人,我奉妃子之命,等候已久,今日见了,必要一剑斩断你的尘缘!(作斩介)急且知回处。(下)

(小生见贴介)我一个人走迷了路,遇见仇人,如今好了,晴雯姐姐,你快带我回去罢。(贴)侍者不必多疑,我非晴雯,乃奉妃子之命,特来请你一会。(携行介。小旦上。小生)说是妃子叫我,那妃子究竟是谁?(贴)到了那里,自然知道。(见介。小旦)此位就是神瑛侍者么?(贴)正是。(小旦)你且站着候旨。(内细乐,贴仙装引四神女暗上。小旦)请侍者参见。(小生作见驾介)妹妹在这里,教我好想!(小旦)这侍者无礼,快快出去。(众暗下。小生叹介)我今日得了何等罪名,众人俱不理我。(大哭介。外、末力士持鞭上)何处浊物,敢闯入天仙福地,快走出去。(下。小旦、贴上,隐下)那明明是迎春同琏二嫂子,怎么一转眼就不见了。咳!我在此迷失多时,你们快来救我!(欲下。杂扮鬼怪迎上,净执镜上,杂下)我奉元妃娘娘旨意,特来救你。(小生)呀!看这四望荒凉,垒垒孤冢,另是一番景况也。

【玉胞肚】心魂才住,小泉台深深野野。试寻思境更殊,总由俺意造情驱。咳!三生石上睡酽遇,掉转身来且问渠。(拉净介)

记得是你领我到此,但其中怪怪奇奇,到底是真是假?望吾师明白指示。(净)你到这里曾偷看什么没有?(小生)我倒见了些好册子。(净笑介)可又来,你见了册子,还不解么?世上的情缘,都是那些魔障,只要把历过事情紧紧记着。(携行介)

【六幺姐儿】萍消絮徂,幻影空花,起灭更诸。与伊今世说前途,横空打破,都是些子愚。情有情无,只落得回头故吾。

将来我自与你说明,今且送你去罢。正是:假去真来真胜假,无原有是有非无。(同下)

醒　　玉

(净上)

【北仙吕调·点绛唇】海市云迷,天门霞绮,凭迁徙,各样归依,梦觉人何寄?

129

俺茫茫大士是也。善观人世情痴,掌管大千色相。奉警幻法旨,送玉前来,待得神瑛侍者醒时,再加鞭喝一番,想已就到。(小生上见介)师父,弟子迎驾来迟。请问师父,可是从太虚幻境而来?(净)什么幻境,不过来处来,去处去罢了。我是送还你玉来,且问你玉是从哪里来的?(小生不应介,净笑介)你自己的来路还不知,何来问我。(小生)弟子赋性庸愚,不谙玄妙,伏祈训示。(净)万物性含于中,情见于外,男女之事,乃情天中一件勾当。尔今以生为梦,岂知死亦非觉?以鬼为觉,岂知死亦是梦?俺待将个中消息,说与你知者。

【混江龙】这情字包藏天地,把三才通贯总无遗。生结下是几家事业,巧制就是各样宗支。臭皮囊是成佛升天都要死,粉骷髅是追欢买笑挽难回。尽变换是金钗红粉,没把柄是玉骨冰肌。神与气是牵连宛转,精和血是交代维持。丧门神是娇羞答答,勾死鬼是憨笑嘻嘻。偿不完是三生夙债,解不了是一世相思。甚来由是填还孽账,弄不清是积趱情痴。休要怨有神明果报,也须知任大造筹司。闹轰轰是胡涂世界,急攘攘是杂碎轮回。更有那南北东西,荣枯寿死,笔判毫厘,脾拘几希,安排不已,领受莫违,数不尽穷通默运,成败潜移。一半是有情儿,一半是无情儿。一班儿形骸发齿,一班儿胎卵毛皮。

(小生)望师父带了弟子去罢。(净)要玉不要人,俺去也。

【哪吒令】笑伊行富贵今几堆,到头来是谁?骨肉今几堆?到头来是谁?恩爱也今几堆,到头来是谁?猛然间欲皈依,平白地思披剃?看随缘千里化慈悲。(下)

(小生)师父已去,想我也不久离却红尘,往登觉岸。不免聊博一第,不忘天恩祖德。那时候芒鞋破钵,好不无牵无绊也。

【寄生草】无我原非你,从他不解伊。肆行无碍凭来去,茫茫着甚悲愁喜,纷纷说甚亲疏密。从前碌碌却因何?到如今回头试想真无趣。(下)

别　　试

(丑上)

书童年纪最幼,茗烟大号常留。夜里挑灯净几,朝来洗砚清秋。服侍他功成名就,好把俺带挈风流。革去书童旧职,簇新大叔名头。自家荣国府现任书童候补大叔也。今乃大比之年,夫人命我收拾行囊,好待二爷与兰爷前去应举。这时候想必到来,只得在此伺候。(下。正旦上,旦、小生、小旦、贴男装上)

【中吕引子·行香子】榜下欢声,争得科名,喜今秋叔侄同登。

我儿,你们都是初次下场,须要自己保重。

【玉胞肚】稍违定省,饯囊装把臂登程,尽消魂,玉马金鞍愿如心。联步蓬瀛,也望冲天宝气自超升。一举成名瑞气凝。(小生跪介)

母亲在上,受孩儿一拜。(拜介)想母亲生我一世,也无可报效,只有这一入场之后呵!

【行香子后】思之如意,喜也还惊,看帽檐花花两朵耀红灯。

好好的中个举人出来,那时母亲看见喜欢,便是作孩儿一辈的事也完了,一辈的不好也都遮过了。(揖旦介)嫂嫂放心,我们二人都是必中的,日后兰儿还有出息,能够接绪宗基,就是大哥不能见,也算他的后事完了。(众拭泪介,小旦发怔介,小生揖介)姐姐,我要走了,你好生跟着母亲,听我喜信罢。(小旦)是时候了,不必再说话了。(小生)你倒催的我紧,我自己也知道该走了。四妹妹同紫鹃姐姐,替我说一句罢,横竖是再见就完了。(外、丑上)外面有人等二爷呢,请即就此去罢。(小生大笑介)走了走了,完了事了,母亲在上,孩儿就此去也。(同贴拜别介。小生)

【南园林好】咱为人被魔劫,儿时萦一点情今朝猛省。弄的来无投无奔。想俺这一去呵,急早认前因,急早认前因。(引贴、外、丑下)

(旦)婆婆且免悲伤,想叔叔这一去,自然是稳中高魁的。(合)

【好事近】喜气满门庭,袖底春生。共领蟾宫,桂子飘飘,玉露香清。鹿鸣设宴,羡鳌头独占,波光映。指玉堂许尔登阶,笑金马有人同镫。(同下)

却　　尘

(副上)

世人都晓神仙好,唯有功名忘不了。古今将相在何方,荒冢一堆草没了。世人都晓神仙好,只有金银忘不了。终身只恨聚无多,及到多时眼闭了。世人都晓神仙好,只有姣妻忘不了。君生日日说恩情,君死又随人去了。世人都晓神仙好,只有儿孙忘不了。痴心父母古来多,孝顺儿孙谁见了?俺乃渺渺真人是也。前奉警幻法旨,在急流津觉迷渡口,度了甄隐士同去幻境,屈指算来,已历三劫。恰好这神瑛也该归位。因此一路行来,好待茫茫大士到时,与他接引去者。(下。外、丑上)我眉瑞。(丑)我茗烟。奉夫人之命,将来迎接二爷回府。你看这贡院前好不热闹。这时候想必就出来也。(内吹打,副净、正旦扮士子,老旦、末扮家丁,小生、贴同众上,净引小生下,众下。见介)适才相伴出来,怎么一转眼就不见了。(外)大爷先行,我们且分头找去。正是:一心忙似箭,两脚走如飞。(下。副暗上,坐介,净携小生笑上)

【点绛唇】警觉提宣,分明隐现,琉璃殿,梦境牵连,仔细须参遍。(见副介)

(副)情缘完结,都交割清楚了么?(净)情缘尚未全结,倒是这宝玉已经回了,还得把他送还原所。(小生)弟子既蒙指引,但不知家中那些女子,何以元妃以下,算来结局俱属平常?(净笑介)你不知那些女子,皆从情天孽海而来。凡古今女子,淫字固不可犯,情字也是沾染不得的。所以崔莺、苏小,无非仙子尘心;宋玉、相如,大是文人口孽。凡是情思缠绵者,其结果就不堪问了。(小生)请问仙师,宁荣二府尚可如前否?(净)福善祸淫,古今定理,现今宁荣二府,善者修德,恶者悔祸,将来兰桂齐芳,家道复初,也是自然之理。但你今既已觉悟,尚然恋恋于彼么?

【黄莺儿】造化本无边,扫苍烟,觉万千,茫茫黑海休迷恋?罗浮儿已还,点尘儿已完,归原返本随更换。从今朝回头试看,一望白漫漫。

(副)我们就此到警幻宫中去。(云行介。合)

【前腔】早早脱笼樊,住玄关,上觉仙,紫芝白石蓬莱院。金门九天,太苍大千。回头看破黄粱饭。脱笼樊,洞中春永,日月任推迁。

(净、副)俺想这一段因果呵!

【前腔】早早破尘缘,转苍天,凤孽捐,五禽二鸟无牵绊。消磨岁年,暗磨岁年,宽闲尽有壶中占。破尘缘,虚舟片瓦,何必问浮岚?(旦下)

骇　　报

(正旦、旦上)

【锁南枝】斜阳满楼帘正卷,空教人望眼连天。(小旦上)咫尺天涯魂断远,盼不到衰草寒烟。

(贴道扮上)依栏几遍?(合)写不尽心头哀怨。愁怎遣,却那时得转庭前。(正旦)坐下。(众)是。(坐介)

(正旦)嗳!不料出场时节,宝玉迷失。几次着人寻访,并无下落,好不教人伤心也。(丑扮丫鬟将报上)夫人大喜。(正旦)在哪里找着的,快着他来见我。

（丑）宝二爷中了第七名举人，兰爷中了一百三十名，有报在此。（呈报，取放桌上介。正旦）宝玉呢？（丑不语介。旦）叔叔既然得中，自然必得找着，天下有迷失的举人？婆婆你须自宽解。（正旦哭介）宝玉呀宝玉！想你自幼以来，不知受了多少磨折，甫能博得一第，怎么就飘然远去呀！

【前腔】慈帏几时捱到晚，听下上击鼓频喧。数尽孤鸿千里远，惹恼处雨泪涟涟。心中哀怨，盼不出云开月见。相逢面，徒教我梦里魂牵。

（贴）这样的人岂有走失之理？只怕他、只怕他看破世情，遁入空门，这就难找着他了。大凡人不可有奇处，想二哥生来带玉，人皆以为祥瑞，如此看来，都是这玉不好。若是再有几日不见，只好譬如没有这位哥哥罢了。果然成了正果，也是婶娘修积，如今也不必说了，还是将息为要。（正旦大哭介）他若抛弃父母就是不孝，怎能成佛作祖呢？

【玉胞肚】无端撇我去参禅，负却从前，把功勋一旦轻捐。（看小旦介）把佳期尽自弃捐，青灯古佛梵宫前，骨肉分离望眼穿。（同下。小旦吊场介）宝玉宝玉，你真个去了吗？

【山坡羊】望天涯鸳鸯惊散，恨多才行踪偃蹇。鸾孤凤折风云卷，憔悴添。（哭介）泪珠儿心头咽，离多会少难重见，猛上心来无处减。韶华有限，何日东风面？此去两无缘，一寸柔肠千万断。（哭下）

舟　　遇

（末、丑船户引生冠带上）

【香柳娘】趁疏林暮景，趁疏林暮景，江明如镜。一天风暂且收帆影。（丑）启老爷，已到昆陵驿了。（生）可拣一所清净去处泊住船支。（丑）是。（下。生）呀，你看这云越发大了！望彤云四盛，望彤云四盛，柳絮逐堤行，片片鹅毛逞。问今宵妙境，但愿千里潮平，一帆风正。（坐介）

下官贾政。向因萱亲去世，送柩回南。前日接到家书，得知宝玉、兰儿，俱已得中，后又云宝玉出闱之时，忽然迷失，尚未回来。昨又闻得朝廷恩赦之信，大哥与珍儿俱得免复职。数日之间，真个悲喜交集也。今晚闲暇，不免草就家书，着人送去便了。（修书介。小生释装披大红氅上，立介）

【前腔】谢皇恩无尽，谢皇恩无尽，门庭重整。宝玉呀！叹儒生反把禅宗证。（小生拜介，生见讶介）呀！敢当前动问，敢当前动问，何处达摩僧，觌面厮难认？

（小生进问讯介。生）看重来问讯，看重来问讯，（认介）如何事更形归装清净。

你可是宝玉么？若是宝玉，如何这样打扮？（净、副上拉小生介）俗缘已毕，还不快去？（急下。生）我且就此赶上去！（下。净、副、小生上，行介、歌介）

我所居兮青梗之峰，我所游兮鸿蒙太空。谁与我游兮吾谁与从？渺渺茫茫兮归彼大荒。（下。生上）远远听得歌唱之声大有玄妙，怎么霎时就不见了？

【仙吕·油葫芦】叶落风号点翠林，掩寒冬一夕气萧森。淡晶晶银粉飘空净。敢道是，静悄悄，睡眼欹衾枕。还怕也，闷恢恢，鬼怪相斯近。对一天积雪漫疑平。静夜长更，只落得白茫茫冷意把人侵。

（外、末、院子上。生）你看见方才那三个人么？（外、末）看见的，小的们看似宝二爷模样，故此随后赶来。不料到了此地，只看见老爷，不见那三个人了。（生叹介）想那宝玉，生下来时，便也古怪，我早知不祥之兆。无如太夫人钟爱，所以养育到今。便是那和尚道士，我也见了三次。头一次是那僧道来说玉的好处，第二次便是宝玉病重，他来时将那玉持诵一番，宝玉实时好了。第三次送那玉来，坐在前厅，我一转眼就不见了。也只道宝玉果真有福，故此高僧仙道前来护佑，岂知宝玉是下凡历劫的，竟诓了太夫人十九年，如今教我才明白。（拭泪介。末）宝二爷果然是下凡的和尚，就不该中举人了，怎么中了才去呢？（生）咳！你哪里知道，大凡天上星宿，洞里精灵自具一种情性。你看宝玉何常肯念书史，略一经心，无有不能。且他那一种性格，也是与人各别。（末）事已如此，请老爷回船去罢！（生）咳！

【刷子序】家业飘零，桑榆冷落，兰桂凄清。想下官呵，伯道同称，空落得皓首朝君，膝下伤心。寂静残年，剩骨肉艰辛。且喜兰儿英年伟器，少不得占秋闱桂子轻攀，夺春元柳汁沾襟。（同下）

情　　缘

（场上假山，"真如福地"匾，四天将各施庄严上，内鼓乐，二仙女拥小旦仙装上）

【北正宫·端正好】色魔天，情痴界，断肠声旋喜旋哀。下场头，转眼有何人在？黑暗里劳分解。（升坐介）

以因成梦，因尽则醒，一切起灭，皆幻泡影。吾乃警幻仙姑是也。典领情关，总持色界，前因后果，须知亲近不相逢，过去未来，莫谓智贤能打破，伤哉众生，好苦恼也！

【南画眉序】天命早安排，水月镜花是无奈。甚情投意合，暗自和谐。却谁知雨云飞灾。勾毕了风霜冤债，聪明堕落阴阳界。呀！现世的尸林清海。

向日灵河岸上那件公案，今当注销，已央空空大士，前引神瑛侍者回宫，三劫俱完，那上仙敢待来也。（净上）大千世界火中莲，（副上）不到灵山愿不坚。（小生仙装上）空色色空今始觉，回头彼岸即西天。（净）贫僧。（副）贫僧。（合）贫僧。（小旦）仙师少礼。（净、副）神瑛侍者召到，谨覆仙姑法旨。（送玉介，小旦看介）青埂峰下，别来十九载矣。可美你当日那段好处，天不拘兮地不羁，心头无喜亦无悲，只因锻炼通灵后，便向人间惹是非。可惜今日这番经历，呀！粉渍脂痕污宝光，房栊日夜困鸳鸯，沉酣一梦终须醒，冤债偿清好散场。侍女们可还给他佩上。（小旦佩小生玉介）神瑛侍者，这一转轮回，你可省悟了么？

【叨叨令】厮守着姐儿妹儿，把你亲亲热热的待。不提防风儿雨儿，把他朝朝夕夕的摆。加上些愁儿病儿，疯疯傻傻的来。一霎时花儿朵儿，凄凄清清的坏。试问那恩儿爱儿，早望周周密密的谐。不承望来儿去儿，依旧是孤孤惶惶的改。兀的不迷煞人也么哥，兀的不想煞人也么哥。到今日身儿命儿，方脱了生生死死死的债。（小生点首介）

（小旦）看他似有省悟，还望二师提醒着。（净、副大笑介）

【滚绣球】苦根芽，命里该，莽风波，梦里捱。一桩桩分离会合，一般般魂魄形骸。藕中丝，续不来；管中天，望不开。摆一座北邙山泉台在迩，守一回南柯郡剑树长排。争不的垄头松下悲声咽，眼见得广巷重门野草埋。玉人何处天台？（坐介）

（小旦）远远听得环佩声响，绛珠妃子早到也。（贴引金童玉女上）

【双调过曲·孝南枝】思往事，应可哀，果然风花不共谐。罪业猛除开，情意何心爱？因此上仙冠重戴，云水逍遥，离却红尘尘世界。（见介）仙师在上，弟子参拜。（拜介）可怜弱息嘘嘘，鉴察深深拜。要回天稽首来，证菩提，好把痴魂解。（见小生各惊介）

（小旦）你们各侍坐一旁，听吾发付者！（小生、贴旁升座点首拭泪介，小旦笑介）痴儿还有甚伤心来？

【欢前欢哀】猛然间聚合哉，恩山情海两多才。才转眼幻出阎罗寨，使不着意孜孜海市蜃台。见只见惨凄凄云暗连天盖，冷清清露洁流无彩。淡悠悠跃出情澜一带，霎时间认出莲台一派。到如今任晨钟敲破魂游界。

睡神何在？（副净上）来也。

【清江引】叹人生逃不出华胥界，可有能无牵碍？魔从梦里栽，梦醒魔厮罢。问那是不做梦的不把情魔买？（见介）

仙师呼唤，有何法旨？（小旦）金陵十二钗内，多少已归册者，可速引来相见。（副净）领法旨。（引正旦、小旦、三贴仙装上）梦里孰知身是幻，醒来才解念生魔。（旦、副净）启仙师，奉宣诸人，齐集殿下。（暗下。小旦）弟子贾元春。（贴）贾迎春。（贴）王熙凤。（贴）吴晴雯。（正旦）金鸳鸯。（合）参礼仙师，伏祈慈训。（小旦）尔等侍坐两旁，听吾指示！（旁坐介）

【鸳鸯煞】那一个连理未经谐，这一个比目中分介。难排少解，再休题富贵情怀。冷落情怀，拼一个泪尽心哀。只落得到头来营奠营斋，伤情处见当前景色忆尘埃。痛今生分乖，信前生业该。罢罢罢，切莫种下孽风流，还丢与再生捱。

众仙子听吾证明。自今以后，当除一切形色，想除一切爱慕，想灭一切妒忌，想灭一切忧恨，想自能跳出迷津，同登觉路也。侍者们哪里？（四仙童持云上）芦花两岸雪，江水一天秋。仙师有何法旨？（小旦）今有神瑛、绛珠，凤谴已完，同归仙阙，汝等可簇拥前去赴宴者！众领法旨！（绕场介。合唱）

【三学士】聚散浮云成一派，看了看古往今来，觉华领受天封拜，幻境参通睡眼开。问多少红楼魔未解？到醒来依旧枉安排。

（拥下）

《醒石缘》叙

词者，诗之余；曲者，词之余也。何以言之？青莲之箫声咽，香山之汴水流，此以诗填词者也；坡公之大江东去，屯田之晓风残月，此以词度曲者也。由诗而词，由词而曲，曲固滥觞于诗，而体裁更严于诗，非不经之学也。今之人多奴视之，殊不可解。即间有留心之士，亦不过取古人院本，改头换面，敷衍成章，如赵承旨所谓戾家把戏，奚足称道？故当此而求一娴于音律者，卒不数数觏。吾友万子玉卿，少年倜傥，博学多文，以读书余力，借《红楼梦》说部，谱写《醒石缘》传奇；内分《潇湘怨》《怡红乐》二种。顷过我浣香馆，出以相示，试写翻撷之，见其中引商刻羽，滴粉搓酥，难置之古传作中，几无复辨。乃玉卿复愀然曰：萧恭有云，仰眠床上，看屋梁而着书，千秋万岁谁传此者？每一念及之，便觉现在之抠出心肝，适为多事。余曰：子误矣！古才人撰著，亦幸而传于今耳，使不幸而不传，岂遂无以表见乎？且余览子此作，方将觅十七八女郎，按红牙拍，柔声缓唱于氍毹之上，使当筵有如王伯兴者放声一哭，知天壤间有此种情人复有此传情笔，是亦已矣，奚遑他计哉！玉卿曰：唯。爰嘱书之，以为序。

嘉庆庚申上巳后二日，秋舲主人拜题于浣香馆之五言城。

《红楼梦传奇》序

幼闻临川先生四梦，心甚乐之。窃叹浮生一度，不过梦境中耳。戏剧中，其功名靡定，无非幻境浮沤，富贵何常，不啻电光石火，梅边叫画，真苦口之澜翻；花下坠钗，直婆心之棒喝。半瓶绿酿，淳于生蚁梦槐柯；一枕黄粱，邯郸道鸡声茅店。每欲嗣厥芳音，别开生面，怎奈渺无佳话，未展吟怀。前忽于岁晚岁冬，购得《红楼梦》一部，披卷览之，喜其起止顿挫，节奏天成，击节再三，流连太息者久焉。因不揣愚陋，谱作传奇。但其中卷帙浩繁，难以尽述。倘欲枝枝节节而为之，正恐舞榭歌台，曲未终而夕阳已下。红裙翠袖，剧方半而曙色忽升。虽曰穷态极妍，究非到处常行之技，故极加删校，仍不失为洋洋洒洒之文。庶几哉，见试红儿，冀研白雪。而世之睹斯编者，演斯剧者，琼筵绮席之间，檀板金尊之际，仅以为逢场之游戏也可，直以为尽人之点化也亦可。率尔操觚，愿诸君子幸谅之焉。

嘉庆庚申花朝，青心居士自记。

离 恨 歌

万玉卿

开辟鸿蒙谁个主？女娲炼石天从补。偶遗宝玉谪人间，绛珠拟订相思谱。林家有女娴且都，阿阁三层锁凤雏。十二盈盈娇小惯，金萱早背叹形孤。飘雾暂赴京都住，阿母偏怜小儿女。弄玉方居引凤台，萧郎恰遇吹箫侣。公子风流求燕好，一逢淑女神倾倒。情投意合两相知，何堪水涨蓝桥道。姨氏钗儿世罕闻，抡才直号蘅芜君。那知贾子情痴甚，只爱林姬貌出群。银河刚趁潇湘耀，深掩重门情意绕。冷落何曾许若知？殷勤永愿偕卿老。问菊葬花事可怜，那堪风雨太相煎。红颜宿恨于今感，绿鬓闲愁自昔延。颠狂柳絮惹西东，准共桃花逐浪红。陵杳云山嗟萝蝶，冕飞烟树怅宾鸿。浮云世态皆前定，班行姊妹厮相趁，金屋偏迟月里妆，灵椿顿向霜前陨。张张角角久消磨，剩得残躯病易魔。芙蓉帐底嗟无及，鹦鹉檐前唤奈何。湘裙褪却腰肢瘦，何图好事凭人诱。傻婢真情细细传，病依玉体禁禁受。伤怀日见花枝改,开箱金缕空鲜彩。此际鲛人总泣珠,何时精卫能填海? 韶光十六付东风,卸却铃华唱恼公。荒凉镜匣钗流碧,寂寞罗衾枕染红。临风空说貌如花,愁城暗锁双蛾索。冷挥粉泪怯偷弹,客树连云堕寒鹊。遮莫花飞树未枯,强开星眼盼檀奴。骖鸾舞鹤因缘幻,月落潮平境界孤。非空非色断尘缘,井底瓶沉离恨天。薄幸几禁呼负负,含冤那复乞怜怜? 天阙并堕阙浮劫,悲怀镇日心头咽。以痴偿恨痛今生,以爱招魔成永诀。愁丝一缕缘何悟,稽首维摩群普渡。孽债还完总散场,红楼唤醒归仙路。

自序于醒花书屋。

七律二首:

风流佳话竟如何? 读罢新词惹恨多。
脉脉寸心沉欲海,茫茫千古恋情河。
梦唯极处魂应断,泪到干时病易魔。
多少情思多少怨,教侬安忍释吟哦。

十年灯火诉情场,回首云天事渺茫。
守己自怜甘扼腕,遣愁无计欲回肠。
敢将红粉闲中谱,聊把怀思梦里藏。
遮莫新词吟咏后,任教风月话潇湘。

题　　词
貂　裘　换　酒
白下　李　荧瘦人

贪把新声谱,慨茫茫无穷离恨,寸心能补。絮语喃喃愁万叠,如听琐窗儿女,端则是引商刻羽。偶尔逢场聊作戏,便高施对垒争旗鼓。张锦罽,红儿舞。当筵奏出如韶濩,算周郎自矜识曲,何曾有误? 唤醒红楼多少梦,恰是慈航普度。也省却死生情苦。老我江淹无彩笔,但开函情泪粉如雨。题一阕,付君去。

满　江　红
秣陵　朱　兰春岩

莽莽红尘,有多少生死离别! 撇不了闲愁万种,柔肠百结。葱倩绿迷陵谷树,凄凉白剩楼台月。到头来,谁见复谁怜,空悲切!

鸳帐撤,鸾笙歇。琼卮碎,银缸灭。有谁从梦里一声棒喝?引我无端珠泪洒,知人也自鲛鮹叠。为消愁,何事惹愁深,歌喉咽。

两 同 心
江东 刘 镤姝庭

聚散如沤,死生若奇。问多少月影团圆?能几许花光娇媚。到头来,云敛天空,无非梦寐。我是几经憔悴,几经悲泪。想从前情短情长,看大地情真情伪。谢多情,谱出情痴,令人心醉。

蝶 恋 花
上元 陈佩兰培山

问谁惯作词坛客,镂月裁云,呕尽蔷薇墨。勘破温柔乡窄窄,妒花风雨何催迫?琐碎荒唐凭指画,后果前因血泪都成碧。补得情缘齐悦怿,才人自是能怜惜。

减字木兰花
吴自新竹坪

蒙庄妙悟,痴情一片于中住。幻境阑珊,直认东风作梦看。娇红惨绿,敲破唾壶愁万斛。若个情多,低拍新词子夜歌。

俚句填赠玉卿贤妹丈《潇湘怨传奇》

【黄钟醉花阴】锦绣年华大江水,极目红尘万里。愁绪楚云飞,总引得人心碎。遣闷觅梅溪,要谱出清新,可怎生不见你?

【喜迁莺】向诗书经义,览秦碑汉碣,依稀好奇,玉金堆积。我则见,古圣前贤白尽髭,憔悴死。问何似风流自负,倒有些滋味的相思。

【出队子】红灯剪矣,意痴痴,心转迷。纵然见玉堂前文阵老雄狮,更有那裴相国万绢黄甫碑,却不道埋文冢伤心唐学士。

【刮地风】因此上,题遍牙签,尽惹痴话,秋声风月情司。则见那柳耆卿律吕多情意。无端的体态支离,又何必铁板关西?梦缥缈桃花扇底,兴淋漓银笺燕子,后庭花冷落了故国灵犀。唱白练有秦淮薄命儿。俺待寻可意传奇,向临川,志已移。招人喜,又添个年少多情杜牧之。

【四门子】你看这梦红楼,人世上皆如此,谁能够演出新奇?真心儿揣着意儿拟。好教你,曲未终时意已迷。真心儿揣着意儿拟,侬可许和他对质?

【古水仙子】觑定着一味痴,便凑个生花的东君笔一枝。想当初永夜凄其,葬花心难已。花想容,月想衣,只道是杳杳的冷却罗帏。俏魂灵,倩谁为点绛脂,情种儿恁舍得追魂技?掩潇湘,又减了腰围。

【者刺古】破情天,笔仗奇,有即有离。揭愁城,心不醉,情福情痴。秋花枉恨死,春风一任披。消受那循环理□云草低。

【神仗儿】草嘱梨园须着急,休得等闲视。还恐那年少优伶儿,也唱到泪珠挥。

【节节高】恩山云黯,恨天风唳,情关魔累。猛然儿红楼稳睡。虽则是排戏场,水中月,镜内枝,争奈我于今犹梦里。

【尾声】且漫说无多断肠的事,问可似《牡丹亭》唱彻秋闱,惹多少好儿女拼为他伤心到死?

内弟秋帆俞用济拜跋

清嘉庆八年(1803)青心书屋刊本。阿英编《红楼梦戏曲集》(中华书局1978年版)收录。

绛蘅秋

吴兰徵

情　原

（杂扮仙童八人，持云片，用白绫上绣龙逸、凤起、熊厉、虎战、鸾翔、凤鸑、鸿惊、鹤奋字样，合上唱）

【仙吕·点绛唇】瑷璃飞旗，白云深处丹青起。门外天涯，人世红尘几？

【混江龙】向仙车遥指轻翔，飘渺并纷菲。玉金呵仰视，锦绣呵私揣，少甚么猛士飞扬加海内。更有那仙人悠远奏瑶池，青天几见乐家姿？西方更有那贤人里，凭你这无端遮盖，人世离奇。

吾等警幻宫中仙使是也。名列帝乡，职司仙驭。今夕王母邀仙子同宴，说不尽云芝瑶笋，麟脯羊珠，你看祥云一片，冉冉而来，想警幻归来也。不免上前迎接者。

【油葫芦】贝阙三千何处是？云气幻之。而覆芝房、翻玉局、凑仙骑，袖惹碧霄低，佩衬天香细。河深鹊自填，浪阔龙须俟。你看许多仙子也。（众向鬼门迎介。场上设假树一株，假山石两旁。旦扮仙子，引仙姬四人，一捧炉，一持剑，二人打羽扇上。合唱）不用那兰香捧带随，飞燕将裙旎，则见那天风遥送佩参差，一向清都紫。

（众云使与仙姬侍立，仙子唱）

【寄生草】人向云中醉，烟从天外起。（四姬绕场合唱）你看那太虚一境黄庭洗，情司几处丹房倚，金钗数直红楼靡。（指石头介）这边是空灵一点三生寄，（指树介）那边是娇羞一朵相思密。（速绕介）极目仙宫，青鸟初归。（场上潜将树石移去，小旦扮林黛玉，小生扮贾宝玉暗上，迎警幻入介。众云使下，四姬侍立，仙子唱)瑶房流液,玉宇含滋,呵,散龙归来碧藕丝。盼天宫,恁咫尺,抵多少柏子松脂,伴广寒人独倚。

俺乃太虚幻境警幻仙子是也。脱去红尘,身离苦海,超来碧落,职掌情关,眼前之春月秋花,须臾一瞬;世上之恩山义海,关系三生。俺想情之为义,忠孝廉洁,百折不回,寂寞虚无,一览而尽。情裁以义,圣哲之所以为儒;情化于忘,空幻斯之谓佛。我仙人调停中立,毋过量,毋不及量。先后同揆,以此始,必以此终。(叹介)太本于虚,何由入幻?幻而能警,遂以名仙。你只看这绛珠,本系一种仙葩,被这茫茫大士、渺渺真人送来青峰梗下的一块灵石头,朝夕浇培,由虚入灵,由灵入幻,竟出落得一种绝世仙姿,是好一对人呵。(瞧科)众仙姬,正好贺他二人,作一回天魔舞者。(众)领仙旨!(四姬舞介唱)

【□□□】问两人心事谁知?一个是修眉仙使,一个是修文种子。不学那胡麻魏氏,无端的劳他玉女弹丝;玉洞的桃花差是,蓝桥的琼玉堪期。(歌舞仍向前立介)还只怕兰香下嫁,红泪参差,广寒深锁,桂府凄其。

(黛玉、宝玉点头落泪介。旦)绛儿、玉儿!看你默会斯言,情种已兆,则人世注定离合悲欢,也须历尽也。珠儿心事若何?试说与俺听着。(小旦唱)仙师呵!

【□□□】缕缕荷丝,丝丝难杀,消受呵谁?芳心自问,痴人不在天涯?(旦)倘有差池奈何?(小旦)我只是冷月梨花莫染泥,夜雨潇湘不画眉。(小生拭泪介。合唱)可也是了一生心意,衰柳长堤。

(旦)玉儿若何?(小生唱)

【前腔】一脉情痴,不信伯劳飞燕东西。慈悲天上,那辜负滋味相思。(旦)倘不如意奈何?(生)我也是抱柱心期只自知,惜玉衷情不少移。(小旦哭介。众合唱)可也是拼半生孤零,不换秋期。

(众仙姬落泪介。旦叹介)两人心事,已兆悲谶。(背介)他哪知金玉良缘,前身已定。但这一对儿红豆秋思,已足千古。珠儿、玉儿,此中岂有汝缘分耶?好随我入幻来!众仙姬,回宫者!(众行。旦)

【尾声】只说道仙人宫里勾了相思,却不道珠和玉怎的蹊跷。(合唱)从今后将一座警幻宫,定要凭你个双双泪花洗。(同下)

望　姻

（老旦扮薛姨妈，副净扮丫鬟随上）

【小蓬莱】谱系名门旧族，守家园教子承夫，金陵人氏，牵车经纪，旧第诗书。

老身薛家门王氏，胞兄子腾，现任京营节度使，今已升为九省统制，奉旨查边。夫主早年去世，身旁一子一女，子名薛蟠，女名宝钗。家中现领内帑钱粮，采办杂货，丰富家声，也还得过。只是我那儿子呵！

【蔔卜算】生小欠诗书，性情多龃龉。更兼那言谈不自如，却一味频粗俗。

倒是我那女儿，生得肌骨莹润，举止娴雅，已曾识字读书，留意针黹家计。想她呵！

【□□□】[皂罗袍]掌上珍珠堪数。正端祥举止，意态相于。艳质三春体态初，柔肠一副消闲度。[黄莺儿]甚家驹，叹吾门进士，却属女相如。

丫鬟！（副净）有。（老旦）请小姐出来叙话。（副净）英莲姐，夫人请小姐。（内应介）来了。（小旦扮宝钗，引贴扮英莲上。）

【前腔】日影纱窗梦午，早鸳鸯添绣，咏罢关雎。（见介）母亲万福。（老旦）我儿坐了。（坐介）母亲，哥哥年轻性烈，母亲逐日经理留心，不免劳碌。（老旦）幸得我儿分忧代劳，差堪慰藉。但家中近日生理，渐亦销耗，奈何？不羡那铜窟比陶朱，只相期萱枝争荣蔚。哥哥呵，惜居诸，把从前故辙，一例作前车。

（老旦）自你哥哥为买这英莲，以至冯家事故，迁延两载。只因一则家负虚名，人家青眼，二则囊搜泉货，曾费黄金。闻现任什么贾雨村，新到甚觉风厉，后也不过是声势虚张。今已了此案件，但你哥哥又要到京中拜望亲友。我想你母舅已是外升，你那姨父贾府，世代书香，规矩严肃，他怎生去得也。

（旦）哥哥来时，儿与母亲一同劝止才好。但只听得母亲常言贾府，未得其详，倒要烦母亲细说一番。

（老旦）我儿，你听着！

【前腔】象赞灵台佐辅，依乘时景运，龙虎吹嘘。他名焕宁、荣仗金铁，更恩流孙子传银谱。领公孤，将军一等，郎官应列宿。

此时现在袭职者，荣府讳赦的，宁府原是讳敬的世袭，只因爱道喜静，将官让与其子贾珍。讳政的,为人更正直端方,圣上赐了他员外郎之职。荣府史太君,系讳代善的嫡妻,金陵世家史侯之女。邢夫人系贾赦的原配,生子琏。你姨母长子珠,自娶李氏,生子兰儿,便已去世。(旦急问介)则闻得衔玉而生的表弟,今当已长成了。(老旦)是呀!

【一封书】美玉附生初,自天成奇灵数。更那绝世聪明非碌碌,痴孩情性自于于。(瞧旦笑介)我儿,那和尚金玉之言,但有些儿意思。红思结就,迷离月路,红豆姻缘,自好金夫。(旦羞低头介。老旦)问有福儿郎,恰做得乘龙婿。

(旦)倒闻得他家人丁甚众,姊妹颇多。(老旦)是呀!

【前腔】故园花满铺,喜元春,步婕妤。迎春为庶出,待朱陈,结紫襦。那探春,家政攸宜闺范殊。惜春善画,丹青笔会舒。

【排歌】才貌兼,琏儿妇,秦氏可卿如意珠。都是镜中枝,花间雨,说不尽名门宝眷,公府娇姝。赚亲戚华都,监政扬州林外姑。论瓜葛有东海来向王家居,更阿房难把史家住。画不尽那邢门、李氏、尤家内眷图。(合唱)端然公府,端然公府。

(老旦)我儿,一发说与你听。论宗族,自贾代儒至贾蔷、贾芸等,少甚么同门五世。论门客,自山子野至尔调、日兴辈,抵多少一食三千。论仆妇,则有若林之孝、赖兴宗家,一呼百诺。论女乐,更有若芳官儿、蕊官儿辈,一曲红绡。尤可美者,比郑家文婢,尽自如花。更可奇者,效唐室仙姑,端推妙玉。虽近来事况萧条,到底豪华气概,固自不同也。(丑扮嬷嬷手拿账簿上)夫人,这是各处铺店呈单,呈与夫人、小姐看的。(小旦)英莲,你放在我房里,少刻细看便了。(英旦、丑同下)我儿,我看这英莲丫头,倒还是一个好孩子。(旦)是呀!看她举止端方,出言雅驯,孩儿就疑是好人家出身,谁知果是那高人甄士隐的女儿,被奸人拐来撞卖。据孩儿看,这英莲名字不吉,莫如改了罢。(老旦)孩儿你就替她改。(小旦想介)儿想她遭际坎坷,不能坏她的兰心慧质,所谓出淤泥而不染者,就叫香菱可好?(老旦)很是。(净涂粉面扮薛蟠,引四小厮歌舞上,唱)

【皂罗袍】自小生来粗鲁,凭着这家财万贯,要甚诗书。呼卢喝雉是吾徒,斗鸡走狗也称吾侣。青楼打采,欢欣自娱,黑甜断袖,风流倩扶,区区市井人所睹。已到自家门首。众小厮们,安息去者。(众应下。末扮院子迎上)大爷回来了。(净)夫人小姐在家好么?(末)好,俱在中堂坐地。(净行,末下,净见老旦、小旦介)太太好,妹子好。(小旦)哥哥回来了。(老旦)你又出去闲逛,在家也不管管

那些账目。(净)

【好姐姐】俺痛笑世人愚,紧巴巴盘珠碌碌,铜山香味,有命自非虚。(老旦)你那进京之事,我想来到底不妥。(净)有甚不妥?(老旦)你去不得呀!(唱)你可知宾朋聚处门难出,诗礼场中气自殊。

(净赌气介。老旦)你到底要怎样?(净)不依我,你就让我以后总不归家。(老旦亦气坐介。小旦看叹介,背介)这等淘气怎么了?也罢。(转介)母亲呀!

【驻马听】建业名区,佳水佳山人物处,访亲问故,心怡心写乐情舒。况哥哥,与他外出历练历练才好。少什么牵车服贾楚和吴,更可学访友寻师邹共鲁。若说房屋,更自容易,想姨母那里恁年来寄信捎书,又何妨同门共户?

(老旦)也罢,据你妹子说来,倒也不错。我与你姨母数年不会,若大家厮守一处儿,这还使得。(净)只要进京,住处我倒不拣。(老旦)这等可料理人夫,择日起行便了。(小旦)母亲,我们看账目去。

(老旦)是呀!(同下,净向老旦后做鬼脸介)我这母亲老而多昏,不亏我这个伶牙俐舌的妹子,咱毕竟要淘气,顽得总不燥脾,我那妹子实在好呢。

【尾声】好笑俺男儿做事不如女,似我这般妹子小小和姓苏。则问我,这东坡兄只会啖东坡肉。

护　玉

(副末将军公服扮贾赦上)

【谒金门】鸣珂报,银启金吾天晓。(正生冠带上)兰署金梯山泽表,属曹司,开省道。

(副)下官贾赦,字恩侯,系功臣荣公长孙,蒙恩袭一等将军之职。(生)下官贾政,字存周,勋臣荣公次孙,蒙恩现任工部员外郎。大兄!(副)二弟!(对坐介,杂扮二管家捧茶各送介,接杯侍立介。生)大兄,想祖父功高创业,我等世受天恩,今当太平之年,只好勤劳效职,以作治世良臣。(副)正要如此,想俺弟兄二人,职分不轻也。愚兄呵!

【节节高】勾阵耀侍卫龙镳,列缇骑骁勇号,安宁缴道培牙爪!(生)想弟呵!金炉袅,兰署扫,馨香绕。秋波白鹭多孤皎,先人风范成式肇。(副)想女史贤孝多才,选入宫庭,真个荣耀也。平明陪侍至尊朝,修容贤淑承阴险教。

（内打云梆叫介）太夫人上堂。（副、生）话犹未了,母亲太君早出来也。不免唤媳妇们前去请安。正是：朝中仕进称前辈,堂上慈亲唤小名。（同下。管家随下。老旦扮贾母,小旦扮鸳鸯,丑扮嬷嬷随上。老旦）家声门第旧公侯,箕帚亲操几度秋。嗣响徽音荣八座,尝呼儿辈说前猷。老身贾门史氏,蒙恩诰封太君,门第巍峨。儿孙兰桂。更喜次孙宝玉,衔玉而生,生有奇瑞。想当继响书声,克绳祖武,因此珍爱过于寻常,想那年周龄时呵！

【皂罗袍】犹记灵禽飞绕,听啼声英物,紫色胎胞,明珠初授异光高,席金铺处神明耀。那时摆列许多物件,与他抓周。诗书典籍,卷轴尽饶,韬钤符印,兵机不少。一任他领略聪明窍。那日呵！

【太师引】则见他笑拈着情偏好,喜孜孜摩弄含嘲。左手儿胭脂精巧,右手儿金粉和调。风流情致偏宜小,知他便是蕴藉根苗。那时他父亲便不欢喜,以为将来酒色之徒,老身哪里信他,仍是一样珍惜。传声早,兴宗可号,喜得个笑弄含诒,玉鉴丰表。

今已十来岁了。虽然淘气异常,说不尽他慧悟聪明,直当得凤彩之夸,龙文之譬。风姿性格,直可称潘安般貌,宋玉般情。鸳鸯！（旦）有。宝玉哪里？（小旦）才见在碧纱橱内,同姐妹们一处玩耍,尚未梳洗停当。（老旦）你传我话去,叫丫鬟们好生调停,修要悭他,早些到老爷们处请安去。（旦）是。（下。末扮贾赦,正旦扮邢夫人,同上。末）惊心咸盥漱,（正旦）洗手作羹汤。（同拜介）母亲万福。（老旦）罢了,坐下。（末、正旦告坐坐介。同唱）

【东甄令】朝凝霭,瑞色绕,春满华堂和气调。（老旦）你们歇息去。（末、正旦）儿媳告退。（下。老旦唱）看承家长子威仪好,是一等将军表。（正生贾政、正旦生王夫人,同上。生）芝兰欣并茂,（旦）花柳祝长春。（拜介）母亲万福！（老旦）罢了,坐下。（告坐坐介。同唱）门楣富贵拟春骄,同庆这骨肉乐情饶。

（老旦）你们不消伺候,消停消停去。（生、正旦）儿媳告退。（下。老旦）

【锦堂月】甘旨朝朝,喜芝兰玉树标,这少子心怜更到。（贴扮王熙凤、副扮贾琏、正旦扮李纨携小生扮贾兰、副净扮赵姨妈携丑扮贾环同上。拜介）老太太万福！（老旦）罢了！（两旁侍立合唱）玉树春苗,做得个点颔郭老,看不足的孙子儿曹,说不尽这尊卑大小。（老旦）你们退去。（众告退同下。老旦）方才是长孙琏儿、三孙环儿、孙媳凤姐、李氏、重孙兰儿。怎不见宝玉？想又在哪里淘气了。

（小生华服戴玉上）纱窗晓，为惜花春起，春起年光遍了。

（见介）请祖母安。（老旦笑介）宝玉，今日迟了。（生）起的原早的，替她们淘了半晌胭脂膏儿，叫她们搽，她们都笑着不肯，可不怄人么？（老旦）我久知你那些小丫头不中你使，我身边的丫鬟，除鸳鸯替心外，唯有那珍珠儿倒觉心底纯良，给你可好？（生）可是那姓花的么？（老旦）正是。（生）很好。（老旦）珍珠哪里？（小旦扮珍珠上）存心常带三分好，为主生成一味痴。太夫人呼唤，有何吩咐。（老旦）不为别的，只为宝玉身边，无可人服侍，今派你照应他，你可愿意？（生）珍珠姐姐，携带小生罢。（旦）太夫人钧旨，小奴焉敢违。（老旦）如此极好。（生）姐姐尊姓？（旦）姓花。（生向老旦笑介）祖母在上，孙儿有句话。（老旦）说来。（生）尝见古人的诗，有花气袭人知昼暖之句，她既姓花，叫袭人便恰好。（老旦笑介）便叫袭人好。（嬷嬷丑）请太夫人回房。（老旦行介，生揖介）孙儿拜送祖母。（老旦）罢了！非关溺爱由孙子，不愧慈怀作上人。（带嬷嬷下，生揖旦介）早晚费姐姐心承看，有劳了。（旦笑介）好说。（三贴扮晴雯、秋纹、麝月上）奴晴雯，这是妹妹秋纹、麝月。（见旦介）姐姐好。（旦）三位妹妹好。（晴贴）知姐姐分派与宝二爷，我们一处儿好。（旦）可知好呢。（生喜介）小生幸也。（四人旁立）

【芙蓉花】休说那白玉销金人偕老，且记取这年幼相逢早。姐姐们幸也。问何似共侍娘行，衾枕也含酸抱。想她姐妹呵！是那些春草朝云，冷影子未了的千般好。（合唱）红线轻挑，护衣裳刚把炉烟袅。

（旦笑介）奴既服侍了你，你只管呼唤奴。（生）

【下山虎】便做得珠围翠绕，敢则认樱杨柳桃，名字怎轻叫，殷勤量细腰。（众笑介）这等小心儿倒好笑的。（生唱）猛愁思，石上三生，且落得眼前一笑。（叹介）只恨少官人福分高，甚风波不应他心料。（四贴）则愿似损犀帘血泪浇，（生）则愿似鹦鹉龙中罩。（合）则愿似袖裳漫抛，真个的人似昆仑不少摇。

（生看四旦，向小旦指口上介）好新姐姐，将这胭脂赏我吃罢。（旦羞不肯介。生搂抢吃介。旦怒介。晴贴）这算做见面礼么！（秋、麝向小旦）这是宝二爷爱红症候儿。（旦）怎么得了这个毛病！（生又望晴贴介。晴贴）难道又想一个。（生笑介）不敢。（晴）我倒是辣子，要吃请！（努嘴向生介。生搂抢吃介。生得意熟视科。众合）

【玉交枝】洛阳年少，一味的朱唇爱调，恰偏宜歪侧乌纱帽。水流自为花魂吊，蜂狂又易惹胭脂恼，女儿花红情动摇。（三贴向旦介）若非为痴男舌劳。不一向玉颜污了。

（旦）还听见有什么泥水之说，可是有的？（生）是呀，男子是泥做的，女儿是水做的，你们来评评，可是不是？（四旦）怎见得？（生）哪！

【丑奴儿近】如花美号，谁许凡夫移掉？看满眼春绡，为问那异红潮。（合唱）痴子怜人，凑成来巧，都团做双心一窍。（生）万般情倒，要细拢做一般儿到。（同下）

哭　　祠

（贴淡妆扮林黛玉上）

【传言玉女】半晌东风，说与帘钩珍重。则只怕绉裙断送，云烟月洞，病婵娟广寒旧梦。

（小旦扮丫鬟上）近侍芙蓉，熏香陪从。（贴）

[减字木兰花]春心无那，妆成只是熏香坐。梦转扬州，桐树心孤易感秋。梨花影上，闲窥夜月销金帐。清景徘徊，行即裙裾扫落梅。奴家林黛玉，本贯姑苏人也。父亲官拜御史巡盐，母亲宜人系出贾氏。奴家长自维扬，年未及笄。只是早背萱枝，更少棣萼。爱比掌珠，幸作中郎之女；(腼腆介)年轻弄玉，漫云萧史之家。几回作意处，叫人人说艳如桃李，凛若冰霜；未足寄情时，也忽忽听春去如何，花开多少。但有时瘦损恹恹，不料人奇于病；春愁黯黯，若将命薄于霜。今日春困无聊，梳妆已毕，不免早到父亲居处，问安一番。丫鬟！随我到老爷处去！（小旦）禀小姐，老爷今早坐衙已毕，拜客未回。（贴）则到书房去。（小旦）雨村师老爷，与老爷一同去了。（贴）则好消停一会儿。（贴坐介。桌上设香炉，贴添香侍立介。贴唱）

【步步娇】柏子香融，袅晴空，熏得游丝重，凭尔诉轻风。（手托腮望介。贴虚下）近十里平山，眉峰一弄，秋远画难工。怎与俺深闺蹙损名儿共？

（旦上送茶。贴）丫鬟，今日先生不在，可将文房四宝、经籍诗篇取来，待我讽诵摩写者。（小旦）是。（取书及笔砚放桌上介。贴翻书介）这是四子书。你看上论，首章言学，第二章言孝弟，非孝弟无以成学，学字已包括伦常，而有子举孝弟，言似夫子，信哉。（又翻看介）这是孟子，首章即云未有仁而遗亲，孔子传之孟轲，水精比玉,温润差称,其以此夫。可笑那些乳娘奴婢辈,常见奴家吟风弄月,便说小姐不过读了四书,何以如许博雅?不知经术既明,雕虫之计,直绪余耳。只是才说四子书,首称孝弟,奴想奴即女孩,亦在鸡鸣盥漱之列,萱亲早背,伤也如何?

【江儿水】邹鲁鸿章共,水精与玉同。则有那麒麟系处关心重,机梭断处贤郎恐。更有那柴门客到儿心痛,单薄芦花忍冻。咳!你看孔孟圣贤,尚须慈训,闵曾纯孝,不论后先。想我女孩家无母可训,无母可依,真个伤感人呵。(搁书介)命也何如,一片孤情少拥。

(又翻看介)这是王摩诘、杜拾遗、李青莲辈诗稿,字字琳琅,行行珠玉,不免手录积成卷轴,以便吟哦。(写介)

【前腔】(原缺)

咳!(起立介)此字是母亲尊讳呀,虽说临文,竟难把笔,这便怎么好?也罢。敬缺其半,以为两全。想母亲呵!

便做得庐陵画荻楷模奉,只落得风雨萱花笔冢。(收拾书介)收拾书筒,去看灵幡风动。

丫鬟,前边是夫人灵前,可去重上香烟,待俺拜奠者。(小旦)是。(下,贴行唱)

【懒书眉】娘呵,你看这苔绿遍浸阶空,清暑闲斋淡漾风。(场上旁设桌,上摆香炉烛台,小旦虚上,烧香介。贴)罗帏惯入思亲梦,焚香供食把慈亲奉,一滴浇来一点红。(作到介。伏桌介。哭介)娘呵,怎去得恁快也。

【前腔】夫人福命付东风,膝下无女儿送终。金钗奁匣把爹行痛。则见他长开泪眼千行涌,说是报答你愁肠一段穷。

娘呵,撇得女孩儿苦也。

【金落索】兰闺冷落中,萱室凄风悚。当日呵,母女日向从,叫娘亲嗔喜无轻重。心坎儿婉转随阿侬,还则怕风剪芙蓉小命空。听朝慵,春睡时时从。又期望针线苹蘩色色工。常相共,偶然不见便寻踪。记得娇也由侬,哄也由侬,两依依共说雏凤。

(大哭介)想儿今呵,

【九回肠】剩的个女娇娃临风感恸,病佳人对月疏慵。更堪那栖鸦傍母,晚来清哢。纵便是俺性情聪慧人知重,怎禁得梨花夜雨五更梦,烟景扬州三月红。嗳!无限欲言,从何而诉?

（低唱介）问苍穹,这一朵女儿花知谁受用？眼见这桐花凤占了疏桐。看堂前椿树秋声耸,怎抵得庭畔萱枝春意浓。只合在香闺里梦魂中,一任他风雨送花丛。

（倒哭介。外冠带扮林如海、副净扮贾雨村领二管家上。外）到门不敢题凡鸟,（副净）看竹何须问主人。（外）闻小女祠内哭亡过荆人,不免去解慰一番。（副净）正是。女学生年轻,不可过恼。（外）那系别室,先生同行。（副净）是。（作到介）呀呀！女儿哭晕了！（副净）女学生怎么恁样？（外）丫鬟！（小旦扮二丫鬟上。外）快扶起小姐来！（扶贴叫小姐介。贴醒介,扶起介）呀呀！爹爹、先生万福,孩儿学生有失迎接。（外）我儿,礼由情生,情以礼制,我儿以后,不须过哀。（副净）女学生,身体孱弱,且休如此。（贴）是。（外）先生请坐。（副净）有坐。（外）我儿坐了。（贴）是。（小旦送茶介。外）我儿,我正有话向你说。自你母亲去世,你外祖母时常挂心,已来接过数次。我意欲择日着你去。（贴）爹爹,念母亲早逝,爹爹笃于伉俪,身旁无人,孩儿怎生抛得爹爹远去？（副净）这是孝意。（外）我儿呵！

【江儿拨棹】看你一自把慈帏迥,内庭空,教你触类思亲珠泪涌。此去外祖母处,可以少解闷怀,况你外祖母思念慕切！弥甥念切扬州梦,至戚心随建业钟,此去好两相郑重。

（贴）爹爹呵！

【腊梅花】愁心一片复无穷,雪上千里离人共。（外）不须如此。（副净）女学生可免愁闷。（贴）看斑斑星鬓封,更茫茫宦海从,中郎有女还抛送。（副净）大人,小姐所言,颇有道理。（外）先生。（副净）大人。（外）我儿。（贴）爹爹。（外）我儿此去,有三便焉；一免我内顾之忧；二副我勤王之志；三者雨村先生复员之谋,未有门路,今恰好我儿到你舅舅处去,我写书奉托雨村之事,你舅舅是必在意者；且与你一同伴去,岂非三便？（副净大恭介）如此,多谢大人。女学生,自古恭敬不如从命,还是去的是。（外）我儿去哟。（贴）爹爹再三晓谕,孩儿不孝,只得从命了。（外）闻你外祖家不日差人来接,我儿好生打点者。（副净）多谢大人,晚生告退。（外）老夫相送出去。（副净）大人请。（外）请。（同下。贴）嗳,去则去,只是怎生撇得也！

【尾声】从今后离怀拥,才向灵床把亲娘诵,怎舍得爹行,又做了万里无儿的白发翁！（哭下）

珠　联

（贴扮王熙凤、贴扮平儿随上）

【黄钟·醉花阴】眼见男儿何足数,一种聪明天赋。见嫉入门出,绕翠围珠,也有峨眉自负。心辣口还谀,掩袖功夫,收不尽瓶儿醋。

奴家王氏,小字熙凤,系现任京营节度使之嫡女,嫁与荣府候补世袭现捐同知琏二爷为元配娘子。富贵场中,绮罗队里。而且奴家惊鸿翩婉,不数洛水神仙;飞燕轻盈,差比昭阳姊妹,虽无惊人才调,愧簪花赋茗之词;却有绝世聪明,擅狐媚鸮张之技。拼得一杯浊酒,卿家尝唤奈何;轻持三寸刚刀,我见从无怜惜。来此数年,只生一女。人说驷马五枝,须是心田福地;奴说铜山金窟,胜他玉果犀钱。为此将公项使支,权做私门子母。几年攒积,何止上万万千千;一任人谈,不管他三三四四。（指贴介）这是身旁心腹丫鬟名唤平儿的,绣口锦心,伶牙俐齿。代作胭脂虎,巡逻不愧小旋风;帮成娘子军,权柄人推小主妇。这都不在话下。才从祖母那边来,恰遇扬州林妹妹初到,论她那样标致,竟描写不出也。平儿,你曾见过么?（贴）才见来。（合唱）

【喜迁莺】拟苔华铭玉,尽依稀月满云舒,嫦娥洞窟。（贴）一切举止端庄,言谈风趣。（王贴）可是呢!（合唱）更堪那霍家修态正相于,翩翩度,则埋着聪明。风前柳絮,真是个不栉的相如。

（王贴）刚才一进来时,多少家人拥簇,正欲下拜,早被祖母抱住,心肝肉儿,哭个不了。后与两位太太,三位姑娘,都见过了。奴那时正放月钱,在后楼上取绸缎,知林妹妹是老太太心坎上的人,连走不迭,与她见过。不免假惺惺了半晌,急泪也用了几点儿。好笑老太太指着奴向她说道:这是有名的一个泼辣货,南京叫作辣子。（作得意介）不敢,区区便是。后又着太太带了见大老爷去,又吩咐三位姑娘来陪远客,真是上上下下,如到了天仙一般。平儿,以后却要殷勤点儿照应她。（平贴笑介）我的奶奶只会锦上添花,丫鬟却学不来。（王贴）痴丫头,你哪里知道哟!

【出队子】炎凉世路,锦添花尽让奴。况是她负才华,可待隔纱幮,逗聪明不让写笺书。多半是难惹的冤家须防御。

（平贴）才老太太叫替林姑娘配人参养荣丸，太太叫取尺头与裁衣服，奶奶也该去取了。（王贴）是呢，还要送花帐锦被缎褥去呢。（内）老太太说，好生服侍林姑娘过去。（杂扮老嬷嬷、丫鬟应）晓得。（王贴）话犹未了。你看林姑娘过来也。（向平贴）我们取东西去。（同下，内用车，贴扮林黛玉，坐内，老嬷嬷推车，二丫鬟扶车上。贴唱）

【刮地风】上了这络网朱丝油壁车，壮荣堂无限华居。（合唱）恰才过西仪门宽敞多回曲，度廊房辉壁金朱，说不尽八桂三株。（下车介。二嬷嬷推车下。二丫鬟）林姑娘这里来。（行，贴看指介，唱）你看那悬御宝荣禧字句，对珠玑烟霞展布。过东房光彩的猩蟒云铺，左右列金炉设玉壶。（丫鬟捧茶上）姑娘，请炕上坐，用茶。（贴）椅儿上好。（坐介）更瓶花茗琬星敷，插珊瑚七尺余，公侯府，抵多少富贵门楣金玉图。

（用茶介，丫鬟虚下。贴）嗳！记得三岁时，那和尚之言，不见外亲，不闻哭声方好。奴看这里虽然富贵，倒也觉得平常。好笑那会说不要哭声，想在此处，除是思亲以外，有何寄泪处也。

【四门子】昨夜个梦亲闹回首扬州暮，甚心儿留意嬉娱。虽是外祖母疼热，到底自觉孤凄。梦魂儿煮，幽意儿独，依可觅谁何悲诉？

（正旦扮王夫人领丫鬟上）甥女哪里？（贴）甥女等候多时，拜见舅舅。（正旦、贴各坐介。正旦）你舅舅今日斋戒去了，再见罢。（贴）是。（正旦）只是有一句话儿向你说。（贴）是。（正旦）我有一个孽根，是家里的混世魔王，生得顽劣异常，最喜内帏厮混。姐妹们不理他时还可，若和他多说了一两句，他便心上一喜，生出毛病千般。一时蜜语甜言，一时有天无日，疯疯傻傻。你以后休要信他。（贴）可就是那衔玉而生的么？（正旦）就是他。（贴）舅母放心，甥女知道。（正旦）你听着声音，好似他自庙里还愿回也。甥女，我与你在老太太处用晚膳来。（贴）是。（正旦）生成不肖乖张性，（贴）多半无知愈懒形。（同下。生带玉浓妆上）[西江月]燕子勤飞绣户，画帘尽锁斜阳。春风吹梦到兰房，芳草对人惆怅。杨柳挂愁百尺，杜鹃啼泪千行。晚来特地倚纱窗，为问胭脂无恙。小生宝玉，适从庙中拜佛归来。闻扬州林妹妹到此，前又说薛姨母要一同表兄、表妹前来，端的热闹也。只是佳人难得，未知林、薛二人生得如何，不免去相见者。你看祖母与众姐妹出来也。（老旦扮贾母，贴扮林黛玉、探春，旦扮迎春，正旦扮惜春，领二丫鬟上。老旦）我儿这里来。（正旦、旦、贴）姐姐请。（林贴）请。（生旁立，生上前揖老旦介)请祖母安。(向正旦、旦、探贴揖)姐姐们好。(众)兄弟好。(贴探)二哥好。(老旦笑介)还不过去见你林妹妹?(生、旦相见各惊介。生)呀!妹妹拜揖。(贴)呀,哥哥万福!(生)妹妹,我曾见过的。(老旦笑介)怎么说?(生唱)

【古水仙子】是何日下云车?惊忽的珊珊虚声儿落佩琚。那些儿容貌衣裾,云想花还悟。是这般微娇喘,是这般映泪珠。戚戚的犹自难舒,两靥儿似衡来更不自如。好似远别重逢一般,总想不起呵。昏鲞的照人儿向心头叙,俨然间又一地模糊。

(老旦)若如此,更觉相睦了。(贴背唱)

【者剌古】问因由难自诬,非实非虚;觅根苗舌暗吐,今吾故吾。(作斜瞥生介)看他面如秋月,色若春花。似中秋月再补,似晓春花又补,却一半分明露微云淡无。

(生)妹妹尊名是极好的,表字呢?(贴)无字。(生笑介)我送妹妹一字,莫若颦颦。(贴、正旦、小旦笑介)你看又杜撰了。(生)哪哪!

【神仗儿草】看眉尖弯曲曲,石黛画眉妩,则见那好好真真儿,真羞得无门户。

(生)妹妹有玉没有?(贴笑介)这稀罕物,哪得等闲有的?(生怒介)什么稀罕物?这样神仙都没有,高下不识,还说灵呢?我不要这劳什子。(摔玉介,老旦急介)何苦摔这命根子?(众慌拾介,劝介,贴泪介)今儿才到,怎就惹出他的病儿来哟?(老旦)这妹妹原是有的,只因殉葬姑母,她说没有,也是不便夸张。(生)这就有灵了。(众替戴玉介。丑扮丫鬟问介)林姑娘在哪里安息?(老旦)碧纱幮里。(丑)宝二爷。(老旦想介。生)老祖宗,我就在碧纱幮外罢。(老旦)如此好好,不要闹你妹妹,我向套间暖阁里去也,孙女们散罢。(老旦领众下。生)妹妹请向碧纱幮去。(贴)请。(生看贴介)

【节节高】笼烟遗绪,含情如语,多娇似慕,恰便似梨花春雨。(合唱)则愿得,中表儿尝相慕,怎当初隔花人江天云树。

(旦扮袭人、贴扮鹦哥上)二爷睡罢,让鹦哥好伏侍姑娘安寝。(生向林贴介)如此失陪了。(作回顾下。小旦)我看姑娘颇有伤心之态,大约是为摔玉行状,以后休要理他。(林贴)姐姐们说得是。(小旦)如此,请安寝吧。(下。贴唱)

【尾声】今日个无端逗出赏心遇,怎禁他行径伤心心自虚,猜不出这花有根由他共奴。(同下)

幻　现

（旦扮警幻上）俺放春山遣香洞太虚幻境警幻仙姑是也。司人间之风情月债，掌尘世之女怨男痴。今因绛珠仙子，暂谪人间，近居荣府，前者痴梦钟情，引愁度恨，诸仙欲与绛珠一同游玩，不免到荣府携他来者。

【西江月】离恨青天皎皎，灌愁碧海迢迢。霞红水碧卧仙桥，一片尘寰了了。（下。外、末扮宁荣二公引两侍卫上。唱）名列麟台日耀，功成凤阙风遥。依来日月末光高，雨露沾濡不少。

（外）俺宁国公是也。（末）俺荣国公是也。吾家自朝廷定鼎以来，功推汗马，成佐辅于与兴王，身近乘龙，得恩膏于列土。功名奕世，富贵流传。俺兄弟二人在天之灵，时时呵护以保社稷万年，与同休戚。今自太庙侍班而回，不免归第者。（末）兄呵，你看那位仙姑冉冉而来，好似警幻仙子。左右，与我迎接者！（侍领命二侍位下。旦唱上）

【桂枝香】碧宇香消，朱门路杳。（外、末上前见介）警幻仙姑请了。（旦）宁、荣二公请了。（外）仙姑何往？（旦）便是到二公第上去。（末）不揣寒门，有辱仙趾，未知光降，缘何事故？（旦）二公还不知宝第有仙人谪住么？（外、末共点头介）莫不是绛珠么？（旦）是也。（外、末）说起绛珠，不免提起俺那些儿孙也。（旦）为何？（外、末合）无才的志气隳颓，有灵的心思乖傲。（外）仙姑，吾家后事，不堪回首，唯系宝玉，略可望成。无奈秉性乖张，用情怪僻。怎得仙姑法力，警幻一番也。（末）恳烦仙姑一行者。（合唱）望霓裳一到，望霓裳一到，杨枝清晓。（旦）既如此，二公请行，俺须索一来也。（外、末）如此引道，在家恭候了。（下。场上设两桌，桌摆摆式妆台，上首设床帐。旦）漫跻踏浊玉是顽曹，磨琢功夫好。你看已到宁府，宝玉与可卿早已来也。（下）

（小旦扮秦可卿叫上）这里来呀！（小旦扮袭人、丑扮李嬷嬷扶生上。小旦）嫩寒锁梦因春冷，（袭人、嬷嬷）芳气熏人是酒香。（小旦问宝玉）这里可好吗？（丑指生介）这是你蓉侄媳妇房里。（生）这画的是什么？（小旦）是海棠春睡。（小旦理床唱）

【前腔】凤鞋双好，鸳鸯频倒。（生）黑甜香解识春风，睡海棠梦魂轻袅。（小旦、丑代生脱外衣扶入账睡介。小旦)我们向会芳园与老太太陪话者。(同下。旦唱上)看红尘,春梦频撩倒,华胥路正遥。(向帐内叫)宝玉随我来也。(生帐内唱起出)

【北新水令】俺则向碧桃花下寻来杳。(起来向旦揖介)却在这彩云间飞尘不到。神仙姐姐哪边去?(旦唱)放春山人儿那少,遣香洞坊儿那高?(同行合唱)踏遍青霄,则便是风孽儿,也会上仙人岛。

(旦)宝玉。你可看见什么?(生)这是配殿呀匾额呀。(旦)你试念来。(生)春感司,秋悲司。(旦)那边呢?(生)朝啼司,暮哭司。(旦)这边呢?(生)薄命司。哎呀!怎下得薄命二字?仙子,倒要领教。(旦)痴儿随我来!(场上设桌二,设册子三套,二椅一上一横。生、旦坐介)

(生)这是什么东西?(旦)你可看来。(生念介)金陵十二又副钗:枉自温柔和顺,空云似桂如兰。堪笑优伶有福,谁知公子无缘。无缘那,怎么解?(旦)不必看他。(又取看介)金陵十二副钗:根并荷花一茎香,平生遭际实堪伤。自从两地生孤木,致使香魂返故乡。香魂那,又怎么解?(旦)痴儿不解,则俺与你高处看者!(场上设桌,桌上垛椅二张。旦正坐,生旁坐介)

【南步步娇】旷举头极目好登高,致教五色云光绕。(小旦扮美人跑上,杂扮恶狼扑上,绕场下。生、旦合)中山狼子哮,为甚儿恁猖狂,心性暴。(场设假山石,写冰山二字。杂扮凤凰舞上,立在假山边舞一回,下。生、旦合)看着这五彩灵苞,怎不向那丹山,却一晌冰山靠。

(杂扮二人上)这风筝吹落海也。(旦扮一女子持箒掩面介)苦也!苦也!(绕场分下。生、旦合唱)

【北桂枝令】清明涕泣江边闹,白滚滚海水波涛,千里东风,纸鸢飘渺。(场上左设一桌,右设一张椅,椅上挂一匾,上写古庙。二旦暗分上,一在桌上,持白汗巾,作缢状,一在椅上看经,持木鱼敲,念阿弥陀佛。生)神仙姐姐,待俺去救她则个。(旦随下。生指左介)这边是三尺鲛绡,马嵬古道。(指右介)这边是青灯古佛人初老,绣户侯门路正遥。(二旦分下。生)呀!怎么不见了。(旦)痴儿随我来。你看一围玉带,一股金钗,落在雪里,好不冷也。(生唱)抵多少停机德杳,咏絮才飘。(旦)那边香橼挂挂在弓儿上也,美玉落在污泥中也。(生)俺则见虎兔边是非梦觉,淖泥中金玉光摇。(旦)你看那几缕飞云,一湾逝水,更觉凄凉也。(生)

【南江儿水】湘水流何急,江云飞不牢,吊满眼斜晖依白蓼。(场上设一大盆兰花。旦扮凤冠霞帔暗立旁左一桌,一旦扮贫家女在旁纺织。生、旦合唱)休悲家落青蚨耗,莫羡兰芳紫凤娆,想去总归氄毳。桃李春娇,却不道村妇思人难料。

(二旦暗下,宝玉拭泪介,旦点头介)宝玉,你可醒悟么?(生点头介。旦)不免将新制《红楼梦》十二曲,一发歌来,叫他彻悟,侍儿哪里?(正旦、小旦、老旦、贴旦扮短装仙姬上。旦)你们可将"开辟鸿蒙"一阕歌舞者,我与宝儿吹弹也。(旦坐敲板,生坐打云锣,四旦舞介。合唱)

【北雁儿落得胜令】一个是效齐眉回头金玉抛,一个是有奇缘心事终虚闹,一个是望家乡芳魂一点焦,一个是路三千只把爹娘叫。更有散高唐的英豪,少甚叹王孙的才调。纵然西土婆娑柴,怎禁他虎狼遭,逃不出机关窍。分明是春尽香尘少。心高,更有那积阴鸷的亲娘好。堪嘲,也难保惨黄昏一路遥。

(四女舞毕,生作倦态,四姬向旦)仙姑!你看这浊物毫无悟境,空费我等一回舞也。(旦)宝玉,你悟了罢?(生)只是伤心便了。(旦)你且来,我与你一个去处。(携生手行。场上仍设前床桌,小旦秦可卿暗上,坐桌边。旦唱)

【南侥侥令】我与你一点朦胧月下箫,也得向仙闺频醉倒。(一手拉秦,一手拉宝介)抵多少素女香山,宓妃兰沼。(合唱)占尽了绿窗风月可怜宵,则待向绣阁烟霞一顿饱。(送二人入帐介)却休得向迷津没处问撑篙。

(杂扮二夜叉二海鬼,持叉,自帐中放出烟火,叉鬼从帐中舞出。旦从帐内暗下。叉鬼绕场舞一回,下。生在帐中叫)可卿救我,救我呀!(袭人、嬷嬷急上)不好了,宝二爷梦魇了。(嬷嬷笑上)怎么梦中叫起侄媳妇来?(扶起介)宝玉休怕,我们在此!(生)苦也!苦也!

【北清江引】恁朦胧红染珍珠袄,买得千金笑。哎呀,则今日蹊跷也,双佩小红桥,独步残青草,几乎不把玉人儿断送了。(同下)

巧　缘

(小旦淡妆扮薛宝钗,贴扮莺儿,捧针线随上。旦)

【南泣颜回】人澹朔风天,冷落纤尘有限。深闺无语,冰心依旧年年。梅花数点总堪怜,人自春风面。闭炉灰夜半回旋,守的个东君不远。

奴家宝钗,前与母亲哥哥同来京邸,多蒙贾府姨母再四款留,便住了这梨香院。前日偶染微恙,未曾出门。今日觉得少痊,不免作些针黹则个。(贴送针线放几上,旦唱)

【步步娇】恰才个开箱懒把时妆选,将就眉儿浅。笺简慢流连,点点涂鸦,只博得人消遣。(指针黹介)鸾凤绣翩翩,日影圆,休失了光阴箭。

(做针线介。贴旁看介。生带玉上)不待三分酒,浓于二月花。钟情原我辈,都付可儿家。小生因宝姐姐在家养病,特来亲候一番。才已会着姨妈,说姐姐那里和暖,叫我自去瞧他,姨妈收拾便来。你看这红绸软帘内,便是姐姐卧房,不免窥看一回。(作瞧科)呀,你看宝姐姐打扮得雅致呵!

【香遍满】鬓儿髼,斜挽着金钗淡翠钿。下边是葱黄裙衬金莲浅,上边是瑰紫披笼玉笋纤,袄绫芳色显。不是艳阳天,忽蓦的春花薛。

你看这一副俊庞儿,又另具一种风流妩媚也。

【前腔】杏林春艳,早瞥见桃花朵朵妍。唇朱不藉胭脂溅,眉翠也何须石黛研,桃腮儿腼腆。

(内贴)这一朵朵绣得好也。(生)频将针线穿,则绣出荷花片。

(进介)呀!姐姐大愈了。(旦起身让坐)多承记念,莺儿倒茶来。(同坐介。贴送茶介。旦看生玉,不语,生看旦介。旦)成日说你的玉,究竟未曾赏鉴。(生)如此待兄弟取下。(摘玉递玉介。旦看介。唱)

【江水儿】君子温如验,方流质自坚。这不是佳人绣缎贻香遍,这不是温家玉境人间羡。这是刻璜钓向幡溪现,化出流虹天眷。绾系朱丝,赛过清泉仙见。

(念介)莫失莫忘,仙寿恒昌。(贴)好奇呵,竟与俺姑娘项圈上的是一对儿。(旦)你不接杯儿,在这里发呆作什么?(贴笑接杯虚下,生笑介)原来姐姐金项圈上也有字。(旦)你休信这丫头混话。(生)好姐姐,你怎么瞧我的呢?(旦)也是个人给了两句吉利话儿。(向衣内取出项圈与生介。生念介)不离不弃,芳龄永继;是好金锁也呵。

【前腔】品向华山炼,精灵秦世悬。做得个奇光阳迈征香见,做得个神光照社人通显。(背介)想小生与这金锁呵!怎做得收来银钥交亲宛,利断双心共展。好个芳龄永继!不羡那寿祝安陵,公主贻来缱绻。

(各递还介,生嗅介)姐姐,这熏的是什么香?(旦)没有什么香呀?(生唱)

【二犯香罗带】罗囊金凤仙,垂帘不卷,露滴蔷薇不计年。(旦)奴最不喜熏香。(生)怎知你香溪竟不借龙涎。也笑蘅芜空幻意可怜。恰瑶英肌肉是天然,愧杀个太真飞燕。(旦)是了,是早间用了冷香丸的。(生)抵多少同昌辟向霜天,恰人在招魂树边。

(贴扮黛玉上唱)

【忒忒令】看霙花风絮云天,料访戴人儿乘便。叹飘零自咽,一带寻踪遍。因此上移莲步,过风檐,罩红毡,遮素面,到了梨香院。

(贴扮莺儿上)林姑娘请进去坐。(林)晓得。(莺贴向旦)林姑娘到。(旦)请进来。(贴相见介)哎哟!今日来得不巧呀!(旦)这怎么讲?(生)真要请教。(贴笑介)我不来你或不来,你既来我竟也来;今儿他来,明儿我来,岂不天天有来?今日都来。(指生介)却不是教他来同不来么?(生、旦)呵,是这个意思。(贴)难道不是么?(生)我看妹妹罩着个羽缎褂儿,下雪了吗?(莺贴)下了半日了。(贴)呀,难道你还不晓得吗?专心呀!

【步蟾宫】香闺坐处真迷恋,尽六出纷纷,难分睇盼。果阳春酬和恁缠绵,一任梁园飞霰。(旦、生)妹妹说些什么?(老旦扮姨妈,杂扮二丫鬟,一持壶盏,一持肴盘,随上)当空疑是飞盐落,入夜还能映字来。(生、贴)多叫姨妈费心。(老旦)好说,不过几样茶果。这鹅掌鸭信,与你们饮酒赏雪,就此入座同饮。(各坐,丫鬟斟酒介。合唱)

【沁园春】粉地瑶天,琼树冰壶,封条万千。叹袁安高卧,王恭仙度,羡谢庭风拥,嵊州味甜。(斟酒饮介。合唱)琼筵,缓斟清宴,倒尽葡萄笑酒仙。琼醪暖,拟飞游酣醉,歌召风烟。

(老旦)可再取暖酒来。(生)不必暖,我爱吃冷的。(旦)宝兄弟,你不知酒性么?冷饮了,便凝结胸中,易致受害,今后可要改了。(生)是。(放杯介。贴笑介。旦)林妹妹嗑瓜子儿,为什么好笑?(贴)奴笑这瓜子儿不住地衔在嘴里,有些肉麻。(丑扮雪雁持手炉上)呀,姑娘却在这里,哪处不找来?(递手炉介。贴)谁叫你送来?(丑)紫鹃姐姐。(贴冷笑介)哪里就冷死了,亏你小意儿倒听他,我平日和你说的,你都丢在九霄云外。她说了一句儿,你便依的这么似的。(生纳闷介。老旦)丫鬟们带着雪雁同李嬷嬷一处吃酒去。(二丫鬟、丑同下。贴)姨妈、姐姐都不知道,亏是姨妈这里。倘在别人家,看得连个手炉儿也没有,还要巴巴地送来,不说丫鬟们小心,还只当我轻狂惯了,岂不要恼的呢。(老旦)你是个细心的。(旦笑介)我看你这丫头口莩儿怎么了?(副扮李嬷嬷、雪雁上。副)夜深了,雪大了,酒也够了,我又来讨厌了,回去罢。(贴)如此告辞。(老旦)仔细走,老身不远送。(下。生。贴携手)宝姐姐请了。(旦)有慢了。(生、贴)岂敢。(带丑、副下。旦)嗳,幸亏今日,丫鬟未说出那金玉的话,以后倒要远她些儿。

【尾声】问相见何如不见,看澹澹梅花素心儿卷,又何必问巧认通灵金玉缘。(下)

设　　局

(丑扮贾瑞上)

【字字双】书房困坐似囚猱,点卯,无情夏楚肉皮敲,挨拷。风流白把寸心操,懊倒。犬馋火热一肠烧,自讨。

小子贾瑞的便是。父母早亡,只有一个作孽的老头祖儿,性情古怪,教训唠叨,终日困于书房,整年强如牢狱。因前日赦大伯的寿事,一同合族,到彼祝之,竟有一桩天大的奇遇。你道是甚奇?(作势介)荣府赦伯之媳,琏兄之妻,王凤姐,生得桃李春骄,芙蓉秋艳。更兼雷霆手段,冰雪聪明。不特敝族推为第一,想人世也自无双。久已垂涎,不敢乱步。前在宁府,她去看荣哥媳妇,知回来从里而出,必由花园。因此藏在假山背后,果见她娆娆娜娜、娇娇媚媚的行来。那时福至心灵,便走上前道:请嫂子安。她说道:这是瑞大爷不是?咱笑道:嫂子连我也认不得么?她说道:想不到是大爷在这里。咱又道:是与嫂子合该有缘。她见我一面儿说,一面儿瞥,真是个聪明人,便道:怪不得你竟和气。又道:等闲再再会罢。又道:一家骨肉,说什么年轻。又道:你入席去,仔细他们罚你的酒。咱那时已呆了半边,慢慢儿走开。谁知她也慢慢儿走去。你说是有意思是没有?因此五内交结,片刻不忘。今幸喜琏二哥出门未归,是好机会也呵。

【前腔】天寒翠被冷更敲,急跳。才郎一去任翔翱,暴躁。调情趁此去抽梢,脾燥。陈平谬附爱风骚,帮俏。

为此偷了空儿,向她房里传禀进去,又说到宁府去了,想已回来,不免静候。(虚下。贴扮王熙凤,领贴扮平儿,副扮小丫头上。王贴)堪笑水中闲鸂鶒,(贴)敢来池上戏鸳鸯。(王贴)可将那禽兽唤进来。(副应介。丑上,向丑说介)二奶奶请瑞大爷进。(丑得意,弄衣裳,进见介。贴起,笑,让座,对坐介。平贴虚下,副递茶侍立介。丑视贴,呆介。贴笑介。丑)二哥哥还不回来?(贴)不知什么缘故。(丑)别是路上有人绊住脚。(贴)可知男子汉,见一个,爱一个,也是有的。(丑)嫂子,我就不是这样人。(贴)像你这样人能有几个呢?(丑喜介)嫂子天天也闷的狠。(贴)可不是呢?只想个人来解解闷儿。(丑)像我这样人儿可好?(贴)你哄我我呢?你都肯往我屋里来。(丑)只因素日闻人说嫂子利害,一点也错不得,所以唬住了,如今才晓得嫂子是惯会疼人的。(贴)好话,像你这样人,怎教人不疼呢。(丑大喜介。移椅近贴介。贴悄说介)放尊重些,别教丫头们看见。(丑)是。(贴笑介)你该去了。(丑)好狠心的嫂子!(贴)不是呀,大天白日,都不方便;也罢,待嫂子成全了你罢。(悄说介)今夜晚上,奴把上夜小厮都放了假,(丑跪在贴面前听介,贴)你来悄悄的在西穿堂内等。(丑)什么嫂子,竟是嫡嫡亲亲的娘!(磕头介。贴)须要仔细。去罢。(丑出,贴下,丑哈哈大笑介)谁知我贾瑞竟有今日也!

【尹令】从来调戏事少,只因短钱缺钞。今儿奇逢已到,不费花钱,白把个倾国倾城弄到腰。

这时候还早,不免闲逛一回去。(作行介)天呀!

【上京马】你何苦把阳光晒老,将似火如荼苦相照。好了,黑了!一霎时鸾颠凤倒,一笔把相思告。

你看晚了半晌,是其时也。(行作到穿堂介)来此已是西穿堂了。(两边望低声念介)人不知,鬼不觉,南无阿弥陀佛。(一跳蹿入介。杂扮妈妈,从右鬼门出,向左作关门介。下。丑躲介。杂扮丫头从左鬼门出,向右作关门介。下。丑躲介)好了,门都关上,一切闲杂人等,不得混入。(内打一更介。丑)古人说得好,人逢喜事精神爽,虽有这过门风,却不觉得。(内打二更介。丑)这时候有些意思了,……必须聚其精而汇其神。(闭目坐地上介。内打三更介。丑)是其时矣!

【归仙洞】夜将半,更漏报,揭心情,将人老。(内打四更介。丑急走躲风介)寂寞四星高,今夜个凄凉饱。(内打五更介。丑)哎哟!这风儿怎么一更深似一更儿!(作颤介)越越的青鸾信杳。挨一刻霜天晓,尤云殢雨,割面风刀。

不好了!天已晓了!南北具是大墙,要跳不得而要钻不能,怎么好?(哭介。杂扮妈妈出鬼门旁开门下。丑)好了,门儿开了!(作急跳出跑介。立着喘气介)是了!想是她有必不能丢手的事,故此误了。趁此清晨,不免回家者。(行介,作到介。敲门介。外扮贾代儒上)是谁这等早?(开门见丑认介)好,原来是你,进来。(丑作怕随行介。外坐介)跪在那里。(丑跪介。外)哪里去来?(丑)昨往舅舅家去,天晚留我过宿。(外)你这个下流种子呵!

【上小楼】你看那古圣先师,著作勤劳。这餍饫宜人非渺。有的把园圃关牢,有的把书楼断倒。怪儿曹典籍轻抛,诗书丢掉,一味的向尊长谎言僄狡!

我昨日上你文章可曾念熟?(丑)欠熟。(外大怒介)如此荒唐,成何用处?自来出门,非禀我不敢去,如何昨日私自去了?据此也该打,何况功课未完。(取板子欲打,丑夺板子叫饶介。外踢倒介。打介。丑滚介。外)气死我也。

【前腔】愧杀个瑜珥瑶环,兰茁根苗,把一向清芬顿扫!想你这般懒惰呵!叫公雅书籍空劳,便庞氏耕耘怎效?(又打介)也教这夏楚难饶,黄荆着恼。怎的不把我老人气倒!

(气坐介。丑)哎哟!哎哟!(外)打了不算,跪在此处,补出十日功课,方许吃饭!(交文章介)气死我也。(下。丑做鬼脸介。丑声读文章介,想介)到底琏二嫂子,是个有情的,她在那里,也不知怎样懊恼呢?到底要抽个空儿走走才好。(向内低叫老妈)老太爷里面做什么?(内应)呆子,跪了一天,还跪着么?老太爷早已出去了。(丑)老头儿哪里去了?(内)被几个老学究约去碰老人洱。(丑)怎不走堂前,多咱回来?(内)走堂前怕你晓得,勒定贰百牌。(丑喜跳起介)这有一天一夜呢。(撂文章地下介)呸,受你娘的罪!(扯弄衣服出行介)

【山坡羊】卖风流,佳人难再知心好。恁重情,天公应把相思保。笑登徒何处妍媸?怎似我可人儿亲亲嫂?命何如,这残生交付了。来此已是荣府了。(又行介)已是那人屋里了。侯门似海,鱼水容包。(贴扮王熙凤虚上。贴扮平儿侍立。王贴看账目介。丑张介)妙呵,妙呵!(作咳嗽介。王贴)是个男子咳嗽?(努嘴向平贴介)想又是那讨死的来了。(平贴看介。丑作揖。平贴)瑞大爷好,有甚事?(丑)会奶奶有话说。(平贴)二奶奶时刻惦记着你呢,请进。(丑摇摆进见介。贴笑迎让坐介。丑见平贴在旁,视平贴不语介。王贴)平儿去。(平贴)是。(下。贴)论你今日来,我不理才是。(丑)昨夜等死了人,还怪人呢。(贴)约有二三更鼓,我走到西穿堂外呼叫你,你不曾应,想是不回来,因此回去,好不凄凉。(丑)是了,想是我闭目聚精神的时候。(跪介)如此辜负嫂子。(贴笑介)起来讲。(丑起介。贴悄说)这等说,你也等了一夜,也可怜儿。今儿别在那里了,可在我这房后那一间空房里,可别冒撞了。(丑)果真?(贴)呸!谁来哄你?你不信就别来。(丑)来,来,死也要来。(贴)如此,你先去。(丑)是!(出介。贴下。丑笑介)这块儿肉始终吃着了。天已快晚,不免略捱一时。(随意唱一小曲)好了,又晚了。(瞧介,钻入介,坐地上)好好,过门风又没有了,可人儿又来了,今夜可不要快活死么?(又低声随意唱一小曲)呀,怎么,又不来了。(起听介)这黑魆魆的怎好?(副扮贾蓉悄上。丑)是脚步响?(摸介。摸着搂介。抱起)亲嫂子等死我也!(正旦扮贾蔷,持灯台上)谁在屋里?(丑慌介,副起笑介)瑞大叔要欺负我呢!(丑跑介。副、正旦揪住介)跑到哪里去?如今琏二婶呵!可知流水无情,桃花空自劳。颠倒,恨狂蜂频向扰。痴奴,躁高堂将你告。

　　(丑慌介)好侄儿爷们,只说没有我,我明日重重的谢。(正旦)放你不值什么,不知怎生谢。(副)蔷儿没志气,要他谢,你作好人,我却不能,他要欺侄儿,明日请族长来评评理。(丑慌介,磕头介。正旦)财与命相连,要他的财,强要他的命,但谢我们多少?(丑)但凭吩咐。(正旦)口说无凭,写一章券。(丑)这如何落纸?(正旦)写作输钱欠约。(丑)写写。(取笔砚搁桌上。副)要写欠每人一百两。(丑)哎哟!这卖身也不能足数,求让!(正旦)罢罢!每人五十两,这可断不能少的。(丑哭写介。副)画押。(丑)是。(画押递副、正旦,各收介。副)前头铁桶相似,除非后门可走。(丑)做好事,快些儿。(正旦)此处要来堆东西,躲不得。(丑)如此怎好?(副)可随我来。(吹灯介。副扯丑出行介。场上旁设椅。副扯丑到椅下蹲介)我们探探去,等我来再走。(丑)是。(副、正旦同下。丑蹲下。杂扮丫头,拿溺桶从椅上泼下介。丑)哎哟,怎么都是粪溺,苦也,苦也!(颤抖介。副上)快走,人来拿了。(丑跑跌介。跑介。跳门介。副关门下。丑)我的娘呵,冷死我也。

　　【尾声】人生只道调情好,谁知道局赚痴人不用刀,几乎不把命残生顽掉了!(哭下)

省　　亲

　　(外扮管家上)灵文门第拟云霞,轩冕王官外戚家。漫道游龙夸富贵,朱轮华毂不骄奢。(笑介)又俗语说的好,宰相堂前无二椅,公相家人七品官。咱荣国府中管家赖大的便是。目今皇恩浩荡,孝沾寰区,准我这里大姑奶奶贵人元妃省亲。只这一举,两府中足忙了个整年。从东边至西边,一切山水亭台,池馆书室,丹房佛寺,约有十余里地方,从大宗到小宗,那些古董玩器,络缨帘帐,花烛彩灯,约上十多万银两。真说不尽太平景象,富贵风流。今日新正上元,贵妃于戌初三刻省驾,丑正三刻回宫。奉里头号令,在门房率领众执事人伺候,不免静候着。(坐旁椅上。副净扮太监骑马上)桑馆星轩唐制度,椒房玉服汉威仪。门上是谁?(外起迎介)原来是老公公,请进。(外向鬼门传介。末正生扮贾赦、贾政引小厮上。副净)贾皇亲恭喜!(正生)有失迎接!(对坐,上茶介。正生)未知贵人消息,请问。(副净)早多着呢?未初用晚膳,未正到宝灵宫拜佛。(正生)如此,请里面用午膳。(副净)有扰。(同下。小厮向外)赖爷,你看这大街鸦雀无闻,香烟自绕,真个回避肃静也。(外)街头巷口,俱用帷幕挡严,昨日便有巡察关防太监了。(杂)是呵。(丑扮太监骑马上)门上哪个?(二管家)原来是老公公,请问娘娘鸾驾可曾到否?(丑)此刻酉初进大明宫饮宴,大约起身在戌初呢。你家爷在哪里?(杂管)与二位公公后面坐地,小的引老公公进去罢。(二管引丑下。二杂扮花郎合舞唱上)

【满庭芳】剪草除花,锄犁浇水,辛苦可难当。花开酒里过,花放梦儿香。早是春深庭畔,花园开了接娘娘。满怀着叮咛了花畔璀璨,争气替花郎。俺二人乃荣府中新置花园中两个花郎则是。今日系娘娘省亲,上面特吩咐好生收拾,幸已打扫齐备,不免检点一回。(内)公公请,将军请。(二花郎惊介)你看老爷与公公来也,不免速回避着。(同下。末、正生、副净、丑同上唱)通幽曲径比羊肠,翠嶂排排一带长。(指介)白石崚嶒,如怪样形藏,是那儿探景儿头向。

(副丑)你看这一带翠嶂,挡在面前竟好。(末、正)非此一山,便一览而尽了。(副丑笑介)胸中有丘壑的自然知道。(副净指介)这旁佳木奇花,清流石隙,上面是飞楼插空,下边是石桥有港。(丑指)那边是千竿翠竹,一带粉垣,外面是曲曲游廊,里面是小小房舍。(副净)还有这一带泥墙,数椽茅屋,桔槔辘轳,桑榆槿柘,好一似杏花村。(丑)更有那蔷薇院旁,芭蕉坞里,画船花港,朱栏板桥,真个是蓼花溆。(副)兄弟。(丑)怎么?(副)你可看见各式石块,许多异草,映着那绿窗油壁,大可以煮茗操琴。(丑)是。(丑)老哥。(副)说什么?(丑)你也可看见层楼高竿,画阁巍峨,护着个兽面螭头,大约是琳宫复道。(副丑)老先生,这些匾额很好。(合唱)

【牧羊关】则见那豆蔻诗独艳,则见那荼蘼梦亦香。则见那花分柳隔岸堤长,则见那棋罢茶闲把幽绿上。则见那采芹人浣葛绿添凉,则见那凤来仪蟠螭上。说不尽富贵风光。(副净)呀呀!你看这左边里有门可通,右边又有窗暂隔,怎么到了跟前,竟是一架书?(丑)你看,这回头透亮窗纱,那迎面光明世界,原来转过侧边,竟是一面镜。(副净)兄弟,我咱们游了半日,可快完了。(末、正生)还不曾,大约过半矣。(丑)罢了!咱们日日御园走逛,来到这里,也觉迷眼。(副净)御园内都是有事体,到这里倒觉自在清闲,一索逛完了罢。(杂扮太监跑马急上)兄弟们快来,贵妃驾到。(副净、丑慌介)呀!来哉,来哉!(正末)我们也速迎接。(同上。杂扮四侍卫带刀,小旦、贴旦扮二侍女,持掌扇、推车、打黄伞,小旦扮元妃,场用细吹上。元妃唱)

【玉交枝】五位当阳,才昭华修仪风赏,不羡那燕舞轻飏。(行绕场合唱)六宫里淑媛推让,玉钩致祥,脂颊凝香,度春宵失秋风团扇。(四太监跪接介)奴婢们恭迓娘娘。(起同行合唱)因荣锡归省无双,博得叙天伦乐事,共祝寿无疆。

(到介。末正生跪接)臣贾赦。(正生)臣贾政接驾。(小旦)吩咐平身。(二旦)平身。(末、正生)贵人千岁。(细乐下。末、正生随下。贾母、邢、王二夫人上。贾母唱)

【解三酲】今日个华毂并朱轮,鱼轩来往。(合唱)一霎时香氲宝扇。(贾母)贵妃驾临,我们须索在此拱候。(二夫人)是。(四监、二旦持羽扇引旦上。贾母、二夫人欲行礼,旦请免礼。贾母、二夫人)愿贵人千岁千千岁!(细乐绕场。四监、二小旦伞车,贾母等末、正、生随行合唱)龙旌凤翣星初上,金伞天香露气凉。更有那香巾绣帕氤氲湿,带履冠袍意气昂。则见那花灯闪灼,精致非常。

(住介。二监跪介)请贵人下舆更衣。(二监)将军等请便。(末、正生)领旨。(下,与伞同下。细乐、掌扇遮盖更衣介。旦)祖母、伯母、母亲好。(三旦)托贵人洪福,俱各平安。(旦)看坐。(二旦)有。(贾母、邢、王)不敢。(旦)骨肉团圆,须行家礼。(贾母)如此告坐。(各告坐介。旦)田舍之家,天伦乐境,今虽富贵,骨肉分离,有何趣味?(贾母、邢、王各泪介。旦唱)

【前腔】猛追省骨肉山河无限望,说不尽椒房明月凉。今日个九天珠玉春风荡,不教那一步长门春色长。(贾母、二夫人)则见那天恩祖德钟培养,还愧这鸦属鸠群出凤凰。(合唱)真无两,伫看坤元承象,好教物阜民康。

(二监跪持册籍禀介)启上娘娘,将军贾赦、政统领合族人等,于西阶下排班,请荣国太君统领女眷人等,于东阶下排班。(旦)好好传谕,免!(二监)领旨。唉!传出去,贵人有谕,男女行礼人等悉免。(内众应介)千岁,千千岁!(二监

省亲车驾,俱已齐备,请贵妃入正室游幸。(宫女)知道了。(二监起同唱)

【前腔】遥望见一带清流映曲塘,真个是金门玉户春光溉。(同下。二太监同上)赤子苍生同感戴,九州万国被恩荣。(二监)咱们两个哥子在那里侍奉,咱兄弟且偷闲逛一逛。(一监)刚才在里面侍坐,好个贵妃贤淑聪明,亲向贾老先生说道:浩荡天恩,归省有日,不宜如此奢华。几许亲眷,话别多时,竟不忘这般礼意。又将衔宝玉的公子,当面试文,竟从从容容的作了四首应制,又和同异姓的小姐,齐肩献颂,竟齐齐整整的成了六首新诗。(一监)刚才的匾额,俱是娘娘亲笔作成,又赐了许多的字样。(一监)赐些什么?(一监)咱也记不全。只听见有什么凤来仪,赐名潇湘馆,怡红快绿改名怡红院,杏帘蘅芷赐了蘅芜浣葛之名,缀锦含芳题了西叙东飞之字。(一监)还有什么蓼风轩、藕香榭。(一监)可知有梨花春雨,桐剪秋风。(合)真个是天仙宝境,竟做了省亲别墅也。你看火树琪花,麝脑雉尾,想宴席齐备了,不免去伺候着。(同下。二宫女、四太监引旦携宝玉、贾母、邢母同上。合唱)这一带兰宫桂殿庭燎旺,那一带玉槛金窗香屑芳。若不是神仙洞府春无量,问何处富贵门楣恁乐未央。歌舞云裳,说不尽虾须钩玉,鱼獭铺床。

(二太监)筵席齐全,请贵妃上酒。(细乐。老旦安席把盏。设一桌在上,两边两桌。贾母一桌,二夫人一桌。旦)宝玉随我来。(小生)臣玉告坐。(与小旦同坐介。太监、宫女立左右同唱)

【前腔】一霎时凤脯鸾胎佐玉觞,桂髓兰苏发异香。(旦)俺想今日团聚呵。休题这金齑玉脍人稀罕,便教那黎藿糟糠味也长。(泪介。贾母、二夫人)托贵人洪福,庇荫居多,伏愿君后万岁千秋,实天下生灵之福也。(合唱)幸得个光生门户天花灿,抵多少巾帼须眉自少双。(二监)请娘娘罢宴更衣。(俱起更衣唱)真无量,便是酒阑人散,不教消歇歌场。

(二监)禀上贵妃,时已丑正三刻,请銮回銮。(旦泪介。各泪介。二太监)銮仪卫伺候者。(四侍卫车伞上。末、正生上)臣赦、政谨送娘娘。(旦)愿祖母父母等好生保重,不须记念罢。(各哭介。太监)请贵妃登舆。(上车介。绕行俱送介。旦)祖母等不消远送了,想俺呵!

【尾声】明日个妆成金屋将家望,(众)俺这里也遥指鸾凰在帝乡。(旦)儿去也。(众)贵人请。(合唱)莫认做那寻寻常常的嫔妃与媵嫱。(分下)

娇 篾

（场设床帐，小生暗上，卧帐内介。小旦从帐内上）

【一江风】小乔才，一种将奴看待，着意相怜爱。数年来吮粉嚼脂，握雨携云，暗里心悬揣。还愁忒弄乖，还愁忒弄乖。何时得放怀？买风情却浪把风情卖。

一缕柔情不自持，奈他心绪各纷驰。何能撇却闲花草，不使飞红上别枝。奴家袭人。自那人梦醒红楼，奴家私承青目，浓盟密誓，意合情投，奴的终身也可喜是得所的了。只为宝玉的亲姻尚未定准，这几日老太太又接了云姑娘来与林姑娘一房居住，宝玉时时过去，刻刻不离，言谈戏谑，全没些理数之容，坐卧起居，哪里顾嫌疑之际，则教奴家怎照应许多也？

【不是路】百样疑猜，此事如何解劝来？人拖带，香天翠海任差排。前晚二更多天，催促几次，方才回房安歇。次早起身，又已披衣前往，寻云姑娘梳洗去了。可应该？珠绦细绾浓情注，宝镜斜窥密意偕。我想众姊妹中，宝玉与林姑娘最为亲密。只是她言语尖利，性气孤高，怎及得宝姑娘心地温柔，情怀和厚？天呀！不知奴家可有这福分呢？姻缘在，德容兼备人无赛，权时宁耐，权时宁耐。

宝玉昨晚过来，问长问短。我那时便说：你从今别进这屋子了，自然有人服侍，再不必来支使我，我只当哑了一般。他就赌气相争，和衣而寝，此时尚未起来。咳！只是有时斗气，不过一时片刻，即便如常。不想他这一次竟不回转，害得奴家是一夜不曾合眼。仔细想来，袭人呀袭人，你好没分晓也。

【朝元令】他朝谐暮谐，只说无更改。花才月才，不料成妨碍。作甚来由，这番禁害？盈盈泪湿桃腮，少小无乖，心儿意儿两相揌。烟水送将来，风光片影裁。（小生在帐内）袭人姐姐，你怎么倒先起去了？（小旦背介）索性不去应他，看他是何光景，再用柔情以警之便了。（低唱介）打叠下抛人体态，清清冷冷，不瞅不睬，不瞅不睬。

（小旦伏桌上介。小生从帐内上介）袭人姐姐，袭人姐姐！你到底怎么了？（小旦开目介）我也不怎么，你睡醒了，自过那边屋里去梳洗，再迟了就赶不上了。

【前腔】情该理该,爱爱恩恩在,美哉快哉,密密亲亲派。若个心期,千金难买,一家春住楼台。(小生)我过哪里去?(小旦冷笑介)你问奴,奴知道你爱哪里去,就往哪里去。我们这样人,可不是玷辱了好名好姓?小字沉埋,四儿五儿是等侪。奴家呵!两下永分开,生怜一女孩。(小生)你今日还记着么?(小旦)一百年也还记得,争似你将我的言语全然不听。二爷呀!你:收拾起哄人计策,真真假假,不尴不尬,不尴不尬。

(小生背介)看她娇羞满面,情思盈怀,此事如何是好?罢罢罢!(取桌上玉簪介)姐姐呀!我若再不听你说话,就同这玉簪一样!(掷簪介)好姐姐,你只可怜了小生罢!(连揖介)

【前腔】时乖运乖,多感情周待。怜才鉴才,只合深深拜。(小旦拾簪介)大早起,这是何苦来呢?听不听什么要紧,也值得如此。(小生)你哪里知道我心里急也。还望娘行把侬疼坏,免教堕落尘埃,泪眼双揩,低首尊前自乞哀。(小旦笑介)你也知道着急么?可也知奴心里怎么样呢?快同往前厢梳洗去吧。(小生)多谢姐姐!贵手肯高抬,慈悲呆打孩。盼咐了恩山爱海,重重叠叠,花柔无奈,花柔无奈。

(小生)姐姐请。(携手介)

【尾声】从今守住相思界,(伲小旦介)觑着这晕轻眉黛,(小旦合)好教我无端春兴兜的上心来。(同下)

悲 谶

(场上设桌几、文房四宝、烛台,杂扮管家,携红纱灯照,正生冠带上)天上公侯第,人间忠孝家,怪他悲慨句,偏自属闺娃。下官贾政是也。系出功臣之后,官拜工部之班。适从朝罢回来,陪侍母亲晚宴。恰遇贵人送来灯谜一副,教宝玉以下众姊妹们各出心裁,作就呈上。下官匆匆一看,未及周详,复教宝玉誊写一纸,送来细阅。想下官的遭际呵!(管家送茶携灯下)

【集贤宾】念平生诗书常博览,世受圣恩覃。惭愧我风云际会,叨蒙雨露交咸。那里得箕裘相继,振家声紫绶华簪。不幸珠儿早逝,兰尚未成人,宝玉虽赋性聪明,但恐流于浮薄,又兼母亲爱若掌珍,怜惜太甚。他少年性情独不减,古圣贤义理慵探。不能个芸编时玩味,争便似花柳任痴憨。

(看书介)一首是元妃作的。(念介)能使妖魔胆尽摧,身如束帛气如雷。一声震得人方恐,回首相看已化灰。这的是爆竹无疑了。

【逍遥乐】向庭前震撼,几处声光,烟霞并爇,平地张镱。列轰轰星火纷扰,一霎时顽廉懦立警贪婪。端的个明良金鉴,庆多少忠肝义胆。玉骨冰心,正论名谈。

(又看介)天运人功理不穷,有功无运也难通。因何镇日纷纷乱,只为阴阳数不同。阶下儿童仰面时,清明妆点最堪宜。游丝一断浑无力,莫向东风怨别离。这一首是迎春的,一首是探春的,看此二物,也觉才思。

【上京马】一个是乘除理数细加参,一个是婉转牵连风里攒。藏隐语,精心密缄。但这算事纷稽,风筝无定,静言思之,都非佳境。怕便是费心机,两两三三,又遍天涯,夕阳外,漂泊得影难堪。

(又看介)南面而坐,北面而朝,像忧亦忧,像喜亦喜。这一个作的是镜子,却也甚好。怎么未列名字?哦!看来必是宝玉所作了。咳!只是他专事虚浮,不精举业,实非大器。虽有些小才华,终何用处?况这镜子呵!

【醋葫芦】只一片空虚鉴,哪里有瑾瑜至宝此中含。富贵功名都误赚,仕途情淡,好似那秋来境界,月影映空潭。

(又看介)朝罢谁携两袖烟,琴边衾里两无缘。晓筹不用鸡人报,午夜无烦侍女添。焦首朝朝还暮暮,煎心日日复年年。光阴荏苒须当惜,风雨阴阳任变迁。黛玉作。这一个不消说是更香了。命意清新,遣词幽艳,只是有妨福泽。

【么篇】我这里平心仔细参,从头儿逐句览。端详诗句少和诚,多则是就里难言甘冷淡。深闺幽暗,无限凄凉独谙。

(又看介)有眼无珠腹内空,荷花出水喜相逢。梧桐叶落分离别,恩爱夫妻不到冬。宝钗作。呀呀!

【柳叶儿】不由人意悬悬无端百感,字行行目刺心揽。不住的含悲失意重新勘。却原何成灰烛,到老蚕,苦哀哀一样情含?

(内打三更。生)时已夜半,不免回房歇息,以待早朝。

【浪来裏】见着那一桩桩非常的乐事耽,却有这一句句伤情的诗思惨,怕天心冷旧青衫,姻缘毕竟遭艰陷。倘蒙皇天永佑,祖德宗功,偶尔闲吟,不关休咎。盼得个荣华负担,封侯衣锦返江南。(下)

词　　警

（生宝玉上）

【醉翻袍】浓情点点总依旧，春风解释几分愁。则俺这生来痴癖顾无俦，佳人落魄同消瘦。还只幸园亭潇洒，花柳清幽。博得个肩儿向并，心儿相投。抵多少待唤红妆，忘却寒钟漏。

莺声寂，鸠声急，柳烟一片梨云湿。惊人困，教人恨。待到天明，海棠开尽。青无力，红无迹，残香剩粉哪禁得。天难准，晴难稳。晚风又起，倚栏怎忍？小生宝玉，喜得娘娘幸过之后，昨忽降旨一道，命这些能诗会赋的姐妹，分派居住。也命小生随去读书。老爷接了旨意，忽叫小生，小生便呆了半晌。还恨我那金钏的胭脂，未曾吃得。且喜不过吩咐了几句，旋即拣了日子，姐儿妹儿，好不热闹。宝姐姐的蘅芜院，林妹妹的潇湘馆，二姐姐的缀锦楼，三妹妹的蓼花轩，四妹妹的秋掩书斋，小生的怡红院，大嫂子也有稻香村，真个是花招绣带，柳拂香风。小生自同住以来，竟忙个不了。

【牧羊关】有时儿万轴琳琅敩，有时儿三真楷篆钩。有时儿松风吹入石泉流，有时儿清簟疏帘把龙牙戏斗。有时儿擅花枝山水步营邱，有时儿谢芙蓉颜金缕。想这些事呵！还不算俺遣恨销愁！

【寄生草】则索取金针儿同鸳绣，则索取探花郎寻香斗。还向那红儿拍板歌声溜。杜家诗谜锦心凑，花间射覆花猜透。尽日个度花朝上不尽的望春楼，倚香闺贮不尽的相思豆。

说也好笑，当此十分快意之场，却又有时儿不自在哟！

【番山虎】俺则见，嗔我花愁梦春色，轻寒细雨油。帘卷处，倦绣人儿瘦。便倾尽了琥珀荷珠酒，相思花泪流，更那桐露鸦啼湿，苔纹鹤梦秋。还则见一庭风影澹，梨花雪满楼。总教这景况凄凉候，天公频错谬。

这几日儿懒在闺中，外头儿又是鬼混，如何是好？（闷坐介。丑扮茗烟怀书上）袖将快史传奇本，说向钟情纳闷人。二爷在此作甚？（生）你从哪里来？（丑）小的从书坊来。（生）你到书坊作甚？（丑）小的买书来孝敬二爷。（生笑介）你买的什么书？（丑）《大学》《中庸》。（生）这些书谁要你买？（闷介。丑笑）二爷，不知我这书内有好些女儿呢?(生)胡说。(丑)书中有女颜如玉。(生叹介)哪里有?(丑笑)待小的与你看。(从怀内一本本慢取出介。生)怎么许多?(丑递书介。生一本本看念介)《飞燕外传》《浓情快史》《长生殿》《会真记》《牡丹亭》。(喜介)好新鲜的书名。(看介)买得好呀,明日领赏。(检书介)你可将这些太露的藏好,待我慢慢的读。这《西厢记》不妨。(丑)理会得。(拿书下。生携书行介)咳,这珍宝,相见恨晚,不免向花下披展者。你这看沁芳闸桃花石上尽好。

(场上先设假山。生坐看介。贴扮黛玉携帚拿花带上)

【榴花泣】胭脂满径,风把落红偷,闲逍遥,费寻求。则见那沁芳桥下蓼花沟,可惜他春水无愁,流红暗浮。因此上袖纱囊,一晌花间逗。则吩咐毛翎凤帚,代参详惜玉根由。

(生)你看满身满书,皆是花片,不免抖向池中。(作持书兜花向鬼门丢介。贴)宝玉作什么?(生)好好,你来扫向池中去。(贴)池中不好,奴已做下花冢一座。(生)如此尽善,待我放下书儿帮着。(贴)用功呀,什么书?(生)妹妹,你我原是不怕的,但休教别人知道,真正是好文章。(递书介。贴接放带囊坐看介。生旁坐。贴)呀!哪知竟是奇文也!则今日赏心也。

【普天乐】蓦地见天工造化文心凑,写出这姻缘离合多翻覆。看中庭下木落秋空,名山里狂呼痛咒。真所谓借夫妇以发其端也。恍见他双手浇杯酒,喉间格格寸心瘦。休单言寂寞书楼,可也知佳人难有?只看这唾珠玑好句儿已堪酬。

(生)妹妹看得快。(贴)唯恐易尽,不觉已看完了。(生)妹妹有趣么?(贴)

【前腔】果然是警人词句人消受,余香满口香疏漏。不说那下书的铁板关西,惊梦的晓风杨柳。你看这露重琴心逗,知心儿人约黄昏后。写红情康伯温柔,绘芳心玉田清秀。端不数露花飞,与那红杏枝头。

(生视贴介,笑介,念介)我是个多愁多病身,你便是倾国倾城的貌。(贴怒介)好呀,这是新兴的,把这淫词弄了来欺负奴,我成日家做了个与爷们取笑的,倒要请舅舅评评去。(欲下介。生拦揖介)

【上小楼】赶着个躬身叉手,恕我个无心自咎。怎敢将多病多愁,自取戈矛。唐突清幽,敢低头面上包羞。则望你含容将就天在头,夫子矢之予所否。

(贴拭泪介)

【归塞北】看他真心怯,软话求,一回莽撞一回柔。自惭自悔喃喃咒,今日个从宽宥。以后可敢了?(生)以后如敢,任凭妹妹处治。(贴笑)似这般吞声忍气小休囚,原来也银样蜡枪头。

（袭人上）日长亭馆人初散,风细秋千影半斜。在这里呢,大老爷身上不好,太夫人叫你去请安。快回去换衣服。（生携书向贴）如此暂违。（同袭人下。贴）不免回房去。（闷走介）呀,不觉已到梨香院了。呀,是何处笛声?（内唱"原来是姹紫嫣红"二句。贴听介）何其感慨缠绵也。（又唱"良辰美景奈何天"二句,贴点头）好文章何不一足也。（内又唱"只为你如花美眷"一支,贴不语介）好一个如花美眷,似水流年。

【拥字金破令】只为这潺湲无意,年光到处流。不管六朝金粉,三月扬州。便千金何处,又想世上伤心断肠的事,最是红颜白头。不堪回首,因此上代诉春复秋。指点两悠悠,人间何处邱?赢得个万种丝抽,春去惊幽。这香词儿,怎便将人意投?

（作懒态介）奴家如醉如痴,不免到前面假山石上,坐地细味一回者。

【尾声】回肠牵系啼眉皱,也有甚如花消受。只恐把词儿里红情,生拉向梦儿里凑。（下）

醉　　侠

（丑扮贾芸上）生来命运只平常,也算贾家第五房。终日穷愁傍门户,心机使尽不相当。小子贾芸,系贾府的本家,后廊居住。早年丧父,寡母卜氏,无一亩之地,无两间之房。若论起相貌聪明,也远不在人之下。只是俗语说的好,无钱小一纪,官大好吟诗。又说得好:筲长胆大,本小利微。因此母子商量,到本家处有条门路,寻点事干。前已在琏二叔处殷勤几次,倒有几分生动。刚才打听去,见了二叔,却说道:前儿倒有一件事情,偏生你婶娘再三求我,给了芹儿了。好笑二叔在侄子们前要脸,什么求他,想我那位婶娘老鸦嘴儿,蒜头心儿,怕死人,好不好,做了主,二叔能劝一劝么?因此纳闷而回,无计可施,怎生是好?

【夜行船】这次谋为空白望,多不巧懊恨堪伤。生意艰难,家支短缺,老大无成怎算?

我想这条门路不可断绝。何也?前请琏二叔的安,忽看见宝二叔,我便恭恭敬敬、殷殷勤勤的请安。宝二叔问了母亲的好,又说你比先越发出脱了,倒像我的儿子。琏二叔笑道：好不害臊！人家比你大几岁的，就给你做了儿子。我便说道：山高遮不住太阳，宝叔不嫌侄子蠢，认做儿子，便造化了。人说宝二叔姊妹分中，的是多情，而与林姑娘为尤最。昨见他温柔和气，所传不虚。倘能寻件事做，一则可以生色，二则可以亲近。但只是不向琏二婶周旋一番，却难到手。待我想来！

【北古水仙子】他他他能担当，我我我无钱开口向谁行。想想想无处挪移，恨恨恨营谋不上。这这这想回来怎么样？苦苦苦倚门老母泪汪汪。冷冷冷土灶儿无烟成甚账？像像像丧家饿犬难形状。哦，有了，有了！罢罢罢，且去好相商。

我想他家，什么没有？唯有精致东西，还可看得。我家舅舅现开香料铺子，不免就在香上生发生发，只得走遭。（行介）来此已是，不免径入。（叫人）舅舅在家？（副净扮卜世仁上）来了哪个？（丑）外甥。（副看介）为什么事来？（丑）来请舅舅的安，还有点事相寻。（副净）安也可以不请，事也可以不寻，两免倒好。（丑）舅舅听禀。（副净）坐是要坐的，坐了讲。（丑唱）

【不是路】至戚相当，渭阳情，特地来寻访。私忖量，相祈帮助休辞让，莫彷徨。（副净）帮衬两字，是你舅舅向人说的话，你怎么也来讲？（笑介）可不是外甥多像舅么？（丑）这件儿恰是常收藏。（副净）是什么东西呢？没有呀。（丑）冰麝好香，每样平平四两，（副净蹙眉介。丑）中秋一定还陈账，不教空项，不教空项。

（副净）待作舅舅的告诉你：

【前腔】香麝难偿，价钱高，亲本都难上。真没像，和香伙计还偷诳，好心肠！（丑）外甥又不来盘你老人家的账，只要赊一点就完了。（副净）不是呀！那店中规矩无赊账，货物高昂。近日家家缺样，现钱足串还难讲。并非撒谎，并非撒谎。

（副净）我想你弄了去，又是混闹，只说舅舅见你一遭儿，就派你一遭儿不是。你小人家，也要立个主意，赚几个钱，我看着也欢喜。（丑冷笑介）舅舅说得是。但巧媳妇做不出无米之炊。这句话怎么讲，还是我呢？

【四边静】寻思起，无依仗，若教那不识高低苦用强，便五升一斗求帮，至亲却也难安放。（副净）我的儿，舅舅有，还不是该的么？我天天和你舅母说，只愁你没个算计，大树底下好遮阴，那等本家，就寻不出个事来？前儿我出城去，撞见你三房的老四，好不争脸哪！跨驴儿只见得腰昂，领车儿做了个家掌。

（丑不理气介。副净）

【大石调·青杏子】想事贵争强，好追偿，下气和颜亏他靠仗。多谋想，落得个精精壮壮,肥肥胖胖,七件人帮。

（丑）既如此别过罢。（副净）怎么急的这样？吃了饭去。（副扮舅母急上）堂屋留宾客,厨房急老婆。（丑）舅母好。（副）也罢了。（向副净）你竟糊涂了,外甥不是外人,装胖怎的？休怪老娘在人前泄你的底,家里却没有米。（副净）我恍惚听见买面的。（副急介）只买了半斤面,难道每人吃几根儿。（副净）再添半斤罢。（副踌躇介）这等叫女儿邻居家借钱去。（下。丑）不用费事,走了。（出介。副）当真要去。（丑）是呀。（副）如此慢了。（关门下。丑行介）不是寻舅,却是行旧。（走介,内喊介）好酒好酒！（丑）不早了,赶回去。咳！想我这四处想方,六亲无靠,好闷人呵！（行介。净黑面,披衣漏胸,呕酒上,作醉态,斜行介。丑低头走,相碰介。净拉丑介）我把你这瞎了眼的,都碰起俺倪二老爷来了,看你哪里滚？（丑）老二住手,是我冲撞了。（净醉眼看介）谁？（丑）是我。原来是贾二爷。（丑）老二哪里去来？（净）哪哪哪！（作势唱）

【滴溜子】恰才个、恰才个枭卢快畅,不提防、不提防挥拳气壮。喝尽酒家村酿,豚肩生啖尝。钱财子母,谁个不偿还？（笑介）看酒徒归欠账。

（丑）原来索债而归,（净）这会子哪里去？（丑）不要提起,讨了没趣。（净脱衣撂介）谁人欺负醉金刚倪二的邻居,我替你出气！（丑）老二息怒,不是别人。（净）谁？（丑）作弟的要点冰麝香料,因此上到我舅舅卜世仁处商议。（净）给少了？（丑）一点也没有。（净怒介）有这等的豺狼,嗳！想人世般般凉薄,都从势位银钱起见,提起俺许多气也！（丑）老二气些什么？（净）哪！

【牧羊关】有一个震主功名壮,有一位贫穷不了场。有一个清贫北阮不相帮,有一个贷直的王戎把裴家账算。有一个泣燃箕煎急为曾降,有一个冷西华裙帔上,说不尽那生成刻薄心肠。

（丑）老二说的很是。（净）你不必愁烦,我这里有银子,你只管拿去使。（向腰内掏银包递丑介。丑）老二,你果然是个好汉,改日送券契来。（净）小家子气派,要大大的方好,你写契,俺便恼。（丑）如此,我便遵命。（接银介。净）天气黑了,也不让茶酒,俺还有勾当去。（丑）我递信与大娘子。（净）如此有劳。（合行唱）

【好事近】四海兄弟,看意气生平相尚。钱财粪土,空空来去无常。（净）锄强助弱,是俺本色清汤。（指胸介）笑赤条条一片肝肠,抵多少臭铜肮脏。（下）

（丑）天色已晚，不免回去。（笑介）侥幸呀侥幸，惭愧呀惭愧！（叹介）

湿　帕

（贴扮林黛玉愁容上）

【海棠春】谁堪还惹伤心事！一阵阵忧煎如织。怎样不关情，几度心疼死。

奴家黛玉。闻得舅舅昨将宝玉哥哥唤至书房，极力训责。私忖不过是管教一番，谁知夏楚无情，不比蒲鞭轻示。直恁心乎太忍，几教身无完肤。后来打探情由，却是为甚忠顺府的蒋祺官互赠汗巾事。嗳！宝玉呵！偏是你的事不得清也！

【一枝花】优伶系甚思？私赠无回避。余桃断袖，知他虚实？莫辩雄雌爱博知，谁是心分多自驰。一点情痴，怎敢做万缕千丝一一。

嗳！想他孽由自受，又殊为堪恨也。

【二犯香罗带】私心只自知，幽情还自揣。宝玉呵，你自小牵连粉共脂，又何堪添个蒋家琪也。嗳！虽说如此，却又堪怜他处处情痴也。半晌多猜疑，冷眼窥可知。他生来心重觅秋期，拼着他钟情宋子。便一例儿无是无非，则愿你有点参差。

又他前与金钏丫鬟情投意洽，说了两句知心话儿，却被舅母知道，撵了出去。谁知这丫鬟幽恨绵绵，投井自尽。嗳！虽是宝玉不应如此，但这丫鬟倒是为知己死也。

【皂罗莺】才到伤心话密。竟珠沉玉断，钩了相思。金钏呵，你便到九泉无曲时；宝玉，你好将珉缋遮仙质。宝玉如今身痛呵！尔应思，可能激水通梦那人知。

（贴扮紫鹃虚上侍立）左思右想，总属无聊。紫鹃，收拾绣床，我去睡。（贴）是。（场上设床。贴铺理介。贴起闲踱介）

【步蟾宫】旁人心事侬详悉，代吊断肠人，尽多酸鼻。（向帐看介）则只合倚熏笼掩了紫绡帏，压定心坎儿睡。（入账介。旁设妆台桌，桌旁有椅，贴坐椅上介。贴扮晴雯，拿绸帕子两条上）

【桂枝香】不识儿郎傻气，却取罗巾频寄。做了寄书鸿，真如素尺。奴晴雯，被宝二爷着送帕子(笑介)给那一位。你听潇湘馆内,悄无人声。多管是又向罗帏,梦魂春醉。(到介。紫鹃贴)呀! 晴雯姐姐,请坐。(贴)姑娘呢?(紫鹃摇手指帐内介。贴点头介。贴向帐内。紫鹃贴)有。(贴)是谁?(晴贴)是晴雯。(贴)做什么?(贴)二爷送手帕来给姑娘。(贴内语)这帕子想是好的,叫他送别人罢,我用不着。(晴贴)姑娘听禀:是家常拂拭,是家常拂拭,说姑娘自知,切莫要心生嫌弃。(贴内语)哟,是旧的,如此,放下去罢。(贴向贴介)妹妹请了。(贴)姐姐不远送。(晴贴下。贴内唱)猛然间尺幅凭空寄,此情大可思。

(起坐床沿上向贴)掌灯来书几上。(贴)是。(场上中间另设几,上摆文房四件。贴持烛台上。贴)奴想宝玉这番意思,不觉魄动魂摇,知他那番苦心。目下能领会我,我则可喜。想我这番苦意,将来怎发付他,我又可悲。看这两块旧帕儿,又令我笑。而私相传递,平时泪零,又令我惧且愧。(贴虚下。贴看帕介)嗳!这帕子是旧的儿,又是两条儿,哟哟! 奴猜着他了!

【浣溪乐】他是个哑谜儿将人比,分明是旧姻缘不换新知。他泪痕儿应有千行累,抵得向奴边亲拭泪。(用帕儿拭泪介)更条条换替,洒遍天涯。

嗳! 这帕儿真包得人生无限情也。

【北收江南】这不是佳人上襦梦来宜,这不是秦郎细布贻私室。这不是郑家衫子旧参差,这是委雾凝霜,鲛人蝉翼。知否凄其风雨同绨紒?岂彩绯系垂?转做了红绡寄泪诉轻离。帕儿呵,输你个针线相因,一段亲亲密密。

则这缠绵余意,左右无聊,不免题诗志感者。(写介)眼空蓄泪泪空垂,暗洒闲抛却为谁?尺幅鲛绡劳惠赠,叫人焉得不伤悲。

【香遍满】偿珠泪,浸得个桃花薄薄垂。似这般朝潮夕汐浑多事,一拭千行付阿谁?却把香罗累。帕儿,你却又好侥幸也! 依傍女儿痴,消受这珍珠湿!

(写介)抛珠滚玉只偷潸,镇日无心镇日闲。枕上袖边难拂拭,任他点点与斑斑。(起作势行唱)

【前腔】人垂泪,却几度对菱花点绛脂。则只怕栏杆妆面红啼渍,越到心伤越意迟。一味的春思醉,枕袖儿也应迷,斑点的交层次。

(又坐写介)彩线难收面上珠,湘江旧迹已模糊。窗前亦有千竿竹,不识香痕渍也无?

【江儿拨棹】看你拭面多情媚,究何为?怎禁我肝肠迸出这泉洄泪。想这泪儿呵! 淋漓流尽桃花水,飘零冷透胭脂地。奴又想起来呵! 便轻付与鲛绡不值!

[川拨棹]怎比那斑竹儿泪痕滋,向何处望君王上九嶷。

索意题遍了罢。(做惊骇倦态介。走玉镜前揭看介)呀!怎一霎时浑身火热,两颊生红?(微笑视镜内介)你看腮边红晕,真合压倒桃花也。

【沉醉东风】只说这上林枝闲销恨思,甚刘郎敢渡蓝桥水,问他个人面相思。却缘何不笑向春风里?真一似娇折枝楼东泪。这病儿怎支?这症儿怎医?这便是钟情人得的便宜。嗳!只索睡也。但这帕子姻缘,何时了也。

【尾声】幽闺秘恨排无计,又心摧鲛绡一二,恰与他一血一痕无彼此。(泪下)

埋　香

(贴旦扮黛玉上)

【仙吕·八声甘州】春残几度,寂寞栏杆,卷帘人诉。月明花落,能消几个华胥?(小旦扮紫鹃上)玉阶花落春犹在,金屋妆成意不如。(小旦)是起得早也呵。(贴唱)刚则是隐隐嫩莺啼,倦眼频舒。

姑娘,今日梳洗得恁快呀!(黛玉唱)

听说罢心怀悒怏,有一桩心事,不住的怀间露。因此上淡扫娥眉妩。(背介)若论起昨宵呵。甚心情还问那花阴午?紫鹃,你看帘幕东风,落红成阵,恁谢去得快也。(小旦)小姐,大观园内,一片红毡,那些小丫鬟们踏来踏去,说是步香尘,花瓣儿细碎有声,又说是响靥廊,好不闹嚷。(贴叹介)看这些蠢丫头,摧香残质,恰好似薄情人也。紫鹃,你去办花帚一副,待俺收拾葬花者。(紫鹃)晓得。(下。黛唱)自思量,幸亏得愁人恰遇三春暮。便替你春花无端调护。(下)

(场上设假山,生宝玉上。唱)

春将去,教人怎度?无聊的闲步了庭除,向海棠春坞。

青草闲阶春暮,人向落红何处?冷落好胭脂,风送新妆仙去。仙去仙去,夜半鹃啼芳树。小生无聊枯坐,偶步花溪,已到山坡之下。你听那边呜咽之声,是谁人委曲呀,不免潜身去听者。(下。贴旦背花篮,持花帚,扫花上)

花飞花谢没须臾,年去年来甚情绪?我则向碧桃儿默诉,青梅儿细哦,红豆儿索取。呀!怎这落红满径,多细碎不全也。

【后庭花】你看沁余香霜花泣舞,绿苔纹芳菲清露。休提谢了人无主,只这香泥儿把清白污。兀的是一片红也。慢延伫,便做得武陵一路,也要人消闲住。(泪介)似这般雨雨风风,问便算长埋净土。呀!一阵旋风尽吹向前边去也,待我扫去者。(生上)哎呀!今日伤感人也。明明是林妹妹扫拾残红,葬以花冢。如此风凉,她怎生禁得呵。且上这太湖石上看者。(行唱)仙子带云锄,零陵风帚疏,一担春愁负。

【油葫芦】缤纷久已残春坞,没来由,勤调护,潺湲流水也呜呜。(上桌介)权当做巫山顶上闲凭府,为云为雨朝还暮。(旦扫花上)风起处,落红铺,半面妆回风儿舞。好一似琵琶远去关门路,梦魂绕遍青青墓。

(宝玉拭泪介。林旦唱)

【前腔】今年又是飘零数,只落得一身虚。萧萧风雨斜阳路,惜花情性生来误,女儿花薄风姨妒。(小生)我那惜花人呵!(旦唱)猛听得惜花声吹到奴,莫不是俏花魂私恻怃?似这般云飞雨散知何处?抵多少东君空把奴盼咐。

侬今葬花人笑痴,他年葬侬知是谁?一朝花落红颜老,花落人亡两不知。则俺今日扫花,竟不觉凄凉至此也。

【石榴花】你红颜未老命先枯,肠断落花初。比如这些花卉呵!费多少好栽扶,才得花如许。春归石早,因甚的便与春俱?呀!你看花片儿也掉下泪来那!(小生下桌。同唱)花魂也向天公诉,泪珠儿洒遍天衢。怪底不情不绪春来雨,都只是桃花儿泪落水平铺。(生)林妹妹如此钟情,的是雅人深致,我来帮你拾花片也。(旦瞧科)我道是谁?原来是这狠心短短!(住口介。不理介。行欲下介。生)今日没精打采,知是恼着我,但不知何事那?(旦不语泪介。旦欲行介。生)姑娘不理由姑娘,但有一句话儿。(旦住行介)请说。(生泪介)哎!既有今日,何必当初?(旦)呀!当初怎样?今日怎么?(生)呀!当初一起儿坐,一起儿睡,便是我的心,姑娘爱喜,我也送来的,丫鬟们想不到的事,我代她想,怕姑娘生气。(贴冷笑介)此刻姑娘做了丫鬟,丫鬟变了姑娘。(生)这是怎么讲?休将葫芦掩住,没来由把人踌躇。(揖介)到底要姑娘讲个明白。(旦)为什么门儿不开呢?好教人风雨独欷歔,掩梨花少吩咐。

(生)呀!屈死人也!

【四边静】望卿家姑恕,恕我个不知情错误。(旦泪介)夜半推敲几许,应私揣侬家步。昨夜呵!不及这冷透胭脂,还得痴人护。(下)

（生痴立介。小旦扮袭人上）满地绿阴飞燕子，一天晴雪卷杨花。呀！你看他竟站在这里，又是什么缘故？（生抱袭人）林妹妹，你屈死我也，我心里是有你的呀！（袭人）你敢是痴了！（生熟视，羞介。旦扶生。生唱）

【尾声】风闹落英天，雨溅残红地，将遍人间，零落横眉祭。（合唱）情种谁输，痛煞了人间痴儿女。（同下）

情　妒

（生宝玉上）曾经沧海难为水，除却巫山不是云。取次花丛懒回顾，半缘修道半缘君。小生生做女儿，终成浊物。且喜绮罗队里，锦绣丛中，弄玉拈花，怡红快绿。但是男子的蕴藉，总不及女子的聪明。咱家林妹妹，秉绝代之姿容，具稀世之俊美。只是独抱幽芳，预支薄命，花魂点点，鸟梦痴痴。最无凭者，金玉姻缘，她便恁认真儿堵咽。最难摸者，潇湘情性。我几番曲意儿温存，咳！林妹妹，我这一寸心，你何曾知道一些儿？话犹未了，你看宝姐姐却也来。（小旦扮宝钗，引丫鬟上。小旦）长疑好事皆虚事，道是无情还有情。（相见介。生）宝姐姐哪里去？（小旦）到太太那边去。（生）可曾见林妹妹么？（旦）不曾。（生）请到我小院一坐，叫丫头请林妹妹来，一同上去如何？（小旦）甚好。（同行唱）

【海棠春】花铺一径苍苔溜，纱亮处怡红窗牖。（钗旦）鹦鹉在前头，小语怎轻逗。（做到科。生）丫鬟们捧茶来。（贴扮麝月捧茶送二人介。坐）你去潇湘馆请林姑娘来。（旦应下。生急起向贴，悄说介）你去可别说宝姑娘在此，知道了又不来的。（贴笑介）也忒小心了。（下。生）宝姐姐一向少会，在家做些什么来？（旦唱，丫鬟虚下）

【倾杯玉芙蓉】春去多时不自休，早侍萱堂后。向花阴护了红幡，熏了晶球，教了鹦鹉，上了花钩。小窗软把鸳鸯绣，明月也闲凭鸡鹊楼。尽消受，珊瑚玛瑙瓯。识字涂鸦，敢说甚半窗月影为诗留。

（生）姐姐是好消停情性呀！（旦）哪里是消停情性哟！

【画眉序】则俺是不识愁三春休逗，不识忧百岁几筹！对闲鸥把机儿溜，剔飞蛾把光儿漏。（生）又是温柔性格儿呵。（旦）哪里当得起哟。说甚么温柔情性不惊秋，只一点蓬心如旧。（背唱）则笑那泣花人把鲛绡湿透，凭自己也不顾那人儿禁受。

（生笑介）怪不得老太太们说呢！（旦）说甚么？（生唱）

【斗鹌鹑】则说你灵芸模样，洪度风流。更那醉草香兰来月下，房栊新句度高楼。还休，赏春不为春来瘦。还说姐姐聪明绝世，宽厚存心，有耽待，有尽让呢。（旦）惭愧呀。（生唱）最宜人万种温柔。（背介）除却了潇湘夜月，怎抛得蘅芜云秋？

（生看旦不语，旦作羞介。生）姐姐！你那香串儿着实好呀，与兄弟赏鉴赏鉴。（旦除香串递与生介。生看介）是好香也。（旦扮香菱上）呀！姑娘在这里，哪里不找来？四姑娘请姑娘去商议步大观园的景呢。（小旦）如此去来。（生）姐姐即便来者。（小旦）晓得。（下。生）哎！才见宝姐姐手如柔荑，肤如凝脂，可惜生在她身上。（呆看香串不语介。贴扮林黛玉引丫鬟雪雁上）杨柳入楼吹玉笛，芙蓉出水妒花钿。（行到止介）雪雁，你看，宝二爷里面有什么人？（丑作张介，笑介）姑娘，宝二爷那里倒无人，只是拿着一挂香串儿细细端详呢。（旦）又是什么作孽的东西，那你且走开。（丑）是。（努嘴介）宝玉又晦气了，这一进去，有一顿好好收拾呢。（小旦瞧生，生不知介。旦拭泪介。悄入去，坐旁边椅子上，瞥生介。生做忽见惊介）呀！妹妹到来，有失远迎，刚才宝姐姐在此，好不等呢？（小旦背介）原来就是她的？（生扶旦，旦不理介。生笑）又是何苦来？（揖介）赔妹妹的礼。（旦）前日给你的香袋儿呢？（生）在这里。（向衣襟上解下香袋与旦看，旦抢过扯碎撂地下介。生）呀！可惜了！妹妹，任凭我千不好，万不好，也不敢在妹妹面前不好呀！何苦拿这宝贝出气？（旦）我晓得，你心中极有妹妹的。（生喜揖介）是呀。（旦）只为有了姐姐，便忘了妹妹。（生）妹妹，我哪些儿忘了？（旦）也不说尽许多呀，你可听着。（生）是。

【皂罗袍】薄幸儿郎知否？你麒麟偷袖，罗帕轻去。（生揖介）此话从何说起？（旦唱）更有那百依顺酒冷心头，不理会吃斋时候。（生笑介）冤哉！（旦唱）则见手炉作证，熨斗知愁，香丸情逗，心丹胡诌，命中魔，受不了心中怄。

（生）妹妹呀！

【前腔】自幼双双携手，念亲推一本，倍自绸缪。（旦）几曾见来？（生唱）那一床儿睡慰离愁，一桌儿吃妨咳嗽。怕午眠凉透，花阴风兜，潇湘月漏，扬州泪流。揣芳情办一片心儿凑。（小旦扮宝钗上）宝兄弟，史妹妹来了，等你去玩耍呢。（黛玉背介。旦钗拉生径下。小旦瞧介）你看两个不识羞的径自去了。

【前腔】亏你女儿不忸,把从前公案,兜上心头。锁金权作探春球,冷香便捏就相思豆。这般携手,是甚来由?拉人入彀,没些儿羞。薄情人不怕应花前咒。

(痴坐介。二旦扮紫鹃、袭人上)料得也应怜宋玉,肯教容易见文君。(袭人)妹妹,你来,想是看你家姑娘的。(紫鹃)正是。(袭人做手势介)不要提起,在里面闷坐,我也不好意思进去,连小丫头我都不叫她倒茶去。(紫鹃)如此,我们一同进去。(见介)哎,姑娘在这里。(林旦)我们回去。(袭人)姑娘再坐坐去。(生上)有事关心,不敢久恋,适才得罪林妹妹,不免赔小心去。(见介)妹妹,暂违了。(旦不理介。袭人)二爷怎么不陪林姑娘,却哪里去?(小旦)紫鹃还不去么?(同行介。生慌拦介)妹妹!我才先说的那些话儿,一字儿不假。(旦)你也白操心那,我又比不上什么配得的,何苦来?(生呆怒介)我曾发誓盟心,你到今日还说这话,屈死人也。罢罢!我也无以盟心了。(除玉介)都是这劳什子不好。(气摔地下介。袭人)这是什么意思?(小旦笑介。生唱)

【□□□】堪忧,凭她刀剑咽喉,硬把人儿冤透。爱惜花钩,问如何不叫花枝透。自幼儿共嬉游,满拟着知心良友。却原来心事向天涯剖。我待把一腔热血樽前呕,还只怕落花有意水空流。

(二丫鬟向小旦)姑娘,他可知不是了。(小旦)与我何干?

【前腔】堪羞,说甚同心自幼?无端的将人诱。只听得金玉词头便恼羞,不住的虚心逗。自忖着甚缘由?恁枉然提心在口,从今后把痴魂一笔勾。你呵,也不须坐来凝睇西风久,我呵,自不必深锁春光一院愁。

(径下。生呆。袭人、紫鹃俱呆。黛内唤介)紫鹃来。(紫鹃惊应下,袭人向生)你这小老子!平日左么林妹妹,右么林妹妹,如今气得她好呀!(生不语介。袭人)她那么一个人儿,还想来陪你不是,你可要去走一遭儿。(生点头。袭人)如此,还带上玉,她才不恼呢。(笑介)天上人间,方便第一。(下。生叹介)我想天地之间,唯此方寸,最不可测。她当局之迷,亦至于此。是呀,她那金枝玉叶,怎禁得雨怨云愁?须索走一趟儿。正是,她桃花脸薄难藏泪,桐树心孤易感秋。(作到科。场上先设桌椅书卷。黛旦暗上,闷坐介,生敲门介。旦)紫鹃。(紫鹃上,旦努嘴向外,鹃点头)哪个?(生)是小生。(小旦)谁?(紫鹃)宝二爷。(黛旦)不许开门。(鹃开门)奴以为宝二爷从此不来了,怎么便?(笑介、生笑揖介)有劳姐姐。(黛旦笑)这等没廉耻东西!(生)妹妹安好。(旦不理介。生)妹妹呀!

【绣停针】忸怩怎收,唐突西施心自咎,从今怜惜好如旧。(揖介)妹妹转了心吧。(旦仍不理介。生)紫鹃姐姐,那边鹦哥踢了架也。(紫鹃向旁边看介。生跪介)妹妹!可怜我拜跪伛偻,抵多少十八封侯,却做了三千叩首。(黛旦扶起生,紫鹃作看见,笑介)宝二爷,你看那鹦哥拜了佛也。(生)怎么?(紫鹃)白鹦鹉拜观音。(作跪势介)是要恁怎么的呀?(生笑。黛旦)自家讨的。(生旦携手。旦)宝玉呵!则愿你皈依紫竹林中守,再莫使海棠泪滴秋阶瘦,你看那人冷潇湘不自由。

(紫鹃)姑娘,先头太夫人知你二人淘气,要请琏二奶奶来讲和,我看你们先去为妙。(生、旦)说的是呵。

【尾声】同心侣,意悠悠,这才抹去了斑竹湘妃的万点愁。(同下。紫鹃吊场)我想人间尽有不守法度的男子,(笑介)遇了我这才貌兼全、恩威并用的小姐,不怕他不乞怜也。则这般弄得个使性的儿郎似市上猴!(下)

金　　尽

(小旦上)好苦嘎!

【北端正好】惨凄凄人一个,抛的下无处腾挪。到今朝百计何如,可拼死去才能躲。

一霎分开暗里情,可怜生死不分明。人间好处浑难住,恩怨从教有变更。奴家金钏儿,自幼与妹子玉钏,在太太家中服侍,十分中意。前日太太在房里午睡,奴家闲立在旁,忽遇宝二爷走来,拉着手笑道:我此时要和太太讨你,咱们在一处罢,我只长守着你。奴家不合应了一句道:你忙什么?金簪掉在井里,有你的自是有你的。不料那时太太早已惊醒,顺手打了一下,随即叫我母亲领了出来。这场羞辱,好不难当!咳!奴想众姊妹中,哪一个不与宝二爷嬉戏,偏我金钏儿这般命苦哟!

【滚绣球】奴贪生怎么在世上偷活?几年来珠围翠裹,偏遇着可人心性质温和。他着意儿张罗,奴满载儿联络。问天公有甚深仇于我,这冤牵前世种呵。人前暂住何颜对,泉下长游去路多,生辣辣没有收科!

想那时奴家百样哀求,太太全无半点怜悯。出来几日,住在这花园旁边,孤孤零零,还不可怜?就是玉妹常时同了二三姊妹前来看视,但是她们如今各有收成,则奴家怎及的你万一也。

【叨叨令】实指望朝儿暮儿,让我清清闲闲的过。不承望金儿玉儿,惹下了牵牵连连的祸。盼不上花儿麝儿一任着亲亲热热的合,偏是我命儿运儿早已糊糊涂涂的错。兀的不恨煞人也么哥,兀的不恨煞人也么哥。似这般生儿死儿,不过是真真假假的作。

奴家左右寻思,不如早觅个了身之计。争奈母亲时刻防维,不能下手。恰好今日上值去了。奴家偶行至此,来到园中。只是如何得个决绝之地便好?

【脱布衫】对着这飞花逐浪,不能望松附茑萝。下身分欺奴柔懦,勾除了前因后果。

奴家自那日出来,害得终宵不寐,水米不沾。满望泪眼早枯,身随魂化。不料三日以后,残喘尚延。天哪!似这样可怜的人,苦苦留住世间怎的?

【小梁州】闪得奴人间打个磨陀,算不如早见森罗。从来好事最多磨,安排到我,黑沉沉泉路自安和。

哎呀!宝二爷呀!

【幺篇】只为你痴心不耐相如渴,赚杀人热热情河。哪知是绝房星催命恶,生扭作妖娆狐媚,分外用搜罗。

一路行来,此间已是东南角上了。

【上小楼】只见那无情花草,枝枝朵朵。伴着奴眉敛遥青,泪湿残红,行不得也哥哥。了生机,添死路,惊神飘堕。却又是,扑琅生,刀山一座。

原来那边有井一方。此时四顾无人,不如将身投入。(哭介)阿呀!母亲呀!孩儿今生,是不能相会了。

【满庭芳】这般结果,虚生浪死,不用蹉跎。便忍羞颜,绕膝下,依旧随行侍坐,到头来总不过恨挽愁拖。我那玉钏妹妹呀!你那里侍娘行花停柳妥,我这里报郎心云歇月破。寻思起无那,敲碎了白玉连环,消灭作冰花石火。

(抚井介)你看此中黑魆魆的好不怕人!奴家一死,倒也罢了,可不辜负了宝二爷这一番情意哟!

【快活三】我此去甘心渡奈河?若得你清明浇碗饭儿波,奴便在阴司此债聊消抹。

呀!远远听见有人行走,此时再不捐生,事恐无及。阿呀,天呀!不料我金钏儿委实的如此也。

【朝天子】把红颜量度,向黄泉斜趓,霎时间香躯湎。这的是下场头钟情差错,顾不得轻生死分明计左。倩影无依,痴魂欲脱,遇着了燕子秋归,独同去寻巢幕。思他一回呵,哭咱一回呵,这祸根由是那润津丹一颗。(投井下)

秋　　社

(旦引丑扮婢上)

【北醉花阴】认取年华人自幼,有多少才思拖逗。蕉叶屿,蓼花洲,颤巍巍斑竹雕锼。斜趓着蘅芜秀。今日个白社集名流,带挈我老农人同聚首。

玉洁冰清十数年,喜他兰蕊列阶前。有时名列天家府,不旺青灯课读先。妾身李纨是也。今日宝姑娘、云姑娘约同众姊妹等,在这园中赏菊赋诗,十分幽雅。适间陪侍老太太饭酒一回,此时已归上房去了。素云!吩咐姊妹笔砚粉笺安排停当者。(丑)嗄!(小生上)

【南画眉序】只为爱清秋,着意儿寻花问柳。恰指痕粉晕,玉软珠柔。侍娘行密意纷披,可依心香肩左右。才华毕竟谁同调,此际频添禁受。

嫂嫂拜揖。(旦)宝叔万福。(小生)他们往哪里去了?(旦)林姑娘在堤上钓鱼,宝姑娘、云姑娘送老太太上房去了。那边柳荫树下站着的,不是三姑娘么?(小生)原来如此。(旦)便是三姑娘、四姑娘怎么不来?(小生)她们二人俱说不会作诗,再四不肯入社,不知今日试题可曾拟定。(旦)云姑娘送来试题一纸,多是分咏菊花,这题目好不新奇呢。

【喜迁莺】黄花忆否,访名姿三径夷犹,秋也么秋,种得来西窗北牖。供向那瓶间相对留。好诗情,咏不休。歆画影,试问他斜簪一绺。香梦觉,残蕊交踩。

(贴倩妆引贴扮紫鹃持钓竿上)

【画眉序】临水自优游,游荡轻丝波底皱,看金鳞掩映,怕惹香钩。(贴扮探春上)这些时拾翠娇羞,搭上了绿天消受。(小旦、贴扮宝钗、湘云携手上)寻芳觅艳欣同偶,端的是珠宫玉友。

(各相见介。小生众合)多蒙二位姐姐相招,特来赴社,适见所拟试题,并臻佳妙。(小旦)此番吟咏,各出心裁,还望稻香老人从公评阅。(旦)不敢。

【出队子】多则是秋心参透,遇着这晚秋天把秋思兜。不比那悲秋宋玉浪情投,艳盈盈玉镜金荃词上头。还怕到送去秋光没处求。

(众人坐吟诗介)

【滴溜子】看潇洒秋容,蜂衔蝶蓐,把无穷景色,商量先后。(小生)宝姐姐!你把忆菊诗作了。那访菊我已有了四句。好姐姐,你可让我作了罢。(小旦)我好容易有了一首,你就忙的这样。(小生)呀!他修文匹偶,适才成得二首,怎么一霎时十二个诗题,都被你们作完了。彩笔不停留。四下诗成就,正佳句盈前,敢不拜走?

(旦)列位诗已告成,待妾身一一细观,以参末议。

【刮地风】这是香薇妙句细推求,忆从前景物勾留。西方怅望重阳候,归雁远圃际篱头。坐寥寥砧韵敲愁,谁慰语清霜消瘦?梦相知冷月持修,趁着这墨痕新描浓淡香生双袖。认颠狂戏笔攒留,几枝花跳脱风流。

(小旦)看这怡红蕉客所作诸诗,可的是一时伯仲呢。

【滴滴金】趁霜晴闲时候,槛外篱边何所有?喜的是泥封护惜勤勤覆,携锄种,秋花茂。一任这高情依旧,镜中妆簪鬓右,金翠离披,恰宴赏正休。(合唱)

【四门子】看这枕霞旧是神仙友,把花间好句搜。秋光荏苒休辜负,幸知音抱膝酬。隔坐儿点缀幽,抛书儿冷淡修。一枝枝弹琴酌酒俦,劝你珍重收。神印留,锁铃珑篱筛月逗。

(贴)且看潇湘妃子的诗章,自然是绝妙好辞的了。

【鲍老催】他海棠句优,湘帘半掩门径幽,碾冰为土香梦勾。一缕魂,三分白,秋闱叩,啼痕拂拭摧残漏。则今日的菊花诗呵!谅也是翩翩妙制拈红豆,群倾赏,天仙手。

(旦)据我从公细评,各人自有警句。究竟让咏菊第一,问菊第二,菊梦第三。题目新,诗意也新,不得不推潇湘妃子为魁了。则看这三诗呵!

【水仙子】羡、羡、羡,羡意不犹。任、任、任,任无赖诗魔昏晓伏。写、写、写,写秀毫端口角噙香,说、说、说,说甚么白衣送酒。问、问、问,问花开独在秋,莫、莫、莫,莫言举世无知心否?可、可、可,可也解语何妨片刻投?把、把、把,把和云伴月分明守,早、早、早,早已是沉酣梦晚烟稠。

(小生)极是,极公,盖无人出其右矣。(众旦)果然字字含情,行行描景。我辈诸人,从此甘拜下风矣。

【双声子】词不休,词不休,似秋雨秋窗候。思交构,思交构,似一曲埋香吊。似咏桃花不耐久,你便是文章魁首,仕女班头。

(贴扮莺儿上)启姑娘,霜螯正热,月上前轩,酒已摆在凹碧亭上了。请姑娘们上席。(众)请。(合唱)

【尾声】画墙百尺银光陡,喜橙切香黄美味稠。林妹妹呀!则让你韵事闲情都占就。

兰 音

(贴素妆上)

【绕地游】凄凉数稔,命薄心重审。痛双亲泉台长寝,年华荏苒。好情怀消磨自瘆,最撩人愁添病侵。

自小生怜命不犹,那堪多病复多愁。关河千里增离别,惆怅金陵十二楼。儿家林黛玉。自从维扬到此,已有三年。蒙外祖母时加怜惜,宝玉又着意相投。只是我飘泊依栖,中鲜作合,但恐两下痴心,终归不遂,即使靦颜人世,奈觉无聊何?

【山坡羊】眼中人愁潘病沉,梦中人云痴月暗,局中人分浅缘悭,意中人绿碎红零谶。适才从上房回来,早到了大观园首。你看昨日金牌宣令,何等繁华,到今日玉树临风,这般冷淡。我愁恨深几度柔肠沁,不了心期,只合吞声噤。袖掩潸潸泪雨淋,追寻,虚飘飘意不禁。消沉,实丕丕苦自任。

(小旦上)颦儿跟我来,我有一句话问你。才过藕香亭,(贴)又到蘅芜院。(各坐介。小旦笑介)颦儿,你跪下,姐姐审你。(贴笑介)宝丫头,你敢是疯了?好端端审问我什么?(小旦冷笑介)好个官家小姐,好个不出闺门的女孩儿。

【金索挂梧桐】你才同柳絮深,貌比花枝甚,美玉无瑕,自要扶持惩。如何昧素心,妄耽吟,信口成词不细寻?(贴笑介)我又不曾说了什么,你只不过要招我的错儿罢了,你倒说出来我听听。(小旦笑介)你还装憨儿,昨儿行酒令,你说的是甚么良辰美景奈何天,又甚么纱窗也没有红娘报,我竟不知是哪里来的?怜卿妙句衔青鸟,愧我临文让白蟫。空疏怎拜求贤妹,度金针,真个是句句千金,字字千金,这就里亲相谂。

(贴半晌羞态介,笑介)好姐姐,原是我不知道随口说的,你可别说与外人,你教给我,我今后再不说了嘘。

【前腔】你潜心翰墨林,妙手天孙锦,萱草荆枝,百岁荣华荫。则可怜奴家呵!依人泪染襟,思沉沉,浪迹萍踪表夙忱。你提撕有意,含情告我,感激无穷佩德深。相关甚,多蒙贤姊下规箴。度脱我露果常噙,雪液常噙,漫取迷汤饮。

(小旦)妹妹,你且坐下,做姐姐的有一言奉送。想我髫龄时候,家中也极爱藏书,似这些《西厢》《牡丹亭》以及元人百种,无所不有,闲时节往往取看。

【二郎神】芳心渗,艳晶晶情河儿波浸。把那些丽句香词来招赁,缘中恨里,幻多少花根寻。但在我们做女孩儿家的,还该习些针工为上。便则是金梭常织纴,说什么淋漓墨沈。就是临字吟诗,也非本分,偏又喜看的是情词艳曲,倘若一时移了情性,可不到没遮拦辜负了好光阴?

(贴点首介)姐姐如此推心置腹,做妹妹的能不感激涕零。(背介)

【簇御林】我腼然愧,拜德歆,却无端,一片心。三春情事人撷窨,撇不下埋香意,悲秋讖,到而今。(转身介)多谢你,心田滋润,感戴沐甘霖。

(丑扮素云上)我家大奶奶同史姑娘、宝二爷在四姑娘房中,请二位姑娘去,有要紧的事商量呢。(小旦)如此,妹妹请。(贴)姐姐请。

【尾声】感谢你慈悲救拔旁人潜,恰便似兰语生香心自钦。(小旦)妹妹,我与你原是知音也。我为你,试重整新弦一曲琴。(下)

醋　　屈

(贴扮平儿上)

【渔家傲】只为少小无依独自怜,说甚娟娟,追陪席前。奴家平儿。自幼父母双亡,投身至此,服侍二爷、二奶奶,十分中意。今日是二奶奶好日,老太太命合家上下人等,各出分仪,一同庆贺。此时席已将终,恐怕奶奶要回房了,则索伺候去来。穿过了前廊后院,早来到绣幕华筵。(内细乐介)听处处笙歌欢宴,锦簇花团乐万千。(下)

(场设妆台几瓶,内插剑介。副扮贾琏,贴扮鲍二娘携手上。合唱)

【驻云飞】梦倒神颠,意合情投凤世缘。云敛巫峰倦,月上蓝桥转。(副)鲍妹,我和你今朝相会,欢爱异常,只是怎得个长久之计便好。(贴)二爷,多蒙你错爱奴家，成其好事，只怕少有风闻，致干未便。（副笑介）不妨，我已着丫鬟们四下巡逻，一见她来，即行知报。想起适才的光景，好不乐杀人也。你俏眼妮生怜，微瞋娇恋，鬓乱钗横。早了三生愿，分明是千里相思一线牵。

（贴扮王熙凤，引贴扮平儿执灯上）不信温柔为女子，果然薄幸是男儿。平儿，你听那小丫头所言，可不令人气死？我和你同到窗前听着。（立听介。鲍贴）

【前腔】暗里缠绵，嘱咐机关莫浪宣。（笑介）多早晚你那阎王老婆死了就好了。永远于飞愿，不使酸风煽。（副）她死了再娶一个，也是这样，又怎么好呢？（贴）她死了，你索性把平儿扶了正，只怕还好些。她性情自称贤，容颜娇姹。（副）便是连平儿，她也不教我沾一沾了，平儿也是一腔委屈呢，不敢说，我命里怎么就该犯了夜叉星。（贴合）阻隔佳期，两下生悲怨，有日里使尽威风在一边。

（贴怒介，进门介）呀！

【前腔】怒气冲天，何事妖娆性太颠！（打贴介）你偷主人汉子，还要治死主人！你自恃能淫贱，名分皆更变！平儿过来，你同娼妇们一条藤儿，外面哄着我，内里多嫌的很呢！满口肆胡言，欺人柔软。（打平贴介。贴）你们作这些勾当，好好的又拉上我做什么？（打鲍贴介。副踢平贴介）好贱人，你也动手打人！（贴生气介）你们背地里说话，为什么拉上我呢？（王贴打贴介）你怎么就不敢打这贱妇？袖手旁观，不把情根剪。（平贴）罢罢罢，左右如此，不免寻个自尽，了此残生便了。（急下。二小旦扮尤夫人、袭人同净扮老妈上）这是平儿，为何如此模样？袭人姐，你可同了她劝劝去。（袭旦随下，贴撞副介）你们商量着害我，被我听见，都倒唬起我来，你也勒死了我罢。（副取剑介）鲍二家的，你自出去，她也不用寻死，不如我杀了她，偿她的命，大家干净！（各揪扭介。鲍贴下。小旦）这是怎么说，才好好的就闹起来。（贴背介）我索向业镜台前诉苦冤。

（急下。副执剑赶下。小旦）这是哪里说起？老妈妈，你且随我告诉老太太去。（带净下。老旦、正旦同上）红烛影方催罢宴，白头人最爱寻欢。媳妇，他孩儿们都回房去了么？（正旦）都回房去了。（净、小旦同贴上。贴跪介）老祖宗救我，琏二爷要杀我呢！（老旦、正旦）这是怎么讲？（贴哭介）我才回去换衣服，不防琏二爷在家和人说话，我只认是有客来了，唬的不敢进去，在窗外听了一听，原来同鲍二家的媳妇商议，说我厉害，要治死了我，把平儿扶正。我一时急了，打了平儿两下，问着他，他们急了，就要杀我。呵呀！老祖宗呀！

【急三枪】可怜我遭强暴，心惊颤，无人劝。望你垂怜悯，拜尊前！

(老旦)这都了得么？快把那下流种子打出去！(副内)都是老太太惯的他，他才这样，连我也骂起来了。(老旦)他还在那里乱说么？快叫人把他老子叫来，看他去不去？什么要紧的事，小孩子家年轻，哪里保得住，都是我的不是，叫你多吃了两口酒，如今又吃醋来了。你且放心起来，今儿不必过去，明儿我叫他替你赔不是。只是平儿那贱人，素日我倒看她好，怎么暗里这等心地？(小旦)平儿原没有不是，是他们二人不好相争，都拿平儿煞性，平儿委屈的狠呢，老太太还骂人家。(老旦)原来是这样。我说那孩子还好，可怜是白受他们的气。珍儿媳妇，你去告诉她，说我的话，我知道她受了委屈，明儿叫她主人来赔不是。今日是她主子的好日，不许她胡闹。(小旦)是。(老旦)好孩子，你且随我住下，看他怎样？

【前腔】且自把今宵过，重会面，寻欢忻。看着这惊惶态，劝矜怜。(同下)
(场设妆台衣架介。小生上)

【梅花引】愁看满目旧姻缘，意相牵，恨难捐，何死何生，双掩泪涟涟。小生贾宝玉，前日在母亲房中，与金钏姐姐偶尔戏言，不料她被逐出来，死于非命。今日正是她生日，小生带了焙茗，私行郊外，哭奠一番。回来同众姊妹们与凤姐姐开筵庆贺，此时饮罢回房。心事满怀无处诉，提起悔当年，哭罢了天！

(贴上)意外顿惊多变幻，(小旦上)个中何事太牵连。(贴)宝二爷，(小生)姐姐请坐。(小旦)我先原要让你，因大奶奶和姑娘都让你，我就不好让的了。(贴哭介)多谢姐姐，想奴好好的，从哪里说起，平白地受了一场闲气。(小旦)老太太才叫珍大奶奶来安慰了你，况且二奶奶素日原待你好，不过一时气急了，所以如此。(贴)二奶奶倒没说的，只是那贱人治的我好，反又拿我凑趣儿，还有那糊涂爷儿也来打我。(哭介。小生)好姐姐，你别要伤心。

【忒忒令】你放宽心，不须挂牵，撒愁怀，双眉渐展。他们二人的不是，小生在此替他赔罪了。(连揖介)将万千委曲，任他们埋怨。无穷恨，不白冤，还望闲排遣。把我罪名赦转。

(贴笑介)这也好笑，却与你什么相干？(小生笑介)我们兄弟姊妹都是一样，他既得罪了人，我便赔了不是，也是应该的。

【尹令】恰无故将人责谴，恕无知尽人讥贬。谢无穷怜人哀免，蓦忽勾消前件。似这般笑逐颜开，省识东风花柳天。

可惜这新衣裳也沾了，这里有你花妹妹的衣裳，何不换它下来熨好。(小旦取衣代贴换介。小生)呀！

【品令】纤红绉裳,掩映态蹁跹。藕丝嫩衫,半偢碧云肩。爱好天然,人近天涯远。恰临风自怜。将身材细心忖遍,似这袅袅婷婷,侧面回眸在那边。

姐姐,妆镜在此,何不把这鬖发,略梳一梳也好。(贴)是呀。(梳妆介)

【豆叶黄】把青丝一绺,浅掠轻鬟。(小生)姐姐,还该涂上些脂粉,不然,倒像是和凤姐姐相较似的,况又是她的好日子。(送粉介。贴)见满列宣窑瓷盒边,(匀面介)爱淡白香红几片。(小生送胭脂介。贴)星星渍透,点点匀圆,重拂拭,菱花儿半面,菱花儿半面。(小生送花介)这是并蒂秋蕙一枝,方才用剪刀铰下的,姐姐,我与你簪在鬖上。(代簪花上。贴背介)呀!种爱生怜,多谢你情场占遍。

(丑上)大奶奶打发人来唤平姑娘。(小旦)妹妹,我送你到那边去吧。(贴)姐姐请。(小生)姐姐有慢了。(贴)好说。(小旦)

【尾声】看了这温柔旖旎真堪羡,(贴背介)我临去秋波心自恋,姐姐,一霎情感佩无边。(带丑下)

(小生痴望介)呀呀呀!小生喜也。

【九回肠】眼儿前,伊人对面。耳根厢,絮语相联。喜生意外心贪羡,最怡情翠黛珠钿。我想平儿姐姐,是个极聪明极清俊的女孩儿,小生却从未少进片心,可巧的今日呵!他那里欺花虐柳羞同念,我这里惜玉怜香乐并肩,平生愿。小生因有金钏姐姐一段情思,故尔心中悲切,不料此时还有这一番佳遇。可儿心性如花眷,爱相偎袖角裙边。但是琏二兄只知纵欲,不解用情,况兼凤姐姐把持威福,竟尚严明。(顿足介)咳!一个是相思枉作登徒伴,一个是妒意移来洛水仙。他竟能周全妥帖,到今日还遭此磨折,怎不要教人怨,经偃蹇,遭轻贱。怜玉貌,感华年。

不免将他这衣上酒痕掠干,将帕上的泪痕洗净,再往稻香村中看她去罢。

【意不尽】喜今朝又缴钟情券,不必叹人世犹多半了缘。平儿姐姐呀!你也算是薄命司的人儿了!怕只怕作了断肠吟,残月晓风秋影倩。(下)

呆 调

(正生黑缎袍,系玉色腰巾,扮柳湘莲骑马上)

【风马儿】生小英雄美丈夫。撑傲骨,与秋扶。冷郎君,不傍人门户。(恨介)无端轻忽,堪恨是狂奴。

人称王谢旧门间,雪剑金枪不要书。昨日青楼还买醉,却将名姓付樵渔。咱家柳湘莲。世家子弟,早丧双亲。不喜搜蠹雕虫,唯好驰马试剑。与其抠出心肝,搔残须发,究竟谁亲?何如一杯块垒,三寸芙蓉,差强人意。非关三害,却堪射虎斩蛟;通得九流,亦自斗鸡走狗。挥金如土,不辞家业飘零。避俗如仇,一任风尘偃蹇。(笑介)半生落落,四海无家,两手空空,一身作客,有时兀自潇洒也。

【集贤宾】杯长引剑天风嘘,惯击筑吹竽,唱彻他大江东去。又晓风杨柳轻疏,埋没着奇伟魁梧。生成就妇人好好,叹伧父,哪识俺英雄风度。

前在贾府会见宝玉,先以纨绔儿郎,不敢亲近。会过两次,见他一派情痴,不流于狎;百般情致,不涉以淫。叵耐他那姨兄薛蟠,两眼漆黑,不识高低,一味胡缠,哪知分位。前见过一次,看他光景,甚是无知。今日系赖尚荣开贺,请俺赴席。因他素昔殷勤,只得走遭。又遇见那厮在座。因珍先儿再三求串戏作耍,俺想风流潇洒,便串了两出风月的戏。那厮竟错认了,便手舞足蹈起来。俺与宝玉说了几句话儿,他便乱叫道:谁放小柳儿走了!见我出来,便一把拉住,兄弟长,兄弟短。俺心中又恨又愧,心生一计,拉他到偏僻处,假意说了几句知心话儿,哄他到这北门桥上,给他一个厉害,才知俺柳湘莲的手段。(丑内叫介)柳兄弟,咱来也。(生)话犹未了,你看那厮骑着大马来也。且避在这隐处,看他哪里去。(虚下。丑扮薛蟠,作醉态,骑马跑上)

【三叠引】无边好事从天付,今日醉来有趣。风景甚清疏,好一似蓝桥前度。

咱薛蟠。喜柳兄弟相招,到他下处一乐。说在这北门桥头相会,哪里去了?想是这小子怕薛大爷荠撞,故此磨耐我的性子。好聪明的孩子,但只是想杀我也。(作寻介)

【齐天乐】人烟稀少前头路,我的人儿何处?(笑介。作碰头介)碰破歪头,(作跌下马介)伤残坐股,拿他肉儿作补。

(生骑马上。丑骑马回头跑,作看介。笑介)好兄弟,咱就说你不是失信的。(生)快往前走,仔细人看见。(先走介。丑急跟走介。丑)你看这一带苇塘,倒也凉快,就这里叙叙罢。(生)便是。(各下马拴马介。生)你下来先设个誓,后日变了心便怎样?(丑)有理。(跪介。生旁立介)我要日久变心,天诛地灭,是王八蛋的孙子。(磕头介。生后面擂拳打一拳介。丑跌倒介。爬起介。生一脚踢倒介。

（丑）呀呀！原是两家情愿，不依便罢。哄我出来打，作甚的？（生）我把你这瞎了眼的，你认认柳大爷是谁？替我脱去衣服。（丑不肯介。生取鞭打介。丑）我脱，我脱！（自除去帽脱去衣服介。生又打介。丑）哎哟，轻些！（生冷笑介）也只如此，只当你不怕打的，认得我么？（丑不说介。生）不说便打！（欲打介。丑）你是正经人，我错听旁人的话了。（生）不用拉人，只说现在。（丑作丑声）现在也没什么说，不过你是正经人。（生）还要说软些。（丑）好兄弟！（生打两拳介。丑）哎哟！（生又打一拳介。丑哭介）好老爷，饶了我没眼睛的罢。（生）喝这些泥水！（丑不喝，生踢丑滚介）喝，喝！（喝水介。吐酒介。生）吃这个东西！（丑叩头介）好积阴功的爷，饶罢，这虽死而不能软也。（生）老爷今日在赖家不过逢场作戏，难道与你看的么？闻你前在席上还唱曲儿，我坐在这桥上，你唱来与老爷听。（丑）是。（摩头介）没有好的？（睡在地下唱介。生坐介）一个蚊子哼哼哼，一个苍蝇嗡嗡嗡。（生）这是什么曲儿？（丑）前日行令唱曲，也是这个应酬的。（又唱）一个鼓儿礚礚礚，一个马猴儿抖抖抖。（生）不要唱了，想你从前勾当，罪恶滔天，你可知么？（丑）是。（生）早年丧父，不自经理，以贻寡母忧，这是不孝。（丑）嗄。（生）为买奴婢，便尔猖狂，以致人死地，这是不义。（丑）嗄。（生）至于狎童宿妓，喝雉呼卢，般般放意，又属不雅不通！（丑）嗄。（生）什么霸王，呆霸王罢了！（丑）还是甚霸王，王八也不如了。（生）不看你是个呆子，今日拳头结果了你，想你你那祖父呵！

【奈子落锁窗】笑钱奴万贯锱铢，博得个后嗣狂愚！你呵！钱刀臭铜，如狐假虎。算虚生有何味趣？铜山一旦天倾覆，管教你一包疽。

古云：宁可清贫，不可浊富。看你半生铜臭，哪及俺柳湘莲两袖风清也。你从今认得我老柳也哪。

【秋夜月】豪气殊浪迹江湖，这拳头凿凿成斤斧，代刚刀砍尽腌臜骨！（骑马介）这是英雄的数，是英雄的数。

（骑马下。丑颤介）气数，酒倒醒了。（欲起跌介，哼介。副扮贾蓉令二小厮上。副）小厮们，来此已是北门，怎么还不见薛大爷。（二小厮）索性前去找。（一小厮）那好像是薛大爷的马。（一小厮）果是。（副）有马必有人，寻去。（丑哼介。二小厮问介）那边泥塘中哼的不是薛大爷罢？（丑）是，我姓薛的，是哪位，快来救救则个。（二小厮上前扶介。副笑介）薛大爷，天天调情儿，今日调到苇子坑里，一定是龙王爷爱你风流，招你为驸马也。（丑）不能走了。（副唱）

【月云高】风骚这教何苦？身儿缩。真似云雨的翻覆。赖大家还等着赴席呢。(丑)恰才个尝过滋泥,领略些甘苦。(合唱)动不动心肝肉,怕不怕筋皮骨！(抬丑,副骑马介)一似绣像西游八戒图,人说屠坊要缚猪！(共发诨下)

试 玉

(贴扮紫鹃上)

真真假假引情痴,机变交投只自知。我最旁观闲觑破,待将冷语暗挑疵。小奴紫鹃是也。因姑娘与宝玉,心中其实相亲,面上反多疑忌,越挑逗越添眷恋,越恩爱越显生疏,竟不知两下姻缘,可能成就否？今日姑娘病体少痊,绣窗午睡,奴家在廊下作些针线。正值宝玉走来,问问姑娘咳嗽,说了声：你穿的这样单薄,还在风地里坐。我便说：二爷一年大,二年小,以后莫要这样不尊重,你总不留心,惹人谈论。姑娘常时吩咐我们,不叫和你说笑。你近来看她远着你,还恐不及呢。他一听了此言,只瞅着竹子痴立,我彼时就回来了。适间雪雁来说,宝玉在沁芳亭后桃花树下流泪,因此径去寻他,再妆点些言语,一探其情便了。正是：恐他有意终无意,作我无情试有情。(下。小生哭上)好苦嗄！

【北双调·新水令】问芳卿何事竟相防,没来由这般景况,我热心偏有碍,你冷面太无良。哪还望地久天长,便作到朝思暮忆成虚诳。

(坐介。贴上)缱绻原非偶,缠绵恐未真。且将个中意,试取眼前人。(笑介)宝二爷还在这里么？我不过说了两句,为的是大家好看,你就一气来到这风地里哭,如或弄出病来怎好？(小生笑介)谁赌气呢？我想姐姐既如此说,自然人人如此,将来都不理我了,所以在此伤心。(贴笑。挨小生坐介。小生笑介)方才对面说话,尚且走开,如何又挨着我坐呢？(贴)几日间,你姊妹两个正说话,有人走来,故尔所言如此。我来问你,你前日说什么燕窝的话？(小生)我因妹妹离不得燕窝,已经回了老太太,一天送一两来,吃上二三年就好。(贴笑介)吃惯了,明年家去怎么好？(小生惊介)谁家去？(贴)妹妹回苏州去。(小生笑介)妹妹因家下无人,所以来此,可见你是说白话呢。(贴笑介)二爷呀,你休看小了人。

【南步步娇】感君家情意长惆怅,从此把痴心放。你难道不知她年已及笄,自应出阁,该去送还林府。他好合安排入洞房。难道林家女儿,在你贾府一世不成?也只为月果花因总没些。所以早则明春,迟则早秋,这里就不送去,林家也必有人来接。前夜姑娘说了,叫我告诉与你,小时玩的东西,她送你的,你还她,你送她的,她也还你,二爷,你快打点去吧。就里谢周章,博得个天南地北人儿两。

(小生急介。起立介)哎呀!

【北折桂令】喜相逢称意娘行,数载因依百结柔肠。实只望珠帷绣幕,香屏锦幄,玉管银簧。常把着天心供养,忏除了尘世凄凉,却怎生两下参商?忍说甚待转家乡,顿将人骨化形销,恨从今歧路彷徨。

(痛哭介,呆介。贴)啊呀!二爷!二爷是我哄你来。(小生不理介。贴扮晴雯上)竹阴弄影风三面,花径无人草一蓑。我晴雯。老太太叫二爷说话,闻知他在这里,因此一路来寻。(见介)哎呀,怎么这个样儿?(贴)他来问姑娘的病,我告诉他,他总不信。晴雯姐姐,你且扶他去吧。(贴)二爷去呀。(同下。贴)紫鹃,紫鹃!你作甚情由也。事已至此,只索回潇湘馆去,再作理会。正是:仗我千般虚幻语,怜他一片志成心。(下。老旦、正旦同小生贴扶上)

【南江儿水】顷刻容颜变,双垂泪满胭。宝玉,宝玉!你到底是怎样了?(抚小生介,哭介)呀!渐渐的身青面白神摇晃,手寒肢冷魂飘荡。方才晴雯说,是同紫鹃说话而起,已叫袭人唤她去了。莫不是她唇翻舌弄言冲撞!(小旦同贴上)老太太、太太在上,紫鹃叩见。(老旦)好好好,你这小妮子,和他说了甚话,害他到这等光景?(贴)小婢不曾说什么,不过说几句顽话。(老旦)你这妮子,素日也是个伶俐之人,他又是有些傻气,同他说顽话则甚?快快去安抚了他。他是个诚实儿郎,平白地巧设机作何伎俩?

(贴近小生介)二爷、二爷,紫鹃在此。(小生展目见贴介)哎呀!

【北雁儿落带得胜令】俺则是荡悠悠天一方,又早转闷恹恹红尘上。(拉贴介)我的紫鹃姐姐呀!我那林妹妹呵!眼见的阻关山道路长,我只合生和死休抛放!妹妹回南边去,可连我也同了去呀!带契个薄命人也不妨,省得要蒹葭外心悬望。(老旦、正旦泪介)痴儿呀,原来为此。(内)赖大家的、林之孝家的,都要候哥儿来了。(老旦)难为他们,叫他们进来。(小生)哎呀,了不得了,林家的人来接她了,快打出去吧。(老旦)那不是林家的人,林家久已无人,没人来接,你只放心了罢。(小生哭介)凭他是谁,除了妹妹,都不许姓林。她已是占人间姓字香,又怎许葫芦提群依仿?(老旦)没姓林的,凡姓林的都打出去了。(贴)小奴一时戏言,姑娘是永不回去的。(小生扶贴起介)咳心伤,听着她诉因由仔细详。呀!那不是他们的船来了,湾在那里呢。(哭介)端相,一霎里挂征帆返故乡。

(正旦)原来是那西洋自行船。(老旦)取来与他。(小旦递船,小生接介。掖人怀中介)这可去不成了。(老旦)媳妇,我和你同到外厢,请王大夫来诊看,孙儿好生将息,我们且去。(小生)紫鹃姐姐,我是不放她去的。她一去了,林妹妹就要回南边了。(老旦)紫鹃,你就在此同晴雯、袭人守着他,林姑娘处我另叫人服侍,你日后切不可再哄他了。(贴)是。(老旦)小婢无端闲戏谑。(旦)高堂几度费调停。(下。小旦、贴)紫鹃妹妹。你这是哪里话来?

【南侥侥令】戏言容易讲,不顾断人肠,幸只幸化吉逢祥身无恙。如若有些差池呵!残生命向谁偿?

(丑扮雪雁上)娇嗔千古意,忧惧一时心。袭人姐姐,姑娘打发我来问声,二爷可曾安好?(小生)晴雯姐姐,你且同他在此,我也到老太太处看看大夫可来。(小生)姐姐们请便。(贴)正是:魂销纨扇千金买,(小旦)目断扁舟一叶留。(同下。小生)姐姐请坐。(贴)二爷,这会子心中可觉好了么?(小生)我的姐姐,好端端的,为甚么唬我哟!

【北收江南】不怜我怯生生情思长,作弄出铁楞楞言语伤。显些儿痴魂一缕逐伊行。神迷离这厢,梦寻求那厢,觅得个人间天上两成双。

(贴)那是我哄你顽的,你就认了真。(小生)你说的那样有情有理,如何是顽话呢?(贴)林家其实无人,纵有人来接,老太太也必不放去的。(小生)便老太太放去,我也不依。(贴笑介)果真的不依,这就好了。只是你切不用忧闷,原我心里怕她回去,故来试你。(小生)你又为什么呢?(贴笑介)你知道我并不是林家里来的,偏把我给了林姑娘使用,偏生的她又和我极好。

【南园林好】侍红妆追随绣房。一种里在人奴上。我如今却愁,她或要去了,我必是跟了她去,我又是合家在此,若不去,有负了素日恩情,若去时,又离了家乡的父母,所以我心中疑惑,造作出这些话来问你,谁知你就寻闹起来。我哑谜儿虚抛漾,最难得有情郎。

(小生笑介)原来你因愁的这个,故尔如此。紫鹃姐姐,我明白告诉了你罢!

【北沽美酒带太平令】俺也曾茜纱窗幽梦偿,俺也曾蜂腰桥心绪讲。怕作了倾国名花得意场,到头来芳心空葬。绣云囊,枉辜负少小年光。生前里我们自在一处,若便是身后呵!作一阵紫烟来往,好一似吴宫亲访,惭愧煞,蜡烛成灰夜未央。妹妹呀,多谢你美甜甜把书生盼上。(倚贴怀介)就是姐姐:尽温存怜娘爱娘,怎报兰思蕙想。不知可有一日,倚香肩,把数年来的恩情细量。

(贴笑介)过一日,你也好了,该放我回去看看我们那一个去了。(小生笑介)这便自然。(贴)二爷,奴扶你到房里去坐吧。(小生)咳!

【北尾声】满腔愁闷凭谁谅,生怕欢娱不久常。姐姐呀!有一日相思透骨沁心凉,重把你这着热知疼的人儿仰仗。(贴扶小生下)

花　　诔

(生宝玉上)长忆云仙至小时,芙蓉头上绾青丝。当时惊觉高唐梦,唯有如今宋玉知。小生自母亲检园以来,花枝寥落,莺语凄酸,人事飘零,秋风渐沥。蕙香、司棋,无端的被逐了。芳官、蕊官等,闻又皈向空门,兀的不伤感人也呵!

【中吕·粉蝶儿】情种天分,无端的风雨,摧残秋窘!太太是何苦来也!你为着我轻年恐坏情根,与我扫尽了几番枝叶,空空一境。便不管别鹤焚琴,教人伯劳飞燕两无因。

(小旦、小丑扮二小丫鬟上。旦)歌管楼台声细细,(丑)秋千院落夜沉沉。(旦)二爷月明人静,若有所思。(丑)你开口就行文,他在这里想哪?(旦)想什么?(丑)想鬼。(旦)想什么鬼?(丑)糊涂东西,你说新今好鬼是哪个?(生)你二人哪里来?(旦)二爷还不知道么?二姑娘孙家已求准了,今年便要出阁,还要陪四个姐妹去呢!我们看二姑娘来。(丑)那边四姑娘,常常有媒婆来讲亲,好兴头,好兴头!(生)还有什么兴头呵!

【斗鹌鹑】婚嫁三春,都似落红阵阵。这园中呵!金谷樽沉,洛阳花损。我想女儿薄命,从来无过晴雯。我那晴雯呵,生不能伴,死不能埋。及闻她抚司秋艳,因做了芙蓉祭诔一篇,趁此黄昏人静,不免携了花酒,祭奠一番者。丫鬟们!取了祭品来!(旦持祭文,丑持酒盘,随行,合唱)秋花点点,点缀的一缕匀,看今宵月影风痕。(行到介。将祭文挂在先设的几株芙蓉花枝上中间)袅袅枝头,便做的招魂幡引。

(生向小旦)知你字深,可代我念,我来亲诉。(丑)我念我念。(生)你喉咙大,休吓了晴雯姐姐。(丑)不带我耍子,我便焦了。(生)这等,你帮我哭,何如?

（丑喜介）臊脾臊脾。（旦念介）高标见嫉，闺闱恨比长沙，贞烈遭危，巾帼惨于雁塞。（生拜唱）

【耍孩儿】则这下泉须吊旧才人，一煞时烟消残韵。爱好天然，便是摧残命。可也知夜台滋味，不藉今宵准。想一向曲罢妆成，受不起秋娘恨。（丑丑声哭介。合唱）则见兰不当门，金锄太狠。

（旦念介）桐阶月暗，芳魂与倩影同消，蓉帐香残，娇喘共细腰俱绝。（生拜唱）

【五煞】晴雯，你消带晕映眉痕，贾生不遂心儿印，似这般雨中寂寞风中恨，便算了红作帘帏翠作茵。（生、旦俱拭泪介。丑跳哭介。合唱）到头来两无准，叫破了杜鹃余梦，诩残了蝴蝶闲魂！（旦念介）洲迷聚窟，何来却死之香，海失灵槎，不获回生之乐。（丑）咱哭是哭，有话是要说的。（旦）你要说什么？（丑做手势介）怎么说晴雯姐没香没药，前日宝二爷私自到那里去，贴身香袄，彼此换穿，春笋指甲，亲手交付，二爷好不有情怀，怎说她没得香药？（生）蠢才！这是却死之香，回生之药哪！（丑）文绉绉！（生拜唱）

【四煞】晴雯，你指环冷，眉黛分，芙蓉风断觅谁温？输了个灯儿，照破人儿梦，只换得花有清香月有阴。（生）我那芙蓉女儿呵！（旦）我那晴雯姐姐呵！（丑）我那时讨眼泪债的冤家呵！（合唱）问苍云，向何处觅玄霜绛雪，与石髓金今津。

（旦念介）慧棺被爇，顿违共穴之情，石椁成灾，愧逮同灰之诮。茜纱窗下，我本无缘，黄土垄中，卿何薄命？（丑）你看弄笔头的，一千年也不得清结，我已眼泪干了。（生拜唱）

【三煞】晴雯，你绿鬓露泠泠，白骨雨纷纷，粉香腻玉无人问。空教我，香灯怅望飞琼鬓，单叫你环佩空归月夜魂。（生、小旦哭介。丑哭介）哭得好精神，哭得阳气。（生唱）从今后呵！我便消受茜纱青影，你怎捱得垅土黄昏？

【二煞】晴雯，你不做蜂饮露，鹃泣春，化了红心死不真。更何处千年青冢埋幽恨？（指芙蓉介）权当了一树繁花对古坟。（生、旦大哭介。丑指生介）这个人当真要疯了，若教林姑娘知道，又要气你疼鬼了。（生、旦合唱）还只怕芙蓉病，不见那生在秋江和露冷，又潇潇风雨断君魂。

（贴扮林黛玉上。史湘云内叫介）妙仙姑请了。（丑）不好了，那边有些影子声儿，鬼来了，咱说不弄出鬼来不歇。（林、史二人上）拍肩趁有人三个，徒步归来月四更。宝玉干甚营生?(史)二哥哥清醒呵?(生)二位妹妹何来?(史)我与林姐看月联句,苦吟了半夜。(生)是甚题目?(林)好糊涂东西,就是月。那这等夜半天凉,你又在这里淘气,叫人恼不恼?(怒介。丑)他在这里哭晴雯的鬼。(林喜介)哦。好一片酸鼻的文,好一段钟情的事。(史)我想晴雯实堪怜惜,何不大家哭她一回着。(生徘徊介。二丫鬟虚下。史、林唱)

【一煞】夜深花气袭香尘,哭花人远天涯近。(史)我想晴雯死得好也!看万里红尘,人向愁城奔。(林点头,宝拭泪介。合唱)想女儿薄命,几年愁闷?

【泣颜回】有女怀春,幸亏得告了东君。向火坑把青莲净。那一番苦折磨,可正是断送前程。这一番脱情根,又便是回头幻境。

(生)呀!你看这芙蓉竟自点头省悟也。(合唱)

【尾声】晴雯呀晴雯!你从来情性花间近,赢得个万里送寒云。芙蓉呀芙蓉,好赠你美人名姓。则要你识得个伤心透出些儿影。(同下)

演　　恒

(末扮贾珍,副扮贾琏,俱着公服上。合唱)

【南吕·一枝花序】廊庙庆和熙,霑恩光,荣迁秩。伫见那翔廊夸赫奕,执戟侍迟回。

(末)下官贾珍。(副)下官贾琏。(副)大兄。(末)二弟。(末)今因朝廷郅治,询考班联,官唯其人,爵必以德。二叔父承蒙陞受郎中之职,一时贺者盈门。兹系□亲家偕众亲戚送来新戏一班,今日又系林姑娘好日,倍加热闹。这才演过吉庆戏文,及新编《蕊珠记》,复演糟糠迏达摩渡江等出。正值兴会时,忽薛府人慌张前来,力请薛姨太太及蚪兄弟前去。咱已着人跟去打探消息,此地依旧演戏。但戏文沿旧,殊少情趣。何者为佳,演什么好?(副)可着优人来,吩咐管家优人来。(杂扮管家领二优上。杂)优人到。(末,副向优人介)你们已知前者老爷,闻说恒王林四娘故事,已曾教众清客填词演义。(问二优介)你们可曾熟悉么?(二优)回爷,已经习熟了。(末)如此甚好,可随我禀老太太去。(同行介)孩子们,这故事是英雄儿女,兼而有之,可教他们传神演扮。(合唱)画出那俏将军蕴藉春思,好写出林娘娓婳千秋英雄帙,拼着个血泪江堤,一任这粉痕芦荻。

（行到介。贾琏向鬼门）孙儿琏儿禀问老太太，今日演戏新西王故事，未知好否？（内二小旦回介）老太太吩咐，即如所请，可仔细演来。（贾琏）如此，你们可向厅前伺候去。（管家）是。（同下。净涂红面插雉尾扮恒王，杂扮四兵，持枪刀弓矢先舞上，净随上合舞。合唱）

【二犯江儿水】雷霆匹敌，阵堂堂雷霆匹敌。电为车，云作旗，更凭着颇牧韬钤。韩彭旗鼓，振作天威赫。金埒射旌旗，羽林斗健儿。（净）今当此太平呵！不须那狸弦天低，羽橄风嘶，惨淡淡龙为卫，虎为掖。（净中立，众两旁立介）咱恒王是也。蒙恩出镇青州，日习武事。今趁此天气和朗，率统众军出城围猎。你看批狻手貌，飞毛洒雪，好不英雄也。更喜得帐下林娘，姿容既美，武艺兼精，统辖诸姬，封为姽婳娘子军，夫人城，俺足老于是矣。众兵可速行，好与姽婳将军合军回宫者！（众呐喊舞行）锦袍新锡，璨煌煌锦袍新锡。金郊合围，齐攒攒金郊合围。振天维，正是风毛雨血王无逸。（合下）

（小旦扮林四娘，引二小旦及杂扮四姬，戎妆舞上。合唱）

【前腔】盘马拟击，并桓桓盘马拟击。帐殿开，帏宫积，抵多少君子六千，虎臣八百，肉阵排排立。虎气属胭脂，眉弓塞月低。（小旦）女将们！（中）有。速猎向前山，与大王合兵者！（众）得令！（舞快行介。合唱）草浅兽肥，晋鼓虞旗，逞纠纠小㺄发，大咒瘗。（净统众兵上，合绕场介。场上设城门上写青州城。众合唱）南圃遥集，风澌澌南圃遥集。东都会齐，云淡淡东都会齐。设翠帘，数得个英雄儿女千秋帜。

（对对入城介。净、小旦并马入城，同下。场设席摆酒，细吹细乐。四女侍姬引净、小旦改妆携手上唱）

【搅筝琶】恰刚才收拾戎装毕，一霎时风流蕴藉。影参差，那边是弄刀枪虎帐龙旗，这边是买胭脂鸾箫凤笛。（杂旦）请娘娘把盏。（细乐。小旦安席介。净手舞介。旦把盏介。净大笑介。旦入席众侍姬跪）请大王、娘娘上酒。（合唱）今日个共桌儿将眉齐，也便学钟情人画眉彩笔。似这般儿女英雄，风月司情，破向楚天碧。

（小旦）大王请。（净）美人请。（立作势唱）

【莺啼序】那留人好处香和腻，不教那痴魂无迹。想着俺戟马金枪，须有时红绡翠翟。（合唱）气昂昂红灯影里，响磷磷丁香结子。（净唱）则见她口香喷处风云辟。

（净）娘娘请。（小旦起作势唱）

【祝英台】镇青州列戈戟,帐下列歌姬。念奴呵,类蒲柳三春,蒙恩青识。教三千列阵琼姬,侬掌职。怎耐做党将军羔酒生涯,未便教虞美人香魂渐沥。且传杯,休问那尘红沙白。

（净）众姬！可歌舞一番,待俺与美人畅饮者。（众姬）得令！（舞合唱）

【前腔·换头】绮丽,系明珠光动壁,力怯汗香滴。视人间弱态,香闺洗尽胭脂,险些儿房中刀戟。（净唱）堪惜,看年年拜倒辕门,更叩首飞燕风前膝。则见他檀口的氤氲咤叱。

（内呐喊吹喇叭用锣鼓,净、旦起身惊望介）

【前腔·换头】怵惕,猛听得马咽风嘶,愁云点点墨！（净唱）倘教金鼓连天,干戈满地,锦繁华怎生拾得？（小旦）大王说哪里话？休惜,这温柔乡内浮皮,怎报得青州寸尺？须也显一段英雄,好教人抚今追昔！

（净点头惊疑介）传令问是何处嘶闹？（杂扮中军官持旗飞上）报,报,报！速报大王知道！今有黄巾赤眉一干流贼,余党乌合,抢掠山左地方,已近城下。（侍旦）候者！（急报与净介。净）俺知道兵营有警,原来这些犬羊,何足介意。吩咐大小三军,齐集辕门听点。（侍旦传与中军官,官）得令！（飞下。旦）大王听臣妾一言,想这些毛贼呵：

【前腔·换头】知悉,那等衰微陵夷,好一似疲癃残疾。但只是豺狼心性,虎豹行为,也须是谨防他虿蜂毒炙。（合唱）出将山西,多管是全师保国。单福庞奇,且看我视婴儿摧残劲敌！

（小旦）如此大王临阵,贱妾登城以助大王雄威去也。（率众姬下。杂扮一持旗中军官、四卒呐喊上）中军官禀大王！诸将已齐,请大王更戎衣战马者！（四将立场前遮净换衣介,净持枪率众绕场唱）

【尾声】则凭俺策神兵扫尽沙蝛,无事天兵飞下五营骑。（净）众军们！（众）有！（净）显奇,借你这百万山棚将血掴！

林　　殉

（副将涂紫面,丑涂黑面,俱插雉尾,领众卒舞上。唱）

【青玉案】名娥号米腥闻烈,竟做了白头贼,鸱义鸮张兵气裂。几类萑苻,几回草窃,须看大刀长铗。

(副净)俺黄巾大王莫须有是也。(丑)俺赤眉大王卜成事是也。大憝戎毒,探丸长安,封豕长蛇,荐食上国。蜂虿鼠尾,几于白波起兵;无赖难当,等诸黄巢僭号。(副)我等本黄巾赤眉手下将军,只因官虎隶蠹,遂甘为巨猾渠魁。岂敢干国吠尧,亦因少心攻舌击。自吾党被官兵剿灭以后,俺兄弟二人潜踪草泽,啸聚山河。今又鸠合余党,抢州掠县。闻青州系富强之地,不免去攻夺者。(丑)大兄!青州系恒王镇守,闻得武艺高强,兵马精足,需要小心。(副)我已安排埋伏,须出其不意,暗里算他便了。众军士杀上前去!(舞行,场设青州城,城上立二员将官,持刀抢。副净向城上)哇!速叫你主献城纳士,免受一刀!(二将)毛贼!休大言!俺大王即便擒你者!(下。净领众杀出城,扬收城,两边互杀呐喊。净、副净、丑同杀下。众军士互杀介。净、副净、丑杀上介。副净、丑佯输下,净追下介。四卒持弓矢悄上)俺等奉主将命令,在郊外设下弓弩,待恒王到时,即便发箭。(副净、丑跑上,绕场下。净追上)你看这两个毛贼,败阵逃来,如何不见,不免追上砍了!(舞行,两旁弓箭手发箭介。净)哎呀!(跌倒复起跑下。四卒)兄弟们!才是恒王,已被俺等断送了,不免缴令去者!(下。净去雉尾脱戎衣披发上)哎呀!天那!俺中奸人之计矣,俺死也!

【江儿拨棹】你看寂寂青山,阔水溅溅,与我一腔碧血都难说。陇中衰草腥风折,宝刀日淡龙旗缺,血染处天昏地裂。想我圣主,九州一统,小丑跳梁,原无足害,但这青州,付托微臣不才也。叹雨露恩膏寸心儿结,都付与雨淋淋鬼尸咽!

(内呐喊介。净)天乎!俺竟死于此也!

【大胜高】俺从来迈敦煌哪知突厥?也曾学颍州来嚼铁。则俺锋芒虹气未曾缺。[节节高]少什么羁南越,怖雄边,受斧钺。一生英雄是本色,而今命尽头差雪。俺死亦无足憾。但我那林四娘和众姬呵!我不似宸濠自取断头血,何处觅娄妃也,血溅丁香结!

(副净内叫)青州士民,将以献城,众军着实攻打者!(众呐喊)得令!(净跌介)

【江儿水】猛然跌,止不住动凄魄。这般沉沉幂幂鬼神迫,凄凄惨惨肝脑裂,轰轰闪闪冤魂热。罢了!罢了!你看团团贼兵,青州城远,力已寸尽,以死报君而已!(持剑)呵!天那!天那!办得个骷髅半截,血泪些些,洒寄于山东豪杰。

（自刎下。小旦扮林四娘急上）呀呀！不好了！不好了！今早探马探得大王轻骑剿灭，被贼兵埋伏兵丁，大王中箭身死，城中人情汹汹，意欲献城池与贼子。（哭介）大王呵！不想你一世英雄，如此结果！

【征胡兵】列星门久把风雷掣，铃阁风遮，忽玉帐金坛抛撒。昨宵呵！刚则把残筵撤，听杜鹃枝上舌。倚单枪生挟赤眉贼，竟丢了薄命妾！

奴家凤蒙恩宠，焉能此仇不报？众女将们！（四杂扮女将上）娘娘有何呼唤？（小旦）你们可知大王身故了。我想君父之仇，不共戴天。他那些腌臢狗鼠辈，意欲献城，奴家欲兴师报仇，取贼首之血，沥祭大王，未知众将意下如何？（众）难得娘娘如此忠勇，巾帼须眉，奴等情愿效死！（小旦）好！如此，可各束甲上马！（众姬取戎装代旦换介）

【沉醉东风】哭君王天旗惨绝，看烈妇秋霜一叶！这妆束呵！是银灯帐下舞剑红生颊，忽变做戎衣千叠。（看自己妆束泪介）绣鞋半折，柳腰一捻，都交付马革云和月。

（杀绕行，副净领兵迎上杀介。副）女将通名！（小旦）姽婳将军林四娘！贼将何名？（副净）莫须有。（互杀介。副净败下，丑杀上，小旦杀几回追副下，丑随下。众女将、男将追下。丑杂扮中军官持旗领四男卒上）兄弟们！（众）有！（丑）俺家紫面大王被林四娘砍了，黑面大王奋力掩杀，到底是些女将，都被俺这里砍了，单林四娘英勇无敌，人不敢近，二大王吩咐，只要生擒！（众）这是什么意思？（丑笑介）要屈她做个压寨夫人！命俺率众兵远远埋伏，四娘从此经过，你等一杀，让俺这嘴翁来说她，事如成了，大家领赏。（众）是。（向场后躲介。小旦去戎衣雉尾披发持剑上）哎呀，天那！（众兵呐喊冲上杀介。小旦持剑迎杀，众卒怕介。丑磕头介）娘娘不要动卤，看娘娘一个女流，单枪独马，怎生是好？（小旦）咳！

【不是路】说甚么单骑怕怯，锦伞军门侬旧业。青土这些，少甚男儿把铁枪挟。空悲切，惨做了女流豪杰。你可知匹马单枪者。是青州胆血。（视剑介）则这三寸芙蓉雪，把强项曾来截！（丑跪）娘娘此时将若何？（旦）则俺宝刀双捏，拨怒马缰绳兜勒。凭着这剑锋奕射，直捣向龙潭虎穴！（众叹介）好个忠勇的娘娘！（小旦）报君王剖心相谢，谁能够把长城空舍？须知俺女转诸，惯会斩钉截铁！

（丑跪）小人等奉二大王之命，专请娘娘屈作压寨夫人，同享富贵，未知娘娘如何？（旦）喋声！

【玉胞肚】贞心难灭,任歌台舞榭,金妆玉结。问三生石头怎设?笑千载琵琶怎说?只知泉下人亲切!(看剑介)甚红丝直把刚刀截!(丑作慌介,悄向四众介)这娘娘既不肯从,并且要杀,她要杀,我们也是死,她不从,我们也是死,不如大家哄她一哄。(合跪介)娘娘!不从怎敢勉强?但城已破了,贼已去了,我等俱在此,若要杀请开刀。(旦叹介)想他们大半良民,迫于势力,杀之何益?贼已去了,这便怎么,罢罢!渠魁歼灭,这颗颗头额,难污镀铗。绣鞍泪重马蹄怯,铁甲声寒云片阔!贼党呵,贼党呵,你虽走了,须有日天兵应接,你白骨草根,遮无锹锨!四娘呵!四娘!做了个突围荀灌身还绝!

你们看我那恒王来也!(众惊回看,小旦自刎下。众)哎呀!怎么竟自刎了?(众)这怎么样?(丑气脱戎衣,撂帽子,脱靴,诨介)还有甚么?那黑面的真真不能成事的。天兵一到,化为乌有,我们三十六策,走为上策。(众)说的是。(俱脱衣帽介。丑)不是别的,今日荣府老祖宗家宴,骑了马进去,讨些果子吃,倒是要紧的。(众)怕回来没有重赏。(发诨。同下)

寄　　吟

(场设床帐琴书兰花介、贴淡妆上)

【霜蕉叶】西风阵阵,又是黄昏,近几度泪珠偷揾,望江南关山路分。

冷冷清清阁子,闲闲散散人儿。弹成一曲琴中意,又自检秋词。吟就无人倡和,幽窗鸟弄花枝。蓦然想起伤心事,放过少年时。奴家林黛玉。自别南都,久居北地。双亲见背,弱质难禁。诸姊相依,柔肠蕴结,极不能忘。曾有一前一语,竟如此罢,何酬石上三生。方才宝哥哥到此,与他将些金微妙理,忽然舅母那边,着人送了一盆并头兰来,叫了宝玉而去。他临去时,说甚么妹妹你有了兰花,就可以做猗兰操了。奴家也不知他是有心,是无心,争如我对此幽芳,顿生惆怅。

【小桃红】只见微微夕照过东邻,打抹上愁招病引,空对着流水空山,且收拾闲身。想着那草木逢时,花鲜叶茂。奈无穷景色新,有日里风光尽。奴家三五年华,一似经秋蒲柳。这痴呆怎教人休怜悯,也说甚么并蒂连枝独自春。若果如柳憔花悴,那禁受风催雨趱。怕作了合欢花,剪落在软红尘。

(贴扮紫鹃上)身似寄生青草,人如厄闰黄杨。任教身世受凄凉,莫再秋光怕赏。姑娘，宝二爷是去了，他说明日再来看你。如何好好的看花，又伤起心来？（贴）紫鹃妹妹，你哪知我的意儿哟！（鹃）宝姑娘打发人来，有书呈上。（贴）来人呢？（鹃）在外厢。（贴）你去待茶，把书存下。说我致意。（鹃）晓得。（下。贴）且待奴家一看。（取书看介）

"妹生辰不偶，家运多艰。姊妹伶仃，萱亲衰迈。兼之猇声狺语，旦暮无休。更遭惨祸飞灾，不啻惊风骇雨。夜深转侧，愁绪何堪？属在同心，能不为之悯恻乎？"咳！宝姐姐呀，你有母有兄，尚言及此，则奴家却又如何也！

【下山虎】盼不着慈闱识认，阻天涯蹙破远山颦。但白云黄叶，横空乱纷。姐姐呀！奴比你飞絮飞花终无凭准，奴比你举目何来疼热人？奴比你没相干受苦辛，到头时空无着，幻不真。就里谁瞅问？这其间含情细忖，投至个双双姊妹尚相亲。

"回忆海棠结社，序属清秋，对菊持螯，同盟欢洽。独意'孤标傲世皆谁隐，一样花开为底迟'之句，未尝不叹冷节遗芳，如吾两人也。感怀触绪，聊赋四章，匪曰无故呻吟，亦长歌当哭之意耳。"

【五般宜】猛说起赏名花佳句缤纷，好消受美景良辰。数年间携伴侣，情致恳，奈今朝没一些红音绿信。望甚么到明秋和你重访花神，只还怕后来未肯，不要说骨肉亲无由再会，就是这旧同盟也难常近！

"悲时序之递嬗兮，又属清秋，感遭家之不造兮，独处离愁。北堂有萱兮，何以忘忧？无以解忧兮，我心咻咻！云凭凭兮秋风酸，步中庭兮霜叶干。何去何从兮失我故欢，静言思之兮恻肺肝。唯鲔有潬兮唯鹤有梁。鳞甲潜伏兮羽毛何长？搔首问兮茫茫，高天厚地兮谁知余之永伤？银河耿耿兮寒气侵。月色横斜兮玉漏沉。忧心炳炳兮发我哀吟。吟复吟兮寄我知音。"

姐姐呀！奴与你境遇不同，伤心则一。可可的你这几解诗儿，不寄与他人，独寄与我，也是同病相怜之意。我不免也赋四章，翻入琴谱，明日写出寄去，以为和作。（写介）

【五韵美】这不是分题韵，雅兴存，也非为茜窗静坐涂金粉。正似怨女离魂绝命本。我留心容忍，恰好的得遇知音一夕陈。情外生情越认真，两般的墨渍啼痕，险不作风雨文章泣鬼神。

（鹃上）姑娘在此写字，又劳了神了。才叫雪雁告诉柳嫂了，做下了汤，我们煨下了粥，请姑娘且略用些。（贴）我病了，这些时不周不备，都要人家，这会子又汤儿粥儿的牵缠,今后凡要甚么,宁可你们自去料理,省的惹人厌烦。(泪介。鹃)姑娘,你说哪里话来?姑娘是老太太的外孙女,又是老太太的心上人,哪个还来抱怨?(贴)是哪里来的香气?却有些像木樨风味。(鹃)姑娘!这里与南边不同,九月里哪有桂花开放?(贴泪介)十里荷花,三秋桂子,回首乡关,令人神往。想奴家父母若存,依依膝下。春花秋月,水秀山明。二十四河桥,不少香车画舫,六朝遗迹,许多红杏青帘,好不逍遥自在!则到今日里呵。

【江头送别】断头香,前生的心香已焚,断肠人,今生的愁肠太狠。进退两难,寄人篱下,纵有他们再三照应,奴家无处不要留心,真是李俊主所言,此间日夕只有眼泪洗面矣!我不见一江春水东流去,恰便作梦到家乡越添沉顿。

(丑扮雪雁上)紫鹃姐姐说,天气渐冷,教我送来这件披风,请姑娘穿上,外间去用晚膳罢。(贴披衣介,内掉出香囊扇袋诗草介,贴取看呆泣介。鹃)姑娘,还看这东西做什么?都是那几年,宝二爷和姑娘小时,一时好了,一时坏了,闹出来的笑话。要似如今这样,高抬斯敬,哪里能把这些东西,白糟蹋了呢。

(贴连泪不止介)咳!

【江神子】转双轮,萦方寸。这囊儿怎载得多番幽隐,这袋儿怎作得一腔帮衬?只有这行行孤零,阅寒温,心摧尽。

(鹃)姑娘,你听那边树枝上,啼嘤哗喇,铁马儿戛击叮当,请姑娘去用了晚膳,早些安息罢。(林贴)

【尾声】这些诗虚无境里搅愁根。啊呀!我那爹娘呀,你丢的孩儿好苦也。便给了我随风一颗游仙印。(鹃、丑)姑娘,且免愁烦。(贴)咳!我今夜里呵!魂飘去矣,不愿乞还魂。(同下)

珠沉(遥帆补作)

(贴扮紫鹃上)侬今葬花入笑痴,他年葬侬知是谁?一朝春尽红颜老,花落人亡两不知。奴紫鹃。为何道着我家姑娘葬花诗句?只因我姑娘倾国倾城,多愁多病,有一往而泣之心事,有万不得已之愁怀。因恨成痴,由痴成病,欲急而缓,由缓而空。昨日不知听见哪里风声,说宝玉娶亲一事,其时一闻斯言,神情顿失,说道:我问问宝玉去!及至到那里,却又不问,只管傻笑起来。忽然问道:宝玉,你为什么病了？那宝玉还伴答道：我为林姑娘病了！两个都嘻嘻傻笑起来。奴与袭人姐姐好不惊疑，劝她回来。姑娘说：可不是我回去的时候儿了！于是挽扶回来。才到潇湘馆，一声长叹，数口鲜血，自兹以还，一病不起。奴想他们以换柱偷梁之计，何其忍心？俺姑娘以香消玉灭之身，毋乃自苦？不免扶她坐起，消停一会则个。雪雁，我和你扶姑娘厢房一坐。（内旦应介。共扶黛玉病妆上唱）

【绕地游】魂归寒剩，一派迷离境，骨冷非关秋病。（鹃、雁唱）玉树风惊，金炉香烬，似恁女孩儿，伤心得未曾。

（鹃哭介。黛）呀，你们守着哭什么？（鹃）姑娘保重，料无妨事。但或一往情深，倘有不测，如之奈何？（黛）痴丫头，我哪里就能够死呢？（唱）

【画眉序】斜照映疏棂，一点残魂搦暮景。天呀！强留他薄命，历尽寒更。我犟犟今日呵！下西风春草初惊，背东君秋霜未劲。青莲葬送归清净，因甚红尘半顷？

（鹃）天生我才必有用，似姑娘这般聪慧，这般姿色，焉能置之无用之地？吉人天相，且免愁烦。（黛）咳！这般人苦苦留住人间，着甚来由也。

【前腔】秋草命无凭，十六年中悲自省。看无边火窟，出脱非轻。谢离他苦海千层，归并作泉台一径。不愿残丝再续如霜命，一任香销残磬。

紫鹃妹妹，你是我最知心的人，我的心你是必——（喘介。鹃捶背介。雪雁虚下。黛低声唱）

【前腔】何处卜天生？误杀儿家靡所定。叹人间闺阁，也瑜亮争横。（高声唱）而今呵，让南阳成就三分，悼公瑾凄凉短命。则笑如今知己凭谁赠，只有青鬟堪证。

（鹃）事已至此，不得不说了。姑娘心事，是丫鬟们晓得的。那意外之事，是没有的呀！如今只拿宝二爷身子看，如此大病，怎生做得亲呢？（黛微笑不语介，咳嗽介。鹃伏侍伏几上介。鹃）呀，你看她默默无言，吐的俱是血呀！（唱）

【风云会四朝元】销声交并，恨天公断送行。女儿弱质，也频遭忌零。误则误聪明的心性，叹这般究竟，叹这般究竟。（作势唱）你看门掩潇湘，露下秋蘅，冷落堪怜，知心谁倩？尘埋了菱花镜，月暗了云母屏。不信香肌一夜全消捭！她无言泪自零，她呕心血成饼，便是我也不禁凄凄楚楚，陪她呜哽。

（向黛介）姑娘呀，虽则云然，但最难得者人身，何摧残至此？（黛摇头低唱）

【前腔】春残光景，黄粱梦乍醒，笑已往伤心，翻成画饼。把宿债还他干净。

说人身难得,说人身难得,那秋草萧森,弱絮飘零。算不得紫玉成烟,绿珠坠影。似这样黄泉境,也不自今宵定。想那幽途滋味还堪领。(点头介)叹心酸念转平,叹销魂意翻幸,则索安排停停当当,秋波双瞑。

只是想回来不值也。

【豆叶黄】向情天界里几费尽聪明,拼着个一点痴灵,归证那三生佳境。恁般销魂,恁般用情。(低唱介)硬挽回姻缘金玉,硬挽回姻缘金玉,(高唱介)竟不料春归花葬,帘卷鹦鸣。

(贾母引王夫人、凤姐、丫鬟上)欲图孙子姻亲事,且看颦儿病体来。来此已是潇湘馆了。(俱进介)呀,外孙女怎么样了?(紫鹃见诸人介。贾母坐黛玉旁,王夫人旁坐,凤姐、丫鬟俱立介。贾母)儿呵,你怎生病到这分儿?(黛不应,鹃向黛)姑娘,老太太在此。(黛慢抬头斜看贾母泪介。各泪介。黛喘介,叫介)老太太。(贾母)儿呵,你要说什么?(黛唱)

【转林莺】忆初来觑的千金锭,到如今这样飘零。(冷笑介)眼见奴死得无收领,多谢你另眼垂青。我的娘呵,叫亲娘黄泉不应,把孩儿抛离的这般孤影。(贾母报颜摇头介。王夫人落泪介。凤姐背作得意介。黛伏几上唱)叹生生无端断送,这疼热非轻。

(贾母)好孩子,养着罢。不怕的,我们再来看你罢。(引王、凤等出介)咳!这孩子十九不济,你们后事也当预备预备,这两日咱们家里正有事呢。(凤姐应接,同下。雪雁暗上,黛)紫鹃妹妹,扶我起来。(鹃)姑娘伏着罢?(黛)不妨。(鹃扶起以手枕黛介。黛)雪雁,我的诗本子。(喘介。雁向鬼门取递介,黛看点头,又指介,雪不解介。鹃问介)姑娘指什么?(黛努力介)箱子内的。(鹃向雁)想是要绢子?(雪取绢递介,黛看摇头努力介)有字的。(鹃向雪)是要那题诗的?(雪复取递介。黛)炕内笼火不曾?(雪)笼了。(黛)扶我去。(二人同扶到炕坐介。黛看绢子低唱)

【耍鲍老】记当初是那遥相赠,更诗句泪同倾。双心如现回文影。忽一旦情丝竟悔,更阑寂静。尺幅相看伴孤零,泪眼应成映。(撂向火。鹃、雪)哎呀!(黛唱)而今知省,愁万缕,织千层。火到成干净,都付与飞灰境!班姬扇,弄玉笙,肯留作人间证?空落得泪花零。

(看诗介)呀呀,诗呀,今番和你撒手也!

【画眉姐姐】诗句漫闲评,叹断墨残书谁忆省?这零膏冷翠都呜咽。寒灯,既不是写梅花词寄邻生,又不是附罗袜书题私订,也则索成灰烬。(撵火内介。鹃、雁抢抓介,抖跻介,收拾介,黛笑介)你们好痴也。正好凭它烈火把诗魂迸,何必焚余说小青?

(黛闭目后仰介。鹃)哎呀,不好了。(二人拭泪共扶黛入帐睡介。掩帐介。鹃、雪哭介。鹃)奴想古来多情佳人,为情而死者,当复何限!(作势同雁唱)

【寄生草】珍重知音,听愚痴女子情,有一个贾云华医不好伤秋病,有一个柳荷香解不掉相思症。有一个徐安生留不住小星命,你看春容拼得为情倾,不道人亡花谢无凭准。

试问俺小姐有一于此乎?自比不得也。

【鹊踏枝】也不曾向花前说私盟,也不曾凭月老联佳订。不过是一心儿似醉如痴,独自个因风捉影。坑也么坑,那负心安省,直做得苦娇鸾饮恨捐生。

(正旦扮李纨上)因她玉女三更病,动我孀居一点情。妾身李宫裁,适闻丫鬟们说林姑娘病体十分沉重,因此匆匆前来相看。呀,已是潇湘馆了。你看杳无声息,寂寞重门,好不凄凉万状也。(进介)呀!紫鹃,你姑娘怎么了?(鹃起指帐中哭介。李揭帐叫介)林妹妹,林妹妹!(林不应。李坐帐边椅上哭介)好不伤感人也!

【剔银灯】堪想伊幽姿玉琼,说什么青娥素影?更兼她天赋妙聪明,抵多少蓬莱仙品。酸辛,到如今云裳露零,可正是寒风五更。

(鹃大哭介。李)好孩子,你哭的我心都乱了,你还不赶速替她穿换衣履?她是女孩儿家,还叫她赤身露体么?(泪介)我替她备办后事去。(急下。鹃哭揭帐扶黛起坐介)姑娘怎么样呀?(取汤灌黛饮复吐介。使劲说介)紫鹃呀!我是不中用的人了!

【沉醉东风】怪天生侬才不应,一霎时梨花夭命。最难捱这斯须景,眼睁睁谁瞑?看南枝十分春影。嗳,好长时候哟!将人世愁烦我惯经,恰便是冷雨幽窗不可听!

(欲攥紫鹃手,鹃递手,黛攥介)当初原指望咱们总在一起的哟!

【梁州新郎】丹裳风度,青扉齐整,做得春鸿投赠。闺中承意,知心陪侍崔莺。愿劳你花前月下,香肩附并。我可前行引,肯千金遣嫁也听无凭。不想今日呵!我竟魂归你泪零,相愁闷,共悲哽,细思量转误你终身命。(鹃大哭介。黛大哭介。鹃唱)休为我再使伤心劲。

（鹃取绢代黛拭泪介。黛）紫鹃妹妹，我这里并没亲人，我的身子是干净的。

【前腔】椿萱长背，雁行谁并？姊妹故园凋罄。芙蓉零落，秋江孤立亭亭。自许我芳兰竟体，小玉为名。谁敢污仙人影，还他清白也赴瑶京，春蝶秋蜂不再生。你好歹叫他们送我还故乡也。他乡鬼，魂飞冷，一灵儿再不向无情憎，奴好去归结扬州梦。

（昏伏介。李纨、探春同上，进介）你姑娘怎样了？（鹃摇头介）多半不济世了。（探）姐姐。（纨）妹妹。（鹃）姑娘。（黛不应，众哭介，内奏细乐。探）你听空中仙乐飘扬，异香馥郁，潇湘妃子，此中真有汝缘分乎？（合唱）

【浣溪乐】她原是下蟾宫风露冷，谪人间环佩东丁。去来因，都合有仙人证。度脱她灵魂飞苦境。看迷离月夜，青鸟分明。

（黛忽起，众慌扶介，黛高声叫）宝玉，宝玉，你好！（低声叫）神瑛，神瑛，你好！（晕倒介。众哭叫扶下至鬼门。探、李吊场）咳！可怜，可怜，林黛玉今宵去也。

【尾声】风清月白凄凉境，痴情人今日应知醒，则明日这潇湘竹上的斑点应成影。（泪下）

瑛吊（遥帆补作）

（杂扮二丫鬟扶生哭上）

【北赏宫花】风雨秋期吹散，那茂陵人哭痛如何？意惝恍无处寄悲歌。猛忽的那钢锋心割，抵多少明月吊湘娥。

（扶坐介，迷介，忽醒介，抬头拍案介）小生宝玉，一向痴迷，不意病中被那些毒妒人儿强完姻事，俺只道与林妹妹成就百年，方且悲喜交集，谁知他辈竟是移花接木，遂使俺几于买椟还珠，误了我那人儿，那般结果，如之奈何？（拍案唱。二鬟虚下）

【南五更转】十六载无生乐，更如今绝望，那长愁短命频相左。可怜一寸眉寞，担多少人间零落。转凄凉，是妆罢熏香坐衾窠，婉转谁可？林妹妹呀，想你只是自己伤心便已也。钦敬你玉洁冰清，悲悼你云清雾薄。

妹妹呵，想你而今生生死死，俱着甚来由也。

【北鸟夜啼】想当年情天叹空廓,真个是苦海难挣脱,到如今再寻他苦海谁轻可?则叹小生一毫没着落也。则我这没因缘名分如何?并不许俺实把那伤心坐,便作得孙楚编摩,潘岳悲歌。也只好向湘江零涕背人哦,虚飘飘则苦煞凄凉我,甚求凰成别鹤,空耽担了鸾交凤友,翻惹起蝶笑蜂啰。

【奈子落锁窗】可恨俺倏忽沉疴,失聪明惹住邪魔。要是俺死了,倒也好了。造化儿郎,原身还我。只成全俺负心独活。潇湘此日知怎么?多半是天阴鬼哭相合。

这事又说起来,好不奇也,那日我向袭人说道:"我问你,宝姐姐怎么来的?我是娶林妹妹,怎么被宝姐姐俯就的霸占着?"袭人说:"林妹妹病着呢!"我又说:"烦你将我心上的话回上去,横竖林妹妹也是要死的,可将我与她住在一处,活着呢,也好一起医治,死了呢,也好一起停放。"正说着,恰好那人听见,却将些道学的话来责备我。又说道:"实告诉你,那林妹妹已经死了。"我满心惊异道:"果真么?"她说:"天下岂有咒人的理?"小生一闻斯言,不禁放声大哭,一霎时眼前昏黑,心内迷离,恍惚不知所之,忽见里面有人,遂茫然问道:"借问此间何处?"那人道:"此阴司也,尔何来?"俺道寻访故人,那人道:"故人为谁?"俺告以姑苏林黛玉,那人冷笑道:"林黛玉,生不犹人,死不犹鬼,无魂无魄,何以访为?"哎呀!

【泣颜回】乍听痛如何,惊魂遥颤影婆婆,玉人何处不念我?一身飘泊,茫无涯涘,似沙场风紧摇旌堕。问花间谁是巡逻,尽投笺欲讯阎罗。

【瓦渔灯】既说是凡人不比她,又说是鬼殊科,更说是魂魄两消磨。据此说来,我林妹妹即将安归乎?空为你魂灵轻自逐风波,空为你下地高天寻未错,怪道你梦魂中无过,则我和你是天长地久恨如何。呀,啐!但林妹妹非人非鬼,无魂无魄,岂自今日始乎?则想像她天资低弹,可不是那云裳飞堕。

【喜渔灯】更那聪明绝世般般可,自教人拟议都讹,难度,羡幽明不累她,知她,年年秋恨眉间锁,不道是滴向红尘泪更多。

又说道:"林黛玉已归太虚幻境,尔将何之?"哎!

【小桃红】甚虚空幻境把玉人拖,想一入蓬莱深锁也,说甚么度厄仙人,平结起云窠。遥想那冷银河,凉月窟,那凄凉管教他无逃脱也。俺便有香草还魂去逗着她,还只怕境虚空,未必许长枝柯。

那阴官嘱咐得好,汝诚有心遇之,沉潜修养,自然有相见之期。如不善生,即以夭折之罪罪尔美人,终不复见矣!嗳嗳!

【满园春】不许我随伊去,共摩娑,还要我独自活,暂腾挪。这人间滋味真萧索,怎能够黄粱梦,黄粱梦,呼醒莫蹉跎?则恐无情罚,常向此间磨。幸而许我潜心静养,还可相见。入空门也波,坐蒲团也波,还恐她痛恨无情,恨痛无情,云间相躲,怎知俺目断向天河。那阴官说毕,复取一石向俺心掷来,醒时依旧呻吟床褥。

【前腔·换头】则见摇书幌灯花挫,映虚窗凉月斜搓,我只望今番尘梦破,谁知道魂飘飘,魂飘飘依然那般,寻不着剩下我,苦撑持酬应俗情呵,那时虽依旧是绮罗队里,锦绣丛中,哪知我复何心遣此也。对红尘奈何?对红颜奈何?单抛撒那可意人儿,可意人儿,姻缘差错。妹妹呀!真辜负你之死矢靡他。

(冈坐介。杂扮嬷嬷、丫头上)宝二爷接喜信。(生)痴人们,我如今还有什么喜呦!(杂)不是呀,今日太夫人吩咐说,昨据大夫说,你心病太深,索信叫你闲散一番,或可痊好。因此太夫人吩咐我们,扶你到潇湘馆去去来好么?(生)这大夫金石药也,则小生庶少申腑肺也。(扶行介,同唱)

【刘泼帽】名园春减花萧索,问冷落日月几何?(生问介)那不是潇湘馆么?(杂)是。(生)你看花阴寂寂,竹影难离,好不凄凉万状也。酸风哽咽人抛躲,难道伤心是拥着衾儿卧?

(作到介)呀,妹妹哪里?(作进见灵位痛哭跪下介)呀,妹妹呀,兀的不痛煞我也。(晕介。嬷嬷、丫头扶叫介)二爷醒来,醒来!(生醒介,低唱)

【中吕过曲·榴花泣】[石榴花]潇湘依旧,今日又重过珠帘,如梦影婆娑,玉人儿妆懒如何?(起介。又见灵幡介)呀,我的人呀,你果真死了呀?猜疑正多,难道这天公惯收拾奇花朵?为什么雨打梨花,更添了风断金荷。

(作势唱)妹妹呀,可伤你竟是这般结果也。

【九回肠】则痛她撇红尘水流花落,驾青鸾风卷云拖,不容人抚棺一恸把回肠割,仔细想,生小惯泪痕多。她那里红笺寄恨凭谁可,我这里白璧盈怀无奈何?写悲歌,并不得杳冥同穴悲寥廓,原不是短姻缘琴瑟南柯。(上香介。嬷嬷、丫头虚下)再不把断头香瓣添金鼎,还想那并蒂莲花结玉荷。咳,则只怕未必了,叹他生缘会更搓讹,只落得风雨涕滂沱。

(贴扮紫鹃暗上坐傍介。生)呀,小生哭的眼花,那不是紫鹃姐姐么?(叫介)紫鹃姐姐。(鹃不理介。生走近前揖介)望姐姐见怜,将林姑娘如何得病,如何沉重,并临终时如何言语,望姐姐告诉小生呀。(鹃怒介)要我说么?听着。前者你失玉痴颠,俺姑娘朝忧暮思,废寝忘餐,自欲到彼看你,不知怎么,听见你们那里毒心的勾当,她便神魂顿丧矣。(生顿足哭介,合唱)

【金络索】情深留意多,话诧伤心恶,消息传来,生把惊魂捉。心摧痛若何?(生)姐姐后来呢?(鹃)我姑娘如醉如痴,似疯似傻,走到你卧房处,与你相视而笑,言语迷离,及至扶至潇湘馆来,腰肢沉重,血唾淋漓,就是那一病而亡了。(哭介)我那姑娘啊!(恨介)你难道还佯为不知么?(生捶胸痛哭介)我恨沉疴,无语痴迷负玉娥,使她抠心硬夺娇鸾活,埋骨生将小玉搓,泪交沱,她一腔冷血印成河。(合唱)断送在积世婆婆,薄幸哥哥,恁死得无收着。

(生)我那多情的妹妹可有深恨小生的言语么?(鹃作势介)怎么不恨?她将你寄来的那绢子,与她自作的那诗稿,一件件都烧化了。(生)呀!兀的不可惜死也。

【前腔】灰飞丝与罗,魂诉断冰梭,金缕凤残,珠玉如花落,人亡物亦颇。想林妹妹化绢焚诗,不啻剖小生之心而泣血也。斩尽枝柯,根到九泉向哪处摸?这不是崔郎怀绢临终作,这不是孙氏焚诗内助多。气丝锉,多半是腐心切齿强撑挪。总不许俺着意摩挲,尽意吟哦,则枉煞伤心我。

(生)姐姐,我妹妹后来更怎么样呢?(鹃怒介)俺姑娘伤心的话,伤心的事,我也真不忍尽言,你当初作什么竟毫不理会?此时假惺惺的,谁耐烦与你这负心人,絮絮叨叨,好不扯淡。(径下,生痴介,半晌哭介)嗳!我这心不能见谅于侍儿,尚望谅万一于我那伤心的妹妹吗?

【莺啼序】论沉冤闺阁湘罗,恨长逝离莺别鹤,似恁般一个人儿,生拉向那幽途生活,想她生平呵,葬桃花蹙损双蛾,对风雨把秋窗弦拨,到头来还恁飘零结果。

想古来佳人回首之时,或寄留遗稿,或自写春容,令人千载下如将见之,哪似我林妹妹死得恁萧条寂寞也。

【长拍】惨淡颜酡,惨淡颜酡,伤心笔搁,凋残鬓绾裙拖。今日便作潇湘剪纸冷招魂,何处遮挪?则空织锦文梭,便香奁填就,她应嗔差错,嗳!我知道她了!叹宇宙寥寥无处可,因此上尘颜破,玉容搓。然妹妹虽死,而妹妹之音容心事,又何日不在人间也?秋水春山须评度,更鹃啼花落,着意摩挲。

妹妹呀,使君少缓须臾,小生焉肯相负?真不料一不得志,遂不复起,至于如此其急也。

【短拍】双凤同柯,双凤同柯,不愿你灵蝉能脱,绝望也无处腾挪。待小生叫唤她醒来,妹妹,妹妹!姑娘,姑娘!啼血溢情河,映不出她九天咳唾,则从此天长地久,和你永蹉跎,恁长恨如何?

(哭倒介,丑、贴扮二丫鬟上,扶叫介)宝二爷,从那咱直哭到这咱,亏你有恁许多眼泪也。太夫人着小奴辈来请二爷快些回去。(扶生起,生叹介)咳!叫我哪里去?难道眼睁睁就舍了妹妹去了吗?(丑)好笑,你在这里哭一百年,也都是不中用的。(内唤)太夫人吩咐立等二爷回去。(二鬟复催介,生恨介)罢了,罢了!

【尾声】百年旦暮终抛躲,不见那万里秋闺唤奈何。妹妹呀妹妹!怎样和你图个天上姻缘补恨多?(哭下)

《绛蘅秋》序

乾隆庚戌秋,余至都门,詹事罗碧泉告余曰:近有《红楼梦》,其知之乎?虽野史,殊可观也,维时都人竞称之,以为才。余视之,则所有景物,皆南人目中意中语,颇不类大都。既至金陵,乃知作者曹雪芹,为故尚衣后,留住于南,心慕大都,曾与随园先生游,而生长于南,则言亦南,吾友仲云涧于衙斋暇日曾谱之,传其奇。壬戌春,则淮阴使者,已命小部按拍于红氍上矣。丙寅春,俞生悼亡,亟刻其结褵吴夫人梦湘《绛蘅秋》三十阕于《零香集》《三生石传奇》之后,《情原》《幻现》之奇,《让玉》《珠联》之切,兼之《巧缘》《词警》,间有情矣,乱以《埋香》《试玉》,不亦悲乎?观其寓意写生,笔力之所到,直有牢笼百态之度,卓越一世之规。虽游戏之作,亦必有一种幽闲澹远之致,溢乎行间,不少留脂粉香奁气。东嘉之画工,实甫之化工,兹以一扫眉之笔,直取其魄,返其魂,而兼而存之。觉彼《鸳鸯梦》《相思砚》诸传奇,洵不足喻其幽深而环丽也,夫今古一情天也,海寓一情区也,文生于情,王道本乎情,人情以为田,则情可薄乎哉?俞生负偶傥非常之气,抱不羁之才,而钟乎情,正我辈尔。而吴夫人《绛蘅秋》之所以言情者,复起而迎之,此千秋之事也。有读《绛蘅秋》而忘情者,果太上也耶?亦只非人情不可近而已矣。

嘉庆丙寅季夏,云梦许兆桂题于白下之西楼。

吴香倩夫人《绛蘅秋传奇》叙

《红楼梦》一书,言情也,记恨也。千古伤心,首推钗、黛,爱之怜之,悼之惜之。若神游于粉白黛绿间,领会夫颦儿之痴,玉儿之恨,钗儿之酸,一切有情物,皆作如是观者,后之视今,一犹今之视昔,此新安女士吴香倩所以有乐府之作也。香倩为余内兄俞子遥帆之夫人,德行温和,声名贤淑,幼事椿萱,克尽孝道,其延父嗣,守母丧,抚弱弟,又能目识名流,辞富安贫,愿得贤如伯鸾者从之。以迄善事翁姑,和联上下,睦姻任恤,慈厚宽柔,已备载遥帆所述《吴孺人传》,及诸名公记叙中者,余不复赘。更可称者,雅善诗歌,妙解音律,劈笺分韵,有林下风。所著有《湘灵集》诗词杂著稿十卷,及集史鉴中凡事涉闺阃足为劝惩者为一书,名《金闺鉴》得二十卷,又《三生石传奇》,皆各如春在花,如水行川,议论横生,浓淡尽致,为一时所脍炙。寒岁冬暮,遥帆兄折柬相招,过柳塘书屋西轩,坐梅花树下,扫雪焚茗,论谈竟日,出《绛蘅秋》一册见示曰:此予闺中人之近作,尚未告成,子其为细校之。予敬置几席,按拍恬吟,其中警幻示梦,宁荣追欢,玉镜含愁,银瓶写怨,情之一往而深,皆文之相引于无尽。《哭祠》一折,缠绵慰藉,得三百篇蓼莪之遗,知其所感触者微也。他如《醉侠》《呆调》,世情曲尽,《村游》《魔魇》,神采飞扬,才华则玉茗风流,妙情则粲花月旦。此际吉光片羽,已抒佳句于多情,有时玉合珠联,再读新词以补恨。此予之深望于遥帆与夫人者也。岂意红笺犹湿,碧落云遥,离恨天中,相思地下,古今人若出一辙,命也如何?有不堪回首已矣!遥帆以奉倩之神伤,安仁之心苦,思于《珠沉》之下,续成是书以问世,得《瑛吊》数折,字字泪痕,遂搁笔不能复作,以待异日之续成焉。慷慨淋漓,声泪交迸,红霏绿碎,不是过矣。名之曰《零香集曲稿》,索予志数语于上,予曰:噫!情之所钟,正在我辈,幸而闺房倡和,雅号同心,古才人不多让焉。天乃忌其才而夺之算,犹幸其富于著作,流传于后,得追美于林亚清芙蓉峡诸才媛,斯亦足矣。而予且有祝焉:夜月怀归,春风省识,焚是编以迎迓,庶几哉。美石三生,灵河一面,得如神瑛之重入太虚,相与握手话别,并商酌是书以后之情节,则其惊才绝艳,必皆有高出于人世之文章者。遥帆拟子建之才,抱宋玉之情,真所谓以奇才而号情种者也。怡红佳话,余将拭目俟之。

嘉庆丙寅暮春下浣,江宁愚弟玉卿万荣恩拜题。

序

香倩既作《三生石传奇》,复取说部《红楼梦》,就其目录,摘其关要者传其事。余见而谓之曰:以君传神之笔,奚不自出杼机,号标意旨,更如《三生石》名目,而必于兹《红楼》加之意乎？香倩曰：是何为者？古人有勃勃欲发之气，借纸笔代喉舌，往往凭空结撰，以写人情之难言，观元人百种曲，及玉茗堂四梦，皆有似乎海市蜃楼，烟云起灭，何尝指其人以实之。矧兹《红楼梦》说部，作者真有一种抑郁不获已之意，若隐若现，以道佳公子淑女之幽怀，复出以贞静幽娴，而不失其情之正。即写人情世态，以及琐碎诸事，均能刻画摹拟，以为司家政者之炯戒。虽消遣之作，而无伤名教，小说中矗然可观者。余定其事，以传其奇，庸何伤？余曰：君其善为说法者乎？又所谓借他人酒杯，浇自己块垒者乎？《哭祠》《湿帕》《埋香》及《护玉》《珠联》《词警》诸折，写怡红潇湘之怨、之愁、之言情，及蘅芜之妩媚澹远，直夺其魄，而追其魂。其大声发于水上也，则有若《演恒》《林殉》；其娇啫起于花间也，则有若《醋屈》《娇箴》；其激烈于金石而反复于波澜也，则有若《金尽》《醉侠》《设局》《村游》，光怪陆离，婀娜刚健。觉若士有其幽而无其峭，笠翁有其趣而无其深，《鸳鸯梦》《瑶池宴》有其致而无其缠绵。即科白亦不稍懈，曲白相生，俗雅各致，依其目而不少为束缚，得以自抒其洋洋洒洒之文，洵可歌、可咏、可惊、可喜之佳制矣乎？痛乎青翰犹涅，红粉已消，不使之卒成此编，以寄其恨，而写其情。

噫！天之遇香倩其何如哉？余不忍是编之断凫续鹤，意欲照其目以成之，仅得《珠沉》《瑛吊》数折，哽咽不能成字，遂搁笔，将以俟他日之卒成焉。更未识神伤之殆复难支者，能了此一番心事否？兹先将所有者授梓，并志数言。观雪芹之钟情，曷禁泪涔涔下也。嘉庆岁次丙寅仲秋月日，遥帆俞用济识。

香倩《三生石传奇》三十六出，其写才子佳人，寄恨斟情，言画工则高东嘉《琵琶记》，言化工则王实甫《西厢》曲，至写世情反复，有尤西堂、蒋苕生、张漱石之牢骚，而浑厚过之。填成，并偕《绛蘅秋》二十五出之未毕者，于今正寄同窗友陶希棠，顺至杭州，就正词手，尚未寄回。兹先将《绛蘅秋》付梓，其《三生石》一俟寄归，即授剞劂。

清嘉庆十一年(1806)抚秋楼版。阿英编《红楼梦戏曲集》(中华书局1978年版)收录。

十二钗传奇

朱凤森

试一出 先　　声

（副末仙妆带两仙童上。众先堆彩云介）万里风云一剑飞，等闲玉露湿天衣。蟠桃海上三回熟，醉里乾坤一粟微。贫道渺渺真人是也。余生于鸿蒙时，不知年岁。记得女娲炼石补天，遗下一块石头，受了日精月华，修成灵石，名为神瑛侍者。还有绛珠、神芝、芙蓉等十二株仙草，各成女体，受过灵石滋培。如今都动了凡心，要入红尘游戏。贫道不免点化他一番。（末）

【新水令】有娲皇炼石补青天，可巧的还留一片。只为那绛珠仙草，媚生在那青埂玉峰前。两下里一点情缘，才引出十二金钗线。

【驻马听】天上人间，富贵荣华都是仙，月楼花殿，佳人才子岂无缘？笑抛尘事海东边，山光远挹窗西面，真可羡，朦胧一梦华胥见。

【沉醉东风】你看南柯梦虫儿犹恋，牡丹亭死后重圆。今日呵，弄悠扬碧玉箫，度几曲长生殿。遇着这舞莱衣美酒琼筵，愿祝高堂寿万千，博得个十分喜羡。

俺有《十二钗传奇》，只因《红楼梦》一书，脍炙人口，不过填几套曲儿演戏，要他代舞莱衣。

【折桂令】羡神仙风致翩翩，一瓣心香，几幅花笺，写得来调响词妍。那厢是三珠树顶，这里是五岳图县。演红楼寄情不浅，把古人旧曲重填。虽则是珠玉居前，却不道风月无边。重排着金钗十二，请宴的朱履三千。

【沽美酒】你记得续红楼，结喜缘，要灵石，补青天。台阁玲珑空里现，把艳晶晶美眷，做一部巧团圆。

今日是神瑛与十二仙子降诞之期，童儿，你到大荒山无稽洞宣诏前来。（杂

向内请介。生执灵石僧妆,率领十二仙女,各执一花同上介)仙翁稽首。(副末)众仙有礼!(各分站两旁介。副末)

【太平令】俺则要石点头各色花鲜,请你来讲说因缘,无非是儿女情牵,不过些风流罪谴。钟爱的花边柳边,尽意儿流连,这脚根系谁家红线?

【离亭燕带歇拍煞】这都是镜花水月随时变,各明本性休迷恋。说什么石上前缘?眼看他奈何天,眼看他长恨地,眼看他回心院。这《红楼梦》一书,写不尽兴衰怨。把二十年风流孽冤,那金和玉怎样联,木石心怎样见,大观园都说遍。你潇湘泪最多,他宝玉何曾愿?都是些如花美眷,你只管眼矇瞪,醒来时悟得远。

(众欢喜介)谢仙翁指点。(副末)你们去吧。(众稽首同下介。副末)童儿,你把甄士隐、贾雨村招来!(杂向内请介。丑扮甄士隐、贾雨村上见介)仙翁稽首。(副末)贫道有礼!你把《红楼梦》一书甄士隐去,就将贾雨村言说与他们听听便了。(丑、外)领法旨。(下。副末)你看他们欢欢喜喜,各到太虚幻境去了,可笑吓可笑!(众扮仙童,驾五色祥云,绕副末下)

入　梦

(生扮宝玉上)

【夜游宫】春梦随云聚散,逐飞花如水流年。问金钗十二。指数谁妍?青琐间,红雨外,彩云边。

小生贾宝玉,簪缨望族,诗礼名门。祖父爵晋荣公,父亲官居员外。祖母史太君,荣封一品。母亲宜人王氏,生俺兄弟姊妹三人。姐姐元春,入侍宫闱。哥哥贾珠夭逝。嫂嫂李纨,抚孤守节。庶母所生弟妹二人,妹妹探春,兄弟贾环。又有叔伯姐姐迎春,妹妹惜春,共在俺荣府居住。小生虽长阀阅之门,颇厌纨绔之习,情耽花月,性爱温柔。且喜薛姨妈女儿宝钗姐姐,林姑母女儿黛玉妹妹,更有祖母老外家史侯孙女湘云妹妹。皆有惊人姿色,绝世才华,朝夕聚处,足快生平。今日跟随祖母来宁府吃酒,早饭后,陡觉疲倦。侄儿贾蓉之妻秦氏,善体人情,将我领到她这赛瑶台、胜玉府的卧房中暂歇。不免挪过鸳枕,少睡片时。(睡介。内作女声唤介)神瑛侍者醒来!(生作梦中起介)呀,这是女儿声气,只见翩跹袅娜,莲步轻移,好丽人呵!(旦扮仙姑上。生)

【月儿高】瞥见了春风面,画栏儿恰一转。色夺红蕖艳,唇点绛桃浅。你说是仙家,则待把云端现。甚风儿一阵打磨旋,飘飘的到庭院。

神仙姐姐!从哪里来,往哪里去?(旦)吾居离恨天上、灌愁海中、放春山、遣香洞,太虚幻境警幻仙姑是也。因你风流恩爱,是以前来。(生)

【懒画眉】问来从离恨几重天,为甚的愁灌人间没处填?元来春山无伴遣香怜。呀!薄云衣抓住风花线。漫说是恩爱缠,人却分外妍。

(旦)今日相逢,亦非偶尔。我有新填《十二钗》仙曲,可随我一听否?(生喜,随旦行介。场上悬匾,写"孽海情天"四个字。生)

【前腔】呀!为什么横书孽海与情天,单只为情到浓时各有缘。这痴男怨女最堪怜,说那太虚幻境无人见。咳!博得个心儿苦自煎!

倒不知为何风月难酬,竟要领略?痴情司、结怨司、朝啼司、暮哭司、春感司、秋悲司,有许多匾额。

【惜花赚】匾额蝉联,只挂在琼宫玉宇边。双眸眩,叫人不住问婵娟。神仙姐姐,烦领我到各处游玩,可使得么?奈何天,痴情结下谁家怨,春感秋悲俱可怜。(旦)思量遍,春光漏泄垂杨院,肯容伊胡串。

(旦)各司所贮,是普天女子过去、未来簿册,尘躯俗眼,未便先知。(生再央及介)

【前腔】再拜娘前,道咱是尘躯俗网牵。桃花片,把小渔郎试引入武陵源。(旦)莫胡言,俺生生妒煞衔泥燕,悄悄偷窥锦字笺。您思量遍,怕春光漏泄垂杨院。请自家方便。

(旦叹介)也罢,这薄命司和你随喜吧。(场列大橱各刷封条。生随旦入介。生)

【忒忒令】那一答可是金陵档边,这一册是哪家仙眷?拆封条随意都瞧遍。翠生生的风流线,喜滋滋的风月缘。怕金钗在金陵不见!

大书"金陵十二钗正册",金陵极大,怎么只十二钗呢?(旦笑介)贵省女子固多,不过择其要者录之。

两边二橱,十二钗副册、又副册,则又次之。余者无册可录。(生)

【太平子】金陵十二分贵贱,这三册是红鸾天喜缘。薄命司狠把香闺作践,他叫着苦无情也天!咱缝着口封谁言?

不免将又副册揭开,满纸乌云,还有几行字迹。

【尹令】呀！既说是彩云易散，又不免身为下贱。为甚找人谤怨，没个人儿挂念？满纸泼乌云，霁月难逢，咱也惘然。

一簇鲜花，一床破席，有几句言词，令人不解。且览正册罢。

【品令】他画着两枯木把玉带一围悬，又画的雪山冰巇，将一股玉钗联。又说是公子无缘，忒煞淹煎，独抱芙蓉怨。又忍着泪怕人偷见。有几句言词，怎的鲜花破席妍？

俺从头看去，频唤奈何。（旦）你聪明颖悟，何必敲闷葫芦？（掩册介）

【豆叶黄】他迷灯儿一篇篇，胡乱怎斯缠猜去也，闷恹恹哑口无言。一霎间，把一个闷葫芦敲遍。谁家姻眷？谁家凤缘？一个画美人的手卷儿，明摆着这边；一个害美人的愁况儿，暗隐着那边。倒叫咱梦魂迷痴。

（旦）且随我游玩去。（生）神仙姐姐，这绣幕朱帘，仙花馥郁，是什么地方呢？

【玉交枝】似这等琼楼玉院，有多少瑶扉网轩。但见那仙花馥郁迎眸绚，既说是孽海情天，怎人儿又不在俺眼前？那其间合成美眷，好姻缘一笑嫣然，再休似画影儿把情郎赚骗。（旦）你们快来迎接贵客。（生背介）这几个仙子，媚如秋月，娇若春花。

【月上海棠】忒腼腆，春花秋月人儿面。况荷衣点染，铢袂翩缥。深浅，怎欲动凌波香未远。恰秋波一转情如恋。好处相逢，赛过婵娟，如何容易叫人见？

（杂扮众仙女）曾说绛珠仙子前来游玩，为何引了浊物来污染这清净女儿之境？（生）呀！吓煞我也！

【么令】偏是他女儿娇谴，吓得俺倒退难言。他说是花宫里寻个绛珠仙，把俺抛贱似对着浊物儿也唾涎。他弹着小香肩，怕污染清虚洞天。

但闻一缕幽香，神仙姐姐，这是何物？（旦冷笑介）此系名山胜境初生异卉之精，合各种宝林珠树之油所制，名为群芳髓。（生）

【江儿水】对眉山香味，剪同笑妍。似这等娇娇滴滴将人羡，婷婷袅袅如人愿，更芬芬馥馥叫人恋。待撮合幽香一线，灵洞花天，捏的就芙蓉宫院。

请问仙姑姓名。（各报名介）痴梦仙姑，钟情大士，引愁金女，度恨菩提。（生）

【川拨棹】你群芳殿尽住着些仙眷，谁家痴梦困春眠？谁家痴梦困春眠，魂梦里春情可怜。（合）知怎生金玉缘，知怎生木石联？

（旦邀生入席介）此茶名为千红一窟，此酒名为万艳同悲，神瑛侍者请。

【前腔】神瑛恋,乍相逢,无一言。俺把度恨的菩提儿问天,将引愁金女请同眠,这万艳千红儿在哪边?(合)知怎生金玉缘,知怎生木石联?

(旦)叫舞女们。(旦)就将新制《红楼梦十二钗》仙曲演来。(众唱介)

【前腔】我则演红楼梦境圆,听听那十二钗情也天!单则为风月债儿牵,便惹出个新怜和旧怜。(合)知怎生金玉缘,知怎生木石联?

(歌毕。旦)可叹痴儿,仍然未悟。(生醉求卧介。旦)送他至香闺去罢。(美女上介)呀!此女鲜艳妩媚,风流袅娜,在何处见来?

【尾声】可人儿春困翠帏边,你绝世风姿乍见。少不了花里寻花就里眠。

缘　　香

(旦扮薛宝钗上)

【临江仙】金锁重门花院静,冷香犹殢红菱,午妆才罢粉痕轻。微疴增妩媚,丰润转轻盈。

霞姿雪艳映窗油,标格蓬山第一流。佛慧不过文士业,神仙原是美人修。奴家薛宝钗,金陵人也。随母来京,寄居贾姨母府内梨香院。今日小病新瘥,雪窗微坐呵!

【一枝花】霞姿凭雪映,标格蓬山胜。自怜端正好,恰称温柔性。若论风流,谁与神仙并?当初呵,谢菩提品定,金玉姻缘,关心事,曾记省。

昔有高僧赠俺金锁,说有玉便是姻缘,奴想姨弟宝玉,不是衔玉而生的么?

【梁州序】梅花香沁,小窗微映,冰玉女儿心性。墙东小宋,教人见了关情。停针不语,倦倚纱幮,香梦晓来犹剩。生香真色人难并,碧玉衣裳白玉清,奴想是前缘定。

(针黹介。生上,隔窗偷觑介。生)

【前腔】兰房香暖,绿窗人静,偷觑那人庄靓。鸳鸯绣谱,簇新花样翻成。纤到春葱十指,玉剪刀寒,翠袖不嫌香冷。你动人怜处添春兴,我偷步梨香一访卿,看婀娜,含端正。

不免掀帘而入。宝姐姐大愈了么?(旦)宝兄弟,我好了,谢你惦记。(生)

【节节高】新来病可轻?见娉婷,口边欲笑吞声应。疏过省,惦记卿,缘何病?我特来瞧瞧。熏笼消歇沉烟冷,蕉窗欲雪寒梅莹。情味宜人人坐清,可怎得泥人香味飘还凝?

好香吓!姐姐熏的什么香?(旦)我不喜熏香。(生)这香味竟从未闻过呢?(生)

【前腔】名香座上清,忒鲜新,从来未把奇香领。真侥幸,闻异馨,魂难定。你熏香不喜佯推应,我痴人偏有怜香病。一阵惺忪鼻关清,不强如风流三惹荀家令?

(旦)是了,我今早吃了冷香丸的。(生)什么冷香丸?(旦)说也琐碎,这方子难凑巧哩。(生)赏与兄弟一丸罢。(旦)药也是胡乱吃的么?(生)

【尾声】今朝省可心头病,(旦)奇香纵好难持赠。(生)今日呵,试探梨花冷性情。

省　　亲

(杂扮宫女提灯引小旦上,杂执宫扇上。小旦)

【鹊桥仙】望重姜申、班齐邢尹,归省重沐天恩。趁这一轮明月碾香尘,恰配着上元灯晕。俺贾氏元春,自入宫闱,深承雨露。又降恩谕,特许归宁父母。今值元宵佳节,才从大明宫侍宴回来。你看明月东升,已近起更时分,内侍吩咐排驾!(小旦升辇,细乐,众随下。外扮贾政族人,公服上。)适内监传示,贵妃已经起驾。只得在此迎接。(立左边介。净去粉墨扮贾太君,领女眷命服上,立右边介。细乐、卤簿、导凤舆上。外、净领众跪接介,内侍扶起随行介,内监跪答介)来此已是园门首,请驾进园。(小旦入园看介。场上结彩悬各色花灯。小旦叹介)太华饰也。(众合)

【懒画眉】只听得凤管莺箫动朱唇,匝地香烟麝脑喷,又见星桥火树起红云。行行只讶天宫近,簇拥着瑶月台殿人。

(内侍)请娘娘驾上凤舸。(宫女扶小旦登舟介。合)

【前腔】又只见一湾春水亮如银,原来万点星球挂彩云,真个是玻璃世界锦乾坤。行行只讶天津近,簇拥着瑶台月殿人。

(内侍)来此已是宫门,请娘娘升殿成礼。(杂扶小旦下舟、入宫、升殿、正坐。

乐作,内侍引外等于阶下排班。昭容传谕)免。(退下。小旦下坐,更衣,升辇,外、净等随行,至正室,行家人礼。净、外跪止介。外领众退下。小旦挽净及老旦扮王夫人手叹介。小旦)

【惜花赚】未语伤神,不觉的紧蹙娥眉珠泪纷。(净、老旦亦掩泣介)难相近,真个九重阊,如隔万重云。(小旦强笑介)今蒙天恩,许俺归省,才得相见一面,转瞬便要回宫。如何把这寸金的光阴,只管啼哭呢?尽相亲,还怕铜壶难把更筹闻,为甚不抛却愁怀笑语温?(净、老旦等各赔笑介)正是承明训,欢肠陡换重相问,哪些儿愁闷?

(小旦叹介)许多亲眷,可惜俱不能相见。(净)现有外戚薛王氏及其女宝钗,并林黛玉在外,只因无职,不敢擅入。(小旦)请来相见!(杂扮薛姨妈、旦扮宝钗,另用小旦扮黛玉,内侍引上。小旦)免行国礼,坐下一叙罢。(小旦正坐,众下面列坐介。小旦)怎么不见宝玉?(净)无职外男,不敢擅入。(小旦)内侍领来相见。(生上行国礼介。小旦)好呀,又长大许多了。(外在帘外启介)园中题额,皆系宝玉所拟,还求贵妃改定。(小旦)如此,宝玉导引。(生引小旦,众随行,随意登临游赏介。内侍)已至正殿,请娘娘升坐成宴。(乐作。小旦正坐,净、老旦等下面陪坐,杂扮尤氏、王熙凤把盏,酒三巡,乐止。小旦)

【锦堂月】愧长名门,正愁紫翠羽,不堪陪奉清尘。环佩银章,荣分雀钗凤纯。联肺腑日月分光,沾膏泽风云沨润。(合)倾佳醖,对着皓月华灯,共赓尧舜。(净、老旦)

【前腔】难论,鹭栅鸡群,钟灵毓秀,竟有鸾栖凤隐。天恩祖德,敢矜华毂朱轮?远权位冯氏逡巡,保恩宠窦君恭慎。(合)倾佳醖,对着皓月华灯,共赓尧舜。

(小旦)内侍!捧文房四宝过来。(向众介)园中题额,我欲有所更定,待写来大家酌议。(写毕念介)园曰大观园,正殿匾曰顾恩思义,有凤来仪改曰潇湘馆,怡红快绿改曰怡红院,蘅芷清芬改曰蘅芜院,杏帘在望改曰浣葛山庄。

【前腔】评论要典雅鲜新,蘅芜标院换却蘅芷清芬。更改出浣葛怡红,和那潇湘风韵。慢夸张大观嘉名,须砥砺顾恩忠悃。(合)倾佳醖,对着皓月华灯,共赓尧舜。

(小旦)且喜宝玉已能题咏,这园中景致,唯蘅芜院、潇湘馆,其次则怡红、浣葛我所最爱,宝玉可各赋一律,以觇其才,其余各处诸姊妹,亦随意分咏一诗,以纪今日之盛。我素不谙声律,也只得勉成一绝,以作首唱。(写诗念介)衔山抱水

建来精,多少工夫筑始成。天上人间诸景备,芳园应赐大观名。(众赞介)贵妃天才,人不及也。(净、老旦等合)

【前腔】欢忻,凤藻缤纷,昭回云汉,光芒上丽星辰。更七字吟成,不愧葛覃遗韵。挥青镂戚睕生辉,厉丹忱外臣输悃。(合)倾佳醖,对着皓月华灯,共赓尧舜。

(生、旦等各呈诗稿介,小旦看介)宝玉果有进益了,诸姊妹诗皆工稳,尚须让薛、林二妹出一头地也。(内侍跪答介)有教成新戏在殿下伺候。(小旦)命他演来。(杂扮仙童、仙女各四执花灯舞唱介。杂合)

【醉翁子】光晕,看天上嫦娥相近。更灯号长生,喜龙膏不烬。难认,散采扬辉,珠蕊金波两不分。倾佳醖,人在陵海香天,共祝千春。

【前腔】唇吻,放出钧天声韵。喜曲度双成,笙调子晋,凭问人间谁闻?半入春风半入云。倾佳醖,借这月瑄云璈,共祝千春。

(小旦)歌得好,有赏。(杂应,放赏介。内侍跪启介)赐物供齐,请娘娘过目。(小旦看册吩咐介。照册颁赏赐净、老旦及众女眷珠串、如意、玉杖、锦绣等物。众谢介。净、老旦等合)

【㑳㑳令】明珠称世宝,云锦焕天文。须知脂粉金花皆君赐,白发红颜,咸沐异恩。

(赐外等御制书及古墨等物,众谢介。外等合)

【前腔】宸章光典训,宝墨吐奇芬。唯当细磨逾糜书万本,世代云礽,咸沐异恩。

(又颁赏职役人等银钱介,净代谢介。内侍跪启介)时已丑正三刻,请驾回宫。(小旦下座,执净、老旦手叹介)我去也。(合)

【尾声】执手无言各自愍,乍相逢怎忍便离分。争奈那夜半钟声催驾紧。

(小旦拭泪介)天恩浩荡,明岁再许归宁,也未可知。但不要如此奢华才好。(众应介。细乐,小旦乘辇下,众同下)

夜　　课

(老旦扮李纨上)

【祝英台近】稻香村,春雨后,人静晚风峭。善抚佳儿,空谷有香好。趁他午夜青灯,绩麻画荻,休得把光阴闲了。

奴家贾珠之妻李纨是也。昨奉娘娘懿旨,自从大观园幸后,不必敬谨封锁,辜负此园。况家中现有几个能识诗善赋的姊妹,命她们进来居住,也不使亭台寂寞,花柳无颜。却又想到宝玉自幼在姊妹堆中长大,不比别的兄弟,若不命他居住,又怕冷落了他,特敕奴家管理读书刺绣。贾兰哪里?(小生扮兰儿上,老旦)此时还不上灯攻课么?

【祝英台】叹儿少孤,娘苦节,唯有读书高。拜了圣贤,读罢文章,慢说幼年垂髫。勤劳,只思量一字千金,非博取五花双诰。愿伊知道,要把书香承绍。

(小生)母亲教训的是。(老旦)我儿!大凡灵秀之气,为甘露、为惠风,洋溢于化日光天之下。秉此气而生者,处则为名士,出则为名臣。置之千万人之中,则在千万人之上。你今生于富贵之家,诗书之族,不可错过了呢!

【前腔·换头】灵妙,惠风和,甘露降,天子重英豪。你看池到凤凰,图画麒麟,朱紫贵人盈朝。枢要,荷干戈镇守边庭,簪黼黻嘉谟入告。立功勋,何妨补衮贤劳。

我家功名累世,富贵流传,已历百年。荣、宁二公之灵在天保佑,可以继业者非汝乎?

【前腔】儿好,我家公爵流传,已有百年遥。则待继业荣、宁,富贵功名,后世尚增辉耀。勋高,好将清白家声,望你儿孙克绍。再叮咛,你要把皇恩图报。

(小生)母亲!孩儿努力攻书。(老旦)好。

【前腔】须要,你思父母恩深,心事为儿操。俺则绮岁居孀,清夜丸熊,你莫负未亡人老。心焦,只愁纨绔膏粱,昏顿门楣难靠。你心模,忍把诗书抛掉!

夜已深了,去睡吧。(小生收书包,老旦同下介)

葬　　花

(小旦珠笠云肩荷花锄,锄上系纱囊,手持花帚上)

【绕台游】海棠春睡,领略娇情味,谁识落花凝泪?俺今日呵,珠笠香飞,云肩锦碎,问东君春归那处归?

花谢花飞飞满天,红消香断有谁怜?游丝软系飘春榭,落絮轻沾扑翠钿。奴家林黛玉,父母双亡,依外家居住。到京自见宝玉哥哥,面若中秋之色,色如春晓之花。转盼多情,语言若笑,天然一段风韵,全在眉梢,平生万种情思,悉堆眼角。与俺两小无猜,为香闺知己。今日乱红堆径,触目堪怜,不免扫花去来。

【步步娇】破春眠,心怗花儿睡,偷掩残红泪。移玉步,出香闺,手把花锄纱囊俏坠。愁踏的乱红堆,怨东风刮得我心儿碎。

行行已到沁芳桥畔。苍苔露冷,花径风寒,对此落花,不期一哭!那附近柳丝花朵,宿鸟栖鸦,忒楞楞飞起,也不忍再听。

【醉扶归】你看乱纷纷撒去的瑶宫队,到人间春湾水一围。可怜那沁芳桥一哭鸟惊飞,任残花满地天如醉。不由的春风一阵扫成堆,则怯的春波一去桃源避。

这里水虽洁净,只一流出去,有人家的地方什么没有。那畸角上,我有一个花冢,如今把花扫了,装在纱囊,埋在那里,岂不干净?咳!侬今葬花人笑痴,他年葬侬知是谁?

【皂罗袍】怕他梦雨娇云揉碎,泪花儿只弹向离恨天飞,晴丝冒住画楼巍,绿珠争忍红楼坠。西施欲睡,东皇唤回,青灯遥焰,红云护扉。篆心香,要预制那芙蓉诔。

我想花与美人是一般的。

【好姐姐】惜芳菲,闺中知有谁?衔泥燕香巢渐垒。恐葬花人去,再无人料理花飞。全无谓!相思空刺鸳鸯谱,好梦谁将翡翠围。

【隔尾】潇湘为甚轻憔悴,要勒就那怨绿愁江一统碑。上花坟、惜玉怜香真是美。

(小旦暂下。生扮宝玉执卷上介)好《西厢》,好笔墨,据我看,莺莺小姐不过与林妹妹一般。你看她两弯似蹙非蹙笼烟眉,一双似喜非喜含情目。态生两靥之愁,娇袭一身之怯。泪光点点,娇喘微微。闲静似娇花照水,行动似弱柳扶风,心较比干多一窍,病如西子胜三分。只恨我宝玉不能似张君瑞呵!

【山坡羊】画不出潇湘春睡,描不就颦卿风味。则见她娇喘微微,洒春风,一点一点桃花泪。惜分飞,美人儿伤憔悴,应是玉天仙队,唤作莺莺也配。想人在香闺,对菱花,照眉翠。葳蕤,是潇湘第一妃。芳菲,桃夭何处归?

呀!这沁芳桥桃花底下,落红成阵,吹下一大斗来,落得满身、满书、满地,怕践踏了,只得兜去桥边,浮在水面,飘飘荡荡流去罢!只见地下还有许多花片,真费踟蹰。(小旦上介)你在这里做什么?(生回头介)好,好,你肩上花锄,手中花帚,来把这花扫起,待我放下书来帮你。(小旦)什么书?(生慌介)不过是书,休管它。(小旦)你又在我眼前弄鬼,趁早儿给我瞧瞧,好多着呢。(生慌递书介)

【山桃红】我只为黄莺作对,清减腰围,是答儿心如醉,乍孤眠梦回。恰才向栊翠庵归,紧闭着怡红院扉。拾了本北西厢刚细窥,崔莺莺遇着张君瑞也。真好文章,你若看了,则怕你逗起春情懒画眉。一样的为兄妹,脸儿相偎。请瞧我多病多愁是也非?

妹妹,你说好不好?(小旦)果然有趣。(生)我是个多愁多病身,你是个倾国倾城貌了。(小旦羞怒介)

【鲍老催】咱们是自家兄妹,怎比那崔莺莺结拜的张君瑞?恨煞你多愁多病谁拖累,你这该死的,好好将淫词艳曲弄来,问你欺负谁?信口诌,真昏瞆!我天涯无限的伤心泪。各自干各自的,有一日呵!伯劳东去了燕西飞,你也不必两处徘徊,大家落日山横翠。

我告诉舅母,说你欺负。(小旦咽住泣走介,生着忙拦住介)好妹妹,千万饶我这一遭,原是我说错了。若有心欺负你,我掉在沁芳桥和落花一般。

【山桃红】我也是一时昏愦,细想全非。一霎间混如醉,只好无言长跪。但愿你一展愁眉,莫记咱半星狂为。妹妹饶了我吧,吓死我了。(小旦冷笑介)嗐,起来罢!由不得我心疼你一回,只是便宜了你,权做个崔莺莺扶起张君瑞也,这才是阁泪汪汪不忍垂。一样的为兄妹,恐怕人知道,叫做才子佳人信有之。

(小旦)呸!你是个银样蜡枪头一般,唬得这个调儿。(生)你说说你这个呢?(小旦)你说你会过目成诵,难道我不会一目十行么?(生一面收书笑介)正经的,快把花埋了罢。

【绵搭絮】嫣红成垒,春水绿波回。万种闲愁,哪管桃飘与李飞。葬花儿撮土成堆,(小旦)博得个愁云半敛,泪雨交垂。有四星今夜凄凉,把难话的衷肠我待诉谁?

(小旦)原来传奇上也有好文章,可惜世人只知看戏,未必能领略其中趣味。(生)

【尾声】好传奇,多趣味。(小旦)这花冢儿也须立一个断肠碑,(合)咱几笔凌霄花破垒。

撕　　扇

（贴扮晴雯上）

【醉花阴】这些时一朵芙蓉泪痕悄，卖不出千金娇笑。问如花烟露里为谁娇？惨凄凄团扇无聊，狠心肠一霎轻抛掉。今日呵，为甚恨难消？都只为俏东君情欠好。

俺晴雯扶侍宝玉，一向情投意惬。只因端午来换衣服，不防扇儿失手，跌折尘埃，也是平常的事。先时那么样的玻璃缸、玛瑙碗，不知弄坏多少，也没见个大气儿，这会一把扇子，就这么着了。（贴泣介。生扮宝玉潜上抚慰介）

【画眉序】为甚泣鲛绡，平地风波惹烦恼。劝你从依我，暂息烦嚣。警芳心，咱偶尔荒唐通戏语，您从头丢掉。悔俺唐突西施惯，好姐姐只当玩笑。

（点）何苦来？嫌我们就打发我们，再挑好的使。好离好散的，倒不好！（贴哭唱介）

【喜迁莺】咱何必自寻烦恼！咱何必自寻烦恼！怒汹汹你烈火焚烧。蹊也么跷，痛得我心儿焦暴。怎不把人儿另自挑？打发我去的高。似落花儿倚东风，离多聚少，俺只当幻境云飘，俺只当幻境那云飘。

（生）呀！听这些话，气得我浑身乱战，你不用忙，将来有散的日子哩！

【画眉序】莺语太嗷嘈，急得我愁肠乱紫扰。咱浑身打战冷水儿浇，桃花命被恶劣风飘。怕芙蓉面又等闲枯槁。您想离想散些儿话，全不顾我如何好。

（丑扮袭人上）好好的，又怎么了？是我说的，一时不到，就有事故儿。（贴冷笑介）姐姐会说，就该早来。自古以来，就是你一人扶侍的，你扶侍的好，昨日才挨窝心脚儿呢。

【出队子】多管你用心周到，算得个出群花、又扶侍高。他小靴尖窝心偏踢小苗条。喜得咱，喜得他，踢着您花心露水漂。你怎么怪着我揉损花枝，不把气淘？

（丑）你瞧宝玉已经气黄了脸，妹妹少不得自己忍了性子，你出去逛逛，原是我们的不是。（生）是呀，原是我们的不是。

【滴溜子】你只为我们急的懊恼，请看他薄面，付之一笑，把俺庞儿羞燥。我情真唾面甘,已经气黄了。请贵手高抬,重叙旧好。

(贴对丑冷笑介)就称起我们来了,那明公正道,连个姑娘还没挣上去呢?

【刮地风】哎呀!只这滴滴亲亲口内招,也瞒不过和你的我那蹊跷。称我们的不害你些儿燥。你们的水乳相交,折不开我字根苗。只说那姑娘,还没挣上这明公正道,又谁知任你们暗续鸾膠?虽则是你和他、他和你称呼颠倒,叫我们羞的都脸涨潮。怎怪俺恶抢白,言语轻佻?

(丑)我不过劝开,姑娘倒寻上我的晦气。夹枪带棒,终究是个什么主意?(生)你也不用生气!我也猜着你的心事了。我回太太,你也大了,打发出去,可好不好?

【滴滴金】劝姑娘省可心烦恼,薄幸不来春也老,莫误你青春年少风光好。就是你的心我猜着了,你莫伴推不晓!记得么?卧芙蓉,贪斗草,瞧着你心比天一样的高。

(贴伤心下泪介)我为什么出去,我一头碰死了,也不出这门的。(生)这又奇了。你又不去,你又闹些甚么?我经不起这吵。(生欲行介,丑跪拦介。杂扮碧痕、秋纹、麝月等一齐跪求介。生)我的心使碎了也没人知道,起来吧。(生泪介,众起来齐泪介,丑)林姑娘进来,见你这么,便出去了。(生惊视介,贴哭唱介)

【四门子】非是俺女儿心性生来傲,非是咱女儿心性生来傲,道道道,道的我心比天高。只为你性情儿熨贴从来好,你一团儿真是娇。我昔日里宠邀,不提防这遭。似这等可怜人,我偷将泪眼瞧。你的心忒煞操碎也焦,我的心恐没人知道。

(生)我已带了几分酒,把乘凉的枕榻设下,单留晴雯一人,你们去罢!(众各下介。生拉贴身旁坐下介)

你的性子越发娇惯了。跌了扇子,我不过说了两句,你就说那些话。说我也罢了,袭人好意劝你,括拉上她,你该不该?(贴)怪热的,拉拉扯扯做什么?(生笑介)

【鲍老催】怜卿惯娇,凉棚竹院风细飘,热肠儿不用他纨扇摇。慢将冰簟铺,瑶琴弄,花台扫。芙蓉铲尽芳心恼,艾焙忍过休提了,把秋风扇都撕掉!

(贴)你不提扇子罢了,既这么说,你就拿扇子来我撕,我最喜欢撕的!(生笑递扇介。贴)

【水仙子】笑笑笑,笑裂篦娇,怕怕怕,怕比打碎珊瑚声更好。你你你,你那翠袤儿破雀皎;我何用齐纨冰皎;莫莫莫,莫羡满怀风动摇;错错错,错使班姬怨情薄。扯扯扯,扯碎了小扇桃花风乱飘;把把把,把香君扇坠都丢了。省省省,省的我见团扇泪珠抛。(生大笑介)响的好,响的好,再撕响些!(杂扮麝月上。生夺扇递贴介)你撕你撕。(贴撕介。杂)拿我的东西开心儿。(生)打开扇匣儿你拣去,什么好东西?

【双声子】开心好,开心好,纵扯破还嫌少。你请去,你请去,将扇匣搬来妙。怕则甚,请撕了。听了这嗤嗤的响,比裂帛声高。

(生)这几把扇子能值几何?倒博得一场大乐,快去搬来!(贴)我也乏了,明日再撕罢。

【煞尾】慢道千金难买佳人笑,我撕来力尽楚宫腰。这满地纸条儿,只怕它化作彩云飞去了。

结　　社

(贴扮探春上)

【夜游朝】秋爽林泉归大雅,树诗坛景物清华。月榭凹晶,风庭凸碧,好一幅名园图画。

奴家探春。因一时之偶兴,成千古之佳谈。昨写花笺,招集二三诗友,共立吟坛。想必到来也。(生扮宝玉上,拍手笑介)倒是三妹妹高雅,有白海棠二种,你看何如?(扮宝钗、黛玉、迎春、惜春同上介。合)

【前腔】诗友临门真博雅,大观园挦藻摘华。冒雨而来,扫花以俟,好催促这花笺飞下。

(老旦扮李纨上,笑介)雅的很呀!要起诗社,举我掌坛,咱位就是诗翁了。先把这姐妹叔嫂字样改了,起个别号称呼才雅。我是稻香老农。

【普贤歌】俺天生的久住稻香涯。烟舍外,早已种胡麻,诗社结秋花。只是史湘云未到呵,几乎负了她。虽则咱负她,也怨不得咱。

(贴)我是秋爽居士。(生)到底不确。(点)我喜芭蕉,就称蕉下客。(黛玉笑介)蕉叶覆鹿,可不是只鹿么?(贴)你住的是潇湘馆,你又爱哭,将来竹子是要成斑的,都叫她潇湘妃子便了。(众拍手介)大妙大妙。(老旦)薛妹妹,我就封你为

蘅芜君罢。(合)

【排歌】蕉叶笼纱,蘅芜住家,宜人雅致风华。醉荼蘼卷起烟萝架,枕月潇湘一梦赊。四姑娘藕香榭,二姑娘紫菱花,沁芳桥外有生涯。诗瓢挂,画景嘉,且听他高唱浣溪沙。

(生)抬进白海棠来,各咏一首。菱洲限韵,藕榭监场,稻香大总裁阅卷,就叫做海棠诗社罢。(众各坐吟介。吟成众赏赞介)

【八声甘州】茶余客话品诗家,刻出海棠秋画。偷来玉雨,借将魂缕梅花。似秋闺泪痕啼茜纱,怕花艳时愁不力加。堪咤,独倚危栏,何事绾不住这情芽?

(老旦)潇湘妃子风流别致,但含蓄浑厚,终让蘅芜。(众)极是。(内扮丫鬟上介)史大姑娘来了。(众迎介,内扮湘云上)好诗好诗,容我入社扫地焚香否?(杂旦)

【前腔】秋斋咏物华。你放诞风流,书书满架。柴桑郡里,风光总让陶家。绿窗秋色菊始花,又雪扑海棠诗社下。这白海棠还比离魂倩女无差。

(杂旦)我在蘅芜院拟菊花题,先邀一社何如?(众)使得。(贴)

【孝白歌】经藕榭,上兰槎,好似当年阁枕霞。蟹舍倚兼葭,渔村傍笋芽,编成诗话。(合)香泻竹桥沙,开樽面菊花,把怡红人俊煞!

(黛玉倚栏钓鱼,宝钗手执桂花,探春、李纨、惜春立垂柳荫中看鸥鹭。生)

【前腔】垂柳下,钓鱼槎,有绝代佳人旁水涯。酒浸合欢葩,杯倾冻石霞,无边风雅。(合)香泻竹桥沙,开樽面菊花,把蘅芜君俊煞!

(众)壁上菊花题,何不各拈一纸?(小旦)

【前腔】题素怨,写情芽,这千古高风说不差。奇傲是谁家?噙香对月华,小窗清话。(合)香泻竹桥沙,开樽面菊花,把潇湘妃俊煞!

(老旦笑介)等我从公评论:各有警句。咏菊第一,问菊第二,梦菊第三。只得推潇湘为最了。(生)今日持螯赏桂,亦不可无诗。(老旦)

【前腔】觞桂霭,领秋华,咱相对持螯兴更嘉,韵好赋丫叉,风流继杜家,重阳佳话。(合)香泻竹桥沙,开樽面菊花,把稻香农俊煞!

(点)今日清词良会,不枉共立诗坛。(合唱)

【清江引】园林新秋韵潇洒,俺香闺又风雅。蕉下客,会诗家,花里倾杯斝。怕白雪吟,和者寡。(下)

折 梅

（小旦扮宝琴披凫靥裘，杂旦扮丫鬟抱红梅瓶上）

【破齐阵】手捻玉梅风峭，前溪踏碎琼瑶。冷梦吹红，仙香蘸雪，一朵胭脂破早。只是花缘经冷结，尚待吟鞭指灞桥，金钗魂暗销。

疏是枝条艳是花，春妆儿女竞繁华。闲庭曲槛无余雪，流水空山有落霞。奴家薛宝琴，跟随哥哥进京，与伯母并宝钗姐姐同居。恰才在芦雪庭赏雪联吟，远远的望见青松翠竹，走至山坡，闻得寒香扑鼻，却是妙玉栊翠庵。有十数枝红梅映着雪色，如胭脂一般，不免乞取一枝。

【刷子带芙蓉】寒香破清晓，东君有意，意在梅梢。隔烟波，行来曲径迢遥。风飘，怎雪里有霞飞到？一霎间路滑蜂腰，空山流水为谁娇？洒胭脂折取向冷云高。

芦雪庭傍山临水，在河滩之上。几间茅屋土墙，推窗便可垂钓，四面芦苇掩覆，一条去径。逶迤过去，便是沁芳桥了。

【朱奴插芙蓉】那四面儿是冻云绕，一径儿是沙滩靠，这凫靥裘儿忒波峭。咱全不管雪漫芦老，暂停步看梅花点飘。满溪山尽添诗料，又过了沁芳桥。

咱想今日踏雪行来呵。

【普天乐】晓妆时，把淡娥眉轻轻扫，玉菱花收拾了。起的诗会，为寒梅点破红么，悄地里金瓶远抱。论诗才，咏絮的不少，漫把园林题遍，好打叠起衔芝鹿，细缕熏焦。湘云啖鹿，忒放诞些。割取那红云片，幽香玩饱。宝玉折梅，倒也雅致。怎画出，芦雪庭诗酒情豪。

转过山坡，珠围翠绕，敢是太夫人来也。（站立介，净扮史太君众随上介。净）你瞧，这雪坡上配上她这个人物儿，又是这件衣裳，后头抱着梅花，像个什么？（净）

【过雁声】轻飘，把玉人评度，似飞仙远下云霄。雪坡间一剪绛梅绕。你俊庞儿俺觑着，则见点樱桃腻粉膏，掠烟鬟淡扫琼瑶，腰肢娇又小。眼珠儿更鹘伶睒老，绰约的伴梅花风韵好。

（众笑介）就像老太太屋里仇十洲画的艳雪图。（净摇头笑介）

【倾杯序】佳妙,捻红梅,度玉桥,哪有翠云裘好?雪艳图成,三分摹绘,漫夸十洲一幅行乐。靓宫妆,闲依约,这内家格调。小苗条风袅忒妖娆,倩谁人一画碧云高?

我瞧这孩子比画上还好呢!(小旦)老太太赏赞。(众笑介)明儿大观园图上,何不叫四姑娘画上她呢?(净喜点头介。小旦)

【玉芙蓉】龙斗阵云销,转向山坡妙。太夫人行处,翠围珠绕。生香真色人难学,我怎比仇家艳雪高?谬被誉扬,好把梅花细瞧。少甚么玉天仙,出落在彩云霄。

(宝玉穿大红猩毡上介。净)这又是哪个女孩来了。(众笑介)我们都在这里,那是宝玉。(净)

【小桃红】咱老眼昏花了,大雪里再瞧着。宝玉呀,细端详似女孩儿妙。在众绿丛中,有一朵红云到,比金蓑玉笠还添俏。(生)老祖宗,我起先披的是玉针蓑,戴的是金藤笠,你老人家记颠倒了。(净)宝玉可笑,俺呵!竟七颠八倒寿数儿高。

(净)宝玉,已预备下稀嫩的野鸡,我们大伙用晚饭去罢。

【尾犯序】雪鬓两萧萧,咱老婆婆、积世儿女操劳。你把俺风前玉烛,错认做雪里松乔。飘摇,度山坡雪花尚落,望园林琉璃满罩。情怀好,佳人簇拥,转入玉林梢。

(绕场下介。小旦吊场介)

【鲍老催】这有福人儿妙,富贵的人家少。那似花娇,如琼莹,都年小。将他一团拥着倾城貌,嫩蕊柔枝偎傍的好,咱情寄小梅梢,你把这金瓶休坠了。

(点)晓得。(小旦回顾介)

【尾声】大观园要画无人肖,红梅合伴仙家妙,咱披着凫裘冲雪了。

眠茵

(旦扮醉态上)

【恋芳春】俺则爱剧饮淋浪,柳丝花朵,香浮玉液金波。况是红飞翠舞,玉动珠歌。卷起春风绣幕,看庭外烟笼红药。画栏边那堪恬吟细哦,已醉颜酡。

画堂连遣侍儿呼,一苑风花碎锦铺。酒入四肢红玉软,满身花影倩人扶。儿家小字湘云,原是枕霞旧友。桃花社里,能填柳絮之词;芍药栏前,且醉荼䕷之酒。今乃宝玉生日,红香铺拇战,不觉红飞翠舞,玉动珠摇,出席而来,好一场醉景也。

【寄生草】貌掩巫山色,才过濯锦波。那怡红初度金钗贺,他红香铺设芙蓉坐。咱红裙蹙损莓痕浣。一团柳雪扑帘栊,余香轻注些儿个。

我说酒令,要一句古文,一句古诗,一句骨牌,一句时宪书,你说妙也不妙?

【么篇】绣阁论文少,仙姬入画多。我令儿扣就连环锁,你口儿微露樱桃颗,他衫儿笑把香醪䑛。只是醉来花雾手频挓,绣床斜恁娇无那。

转过花栏,湖山僻处,倒好乘凉。听鸟语于楼西,网飞红于石上。且将芍药瓣儿,拾入鲛绡,作为香枕。

【么篇】薄薄施铅粉,盈盈艳绮罗。我花栏转过秋千座,看烟丝醉软荼蘼卧,把鲛绡拾入胭脂朵。你道是紫荆添睡绿槐阴,我把他金灯剔尽红榴火。

酒已潮来,天气好热。

【么篇】笑展泥金扇,慵将软玉挪。满身花影随人过,满林花片随风坠,满园花蝶随香簸。你看那蝶娇频采脸边脂,甚风儿桃花脸薄愁吹破。

(旦卧介。众扮花神上介)

【赏花时】俺只见绿水名园锦绣稠,为赏花时擎玉瓯,妒煞他春日少年游。只听得一声声提壶唤酒,且陪他烟月醉红楼。

吾乃掌管荣府大观园花神是也。今日艳阳,百花开放。依依春梦,回岛屿之飞神;采采云英,爱庭除之媚色。吾神留意众芳,广储佳品。餐霞吸露,可云不药皆仙,淡雨微云,只道惜花成癖。(众共堆花歌舞介)

【前腔】你道是好花长与万金酬,又只见飞絮飞花扑满头,重提起三生石上旧风流。几曾见睡起玉人新中酒,杏花应信逊娇羞。

(贴扮香菱,杂旦扮平儿上)园中斗草,各处寻来。呀,云姑娘醉了,图凉快,在山后青石凳上香梦沉酣。四面芍药花落一身满脸,衣襟皆是。红香散乱,手中扇子也半被落花埋了。(贴悄唤介。旦梦语介)

泉香酒洌醉扶归,宜会亲友。(杂旦推介,旦醒唱介)

【解三酲】恰才向湖山石卧,半抬身芍药花窝,可知道无边风月闲人我。红似雨,绿如罗,我只说泉香酒洌扶归去,你却笑蝶绕花枝午梦多。云鬟鬈,新睡起,四肢春软,一转秋波。(杂旦)姑娘,蜜蜂蝴蝶闹嚷嚷地围着,用鲛帕包花作枕,妙哩。

【前腔】倚片石兜将花朵,展轻绡垫住花窝,分明是我醉看天天看我。蝴蝶梦,燕莺歌,绿云闪动金簪坠,红晕潮来玉颊多。芳茵卧,这才是枕霞仙友,打个磨陀。

(点)叫小丫头端一盆脸水,捧着镜台,姑娘重匀粉面罢。(小旦对镜理妆介)

【前腔】你道是一幅海棠春卧,醒来时一梦南柯,又只见蚁衔花上瑶台座。咱称不起两肩窝,我把指尖匀粉从新抹,怕额点梅花照旧搓。嫣红浣,早则是山香乱舞,醉也姮娥。

(点)呀!我有《牡丹亭》上牡丹花。(杂旦)我有《琵琶记》里枇杷果。咱们一同斗草去。(旦)使得。

【前腔】闲斗草,女郎情,可比眠茵一样情多。只一缕游丝,横路缠花卧。芳草畔,石床窝,你说牡丹亭上天香艳,他说听一曲琵琶小妹歌。花间坐,咱不管画图难足,春梦如何。

(旦下。花神歌舞下介)

品　　艳

(生扮宝玉上,坐太湖石畔介)

【二郎神】春宵度,为眠花娇云着露。半榻茶烟轻似雾。胭脂细品,香黏襦上明珠。练就温柔蝶性殊,消受些春山黛妩,博欢娱。趁柳媚花雯,再破点功夫。

镜中铸就娇颜色,帐里惊回好梦魂。半榻茶烟清似水,金钗划作断肠纹。小生宝玉。只因昨日是我初度,在怡红院,姊妹们与我暖寿,倚翠偎红,真个十分春色。

【前腔·换头】堪娱,偎红倚翠,珠围宝树。十二金钗留我住。惊回好梦,怡红共饮屠苏。似池上鸳鸯交颈处,付与春风一度。谢仙姝,生受你玉洞暗招呼,兰气吹嘘。

【集贤宾】凤屏鸳枕昵玉肤,好春润如酥。况新样镜台娇可慕,锦镶边双扣珍珠。又荷包褶露,露一线枕痕红玉。香透处,满绷子翠红交互。

艳歌之作,玉溪旨近楚骚,玉台词更微婉。我不免将众金钗品题一遍。许家月旦,江左风流,合而为一。

【黄莺儿】刘阮听谁呼?到天台信笔鸦涂。风流金粉南朝数。从头细谱,端详细模,倚画栏,脉脉销魂住。好踟蹰,甄妃洛浦,一眷翠蕉书。

谁似梅花,谁似菊花,谁似桃花,谁似杏花,品题已就。你看惊才绝艳,无语不香!

【莺簇一金罗】心事写青镂,咏香奁,只自娱。红香圃里评花处,阁笔儿怕艳绝群芳谱。玉□频书,恐有一句不真时,鱼混珠。若有一语不香时,花解妒。俺则怕玉台烟锁,难描凤雏;玉溪笔秃,羞架珊瑚。俏佳人,多少神仙慕。

这是我的草稿,谨谨收藏,不要与他们知道才好。

【簇御林】怡红院,品丽姝,看潇湘,似画图。红绡帐里含情处,恁紫燕双双度。再心模相思红豆,将魔障怎消除?

【琥珀猫儿坠】名邦花月,梦境太模糊。喜得人间如意珠,腻香新透茜罗襦。欢娱,只见蝶翅蜂须,花影轻扶。

【尾声】箫声暗向秦宫度,凤凰台上山无数。今日呵!画一幅红楼品艳图。

十二金钗,各有集唐一首,侬于花下读之。(吟介)

〔宝钗〕座列金钗十二行(□□□),新翻酒令作辞章(花蕊夫人),烟联紫府萧窗贵(陈陶),斜敛轻身伴玉郎(张祐)。

〔黛玉〕为郎憔悴却羞郎(崔莺莺),消耗胸前结旧香(张祐),何事泪痕偏在竹(周昙),秋思枕月卧潇湘(李洞)。

〔湘云〕红粉美人擎酒劝(张祐),娥眉新画学婵娟(司空图)。爱将红袖遮娇笑(施肩吾),勾引春声上绮筵(唐彦谦)。

〔宝琴〕云霞仙氅挂吟身(郑谷),玉圃花飘朵不匀(李咸用)。妆点池台画屏里(秦韬玉),世间难得是佳人(姚合)。

〔晴雯〕楚宫腰细本传名(张文宗),露洒啼思泪点轻(徐夤)。娇养翠娥无怕惧(薛能),红罗帐里不胜情(王昌龄)。

〔鸳鸯〕鸳鸯怕捉竟难亲(白居易),明媚鲜妍绝比伦(方干)。旌节暗迎归碧落(曹唐),可怜金谷坠楼人(杜牧)。

〔香菱〕清香扑地只遥闻(韩文公),缓步轻抬玉线裙(曹唐)。花下贪忙寻百草(和凝),寝衣犹有昨宵云(曹松)。

〔平儿〕与君相识即相亲(卢象),独奏相思泪满巾(赵嘏)。折得玫瑰花一朵(李建勋),中含芒刺欲伤人(陆龟蒙)。

〔岫烟〕钓竿欲拂珊瑚树(杜工部),吟傍梅花小雪天(马致恭)。今日好为联句会(陆龟蒙),浣花春水腻鱼笺(羊士谔)。

〔金钏〕争奈平生怨恨深(程洛宾),舌多须信烁黄金(徐夤)。近抛玉井更深去(崔道融),惊破红楼梦里心(蔡京)。

〔紫鹃〕杜鹃花里杜鹃啼(杨行敏),晨肇重来路已迷(王焕)。消瘦浑如江上柳(文茂),万般饶得为怜伊(孙光宪)。

〔可卿〕不将心事许卿卿(温庭筠),手把芙蓉朝玉京(李白)。神女生涯原是梦(李商隐),一场春梦不分明(张泌)。

(念诗毕下。贴扮鸳鸯上)咳！昨日傻大姐拾得绣春囊,因此抄检大观园,此非佳兆也。又把晴雯妹妹逐出,这场冤孽,就同金钏一般,白送她的性命了。(见旦咽住介。旦扮邢岫烟上见介。贴)邢姑娘,你曾见宝玉否？(旦)恰才我在太湖石背,闻得花下有人吟诗,想是他了。(贴)老太太找他,咱们全去找吧。(旦)使得。(同下介)

殒　雯

(贴扮晴雯带病容上)

【点绛唇】万斛愁肠,三生业障,蓦地波千丈。猛抬头,羞恼难当,咱硬抵着牙关强。

俺晴雯,只因昨日太太亲自到园,一脸怒色。见宝玉也不理,可怜俺四五日水米不沾牙,躺在炕上。拉了下来,蓬头垢面,两个女人搀架,太太吩咐叫俺哥嫂领出大观园。天哪！不知俺为着什么来？

【混江龙】想是太湖石上,小痴儿误拾绣春囊。只落得不分皂白,不辨雌黄。便凭空架起瞒天谎,更捕影飞来满地霜。猜不着她鹦鹉调唇,这样深媒孽；想不到她含沙射影,谁个劣肝肠。漫道她打草惊蛇,把冤家难脱脾才燥；故意的开笼放鹊,将愁人糟蹋意先凉。可怜俺,这四五日病体难挂念,难提起,把十二个时辰付惨伤。须知那笑刀有蜜,好教人暗箭难防。

【油葫芦】这才是树怕狂风草怕霜,可怜煞,咱花模样,一霎里香消色褪减荣光。只因俺娇生惯养多情况,倒弄得生离死别遭魔障。说甚么兰花嫩箭香,分明是芙蓉黄土葬。偿不尽哥哥嫂嫂的冤愆账,怎能耐那人面兽心肠?

(贴卧介。生扮宝玉带净扮婆子上)咳!我想晴雯自幼娇生惯养,何尝受过委屈?如今是一盆才透出嫩箭的兰花,竟被狂风吹折了。又是一身重病,一肚闷气,又没有亲爹娘,只有一个醉泥鳅姑舅哥哥。她这一去,是再不能好的了。今年春天,那棵海棠已有兆头的,果然应在今朝。咳!不如意事常八九,可与人言无二三。老婆婆!你且在外瞭望,这是晴雯门首,待我掀起布帘进去。(见介)呀!为何睡在一领芦席上?幸而被褥还是旧时铺盖的,怎么了?(生含泪悄唤介。贴在嗽声介,朦胧斜视介)哎哟,你来了。

【天下乐】叫我又喜又惊,呆了半晌。我见你情么伤,拍醒我一梦,朦胧的还细想。氤氲使,他勾掉了此生缘;梦觉关,怎打破这漫天网?扑簌的叫人垂泪对伊行!

(贴嗽不止介。生)姐姐!好生将息,我来看你。(贴攥住生手哽咽介)阿弥陀佛!你来得好,倒半碗茶我喝。(生)茶在哪里?哎哟!这炉台上黑煤乌嘴的吊子,也不像个茶壶,一股油膻气。这茶绛红的,也不大像茶。待我尝一尝。咸涩不堪!(递杯介)姐姐请茶。(生背介)哎哟!看她强如得了甘露一般,一气都灌下去了。(贴)

【寄生草】俺旧住怡红院,曾经雪蕊香。今日呵,这黑煤一罐炉台放,绛红半碗茶汤漾。我朱唇一吸琼浆畅,管什么苦咸酸涩不能尝?嫩喉咙硬把腥膻撞。

(生泣介)你有什么说的,趁着没人告诉我。(贴)还有什么说的?他们一口咬定我是个狐狸精,担虚名没了远限,不是我说一句后悔的话,早知如此,我当日——(咽住介)

【其二】冤债凭谁诉?当初无主张。我天缘缺了相偎傍,人间欠下相思账,鬼门逼住香魂荡。我心儿热尽手冰凉,如今后悔怎么样?

(生)呀!只听她咯吱一声,把两根葱管一般的指甲齐根咬下。(贴将指甲交生介,将贴身旧红菱袄脱下给生介。生将己衣脱下给贴介。贴复喘介)

【其三】痛急齐挥泪,娇羞半掩庞。俺把两根葱管全抛向,一身绫袄全抛放,又几声娇喘全抛漾。可怜咱裙钗软弱没人帮,泪珠只咽在我心头上。

只此,你将来睹物怀人,作个纪念,你去罢!

【其四】你归去怡红院,重过青粉墙。好生宽却心头胀,及早儿撇却我愁模样。但你如何捱却凄凉况?你出门,多管咱病随亡,天哪!望超生一笔勾前账!

【煞尾】你生死相怜,我情怎忘?恨灵槎没有返魂香,从今后呵,除非梦儿里把苦衷再细讲。

(生)姐姐,我去了。(贴暗下。生与婆子回至院坐介,杂扮丫鬟上)二爷,才有人来报晴雯死了。(生痛哭介。杂)二爷,还有一桩奇事,闻得有一阵仙音,接她去做芙蓉神去了。(生)真的么?(杂)谁敢欺哄二爷。(生)我说晴雯是有来历的,如今芙蓉盛开,不免到花下祭奠她便了。

诔　花

(生扮宝玉手执香炉上)

【祝英台近】玉炉香,红烛泪,花下深深拜。脆比琉璃,忍见琉璃坏。怜他紫玉成烟,彩云何在?且惆怅芙蓉城外。

小生宝玉,睡到五更,果然梦见晴雯,做了芙蓉神女,因制《芙蓉诔》一篇,用她心爱的冰绡写就。(哭介)

【祝英台】向花间,哭一声,不见玉人来。想她补我雉裘,裂我团纱,惹了燕窥莺猜。徘徊黄土中,直恁无情,红绡里何曾分爱?这芙蓉诔,写就冰绡一块。

待我读与她听。维太平不易之年,蓉桂竞芳之月,无可奈何之日。怡红院浊玉谨以花蕊冰绡,芳泉露茗,致祭于芙蓉女儿之灵曰:窃思女儿在世,十有六年,其质则金玉也,其体则冰雪也,其神则云鹤也,其貌则花月也。(住介)

【前腔·换头】无奈我,只为在怡红衾枕畔,花月好情怀。只此露茗醴泉,花蕊冰绡,昭告女儿,灵台低拜。念她十六年冰雪琵琶,三二月莺花世界。芭兰枯,谁知鸩鸩为灾?

(又读介)於戏!鸩鸩为灾,芭兰被刈。花原自怯,岂耐狂飙?柳本多愁,何禁骤雨?洲迷聚窟,既无却死之香;海失灵槎,不获回生之药。委金钿于宿莽,拾翠盒于尘埃。楼空鳲鹊,徒悬七夕之针;带断鸳鸯,谁续五丝之缕?而乃芳名未泯,檐前鹦鹉犹呼;艳质将亡,槛外海棠预殒。抛残绣线,谁补金裘?裂损桃枝,空伤玉扇!(哭介)

【前腔】谁解，委翠钿芳名犹在，鹦鹉唤她来。只见鸤鹊楼空，蟋蟀吟阶，扯断鸳鸯丝带。堪哀，一霎时这等抛残，忍想当年恩爱。海棠萎落，得个春风无赖。

（又读介）西风古寺，落日荒邱。隔雾圹以啼猿，绕烟塍而泣鬼。红绡帐里，公子情深；黄土垄中，女儿命薄。然在卿之尘缘虽浅，而浊玉之鄙意尤深。始知青帝垂旌，花宫待诏。生侪兰蕙，死辖芙蓉。呜呼！不揣鄙词，有污慧听。尚飨！（哭拜介）

【前腔】深拜，暮地里古寺西风，落日照荒台。雾圹烟塍，谁唤卿卿，消受些疼爱？悲哉！欲喜青帝垂旌，诏向芙蓉宫，待问仙居，好向缥缈虚无峰外。

（生下介）

抚　　琴

（小旦扮黛玉携琴上）

【二郎神】秋光静，卧潇湘，纱窗向暝。月上梧桐微作冷，沉沉远籁，树间微弄秋声。慢道哀弦写不成，但恨无知音共领。点青灯，待悄绰琴床，一抒幽情。

俺黛玉，只因林鸟归山，夕阳西坠。史湘云说起南边风景，我想父母在堂时，春花秋月，江秀山明。二十四桥，六朝遗迹，香车画舫，红杏青帘，许多佳况。今日寄人篱下，这样孤栖。真是李后主说的：此间日以眼泪洗面矣！

【前腔】家庭，春花夜月，六朝胜境。二十四桥箫鼓胜，香车画舫，无边江秀山明，把红杏青帘佳趣领。今日西风送冷，忒伶仃！只落得梦想在扬州，泪眼凄清。

当此黄昏人静，百感交生。父母在时，咳！在时何不早定婚姻大事？如今心内一上一下，辗转无聊，竟似辘轳一般。日前梦见南京有人来接，二位舅母冷冷淡淡，就是老太太素日疼我，也不怎的，倒说多了一副妆奁，我撞在怀里痛哭，只是不理。

【集贤宾】婚姻打灭珠泪零，只冷雨幽灯，咱心上辘轳车不定。寄人篱提起心疼，把红颜薄命，陡添上埋花春病。争忍听，一霎价紫鹃血凝。

俺梦中一想怎么不见？（咽住介。四觑无人介）怎么不见宝玉？若但见一面，看他还有甚法儿。不觉的宝玉在前，拿了一个血淋淋的心我看，哎呀！天哪！

【黄莺儿】噩梦整三更,吓得人也不愿生,不如一死却干净。惊魂未定,伤心刭情,怪他斗发癫迷病。血淋淋,这些闲话,琴上助悲声。

只听得园内的风,自西跨东,穿过林间,不住撒喇喇的响,檐前铁马,只管吉叮当乱敲。

【莺簇一金锣】我听得好凄清,助离魂,倩女情。不防月葬诗魂冷,一霎间把诗帕从头省。自家评定,若得似诔花时,死也应。若不似葬花时,死怎瞑?只怕桃花建社,空留艳名;牡丹记曲,低含怨声。痴情断送多情命!

一个绢包,所存剪破了的香囊,与那通灵玉上的穗子,还有宝玉病时送来的诗帕。看了它,不觉扑簌簌的泪下。

【簇御林】思前事,忒苦情。旧香囊,十指擎。这通灵玉上缘难定,好一派凄凉境!弄琴声,梧桐月夜,似落叶自飘零。

咳!三日不弹,手生荆棘,不免调上弦,操演指法。熟抚一番,作谱四章,寄与宝钗,以慰惺惺之意。

(弹琴介)

【琥珀猫儿坠】镜花水月,旧事不堪听,天上人间知此情。冰弦崩裂,断肠声难凭,只此竹泪,潇湘怨,不分明。

(琴歌云)人生斯世如轻尘,天上人间感夙因。感夙因兮不可愬,素心如何天上月。

【尾声】秋风一夜孤桐静,只明月照人方寸,不止肠断还魂是小青。

(贴扮紫鹃上)姑娘!夜深了,睡罢!闻得宝玉与妙师父二人走至潇湘馆外,在山子石上坐着听琴呢!

(小旦)管他作甚?(贴)他还说忽作变徵之声,金石可裂!(小旦)呀!忧思之深,自然流露,你日后自知也。(同下介)

钗 配

(杂旦扮凤姐上)

【谒金门】姻事骗,弄得鸳鸯撩乱。闻道病中人抱怨,笑他空缱绻。只有金缘玉恋,此日合成美眷。哪处去寻眉举案,缘香才是伴。

奴家王凤姐的便是。自幼娇养的,学名叫做王熙凤,嫁与贾琏。他家富贵虽不敌我家,只因俺有能名,大小事务,无不经由我管。太太商量宝玉亲事,依我想,这件事只有一个掉包的法子。也不管她黛玉不黛玉,也不管她宝钗不宝钗,只要弄得来,方才显我的手段。

【忒忒令】你颦卿思量有凤缘,只怕你爱深缘浅。只这花前月下,你却丢了一件。却不想剪绺掉包儿,王熙凤顽的惯,要你症一变。

（杂旦吩咐介）叫家人。（众上介）有。（杂旦）传了家内学过音乐、管过戏子的那些女人来,吹打热闹些!大轿从大门进来,家里细乐迎出去,十二对宫灯排着进来。（众应介。内吹打彩轿上,候相请新人下轿交拜各如旧礼介。生）为何紫鹃不来,倒是雪雁呢?

【沉醉东风】伴新人的不是紫鹃,只雪雁一个在身畔。想是他行礼照南边,怎叫人此情不欢羡?画堂前,真个是天从人愿。前世姻缘,今世姻缘,两下里美夫妻得团圆。

（送入洞房介。生）妹妹,身上好了?好些天不见了,盖着这劳什子做甚么?

【园林好】洞房里,喜娘休得假周旋,咱们俩情投意牵。唯愿我夫妻情愿,花与烛,拜堂前,花与烛,照床前。

呀!好像宝钗!我到底不信,不免一手持灯,一手擦眼细看!哎呀,可不是宝姑娘么?

【前腔】宝姑娘怎么到前?俺只道潇湘活现,为甚你梳妆娇靦?须早把此情言。咳!怎不把此情言?

只见她盛装艳服,丰肩软体,鬓低鬟觯,眼瞤息微。荷粉露垂,杏花烟润。（生发怔介）为甚莺儿立在旁边,又不见了雪雁?

【江儿水】眼瞤荷垂露,鬓低杏拂烟,我端详省识春风面。翠生生你出了梨香院,虚飘飘咱似向蘅芜见。哎呀!天嗄!全不管那人儿怨。悔却盟言,真是乔点鸳鸯谱乱!

（生呆站介）此时我无主意,莫不是在梦中么?（众接烛介,生直视无语介）袭人。（丑）有。（生）我在哪里呢?

【前腔】好像红毡上换姻缘,怎生不把媒婆怨?生克擦夫妻分拆断。弄噇咄为甚将人拆散?要我如何分辨?悔却盟言,真是乔点鸳鸯谱乱!

这不是做梦么?（丑）你今日好日子,什么梦不梦的浑说?（生悄指介）坐在那里,这位是谁?

【五供养】俺只见盛装服倩,洞房中软体丰肩。美人多窈窕,不与我情牵。你做新娘怎愿?可是要新郎陪伴?赤绳谁系足,彩凤怎相联?玉烛双辉,翠帏乍卷。

(丑握嘴笑介)笑得我说不出话来。(生)究竟是谁?(丑)是新娶的二奶奶。(众忍不住笑介。生)你好糊涂!

【前腔】糊涂可怜,我的心儿对你难言。此身在何处,叫我费盘旋。有新人也枉然,我的新人倒叫别人替换。莫是新郎误,为甚侍儿癫?玉烛双辉,翠帏乍卷。

(生)你说二奶奶到底是谁?

【玉交枝】是谁更换做新娘,从不惮烦,我依稀记得人儿面。到底是谁家眷?个中隐情须早言。千金一刻春宵短,打叠欢娱此夜眠,打叠欢娱此夜眠。

(丑)是宝姑娘。(生)林姑娘呢?

【前腔】潇湘人怨,我如何对她面颜?教人只唤奈何天。心中欲见无由见,这句猜头是怎言?由俺闷打葫芦遍,叠起愁肠此夜眠,叠起愁肠此夜眠。

(丑)老爷做主娶的是宝姑娘,怎么混说起林姑娘来?(生)我刚才看见林姑娘,还有雪雁呢,怎么说没有?你们这都是做——做什么顽呢?

【川拨棹】方才见,怎教人瞒着眼?做甚么玩意厮缠,做甚么玩意厮缠?我怕、怕那个人儿诉冤?我铁心肠难暂宽,你泥菩萨也泪涟。

(杂旦扮凤姐走上轻轻说介)宝姑娘在屋里坐着呢,别混说,回来得罪了她,老太太是不依的。(生)我这会子糊涂更厉害了,神出鬼没的,我更不得主意了。

【前腔】咱心头怨不好言,弄得糊涂难上难。你神出鬼没多机变,你神出鬼没多机变。竟把我夫妻当了顽,我铁心肠难暂宽?你泥菩萨也泪涟。

我去找林姑娘去,我去找林妹妹去。

【余文】凭俺心迹两相牵,煞时间婚姻更变,咳!咱到潇湘那路儿还去不远。

断　　梦

(小旦扮林黛玉病妆,贴扮紫鹃扶上,坐介)

【一枝花】命如落叶轻,人比黄花瘦。把怎般俏样儿断送甚来由?独坐潇湘，又挨到黄昏后。消受，这打窗风雨一灯秋。似这等无了无休，倒不如速亡速朽。

奴家林黛玉，自今秋犯病，日见沉绵。大约偷生有限，夙愿难偿，细想从前，好无聊赖也。

【梁州第七】不由人一桩桩思前想后，把往事凑上心头。恰便似一场春梦难回首，经几番轻尝暗试，才得个意合情投。则俺的热肠冷面，也只是佯怒乔羞。惹了些莺猜燕妒，受了些柳怨花愁。有缘呵，可怎的痴愿难酬？无缘呵，为什么髫年厮守？少待呵，又恐怕薄命难留？怎丢？难救？这的是春蚕将老丝还有，孽债呵，没还够，直到那蜡炬成灰泪始休。天哪！好教人死不瞑眸！

俺只因爹娘早逝，兄弟全无，没奈何自扬州寄居外家。谁知愁病交侵，恹恹待毙，哪个见怜？奴好命苦也！

【牧羊关】堪叹伶仃命，淹煎病不瘳。肠断煞，烟花三月下扬州，弄的个倩女魂异地沉浮。再休提嫡亲娘舅，和那假疼人的外祖母，谁瞅睬俺将死的丫头！（哭介，作大嗽介，贴）姑娘，你看满地鲜红，吓死我也。（小旦喘息低唱介）洒桃花一阵翻肠嗽，敢则是泼残生今夜休。

（贴）姑娘好生扶着，我与你温药去。（下。小旦）唉！自宝玉遗失通灵，移居园外，那怡红院早已十分冷落也。

【四块玉】望怡红，泪暗流，人去也，空帘㡩。早则见绛芸轩寂寞锁清秋。听说他犯痴迷旧症今番陡，多管是痴性儿只为咱日夜愁。可知我病样儿已到九分九，恨悠悠，见一面也怎能够！

（丑扮傻大姐上）林姑娘，你一人在此，好不冷清，你看那边热闹哩！（小旦）因何热闹？（丑）只因琏二奶奶说，要与宝二爷冲喜，哎呀呀！就点了满堂的灯烛，要与宝姑娘拜堂成亲哩。（小旦惊介）果然？（丑）是我亲耳听的，亲眼见的。（小旦）哎呀！（跌倒介。贴药杯上，惊扶介，问丑介）姑娘为何这样？（丑）我只说了一句宝二爷要与宝姑娘成亲，林姑娘就跌倒了！（贴放药杯恨介）该死的，教你坑死人也。（丑跑下介。贴扶小旦坐，唤介）姑娘醒来！（小旦忽起立欲外行介，贴扶小旦哭劝介）姑娘要哪里去？目下夜已二鼓，露冷风寒，刚才失血过多，还当保重才是。（小旦无语呆立介。贴扶转，小旦忽顿足介）噫！我好恨也！

【骂玉郎】好一似快刀儿戳了心头肉，怎命逢冲破，尽变了冤仇？把热心儿一霎冰凉透，果然的是冤家才聚头。从此把我眼泪呵收收收，恨这说不出的苦衷肠谁代剖!

（贴）姑娘,不必恨了,请坐下歇歇罢。（小旦）紫鹃,我已看透他。

【哭皇天】休,休,休!把往事一笔全勾!只要他天长地久。从今后西风夜鬼啼孤柩,便是俏红颜落得下场头。（拿案头诗稿诗帕介）我已斩断情根,这些绮语纤词,岂可留向人间,再作话柄!这诗呵,皆出我锦心绣口,不教他艳蕊娇香一字留!（看诗帕介,投火盆介。贴）这是怎么?（旦）这才揃除了魔障也,忏悔风流!

（旦坐喘介,贴）姑娘,额上汗出也。（小旦）

【赚尾】微微冷汗侵眉皱,哽哽香喉气倒抽。紫鹃!我知心只你一人,姊妹一场,今日永诀矣!

且喜我是个完洁之躯,可以无憾,你也不必过悲了。你不必鹃血乱洒淋漓袖,把泪眼轻揉,看俺含香豆蔻。（晕倒介。老旦扮李纨上见惊介。贴）大奶奶,姑娘不好了!（老旦扶叫介）妹妹醒来!（小旦睁眼笑介）哈哈,俺呵,今日里打破情关,可也大撒手!

（合眼介,老旦、贴唤小旦,不应介。老旦、贴扶小旦下。杂扮仙女执幡幢引小旦仙妆跨鸾上）俺黛玉识破情关,身同羽化,好不自在也。

【乌夜啼】俺驾着翠巍巍青鸾灵鹫,簇拥着云罕星斿。揽云头再向那尘寰低首,只见大观园惨惨月光浮。那壁厢红烛光幽,这壁厢素幔风遛。听那哭声笑语判欢愁。哭声笑语判欢愁,煞时间一样归无有。慢悲俺魂销白骨,请看他梦散红楼!

（内作细乐介）

【煞尾】顺天风一派仙音奏,俺待环佩声归十二楼,谁羡他笙歌接至珠帘右。从今呵,月闪欢眸,电开笑口,把那些旧恨新仇,都撇在大荒山青埂峰后。

远　　嫁

（贴扮探春带车马行装上）

【端正好】雁行飞,云涛驾,提起来把心疼煞。不是俺重洋渡海担惊怕,高堂呵,怎免却一路上心牵挂?

咳！奴家探春，奉严亲之命，许配镇守海门周总制之子为妻。衙门内差人来接，虽隔重洋，谊敦桑梓，情缔丝萝。方才拜别高堂，望见长亭地面，想宝玉哥哥在此饯别，不免趁此劝导他一番。

【滚绣球】只见那老树集昏鸦，古道撒烟沙，休认做昭君出嫁。一霎儿到长亭饯别天涯，博的个回首的盼家乡，惦记着高堂话。把一个女孩儿，一丢丢送至海门膝下。一个个泪眼巴巴，闪得人上了车和马，老祖母哭牵衣在那答。哎呀！天哪！蓦地里别了京华。

（生扮宝玉上）三妹妹大喜！我们家里姑娘们，就算你是个尖儿，如今又要远别，眼看着家里的人，一天少似一天了。（贴）哥哥，我看你年已长成，只是儿女情肠，全没半点英雄气概。

【叨叨令】你撞楼烟早该把那灶跨，我为你放心不下。提起的旧门楣谁似咱？望哥哥好生挣扎，动不动世袭人家，但见俺老爷娘掌上珍无价。俺指望你美玉无瑕，休得要任性儿的根器自摔打。兀的不盼煞人也么哥，兀的不恨煞人也么哥，只半霎俺远离的要上雕鞍马。

（生）三妹妹临别赠言，我很佩服。（泪介）只是哭得我说不出来，这日子我过不的了，俺姊妹们一个一个的散了。大姐姐呢，自从大观园省亲相聚一会，不过片刻工夫，不想她竟自成仙去了。（哭介，贴哭介）

【脱布衫】从那日宫里回家，好园林聚的一霎。今日呵，不想她撒手云霞，猛然间竟飞还鹤驾。

（生）二姐姐呢，碰着个姐夫，又是那般的。（贴）

【小梁州】她嫩巍巍艳蕊娇花遭雨打，把千金体那般折煞。受波查，佳人撒向空房下，守生寡；视同奴婢，白受糟蹋！

（生）四妹妹哩，还小。史湘云妹妹，又不知要到哪里去？薛宝琴妹妹，是有了人家的。三妹妹，你又要远嫁。提起海棠诗社，难道一个都不留在家里么？（哭介，贴）

【么篇】听他惨凄凄说几句离人话，望无穷芳草天涯。须知道见时难，各自伤心罢。再休提海棠诗社，转眼似飞花。

（生）三妹妹！我还听说，林妹妹死的时候，你在跟前，远远的听见有音乐之声，或者她是哪里的仙子临凡，也未可知。（贴冷笑介）那是你心里想着她罢。（生哭介，贴）

【上小楼】问潇湘如今在哪答？教人悲咤。哪里有仙子临凡，怎便认作飘杳仙音，缥缈仙家。说什么返烟霞，惊羽化，逍遥远驾。今日呵，望空中，你省却愁魂一挂。

（生）那年唱戏扮的姮娥，飘飘艳艳，何等风致，就像林妹妹一般。（贴）

【么篇】你道飘飘呵似月里人，艳艳呵似风里花，她再不得访你怡红，住你潇湘，临你香榻。并不是她害伊，也非你负她。这的是前生派下。呀，怎不猛回头，尽恁般痴傻？

（贴）哥哥，你不要痴了。如今父母指望你一人，环儿未必中用。现今老太太八旬有余，不讲要享你的福，你但有成立，老祖母看看，也是欢喜的。况且宝姐姐善于持家，我曾在家中料理过几天家务，切莫将久远之谋忘了。

【快活三】你只得撇潇湘莫问他，荣宁府，相公衙。从今后侍八旬祖母老人家。却怎生呆呆呆的，你说不出一句成人话？

【朝天子】果然你会做家，从新的料理他。可想到慈帏欢喜儿孙咱。你索要肯堂肯构能撑架，你克肖了祖宗罢。做出些勋业堪夸，诗礼堪嘉，许你功名，重把那麒麟画。恨不能将云路电发，鹏路风刮，猛可里抟扶摇，声震惊天下。

（贴）哥哥好生在意，妹妹拜辞了。（贴泪介。生泪介。贴）吩咐起马者。

【煞尾】卷西风，嘶骏马，出东洋，鸣剑靶。我只怕日后归来事事差！愿哥哥，百忙里，有音书常寄咱。

哭　黛

（小生扮宝玉上）

【金珑璁】潇湘千古怨，茜纱窗里无缘，长恨地，奈何天！

小生宝玉。今为宝钗生日，老太太高兴，把那众位姑娘接来，大家一叙。忽然想起十二钗的梦，怎么家里这些人就剩了几个？虽说有的尚在，只是不见了黛玉。一时按捺不住，眼泪便要下来，不免到大观园散步一回。

【鹊桥仙】没揣的玉碎香摧，风流云散，提起伤心衔怨。咱只因一点旧情缘，蓦地里乱红寻遍。

咳！先将房产并大观园入官，无人居住，只好封锁。凄凉至此，不堪回想！

来至园门,虚虚半掩。(推门介)呀! 园中月色,比着外面更明,满地下重重树影,杳无人声。只听呼的一声风吹,那树枝落叶,满园中刷拉拉的作响,吱喽喽的发哨。那些寒鸦宿鸟,都惊飞起来。

【集贤宾】悄无人,只听得秋虫怨,响疏林月漏风穿,菊花一径荒凉遍。对着他秋草寒烟,历乱颓垣。应有那断魂栖恋,莽桃源,寻不出你剩脂残片。

(丑扮袭人上)二爷! 园里不干净,不要撞见什么?(生)你哪里晓得,随我来。咳! 满目凄凉,那些花木枯萎,更有几处亭台,彩色久经剥落。自我有病出园,一连几月,瞬息这般。你看! 独有那几竿翠竹青葱,却不是潇湘馆么?

【前腔】甚姻缘,无端遭拆散。往日里缱绻留连,只道脚跟拴定红丝线。黑罡风直恁狂颠。死在黄泉,俏样子有谁疼恋? 叹婵娟,我辜负你十年情眷!

(丑)你这几个月没来,连方向都忘了。咱们只管说话,不觉将怡红院走过了。(丑回过头来用手指着介)这才是潇湘馆呢。

【前腔】猛抬头,月儿横旧院。向怡红闪过秋千,心忙则为潇湘怨。对着这满树鸦喧,一碱花偃,刷拉拉旧梁惊燕,急煎煎怎挽住返魂香线。

(生呆住介)呀! 潇湘馆倒有人住着。(丑)大约没有人罢!(生)我明明听见有人在内啼哭,怎么没有?(丑)这里路又隐僻,听的人说,林姑娘死后,常听见有哭声,所以人都不敢来的。(生滴泪介)林妹妹好好儿的,是我害了你了。

【前腔】不提防你软烟罗啼夜怨,哭得是死后生前。洞梅花那里有骷髅现? 恨煞的斩断尘缘,打灭姻缘,活害了这如花美眷。离恨天,问何日儿把潇湘重见?

林妹妹,你别怨我,只是父母做主,并不是我负心。(放声大哭介)

【啭林莺】一声声哭得我魂儿颤,你香魂何处也天! 从小来把你痴情恋,落青苔一陌黄钱。叹寒食梨花墓田,怎能够把鸳鸯再变? 恨膺填,梦绕红楼,举目凄然!

(丑)你还是傻站着呢! 有什么又不说,尽着在这里哭。(贴扮紫鹃上介)已经怄死了一个,难道还要怄死一个么? 这是何苦来?(生)哎哟! 我从来不是那样铁石心肠的。

【前腔】猛来前,撇下你知情燕。你从来见咱情牵,愿生生世世消前愿。听楼头落月啼鹃,趁着俺一病迷癫,竟割断了三生系恋。恨膺填,梦绕红楼,举目凄然。

(点)这个话呢,我们姑娘在时,我也跟着听熟了。(生)呀! 说到这里,她也

呜咽起来。(贴哭介。生哭介)

【黄玉莺】呜咽死时天!未凭棺,魂黯然。我做不得美夫妻锦帐里团圆,她岂不恨我么?倒结下死冤家戏场中活现。看她贴心的紫鹃,赚人的雪雁,由不得从头提起难消遣。恨冤愆,一场痴梦,偏锁茜纱烟!

(生跺脚介)这是怎么说?(丑)紫鹃姐姐,外头这么怪冷的,何不劝他回去。(生一面走一面哭介)我今生今世,也算白陪这个心了,只有老天知道罢了。

【前腔】我洒泪问青天,意中缘?梦中缘?到如今她做神仙。倘日后绛珠宫院,把苦衷儿细言,愁海儿怎填?她碧悠悠鹤去了青田远。恨冤愆,一场痴梦,偏锁茜纱烟!

(丑)二爷,依我劝,你死了心罢!白陪泪眼,也可惜了的。(生顿足介)怎么梦里得见一面才好!

【忆莺儿】拨愁肠,愁万千,愿杜兰香书彩笺,青鸟儿飞来寄一言。妹妹呀!你飞升九天,别的我千年,今宵怎梦见春风面?恨绵绵,哀辞痛述咽住在舌儿边。

(贴)宝二爷,你并不忘情负义,今日这种柔情,一发令人难受。可怜我们林姑娘,真真无福消受你哟!(丑)人生缘分,都有一定。紫鹃姐姐,你说的话,也未必然。(生)还说甚么,我要做和尚去了。

【尾声】俺待换毗卢帽,跳出泼尘圈,到大荒山再请娲皇炼。呀!怎得青埂峰回补旧缘?(同下)

出　　梦

(旦素装,贴执灯引上,坐介)

奴家薛宝钗,自赋于归,甫经一载,不料他秋闱方罢,即遁迹不回。昨接老爷家书,说在常州水驿前,雪夜中见他身挂缁衣,在船头上拜辞而去。想他已入空门,断无归来之日矣!噫!闪得我好苦也!

【赏花时】一度春风老绿芜,芳草连天望远途。从今后慢自比罗敷,竟似那青闺孀妇,长伴着闷夜一灯孤。

【其二】也不恨薄行痴郎撇弃奴,恨只恨薄命红颜犯寡孤。你听那莲漏下铜壶,冷清清愁怀谁诉?好教人慵把绣衾铺。

（内打三更介。贴）姑娘，夜深了，请睡吧。（旦）莺儿，你教我怎生睡得稳也。（贴扶旦下。杂扮仙女上向内介）神芝仙子醒来。（旦扮梦魂上介）

【新水令】恰才的怀人一枕梦初回，透纱幮娇莺声细。（看介）只见帘前红袖立，阶下翠云低。心内惊疑，问仙姝，何事唤侬起？

（杂）太虚宫警幻仙姑有请。（旦）警幻仙姑，未曾拜识，忽然见召，果主何因？（杂）到彼便知，就请同行。（贴引旦行介。旦）

【驻马听】夜色微微，几楼春云拖素绮。星光历历一轮华月漾玻璃，遥望着琼楼香霭翠烟迷。（场上悬一匾书"离恨天"。旦看介）早来到相思千古伤心地。（杂）来此已是，请入宫相见。（旦）我缓步到瑶墀，只见控金钩一带珠帘启。

（老旦扮警幻迎上。旦入宫拜介。老旦扶介。旦）红尘陋质，擅造仙宫，瞻仰金容，曷胜惭恐。（老旦）廿载别离，时萦寤寐，人天一会，聊证因缘。（让旦坐，旦让老旦正坐。旦旁坐介。老旦）有贤妹故人在此，相候久矣。侍儿！请神瑛侍者相见。（生扮宝玉上相见。生笑介，旦）呀！（立唱介）

【沉醉东风】只见锦袈裟斜搭半肩，越显得秀丽清奇。说甚么玉树袅风前，分明是罗汉临凡世。虽则你升天拔地，为甚金童远去，竟忘了玉女相陪？柔肠欲碎，对着他微微笑口，揾不住盈盈涕泪。

（老旦）贤妹，不必感伤，你哭他笑，可以悟道也。（旦点头介。老旦）有话请坐下讲。（生、旦左右对坐介。旦）

【雁儿落】只说你折桂枝，步云梯，谁知你参佛果，登初地。但与你云窝中坐一回，也强如尘影里打瞌睡。

（老旦）侍儿，请绛珠仙子相会。（小旦扮林黛玉上，相见介。旦）怎么林妹妹也在这里。兀的不想杀我也。（小旦笑不语介。老旦）请坐。（小旦坐旦下介。旦）

【得胜令】我与你姊妹胜亲的，这心事呵有天知。恨煞他诡计桃当李，怎能够瞒人鸳代鸡。歔欷，弄得你翠黛销，悲长逝；凄其，弄得我玉钗断，恨远离。

（老旦）贤妹也不必感伤，你与她终是一路人也。（旦）

【乔牌儿】羡你霓裳霞帔，已证了仙家体。待与你携手儿住瑶扉，也只是指烟霄卜后期。

（老旦）侍儿，请芙蓉仙子相会。（贴扮晴雯仙妆上，相见介。旦）原来晴雯妹妹同在这里，请坐。（贴挨小旦坐介。旦）

【甜水令】看她婷婷袅袅，齐齐整整，香风吹坠。何处问因依？原来绝代佳人,皆是神仙转世,一个个自在由夷。

(老旦)贤妹所言不差,侍儿将转轮镜抬来。(杂抬玻璃大镜上,镜正面玻璃内影命服美人。老旦)贤妹,请照自身者。(旦照镜介)呀!

【沽美酒】俺定睛儿仔细窥,定睛儿仔细窥,分不出我和伊。那里有雾鬓风鬟尘外致,颤巍巍珠冠点翠,束宫锦玉一围。

原来是个俗物,我好恨也。(老旦)贤妹,请看那面者。(镜背面玻璃内影仙妆美人。旦照介)妙呀!

【太平令】早则见鹤氅羽衣,却换了珠翘锦帔。果有这羽化日期,也不枉凄凉半世。俺呵,忘悲意怡,一霎时破痴觉迷。呀!牡丹花也挣得与梅花一体!

(老旦)贤妹悟了么?(旦)尚未了然。(老旦)只好如此,天机不可尽泄也。(旦)

【煞尾】世事本空花,人生如梦寐。倒是太虚宫景象却真实。只怕呵,一会人天还是梦里。

(老旦)是梦非梦,不必深究。我有冰桃雪藕,玉液琼浆,请众仙小聚片时。还有制成《红楼梦》曲,歌来下酒,侍儿看酒!(生、旦一席,小旦、贴一席,老旦陪席。杂送酒介。老旦)吩咐歌童歌《红楼梦》曲者。(杂双髻锦袄绣裤扮歌童八各执花舞唱介)

【红楼梦曲】(即俗歌《雷峰塔·皈依》折之【十锦九云罗】也,曲分三段)孽海无穷,因叫俺管情天,住在太虚宫。解化冤愆,别有那阴阳妙用。堪笑无情木石,也做了爱蠹痴虫。情根重,谁知道,孽债完时,回首也那皆空。早则见严霜一夜落芙蓉,又听得鬼哭秋风。只剩的湘江竹上泪斑红。说甚么玉关金锁,便恩爱也镜花同。并不是鬼使神差拨弄,莫怨天工。这是后果前因,偶现梦儿中。明本性,大荒东;抛懊恼,长欢容。展放响喉咙,唤醒红楼梦。世上人,睡醒时作如是观,心自懂。

(众)妙哉!真是诸天无碍,大地光明也。(旦)又经这番提撕,弟子大悟矣。(老旦)侍儿,送神芝归去者!(众从鬼门下,点引旦从人门下)

续一出 余 韵

(外扮贾雨村上)翠劲应须拟石楠,垂天云影照澄潭。梦回栩栩双飞蝶,思入昏昏近午蚕。吾乃贾雨村是也。蒙渺渺真人法旨,将《红楼梦》一书,假语村言,说与众位。今日功德圆满,不免缴法旨去来。你看祥云四绕,想是仙翁到也。(副末羽衣骑鹤,众打彩幡引上介。副末)

【北新水令】只见那台阁层层倚半空,满烟霞无稽仙洞。净水的金童调玉液,青腰的侍女扫珠宫。到人间一阵仙风,慢慢的鹤背祥云送。

【驻马听】俺只是五意三宫,复与人间路不同。又只见花天灵洞,虞渊灵曜,上高春赤松。谈笑大荒东,霞光抓住云衣缝。可叹的红楼梦,醒来只等晨钟动。

(外见介)仙翁稽首,弟子贾雨村缴法旨。(副末微笑介)

【沉醉东风】看你临凡世不嫌尘冗,托村言唤醒愚蒙。今日呵,大排场话不穷,小结构谁能懂?则怕续红楼羞语雷同。云境天开东海东,你拍醒了谁家好梦?

(副末)俺叫甄士隐去,当真的真事隐了么?(丑忙上叩头介)弟子现在。(副末大笑介)

【折桂令】你云踪果是云踪,为甚的巧用机关,和贾雨村各自西东?咱要他清夜闻钟。那厢是太虚幻境,这里是极乐天宫。认甄的你中何用?认贾的滋味难穷!虽则是游戏神通,倒有些笔补天工。从新的白话编排,依旧是红楼几重。

你二人就把神瑛十二钗请来。(丑、外)领法旨。(丑、外向内请介。生僧妆仍执灵石,率领十二仙女仍各执一花同上介)仙翁稽首。(副末)你们是有来历的,都醒过来了么?(各分站两旁介。副末)

【太平令】俺则要,证菩提揭谛无穷,波罗蜜色即是空。你们大众呵,无非那离合情衷,不过些悲欢受用,有什么神通化工?在冷热场中,这傀儡是谁人搬弄?

(众)弟子们经过这番,一心地皈依了。(副末)好!

【离亭宴带歇拍煞】这才是花明柳媚春风动,鹃啼莺妒都无用。说甚么钗黛情浓。眼看他雪里逢,眼看他林边挂,眼看他花间弄。你金钗十二行,做不了的风流梦!把一霎间惺惺憕憕,那真和假总是空,恁绸缪总是哄,甚姻缘撮得拢!你前身凤慧多,我今日真言讽。你皈依我仙山佛洞,你只管乐逍遥,一回头须要猛!

(众叩谢介。副末驾五色祥云,众歌舞)

传 奇

韫山六种曲叙

桂林有山,在独秀峰之西,叠彩山之左,朴而秀,窈而深。吾尝居其巅,读古人书,爱"玉蕴山含辉"之句,名其山曰韫山,而人遂因之以呼我。朝夕丹铅,作曲五种。既出仕,嘉庆十八年,岁在癸酉,有守浚之役。任人许子云峤记其事,叶宫商而谱之,得六种曲焉。晴雪山房不知何许人也,授之梓。予曰:藏之可也,韫山能无意呼?

桂林朱凤森为之叙。

十二钗题词

我家临桂深山曲,一带矮墙黄土筑。四围烟水板桥通,两株老树三间屋。谁将碧玉琢为笙?吹向秋天风月清。名士无多王子晋,佳人难再董双成。晴窗飞过娟娟凤,有客袖书双鲤送。远自三山青玉峰,寄来一部《红楼梦》。教余按曲谱宫商,珠树瑶林别有香。最怜狡狯巫峰女,雨暮云朝媚楚王。酒杯如冰月如烛,花下把书看不足。湘江无竹可成箫,阆苑有山皆是玉。身居玉洞五千崖,笔写金陵十二钗。灵石后身余梦蝶,绛珠前事记香怀。娥眉朱鸟窗下死,隔墙哭煞东邻子。天下女为悦己容,士为知己而已矣。我今切之磋之琢之磨之豪气仍不余,强欲读尽人间不读书。天上白云黄云黑云卷复舒,我欲一扫归太虚。月华满地霜华冷,几处梧桐坠金井。草根忽闻促织鸣,风檐乍散林于影。山上之云出绵绵,山下之水流溅溅。杨柳桥边人似玉,子归声里雨如烟。绿云垂垂沧海立,醉中不似我执笔。肺肝得酒势蓬勃,真气拂拂十指出。仰天大啸浮云开,亟须酌我黄金罍,如何不饮空徘徊?

桂林韫山朱凤森漫题

清嘉庆十八年(1813)晴雪山房《韫山六种曲》本。阿英编《红楼梦戏曲集》(中华书局1978年版)收录。

红楼梦传奇

石韫玉

梦　　游

（生扮宝玉上）

【仙吕·临镜序】舞衣斑，终朝游戏在亲前。想那黄土抟人成欲界，恁白驹过隙，留不住好芳华。说甚么贵与贱，论甚么愚与贤，此际谁分辨？只索要问着天，笑浮生如梦少人圆。

祖宗七叶冠蝉貂，湛露恩多荷圣朝。满眼俗人无可语，及时行乐且逍遥。小生贾宝玉，本是金陵人氏。家传阀阅，世列缙绅。舞彩娱亲，幸椿萱之并茂；读书稽古，欣岁月之方长。只是小生身产膏粱，性憎纨绔，看世上求田问舍之辈，总是痴虫，即朝中钟鸣鼎食之流，也不过是个禄蠹。小生在祖母太夫人膝下承欢，真个天伦乐事，就是与这些姊妹们闺中游戏，莫非尘世奇缘。这都不在话下。今日从书馆中回来，身子有些困倦，意欲假寐片时。袭人哪里？（贴虚上）在此。（生）你在外边照管照管，不要放闲人进来。（贴应介）晓得。（生睡介。贴下。内细乐，二旦扮仙女上。贴老旦同唱）

【不是路】奉命来前，唤取仙郎证夙缘。神仙伴，步虚声堕碧云间。（唤介）郎君醒来，郎君醒来！（生惊起介）呀，二位姐姐何来？（二旦）我等在太虚真境，奉警幻仙妃之命，特来相召，郎君快行。你漫俄延，（生惊疑介）呀！仙妃有何事召我？那太虚真境，是个甚么所在？（二旦）仙机秘密无人见，征路虚无只在指点间。（生）毕竟为着何事，也要说个明白才去。（二旦）嗄！是俺仙妃有个妹子，名曰可卿，与郎君有姻缘之分，故来召你前往，要成其好事哩。（生）呀！这话越发荒唐了。我有父母在堂，婚姻之事，不由自主，就是姻缘前定，也须媒妁传言，哪有这等仓卒之理？二位姐姐莫非是骗我的？（二旦）非虚诞，鸳鸯有牒三生胖。请去销除前件，销除前件。

郎君！你去见了仙妃，自有分晓。（生）既然如此，二位姐姐先行，小生随后。（二旦）我等引导，郎君快来。（同下。杂伴四仙童舞云介。生虚上。众散下。生独立惊疑介）呀！好奇怪！分明两个女子引我到此，怎么一霎时都不见了。这是甚么所在？那上面有个牌匾，待我看来。（揉眼看介）"太虚幻境"。呀！方才那两个女子，明明说是从太虚幻境来的。俺如今又到了这个太虚幻境，究竟是真是幻，好教人难揣拟也。你看那两壁厢堆着许多册籍，不知是何项文字，待我且取来一看。（作取册翻阅介）

【十二红】莫不是那琅嬛福地藏书院，故有此仙府金绳玉检编，待开函细细从头看。宛转，是谁人彩笔争传？一个鸳鸯折翼，一个芙蓉掩面，一个杜鹃夜泣，一个秾李春妍。恁般般堪爱又堪怜。我心中揣，手中展，欲辩已忘言，索解人偏远。也罢，待我再往后看来。呀！这一幅黄金宝钏在幽林雪间，这一幅绛珠瑶草在爱河岸边。一桩桩哑迷真难辨。这上边有几个字，待我看写的什么？（看介）金陵十二钗，呀，好奇怪，我家本金陵，这十二钗是什么人嗄！他道十二金陵钗选，莫非与我有甚因缘？因此把机关一一向毫端现。哎！我又痴了！并不见苕华姓氏镌，怎定是如花眷。方才那两个女子，明明说有个甚么可卿，要与我成其好事，怎么音信杳然，连那两个女子都不见了？我痴心等，望眼穿，人间天上两茫然！早难道媒和妁尽妄言？教我满船空载月明还。（内鸣锣鼓介。生惊介）呀！那边厢金鼓恁喧阗，吓得我打盘旋。

（杂扮二金甲神上）此间太虚仙境，乃神仙清秘之所，何物男子，擅入灵府，窥探秘书！（绕场逐生，生惊避，伏案。二神下。生作醒介）阿呀！吓死我也！（贴上）二爷为何这般大惊小怪？（生）呀！袭人嗄！好奇怪！

【南吕·节节高】我游仙一梦还。（贴）梦见什么来？（生）太虚天，双双两位婵娟现。相牵挽，忘近远，情无限。霎时引到清虚殿，只见牙签玉轴肪千卷。那时猛然间来了两个黄金力士，道：仙山容不得下凡人，雷轰电掣严驱遣。

袭人，你道奇也不奇？（贴）春天乱梦，没甚要紧，你不要又着了魔。（生）

【尾声】我偶然梦到巫峰畔，有个芳卿缘不浅。（贴扶生介）进去吧。（生）我与你挑灯细述那遇仙缘。（同下）

游　园

（外扮贾政上）朱衣紫绶满岩廊，却道官场是戏场，几辈忠良能报主，但看富贵逼人忙。下官贾政，表字清卿，南都金陵人也。七叶金貂，十腰银艾，叨祖父功勋之荫，作国家故旧之臣。门标六阙，为宗族之光荣；禄食千钟，受朝廷之豢养。家兄贾赦，袭封荣国公之职，下官也蒙圣恩除授，观政部中。只是下官身长朱门，性耽绿野，看那如今这些做官的，哪晓得致君尧舜，同我太平，无非高位而抱鄙夫之心，小人而乘君子之器。看那九品石边，也有科第的，也有捐纳的，跄跄跻跻，都是些窃位的臧孙；百官表上，叫做中书的，叫做枢密的，糊糊涂涂，哪一个是知人的鲍叔。见了刚方正直之士，只安个迂阔的考语，便算做当世弃材；逢着便辟佥壬之徒，但加个能干的美名，都说道投时利器。趁着一朝运气，作威作福，不免恃宠而骄；逢着一桩事机，争利争名，也会匿怨而友。谋缺分的，一个个多是利欲熏心；动条陈的，一桩桩无非辩言乱政。有几个勤职事的，晏眠早起，忙忙碌碌，瞎巴结只是固宠希荣；有几个讲操守的，淡饭粗衣，孤孤栖栖，强打熬也只是沽名钓誉。有时广开言路，揣摩了人主的意向，说长道短，自以为君明臣良；有时会议朝堂，迎合了宰相的胸襟，斥善赏奸，不顾人非鬼责。结交几个市井无赖，这家师生，那家亲戚，张罗些有贝之才；沟通几个衙门吏胥，今日纪禄，明日加级，冒滥些无功之赏。除书甫下，荐长随的，荐幕友的，都是些却不过的人情，知会频来，要公分的，要程仪的，也是免不来的酬应。但得事权在手，爱之欲生，恶之欲死，颇颇的恩怨分明；怎知天道好还，贵不如贱，富不如贫，往往的祸福倚伏。凭他当路的公卿将相，一朝僵蹇，顿教人夺却凤凰池；又有那世袭的侯伯子男，百样豪华，只不过被人唤作麒麟檀。所以下官看破了世情，把那一腔致君泽民的志气，变做了绝人逃世的心肠。这也不在话下。只因长女元春，荷蒙当今天子选入宫闱，册为元妃，近日降了一道恩旨，道是宫中嫔妃，与父母终身隔绝，未免有伤天性，准令各人回家省亲，这也算做非常旷典。但是宫禁关防，何等严密，臣庶家廷，男女混杂，岂是胡乱停留得的？所以特在宁、荣两府中间，建造别墅一所，预备元妃归省之地。兴工已久，不知几时可以完竣。曾派珍、琏两侄督工建造，且等他们二人到来，便知分晓。（珍上）外戚椒房贵，（琏上）中宫凤藻新。（合）恩波叨帝主，胧仕作亲臣。(珍)俺贾珍。(琏)俺贾琏。(合)我二人奉叔父之命,督造省亲别墅,今日完工,不免禀叔父知道。(见介)叔父在上,侄儿拜揖。(外)两位贤侄少礼,坐了说话。(珍、琏告坐介。外)教你们监督别墅工程,如今有几分了。(珍、琏)告叔父知道,那别墅西自荣府起,东至宁府园墙止,周围共有三里多宽。内中起造正厅七间,为元妃筵席之所。厅南另有别院,预备更衣。厅后大楼七间,四面都是回廊。由垂花门到园中,流水一道,可通身桦。两岸有亭台一二十座,房宇七八处,处处皆有山石花竹,曲水平桥。现在全数报完,专候叔父查验收工。(外)原来工程已完,这也可喜。(珍)还有一事,禀知叔父。那些坐落,少不得都要个题额,专候叔父命名,以便遵照缮写刊刻。(外)呀!那各处题额,却也少不得的,只是我于这些笔墨上头,平时甚留心,怕题得不能合式,这便怎么处?(琏)侄儿听得宝玉兄弟,近日在学堂中吟诗作对,人人道好,叔父何不唤他来同去一行,顺便命他拟几个名色出来,可用不可用,再请叔父定夺如何?(外)咳!你还要提起这个事?你宝兄弟,就为恃着这一点小聪小明,不肯用心读书,把举业大事耽搁了。(珍)虽则如此,这杂艺却也有用得着的时候。(外微笑介)既如此说,就带他去一走,权当考试他一番。(唤介)宝玉哪里?(生上)万卷书中消岁月,一生花里作神仙。(见介)爹爹呼唤孩儿,有何吩咐?(外)今日么?要带你到新造的花园里去游耍游耍,好么?(生)爹爹吩咐,孩儿遵命随行。(外)但是游耍便带你游耍,也不是白游耍的。你两位哥哥说,园内各处坐落,上没有匾封,要你去每处题一匾一对,试试你近日的学业。若题不出,或题得不好,都要责罚的。(生)孩儿题是未必题得好,若要敷衍交卷,也还可以巴结。(外起介)如此,我们去来。

【正宫·绵缠道】我手扶筇,望苍崖玲珑一峰,徐步小桥东。碧溶溶,一溪流水无穷。(指介)那答是映湘帘绿蕉卷筒,这答是对芳阶红药成丛。遥望那屈曲粉墙中,有千个琅玕新种。芳草落英红,疑误入桃源古洞。(嗅介)哪里的一阵清香?爱芬芳一阵花里过来风。

(外)阿唷!脚力有些困乏了,且在这山子石上略坐一坐再走。(珍)此间便是行礼的正厅。(外)宝玉,你将此处拟个匾来。(生)孩儿想,此间既是正厅,须要带些颂扬之意。尝闻凤凰非梧桐不栖,非竹实不食,此地既有千竿修竹,百尺高梧,就题个"有凤来仪"。(外)要说也还说得去,只是口气轻佻了些。(珍)命意却还庄重。(外)且存而不论。(起介)我们再过那边去。

【南吕·太师引】我金笼调出桐花凤,借扶摇和鸣九重。则道是日边人远,又谁知天上恩浓。总然琅玕芝草生无种,评跋的六宫尊重。须知浣绮纷后妃女宗,也不改荆钗裙布旧家风。

(珍)这边一个坐落,是一所十锦套房,都照西洋房子式样做的。(外看介)倒也别致,只是太费工夫些。宝玉,这里该题个什么?(生)此处庭中,一边是海棠,一边是芭蕉,就题个"红香绿玉"如何?(外)"红香绿玉"?(摇头介)俗得紧。(珍)这里后院门外,有道水直流到尽东头出去,可通舟楫,我们何不坐了船去?(外)如此甚好,我也有些走不动了。(贴扮驾娘上。众同登舟介。外中坐。珍、琏在前,左右对坐。生在外后各坐介。生戏捏贴脚介。贴笑推介。外)

【三学士】爱清流进出苍崖缝,呼来短桨轻蓬。(顾贴介)你橹声休惊起眠鸥梦,呀!早划碎了浮萍一道踪。我们此时好有一比。(珍、琏)是。(外)真个是画师堪画处,秋江几个渔翁。(作到,登岸介。贴下)

(外看介)妙呀!此处竹篱茅舍,颇有些山林气象,令人耳目一清,不觉动了我归田之念。

【仙吕·解三酲】你看系苍藤乔柯臃肿,绕青林芳草蒙茸。数椽茅屋临溪耸,摇飙着酒旗风。这里却要题个别致些的名色才好。(珍)那边有个杏林,竟唤作"杏花村"如何?(外)"杏花村",虽则浑成,然而未尽其妙。(生)此间竹篱茅舍,分明是个田家风景,古诗云:柴门流水稻花香。何不叫做"稻花村"?(外点头介)这个村名却题得好。(指介)你看竹篱茅舍周遭在,豚栅雏栖点缀工,令我归心动,只少几个村庄儿女笑语其中。

(末扮院子上)路入林泉僻,门多车马喧。启老爷,夏太监奉旨到门。(外)就请到此相见。(末应下。外)如此,那些未到的所在,只好改日再看吧。(珍、琏应介。外)你们都是有职人员,一同冠带相见。(各更衣介。副净扮太监上)手捧经纶来日下,口传天宪到人间。(外众接见介)不知公公驾临,有失迎候。(副净)贾大人,恭喜!(外)何喜?(副净)万岁爷新造一所凤藻宫落成,今日率领宫妃临幸,你家元妃娘娘,进了一篇凤藻宫颂,万岁爷十分喜悦,就封娘娘为凤藻宫尚书之职,为此特命咱家前来报喜,少不得要大大的扰你一个喜酒哩。(外)有劳公公台驾。(副净)贾大人!你少不得明早就要进本谢恩,咱家在宫门口等候照应罢。(外)多谢公公关切。(副净)今日你们爷儿们,在这里怎么哩?(外)因为圣旨准令妃嫔省亲,我家元妃,少不得也要归省。舍间房屋狭小,难以安顿关防,所以特收拾出这个坐落来,预备元妃归省。(副净)好啊!你们府上,到底规模阔大,要什么说声就得;周皇亲家,听见才在城外踹地方呢。这么着,既是都已现成,何不明日谢恩,就事儿请旨定了归省日子,也好早早预备,省得一番生活两番做了。(外)多谢公公指教,下官就依命而行便了。(副净)不是啊! 咱们三两辈子的相好,咱家想着什么,有个不告诉你的?(外)既蒙公公关切,我们这个小地方,不知弄得来合式不合式,就请公公看一看,指点指点。(副净)者个理当。一客不烦二主,我替你看一看,哪里接驾,哪里更衣,哪里行礼,分出一个次序来,也教你们好预备得点样子,不要临时闹错了。(外)如此,公公请。(副净笑介)请。这偌大的地方,咱家还摸不着道路儿哩。就烦二位爷们带我们一带罢。(珍、琏应介)如此引导!(行介。外)

【尾声】荷关情多多起动,(副净)咱们里头这些规矩,你们哪里知道。(外)才识得皇家尊重,(合)指日看织女云车驻此中。(同下)

省　亲

(老旦扮贾母,旦扮王夫人,小旦扮凤姐同上。老旦)

【双调引子·贺圣朝】旧家阀阅金张,(旦)新恩又附椒房。(小旦)銮舆归省事非常,(合)一门荷恩光。

(老旦)老身贾门史氏,荣国公之室也。生长侯门,叨居国戚,一门子姓,半为朝右公卿,七秩年华,独享人间寿考。孙女元春,自幼选入宫闱。近蒙圣恩,封为凤藻宫尚书之职,给假省亲。今日上元佳节,又是元妃奉旨归宁,真个是天上人间,欢喜第一。老身不免率领合家儿女伺候迎候。(旦、小旦见介。老旦)少倾元妃到来,你们随我出门跪接。(二旦)晓得。(小旦)方才夏太监差人先来告诉,道元妃今日宫中尚有多少典礼,直到申正一刻,方能排驾出宫。老太太、太太且回房安息,等到有信,再请出来伺候罢。(老旦)既然如此,我们且进去,临时听信再来。(向小旦介)你却说不得要多辛苦些,就在园中各处照应照应,怕他家人们躲懒。(小旦)有我呢,老太太请放心。(同下。副净扮夏太监上)

【前腔】九重德媲虞唐,六宫贤比姬姜,今朝飞燕出昭阳,一路绮罗香。

咱家乃凤藻宫首领太监夏梁是也。今日娘娘归家省亲,俺职司向导,不免先往荣国府前伺候。(下。贴扮贾妃仪从上。合)

【仙吕入双调·夜行船序】无限风光,看六街三陌,往来熙攘。行过处,一阵鞭影衣香。辉煌,凤辇鳌山,夺胜争奇,太平有象。端详,恩向日边来,正春在万年枝上。

(下。外领众子弟上,跪接介。贴众上)

【前腔·换头】追想,几度年光,喜今朝重到,旧家门巷。思往事,止不住珠泪盈眶。(外等报名介。太监扶起介。贴众先下,外众分下。老旦领众妇女上,跪接介。贴众上)遥望,碧瓦朱扉,春色无边,人间天上,清光送我入门来,正满月一轮初上。

(老旦等报名介。太监扶起介。贴众先下,外众分下。老旦众随下。场上细乐,贴上,正坐,垂帘。外等上,排班朝贺,官女呼免,外等下。老旦等上,排班朝贺,官女呼免,老旦等下。贴起更衣,撤帘。老旦、旦进见,执手介。贴)我当初,选入皇宫,自分今生不能再见,谁料天恩浩大,有此非常旷典。请问祖母、母亲,近来都纳福么?(老旦)老身等托赖娘娘庇荫,正是一人有福,九族同乐。(贴)

【黑蟆序】银汉如墙,料此生永别,无由再接容光。幸遭逢圣主,恩波浩荡。(官女跪介)请娘娘上宴。(贴正坐,老旦送酒,旁坐介。官女)请上酒。(合)华堂,风飘百和香,金尊酌玉浆。喜非常,唯愿铜壶玉漏,今夜增长。

(贴)请爹爹垂帘相见。(官女)娘娘有旨,宣贾政进见。(场上垂帘,外上,旦起介)爹爹,女儿身入皇宫,永违膝下,今荷圣恩,特加峻秩,爹爹可以放心,不要挂念了。(外)此乃祖宗余庆,钟毓在娘娘身上,唯愿娘娘居安思危,受宠若惊,则贾政一门,可以永受娘娘福荫矣。

【前腔·换头】思想,这侥幸非常。恁鸦群雀队,产出鸾凰。况九重恩泽,古今无两。推详,君王多宠光,祖宗余庆长。愿娘娘持盈保泰,受禄无疆。

(贴)谨遵爹爹慈训。(外下。旦归坐介)宝玉为何不见?(老旦)男子未奉宣召,不敢擅入。(贴)唤进来。(官女)娘娘有旨,宣宝玉进来。(场上撤帘。生上,进见,请安,贴扶起拊视介)几年不见,这等长成了。(老旦)托娘娘的福,他如今诗文都会做了。(贴)如此甚好,你就将今宵即事为题,做一首诗我看。(生屈一膝应介。贴)听得林、薛两家妹子,与我家三妹,都有才调,何不同来一见?(旦)他们少年女子,恐不谙朝廷仪制。(贴)也罢。少刻内堂相见,就令宝玉传旨,也教她们各赋一诗呈览。(生应下,副净上)请旨放赏,开有赏单呈上。(官女接送案上,贴看介)照单分赏。(官女传,副净应下。官女)请娘娘内堂更衣。(贴、老旦、旦起,同下。场上排列赏件,副净领二小监上,杂扮家人男女虚上。副净)孩子们,传与他们,教他们都来领赏。(小监应传介。副净)

【锦衣香】这百和香,灵檀杖,是娘娘进老太太的。(副小监转付,杂接下)这八宝箱,冰丝帐,是娘娘进贾公夫妇的。(照前)这画册诗编,松烟鱼纲,是赏给宝玉的。(照前)这翠钿珠履锦衣裳,并玲珑环佩,玉质金相,是分赏给各位奶奶姑娘们的。这国家开元样,一千缙排列那边厢,是分赏合府男女的。(众应叩谢介。副净)内府华严藏,携来呀分赏,教他全家眷属,共叨天贶。

颁赏已完,不免进去复旨。(贴、老旦、旦同上。合)

【浆水令】看灯光月光满场,听更声漏声正长。(贴)美三妹才调尽无双,况琼枝玉色,邂逅清扬。今宵会,乐未央,愿高堂寿考长无恙。(副净上)启娘娘,夜已四更,请娘娘回宫。(贴)呀!才欢聚,才欢聚,别离又长。回宫去,回宫去,我心暗伤。

(贴拭泪介)我此番去了,不知可有再来之日,倒不如那百姓人家,骨肉团圆,往来无禁的。(老旦、旦同拭泪介)国恩高厚,明年再候娘娘归宁。(贴作乘辇出门,老旦、旦跪送介。外虚上跪送介。贴众绕场先下。老旦)

【尾声】看怱怱车骑回天上,(旦)翻增我一番惆怅,(外)唯愿吾王万寿无疆。

(老旦、旦先下。副净)贾公!你们明早都要到朝门谢恩的。(外)多承指教,自然要去的。(副净)咱家在那里奉候,请了。(外)多多简亵,请了。(分下)

葬　花

(旦扮黛玉,贴扮紫鹃随上。旦)

【夜行船】初日房栊人悄悄,对妆台自画眉梢。(贴)检点衣香,消停针线,帘外春寒料峭。

[浣溪沙](旦)翠月红年不计辰,丹青窈窕画中人,自浇杯酒奠花神。刻意团香成小冢,惊心蘸玉殉芳尘,东风多少未招魂。奴家林氏黛玉,早失慈亲,远依舅氏。兰姨琼姐,多非毛里之人;锦地花天,总是零丁之境。齿齐碧玉,卜佳耦而终虚;家隔白云,望严君今何在?咳!不知将来终身怎生结果。(贴)小姐,且免愁烦。(旦)紫鹃,我和你昨日在太湖石边,筑的葬花小冢,今朝二月十二,刚逢花诞

之辰,园中百花齐发,正是夜来风雨声,花落知多少。你且携了花锄花帚,我们葬花去者。(贴应。旦)

【南吕·香遍满】园林清晓,听交交鸟啼杨柳梢。一片花飞春渐少,行过红板桥,望林间彩胜飘。(贴)小姐,你看今日姑娘们,都在园中玩耍,好不热闹。(旦)蜂狂蝶又娇,尽春意枝头闹。迤逦行来,此间已是怡红院了。

【懒画眉】你看杏花一树开过粉墙高,只海燕依人未定巢,且向怡红快绿那边瞧。紫鹃,你去看宝玉可在家里。(贴)是。(向内)宝二爷可在家里么?(内回)不在家里。清早就到园中去了。(旦)呀!只见落花满地无人扫,谁与愁人慰寂寥?

紫鹃!宝玉既不在家,我们且葬花去者。(贴扫花介。旦)

【二犯梧桐树】你看花风次第骄,花雨连番暴,断送花姿,憔悴如人貌。我待和香泥砌叠个藏春窖。则怕零乱花魂不可招。我一片惜花心,只许春知道。说什么人面如花,曾见几个如花人老。

(旦、贴葬花。生扮宝玉上)

【浣溪沙】柳影摇,花阴悄,谁在这里唧唧哝哝,呀!原来是林妹妹在此,她道背湖山没个人瞧。怎知依花傍柳早有人来到。我且闪在一边,听她说什么话,管教她漏泄春心在这遭。

(贴)小姐,葬花已毕,我们那边去罢。(旦)紫鹃,我今日葬花,有人知道,必定笑我痴心,将来我死之后,却是何人葬我?(生突出介)林妹妹,什么说话?(旦惊介。唱)谁相叫?(生)是我。(旦)你从哪里来?不提防猛然间来到。(生)众姊妹都在园中,与百花庆寿,我哪一答不曾寻你,你却躲在这厢。(旦)你寻我做什么?(生)请你到百花台同庆生朝。

(旦)这等,我不耐烦,你们自去。(生)你一个人在此何事?(旦)我么,看见这园中花事阑珊,红香满地,可惜它狼藉泥沙,被人践踏,靠着太湖石边,筑成小坟一座,收拾这些花片,埋葬其中,也算我爱花一场。(生拍手笑介)妙哉,你做的好韵事也。只是我怪你为何不告诉我,让我也好同做这场功德。

【刘泼帽】难道你爱花不许人同调,可知有情人一样玉瘦香消。愿天天早遭花星照,趁今朝我和你同向花神祷。

(旦怒介)宝玉,你说的什么说话?

【秋夜月】我怪你虚又嚣,信口把胡言嘌。我与你耳鬓厮磨都年少,怎拈花专向人调笑。我且向高堂先呈告,请高堂怎见教。

(生慌介)妹妹不要着恼,我是与你说着玩耍的。

【东瓯令】祈息怒,敢讥嘲,比如你告了我,我吃了亏,于你有何益处。(揖介)请你把闲是闲非一笔销。你且听声声杜宇在花间叫,催趱的春归早。可知世间好物不坚牢,你不见花信四时捎。

(旦)噤声!

【金莲子】说甚寿与夭,怕人生更比花难保,花纵谢明春又娇。(生)妹妹,我无劳可效,明日在这答立个小碑,碑上镌着"花冢"两字,权当墓表,你道如何?(旦)这个却好。(生旦合)立一统断肠碑,将百花阀阅墓门标。

(贴)小姐!天色晌午了,我们回潇湘馆去罢。(旦)知道了。

【尾声】女孩家写不尽伤春稿,我埋香葬玉敢辞劳?明年今日呵,把一盏芳醪向冢上浇。

[集唐](旦)水寒烟澹落花天,(贴)何处风光不眼前。
(生)看处便须终日住,(合)今年春色胜常年。

折　梅

(小旦扮妙玉道装上)

【南吕·懒画眉】清凉世界十方同,茅屋三间四大容,谁将玉戏斗天公。檐压银云重,春在梅花消息中。

[如梦令]无欲以观其妙,有欲以观其窍。无有有还无,识得元元众妙。斯道何道,下士闻而大笑。贫尼妙玉,本贯姑苏人氏,幼年孤露,学道出家。近蒙荣国府迎我供养,在这栊翠庵中安单。每日里焚香礼佛,打坐看经。习四种之威仪,参三乘之法藏。身如蕉叶,深知百岁无常;心似莲花,自信一尘不染。这也不在话下。昨宵一夜北风,不知门外雪深几许。侍者!(贴扮女童上应)你开了庵门出去,看那红梅花开了不曾?(贴应出看介)阿唷!你看大雪里,这梅花开得火炭一般,真正如霞似锦,好看煞人。待我告诉师父,请她出来一看。师父,门外的雪,积得有七八寸厚,那几棵红梅花,一齐都开了,好不艳丽,请你快去看来。(小旦出门看介)妙吓!万顷堆琼一尺深,乍疑天女散花临。红梅一树冲寒发,知道

花神俊不禁。(进介)侍者！你与我把香桌儿临轩安放,炉中添些香片,瑶琴取来,待我操琴一曲,以消清兴。(贴)晓得。铺设停留,请师父操琴。(小旦)你且回避。(贴下)(小旦入坐调弦介)

【前腔】步虚人在玉壶中,坐对南枝,向北风,芳心一点付焦桐。声声谱出梅花弄,一种聪明冰雪同。琴已操完,不免打坐蒲团则个。

(生扮宝玉接唱上)

【前腔】只见琼瑶楼阁水西东,我迤逦寻芳到此中。呀！遥远望见栊翠庵中,红梅花果然盛开。粉垣缺处斜露一枝红,啁啾翠羽梢头哄。恰喜得春在罗浮有梦通。

小生宝玉,奉诸姊妹之命,要到栊翠庵,问妙玉乞取梅花一枝,以作闺中清供。此间已是,开门。(小旦)呀！如此大雪中,什么人来叩庵门？(向内唤侍者不应介)呀！侍者不知何处去了,待我自去开门。正是禅室自从云外住,俗人何事雪中来。呀！元来是公子。这般大雪,到此何事？(生)小生此来,有事相求。(小旦)如此,请到里面说话。(生揖介)妙师,小生有礼了。(小旦问讯介)公子稽首。今日公子宠临,理应看坐才是。只是昼夜坐卧只有这一个蒲团,却又不便相让,这便怎么处？(生笑)妙师在上,小生不该唐突,自古道,和尚四大,可作禅床。(小旦)公子此话休提。却不道山僧四大本无,公子欲于何处坐？(小生)如此嘤,倒是小生唐突了。(小旦)公子哪里来？(小生)小生么？是从来处来。(小旦)呀！公子啊！万法皆空,甚处是君乡里？(生)阿呀！妙师啊！小生是一心无碍,何方非我家门？(小旦)咄！莫忘本来,早思回向。(生)妙师啊！

【双调·朝元歌】你道心空法空,此际机缘重。却不道萍踪水踪,一任著风轮动。十地惊尘,三生短梦,莽轮回旋转如篷。忒煞匆匆,鸟儿兔儿西复东。你看那,花似少年红,繁枝积雪对,就里芳心心自懂。你便修到圣贤仙佛,几人知重,几人知重。(旦)

【前腔】你道仙中佛中,几辈能知重。怎知禅宗道宗,三界人天奉。我一食清斋,六时禅诵。怎随他野马尘踪,三教同风,衣儿钵儿转不穷。枯木听吟龙,拈花一笑逢。须知道,菩提有种,这闲言闲语,慢来嘲弄,慢来嘲弄。

(生)妙师,小生方才一路行来,听得庵中琴声嘹亮,莫非妙师在此操琴？(小旦)正是。贫尼对此一天风雪,独坐无聊,偶尔弹了一曲梅花三弄,以消清景。(生)唷！你出家人,怎道得独坐无聊嘎！

【前腔】你声空色空,有甚胡调哄?莫非情中意中,蓦地芳心动?所以嘤,绣佛停参,金经罢哸,把幽琴寄与丝桐。心手相从,丝声肉声丁复冬。你打叠雨云踪,庄严水月容,料不是求凰引凤。直恁清清切切,这般珍重,这般珍重!

(小旦)公子,闲话少说,你说有事来求贫尼,端的为着甚事来?(生笑)一阵闲话,却忘了我本来初意。(小旦)毕竟为着何事?(生)今日众姐妹在园中赏雪,听得说此地红梅盛开,特着小生来问妙师乞取一枝,以作岁寒清供。(小旦)原来为此。(唤介)侍者!(贴)来了!(小旦)你去告诉园公,向那红梅树上,拣好的折一枝来。(贴)晓得。(下。小旦)请问今日众位姑娘,在园中作何事来?(生)今日因为赏雪,又开诗社,众人聊句,做成五言排律一篇。明日待小生抄来,请妙师大教。(小旦)贫尼皈心净域,笔研久荒,不要说不能做诗,就是别人做现成的,恐怕也看不出来。(生)妙师大才,小生久仰,休得太谦。(小旦)公子,听我道来。

【前腔】那笔工墨工,枉把精神用。我心慵手慵,怕去重拈弄。(贴)修月自携仙客斧头,攀花先得美人心。师父,梅花有了。(小旦)妙嗄!你看一点芳心,三分春色,人来雪海香中。铁干虬龙,花容雪容相映红。公子,要晓得若是你自己来要,我断然不与;今既为众姐姐而来,情不可却,止得折来与你。(生)多谢妙师。(小旦)你好向胆瓶供,琼瑶报匪空,端的为玉人情重。(合)花开花谢,有个岁寒人共,岁寒人共。

(生持花作别介)谁道花无百日红,几枝秾艳透春风。多谢妙师,明日再会。(小旦)公子慢行,恕不远送。正是相看两不厌,一番清话又成空。

庭　　训

(丑扮王官上)
【仙吕入双调·字字双】王府官职出身低,陪隶。车前马后效驱驰,扬气。主人弗见子活西施,牵记。教我上天入地要寻着伊,犯戏、犯戏。

自家非别,乃忠顺王府一个官儿便是。吃子王爷革饭,穿子王爷革衣,住子王爷革房子,仗子王爷革势头,倒也快活自在。近日有革一件尴尬事体,王府班里,有一个小旦,叫做蒋琪官,是王爷的心肝宝贝,吃饭无子蒋琪吃弗饱,困觉无子蒋琪官困弗着。哪里晓得前日子告假省亲,一去杳然。王爷差我到伊下处问问,说道搬到乡间去了。王爷听得子这句话,暴跳如雷,着落我身上,必要寻着丢。天王爷爷,教我哪里去寻介。东边也问问,西边也访访,今朝有个人说,伊和荣国贾府宝玉公子相好,手中拿的一个玉扇坠,还是宝玉赠他的。或者撇却了王府,投在他家,也未可知。我做着弗着,闯到贾府,冒伊格一冒,看如何?阿唷!说话之间,此间已是荣国府门首了。(咳嗽介)门上哪位大叔在?(末上)世禄千年第,家人七品官。是哪个?(丑)大叔请了。我是忠顺王府差官,有话要见贾爷的,相烦通报一声。(末)如此少待。(转介)老爷有请。(外扮贾政上)椒房自愧官非贵,纨绔常忧子不贤。什么事情?(末)今有忠顺王府差官要见。(外)哦!忠顺王与我家素无往来,今日差人到来,必有缘故:且请他进来。(末应请,丑进介)贾爷在上,王府差官叩见。(外)尊官少礼,请坐。(丑)贾爷是椒房贵戚,小官卑末微员,怎敢妄坐?(外)自古敬其主以及其使,尊官既奉王命而来,定有几句话儿,岂有不坐之理?请坐。(丑)如此,从命了。(外)请问尊官到舍,有何台谕?(丑)小官无事不敢轻造,只因我家王爷呵!

【谒金门】年垂暮,教就一班歌舞。(外)天潢富贵之家,原该及时行乐。(丑)碌碌粗材何足数,单则爱后庭一枝玉树。(外)啊!有一个钟爱的?(丑)贾爷听启。那班中虽有几个子弟,王爷也都不在意,只有一个装旦的脚色,姓蒋名琪官,王爷十分喜欢。(外)贵人抬举,是他的造化了。(丑)谁知一旦高飞远举,别有个藏身之所。(外)啊!藏在哪里?(丑)小官四处打听,籍籍人言传道路,道他在荣国府。

(外笑介)哪有此事?下官天性愚蠢,那音律一事,丝毫不懂。就是梨园子弟,平时从不许入门的。况且是王府承应之人,怎敢容留在家,只怕尊官打听错了。(丑)是,小官打听错了。(冷笑介)但是贾爷虽不耽声色,令公子宝玉,闻得是个风流少年,或者与琪官有些缘法,也未可定。敢烦贾爷查问一查问。果然不在此,小官也好回复王爷。(外怒介)有这等事?左右!快唤宝玉出来。(末)老爷唤宝二爷。(生上)

【引】忽听传呼,是何事风波骤起?

(揖介)爹爹!(外喝介)无知的畜生!忠顺王府中承应的人,你是何等草芥,敢于引诱他?(生)孩儿不曾引诱什么人?(丑)公子不要隐瞒了,一个蒋琪官,难道公子认不得?(生)蒋琪官是谁,我并不知道。(丑)公子既不知道,如何公子的玉扇坠,飞到琪官手中去了?(生)尊官既知得恁详细,他现今在东郊二十里紫檀堡地方,置了几亩田地,盖了几间房屋,在彼居住,何不到那里去寻他?却在此访问。(丑)既蒙公子指示,且到彼寻觅再处。(向外介)多多惊动。(外)简慢了。(丑下。外回身正坐介)阿呀!你这该死的畜生!你还不知罪么?(生跪介)孩儿知罪,今后再不敢了。(外怒介)畜生!你一向游荡废学,已是罪不容诛了,如今又干出这样无法无天的事来。你这样败家之子,我若不将你登时处死,何以见祖宗于地下?(取杖打介。生倒地哭介。外)

【园林好】恨平时,你罪难尽言,今又犯弥天过愆。你私昵那优伶下贱,你自问有何颜,你自问有何颜?

(生)阿呀!爹爹!不要听了外人一面之词,冤屈杀孩儿虐。

【前腔】念孩儿,从未见琪官至前,不过在人家绮筵,偶省识春风一面。何曾有甚流连,何曾有甚流连?

(外)畜生!你不在学堂攻书,却到人家赴席,这就不该了。况有优伶在坐,盍簪促席,你还说不曾流连?(又打介)

【江儿水】你爱向花丛串,抛荒了旧简编。况他是王门禁脔非常选,怎许他人相依恋,就是那玉扇坠,东西虽微,也是父母给你的,就该珍藏手泽同杯棬,怎当作城隅彤管?畜生阿,似这般不肖无知,真个是景升豚犬。(生哭拜介)爹爹啊!

【前腔】请息雷霆怒,饶儿罪与愆,孩儿有口也难分辨。(外)你还有何辨?(生)是孩儿自取愆尤,怎敢他人怨?悔往日无知,合受今朝遣。阿呀!爹爹啊!你须念骨肉恩终难断,恕我不肖无知,只当景升豚犬。

(旦扮王夫人急上)

【五供养犯】才向萱庭视膳,忽听得人语喧阗。呀!原来老爷在此打宝玉,老爷何故如此动气?(外)呀!夫人!这样不肖子,要他何用?(欲打,旦抱住介)宝玉有什么不好,原该打骂,但是老爷也要保重身子,不值得动这样真气。我和你呵,春秋皆半百,长子又无年,只这个婴儿在膝前,怪无端直恁雷霆严遣。(外)你且问他所犯的事,可恕也不可恕。(旦)不识因何事,罪滔天,父子恩慈,恁般责善。

(婢)老太太出来了。(外迎介。老旦怒容携婢上)

【前腔】说甚么子孝亲安,老妇娇儿,直恁颠连。(外)母亲有事,只须传唤孩儿进去吩咐,何劳亲自出来?(老旦)啊!你怪我出来么,我一生没个好儿子,教我有话向谁说?(外跪介。老旦抚摩生介)孩子虽不肖,尚未出童年。你动不动暴雷般肝火燃。他小儿家料没甚弥天罪谴。你执着无情棍,不愿他受伤残,父子恩慈,恁般责善。

(外)孩儿责治宝玉,也不过是要他成人嘘。

【玉交枝】娘亲垂念,骨肉恩非比泛然。他孙儿且荷慈闱眷,我父子岂无缱绻?因他性情劣又顽,偶然遇事施针砭。愿娘亲俯垂鉴怜,愿娘亲俯垂鉴怜。

(老旦)你管教你的儿子,难道我怪你不成?只是你的管教,也太过分了些。(外)孩儿知罪了。(老旦)

【前腔】家庭平善,不提防飞灾降缠。念娇娃似一箭兰芽姤,怎禁得如许霜霰?丫鬟过来,你们将宝玉好好扶进房去。(向外介)你也自己安息去罢。(外)孩儿同媳妇送母亲进去。但愿吾儿身早安,但愿吾娘心善遣。(合)从今后恩慈胜前,从今后恩慈胜前。(同下。贴扮袭人上)

【风入松慢】才郎蓦地受摧残,教人难说难言。偏是他多愁多病多情种,似蜂儿爱住花间。一谜价风流自喜,几番的骨肉相煎。

奴家袭人,一向派在宝玉房中伺候。今日老爷突然把宝玉唤去,痛加答责。不知这桩事从何而起,不免唤茗烟进来,问她则个。茗烟哪里?(丑扮茗烟上)奴才无大小,都仗主人势,主人受灾殃,奴才急出屁。忽听姑娘叫,定然问此事,此事无别情,总为争风生妒忌。袭人姐姐呼唤,有何吩咐?(贴)我且问你,今日这桩事因何而起?(丑)我猜得起来,多分是两个人放的火。(贴)是哪两个?(丑)阿呀!姐姐阿,我告诉与你,你弗要去告诉别人介。(贴)我晓得的。(丑)

【前腔】是薛家呆子我家环,两地散布流言。(贴)他们散布什么流言介。(丑)一个道慈闹幼婢遭奸骗,一个道窝藏了金弹韩嫣。构出是非一片,激成怒气冲天。

(贴)原来如此,你去罢。(丑)姊姊,是我心孔巧想出来革嘘,你放在肚里介。(先下。贴)唉!这是哪里说起?(沉吟介)说便这等说,也不要尽怪别人嘎。

【尾声】只为他拈花惹草生来惯,招出这许多谗间。即如在园中,与这些姊妹,无明无夜在一处,万一弄出点事故来,如何是好?哦!我有道理,管教他吹散了千里长篷不散筵。(下)

婢　间

（旦扮王夫人上）

【仙吕·鹊桥仙】儿郎心劣，家庭口众，暗地遭人播弄。衅生肘腋叹无戎，镇日价闲愁万种。百岁难完儿女债，一心唯恐是非多。妾身王氏，幼适贾门，所生二子，长的珠儿，早年亡故，故今只有宝玉一人。因他生性娇痴，不讨父母亲喜。又因祖母平时钟爱，不免招人妒忌。昨日他父亲忽然唤去，痛加笞责，几欲置之死地。幸得老太太出来解劝，方始撒手。想这番风波，不知因何而起，其中必有小人播弄是非。我已去唤袭人来，要问问根由。等她到来，便知端的。（贴扮袭人上）鸟抱青云志，花凭绿叶扶，不知缘底事，堂上忽传呼。（进见介）太太呼唤袭人，有何吩咐？（旦）也没有甚么事，问问宝玉一夜光景如何？（贴）二爷昨日回到房中，呻吟不绝，后来敷上药，渐渐安静。此时还稳睡未醒，定然无事了，请太太放心。（旦）我且问你，昨日这桩事，究竟因何而起，你亦有所耳闻么？（贴）袭人始初不知。

【解三醒】则见蓦地里传呼汹涌，揣不出南北西东。一霎时高堂怒发如雷动，施夏楚教刑凶。后来悄悄探听才晓得早上有个王府官儿来，道有狡童素受王门宠，疑惑逋逃在此中。（旦）果有此事么？（贴）哪有此事？听见说曾经在冯家席上一面，彼此并无往来。真虚哄，老爷是，但知义方有教，不愿蛮语无踪。

（旦）我听得有人说，那金钏儿投井一事，环儿在老爷跟前说了什么话，你也有些风声么？（贴）这个。（沉吟介）袭人倒不曾听见。那王府差官一事，也是焙茗进来说的。（旦）也为了这个，也为了那个。（贴）太太休怪袭人多嘴，我家二爷呵！

【前腔·换头】论少年自家须尊重，也不怕菶菲贝锦逢。则为他琼花生就无双种，引逗得蝶和蜂。且休提燃萁煮豆相煎急，也只要见弹求鸮早计工。袭人仔细想来，总为这些人肯与二爷亲近，已致有此口舌，倘无些缝，哪怕他捕风捉影，觅迹寻踪。

（旦）这也说的是，我只有这一子，难道不知管教。一向因老太太十分溺爱，不得不放松他些，你今既知道这些道理，正好替我留心防闲防闲，免了小人口舌。

(贴跪介)袭人还有一句话一向要说,恐怕太太疑心,今日太太吩咐到这个话,若再不说,就是辜负太太恩典了。(旦)你有话起来说。(贴)也没有别的话,我想二爷一年大似一年,就是园中各位姑娘,也渐渐长成了。我们姊妹又多,太太何不把二爷移出园来,又省了多少心?(旦惊介)哦!莫非宝玉与哪个有甚不端之事么?(贴)这却一些没有,太太不要多心。只是二爷呵!

【前腔】他是天生就千金真贵种,他日前程万里风。俺青衣黑柱相陪奉,花要近日边红。他是翩翩一世佳公子,与碌碌庸才迥不同。声名重,怕的是瓜边李下,无事生风。

(旦拭泪介)阿呀!袭人我的儿,再不晓得你这小妮子,胸中竟有如许见识,我要把你做亲儿女看待才是。我为了一个宝玉,朝夕提心吊胆。我春初说,要把宝玉移出来,老太太道:今年星辰不利,要到明年再说。我从今日为始,索性把宝玉交付与你,你替我刻刻留心。你若保住了我娘儿俩个的颜面,我日后自然不亏你的。(贴)太太说到这个话,教袭人如何承受得起?(旦)袭人,我的儿呵!

【前腔】论花园裙钗人一众,也只是无端的萍水踪,则为老萱堂欢喜斑衣奉。因此把闲莺燕聚在一巢中。他们花朝月夕胡调弄,少不得饭后茶前数过从,教我心多恐,恐男长女大,非比童蒙。

(贴)袭人尽心竭力遵太太的命便了。(先下。小旦扮王熙凤上)流言投杼亲心苦,洗手调羹妇道难。太太,我刚才去看过宝兄弟,说昨晚姨妈那边送了治棒疮药来,袭人替他敷上,疼痛立止,今日身子安逸,不妨事了。请太太放心罢。(旦拭泪介)小孩儿家,自作自受,也怨不得别人。(小旦)方才袭人在此,想是太太唤她过来,问问宝兄弟的。(旦)我正要问你,那袭人的分例,每月多少?(小旦)每月一两。(旦)其余呢?(小旦)都是五钱。因袭人是老太太派过去的,所以还照着老太太房中丫头的例。(旦)如今你把这两裁了,却在我名下划出二两,给与袭人。以后有周、赵两姨娘的,也有袭人的。(小旦笑介)我早说袭人比众不同,性情和顺,举止大方,那品貌越发不用说了。(旦)你们哪里知道袭人的好?若得那妮子常在宝玉身边,也就是他的造化了。(小旦)太太既看得中意,何不就替她开了脸,过了明路,也教他们心定了。(旦)此事且缓。一来宝玉尚未定亲,二来又怕老爷要说他分了读书的心。况她现在倒好劝劝宝玉,若定了名分,怕她倒要拘束,不敢进言了。(小旦)太太也想得是。

【尾声】乌鸦队里不少鸾和凤,(旦)我爱她女孩儿家别有一种心胸,(小旦)

这也是她温柔福分生前种。(同下)

定　　姻

　　(小丑扮夏太监,杂二小监,捧如意连环随上)月下赤绳连好事,宫中红叶是良媒。咱家凤藻宫首领太监夏梁是也。奉娘娘之命,要到荣国府,为宝玉定亲,不免前去走遭。孩子。(杂应)有。(副净)你们把东西捧好了,随我同往贾府去。(杂应同下。老旦扮贾母上)

　　【商调引子·绕地游】年华衰迈,看膝下斑衣队,有个佳儿,讨人欢爱。才华矜贵,风姿秀媚,知何处婚姻可谐。

　　花鸟新春好,桑榆暮景长,彩衣阶下舞,儿女粲成行。老身史氏,一门鼎贵,八座起居,仰托天地祖宗的荫庇,也算有福有寿的了。近因儿子贾政,远宦在外,孙儿宝玉,朝夕侍奉,聊慰目前。只因他婚姻未定,也是我一桩心事,不知他的姻缘,却在哪里。今日天气已经晌午,怎么还不见他们姐妹过来。(副净扮贾琏上)婚姻天上定,媒妁日边来。启上老太太,今有穿宫夏太监,奉娘娘之命,特来求见。(老旦)如此快请。(丑上)外戚蒙恩泽,中宫问起居。(见介。老旦)夏老爷到来,有劳了,请坐。(丑)娘娘着咱家前来,问候老太太,近来纳福。(老旦)老身托娘娘福庇,眠食粗安,娘娘在宫中万福。(丑)娘娘一切如意,万岁爷近来相待,越发比众不同了。(老旦)圣主鸿恩,举家顶祝。(丑)今日娘娘差咱家到来,非为别事,只因想起宝二爷的亲事,娘娘说,与其在外边人家访求,不如就在老亲戚里面定的好。又看这些亲戚人家的姑娘,有才有貌而且有福,无如薛家宝钗姑娘,若是与宝二爷作对,真是一双两好。但不知道老太太与太太意下如何？倘然意见相同,娘娘命咱家赍有聘物在此。(唤介)孩子们,将东西过来,呈上老太太。(杂应介。丑)这是黄金百福如意一枝,这是白玉连环一副。娘娘说,老太太与太太合意,今日是天德月德上吉的日子,就请老太太将此二物聘定了,咱家好回去复旨。(老旦笑介)娘娘实在想得到,看的人也实在不错,我们大家评论,也是如此。既承娘娘如此吩咐,少不得我们就去求亲,琏儿陪夏老爷在外厢便饭,我与你婶子商量同去便了。(琏应同丑下。老旦)鸳鸯,请太太过来。(鸳鸯)太太有请。(旦扮王夫人上)

【引】忽听得堂上传呼,想是为孩儿婚姻事务。

(见介)老太太,方才夏太监来,怎么说?(老旦)儿呵,恭喜你。

【商调过曲·字字锦】恩波天上来,聘礼宫中赉为儿曹年长成,合缔同心带。论门楣,不过些旧戚新知,算新交好,总不及旧交更佳。胚胎,多才多貌,应让薛家宝钗。评量宝钗。宝钗真无赛。那娘娘平章处与我心谐,平章处与我心暗谐。况相依数载,看你们姐妹,你们姐妹,知心帖意,亲亲热热,欢欢洽洽,今加上个男男女女,恩恩爱爱,这段姻缘真配。

(旦)老太太,既看得宝钗中意,况有娘娘懿旨,少不得要过去求亲,请老太太主裁便了。(老旦)如此,我们就去。正是:鸳鸯胖合三生牒,瑟瑟和鸣百岁缘。(同下。生扮宝玉上)

【引】庭院清幽,正好寻花问柳。

小生宝玉,才从母亲房中侍膳回来。你看园中花娇柳媚,天气清和,不免散步一回。(小旦扮黛玉上)

【不是路】徐步香街,瓣瓣莲花印碧苔。(生见介)林妹妹,你从哪里来?(小旦)我要到老太太房中去。(生)为何又转来了?(小旦)那厢有个人儿在,故回芳径且徘徊。(生)那边有什么人?(小旦)内宫差。黄门特敕中官贵,定有恩荣出禁闱。(生)我们不要管他,且和你到沁芳亭上,闲话一回。(合)疏棂外,幽花瘦竹多潇洒,且清闲自在,且清闲自在。

(贴扮紫鹃急上)风花多舛午,萍水自飘零。阿唷!你们两个在此闲语,可晓得外边的事么?(生、旦)外边有何事?(贴)

【赚】钦使前来,为爱弟婚姻降指挥。(生)说的是哪一家?(贴)天生配,一枝仙杏隔墙开。(生急问介)倒底是哪一个?(贴)要定薛家宝钗姑娘。(生)难道老太太就依他不成?(贴)事和谐,是中宫判定的鸳鸯对,赐出温家玉镜台。(生)这头亲事,我是不要的,我去求老太太辞他便了。(贴)姻缘在,红丝系定无更改,哪能胡赖,哪能胡赖?

(生)唉!天下有这样冤业的事?(小旦)奇哉!婚姻乃人生一件最得意的事,你应该欢天喜地才是,如何反这般烦恼起来。(生)阿呀呸!你也说出这般话来?

【满园春】我与你肩相并,鬓相依,从两小幸无猜。我把你一人知己真心待,今日里,这般满口胡柴,问此话自何来?(小旦)呀!难道宝姐姐的才貌还不好,还不如你的意?(生)宝姐姐才貌虽好,世上更有好似她的,她就算不得好了。唉!是书生命该,是书生命该,说甚姻缘,说甚姻缘,教人甜桃撇下,把苦李生捱。

(小旦)且休说世间女子,未必有好似宝姐姐的,就算有这个人,可知与你不是姻缘了。

【前腔·换头】婚姻事,天生在,不由人私意安排,哪里有氤氲使者相担代。就算你心儿里、心儿里,当时别有个人儿在,但无缘好事终乖。况且你说那个人好,你自然该待她好才是。你如今这般举动,教人无事看成有事,你不是爱她,竟是害她了。她佳人命该,她佳人命该,你不避嫌疑,不避嫌疑,依瓜傍李,葬送裙钗。

(生)呀!早是你说来,我一时焦急,竟忘却了忌讳,我如今依你的话便了。(小旦)这便才是:天意分明在,(生)人生缺陷多。(合)一番清话后,断肠别离歌。(分下。贴吊场)看他二人呵!

【尾声】两情缱绻真如海,谁承望中途分坼,少不得一步芳心一寸灰。

黛　殇

(贴扮紫鹃上)

【绕阳台】匏瓜无耦,泪滴罗衣透。世事云翻雨覆,息坏难雠。渐台空守,恁芳春怎生便休。不如意事常八九,可与人言无二三。我紫鹃,自蒙老太太分派,服侍林家小姐,分属主奴,情同骨肉。俺小姐与宝玉,从幼耳鬓厮磨,衷肠款洽,虽无婚姻之约,颇有肺腑之谈。前日因娘娘懿旨,令宝玉与薛大姑娘订盟,俺小姐未免飞絮无归,摽梅有怨,病体支离,有增无减,这几日越发狼狈了。那边奶奶姑娘们,又为宝玉合卺之期,忙忙碌碌,不得常常过来,今日连个人影儿都不见了。剩我与雪雁二人,冷清清相伴着一个病人,顾前失后。天啊!怎么是好?你看天色将晚,不免扶她起来挣挫着坐一坐,看是如何?(下。旦扮黛玉,花旦扮雪雁,同贴扶旦病装上。旦)

【仙吕·步步娇】叹西风逼拶得黄花瘦,熨不展双蛾皱,愁万种,在心头。悄悄兰房,又近黄昏时候。帘外月如钩,恁嫦娥也不睬人僝僽。

紫鹃,今日是几时了?(贴)今日是九月九日。(旦)呀!早是重阳登高佳节,我病体垂危,再想要像年时,与众姐妹持螯赏菊,怕不能够了。(贴)小姐且自将息。(内作乐。雪雁)姐姐,你听那边一派笙歌,敢是宝二爷结亲了。(贴私摇手科。旦)紫鹃什么响?(贴)都分蟋蟀络绎这些秋虫在那里叫。(旦)不是。

【醉扶归】你听响嘈嘈,别院笙歌奏。说什么絮喝喝虫声四壁秋。(贴)小姐且免愁烦,这几天宝二爷也为抱病,久不过来。他好些,敢也要来探望小姐哩。(旦摇头科)问三星何处话绸缪,我则办得俏魂灵先向黄泉候。(贴)小姐,吉人天相,慢慢的服药调理,自然就复元的。(旦)纵身如药树百般求,怕河清留不得人长寿。

紫鹃,我从前有一方罗帕,曾经题诗在上,一向收在箱内,你与我检了出来。(贴)是,小姐。罗帕在此。(旦拭泪介)这帕儿呵!

【皂罗袍】是万缕千丝织就。想鲛人织处,泪似珠流。我明珠何苦暗中投,如今一场话柄归乌有。紫鹃,我的诗稿呢?(贴)在那边妆台上。(旦)你取来。(贴)小姐,等身子好了再看罢,此时怕要心烦。(旦)你不要管,快去取来。(贴)是。(作取画与旦,旦翻画叹息科)紫鹃,这诗稿与这帕儿,我死之后,不可留在人间,你取火来与我烧毁了。(贴)却是为何?(旦)你哪里知道?蘼芜薄命,此生已休,芙蓉密字,人间怎留?(贴哽咽应科)请小姐放心,我紫鹃晓得了。(旦)紫鹃,我今夜要与你永诀了。(贴放声哭科。旦)尽无边风月将回首。(闭目科)

(杂扮李纨、探春上)[集唐]画屏无睡待牵牛,南国佳人字莫愁。今夜月明人尽望,他生未卜此生休!(探)大嫂!方才紫鹃差人来说,林妹妹病势十分沉重,我和你同去一看。(李)便是。我也闻得此信,所以急急赶来,正好同行。正是:药医不死病,佛渡有缘人。(进见介。贴)小姐?大奶奶与三姑娘来了。(旦睁眼看介)大嫂、三姐姐,你们今日有事不得闲,何必又来看我?(李、探)妹妹,你病体如何?好好将息便好。(旦)咳!只怕我未必中用了。

【好姐姐】我似风中画烛难留。(李、探)你有甚心事,不妨告诉我们两个。(旦摇头)我心中事向人怎剖?(李、探)你好生将息,还不妨事。(旦)春归已久,梨花命合休。(李、探)你小心保重,明日再来看你。(旦)多生受,百年姐妹今分手。(李、探拭泪下。贴)大奶奶、三姑娘都去了。(雪)怎么宝玉竟忍得看也不来一看?(旦)咳?可知道不是冤家不聚头!

(旦白)紫鹃妹妹,你是知道我的,我是个干净身体。

【尾声】须知我一生冰清玉洁无瑕垢。我死之后,你告诉老太太,务必送回

扬州,安葬在祖坟上,切不可留滞此间。我记得:绿杨城郭是扬州,我就是化鹤归来也向彼处游。(紫、雪哭扶下)

幻　　圆

(杂扮仙童八入,贴扮警幻仙子,四仙女幢幡宝盖引上,同唱上)

【寄生草】天为多情瘦,人从欲海游,错姻缘补不得情天窦,滥欢娱禁不住情波溜,莽乾坤扫不净情尘垢,则这些痴儿呆女暗牵缠,怕天荒地老难穷究。

(贴)太上忘情不易逢,天生我辈是情种,却缘一念情颠倒,遂召情魔百种从。我乃太虚真境警幻仙子是也。向日绛珠仙子,在爱河边受了神瑛使者灌溉之恩,凡心一动,业障旋生。自从伊等降生人世,经今一十六载,世缘已满。神瑛使者,他日别有证果。绛珠仙子,今该归真入道。且喜她秦灰累劫,赵璧犹完,只是经过一番堕落,欲障已深,一时不能解脱。且着侍女们接引到来,与她开导一番,令她识得本来面目,便好同返太虚真境也。侍女们!绛珠仙子到来,好生接引者。(众)领仙旨。(二仙女持幡引黛玉上)

【山桃红】猛然间穷崖撒手,苦海回头,我从今后尽逍遥自游。遥望那银汉西流,恰凑着罡风正遒。说甚么冤与亲,恩与仇？霎时间缘尽都分手也,则落得此恨绵绵无尽休!(众)此处已是太虚真境了。警幻娘娘等候已久,快请上前相见。(黛)我向此处重回首,姻缘怎酬？空教天上人间两地愁。

(黛)仙师稽首。(幻)仙子少礼。你在凡间一十六年,好多魔障。(黛)仙师,弟子向在爱河边,受了神瑛使者灌溉之恩,想到世间偿此一段情缘,不料他忽抛旧好,别缔新欢,仔细想来,世间男子,都是薄幸的。(幻)仙子,你今日还不醒悟么？那神瑛使者,原是女娲皇帝炼石补天时,炼不成的一块顽石,无情之物,怎肯贪恋着你。亏你厮赶着许多年,今日你当归真入道,还要说他怎么？仙子,且听俺道来。

【前腔】他是个大罗俊友,你是个少广清流,神仙偶怎认做凡间好逑？你与他紧厮磨十六春秋,早了却三生孽由。如今你也休,伊也休,多少悲欢离合皆乌有也,你且把恩爱牵缠一笔勾,你到此处须回首。姻缘已酬,再休提天上人间两地愁。

（黛稽首介）今后弟子省得了。（幻）妙嘎！情魔住世,迷惑众生,一念扫除,立成妙道。仙子,你我归太虚真境去者。（黛）谨遵仙师法旨。（合）

【绵搭絮】翠岩丹岫,一带碧云稠。织女云车,指点虚无有路求。（黛）没来由梦想温柔,参不透悲欢机縠缘业根由。（幻）仙子守住一点灵光莫再向阎浮世界投。（黛）

【尾声】向尊前重稽首。多谢你慈悲接引到丹邱。则可怜那同堕落的红楼十二金钗友！（众绕场同下）

吴　叙

《红楼梦》一书,神史之妖也,不知所自起。当四库书告成时,稍稍流布,率皆抄写无完帙。已而高兰墅偕陈某足成之,间多点窜原文,不免续貂之诮。本事出曹使君家,大体主于言情,颦卿为主脑,余皆枝叶耳。花韵庵主人衍为传奇,淘汰淫哇,雅俗共赏。《幻圆》一出,挽情澜而归诸性海,可云顶上圆光,而主人之深于禅理,于斯可见矣。往在京师,谭七子受偶成数曲,弦索登场,经一冬烘先生呵禁而罢。设今日旗亭大会,令唱是本,不知此公逃席去否？附及以资一粲。

嘉庆己卯中秋后一日蘋庵退叟题

红楼梦乐府题辞

露电浮生亦等闲,纷纷儿女转情关,人间大好坤灵牒,不值金仙一破颜。曼卿词笔幔亭仙,闲谱霓裳色界天。要听紧那罗一曲,钏花光里试枯禅。

忏摩居士

花间写韵当谈禅,痴女呆牛未了缘；一自红楼传艳曲,不教四梦擅临川。木石无情恁有情,泪珠错落可怜生。茜纱窗外红鹦鹉,恩怨呢呢话不明。一缕情丝绕碧栏,葬花人忍看花残；凭伊炼石天能补,离恨天边措手难。旧谱传钞事太繁,芟除枝叶付梨园,茑萝缔好殊坊本,弦索西厢董解元。剧耽此秩叹奇书,三百虞初尽不如,待到定场重却顾,玉人何处觅琼琚？氍毹一曲管弦权,魂磊谁教借酒杯？万事到头都是梦,甄真贾假任人猜。

了一山人

人天起灭判三生,腕底灵光悟妙明,儿女缠绵春茧缚,神仙荒诞夏虫惊。
梦中说梦能圆梦,情外言情实寄情。漫说借杯浇魄磊,得闲风月即蓉城。

清闻居士

箫谱新从月底修,三生绮梦旧红楼,临川乐府先生续,别有梧宫一段愁。
憔悴尊前读曲人,十年风雨可怜春,也知世事都如梦,要化虚空不坏身。

谧箫

清嘉庆二十四年(1819)石氏花韵庵家刊本。阿英编《红楼梦戏曲集》(中华书局1978年版)收录。

红楼梦传奇

陈钟麟

卷 一

仙 引

（老旦云帔霞冠执拂尘扮警幻仙姑，贴旦扮侍女仙妆执羽盖上。警幻）花开花落自年年，儿女情多不羡仙，石上三生成一笑，美人香草恨谁怜！（白）我乃欲界情天警幻仙人是也。经过八万轮回，管领三千世界，我见当年娲皇炼石补天，曾剩下一块五色晶莹顽石，受得天地精华，化成人形，沿河游戏，见瑞草一叶，常时浇灌。这绛珠仙子，灵根摆脱，幻作女身。因受神瑛侍者雨露之恩，遂立下誓来，将一生眼泪，酬他功德。因此尘心一动，遂尔堕落。待昆仑剑客、蓬岛仙姑到来，将石头记发付一回。且登坛说法者。（登坛介）

【齐破阵】玉宇炉香缥缈，真仙度向蓝桥。点石能言，弹珠有泪，装扮人间戏笑。悄问东风何处是？捉搦杨花逐手抛，休将明月捞。

呀！远远望见两仙来也。（净红脸背葫芦扮柳侠卿、正旦背剑扮尤倩姬皆道装上。侠卿）人间天上两朦胧，栖迟青梗峰。（倩姬）瑶花无主倚春风，幽情香满叶。（侠卿）云万叠，岭千重，生生留幻踪。（倩姬）无恙草，可怜虫，猩猩枯泪红。（侠卿）我乃昆仑剑客柳侠卿是也。（倩姬）我乃蓬岛仙姑尤倩姬是也。（合）请了。蒙警幻夫人传唤，一同进见。请。（进见介。合）大仙在上，贫道等参见。（警幻）二位少礼。请坐。（侠卿、倩姬）大仙呼唤，有何见谕？（警幻）只为盘古以来，有这石头公案，今须发落。（侠卿、倩姬）此段公案，有何因果？（警幻）听者！大凡世间人，见一草一木，一人一物，莫不爱惜保护，则谓之情。若雌雄交媾，凹凸争持，则谓之欲。有情无欲者，即是圣贤仙佛，有欲无情者，即是禽兽豸虫。那石儿草儿,本乃有情无欲之物,须索向欲道中旋转一回,方成正果。那石头呵!

【刷子序犯】苍苍恁寒峭,炼花五色,劫火经烧。单留他灵河岸上逍遥。妖娆,把混沌凿星星窍,一样儿堕落衣胞。口衔石阙记牢牢,到人间守一块旧根苗。

(侠卿、倩姬)此石既具灵根,降生人世,不知将来作何结果?(警幻)等他在罗绮丛中,历尽十分辛苦,将来方肯回头哩。这绛珠仙草,说来更觉可怜也。

【朱奴儿犯】这小草儿也把人要,苦趣儿者番轮到。想木石因缘没分晓,怎禁得起烟梳风扫。你自揣度,那惺忪暮朝,则须讨万分烦恼,淌不住泪珠抛。

(侠卿、倩姬)咳!可怜!为何要堕落他?(警幻)这是天公注定。等他二人到来,另有一番处置。(小生紫金冠鹤氅衣扮宝玉上)等闲何处闹春风,醉尽莺簧蝶板中。迤逦欲归归未得,玉颜不似去年红。我乃神瑛侍者是也。一晌云游,毫无定止,今日到警幻天宫,因我顽性难驯,尘心未化,令我托生人世。咳!这人世中,真扰扰可怜也。

【普天乐】这些时把杨花片纷纷搅,子规啼恨未了,那锦天绣地难熬。漫说道人身难讨,彼阎罗百样能置造,华岳形容缩小。待算结了莺花账一刻春宵,摆列了芙蓉阵十分撩草,则等认云雨踪,十二峰高。

来此已是,不免进见。(进见介)神瑛侍者稽首。(警幻)你一晌睡眠至今未醒,你去少睡片时,等绛珠仙子到来,一同发落。(宝玉)领命。(下。旦淡妆扮黛玉上)一缕灵心,一捻纤身,能禁几度残春!只孤魂自怯,好梦难成。有许多愁,许多泪,许多情。想我绛珠呵!

【雁声过】苗条,忆灵河一角,经几年月唤风招。者番呵,跳不出圈套。翻筋斗儿恁戏笑。则待下云霄,挪细腰,转红尘,骨瘦香消,裙腰青未了。将奴奴揎入鸳鸯窖,则落得把香魂晕倒。

(倩姬起介)妹子,几时到此?(黛)我为警幻夫人传唤而来。(倩姬)待久了,我和你进去。(进见介。黛)弟子稽首。(警幻)仙子请了。侠卿,着神瑛侍者进见。(侠卿)领命。(叫介)神瑛侍者进见。(宝玉上)来也。画楼懞憧鸳鸯梦,仙阁催传鹦鹉声。(进见介。警幻)你二人厮见了。坐下,我将这石头记发付石头城去者!(宝黛坐介。合)愿闻。(警幻)

【倾杯序】轻俏,望天涯,去路遥,恰生小愁芳草。他燕子阑干,枣花帘幕,六代韶华,短梦难觉。尽娇憨,间厮调,怕春风飑倒,惹游丝情袅。记枝梢,只由伊杯水几年浇。你那绛珠儿呵!

【玉芙蓉】痴生一片娇,嗔带三分笑,似月沁聪明,花裁容貌。承望金屋装成早,休提起春愁雨卷蕉。我这相思,况把相思话儿招。只不过莽因缘,毕竟水远山高。

你二人离合悲欢,一言难尽,我央二位仙友,游戏红尘,维持调护,你二人降生去者。(宝、黛)谢夫人指引,就此告别。(下。警幻)你看二人已去。咳!月明无恙,春去可怜,他一生周折迷奚,还仗二位指归彼岸。待他圆满之时,自能超出尘凡也。

【山桃犯】有一个柔情缭,有一个痴情绕,重行行不怕神仙恼,则两人儿撷弄的无分晓。二位呵!将辟尘麈尾将尘扫,尽情丝摇曳飞上云霄。

(警幻出位介)石头公案已完,二位同我到茫茫海边,空空山下,修真炼道去者。(同下)

渭　阳

(外纱帽红袍扮林如海、末青衣扮院子上)

【夜行船】春风跨鹤扬州路,羡他家燕子莺雏。宦冷江南,心悬日下,薄暮收帆何处。

下官林如海,姑苏人氏。少年科第,叨中探花。今蒙主上洪恩,钦授扬州监政。拙荆贾氏,止生一女,乳名黛玉。上年贤妻亡后,单留我父女二人,伶仃相靠。今蒙岳母史太君捎书来接,我想女儿年已十二,正须管教,不免令她前去。正是:闲官冷淡如江水,爱女分离托渭阳。院子哪里?(末)有。

(如海)请小姐出来。(末)小姐,老爷有请。(旦素衣扮黛玉、贴扮雪雁上。黛)梧桐一叶又惊秋,扶梦过扬州。楼畔雁行断,凄切动孤愁。生别恨,死离忧,锁眉头。吩咐双双红泪,似他日夜江流。(进见介)爹爹万福。(如海)罢了。坐下。儿呀,自汝母亡后,家中无人照应,今汝年将及笄,外祖母差人来接,不免送汝前去,纾吾内顾之忧。

【似娘儿】落日澹姑苏,老荆钗白首黄垆,掌珠只待严亲护。看绮榭帘垂,画船帆去,宦阁灯孤。

(黛)爹爹,女儿到彼一年半载,定要回来侍奉爹爹,爹爹休生烦闷。(如海)儿呀!为父的年过半百,官事匆忙,幸身子强健,不必挂念。只有一件,汝外祖母家十分规矩,你要格外小心,切勿被人嗤笑。听我吩咐。

【长拍】风雨长途,风雨长途,寒暄调度。飞燕艇,烟波吞吐。盈盈江水,到金陵秋末冬初。他外祖老婆婆。似亲娘,勤鬻乳。裙钗规矩,姊妹称呼须礼数。还怕你落日思亲泪眼枯,生生消受的无娘苦,者番见吾霜鬓萧疏。

咳!室少贤妻,寄女舅氏,看她伶仃弱质,憔悴愁容,说也可怜。正是:蔡邕有女吟春絮,伯道无儿怨落花。今央贾雨村先生伴汝前去。(黛泣应介)孩儿就此拜别。(如海拭泪介)咳!去罢!去,去,去罢!(下。黛大哭介)唵呀天啊!我爹爹薄宦邗沟,一身孤子,适来外祖母遣人接奴,未便推辞,说到其间,寸心如割!雪雁哪里?(雪雁应介)小姐。(黛)我同你到母亲灵前奠别一番。(贴)是。(同行介。黛)谁言寸草心,报得三春晖,哀哀我父母,远行不如归。(场角设素桌介。贴)到了。请小姐奠酒。(黛哭介)唵呀娘啊!母亲唵唵唵!

【不是路】曙后星孤,一点秋魂仗母扶。那西风燕语寒,长夜漆灯徂。漫歆歆,凭娘发付娘抛躲,则到这孤蓬底,凄凉我,娘可忆奴?(拜介)虔诚诉,娘将儿撇儿今去,叹一抔黄土,三春梨雨。

(老旦扮养娘上)小姐,你不要苦坏了,收了泪吓,收了泪。老爷说,下船去罢,贾师父已先去了。(黛)是。唵呵娘啊!孩儿是去了嘘。(贴)小姐保重些罢。(黛)生离死别,何以为情?如今欲罢不能,只得勉强前去。养娘,行李琴书等物,俱已带了么?(老旦、贴)齐备了,请小姐上船。(丑扮艄婆持橹上。丑)请小姐下船罢。(黛上船介。贴、老旦扶介。老旦)小姐看仔细,船家摇稳了啊。(丑)吷!晓得个。(黛)

【前腔】一叶身躯,看万叠云山瘦骨枯。愁无那,荡扁舟,落日在江湖。任奔波,谢二分明月闲箫鼓。似这等父女分离各路隅。身如里,恐琼花摇落无归路。他成对鸳鸯无数,云烟如许。

前面是何处了?(老旦)江口了。(黛)咳!我的泪儿,要和长江流水送到天边了也。

【短拍】秋色模糊,烟影菰芦,望长江去者,把洪涛荡得心粗。秋水忒情多,到中流杨花无主。盼不到桃花古渡,哪禁得伤心南浦?鸿和雁,尽的一例森疏。

咳!别绪如丝,愁肠若断,不知奴影儿、梦儿、泪儿何日是了也。

【尾声】莽天涯平白地自支吾。(老旦)满管教做得散花天女。(贴)小姐珍重。你看江北江南暮雨疏。

(黛)养娘!我们一到他家,须要十分小心。只是爹爹寄踪扬州,奴到金陵,

迢遥千里,孤孤零零,好不伤感人也。(泣介。老旦)小姐请免愁烦。咳!可怜!(同下)

情　戏

　　(小生紫金冠、桃红绣褶、挂玉,扮贾宝玉上)人间哪识有情郎,青埂峰头是故乡。一夜泪珠吹不断,仙山难觉返魂香。小生贾宝玉,闻说我从前口中衔玉而生,因此小名宝玉。奉祖母之命,(指玉介)令我佩戴于身,以辟邪秽。这也不在话下。只是我时常梦见,有绝色仙女,与我绸缪缱绻,令人魂飞魄荡,终夜痴呆,这无影无踪情况哪里消受得起!今日祖母命我各庙烧香,只索走遭也。

　　【桂枝香】青灯厮守,浪说书生俊秀。笑人间何处春多,忆天上瑶花缘有,刚一霎梦中消受。那春风自羞,春霄自愁。我想必有一番缘故,怎能够真有其人,活活同他厮戏一番,消我梦中情绪!把音容将就,把心情参透,省得梦里绸缪。正是飞絮窗前月,朦胧到白头。

　　(老旦持杖扮史太君、正旦扮王夫人、贴扮鸳鸯随上。史太君)老年要积儿孙福,(王夫人)家世难忘祖父恩。(坐介。宝玉)请老祖宗的安。(打扦介)母亲。(挨近王夫人立介。史太君叫介)宝玉,你快换衣服,至至诚诚,替我到各庙里磕头去。(宝玉应介。史太君)

　　【前腔】也为我全家缘凑,也为他生来灵透。不要活神仙,唤醒痴情,只求长寿的老星宿暗中垂佑。(宝玉)是。(王夫人)怕春光逗留,春光逗留,把虔诚志守,稳待你归来时候。

　　(太君)来。(贴应介)你去吩咐二门上的老婆子,叫焙茗小心跟着宝玉烧香去。如果平安无事,回来有赏。你引着交给他们去。(贴应介。太君王夫人同下。宝玉)好姐姐。(贴)快走罢,小爷。(宝玉笑介。同下。旦淡妆扮黛玉、贴扮雪雁、杂扮车夫上。黛)懒闻商女诉琵琶,影落谁家?梦落谁家?(贴)春风瘦损紫薇花,人在天涯,魂在天涯。(杂)到了,请下车。(老旦扮婆子接出介)小姐,到了。哎哟!小姐请下车。(下车介。杂下)姐姐,你扶着这里来。这是内室正房,略略消停。等我告知老太太、太太去者。(旦)我闻外祖母家十分齐整,看她女仆与众不同,少停舅母与姊妹们厮见,又添一番情绪也。

　　【前腔】又是栖身别牖,哪晓得后来生受。俏姑娘梳里调憨,乔婢妾讥弹即溜。我肠儿也柔,眼儿也偷。只得痴人相就,哪得情人能够?上红楼,望玉宇青溪月,卢家照莫愁。

(老旦扮史太君、正旦扮王夫人跟使女上。黛玉跪向史太君哭介。太君洒泪介)儿啊!你起来。(扶起携手行介)咳!自汝母亡后,你伶仃孤苦,使我日夜记念,所以差人来接。我记不清今年几岁了?(黛)十二岁了。(太君)你见了舅母。(黛向王夫人跪介。王夫人扶起介)不消了,你跟随老太太坐下。(黛跟太君坐在怀中,太君摸脸介)孙女为何如此消瘦?看来是有病的啊!(黛)外孙女儿在家中,自小多病,现服人参养荣丸,亦不十分见效。(太君向王夫人介)我们现在合这药儿,留一份给她。(王夫人)晓得。(花旦艳装高巧扮王熙凤上)我昨夜梦见仙女降临,今朝林妹妹果然到哉,我倒要仔细看一看。(瞧介)啧啧啧。真正标致小姐!弗要说是外孙女儿,竟像老祖宗的亲亲女儿一样。(黛附耳问太君介,太君)这是我家一个泼辣货,琏二嫂子。(黛起福介)二嫂子好。(熙凤)妹妹好,路上辛苦,也要将息将息。(太君)正是孙女儿吓!我有几句话要告诉你的。

【前腔】窗前灯后,峭风寒透,我看你衣薄衾单。恁禁得长江路久?想棉衣未稠,针箱未周,这般多够,还问你亲亲娘舅。尽开眸,你知我一样生疼肉,间愁莫惹愁。

(黛)晓得。(太君)一番凄凄楚楚,不免身子困乏,外孙女儿,你同舅母闲谈闲谈,少刻到里头吃饭。(太君同使女下。王夫人携黛,黛挨王夫人坐介。熙凤在下坐介。王夫人)甥女儿,你到这里不比别边,与家中一般,要用的东西只管问琏二嫂子要去。(熙凤)妹妹,你打发老婆们说一声,我就送来哟。(王夫人)只是我一件放心不下的事,我这孽障,无日无天,时常淘气得紧。(黛)这不是衔玉而生的哥哥?闻得他待姊妹们倒十分和气的,(王夫人)要和气就好,你哪里晓得他脾气呵。

【前腔】娇儿年幼,又为他眉清目秀。哪知道出胎儿生就痴情,只晓得偎绮阁红衿绿袖。笑心情不俦,心情不俦,漫金铃诅咒,只一霎揉搓依旧。性难收,只教你冷淡偏能久,缠绵便惹愁。

(杂扮老婆上)林姑娘,老太太等你吃饭。太太一同进去罢。(王夫人)甥女儿跟我来。(一同下。场上摆一桌,中间一副杯箸,西侧一副杯箸。老旦两使女扶上。太君)老年只有眠和食,满室长看子又孙。(王夫人、黛玉、熙凤跟老婆上。太君)外孙女儿,你说了半日话,腹中饿了,你随我这里吃饭。(黛)舅母二嫂请坐。(太君)这是我家规矩,他们是要安席的,你坐下罢。(黛坐下介。小生扮宝玉跳上)今日好逛呀！好逛！（太君）宝玉你又发疯了，今日有新到的林妹妹在此，该见个礼。（生觑黛介）妹妹好，妹妹一路好。（黛）哥哥好。（宝揖介，黛回礼介，宝背介）这个林妹妹，倒像我熟得很的。（太君）宝玉，你同我一块儿坐。（宝指手画脚向太君嚷唧介。黛立起出席介）这宝二哥哥，倒像我时常见过的。（低唱介）

【前腔】可是前生厮够，出落得今生还又。端详她面目依稀，难道梦魂泄漏？把音容细求，因缘细搜。想起几回招手，想起如何开口，尽夷犹。镜面花魂现，波心月影留。

（黛坐，宝起立瞧介）老祖宗，林妹妹倒像我见过的？（太君）你也说谎，她时在扬州，未曾到来，你如何见过她！（生细瞧黛介）哎哟！我与妹妹真正是时常见的呀！

【前腔】这是嫦娥小友，被下界双睛觑够。可由她眼底思量，端的为我脸庞儿消瘦。看丰神也柔，心情也幽，端的如何迤逗，端的这般巧凑！问来由，青鸟花前使，黄姑月下媒。

（宝）我问妹妹，你有玉儿没有？（黛）我没有什么玉。（宝）嗳！吾想妹妹生得如此天仙似的，还没有玉，是我这玉也是俗物哪，要它何用？（将玉丢地介。熙凤拾介）宝兄弟，你的痴情又发了，看老祖宗生气。这林妹妹原来也有玉的，只因留在家中，作为记念；不曾带来。宝兄弟，我替你戴好了。（带玉介。太君）饭已够了，外孙女也该将息将息。（宝）今夜林妹妹在何处安寝？（太君）在碧纱幮里。（宝）好祖宗，我就在里边屋子睡罢。（太君）也要好好的睡觉，不许拌嘴哩。我们都进去罢。（同下。杂扮老婆、旦扮使女上）叠被铺床真本等，粗茶淡饭倒安闲。小姐，二更天气了，也该来睡罢。（黛上）清宵几度蹙愁眉，到此如何不泪垂！瞥见玉儿人一个，梦中要把玉安排。（杂旦）小姐，我为你点茶来。（同下。黛）今日初到这里，只为无玉二字，险些儿把他命根揉坏了。咳！黛玉啊黛玉！你生来好不十分命苦也！（泪介）

【长拍】休说那软帐轻绡，软帐轻绡，心头两字，第一夜将奴扣扭。长年难度，伴孤灯，熬泪成油。（贴扮袭人上）小姐为何还不安寝？（黛）姊姊呀！叫我如何睡得着也？衾枕尽温柔，似那痴憨，也要人生受。初度良宵初度月，说不尽眼下又心头。能还了宿债，省人诽诟。又安保言语错，日就愆尤。

（贴）小姐不必多心，我的宝二爷，原是这样痴呆惯的。（黛）我也知道。

【尾声】休开鹦鹉前头口,这滋味他人知否?(贴)莫须自裹蚕丝也,将眼泪收。小姐去睡罢。(同下)

枉　　判

(副净扮薛蟠上)

【锁南枝】家私富,气势豪,面目麈糟血肉脿。现世的薛敖曹,一个精穷料。

我薛大爷,北京城里数一数二的财主。因我倚势欺人,打死人不偿命,被一班酒肉弟兄,起个绰号,叫做呆霸王。我想先父在日,领了国帑,做个采办发了大大的家财,被我薛大爷嫖赌吃着,无一不精,闹得七颠八倒,生意歇过大半。我想为人在世,须寻快活,昨日闻有一女,名叫英莲,十分标致,已遣百拉头前去说合,因何还不回报?(小丑扮百拉头上。副净)百拉头,你回来了!为甚气哼哼的?叫你办的事情如何?(小丑摇手介)不局,不局!(副净)百拉头!你是千伶百俐的,为何这桩事干不来?(小丑)迟了,三日前已被冯家聘了去了。吾倒有一个法子。(副净)有何法子?(小丑)你把聘礼硬给与他,不怕不成。(副净)不妥当,冯家送聘在先,倘被冯家娶了,岂不人财两失!(小丑)吾把银子塞住他干爷的嘴,与他说个明白。今夜冯家便要娶亲,我要守在四叉街口,叫他飞也飞不过去。(副净)据你主见,如何办法?(小丑)我有一个字,抢!(副净)抢不过他呢?(丑)我有一个字,打!(副净)打出事来呢?(小丑)跑。(副净)好计!好计!(小丑)不要快活,你我两人如何打得过他?(副净)哎哟!便怎么样?(小丑)不妨,我的弟兄们,两头蛇、飞百脚、蝎子块,还有一个串蜒蜋,做好做歹,包管到手。(副净)妙极!妙极!你就去办,我重重谢你。哈哈哈!(同下。杂扮吹鼓手、生扮冯渊、末扮老仆同上,绕场介。副净薛蟠、小丑百拉头众随上。副净)你们这人做什么的?(末)我们是娶亲的。(副净)不准走!(生)列位莫非要吃喜酒么?(副净)不稀罕!(生)莫不是要买路钱?(小丑)这入娘贼,算我们是强盗,我们抢啊!(众将花轿浑抢下。生拖住副净衣介)清平世界,你们抢亲,是何道理?(副净)有何道理,要抢便抢!(生撞头介,副净打生一拳,生晕倒介。副净急下。末嚷介)四邻地方,救命呀!(杂扮地保提灯擦眼上)半夜三更,大惊小怪,有甚事情?(末)我公子被人打坏了!(杂)什么缘故?(末)我公子迎娶,不料被一班强盗将我新娘抢去,公子打闷在此。(地保背介)哎哟!明日官府相验,我要搭尸棚,不免破钞。(想介)哑哑哑!有了!(转身介)你老人家不要慌,等我来摸一摸,如可救

283

得,岂不省了一条人命!(作摸介。立起介)还好还好,胸前尚温,我与你老人家抬到家中,灌些姜汤救他。来来来!(作抬介。地保)为啥死人能个重?(末)走!(同下。净扮贾雨村纱帽蓝袍、丑扮门子、杂扮衙役喝道上。净)

【前腔】居官好,趁心苗,角带蓝袍又上腰。逗手段,坐衙高,画几件堂行稿。看把放呈牌,硃字标,听得鼓三通,传原告。

下官贾化,表字雨村,由进士出身,选了知县。上司因我贪酷,参了一本,依旧还乡。后来钻得林盐政馆地,令我送女学生到外舅贾家抚养。那贾政老儿,本是我们同宗,被我花言巧语,假装道学,喜得他恭恭敬敬,向吏部一提,遂邀复职,选授应天府上元县知县。正是人逢时运良缘凑,事有机谋巧宦多。今日乃三六九放告之期,门子,且升堂去者。(众吆堂介。末叫冤介)老爷伸冤哪!(净)外面有何喧嚷?(皂隶跪禀介)外面有人叫冤。(净)带进来!(杂带末介)哞哞哞!老爷!告状人当面。(净)你有何冤枉,据实诉来!(末)老爷听禀。

【前腔】冯唐老,没下梢,公子多情娶阿娇。(净)你是姓冯,公子娶妾,后来呢?(末)扶彩轿,鼓声敲,窣地里强梁到。(净)竟遇着强人,你说。(末)便把掌中珠,暗地抛,哪料饱卿拳,真闷倒。

(净)有此等事,新人抢去了,公子打死了,这样淫凶,其实可恶!皂隶过来!(净作抽签介,门子扯衣介。净回头介。门子附耳低语介。净)也罢,你明日补一张呈子,本县替你缉凶去罢。退堂!(杂吆喝下。净)门子,我方才正要出签,你使了眼色,是何意思?(门子)老爷,大凡做官的,须要有护身符。(净)为何要护身符?(门子)如今京中阔老,须要认得几位,诸事毕竟有靠。请问老爷,开复原官,从何处得来?(净)全仗贾府提携。(门子)可又来,老爷还认得小的么?(净)有些面熟。(门子)老爷贵人多忘事,从前老爷在葫芦庵读书,小的是小沙弥,后来庵中失火,小的蓄发跟官的。(净)嗳哟哟!原来是我的故人。坐了说话。(门子)小的不敢。老爷不听外面口碑云:贾不假,白玉为堂金作马,丰年好大雪,珍珠为土金为铁。这姓贾的就是荣宁两府,那雪不是雨雪之雪,乃是姓薛之薛。(净)你的说话,我不明白。(门子)老爷要知道凶手么?(净)是谁?(门子)这凶手名叫薛蟠,与贾府两姨至亲,极有声势,如何拿得到他?小的贺老爷喜,倒可发财。(净)这又如何说起?(门子)冯家只有老仆,并无尸亲。只多断几两烧埋银子,便可了案。随即写信贾府,必然讨好。小的与薛家说合,送老爷三千两头如何?(净笑介)这门子倒也知趣。(门子)不但凶手小的知道,连新抢的姨娘,小的也认得的。(净)是谁?(门子)说起来还是老爷的恩人哩。

【前腔】甄家女,小又娇,元夕迷奚灯火宵。盗红绡,赚入莺花罩。只说酒家胡冯子挑,肯信呆霸王将虞兮嬲。

(净)原来如此,说也可怜。只是这桩公案,明日还须斟酌。随我进来。(同下)

妒　月

(旦扮宝钗、花旦扮香菱同上。钗)

【鹊桥仙】珠帘风细,炉篆香拥,玉砌金莲款动。朱楼画阁卷云霄,深深的越教稳重。

(钗)残醉海棠梢,昨夜一丝春雨。(香菱)何事东风薄幸,恨桃花无主。(钗)画屏烟锁玉楼寒,要倩人扶起。(香菱)报晓雕阑鹦鹉唤,睡醒还未?(钗)香菱姐,自从你到我家,母亲十分欢喜,将你英莲小名改了香菱,与我一同居住,如姊妹一般,好不情投意合也。

【腊梅月】锁定香魂一镜中,莲花结就菱花种。小字唤波仙,吴宫香径,娉婷一朵玉芙蓉。

(香菱)奴蒙小姐抬举,十分宠爱,应当日侍妆台,上酬恩义,只是香菱呵!

【前腔】一霎轻烟一霎风,秋花不做春花梦。小胆怯莺啼,追陪妆次,吴江波老白蘋中。

(钗)休得烦恼。今日母亲叫我同到姨母家中,香菱姐,我与你伺候母亲,一时同去。(同下。老旦扮史太君、花旦扮王熙凤同上)几日楼头鹊噪,正喜庭前客到。凤丫头,今日闻薛姨母到京,要来看我,因何还不见到?(凤姐)想是就来的。(正旦扮薛姨母同宝钗香菱上。凤姐)方才老祖宗正是牵记姑母,我说当真就来的。(薛姨)吾家还住北京,有疏礼节,今日见面,礼须一拜。(太君)老身也有一拜。(拜介。合)闲门别院梨花月,营垒新巢燕子风。(薛姨)女儿拜见老亲家太太。(钗拜介。旦扮黛悄上窃听介。太君)不消了,常礼罢。(携宝钗手看介)啧啧啧!这个孩儿,又丰富,又标致,真是有福相。姨母,你好福气呀!(各坐介。黛玉点头介。凤姐)老祖宗,我宝兄弟是有玉的,这薛妹妹是有金的。(黛玉掩泪介。史太君)姨妈,你新到此间,诸事不便,不如搬到舍间居住,倒也热闹。(薛姨妈)承老亲家盛意,就是天长日久,如何使得?(太君)不是,我晓得亲母是要清净的。我东南首有个梨花院,房屋不多,倒也清雅,旁有一门,可通里面,亲母如因奴仆不便,可与街坊另开一门,朝夕可以出入的。(黛玉点头暗下介。凤姐)姑母,我看这所房子,倒极雅趣。姑母人口不多,也够住了。早晚与老祖宗说说闲话,足见亲戚的情分哩。(薛)既蒙盛情,房子是借住了,只有一件,将来一切用度,吾家自办,切不可费心,方为稳便。(太君)亲家既如此说,我也老实,以后各顾各家便了。(丑扮小丫头上)里面晚饭摆齐了,请老太太用饭。(太君)亲母不嫌怠慢,请到里面用便饭去罢。请。(同下。旦黛玉、贴紫鹃同上)心下偷听心上语,眼中怜取眼前人。我听外祖母一番说话,沉沉闷闷,睡了半日,已到点灯时候。紫鹃,月儿上来了么?(紫鹃)月儿上了。(黛)为我安下胡床,待我看月去者。(坐介)咳!月儿呀月儿!

【掉角儿】恨无端天涯海东,把冰轮鸾扶鹤控。算天边多少神仙,笑只把嫦娥供奉。猛可得,殢心头,睃眼角,上花丛,停彩凤。掩映梅梢,心寒骨冻,烟暝画栏空。倚斜风,休说起,诉月婵娟,香肩自拥。

(紫鹃)小姐!你看月晕儿上了,因何将一座月宫,围得紧紧呀?(黛)呀!月晕了。这个月晕儿,好不闷煞人也。

【瑞鹤仙】这座广寒宫,织云罗绣得天衣没缝。秋光满琼宇,正影浸梅魂,香凝梨梦。特地光明,也只被浮云葬送。花底团圆,天边清切,今夜谁共?

(黛)呀!月儿正是十分圆了。你想月下人呵!

【宝鼎儿】怏怏愁闷,不放光明,可省得奴者番心动。缓缓归天街云絮,匆匆去瑶台风哢。只有素娥情重,也还是天边情种,笑金玉良缘,绮窗暗祝,有谁伯仲。

(黛玉)紫鹃,你把桌儿放在中间,炷了清香,待我将月姊酬谢一番。(拈香介,拜介)咳!黛玉呀黛玉!你好不痴也!

【锦堂月】影上帘栊,金波千里,知否人家尊重?早难道月姊心偏,光满梨香玉洞。照闲庭一例团圆,受冷院三更清供。休似弃旧怜新,假装懵懂。

(紫鹃)夜深了,小姐!收拾香儿桌儿,里边安寝罢。

【醉翁子】相送好光华,长则把佳人儿戏弄。小姐哟!怕人间乞巧楼,难钻针孔。紫鹃呵!矜宠,似海样深恩,叠被熏香傍玉笼。(合)堪痛!只要记取月下双星,思量万种。

(旦)进去罢。(同下)

传奇

游　仙

（生扮宝玉上）

【凤凰阁引】梅花清暇，说向东风乞假。螺杯浅酌醉东家，杨柳楼台如画。偷闲装作贪眠去，说一句温存话。

我宝玉，今日东府赏梅，跟随老太太到此。三杯酒后，困倦起来。可巧可卿说有一清雅地方，可以歇息。正是一杯春酒辞红友，半枕清眠托素卿。（旦扮可卿、杂扮老婆子上。可卿）嫩寒锁梦因春冷，芳气袭人是酒香。宝叔叔，你残醉欲眠，逃席而散，跟我来。（行介。可卿）这间房子，可好不好？（宝玉）妙啊！（看介）那是则天宝镜。那是飞燕金盘。这是西子妆台。那是杨妃宝榻。又有洛神穿过的罗袜，红娘抱过的衾裯。色色温柔，无微不至。（可卿）你且在此少睡，我伺候老太太去。（宝玉）也罢。（可卿下。宝玉）呀！为何一缕甜香，沁人心鼻？（揭帐介）原来在此。等我少睡片时，领略这香去。（杂扮梦游神上）梦游神，神梦游，若要不做人，除非不做梦。（引宝玉介）这里来。（下。老旦扮警幻仙子领侍姬上）今日吩咐梦游神，引神瑛侍者到来，等他警晤一番。

【园林好】感苍天，时华岁华，叹人间，朝云暮霞。包孕着一点蚍蜉都大，尽游戏莫撑拿。

（梦游神引宝玉上，梦游神下。宝玉）这里又是什么所在？呀！还有仙姑在此。仙姑，小生稽首。（警幻）神瑛侍者少礼。自从青埂峰头一别，倏忽十有三载，天上人间，两无消息，我乃放春山遣香洞警幻仙姑，侍者尚记忆否？（宝玉）下界凡材，尚求指示。（警幻）今有清茗相邀，试随我一游。（行介。宝玉）这又何处？（警幻）这是痴情司、结怨司、朝啼暮哭司。（宝玉）彼处可能一游？（警幻）也罢，且到薄命司中略坐一回。（笑介。警幻）

【前腔】闹红尘水泡镜花，平白地乱绪成麻，且捏着闲愁一把，浑无赖问桃花。

（宝玉）这书柜中藏何经典？（警幻）这是金陵十二钗册子。（宝玉）我想金陵女子甚多，因何只有十二钗呢？（警幻）世间无名女子哪能入册，册中皆是有来历的人。（宝玉）可能一观？（警幻）侍女取金陵正副册来。你且仔细看着，我去去再来。（侍女将册上，警幻同下。宝玉看介）

【江儿水】只道是俏佳人，梳髻鬟。原来是掉新词，霁月彩云随化。芙蓉主，怨琵琶,字字妆谜哑。好难明白。(宝玉翻介)呀!这又是画儿,一床破席,一条汗巾。奇呀!把红巾系定双腰胯,东风又许桃花嫁,枕席绸缪如昨。公子情多,你不怕鹦哥骂。

益发解说不出了。我将副册一看。嘎!这是方沼清塘,残莲枯藕。

【前腔】只索想红墙拥,翠幔叉。偏这片菱香,争向荷花亚。叹萍踪消得秋声打,怕西风催得银妆罢。傻书生猜得如何价?

他说金钗册子,绝无半点女郎风味。也罢,待我看正册如何?(看介)这木上悬一围玉带,那雪中溜一股金钗,后面有两句诗:(念介)玉带林中挂,金钗雪里埋。

【玉交枝】分明玉带挂山门,不道僧家,玉倚兼葭,似夫人林下。点缀出十分幽雅。倩你锁腰支,杨柳阴,烂焕霞。怕沈郎消瘦也,不称腰身胯。看这边伤秋暮花,看那边惊寒暮鸦。

这雪里金钗,又是如何意思?那金钗是妇人的物哟!

【前腔】玉搔首罢,嵌钗梁莺娇燕姹。冒枝叉,油滑金簪挂。画里珠钿,如何落下?况雪濛濛,晶光砑。圆光印,真个配金缘。留梦境与人家话。

(宝玉向下翻看介)这又是月弓一张,风筝一片,一湾流水,一派泥污,他那里看经孤院,纺绩荒村,幅幅迷奚光景,教我如何猜得着嘘?(作倦倚桌睡介。警幻随侍女上)你看神瑛侍者竟困倦了。他红尘辗转,哪里参透真机呀!

【川拨棹】女娲石,小灵魂,也没法。忒多情,昏眼生花。画兼诗,桩桩儿认差。梦中人,梦去罢。

待我唤醒他来,再行指点。神瑛侍者醒来。(宝玉醒介)哎哟!仙姑在此,有失款接。(警幻)方才金钗册子,可曾解悟?(宝玉)一时懵懂,未能参解。(警幻)你是聪明绝世的人,因何一落尘寰,就如顽石一般?你也不必胡想,现有新填《红楼梦曲》十二支,演来一看。姊妹们出来迎接贵客。(众旦羽衣执音乐上)

【前腔】红云驾,赚清歌,真合假。笑痴才,障了红纱。他谁知,天边儿是咱。奏霓裳,与你要。

(宝玉)列位姐姐,是何名姓?(警幻)这是痴梦仙姑,那是钟情大士,此是引愁金女,他是度恨菩提。

(宝玉)妙呀!(警幻)你们将《红楼梦》曲子试演一番。请坐了。听者。(众走唱介)

【玉楼春】月痕便把梨花压,泪滴春愁愁绪捺。恨潇湘冷夜子规啼,听得贺新郎笙歌发。

(宝玉)为何这等凄惋?(众又绕场唱介)

【玉楼春后】移花接木金钱撒,半载尘缘算收煞。待深闺姐姐叫多时,手弄肥梅嚼甜雪。

(警幻)你索性把金钗十二行,演唱与他一听。(众又绕场唱介)

【六犯清音】他六宫深锁,五云楼阁,玉阶偏护红霞。风筝放断,娥眉泣望天涯。随流水,委飞云,启朱唇,笑语哗。眠禅榻,悟空花,昆仑盗取,心绪乱如麻。少甚么和鸣彩凤归萧史,偏似他身嫁贪狼毒齿牙。一个是雌侯粉黛,一个是龙女袈裟。一个是杼机织素,一个是兰蕙生芽。将梁间燕子衔泥诧,梦初回,迷奚无着,谁识月中槎?

(众)度曲已完,请法旨。(警幻)姊妹们且去者。(宝玉呆想介。警幻)这等痴呆,难寻觉路,且引他到爱河边上,警恐一番。呀!神瑛侍者,同你到欲海边走一遭。(行介)

【尾声】(合)赶尘凡去者,能休罢,只落得闲愁心挂。一味春婆梦,前程觅路叉。

前面已是爱河,你须及早回头,不可堕落其中,去罢。(警幻下。宝玉)前面大海茫茫,叫我如何去得?(内作虎啸介。宝玉)啊哟!后面虎来了。这里有红尘圈一座,待我躲避去。吓死我也!急死我也!(急下)

试　　幻

(丑扮小丫头上)我找袭人姐姐,不知往何处去了,想是在后边耍哩,等我闯进去。(下。宝玉上)吓吓吓死了,等我钻入红尘罩去躲避一回。(入帐内睡介。袭人上)早春乍点梅花额,风光二月饧箫。轻烟一缕漾魂消,苍苔莲瓣滑,孤影翠苗条。我袭人,只因宝二爷在里面睡觉。因何还未苏醒?待我进去探看一回。(宝玉帐内叫介)可卿救我呀,可卿救我。(袭人)我在此。(宝玉)你是何人?(袭人揭帐介)是我。(宝玉)你扶我起来。(袭人扶介。宝玉)喜煞我也。(袭人)二爷方才惊慌,为何又快活起来?(宝玉)你不知道,待我说与你听。(坐床边唱介,袭人侧坐听介)

【念奴娇序】画廊日永正,遍身梅影梦痕,一缕缥缈,琼楼何处也。风约帘钩

香雾,玉佩丁珰云衣缍缭。刘阮天台路,痴魂不定,神仙丰韵如许。(袭人)二爷,你梦到仙家,敢问仙女如何标致?(宝玉)

【似娘儿】香静卷帘初托擎来掌上真珠悄天公,画出鸳鸯谱,借三分春色三分明月搓就琼肤彩云天。半时吞吐,暗向瑶台度笑,微微心事如诉。(袭人)后来呢?(宝玉)他又引我到一处地方,名曰痴情司,咳,这痴情好不痴也。

【念奴娇】人间天上,袅出愁如絮。欢颜一半还无度,曲消愁,愁不去。空际思量,心情尤苦。月写眉弯,星填靥小,焚香默祝情天补。真个是痴成梦,后恨写缄馀。这痴情司内有金陵十二钗册子,被我一一偷看。(袭人)金陵是这里地方,册中可有我等名姓?(宝玉)

【前腔】金陵玉树一片清溪路,春风燕子相呼,邀笛步头明月夜,梅冶长干桃根古渡。六代斜阳胭脂井外,说不尽丁帘门户。堪惜我梦中画里双眼模糊。(宝玉携袭人手立起介)到后来有一仙姬与我私情缱绻、枕席绸缪,好不十分甜趣也。(袭人掩面介。宝玉)

【前腔】绰约雏姬三五,尽描摹天上春宫,传神阿堵无可奈何偎傍去,一点魂灵无主。知否,月下寒砧,溪边柔舻线。春光似醉倒屠苏。(宝玉看介)袭人姐姐,我与你将幻中景趣试演一番。(袭人羞介)清天白日羞答答的,如何使得?(宝玉)不要作难,来嘘。(携手行介。宝玉)

【前腔】眼底曹腾如雾,想九曲银潢者翻偷渡。三六鸳鸯春水阔,只与你注定风流。仙簿休阻绣枕,频敲情丝细织。好风光与你梦何如?这绮阁儿十分清净,我与你脱了裙子,来嘘。(同入帐介。宝玉在帐内唱介)

【古轮台】上氍毹,腰肢瘦怯倩人扶,风番廿四今初度。(袭人)哎哟,二爷温存些。(宝玉)不怕的,这是第一遭儿。(宝玉)云鬟低语,问何处寻春?一线桃花源路,似这风怀。两欢娱,撩人情绪今翻翻许。(宝玉)好不有趣呀。卿卿细数贴酥胸,逐样描摹粘花似水,裁云如梦,芙蓉笑口清露,灌醒酬真栩栩,那蝶儿微宿花房雨。(宝玉)袭人姐姐你可领略这般情味呀!(袭人唱)

【前腔】胡卢这是天上放春图,有这样姐姐亲亲,朝朝暮暮香梦难苏。随却东风吹聚,访到蘼芜径里款。来荳蔻梢头似春归,墙畔海棠胭脂腻雨。二爷呵,笑奴奴已唤儿夫,似蜂钻窗纸,柔肠萦互鬟鸦旖旎,比你梦何如?也算是姻缘谱,问他年记取者翻无。(宝玉)呀,天色已晚,我扶你起来。(宝玉与袭人勾肩起坐,揭起帐介。丑丫头上)嘎,袭人姐姐,我找你半天,你倒在这里替二爷相面。外面

老太太等候久了,请出去罢。(宝玉)晓得,你先去罢。(丫头下,宝玉、袭人携手行介。合)

【意不尽】来朝今日,从头间数,把咒儿向天公私赌。从今后只说罗敷自有夫。我们去罢。(同下)

娇　　眠

(旦艳装扮平儿上)帘幕画垂垂,休问昨宵梨雨。间抱衾裯铺罢,笑春风无主。小鬟缓缓送花来,郑重情如许。愧煞琼瑶未报,缓步兰阶去。我平儿,向来在琏二爷房中伏侍,闹得半私半公,不明不白。只是薛姑娘昨夜遣人送宫花一对给我,也是瞧得起我。那薛姑娘比不得林姑娘心直口爽,外面假装忠厚,心中却十分厉害,夤缘讥讽,有意无意之间。我今日若不去谢她,恐怕被她笑话。小丫头,倘二奶奶回来,只说我到梨香院去谢薛姑娘去了。(后场答应晓得。平儿唱)

【望远行】欲下苔阶还褪,谢娇娥花样生新,湘裙妥帖云鬟韵。小婢何曾叩主人,宫花先赠一枝春。

此间已是,为何静悄悄的?(贴扮香菱上)哎哟!平姐姐,因何风吹到此?(平儿)小姐在家么?(香菱)尚未起来。(平儿)日已上午,为何未起?(香菱)我姑娘常常如此的,待我道来。

【眼儿媚】牡丹品格做腰身,俊杨妃一榻醉生春。想她酥胸腻雪,粉腮琢月,小梦含颦。

(平儿)姑娘莫非有病么?(香菱)可不是,常服冷香丸哩。(平儿)冷香丸是何药料?(香菱)说也新鲜,要白牡丹、白荷花、白芙蓉、白梅花的蕊各十二两,可不琐碎呀。

【红衲袄】则索要牡丹花,虢国沉香素面匀。则索要玉莲花,晓风明月移清粉。则索要白芙蓉,先洗淡秋花骨,碎香痕。则索要白梅花,准唤取雪魂冰魂。芳心引,她花病把花医,透芳芬。也则学蜂蝶采花须,酿氤氲。花心揉断,叫一声将息也,养成她如花玉貌人。

(平儿)这般为难,如何配得就?(香菱)还有为难,又要雨水日下的雨,白露日的露,霜降日的霜,小雪日的雪,各十二钱,方能配合得来。

【前腔】可巧是雨丝儿,先占了清明月半旬。可巧是露珠儿,准做了梧桐秋信。可巧是冷霜儿,教素女特地煞红尘。雪花儿闷飘扬,也把窗棂印。怎知他莽天公逐样分？到时节洒琼膏按派匀。如胶似水百味调和也,可只是多福人天难忍。

（平儿）这益发难了,哪里能得凑巧呢？（香菱）你不晓得,自有天缘凑合的,我说你听。

【泣颜回】花雨养花身,老头陀郲菊回春。丹丸赐与,玄关紫气香熏。茶烟药味,等闲儿氲就了她姮娥韵。仗花神调度,雨师凭准,绿窗绣佛修真。

（平儿）好福气呀！想是前生有根基的,怪不得她母亲犹如掌上珍珠。即我们老太太,犹如世间活宝,十分款待。将来毕竟有福的人,方能招定她。闲话说了半日,我有一句话问你。闻得你家为娶你的时候,打了一场官司,这是为何？（香菱）你要问起这件事,好不惊怕也。

【前腔】前因,把奴奴说就了小婚姻。冯郎年少,约聘文君。贮花屋小,催花鼓闹,妒花风紧,变成他驮花楚尹。算今生命犯红鸾,别抱琵琶,梨花又碾香尘。

（平儿）说也可怜。闻得抚养你的,不是亲生老子,敢问你毕竟何方人氏？（香菱）说起来,好不凄凉人也。

【榴花泣】星星红粉,从未识萱椿。咱也曾拜干父,十余年紧把蚕丝捆,假做亲生。我亲生梦里亲,也难寻梦认。便认了音容,也难把名儿问。想双亲认得儿身,因何抛我女钗裙。

（香菱泣介。平儿掩袖介。平儿）哪里晓得你苦楚如此？听你说话,我也伤感起来。想我平儿,还是侥幸也。

【么篇】一例小星参昂,教我也含颦。心也模糊,足也逡巡,尽郎君磨折犹容忍。你知吾,生来被双亲娇惯,妆阁画眉匀。他闺房不肯轻嗔,俊儿夫善解温存。

（平儿作羞介。香菱）你是有福的人,我香菱如何有此等造化？（平儿）你也不用愁烦,将来苦尽甜来,自有出头日子。

【前腔】你则是对菱花,休蹙损青春。老夫人最十分怜悯,况大妇衾空,专房没个人？他夫婿将软绵缠捆。只待到应诜绳,螽斯咏,便和那同衾押了同心印。他年受了金花封诰,妆了夫人名分。

（香菱）姐姐休得取笑。（平儿）我还有事。昨日因姑娘送了一对花来,所以特来谢谢,不知姑娘何时起来。（香菱）这也说不定的。（平儿）我有一句话,托你等姑娘起来时,你替我说一声。

【扑灯蛾】金丝异样新,插放妆台衬。枝头春色动,消尽梨花玉露润。是玲珑燕剪不分开,飞上双栖鬓。也是多情多意赠花人,拍带上些。越发蝉鬓鸦鬓蠢。

(香菱)我晓得。等姑娘起来,我就告诉她。姐姐,你无事的时候,时常来走走。(平儿)我也常要来看看的。(合)

【意不尽】我越样亲,恁小雏姬凑合有前因。从今后会频频,长则把旧根苗说到天枯海闷。

金　　缘

(小生扮宝玉戴通灵玉上)初冬酿雪天寒,意漫漫。料得佳人携翠袖,倚阑干。金不换,珠成串,两无端。只须到梨香院落,且盘桓。我宝玉,今日随老太太看戏回来,清闲无事。我想宝钗姐姐,自到我家,尚未问候。恐被他见怪,须索到梨香院中走一遭者。

【绕地游】梨云雪片,引逗春如线,一点柔情细缱。曲径墙低,回廊屋浅。这风光,寒鸦贴暮烟。

来此已是梨香院门首。你看苔痕若绣,帘影如波,好一个清幽境界也。

【步步娇】步香尘,闲庭行乍转,燕子谁家院?寒料峭,慢俄延,也学裙钗羞容腼腆。犹记得当初见,下湘帘,想遮定芙蓉面。

(丑扮老妈妈上)呀!宝二爷何时来的?太太!宝二爷来了。(正旦扮薛姨母上,宝玉打扦介。薛姨母)这么冷天,我的儿,难为你想着来。(宝玉)姊姊可大安了!(薛姨母)可是呢。前日你又打发人来瞧她,她在里间比这里暖和,你去看看她,我收拾好就进来。(薛姨母下。旦扮薛宝钗上)安分随时唯守拙,罕言寡语且装愚。(宝玉见介)姊姊大好了。(宝钗)已经大好了。我久未请老太太姨娘安,姊妹们都好?请坐了。(坐介。宝钗笑介)成日家说你的这块玉,究竟未细细鉴赏,今儿倒要瞧瞧。(宝玉挨肩坐解玉。宝钗接在手中唱介)

【醉扶归】你看这通灵,千万劫星霜磨炼,是胎生含将舌本莲。把将那一星星,因果问苍天。定圆光,不遭涎儿咽。吓!还有小字,待我看来。(念介)一除邪祟,一疗冤疾,一知祸福。真奇怪呀!有这等好处。要知他燃犀牛渚怪风旋,则索看三行文字冰斯篆。

(宝钗)莺儿快沏茶来。(莺儿捧茶侍立介。宝玉)姊姊,那边还有字呢。(宝钗看介)

【皂罗袍】原来是锦字回文旋转。似这般,天付与益寿延年。个中消息浩无边,人生百岁春风浅。东君催饯,莺娇燕癫,游丝牵惹,桃慵柳眠。驻红颜,那八字尽把韶光衍。

(莺儿笑介。宝钗)你为何笑起来?(莺儿)我想这八个字儿,倒像与小姐的一般。(宝玉)这是为何?(莺儿)我小姐也有金锁,也有字儿。(宝钗)这是我小时候,有一个癞和尚所赠的。(宝玉)妙呀!何不取来瞻仰瞻仰。(莺儿下。宝钗解扣取锁介。宝玉嗅介)姊姊,为何一阵香风沁人心鼻?(宝钗)吓!是我早上服了冷香丸。(宝玉)原来如此。

【好姐姐】嗅天香,香痕绕袖边,解衣襟芳心细展。麝兰何处?哪知它非雾非烟。难消遣,似暗香疏影梅花观,杏雨芹泥燕子天。

(宝玉取锁看介,念介)不离不弃,芳龄永继。妙啊!

【山坡羊】辟灌的錾金成片,镂镂的字珠成串,出落得金色斑斓,被神仙锁定,锁定了神仙眷。一丝牵,把春心揉得软。俺的玉儿真贱,她的金儿越显。觑半月钩悬,放光明,十分现。缠绵,密叮咛,要万千;牵连,问三生,金玉缘。

(旦扮黛玉悄上)人归落雁后,思发在花前。姊姊,你两人在此作何顽耍?(宝玉)我看姊姊的金锁呢。(黛玉)妙啊!一个有玉的,一个有金的,正是一对儿呀。(宝钗)妹妹休取笑,请坐了。(黛玉)哎哟!我来得不巧了。(宝钗)为何?(黛玉)来呢一齐来,不来一个不来,今日他来,明日我来,岂不天天有人看你呢。(宝玉)姊姊,我把你锁儿描画出来。(坐介。画介。黛玉)你两人画着,等我看这挂的画儿再来。(行介)这是《汉宫春晓图》。(唱介)

【山桃红】这答是昭阳带日,扶荔含烟。那对儿长门院,对幽花自怜。一样的俏婵娟,只守着孤灯泪煎。那又是美人春睡。则看你云眼迷,霞脸鲜,梦魂儿低逐春风飐也,形和影,蝴蝶床头一晌眠。料得是相思遍,玉容宛然悄无语,图画里,难描愁女冤。

(宝玉)林妹妹,你看画出了神,何为一个人呱呱唧唧?(同宝钗行介。黛玉)呀!这面还有一幅《灞桥风雪图》,看那人儿披着斗篷,好不似神仙样也。

【鲍老催】驴背上诗人活见,难道是梅花枝,折赠向春风便。猩猩兜,红云压定吟肩颤。这是眼上缘,画里人,心头羡。如今呵!珠帘密洒寒凝霰,玉栏杆他消息闷无言,可能的天公搓就了团圆片。

(薛姨母同使女上)天色冷了,你们还在这里顽耍,随我到暖阁中去,吃些果酒,消消寒气。丫鬟,烫一壶玉楼春来。(丑扮李嬷嬷上)太太,宝玉吃不得酒,要使性的。(薛姨母)不妨,有我在此。(李嬷嬷下。薛姨母正坐、宝玉在东、黛玉宝钗在西各坐介。宝钗)宝兄弟,林妹妹!

【山桃红】问何处勾留人便,雪意梅天,只得鹅儿艳,螺杯细传。林妹妹呵!要你做醉杨妃,晕春妍,则索看绿云鬓情丝绾也,不孤负云里红蕉分外鲜。

(内打自鸣钟介,黛玉听介。黛玉)已打十二下钟了,我们也该散了。(宝玉)外面雪晴了么?(丑)外面越发下得大了。(宝玉)取我斗篷来披上。(丑将斗篷披介。黛玉)不是这样披的,等我来替你披上罢。(宝玉弯身黛玉披介。黛玉)

【绵搭絮】红云烂绚,安顿额颅边,一颗明珠露点蔷薇溜得圆。约青丝两瓣中悬,也则要微留半面,轻护双肩。沈郎腰,无力支撑,自手来援,不许人牵。

(宝钗)你看打扮得真正神仙模样也。(薛姨母)婆子们你多多掌灯,送他二人回去。(薛姨母下。宝钗)我送到回廊下去。

【尾声】泥印鞋掀,不许旁人践,则看你两人共擦肩。(黛玉)姊姊休得取笑,我也会鹦鹉骂婵娟,只待燕燕重相见。

姊姊进去罢。(宝钗)你们明日再来。(同下)

闹　学

(小生扮宝玉上)少年萍水喜相逢,束发从师学步工。只怕三更人静后,鸡窗风雨一灯红。小生贾宝玉,前日见了鲸卿,两小无猜,十分恩爱。看他腼腼腆腆,羞涩异常,令我款款深深,柔情欲绝。蒙双亲应允,令我们同学读书,咳!好不十分侥幸也。

【绕地游】素怀丝样,春色摇书幌,憨情痴意唯吾两。睬眼伴羞,掀眉谑浪,那丰格只认是温存细娘。

(贴扮袭人持衣包上)二爷!衣包在此。(宝玉)看你容颜愁闷,有些不快,难道不要我上学么?(袭人)上学是极好的,只是归来时,须记着家中方好。

【前腔】马融纱帐,晓日曈昽上,读书也要襟期旷。想奴呵!绣线慵针,唾绒愁网,只要你莫忘却温柔那乡。

(丑扮茗烟上。袭人)茗烟!这衣包在此,你要好好地伏侍,不可顽皮。(茗烟)晓得。(同下。旦扮秦钟上)三分慧业十分愁,一度春风几度秋,怕人偷看屡回头。墨沼春云移砚席,画栏斜日阁帘钩,一天冰雪浸吟眸。小生秦钟,表字鲸卿。幼习诗书,凤奉鲤庭之训,业留铅椠,冀成凤阁之才。只因家世单寒,频年失学,赖姊姊可卿,从中撺撮,附塾读书,得温旧业。且喜宝玉哥哥,知心怜惜,亦是前生缘分也。

【前腔】一庭都讲,强半风流榜,棋枰鸿鹄三千丈。愁思宵牵,吟情寒酿,只今后须依傍紫薇省郎。

(宝玉同茗烟上见介。宝玉)鲸卿!今日已交巳牌,我与你同到塾中,拜见先生去。(携手行介。同唱)

【前腔】文章跌荡,且学书生样,雪花也当梅花赏。慧业三生,尘缘万状,我与你只索要推敲细商。

(茗烟)爷们快快走罢。(同下。外扮贾代儒上)老夫贾代儒,叨居荣府宗支,幸列黉门耆宿。白丁幸免,尚承诗礼仪型,黄甲难登,依旧科名龇龅。眼下已过七秩,膝前仅有一孙。只因他家塾无师,我乃以课徒为业。今日闻宝玉、秦钟二人上学,不免到书斋中去。(宝玉、秦钟同茗烟上)先生,弟子宝玉、弟子秦钟拜见。(贾代儒)不消了,常礼罢。里面众学生都出来相见。(旦扮香怜、贴扮玉爱、小丑扮金荣、生扮贾蔷上。代儒)你们各见个礼,分位坐下。(场设桌三张,中间代儒,东首宝玉、秦钟,横头贾蔷,西首香怜、玉爱,横头金荣同坐介。代儒)你们众学生年纪尚轻,既到塾中,须得专心攻苦。作文呢,要如雕龙绣虎;默坐呢,不可意马心猿。今日初到学堂,听我教训一番。

【掉角儿】老世家,裁成有方,六经内许多蕴酿。敦素品恭俭温良,结密友多闻直谅。休学那俊相如调绿绮,俏张生弹玉局,抹煞书香。(宝玉、秦钟)学生晓得。(同唱)谨遵礼数,猥侍门墙,小娃娃坐春风三月,饱习青箱。

(外)如此甚好。(丑扮贾瑞上。外)众学生!我今日有事外出,出一对子,与你们对去。吾儿,你在此权看片时,不可吵闹。(贾瑞)晓得。(外下。宝玉)先生出了一对,是"点头顽石生公法"七字,苦无现成对的。(秦钟与香怜努嘴同下。金荣随下。宝玉向贾蔷)我已有了,"濯足沧浪孺子歌"。(贾蔷)叔叔对得好,我还对不出来呢。(金荣拍手笑上)话靶话靶,被我拿着了。(玉爱)你说什么话?(金荣)我跟他二人进去,见秦钟同香怜二人亲嘴摸屁股,哈哈!笑话笑话!(玉爱)你休得胡说!(金荣)我逼逼真真看见的。(秦钟、香怜同上)我们被金荣欺负,说了多少不干不净的话。(贾瑞)俗语说得好,篱笆夹得紧,哪怕野狗钻,你们鬼鬼祟祟,自然被人疑心,还不坐下。(贾蔷下。茗烟上)那里有撒野的杂种,欺负我们。(扭金荣要打介。贾瑞)反了反了!奴才敢如此无礼!(茗烟)我也不问你,且把金荣打死了,偿他的命!(贾瑞向宝玉作揖介)好兄弟,你且喝住了他,我自有道理。(宝玉喝介)茗烟!不得无礼!(茗烟放手介)我们回去告诉告诉老太太去。(宝玉)休得胡说!只是一件,今日第一天到学,即如此光景,将来日久天长,人多口杂,造言欺负,何以为情!只好多多回复先生,明日我两人就在家中读书了。(贾瑞)好兄弟!休要生气。千不是,万不是,总是我的不是。今日祖老出门,忽然闹事,你们又要回去,祖老必定将我不依,岂不连累与我。(宝玉)连累亦说不得了。只是你为何偏心,帮着金荣,以无作有,坏人名节?(贾瑞)都是我一时糊涂。(向秦钟介)好兄弟,求你向宝兄弟说一个情,多多感谢。(宝玉)也不必说情,只是金荣太觉欺人,须要向他二人赔个不是,方肯干休。(贾瑞扯金荣,金荣不肯介。贾瑞)我方才尚且作揖,今日的事,原是你闹出来的,来来!你须赔一个礼,以好日后见面。(金荣作揖介。宝玉)事虽如此,但已后金荣只可在内读书,不得同席而坐。(贾瑞)晓得。(宝玉)天色已晚,我们都去罢。(绕场走介。贾瑞、香、爱、金荣同下,宝玉)鲸卿!今日初到此间,惹此一场闲气。(秦钟)哥哥!也不必提了。(宝玉)

【前腔】没来由,东风弄狂,须忍耐这般卤莽。先生呵!装假面傀儡登场;学生呵,掉谗舌风流冷棒。只可怜香、爱二人,气得脸涨青霞,吓得他面成黄蜡,这便如何安顿也?翻学了气周郎惊坠马,痴晋卿逃嗾犬,特地郎当。鲸卿!我与你明日上学,须要安慰他二人一番为是。(秦钟)言之有理!如我呵!衔泥燕子,暂借雕梁。羡卿卿把奚童盼咐,莫打鸳鸯。(宝玉)来此已是家门口,你且回到东府,明日再行会面罢。(同下)

卷　二

医　花

(旦扮秦可卿病装,丫鬟扶上坐床伏几介)帘幕怯余寒,报道暮春三月。香径落花成阵,盼到春归日。不堪回首数韶华,心事向谁说?又是病魔来矣,林外闻啼鴂。奴家秦可卿,出自名家,嫁于世族。女郎识字,即成多病之媒;幼小工愁,难证长生之篆。翁姑娇惯,夫妇痴成。不妨意外之忧,准折生前之福。我秦可卿,想是这般结果也。

【窣地锦裆】东风吹损梨花影,梦到繁华梦犹冷。玉颜憔悴羞鸳镜,牵愁惹恨从头省。

(正旦扮尤氏上)翠阁愁添花鬓白,绿窗慵锁药炉红。(可卿起立见介。尤氏)吾儿今日好些么?(可卿)多谢婆婆,今日好些。(尤氏)咳!你的病源,医生皆猜不着,今日特请个儒医,替你诊视。

【西地锦引】正值东皇丽景,游丝绾住流莺。迷竹烟寒,妒花风横,着意调停。

(小生扮贾蓉、老外扮张友士上。贾蓉)这是内人卧室,家母在内,待小侄禀知一声。(向内介)方才请的张先生来了。(尤氏)请进来。(贾蓉领张友士进见介。张友士)夫人拜揖。(尤氏)先生万福。请坐。久闻先生岐黄高妙,恳请费神。(友士)好说。待我诊来。(张友士东坐,尤氏西坐,贾蓉侍立介。友士细诊介)是了。待我将病源说来,对与不对,再行请教。

【高阳台引】心气虚浮,左关沉缩,玉池火烁琼精。蚌月盈亏,朝夕红潮难定。鸡声报夜莺声晓,合来睡眼仍醒。恁迷奚,访梦无纵,寻花无影。这病主经水不调,夜间不寐。(尤氏)先生看的极是。(友士)右关沉伏成症,凭汗渍腰松,头低目瞑。子午时辰,倍添两颊红莹。谁夸扁鹊回生手,写良方高明详证。

诊的病源是否相符?(尤氏)一点说得不差。(友士)如此,待到外面开方去。(尤氏)多谢先生种种辖衷。(友士)好说。(张与贾同下。尤氏)真一个精通医理的人。儿吓,你的病合当好了!我外面有事,去去再来看你。(可卿)多谢婆婆。(尤氏下,可卿睡介。贴扮王熙凤、小生扮贾宝玉上)我们久未到此,不觉静悄悄的,须低着脚步儿进去,不要惊动她。(进见介。可卿欲起,熙凤扶住坐在床沿,宝玉傍坐介。可卿)多谢婶娘、宝叔叔特来看我。(熙凤)你今日身子毕竟如何?(可卿)婶娘听禀。

【高阳台】愁病,命短桃花,身轻蕉叶,锦枕缠绵才领。摆脱思量,争奈思量转并。俄顷,浑身飘越,安放处摸不着些儿形影。试看取蜂蝶香丛,昨夜拼花雨猛。

(熙凤)休得愁烦,我想你这等人儿呵。

【前腔】邀幸,有脚春苗,无心流水,全仗郫泉橘井。休诉衷肠,只恐衷肠莫竟。端正,温柔体格,那八字也要注就长生命。我看你月貌花容,不许花残月冷。

(可卿)多谢婶娘开导。(宝玉起立念介)嫩寒锁梦因春冷,芳气袭人是酒香。这是我梦幻旧游。天上风光,人间岁月,好不伤感人也。(低唱介)

【前腔】仙境,敲月无声,缀花有色,万派香云清景。尽样风流,难把风流受领。追省,嫩寒锁梦,妆阁里越越地把嫦娥聘。须索要窃药天边,稳向秦楼厮等。

(熙凤)宝兄弟,你在那里咕咕唧唧,却是为何?外面等你听戏,也该去了。(可卿)宝叔叔,你见太太们为我请安,姊妹们为我问好。(宝玉)晓得,我就先去了。(下。可卿)我想起来,今儿是老祖宗生日,外面必然热闹,可怜我不能够出去也。

【前腔】闲听,红袖笙歌,绿窗炉药,荣憔尘途分领。盼杀年华,只怕年华难等。悲哽,翁姑菩萨谁侍奉,洗玉盏把茶汤敬。婶娘呵,全仗你舞彩欢娱,恕我偷闲犹幸。

(熙凤)休别多心,外面公公婆婆,也为你十分焦急哩。

【前腔】同情,指月菩提,散花天女,齐向维摩问病。只盼到海岛神仙,果然神仙灵应。真幸,清凉一味,分配得应教玉井华滋映。从今呵,只看两颊芙蓉,依旧鸾回玉镜。

(可卿)承婶娘十分安慰,但我的病,自己知道,不过挨过日子也。

【前腔】萍梗,秋月圆亏,春花开落,一例全无质证。憔悴容颜,强把容颜齐整。才醒,千金一刻,平白地鸥波短了鸳鸯命。只要问注死阎罗,毕竟如何究竟。

(可卿哭介。熙凤洒泪介。丑扮老婆子上)二奶奶,太太们等你点戏坐席呢。(熙凤)我倒忘了,我向你劝解一番,翻惹得这般凄楚,连我也伤心起来。方才大夫说,你的病总由思虑伤神,以致如此。以后只宜静养精神,不可十分思虑。我扶你到里间屋子,将息将息罢。(可卿)也罢,婶娘也该安席去了。(同行同唱介)

【尾声】同是这个中人,也有春风梦醒,则待气丝儿未断还支撑。可不见戏文中,强半是上场儿热收场冷。

咳!绣幕忽闻鹦鹉唤,绮丛不住鹧鸪啼。(下)

宝　　鉴

(净红脸执拂,两童子一背葫芦一把镜上)尘世机关真懵懂,闺门圈套假和谐。我乃警幻仙姑座下柳侠卿是也。奉仙姑之命,叫我游戏人间,将一切痴男呆

女,随时调护。咳!你看九道初回,六根难断,闹得生生死死,悲悲楚楚,直恁可怜也!(坐介)

【鹊踏枝】莽世界,蠢形骸,搅闹得天难解。沿门挂风月招牌,只须你性命索买。柳眼桃腮,尽春风欺拐,镜光里试与捞来。

自从阴阳分判,牝牡成形,三女为奸,二男为嬲,任凭清清白白的人,也做鬼鬼祟祟的事,这也罢了。只有一种,故意惺惺,设骗相思之局;生芒作乍,争拖自陷之坑。一则认假成真,腌臜虫全无眼色;一则装腔作势,胭脂虎尽有机心。因此一段痴情,遂致害他死病,这等业冤相结,何时可以解脱呀!

【寄生草】宿世风流债,今生准折来,那一个喜孜孜紧扯住香罗带,他一个黑茫茫猛筑了烟花寨。张着幕天罗,跳不出情丝外。九曲迷楼,狐媚会装乔,可不道你这生生活被花妖害。

这种千奇百怪,说也可笑。但我看世间人,只是顾前不顾后,知已不知人的。但图目前之便宜,不识后来之报应。凡事如此,岂独偷情!我有风月宝鉴一枚,是从造化炉内炼就的。正看时,不过现成面目;把他反看时,便将前因后果,桩桩活现出来。佛家所谓慧观,儒道所云返镜,持以针砭沉痼,唤醒尘迷,亦是慈悲愿力也。这镜呵!

【么篇】他铸就江心镜,分明白雪皑。倘照反面呵,莽槎枒撇得花枝碍。兀迷奚揉得花光洒,窣惺忪闪得花阴摆。则这肉骷髅,捶破楚云台,把这小娃娃割断相思块。

(起立介)妙啊!自从仙姑将此镜付我,未曾试它一番。今日天气清和,则索乘甿风向尘凡走一遭者。(下。丑扮贾瑞上笑介)我好喜煞也!我们琏二嫂子,平日做媚装乔,如狐狸一般,及至拿腔作势,又同老虎一样,真正全是假的。昨日在东府园中,被我花言巧语,哄她一番,谁知她竟是欢欢喜喜,说了无数情话,约我今晚会她。一块天鹅肉,竟被我想着了。

【后庭花滚】尽妖娇,丢眼色,笑春风,一味乖。痴蝶儿闹花丛,恋亭台。黑地里俊相思完了债。那光儿,已是九分赛,还剩下一分忍耐。

(行介)来此已是荣府门首。天色已晚,不免悄悄挨身而入。呀!黑洞洞,我到里面躲一躲。(下。旦扮熙凤,贴扮侍女、平儿上。熙凤)说也可笑,间壁小瑞,昨日见了我,嬉皮笑脸,巧语花言,将我十分奚落,我将计就计,逗他火热。今晚约他进来,试试我的手段。一不做,二不休,这也说不得了。

【寄生草】筑就招风寨,迤来偃月台,有一个俏雌声,假扮了迷心怪。一个闪灯光,缚住了迷花丐,赚局毒相思,零碎受风流拐。世上痴儿一例费安排,也逃不出的连环圈套沉冤海。

　　(平儿)说也十分可恨,但不知二奶奶,毕竟如何摆布他。(熙凤)我自有道理,等蓉儿、蔷儿两个来,吩咐他干去。(生扮贾蓉、丑扮贾蔷上,打扦介)侄儿请婶娘的安。(熙凤)我叫你两个来,有桩事要你们办去,随我进来说话。(同下。贾瑞上)哎哟!吓死我也!幸亏进了门来,无人撞见。昨儿他说叫等在川堂里,我只得在此静听消息。(杂关门介)呀!为何关了角门?(推门介)已经关了,旁边无路可走,墙儿又高,跳不过去,如何是好?(杂开门作女声叫介)到这里来。(贾瑞)哦哦!在哪里?(进门作瞎摸介。贾蔷暗上,贾瑞摸着抱住介)在这里了,好嫂子,我亲亲的嫂子。(推倒在床上介。贾蓉持灯上)谁在那里说话?(贾蔷叫介)瑞大叔要奸我。(贾蓉照介,揪住介)好吓!你在此干这个勾当,我同你到老太太跟前去,听候发付!(贾瑞求介)两位好侄儿,放了我罢,只算做了好事。(贾蔷)我是要去告诉的,难道白白的被他戏耍?(作急行介。贾蓉扯介)你不要着急,瑞大叔自有道理。(贾瑞)你放了我去,自然重重的补报。(贾蓉)口说无凭,要一张笔据,方好讨银。现有笔砚在此,你自己写。(贾瑞)要写多少?(贾蓉)最少是五十两头。(贾瑞)如何写法呢?(贾蓉)只算你赌输了钱,替我们借的,就是了。(贾瑞写介,递与贾蓉转交贾蔷收介。贾瑞)如今可放了我罢?(贾蓉)我呢?(贾瑞)是是是,我再写一张。(写介,贾蓉收介)如今得了你的钱,就是我们的干系了。前门断走不得,你且藏在假山洞里,我们去探听后门无人,方可叫你出去。(贾瑞藏介)好冷呀!(杂将马桶浇介。贾瑞)哎哟!(作寒颤介。贾蓉上)快走快走!(将贾瑞推下。净扮柳侠卿跟道童上)烦恼不寻人,人自寻烦恼,已入鬼门关,到死无分晓。(贾瑞急上撞介。柳侠卿)你哪里去?(贾瑞)我到朋友家回来,误陷粪坑,赶紧回家。(柳侠卿)你还瞒我,我看你满面淫魔,一身冷汗,早晚性命不保,还不急急回首么?(贾瑞)师父救命!(柳侠卿)听我道来。

【前腔】尽被春风买,春风拨不开,把一个肉蒲团,错认做真欢爱。一个粉骷髅,调侃的真无奈。背面回头,鬼魑魅都同派。漫说多情,即便是多情也,只似那花前蝴蝶花前拜。

　　我有宝镜一枚,借给于你,你须照反面,便有起死回生之日,若一照正面,你就没有命了。牢牢记着,我三日后来取,去罢。(柳侠卿下。贾瑞)听了老道说话,竟是活神仙,令我毛骨悚然!只是我又冻又饿,又气又急,只得挨到家中,再作道理。哎哟!半步也走不动了!来此已是门首。(作敲门介。杂扮老妈开门介)相公!为何此时回来,满身臭气?(作呕介)臭煞哉!臭煞哉!(贾瑞)我方才暗中误踏粪坑,你舀水来一洗。(杂下。贾瑞作头晕倒地介,作醒介)啊哟!身上愈发冷了,头呢愈重了,如何是好?哑!有了!方才老道借我镜子,不免拿来一照。(将镜子反照介)吓,吓,吓死我也!(又晕介)哑!我将正面一照,看他如何?(杂戴女面扮熙凤上,将手招介。贾瑞)可,可,可,可是二嫂来也?(将手抱介。杂扮鬼卒上,熙凤下。贾瑞)二嫂子哪里去了?你们来此何干?(鬼卒)锁了他去。(贾瑞鬼卒同下。老妈上看介)呵哟!相公不好了!老相公哪里?(外扮贾代儒急上)什么事?(老妈)小相公回来,说道士借他镜子,如今执在手里,不知好端端如何死了?(贾代儒)拿来我看。分明是镜子作怪,等我烧他!(柳侠卿高立介)还我镜来!我的宝镜,有救死回生手段,谁叫他照正面呢?速还我!速还我!(镜飞上介。柳侠卿收镜下。贾代儒)这越发奇了。你好好看视相公,或能苏醒,亦未可知。咳!(下)

梦　　警

(旦扮王熙凤,贴扮平儿上。熙凤)东风吹梦到红尘,花落花开又一春。(平儿)彻夜杜鹃啼不住,声声唤取梦中人。(熙凤)自从二爷同林妹妹前往扬州,至今杳无信息,我家中事忙,未曾捎书去。咳!长夜无聊,孤灯不寐,如何是好?

【金珑璁】鸳阁冷于冰,对银屏,凄凉独领。寒料峭,瘦孤灯。容寂寞,澹明镜。正庭院红英节影,冷雨逼疏棂。

只管说话,不知什么时候了。(平儿)已交子初,奶奶也该安寝了。(熙凤)也该睡了。你替我带上房门去。(睡下。平儿下。旦素装扮秦可卿上)我乃警幻仙姑之妹可卿是也。已满尘缘,还登仙箓。今撒手西归,毫无挂碍。只是我与二婶娘交好异常,临别赠言,向魂梦中警悟她一番。

【前腔】踏月不闻声,伫闲庭,珠帘寂静。生死别,未分明。人鬼语,真悲哽。到苦雨凄风追省,消息短长更。

来此已是,不免唤醒她。婶娘醒来。(熙凤起立介。可卿)素蒙亲爱,今将远离,特来握别。(熙凤)你到何处去?(可卿)我向来处去。(熙凤)何日回来?(可卿)来即是去,去即是来,何劳动问。只是我有多少话,要向婶娘说。(熙凤)愿

闻。(可卿)

【江头金桂】一霎繁华好景,似风外笙箫雨外铃。看绮窗蓬户,更番承应。莽风波,簸来横,鬼眽缠,在俄顷。芳草春生,疾风秋劲,怜他轮摧爨火,山倒消冰,欺人白发最不平。待雪嘘风饕,莺眠燕瞑。挡银筝心随指冷,他时候漏尽梦初醒。

佛家有云,从苦得乐,不知乐中之乐;从乐得苦,倍知苦中之苦。吾家世袭酬勋,盛名百载,人生荣悴,天意乘除,理有固然,事难预定,全在热闹场中,立了长久之计,才是道理。(熙凤)言之极是。只是现在家中,毕竟以何者为尚?(可卿)我与婶娘道来。

【前腔】百岁功勋荣庆,向铁甲银鞍苦战争。更雅歌投壶,读书蓉省。到儿孙,守铭鼎。那知他,半茗芋,鬼泣青萤,墓门人静;任他城孤拜月,翁仲栖星。孤坟三尺暮雨零,到清明时节谁陈祭皿?纸钱灰黄泉路迥,恁凄凉人苦鬼无灵。

我想四时祭祀,如今是有老例的,只是贫苦之日,如何办得起呢?不如趁此时候,立了祭产,将来即使抄家,并不入官。此久长之一策也。(熙凤)妙啊!再有什么要紧的事?(可卿)再有一件。

【前腔】樛木螽斯衍庆,正莱舞云仍绕画庭。笑怀橘分梨,能消争竞?怕将来,猛厮逞,尽由他,呆儿性。黄卷青灯,花招月倩,任凭风云体态,冰雪聪明,诗书不读误一生。这杏花桂子,折除干净。恣游踪浮萍浪梗。忒悠悠孤负老簪缨。

这一件,也是要紧事,西边虽有家塾,却无一定的规矩成例,必须置了产业,使子孙耕读其中,岂不是好?(熙凤)这虑得亦是,我要将这桩事,逐件做来。(可卿)眼前又有天大的喜事,说与婶娘听听。

【前腔】日色昭阳承幸,恰孔雀舒翘上画屏。况尚书凤藻,宫衔头领!算春风,真侥幸,选宫娥,双亲省。黄曲春尘,红莲香径。看他两行灯火,一片箫笙。天边放下织女星,将鱼灯犀扇,良宵家庆。盼西王苕华携赠,那期间闹得不分明。

(熙凤)这个喜事,应在何时?我也不甚分晓。(可卿)天机不可预泄,将来你自知道。但我家素以忠厚待人,俗语云,月盈则亏,水满则溢,且势焰太大,将来必有不如意人,酿成不如意事,也须预行防范。

【前腔】旦暮容颜难定,任一梦黄粱也要醒。怕世家阀阅,荣华繁盛,熟亲朋,弄得佞,悍家奴,闹厮并。白虎贻殃,青蝇兆眚,那些剥蚀门楣,丛残钟鼎,墙头鬼啸狐蝛鸣。则八节危滩,九嶷恶岭,听声声晨钟暮磬,到头来苦苦叫谁应?

（熙凤）听你一番说话，令人毛骨悚然！我要问你，我如今几年办事，将来如何结局？（可卿）蒙婶娘垂问，若不嫌唐突，我就实说了呢。大凡人精神不可用尽，用尽则身亡，机谋不可使尽，使尽则心死。婶娘也该珍重身子，培养元气。

【前腔】清夜扪心自省，莫苦逞形骸赞去程。到森罗妍丑，锱铢细称。慧善才，长幡映，莽夜叉，钢刀横。业镜台前，人生究竟。看他酷吏良臣，儿孙报应，娥眉长舌到底惊。等霜冷红颜，风凋翠影，难捉摸苦根愁柄，这话儿说与世人听。

（熙凤）我从来不信因果报应，听你这一番说话，竟是有的。（可卿）怎么没有？婶娘尚在梦中，我扶你梦中去。（熙凤睡介，吹灭灯介。可卿）

【大迓鼓】趁西风片叶轻，乘鸾跨凤直上瑶京，也毕了廿载零丁。且看下界云烟上界星，抖擞铢衣赶第一程。

（下。熙凤）平儿快来。（平儿上）奶奶因何呼唤？（熙凤）我梦见蓉儿媳妇到来，与我说了多少话，吓得我满身冷汗。（内敲云板介。熙凤）不好了！这是报丧的声息，我快快到太太那里打听去。咳！（下）

野　合

（生扮宝玉、小生扮秦钟素服骑马跟小厮上。宝玉）林外莺喧燕闹，草际红萦绿抱，人去影儿凉，但斜阳。（秦钟）嘶马一鞭古道，啼鸠数声破庙，空际费思量，是他乡。（宝玉）鲸卿，我们走马出城，前面送殡之人，想已停停歇歇，我与你迤逦而行，赏此春景。

【锁南枝】花阴碎，草色交，绮陌尘轻马足骄。泥墙外，海棠梢，春色天然妙。与你并香肩，迟玉镳，也算梦游仙，邯郸道。

（秦钟）妙呵！你看前面村落一所，不知是何地方？

【前腔】茅檐短，树影涓，流水孤村略彴桥。杏花里，酒旗飘，新酝香先到。薤露不成腔，聊素缟。莺语唤春愁，东风扫。

（宝玉）我与你且到前面，散步一回。（下。贴旦扮熙凤、平儿素服坐车上。熙凤）古寺荒烟歌楚些，美人香草殉虞兮。我送可卿灵柩，到铁槛寺中安设，来此已是城外。咳！我与可卿相好一场，今日送她西去，好不凄凉人也。

【前腔】蝉钗冷，鸦鬓销，泉路孤魂恶鬼骄。杨柳陌纸钱飘，可有丝儿晓？黄土葬红颜，鹧鸪吊；古墓锁寒烟，鸺鹠叫。

（凤姐掩泪介）我想铁槛寺中，虽系家庙，你看这等荒郊僻野，蔓草寒烟，叫她如何睡得稳呀！她平日呵！

【前腔】画宫眉，挪细腰，一种温存百样娇。如今呵,听晨钟暮鼓敲,寂静禅灯照。长夜不成眠,愁报晓,哭奠更何人,栖枯庙。

咳！二十韶华,竟成死别,何以为情？来此已是半路了,因何宝玉并未见面？不知撞到何处去了。（宝玉、秦钟上。宝玉）前面是二嫂子的车辆,茗烟！你去向二奶奶说,前面有人家,可以暂时歇息。（丑茗烟赶上介）二奶奶！宝二爷说,前面有人家,可以暂时歇息的。（熙凤）使得。（推车下。宝玉）你看数间茅屋,三尺织篱,倒也清雅。咦！这是什么东西？（场设摇车介。宝玉摇介）我辈生长朱门,不知田家风味如此有趣。（旦扮村姬上）不要摇坏了,等我摇与你看。（村姬摇介,随意唱介。宝玉对秦钟介）鲸卿！你看野女村雏,十分有趣,古人所谓苎萝村、莫愁湖,真正不差的。（同唱介）

【前腔】除红粉,谢翠翘,路柳墙花分外娇。天生的俊苗条,不是闲装俏。觑紫丝车转纤手摇,听没板歌清寸心挑。

（内叫二丫头介,村姬下。熙凤上）你们两个在这里顽得够了。今日天色将晚,我们且到间壁馒头庵中暂宿一宵,如何？（宝玉）好极。我们就去罢。（杂推车上。熙凤、平儿上车介。宝玉、秦钟骑马跟介。同唱）

【前腔】趱前程,去路遥,松月幡幢矗影高。认铃塔上云霄,佛殿炉烟袅。龙女蒲团静,白发搔。清磬木鱼声,话良宵。

（同下。老旦扮老尼静虚、丑扮徒弟智善、花旦扮智能同上）今晚贾府琏二奶奶,要在这里歇宿,房屋是收拾妥当的了。徒弟们,我们到山门口接去。（熙凤、平儿到门下车。秦、宝下马介。静虚）阿弥陀佛！难得女菩萨到此,请到里面坐。小佛爷,外头各处逛逛破庙。（熙凤）有劳你了。（熙凤、平儿、老尼等同下。秦钟）这个地方,倒是静极的。（宝玉）到夜来时,就要静极而动了。（秦钟）休得取笑,我们到佛殿上随喜去。（秦、宝行介。智能上）师父叫我请小爷们,不知何处去了。哑！原来在此。（宝玉向秦钟介）你叫能儿沏碗茶来。（秦钟）这也奇了,你要叫他就叫他,为何要我叫他？（宝玉）我叫他倒茶,是没味的,你叫他才有趣呢。（秦钟扯智能手,智能摆脱介）我与你倒茶来。（下。宝玉）妙啊！

【醉太平】妖娆,看如许风骚,似洛波神女,解佩相要。袈裟黄杏,越显道装人妙。嫣笑,涡圆酒靥晕红潮,纤玉麻姑指爪。只争差绿鬓云翘,裙曳潇湘,金莲大小。

鲸卿！记得你从前与能儿玩耍,如今倒是假装撇清。(秦钟)没有的话。(智能奉茶上。宝玉)鲸卿！你叫能儿端端正正双手递给我,方见你们的情分。(智能斜视笑介)难道我的手有蜜的?

【前腔】堪嘲,恁手揾芳醪。甚游蜂酿蜜,吹破饧箫?春风无赖,管教茶香醉倒。(秦钟)休恼,清冷活水许由瓢,蟹眼松风鸣铫。手擎盘,越见清标,如何厮认两家茶好?

(丑智善上)宝二爷！二奶奶请二爷说一句话。(宝玉)就来了。我让你们在此勾当,岂非佛门方便么?(下。秦钟扯智能同坐介)几时不见,想煞我也,你越发出脱得标致了。

【前腔】风标,那暮暮朝朝,便情丝曳柳,心绪抽蕉。虚名耽待,反被春风调笑。可巧,游丝引我到蓝桥,云雨巫山神庙。到其间帐暖鲛绡,千金一刻,拖泥带草。

(智能)难得你多情,不知我的终身如何是了也。

【前腔】空泡,怕命犯虚嚣,要杨枝一滴,洒下云霄。优婆夷塞,跳出愁城闷窖。难道,情哥俊眼慧心苗,肯把游丝漾了?休轻看豆蔻香苞,莫学他鹘奔蛛指,十分潦倒。

(秦钟)你的情意,我都晓得,等我回去,自有道理。

【前腔】难抛,他雨唤云招,把金钗暗卜,玉磬轻敲。老人月下,缠住红丝作保。堪表,绿窗晴锁彩云飘,两下心情揣到。待他年玉宇星桥,从头细说,心情醉饱。

能儿,我且到你房中,说说闲话,可不是好?(行介)

(场上设床介,智能)已是我的卧房,请进去。(秦钟)你看天色已晚,我与你到床上去顽耍一回。(智能)使不得的。(秦钟)你师父师兄已陪着二奶奶,这是断不能来的,还有何人来呢?好妹子,急死我了,来嚛!(扶入账介,宝玉上)鲸卿再找不着,不知何处去了?是了,一定在能儿房中,等我悄悄进去,吓他一吓。这屋里呜呜唧唧的声音,一定是他。(将秦、智二人按住介。宝玉笑介。秦钟)哥哥是何道理?(宝玉)你还要说嘴,我就嚷出来。(秦钟)好哥哥,饶我罢。(宝玉)饶你不难,只是要能儿叫我一声亲哥哥,我就罢了。(秦钟)能儿,你就叫一声罢。(智能)叫我如何叫呢?(宝玉)不叫我是要嚷的。(智能)亲哥哥。(宝玉笑介)如今认我哥哥,我就认你妹子,只是方才二嫂子说,要我与鲸卿同在里头歇宿,也须

点一个卯。等你兴来时,我悄悄放你出来,何如?(秦钟)多谢哥哥。能儿掌灯,送我们进去。(行介。宝玉)

【绛黄龙】难熬,饱看他方朔偷桃,空中一缕红云,被春风散了。咳!都是我不做巧。(秦钟)把纤纤春续,似蚕裹三眠,最恼他晨钟催晓。(智能偷看秦钟唱介)良宵,莫便垂头眠着,怕披衣五更,檀郎胆小。这灯儿呵,瑞烟飘,空门传去,蜡泪那时销?

(宝玉)来此已是,能儿!有劳你了。(笑介)你们两个人的心事,我都晓得了,放心罢。(同下)

恩　　宣

(末南安郡王)昨夜风开露井桃,(生北静王)未央前殿月轮高。(净东安郡王)平阳歌舞新承宠,(外西平郡王)帘外春寒赐锦袍。(合)请了。今日接奉恩旨,皇亲国戚,皆得入宫朝贺。并奉太上皇、皇太后懿旨,凡妃嫔下家有深院大宅者,皆得预备省亲。此是旷代恩施,古今未有,我们且到朝房候旨。(行介)

【夜游庙】芸馆椒房深雨露,选名门,玉佩琼琚。师氏言归,外家展觐,且容说恩勤肺腑。

来此已是朝房,且候旨去者。(下。旦元妃二宫女上)扇影瞳曚鸂鹳观,箫声缥缈凤凰台。今日奉旨宣召,不免前去听候。(老旦扮老太监捧旨上)圣旨下,跪听宣读。(元妃跪介。太监)诏曰!四德以贤为首,五伦以孝为先。敷皇极于璇宫,理宜锡美;隆帝麻与黼座,谊重推恩。咨尔元妃贾氏,佐羞蘋藻,协乡珩璜,副笄昭翟之华,元服彰翚衣之彩,工容兼备,恩礼宜加。今封为凤藻宫尚书,并着每月朔望,凡姻戚之家,准其入宫朝见,俾尽展亲之礼,以昭锡类之仁。钦哉!谢恩!(元妃)万岁!(太监)平身。(元妃)万万岁!(太监)恭喜娘娘千秋恩遇!(元妃)有劳了。(太监)我进宫复旨去。(下。元妃)我蒙皇上格外施恩,端闱晋秩,又谕外家姻串,朔望入朝,真是以孝治天下也。想我亲呵!

【排歌】霜鬓皤如,筇枝倩扶,怜取燕子莺雏。想奴呵,阿娇金屋,春风掌珠。幼小双丫阿母梳。如今呵,娘亲面,朔望初,一年廿四信风敷。将花护,尽欢娱,这月宫消息问蟾蜍。

(丑扮太监上)恩诏到,跪!(旦跪介。太监宣介)奉太上皇帝、皇太后诏曰:每月朔望,皇亲入宫朝见,着于次月准行。其各椒房亲戚,如有深宅大院,可驻鱼轩,着妃嫔们每年省亲一次,以示格外恩施,有加无已之至意。钦哉!谢恩!(元妃)万岁万岁万万岁!(太监)平身,恭喜娘娘,今日已有四位郡王,向各皇亲处宣诏去了。娘娘即到璇极宫谢恩去。(元妃)晓得。(太监下。元妃)

【前腔】圭窦蓬庐,园林半芜,难摹帝室皇居。只怕似阿房宫殿,金髹翠涂,巧匠经营进画图。不过是旋车地,驻跸余,风光一线递蓬壶。三更鼓,七香炉,正元宵月夜放金吾。

宫娥们,随我到璇极宫谢恩去者。(同下。外贾政随小使上)今日北静郡王,传奉敕旨,凡宫中妃嫔,每年回家省亲一次,特恩旷典,千古罕闻,真是阖家顶戴也。

【前腔】宫禁清娱,钦承睿谟,恩光充溢门闾。金张许霍,长孙豆卢,一样星辰降玉舆。辞双阙,曳六铢,博山香袅暖金凫。春风度,乐华胥,况丝纶除拜女尚书。

只有一事,府中窄隘,不容旋马,不免等琏儿出来,叫他妥办。(生贾琏上)喜鹊逢添新印色,慈乌仍觅旧巢痕。老爷唤侄儿有何吩咐?(贾政)叫你不为别事,今因元妃省亲,须建别院,只在两府旁边,不必另选别处。(贾琏)昨日侄儿同詹光、程日兴到各处相度,若将东府会芳园打通,直接过来,后面还有空地,长有二三里,尽可盖造。(贾政)太大些,只要够建殿宇就是。(贾琏)是。(贾政)必须合式,不可过华,亦不可太陋,方可相称。何日可以动工?(贾琏)昨日请山子野随宜布置,甚为款致,已画就图式,请老爷指示定了,即可动工。(贾政披图介)此图倒画得明白,路径亦清楚,只是房屋太多些。(贾琏)老爷!里头跟来的宫娥老公们,须处处设席款待,似难太简。(贾政)也罢了,只是赶着动工,完工了,各处匾颜对额,必须一题。你同了宝玉,他文章虽不通,那些上倒有歪才,叫他拟定了送给我看,试他一试。你们去罢。正是:锦绣胸难夸白凤,林泉春易引黄鹂。(同下)

园　　题

(小生扮贾宝玉跟茗烟上)

【绕地游】绿深红浅,画本天公展,燕笑莺嗔细缱。锦字云旋,绮文水剪,逗吟情春多句亦仙。

昨日父亲吩咐,命我到园中各处观看,拟成匾额对联,父亲看定,即行悬挂。

我想园中乃游幸之所，须要庄而不俗，巧而不纤，方合体裁。且用心看去。（丑扮詹光、末扮程日兴上）二爷来得早，此处已是大门了，我们各处逛去。二爷今日要大展才情了。（宝玉）这是第一层宫门么？（詹、程）正是。（宝玉）妙啊！华丽之中，自然本色。

【步步娇】对南天，薰风吹芳甸，第一昭阳殿。这窗棂呵！辞绘饰，索雕镌，不买胭脂，天然素面。这石砌呵！似立月玉阶浅。你看一带粉墙，更为雅致，髻银泥，他便东风展。

（詹、程）我们进门去一看。（宝玉）前面翠嶂插云，挡住全园景色，石上必须镌个字儿为妙。（詹）不如题"叠翠"二字。（程）"赛香炉"三字可好么？（宝玉）莫如直书古人"曲径通幽"，倒也大方。（詹、程）妙极！妙极！（宝玉）

【醉扶归】一片翠屏风，不许放亭台活现。锁苍峰中藏小有天，那条是羊肠儿一线曲珠穿，这峰呵，似马头山色迎人面。剔苍苔，题碑碧落向云镌，则要把辋川四字玲珑篆。

（詹、程）且到前边去。（宝玉）这里旁连石洞，斜带清流，向北而行，地面平坦。你看水面跨桥，波心置闸，片片花英，流于闸外。此间应题"沁芳"二字，不知好否？（詹、程）极好。我们在石栏上歇歇去。（宝玉坐唱介）

【皂罗袍】原来燕掠晴波一剪，亘长虹都喷做珠箔飞泉。彩霞迎得鹊桥仙，玉沟流得桃花片。他一带平原旷荡，把雕甍绣槛，掩映于山坳树杪之间，真奇景也。鞦丝尘软楼台那边，绮窗琼苑，山腰树巅，沁花香迤逗了春风线。

绕堤柳借三篙翠，隔岸花分一脉香。（行介）我们且到前去。只是一带平坡，数楹修舍，梨花一树，绿竹万竿，极为清雅。此处宜颜一匾，各位老叔，以何者为妙？（詹、程）也不过淇水睢园故事罢了。（宝玉）此游幸第一处，须要切题，又要颂扬，拟取"有凤来仪"四字，可使得么？（詹、程点头介）好！又切又新！（宝玉）宝鼎茶闲烟尚绿，幽窗棋罢指犹凉。这是仙境，只合仙姬居住也。

【好姐姐】罨苍烟，疏棂写绿天。芭蕉外芳心逗展。潇湘九曲，这其间要安着仙。我想世间人，哪个配做仙呢？闲思算，蟾宫冷配嫦娥选，只怕是敲竹清风恼睡眠。

（行介）前面是泥墙草舍，桑径枳篱，好一幅田家图画也。

【山坡羊】蓦地里尘心顿远，趄趔里乡风偷变，只是我未识田园。谁知道巧天公一例、一例的东风绚？槿篱边，滑泥苔，将屐溅。这里菖蒲抽箭，那里绿杨垂线。潾酒旆新鲜,趁光风,唾涎咽。香边,数河间姹女钱;村前,杏花深,觅醉便。

(詹、程)二爷试看屋角酒旗,居然寸景,何不题"杏林在望"四字?(宝玉)也好。但此处毕竟以乡景为主,不如"稻香村"三字较为包括。(詹、程)眼前真景,竟想不出来,三字大妙大妙!我们到那条路去。这是荼蘼架、木香栅、牡丹亭、芍药圃。嘎!这里蔷薇院内,倒可坐坐。(宝玉)使得。

【山桃红】则索看撑云藤胄,镂日花妍,谱出群芳传,向春风自怜。有这等国色婵娟,偎傍着他花婢肩。那洞口碧玉沧涟,墙上绿萝围绕,真是"蓼汀花溆"也。远望着薜荔墙,衬碧鲜。那一答弄青丝挂出苍龙片也,这倒影泻与山中万斛泉。好待到斜阳晚,寒云暮烟,方知道这静境,栩然真欲仙。

正是新绿涨添浣葛处,好云香护采芹人。前面洞中有采莲船四只,我们荡桨去。(詹、程)今日之游大乐。(旦扮艄婆摇船上)爷们下船,站稳些。(宝玉)

【鲍老催】摇画舫轻风徐扇,看波面,趁花双蛱蝶,把香情恋。橹声中縠纹浅蹙圆涡现。那便带荇钱,荡荷风,飘花片。呀!红桥紧接了芙蓉堰。我们上岸去罢。(作上岸行介)恁流连,舣定了绿杨船,寻春复到那嬉春院。

(詹、程)前面一带粉墙,另有院落,何不一游。(宝玉)一派香风,扑人鼻观,这香草儿,有垂丝的,有牵藤的,或如翠带飘飘,或似金绳蟠屈,垂帘绕柱,萦砌盘阶,方信《离骚》《文选》内一草一木,都是有的。正是:吟成豆蔻诗犹艳,睡足荼蘼梦亦香。

【山桃红】大半是金霏纸绚,绿琢红镌,芳草萦阶藓,有何人见怜。这个地方,若题"蘅芷清芬"四字,不知使得否?(詹、程)不脱不粘,绝妙传神!(宝玉)前见长廊曲洞,方厦圆亭,旁有芭蕉一本,海棠数株,正所谓红香绿玉也。转过卍字栏前,这绿意红情醉眠。那壁是覆鹿蕉带雨妍,女儿花揾着情丝颤,只要把闺阁风流艳笔传。

(詹、程)前面有一小院,甚为曲折,层层隔断,贮书安鼎,式样玲珑,如入阵图,难寻来径,真人巧天工。(宝玉)这镜儿里,一簇人来,是我们小照也。

【绵搭絮】衣香人影,闯入镜花边。痴笑迷奚,手指洪崖笑拍肩。这百般花样,隔断晶屏,生出多少曲折来呀!划晴波非雾非烟,闪得我隔花未语,对影无言。费精神屈曲熬煎,藕断丝连把望眼穿。

我们逛了一天,暮霭东来,夕阳西匿,大家回去,明日再行交卷。(詹、程)今日已够了,一同回去罢。(同唱)

【尾声】尽偷春,游丝倦也,只算乘槎到月边。明日呵,斗诗才,七字儿还着意选。(同下)

试　　灯

(场上设灯牌楼上书省亲别院四字,旁设对联:"月色团圆,琼阁千花承凤藻;风光烂漫,玳筵万树涌鳌山。"杂扮仙童手执彩云舞介。八仙各执灯上)

【玉芙蓉】曈昽紫阙遥,万点蓬瀛小,看西王金母,鸾舆捧到。春风淑序今年早,跨凤双成动玉璈。冰壶皎,正鳌灯曼衍,兔杵光明,笙箫吹向长安道。

(旦扮西王母,侍女四人手执蟠桃灯上)驾到。(八仙迎接介)娘娘驾到,有失远迓。(王母)列位少礼。(八仙)请娘娘升座。(王母)有僭了。(登坛介)

【前腔】神仙绛节朝,万寿无疆表,贺当阳天子,日边恩诏。上皇曼福歌难老,太姒徽音佐圣尧。金方好,乍蟠桃筵熟,进奉君王,来来朿朿安期枣。

列位仙翁!方今圣天子仁恩孝德,普遍寰区,福寿无疆,万年有道。我们同到南赡部洲,将蟠桃献寿去者!(杂将彩云舞下)

(丑扮渔翁、旦扮渔妇同上)占断鱼矶网细鳞,芦花深处棹歌声。移家载得西施去,照水梳头笑语春。山暗暗,月明明,青蓑绿笠刺船行。长年笑傲风波少,美煞寒江钓雪人。老婆!昨日钓的鲈鱼一尾,烹来与你吃酒。(旦持鱼酒上)酒在此。(同唱)

【簇玉材】蘸清波,穿白鲦,卸蒲帆,傍画桥。笑璜溪白发还垂钓,掉头来只闲把缗丝袅。问渔家,春风醉去,同乐太平韶。

上了鱼灯,我们到后舱顽儿去。(下。净扮樵夫、丑扮牧童上)只向朱翁学买薪,山中烟雨市中尘。儿童牛背闲吹笛,吹入斜阳一曲新。秋草白,暮山青,枯棋岁月烂柯人。笑他斫桂吴刚手,不及樵歌月下行。吾儿,前面已是人家,不免迤逦而去。

【前腔】斧丁丁,枝格摇,岭重重,曲径钞,那天台古洞无人到。指仙源只落得樵夫笑;问刍荛,春风醉去,同乐太平韶。

天色晚了,我儿同你回家去罢。(末、丑扮二农夫上)蚕要温和麦要晴,风光一度过清明。你听呀山村处处催耕鸟,垂柳阴阴叱犊声。我们皆是村农野父,十亩余闲,一生快活。正是望柳瞻蒲时候,课晴话雨生涯,好不逍遥自在。(旦扮饁妇提竹筐上)老儿,酒饭在此。(末、丑)饭也香,酒也香,秧针冒绿春风漾。(旦)

耕也忙,织也忙,筠笼鸡黍田间饷。(末、丑)坐下来吃罢。(旦)

【前腔】荡炊烟,麦饭烧,泥瓦盆,浊酒挑,这荳畦蔬圃寻芳草。踏青来供一顿含哺饱。问农夫,春风醉去,同乐太平韶。

(末、丑)饭也饱了,酒也醉了,且到柳阴下闲话去。(旦携筐同下。副净白发扮书生上)

【前腔】老头巾,双带飘,黄发髫,白首搔,只化成脉望钻难了。旧青箱总盼得泥金报。问书生,春风醉去,同乐太平韶。

(小丑扮老婆上)什么太平不太平,你看这个时候、还没吃饭。(抢书丢介。书生拾介)这书是糟蹋不得的。(小丑)你看人家的书是外头照进去的,你的书是里头照出来,有何好处?你拿来与我烧饭吃。(抢介。生扮书生上)嫂嫂为何同哥哥如此吵闹?(小丑)叔叔,你看哥哥,今日也是书,明日也是书,闹成满肚子的书,阿晓得我肚子里屁也放不出来,如今还未吃饭。(生)嫂嫂不要恼,我叫人送饭来。只有一句话,今当大比之年,我要与哥哥应试去。(小丑)不管你们大秕小秕,我只要吃饭。(生)不是的,今年乡试,我们要考取。(小丑)罢罢罢!你哥哥连年去考,考了什么红交椅,又是什么四等,又是什么要割,(缩住笑介)我真正提心吊胆,日日着急。(生)这去是不妨的,大哥中了,你就是夫人了。(小丑)不中呢?(生)仍旧回来。一切盘费,都预备了。(小丑)我的饭呢?(生)柴米油炭,都叫小厮送过来。嫂子,你好好在家,多则半月,少则十天,就回来的。(副净、生同下。小丑)你看他们竟去了。这考呢,原是正经事体。如今举人进士,难道不是碰出来的?就是我们养儿子,也是碰着法。只人也老了,家也穷了,如今有了饭吃,且由他去罢。(笑下。副净扮乌龟、伎女同上)唔哩看灯去,看灯去。(净扮大老官帽上写"冤大头"三字。副净)冤大爷来了。(净)你们哪里去?(众旦)看灯去。(净)走嚇!你们轿来的还是骑驴子来的。(众旦)呸!红头驴子是你骑的?(净)这没骑独龙扛来的。(众旦)呸!我们是坐车来的。(副净)一路说话,已到店门口了,各位请进去看灯。(进介。副净)伙计们!店里有酒有菜,叫小二搬出来。有女客在此,坐下坐下。(店小二送酒介。净)这个灯到了么?(店小二)还要等一个时辰。(净)洒起酒来,唱个曲儿顽顽。(旦唱小调完介。净)唱得好!嗑酒嗑酒。(杂扮走马上。)好灯好灯!你们再唱一个。(旦又唱小调完介。杂扮打十番上。净)好听,好听!店小二,拿饭来,你再唱一个听听。(旦又唱小调完介。净)今夜到你家去落厢罢。(同笑下。杂扮龙灯上盘舞而下)

迎 銮

　　(老旦扮太君、正旦扮王夫人、旦扮李纨、王熙凤从西首上,外扮贾政、生扮贾琏、小生扮贾宝玉从东首上。太君)今日元妃巡幸,理宜整肃,吩咐执事人等,诸事格外小心,不可造次行动,有玷朝仪!(贾政等)晓得。(太君同唱)

　　【念奴娇序】冰轮乍映,正上元春色,天街宵静。万派彩霞含绛阙,明启嫦娥妆镜。汉殿花移,秦楼箫赠,玉宇神仙景。銮辂何处?佩环声里香影。

　　(杂扮太监骑马上。贾政)敢问老公公,娘娘启驾还未?(太监摇手介)还早哩,未初用晚膳,未正到灵宝宫拜佛,酉初进大明宫领宴看灯,方能请旨,只怕戌初才起身呢。(贾政)多谢公公。(太监下。太君)院内花灯,可曾齐备?公公们何人款接?(熙凤)园中灯烛均已整齐,公公们有蓉儿、蔷儿款待去了,内外支唤男妇,均经婆婆分派定了。(太君)如此甚好,须要小心。(杂扮老公骑马上)有信息了。娘娘请旨已准,只怕就要起驾,贾老先小心伺候。(贾政)是。(老公下。杂扮兵马司提灯随众上)马夫,凡御园马匹,赶出挡房外,好生喂养。打扫夫,街中马粪,须要打扫洁净。(见贾政介)老皇亲候久了,卑职在此伺候。(贾政)有劳官长,请便。(兵马司下。杂扮老公骑对子马上)吽吽吽!驾到了!(众旦扮宫娥提灯持香上。内作乐。老公排班迎接。杂持曲柄黄伞,宫娥扶轿上)驾到,跪接!(贾宅男女同跪下。老公把太君、王夫人扶起介。老公跪轿前)请娘娘内殿升舆。(内作乐,众随舆下。老公上)此处升舆地方,灯火炉香,俱已齐备,在此伺候。(元妃轿上。贾宅男女同上。老公)娘娘请升舆。(元妃下轿介。老公)请娘娘御坐。(坐介。老公)宫娥们作乐舞蹈。(宫娥执灯舞上,同唱)

　　【前腔】山庄望幸,恰星桥月幌,国恩家庆。参拜迦蓝宵宴后,玉殿朝阳宠命。枫陛欢承,椒房旨请,薄浣从归省。卿云纠缦,万花丛里明净。

　　(老公)乐止,排班行礼。(史太君等排班上)愿娘娘千岁。(老公)免,平身。(史太君)千岁,千千岁!(退立介。贾政等上)外臣贾政等,愿娘娘千岁。(老公)免,平身。(贾政)千岁,千千岁!(老公)男人退班,宣妇女们进见。(太君进见,元妃欲行礼介,太君跪止介。元妃)祖母、母亲万福,各位嫂子好。(太君)全托娘娘洪福。(元妃正坐,太君、王夫人陪坐。元妃)自从我到宫中,于今七载,虽每月传宣,未能见面,今蒙两宫垂佑,主上洪恩,俾得到家省视,真是万分庆幸也。

　　【念奴娇】蓬壶日丽,恁长年逾永,玉阶虬箭声声。春到帘栊莺报晓,才过人日,元宵期订。两代慈亲,苍颜白发,牵衣游戏细追省。同惜取,团圞灯月,一刻三生。

(贾母等同唱)

【前腔】昭阳第一,沐天家宠幸,长沙阀阅光荣。云涌天街亲切地,凝望宫车,拜辞鸾省。太上丝纶,今皇雨露,披香侍女共端正。同惜取,团圞灯月,一刻三生。

(元妃)吩咐男人晋谒,垂帘问话,不必行礼。(老公)娘娘有旨,贾政等帘外启奏。(贾政跪介)臣贾政,幸附椒房之戚,叨为薇省之郎。年老才疏,冰渊时惕,伏求娘娘圣明训示。(元妃)闻得部务孔繁,家居日少,虽系勤劳王事,亦宜珍重养身。(坐唱介)

【前腔】郎官官好,职鸠工朝政,钉头木屑零星。官阁梅花何水部,休沐余闲,从容簿领。六十韶华,三千案牍,臣心似水玩清景。愿借与,今宵桦烛,拜祝椿龄。

(贾政)谢娘娘懿训。今园内匾额,皆宝玉所拟,还求娘娘赐名。(元妃)呀!宝玉竟能题咏,宣他进来。(老公)贾政等退班,命宝玉参见。(贾政叩头领旨。宝玉跪叩介)臣贾宝玉叩见娘娘。(元妃)起来。(宝玉傍立,元妃看介)几年不见,越发长成了。闻你善于题咏,还要面试。(宝玉)请娘娘赐题。(史太君)有几家亲戚姊妹,都在外边,请安候旨。(元妃)都宣进来。(旦扮探春、黛玉、宝钗跪叩介。元妃)姊妹们少礼。闻得皆工吟咏,还要请教。(宝玉)林、薛两妹妹,最喜做诗的。(元妃)极好。我最爱园中四处。宝玉!你赋怡红院。薛妹妹做蘅芜轩,林妹妹做潇湘馆。还有浣葛山庄一处,也罢,探春妹子替大嫂子做了罢。各赐花笺,入座构思。(宝玉东坐,宝钗、黛玉、探春西坐。老公献茶介。黛玉写介)

【古轮台】幂闲庭,清风一榻秋声,寒烟四壁勾云影。枝栖最稳,听鸾奏箫笙,万点斓斑相映。这潇洒无心自天成,笑痴人苦苦问湘灵。(宝钗接唱介)阴晴不准,趁韶华曲榭回萦。苔痕缛绣,花光移佩,画帘风定,特地打黄莺,蘅芜径,笑将来进入潇湘景。

(老公取笺呈介。元妃)妙啊!潇湘一曲,清隽不凡,蘅芜一曲,秾华欲滴,真不愧女尚书、女学士矣。(探春唱)

【前腔】葛衣轻,渌溪手试浣纱汀。花间蝶使波鱼媵,御沟红映,正春日思亲,仙主山庄游幸。篱落宛然霭芳馨,想宸衷娱目玩鸰鹡。(宝玉接唱)飞红香径,恨东风隔住帘旌。桃霏丹靥,柳舒青眼,天公持赠。无地不逢迎,风流甚,倩莺儿促问东君令。

(老公呈笺介。元妃)探妹妹之作,极为得体。宝玉过于靡丽了。着各赏给文房四宝,以助吟兴。(史太君)请娘娘入内更衣,登舟御殿。(元妃)吩咐排驾。(老公)排驾。(众旦执灯持香作乐绕场下)

送　驾

(场上插荷花灯。旦扮王熙凤,四旦扮四艄婆同上。熙凤)各处灯彩,倒也整齐。船娘,即刻娘娘下船,须要小心撑驾。(艄婆)晓得。(同下。元妃、太君、王夫人乘船上。元妃唱)

【薄幸】舒妍匀态,妆就玉河秋色。苦追忆金塘月白,一派橹声欸乃。试画船,容与云涯,藕丝牵带,柳丝摇摆。(官娥)请娘娘停舟赏灯。(元妃坐介)笑锦树钱塘,红莲香径谁能赛?卿云纠缦,人醉绿天碧海。

(艄婆各执花灯行唱)元宵好,琼楼玉宇春光早。春光早,低祝东君,金鸡迟晓。漏声不许千门报,歌声只许千秋乐。千秋乐,月殿嫦娥,长生不老。(官娥)请娘娘升舆御殿。(元妃起行。艄婆下。内作乐介。官娥)请娘娘升座。(元妃坐介。太君安席,官娥进酒。太君、王夫人旁坐。太君)新演女乐一班,请旨传宣。(元妃)宣他上殿供奉。(杂旦扮男女八人俯跪介。元妃)这孩子年纪小,也能演剧,且叫他歌舞一回。(八人执彩云舞唱)

【字字锦】元辰介寿开,元夕花灯买。春风着意来,春酒屠苏洒。放春怀,试看梅影横斜,恰缭他红云暧碍。安排,裙腰绰綷。子弟梨园,哪个善才?好哪个善才?喜得娘娘这般看待。(官娥上酒同唱)似催春管,共上春台,只博得投壶笑哈。趁辛盘罗摆,问双亲儿家常,家常事,姬姜妆戴。儿孙罗拜,只看他鸾旌沛艾,龙釭舒彩。庆宸游,眷春宵千载。

(太君)吩咐女乐们,请娘娘赏戏。(旦执戏本上。元妃)我最喜的是《豪宴》《七巧》《仙缘》《离魂》四出。(太君)极好。女乐们认真唱来。(众旦四出随意唱一套下。众扮十二花神各执花灯上)

【前腔】十二月分排,试芳园斗彩,轻盈燕子投怀,教此夕金钱买。女孩孩,云鬓风鬟,簇捧着香花世界。和谐,娇憨自在,从小自笙歌队来,款步蹿瑶钗,娃娃,只落得把花神封拜。庆宸游,眷春宵千载。

(元妃)方才扮《离魂》的女伶,叫何名色?(宫娥)小名龄官。(元妃)赏她果酒,宣上来。(龄官叩头介。元妃)你上来,今年几岁了?(龄官)九岁了。(元妃)也难为他,你家中有父母没有?(龄官)都没有了。(元妃)这等可怜!

【入赚】风流未解,也酷肖贪嗔痴爱。妍姿绰态,可惜他孤身外,无人在。喜我两代同堂,今宵团叙。同样花成海,偏他堕溷来。吩咐班中要好好地看她。一巢雏燕子,不许春无赖。

(太君)娘娘体上帝好生之德,成皇上育物之仁,胞与为怀,福寿无量。(元妃)我们生长深闺,也要晓得穷檐疾苦。包含无外,也须会得黔黎苦海。

(宫娥)请娘娘颁赏。(元妃点头介。众扮老公四人、宫娥四人,各执宝物上。太君谢恩介。宫娥扶住还坐。众唱)

【雪狮子】琼宫室,晋瑶阶,珠船珊网摇光彩。云罗叠折鹅绒氎,芳华派,把花笺儿分贷,睿赏女郎才。婆娑鸠杖来,婆娑鸠杖来。银汞熔开,金窑匀抬,准备瑶华十赉,可喜我共到三台。

(老公)颁赏已毕,请娘娘进膳。(元妃)我方进来,见红墙一带,有人在内讽经,想是家庵。(太君)这是妙香庵,有姑苏新到的女尼妙玉,在内静修。(元妃)我们到彼瞻礼一番。(老公)咄!排驾!到妙香庵去。(行介。旦扮妙玉带女尼四人各执乐器上)女尼妙玉接娘娘圣驾。(元妃)你们方外人不用行礼,我且问你,如何到此出家的?(妙玉)娘娘听禀。

【前腔】良家女,家门败,兼缘识字命途乖。袈裟一领是前生债。韶光快,只托钵沿门贷。一个女娃娃,焚香也吃斋,焚香也吃斋。月傍兰街,人傍莲台,清磬一声天籁。观自在,还我形骸。

(元妃)妙啊!出家人何等清净,正是难得,我们参拜菩萨。(拜介。妙玉撞钟,女尼作乐唱)

【前腔】如来佛,愿投胎,遍圆光,三千世界。散花女,尽把杨枝洒,无拘碍。空色里观音在,明镜洗尘埃。蒲团稳坐来,蒲团稳坐来。怜着他十二金钗,要算和谐,不过红尘几载。那似娘娘,占吉梦,喜气送宫槐。

(妙玉)请娘娘静室献茶。(元妃)不消了,倒生受你。宫娥门,把念珠一串给她,虔诚礼佛。(递念珠介。妙玉)谢娘娘赏赐。(元妃)好说。(妙玉)

【隔尾】你看她珠作胎,玉镌牌。阿弥陀佛!那就把她掌上奇擎免受灾。只这菩提呵,真捧到袈裟色坏。

（妙玉跪介）小尼送娘娘。（元妃）去罢。（妙玉下。宫娥）钟上已是丑正，请娘娘更衣，御驾回宫。（元妃）几年未曾到家，幸得半宵欢叙。心长语短，何以为情？（掩泪介）

【宜春令】长春院，锁绿苔，倦春风，侯门似海。重重帘幕，燕呢喃巢痕宛在。最难得，小雏认母尚投怀。只喜得，白华诗高堂二代。劝春回，一刻千金难买。

（太君）娘娘休得烦闷。

【前腔】宜春酒，灯月阶，老年人全家顶戴。天孙下降，四时中湛恩叠赉。平安福喜锡春台，帝王家寿延佛界。漫徘徊，宫欢常歌乐恺。

（元妃）孩儿就此告辞。（太君扶住掩泪介。老公）煞！排驾！（内作乐，宫娥排对。杂抬轿上。贾宅男女送驾。众合唱）

【尾声】凤阁龙楼漏点挨，只看这鱼轩翟茀生光彩，则还幸常例元宵省觐来。

（众同下）

灯　　谜

（老公四人、老生黄袍上）寡人侍宴回来，喜得海宇升平，时和世泰，满朝臣宰，矢志靖共，正是有截声灵光九有，无私德化奉三无。（坐介）今日元宵佳节，仰承太皇太后恩旨，六宫妃嫔，均得乞假省亲，真是孝治天下之至意。（旦扮元春宫娥同上。宫娥）凤藻宫贾娘娘在外谢恩。（老生）宣上来。（元妃跪介）妾贾元春谢恩。愿吾皇万岁。（老生）平身。（元妃）万岁万万岁！

（老生）你回家省视，家中各安好否？（元妃）容妾奏闻。

【刮鼓令】身傍五云楼，荷大恩，新年展亲。他一簇香烟拥护，喜盼到蓬门家近。双亲呵！感皇仁，拜至尊，虽则是鬓成银，看阶除扶杖，矍铄精神。情不尽，意频申，贪一晌，笑语是天真。

（老生）这也罢了。今日放灯佳节，我与你后宫游玩去。（携手下。宝玉扶太君，李纨、熙凤、宝钗、黛玉同上。太君）昨日元妃到家省亲，今早进宫谢恩，甚为喜悦，命我们今晚仍在大观园中续庆元宵，不免迤逦而行。（行介。女伶各执太平鼓、吹笙等新年景上）

【前腔】又是太平辰，女郎身，斑衣舞春。那一面画幡浓衬，那一面玉箫声引。闹纷纷，动紫尘，只落得笑颜温。那泥牛瓦马，十分簇新。春有价，乐无垠，贪戏耍，不怕阿娘嗔。

（太君）这小孩子们倒也有趣。你们到后头吃饭,再来顽顽。（女伶下。贾政、王夫人上）幸承国庆兼家庆,最喜新年胜旧年。母亲奉娘娘之命,续庆元宵,待孩儿们把盏。（定席介。太君）不消了。（太君正坐,贾政、王夫人陪坐,钗、黛下设一座,宝玉立于东,李纨、熙凤立于西。太君）今日家宴,须要快乐,取色子来,看各人彩头。（熙凤将色盆上。太君）你们大家先掷,我来收场。（各人立桌前,宝钗掷介。太君）这是锦屏风。（黛掷介。太君）这是天女散花。（李纨掷介。太君）这是珠围翠绕。（王熙凤掷介。太君）这是顺水游鱼。宝玉你来。（宝玉掷介。太君）这是万绿丛中一点红。（太君向贾政介）你该掷了。（贾政掷介。太君）这是四方金印。可喜呀,要升官了。（太君）我来掷了。（掷介。贾政）奇呀!是六个红儿,来来来,你们敬十杯酒,贺老太太十分洪福。（熙凤递酒介。太君）我吃不得许多,我将此福,分给儿孙各饮一杯。（各人饮介。生贾琏上）外头夏公公到来,说有话要见。（贾政）等我出来。（杂老公、四小监各执灯上书"怡红院、潇湘馆、蘅芜轩、稻香村"见介）贾老先,昨日娘娘回宫,十分喜悦。今日吩咐奴婢,将昨晚所改四处匾题,扎一彩灯,特赐悬挂。（四女伶接灯介。贾政）娘娘十分有幸。（老公）高兴哩。娘娘还吩咐,昨日哥儿姐儿所做的诗,各人写出摹刻上石,以作千秋佳话。（贾政）就刻起来进呈,老公公请外面奉茶。（老公）不消了,我还有事,请了请了。（下。四女伶将灯牌悬挂。贾政）禀母亲,夏公公来说,娘娘回宫甚喜,将园中所改题名,特赐彩灯悬挂。（旦扮小太监上）奉娘娘懿旨,昨见哥儿姐儿思路聪明,特做灯谜,叫他们猜。不用说破,写一条儿,候娘娘裁夺。娘娘还说,姐儿们如有灯谜,亦即缮写呈进一猜。（太君）妙啊!我们倒要细细一猜。（向贾政介）你陪着小公公外面用饭。（贾政、老公同下。宝玉跳出看介）南面而立,北面而朝,像忧亦忧,像喜亦喜。这是镜子。（熙凤）方才娘娘说,不要说明,你就这样大嚷大叫,静静儿的写罢。（宝玉、黛钗、各写介）我们都已猜了。（太君）拿上来。还有你们做的呢?（宝玉）可惜探春妹妹不在此。（探春上）星星夺取三分月,瓣瓣催开一剪梅。（太君）你为何来迟?（探春）在后头看放花。（宝玉）放的什么花?（探春）这叫做金盆捞月,玉宇流星,枝亚梢莺,花阴戏蝶。（宝玉）好名色呀!我们以此为题,作灯谜者,我是花阴戏蝶了。

【三楔头】莺帮燕衬,织就翩翩丰韵。翅膀融腻粉,圆斑霏彩云。祝英台近闹芳丛,浑未准,怕桃李春多栖不稳。对对迷花阵,香痕杂梦痕,火速烟消,是栩栩庄生凤世魂。

（黛玉）我是金盆捞月。

【前腔】催开云阵,觑得嫦娥瘦损。现匀圆小晕,写寒光满盆。玉颜偷印,捕蟾蜍,还细认。你道是秋水分明秋影孕,宝相空劳问,珠胎掬不真。撒手归来,只孤负了纱窗捉影人。

（宝钗探春写介。宝钗）

【前腔】云霄切近,迤逗星娥玉润。看风摇云影,春宵萤火痕。珠球萦迸,指长庚,三五分。

（探春）则是这二月黄鹂初啭俊,雏小娇声嫩,轻梭织未匀。娓媚枝头,那火云儿,也做出阳春一色新。

玉宇流星,是妹妹做的,我只做了枝亚梢莺半阕,也将就完卷罢了。（太君）你们都做完了,凤丫头,你也糊了灯儿,交小公公送进宫去。（婢女接灯下。熙凤）家中新扮骨牌灯,何不叫他试演一回?（杂持灯上。内打锣鼓舞一阵下。老公骑马灯上）方才咱到宫中,启奏娘娘,说哥儿们都猜着了,进呈灯谜。娘娘一一猜去,叫我把灯谜中花炮带了四种出来,未知可是四种否?（宝玉）都是的。（小监）告辞了,我要赶回宫去。（宝玉）有劳公公。（下。太君）这花炮倒也新鲜,你叫班中小孩子各派几枚,令他玩耍。（龄官等各放花。内打闹元宵。太君）夜深了,也该息息了。（各起立唱）

【意不尽】连天花月妆明镜,是一团春色,围住锦屏风。只落得岁岁元宵,常常受领。（同下）

卷　三

乔　劝

（宝玉跟茗烟上）今日燕九佳辰,我跟老祖宗到东府看戏,无奈戏文热闹,恶俗异常,逃席出来,想到北门外逛去。茗烟带马来。（茗烟）北门外冷静地方,有骗子的,不如到花大姐姐家去。（宝玉）有理呀有理。（上马行介）

【锁南枝】青丝鞚,白鼻𫘧,鞭影梳烟帽侧纱。迤逦去,问花家,款步寻春马。则看风随蹬,路转叉,待一笑迎门,消牵挂。

（茗烟）到了,我来叫门。开门!开门!（袭人上）是谁?（茗烟）是我茗烟。

宝二爷在此。(袭人)啊哟！为何宝二爷到此？(开门介)宝二爷为何到此？茗烟！你在外面吃茶,我与宝二爷暖屋中去。(携手介)你的手冰冷了。(坐介。袭人)

【前腔】想你青莎步,白板挝,玉带金鞍骏马夸。做春梦,忆春华,冷色知盈把。(将手炉递介)且熨冰寒手,暖云霞。何苦雪风中,长途耍。

(宝玉)你不晓得,自你回家之后,我终宵不寐,一日三秋。

【前腔】知你藏春洞,别有家,一味娇痴傍母鸦。谁知我久似倚玉兼葭,辗枕心头打。则索亲来迓,难放下。要你放灯初,归来罢。

(村姬红衣上)宝二爷来了,沏茶在此。(宝玉)这是何人？(袭人)是我表姐姐。(宝玉)请坐。(袭人)姐姐,你久欲看宝玉,试来看看。(村姬低头在衿上看介)

【前腔】天生就,茗琯华,小字分明认不差。(袭人嗑瓜子,村姬笑介,背面唱)恁春色上春牙,春昧春云砑。学得娇儿样,新破瓜,不应把两般儿,分开那。

(村姬)妹妹,你陪着坐者,我与你拿点心来。(袭人)有劳姐姐。(村姬下。袭人)二爷呵！

【前腔】天光冷,云影加,雪意冲寒待晕花。你趁着暮天霞,不要厮闲耍。你把红兜搭,手轻拿,你待放灯初,奴归乍。

(宝玉)你就要回来的嘘。

【前腔】莫声哑,漫嗟呀,自小双栖燕子家。手指掐,眼巴巴,不要言儿假。你把珠环戴,莲步跨,休待卷帘时,鹦哥骂。

(袭人)晓得的。我叫哥哥来送你回去。(杂花自芳上。袭人)哥哥,你好好同茗烟送二爷回去。(茗烟上。宝玉)你就回来。(袭人)你好生仔细着,不要吃惊受冷,去罢。(下。宝玉行介)自芳哥,你住的地方,叫何名色？(花自芳)叫花街。(宝玉)妙呀！

【前腔】花阴丽,花色赊,花意蓬蓬花影斜。我情愿做花,呆傍这娇花也,况那绯红袖,纤手遮。芳色闹花丛,闲情惹。

来此已是门口,哥哥有劳你,我进去了。(各分头下。丑丫头上)我的袭人姐姐,去了三四天还不回来,急的我们二爷,眼里梦里,只是想她。(袭人上。丫头)好了,姐姐回来了。(袭人)宝二爷回来了么？(丫头)在老太太上头。(宝玉上)袭人姐姐,你当真回来了,我同你到暖阁中去。小丫头倒茶来。(丫头下。宝玉坐床上,袭人横坐。宝玉)方才见的穿红衣的,倒也标致,惜不能挪到家中。

【前腔】香云腻,小嫩娃,恨不得小燕寻芳聚一衙。则看她心招飐,语啥呀,香茗晶盘托。则是我不便殷勤唤磕着牙,初度款佳人装文雅。

(袭人)她也是从小娇惯的,今年也要嫁了。(宝玉)哑!也要嫁了!(袭人)二爷,你难道拦得住她的?

【前腔】她前生定夫婿者,成就婚姻母与爹。要嫁了,不差些,也要熏兰麝,则待笙歌闹,送彩车。到其间,似花间蝴蝶度红墙,春归也。

(宝玉)这绮罗芳梦,都要散了。咳!(袭人)不但是她,连我的母,也要赎我回去。(宝玉)我不放你。(袭人)二爷呵!

【前腔】你思想,我的爷,虽自幼春风似若耶,争奈是主和奴,名分非关妾,况我文书活,也从来无半点邪。难道是黄鹂百啭苦留春,春留者。

(宝玉)我回了老太太、太太,不放你去,你也飞不过去。(袭人)这也难说。我又不是绝卖的,我爹娘来一求,只怕连身价都不要哩。

【前腔】贫家女,休怨嗟,一晌偷春傍着爷。又只怕惹羞多,被旁人扯拽,教我身无着,做甚者。只好叠被又铺床,今番且。

(宝玉)你当真要去哟?(袭人)我毕竟不是你家人,究竟是要去的呀。(宝玉起行搔首介)咳!不想这班女流,这样无情!听她言语,是只有去的理,并无留的理,这便如何是好!

【绣带儿】撇了罢,忍越越的生分比路花,多情燕子无家。伴孤灯,想着红绫熏被底,说些恩情话。无那,早知今日,不如休复咱。妒花风,霎把这彩云飞下。

只是我宝玉呵!

【白练序】如何安顿我,花落花开梦里过,越思想毕竟是人难作。君知么?杨花轻薄,只恐沾泥带水多。剩今夜凄凉明月,一渡银河。

(袭人)二爷休得烦恼,毕竟要留我,这也不难,只是难为了我。

【醉太平】蹉跎,怕越地风波,便烟欺弱柳,雨妒么荷。寒暄勤护,公子千金付我。真个,乔痴调笑着风魔,叫我尽生停妥。算将来说也嘶啰,傥然不说,如何是可?

(宝玉)你有说话,说嘘,说。(袭人)说了恐二爷生气。(宝玉)我有不是,打我骂我都使得的,说说何妨介。(袭人)

【红衲袄】一不要死和生,口内胡言只乱唆。一不要傍斯文,国蟊禄蠹将人唾。一不要弄香奁,把钿合胭脂色,满手搓。你若是猛回头,端可得圭玉磋磨。闺房福,能安卧,奴婢心,不唯阿,愿你谅我的真心本无他。寸肠呕断,叫一声的爷也,苦苦的温柔没奈何。

(宝玉)还有什么呢?(袭人)这没有了。二爷,你读书也罢,不读也罢,要在老爷面前,规规矩矩,装出读书模样,不致惹气,我们亦得放心。

【绛黄龙】爷呵!不是我琐碎烦苛,只因能够装腔,便道人儿可。这世家仪范,贤士观摩。只学这书房端坐,难道是声名难播。你看那风尘,是谁真个?把奴奴心头片石,不用费张罗。

(宝玉)我都依你,你可是不去了?(袭人)你若依我,我就断乎不去的了。(宝玉)这就好了,可喜也!

【前腔】几何,放去了奔月嫦娥。看她衾枕绸缪,慢慢蚕丝裹。听言言掩抑,种种思量,魂梦里晨钟喝破,还劳你把柔情款挪,恁多情似伊,有谁怜我?尽风流铜雀春深,锁定小乔窝。

(行介)夜深了,我们睡罢。(同唱)

【尾声】听更更点点,已到乱虾蟆。只不管真和傻,撑不去月中槎。如今海样恩情,到底是卿和咱也。(同下)

尘　　影

(黛玉上)香魂深锁画帘中,一缕春云一缕风,欲觅心情安着处,满庭又是落花红。我林黛玉,自从到舅母家中,今将二载。无情无绪,素怀不解相思,如醉如痴,闷坐真嫌无奈,仔细想来,如何是好!

【夜行船】影落天边何处吾?一丝风,曳出奴奴。愁向眉缄,病随骨紧,想比前生更苦。

我黛玉如何投生人世呀!

【香遍满】前生真错,翠丛生生抱萼趺,活活的将人儿要做。如今欲待不为人呵!难掏摸,前身是有无,天公何苦!毕竟要把人儿补。

我想前因,毕竟是何缘故?

【懒画眉】臻臻楚楚,身缚似蜘蛛。零零孤孤,心愁似鹧鸪。怜他心情吞吐,伤春难说伤心语。这踪迹,有个天上人儿想记着吾。

我想前生因果,梦儿中或寻得着哟。

【二犯梧桐树】甚根由,找得无?为什么将奴误?踟蹰,前生模样把今生觑。面目相逢,瘦得魂如许。万种心情奴问奴,莫不是今生把了前生负,越越地总要他凭据。

只怕我要寻他,他又偏偏不来。

【浣纱溪】灯前影,是小雏,我当初与你无殊。只怕他芳情也怕红尘阻,飞去蓬山紫阁居。人何处?想他踏破莓苔明月下,小魂儿似我糊涂。

我若说到前生事来,想也要细细告诉我。

【刘泼帽】旧根苗想不化鸳鸯上,曾向苦尘寰画美人图。你踪迹儿,小影十年余。我和渠姊妹呼,也要缕把衷情诉。

只恐说到伤心,也便惨楚起来也。

【秋夜月】那微躯,已受前生苦楚。奴今呵,偏无端送与牵愁谱。教他呵,深山深处和愁度。哪知我愁情难破,不管魂儿诅。

咳!你也要体谅我呀!

【东瓯令】俺寻遍汝,今番遇,笑我的形骸孤不孤?尽虔诚好痴向前生诉,可注定今生簿。你是活神仙,岂不识奴来时路!唠叨着,莫嗟吁!

你若不说呵,叫我又问谁来?

【金莲子】拜仙姑,刚寻来重重烟云,难道空归去。况此处相逢认得无?则奈何素怀转向旁人诉,似醉倒屠苏。

呸!我已降生尘世,难道还有前生的魂儿影儿呢。

【红衲袄】想则是小痴魂,已装入闷葫芦。想则是瘦香肌,冷葬泉台土。鬼揶揄,没地可寻渠,可不是捉搦影儿难安措。况那在土馒头,红尘梦疏?又我这粉骷髅,白杨路纡,道我的音尘何处也,恰比似明月前身怎捉摸?

咳!黛玉呀黛玉,你好不痴也!

【前腔】我只要做朦胧,不分派生死途。我只要恳愁魔,打破藏愁府。恨无端愁绪苦帮扶,浑不定来似春云一缕。我想沉沉闷闷的日子,不如痴痴迷迷的睡觉,倒觉得安闲自在。休说起梦邯郸,身世襟裾。只落得卧羲皇,风雨萧疏。则一枕希夷消冷趣,领受得红日三竿上碧梧。

(睡介。老旦尤倩姬、杂梦神上)欲教人间世,须识去来今。梦神!你把绛珠小草,引入梦来。(梦神引黛玉起立介)呀!仙姑在此,奴家稽首。(倩姬)绛珠仙子!你要寻前生踪迹,如何觅得着呢?我有宝镜一枚,借你一看。你先看反面,再看正面,便知端的。我去了。(同下。黛玉照镜介)这是小草一棵。

【隔尾】这莽世界,草草生涯聚一坞。既然搓就春风,因何不花雨助葭莩?则剩冷色青黄一半枯!

嗄!有人在这里浇灌。咦!倒像宝玉的模样,是越发奇了。

【朝天懒】难道潘令河阳学种锄,又到那无稽岭沁碧芜?猛抬头,识得髻儿梳。恁踌躇,怕空中活现双眸顾,着意端详细认奴。

我从正面照来,这有一女子,掩面而泣,难道是我的小影儿。

【前腔】是她无限的伤情,洒泪似珠。写我心中事,画不如。她由来镜光中,一个小雏娃,梦难苏,待我画图浅唤真真下,春怨春愁对镜摹。

这迷离惝恍的形迹,教我如何猜得着介?

【宜春令】菱花镜,芳草窝,问何人把连筒轻轻簸?怎生停妥?恨春风也忒会张罗。逗心情,只是因何?便对我泪痕未破。知么?待抱着镜儿一榻孤眠,细思量我。

还是睡去的好。(睡介。宝玉上)我到潇湘馆外,寂静无人,你听林妹妹,唧唧咕咕,梦中呓语,敢要睡出病来呀。

【前腔】她无情绪,引睡魔,没安放春怀婀娜。春愁堆垛,则长日年年无奈何!困恹恹梦把春驮,语喃喃梦将春锁,因何?因何是锦绣似的韶光,恁柔肠病裹。

待我唤醒她来。林妹妹!醒来!(黛玉醒介)我正好睡,你如何叫我?(宝玉)我方才听你梦中说话,不明不白,这是要睡出病来的呀!

【耍鲍老】明知泡影空波,也只要迷途能勘破。听他来摆播。不由他颠簸,只落得醉颜酡?意中人,休兜搭。幻中尘,须挣脱。镜中身,莫思索。奚落总由他,为什么一床幽梦和愁卧?

(黛玉)你哪里晓得我心事呀!(宝玉)你总不要睡觉,我们斯斯文文,躺在床上,说句话儿,你把枕头借我。(黛玉)枕头是我枕的,不能借的。(宝玉)我偏要借一枕儿。(黛玉递枕介)冤家,你去枕罢。(二人半睡介。宝玉)你自扬州来,我说一个扬州典故与你听听。(黛玉)只怕你编出来的。(宝玉)都实有的事。这扬州城外,有个黛山,山里有个林子洞。(黛玉)我没有听见这个。(宝玉)你在家中,哪里晓得外边的事?这洞里有个耗子精,到年底要些果子,酬神赛愿,样样都偷齐了,只少香芋。有小耗子精出来说道:我偷去,我会得变,变了一个香芋,一滚都来了。那小耗子一变,变出一个绝色美人来。老耗子精诧道:你说要变香芋,何为变作美人?小耗子精哈哈大笑,说道:我说你们没有见过世面,只认得是香芋,却不知林盐政的小姐,才是真正香玉哩。(黛玉翻身按着宝玉)我把你烂着嘴的造谎来编派,待我来拧。(宝玉)妹妹,我可不敢了。(宝钗上)你在这里说典故,也说我听听。(黛玉)不要理他,都是编出来的。(宝钗)我说呢,他连绿蜡二字也记不起,还有什么典故呢。宝兄弟,方才大嫂子约我们去说话,我与你同去,林妹妹一同走走。(黛玉)我不耐烦,你们去罢。(宝玉)你不要睡,我就来的。(同下。黛玉)看他二人竟自去也,撇我一人在此。

【滴滴金】俺魂儿殚,梦回时,擦眼摩挲。何处生涯?敢则是前生因果。亏煞你在岩阿,费尽闲功课。羞煞你莽垂头,笑并奴身坐。恨煞你霎时间,撇得奴心叵。浪游踪,烟云何处多?想情似杨花,杨花谢,尽恋着枝头较可?哪知他怎蹉跎?我的哥哥!笑他眉眼传情,把衣折儿撮也,可怜他只为那人一个。

(紫鹃上)小姐,因何在此纳闷,我们到园中散散心儿。(黛玉)使得。(同行介。同唱)

【意不尽】说不尽石盘根,草施萝,趁此时赶逐春风也,只教俺。一霎人寰在梦里过。(同下)

镜　　笑

(花旦扮晴雯上)我晴雯,方今大正月里,家家招朋呼友,聚赌耍钱,宝二爷不在家中,我到各处逛逛去。

【挂真儿】绮阁不教春色放,小梅香偷度回廊。曲转红腔,钱飞白打,描取新年景象。

我带了钱来,要向赌局中一耍,岂不是好?(下。旦扮麝月上)听鸡声,妆阁晓,一样为奴,那个衾裯抱。小鸟啁啾春树杪。孤对菱花,谁把娥眉扫。我麝月,向在二爷房中伏侍,倒也十分款待。今日袭人姐姐卧病在床,众妹妹们顽耍去了,只好在此看管看管。(坐介)

【太平令】一片风光,要把青衣扶绿上。侍姬也有天仙样,鸭炉薰暖且添香。

(宝玉上)为何你独自一人在此?袭人姐姐好些么?(麝月)姐姐好些了。(宝玉)那老婆子姊妹们呢?(麝月)她们睡觉的睡觉,顽耍的顽耍去了。(宝玉)你何不顽耍去?(麝月)二爷,你看这里,上有灯,下有火,袭人姐姐又病,叫何人照看呢?(宝玉点头介)听她说话,到也十分有理。

【前腔】三五雏姬,辜负心情他一晌,算来勾人春风账,教人难躲怎收场?我如今来了,你可散散闷去。(麝月)二爷来了,越发不用去了。

【前腔】检点茶汤,奴婢差使原一样,者番只有人儿两,春宵一刻一年长。

(宝玉)也罢,我早上闻你头发根儿痒,我替你篦篦罢。

【水红花】则落得俏黄昏,扶梦卸残妆,对银釭,几般情况。我想你拍牙床,小胆怯空房,试今番麻姑搔痒,摇曳着情丝千丈。绸缪今夕也,要思量。

(宝玉)你把镜台儿移来呀。

【前腔】你把这镜台儿,安顿向纱窗。启香奁,月痕初上,特为你放明光。背面细端详,觑檀郎庞儿相向,巧比似画眉张敞。菱花秋水碧,写鸳鸯。

(麝月)镜台在此。

【前腔】犹幸那趁新年,白打逐人忙,借今宵,玉郎偎傍。则一线小春光,鹦鹉莫提防,准销除三年痴想。暂镜里嫦娥供养,印来儿女态,影双双。

(宝玉)你坐稳了,我为你篦头。

【小桃红】我为你解青丝,一阵墨痕香。要防着郎情漾也,杨柳无心绿,绾得梦魂长。(篦头介)窣地的把春云放,影落潇湘。千梭雨,双环月,镜凝霜,腻得我柔怀涨也,这一度偷裹春妆,可巧的梳笼上。欲唤作小红娘,细与商量。

(麝月)二爷为何笑我?(宝玉)你也在镜中笑呀!

【前腔】我笑你嫩娃娃,小意会周方。这滋味春风酿也,鬟偏随手整,发短系心长。悄地里挂风流榜,打入衷肠。我替你梳了罢,乌鸦鬓,灵蛇髻,细端相。恐被那春风飐也,添这些油滑云肪,可称得新时样。我问你小行藏,肯嫁王昌?

(宝玉倚麝月肩上)我问你笑我为何?(麝月)二爷呵,余发如此,我见犹怜,一笑三生,其如良夜何?

【下山虎】我则笑书生放浪,名士轻狂。有多少销金帐,俊丫鬟,不准发放?我只知傍粉黛,画眉也郎,难道是侍巾栉,扫眉也娘?只为这邂逅能偷韩寿香。还要问今宵傥,傥被那觑破了今宵模样,黄莺唤得春情荡。

(晴雯上)我今日输了,还到家去,拿了钱来,再行捞本。(见介)哑!你们未吃交杯,先也上了头了。我去取钱去。(下。宝玉)这一群人里,就是她最磨牙。(晴雯悄上)二爷!谁是磨牙?(麝月)你讨本去罢,说甚磨牙不磨牙?(晴雯)我且让你一遭,回来时再行算账。(下。麝月)二爷,你听着这般话儿。

【醉归迟】探消息,搴帏上,禁丁珰,不轻放鞋帮响?为什么只把你我两人肮脏,难道教人去快?行径大老苍,不寻常,嘻一笑,意难量。(内嗽介。麝月)袭人姐姐尚未睡着,我们的说话都被她听见了。她口中不肯雌黄,心地里难禁暗想。听她嗽声儿三腔两腔,知那意绪儿愁长恨长,听唠叨越地凄凉。二爷呵!你今番好不痴也,我今番好不冤也!堪笑你小恩情春风太忙,说着我春风太狂。难道是温柔有乡,郎的意山量海量。则这口齿披猖,奴的意风凉月凉。

(宝玉携手行介)你休得多心。

【太平令】琐碎灯光,一派晶帘波影漾。教人偷学梳头样,阿曾贪窃女儿香。

(麝月)夜深了,看袭人姐姐去罢。(同行介。同唱)

【尾声】休惊慌,吠月尨,收拾起零粉残香。今夜儿记者,挽松云,托着腮儿枕边想。

闭门推出窗前月,不管他家是与非。(同下)

清　　波

(宝玉上)

【十二时】遣我作探花婢,被黄鹂唤起。桃靥羞红,柳眉殢绿,放春期。睡蝶惹春衣。况是他嫩寒天气。

痴云妒雨将春搅,飞絮落花多少。吩咐游丝绾了,莫放春归早。我贾宝玉。今日清晨早起,春光如许,意绪无聊。昨晚湘云妹妹,在林妹妹房中歇宿,我且迤逦行去,闹她起来,有何不可!(紫鹃上)宝二爷!为何今日来得这早?(宝玉)史妹妹、林妹妹可曾起来?(紫鹃)还睡着哩,不要惊她。(宝玉)我晓得的。(紫鹃下。史、林悄入帐介,宝玉悄入介)嘎!真个还睡着,我揭了帐儿一看。呀!你看湘云妹子,还是这样不老成,两膀搁在被外,明日又叫疼。我把杏黄被儿,替她盖上。(盖被介)

【针线箱】虽则是流苏帐花融暖意,难道是休禁那东风回避?撒得枕函边,堕马蓬松髻,露玉藕玎珑半臂。云卿呵!她海棠春浸浓滋味,怕冷透酥胸边嫩肌。心摇曳,睡醒也未?端揣着梦瘦香肥。

(再揭帐介)你看林妹妹,斯斯文文,裹着被儿睡也。

【前腔】则看那红绫被,轻才遮体,她瘦骨禁不起千重罗绮。料得懒伸腰,弓样弯儿细,恁娇卷春风有几?她酣容呵!俏遮将半面防人觑,似佯闭星眸儿等伊。芳兰气,口脂红腻,魂梦里万缕情飞。

(黛玉醒介)紫鹃!何人在此说话?(紫鹃)宝二爷在此。(黛玉推湘云介)醒来!醒来!(叫介)紫鹃,你请二爷外面逛逛,让我们好起来。(宝玉)我到外边走走再来。(行介。想介)我且躲在太湖石畔,窥他起来的情况,有理呀有理。(史、林暗下)。

【月儿高】钩弋拳堪拟,端相倍精致。香骨楞生锁,蜷曲春棉细。簇紧蕉心,透双尖,瘦笋掀泥起。云罗百摺缚得心儿碎,凑入单微,忍不住缠绵意。拘束得没撑持,逐层层不放春肥,可赤紧的装伶俐。(那绣鞋儿,更觉可怜也)

【前腔】一对对鸳鸯戏芙蓉,乱红翠。六幅潇湘外,朵朵迷烟水。窄窄鞋帮,有谁知,载得春风起。曳屣回廊立,月无声腻。划了香泥,浑不定将人倚。秋千愁踏琼梯,笑藏春不许花知。点几度丁丁地。

(宝玉)嗄!她竟起来梳洗了。

【不是路】雨泼蔷薇,绿树阴阴叫画眉。纱窗里,可有人叫我画她眉?尽迷奚,无言独立莓苔地。待搴起帘帏款步迟。徐凝睇,玉人漫比秾桃李。容颜如睡。芳华犹滞。

她们已经妆毕,我慢慢行去,说说话儿。(紫鹃捧洗盆上。宝玉)我尚未洗脸,这盆水借我一洗。(紫鹃)是洗过的了。(宝玉)洗过的才好,你且放下。(紫鹃放盆介)二爷真真淘气,难道女人的洗脚水都是好的?(笑下。宝玉)这水儿好不香也!

【前腔】冷沁香溪,掬得华清第一池。谁知是借春花气味酝芳肌?女儿闺,芙蓉露滴浓于水,似一镜溶溶浸落菲。由他鼻嗅来,宜醒还宜醉。梨花云里,梅花风里。

(紫鹃捧香盒上)二爷,肥皂在此。(宝玉)不消了,这水儿好不滑也。

【前腔】润浥心脾,露渍金盘滑又肥。多半是洗头盆嫩腻,落香泥。想依稀红黏粉颊三分泪,更白写酥胸一片肌。真流利,恰将人泥将人殢。油生云际,髓生山际。

(紫鹃)这水又香又滑,二爷何不当乳茶吃了罢。(宝玉)休得取笑。(紫鹃捧盆下。宝玉)我今日好不侥幸也。

【番山虎】犹想你睡意锁山眉,勾引芳情入梦飞。赚煞儿郎,从此日魂消矣。怜惜那藏头还露尾,被底认依稀。嫩含花蕊,柔紫柳黄。东风帘外捲,苍苔露未晞。令我心依醉,身如寄。生小识春迟,只恐还非。只恐还非,须倩得蜂儿报知。

我悄悄听听,何为绝无声息?噗!难道仍旧睡去了么?

【前腔】我只道小鸟语花溪,为报春风着意啼。难道是懒杨花,舒眼俊,眠难起?岂独坐伤神将口闭?现有两人儿无言相觑,深情自疑。一般无信息。旁人哪得知?今我神远企,心迢递,细想忒希奇。遮莫冥迷,遮莫冥迷,当泥着庞儿问伊。

(袭人悄上)二爷为何独立回廊,自言自语,你梳洗了么?(宝玉)我已经梳洗了。(袭人)这就好了,以后也用不着我们了,你既在此,我只好回避去。(下。宝玉)你看袭人姐姐,怒哼哼的回去,不知何故,这也不要理她。(小丫头上)二爷,我找了半天,倒在此处。老太太请二爷吃饭。(宝玉)等我合了史、林二妹妹同去。(小丫头)史姑娘、林姑娘早在老太太那里了。(宝玉)哑!她们早去了,我就来。(丫头)二爷就来,要摆饭呢。(下。宝玉)怪不得房中寂静,想是她躲避我,向后头出去了。

【前腔】莫不是妆阁晃琉璃,石畔人情暗卜知。我在太湖石畔看她的时候,或者她早看见我。那俊双睛见着我从她觑,把后面窗开才紧避。若果如此,我见她的时候被她奚落几句,如何是好?花语忒跷蹊,尽人调戏,有人自知。到那吃饭时呵!唯有遮面酒,佯羞与醉宜,令我难搭讪,无遮蔽,硬着老头皮。怎样支离?怎样支离?更拍遍胸儿笑痴。

老祖宗叫我吃饭,不能不慢慢前去,丑媳妇不能不见翁姑的。

【尾声】忒样无斟酌,惹得祸,无消弭。恨那闺阁丛中太警机,这烦恼愁魔,从今日起。(下)

藏 发

(生贾琏上)

我贾琏,只因巧姐出花,搬在外书房,一人独宿,好不寂寞,只等小厮来,玩耍一回。(旦扮俊童上)二爷何为一人在此,清清冷冷的。(贾琏)你来得巧,我因巧姐出花,搬在外边,甚属无聊,我几日不见你,越发标致了。今夜欲与你叙叙旧情。(扯介)你来坐在我腿上,说说话儿。(俊童)青天白日,二爷不要胡闹,我倒有巧宗儿,不告诉你。(贾琏)如何是巧宗儿?(俊童)常言道,妻不如妾,妾不如婢,婢不如偷。难道这偷字还不晓得?(贾琏)叫我何处偷去?(俊童)我不告诉你,你是过桥拆桥的,上回许我的金镯子,许我的衣服,至今没有见面。(贾琏退金镯子递介)好兄弟,我手上的镯子先送给你,你总要作成儿这件好事。(俊童)也罢,我先告诉你这女人模样,教你狂煞也。

【喜迁莺】二八青春,称桃腮杏颊,凝酥滴粉腰身。锁恨眉长,勾情胆小。对银缸百样妆鬟,况撩人憨态成痴,窥客酣容半醉。无赖甚,罗襟先解,下帘低唤亲亲。(贾琏)你倒是老在行,说得这样有趣。(俊童)你不晓得偷人的滋味与别样不同。

【前腔】特地防人,怕窗前属耳,画檐铁马缤纷。絮语难长,颤声渐短,喘吁吁。一霎偷春,比莺娇百啭才休。蚕里千丝更紧,忙疾里,幽期密誓,送郎未结红裙。

(贾琏)我还没有问你此人是谁的老婆?(俊童)这大厨房里有个多混虫,他的老婆叫多姑娘,倒是千娇百媚的。(贾琏)哑,就是她,你替我说说,我今夜到她屋里去。(俊童)如何谢我呢?(贾琏)这是不消说,总要谢媒人的。(浑下。贴艳妆,多姑娘上)哎哟,好日长天气呀,我在家中,沉沉闷闷,只得出来闲逛。招兄弟们说说话儿,消遣消遣。(俊童上)啊哟哟,多大姐姐,你在这里想心事,可是想我?(多姑娘)呸,你个烂舌头的。(俊童)多大哥呢?(多姑娘)不要说起他,说起,我就要恨。(俊童)这是为何?(多姑娘)咳,你不晓得。二郎神他忒粗蠢灌黄汤。日夜醉乡混沌,酒气熏蒸头打晕。鼾鼾睡去,臭味腌臜口喷,教我长宵纳闷少精神。恶姻缘胸头缄恨,意中人梦中来,可能几番亲近。(俊童)这也不要怪你,我有一句话说,你凑耳朵过来,我低低告诉你。(附耳介。多姑娘)当真的?(俊童)谁来哄你?(多姑娘)你就告诉他,今晚在屋内等他。(俊童)我先要抽个头儿的。(浑下)。(贾琏拿头发闻上)这等好香也。

【前腔】犹忆昨宵呵,昏黑中,她掩上门儿等信。怕人知,只向我低低问。绸缪情况,教鲁莽行为。未忍把青丝一络,翠葆藏来,密订三生准。最销魂,泥人丰韵。她更有好处,摊软如绵,香温似絮,真十分柔态也。

【画眉序】暖絮里轻云,似没骨花枝软还嫩。尽缠绵布被,越教柔润。困三春,懒学癫狂。酣一味,娇眠安稳。箇中情,被底思量,袖中发,枕边细品。这个发儿不可被人知道,也罢,我且藏在枕函,晚上再行拿去罢。我今番真正有趣也。(下。旦平儿上)今日巧姐花回,二爷搬来上面,要把箱笼衣服查点一回。(打包介)咦,这是一股头发,想是女人赠的,待我藏将起来。(笑介)二爷这倒是个把柄。

【滴溜子】漫说道,男儿事包藏的紧,看将来,比着女子机心迟钝。莽寻春绘出嬉春本,这事如真还只是寻常也,不碍风流品。怎奈全不留心,教人盘问。二爷我看你太粗心些,亏我搜将出来,倘被人观破,又要受一场闲气。(贾琏上)平儿,你在这里笑什么。(平儿)我自有好笑处。(贾琏)哑,这衣包都取进来了,枕函内有个信儿,我来取去。(摸介)哑,为何不见了。(平儿)恐怕不是你的信,倒是你的心罢。(贾琏)好姑娘,你看见了么?(平儿)没有见什么。(贾琏)好姑娘,你是好人,赏还我罢。(平儿)教我还你什么?(贾琏)你不要作难。(平儿)我今日得了宝贝说与你听。

【鲍老催】一拳束紧,枕函边结就相思印。剪奴发,剪不断情根。身挨近,唇微哂,亲芟鬓,旖旎煞春风。香味残膏晕,一搦纤华,试郎意,绾春准稳,只不由你蛮厮诨。你老实说与我听,我就给你看。(贾琏)这事瞒不过你,你给我看看。(平儿)站远些。(贾琏远立。平儿)这不是宝贝么?(贾琏要抢平儿藏介。王熙凤上)你们在这里说私话,好呀嘎,二爷的箱笼收进来了,少什么没有?(平儿)没有少。(熙凤)多什么没有?(平儿)不少就好,哪有多出来的。(贾琏在熙凤背后摇手介。熙凤)不是呀,只怕外面有女人送的汗巾儿、戒指儿。(贾琏在背后作揖介。平儿)我也这样疑心,逐样搜过,毫无破绽,二奶奶也看看。(熙凤)痴丫头,有要紧东西,他早藏起来了,难道叫人看见。我要问你前日花样,你拿出来,太太要看样呢。(平儿)这花样,前因鸳鸯姐姐要看,已送到老太太屋里去了。(熙凤)这没我就到老太太处招去。(下。平儿)今日的事亏我不亏我?(贾琏)多亏姑娘遮盖,感恩不尽。(平儿)你过了,仍旧是平儿长平儿短。(贾琏背面私语介)不如趁此机会骗她发儿出来,以免将来后患。(转身拍平儿背介)好姑娘,我日后叫你亲妹子,嫡嫡亲亲的奶奶,如何?我同你同坐一处说说话儿。(挽平儿坐介。平儿)二爷呀,你也忒不仔细。

【滴溜子】漫说道痴公子,烟花脂粉,算将来,不要供出风流底蕴。替遮瞒,央云鬟帮衬,倘露风声,浪说我牵春也。百口冤谁认,被那一个疑团从今张本。

(贾琏随手将发抽出藏介。平儿)好没良心,我好意将它藏下,你偏偏偷了去。(贾琏)放在你处,原是一样,只怕被人看见转为不美,不如取去烧了罢。(平儿)也罢,搁在我处万一被那人寻着,又说我传消递息,做了牵头,担惊受怕,你拿了去倒也干净。只是二爷,不是我说你呀。

【前腔】你是个家中督,还须安顿。为嬉春,岂少罗绮丛中云鬟?爱家鸡,觅妆台金粉,妙选良家,我姊妹称呼,也还好香肩趁。何苦惹月,招风不存身份。二爷,你看这种人身体腌臜,亏你如何近得她,你嫌伏侍人少,告诉二奶奶再挑几个,省得在外游荡,做出病来。(贾琏)多亏你一片好心,我也是偶然一遭,好妹子我到你房里去。(平儿)二爷你诨了半日,也须出去点个卯儿。(贾琏)我今晚到你房中来。(平儿)你不要说嘴。(同笑下)

续　　庄

(旦袭人上)真密绪,假虚腔,游蜂钻破碧纱窗。十丈晴丝留不得,背人红泪落双双。我袭人。好笑我们宝二爷,苦苦劝来,只是不听。昨日早上,即到潇湘馆梳洗,年纪又大了,叫人看见,如何是好?(坐介。低头作睡介。宝玉上)这屋里,黑洞洞的,尚不点灯,哑!她在椅儿打盹,待我推醒她。(推介。袭人作醒起介)推我什么?你横是有人伏侍,犯不着使唤我。(宝玉)你为何这般生气?(袭人不语介。宝玉)你生气自有缘故?(袭人)你不要问我,你自己想着罢。(宝玉)呀!她这丫头越发娇养惯了。我再去问她,又要唠唠叨叨,讨出一番话来,不如不理她,倒也干净。(转身介)姑娘!我以后再不敢有劳了。(袭人)我也不敢伏侍二爷。(笑下。宝玉)这班真是难养活呀!

【齐破阵】缱动助情小鸟,声声啼到花朝。栏外愁风,帘前诉雨,催送三春去了。坐柳黄鹂能解语,恼汝多言爱汝娇,东风何处敲?

我想人生烦恼,都是自己招出来的。(丫头芸香送茶上)二爷,茶在此。(宝玉)你叫什么?(芸香)我叫芸香。(宝玉)哪个题的?(芸香)是袭人姐姐题的。(宝玉笑介)他们字也不识,文理又不通,也要替人题起名来。

【刷子序犯】胡卢怎堪笑?斯文假面,月嘘风嘲,卖聪明,题花手段轻标。虚桴,太看得春风撩草,胡诌他。芸叶兰苕。雏姬十五发垂髫,厌排行,把小字逐香飘。

你本来叫什么?(芸香)我本来叫四儿。(宝玉)你以后,仍叫四儿便了,什么又是蕙香兰气的。你把架上的书,拿一套来,(芸香递书介)吓!倒是一部《庄子》,《庄子》之文,极有趣的呀!

【雁过声】灯挑,把玉虫掠放,趁光明特地推敲。无聊,庄生呵!和你梦蝴蝶,任栩栩儿一点窍。风驭逐轮尻,任逍遥,俯尘寰,人籁刁,调烟云紫未了。到其间不信人闲妙,忽忽地扣天门,将月叫。

(读介)绝圣弃智,大盗乃止,擿玉毁珠,小盗不起。妙啊!塞瞽旷之耳,人始含其聪;胶离朱之目,人始含其明;俪工倕之指,人始含其巧。真正奇绝!此等文章,乃天仙化人之笔也。

【倾杯序】奇妙,洒洋洋,意境超,把世界云烟扫。谢侠客豪襟,文人慧业,才女闲情,一笔勾倒。天知么?和天老。尽心机取巧,听恩雠还报。忒哗嚣,怕书眉浑沌亦心焦。

看书中所说,直是虚空粉碎,可见吾辈着甚尘魔也。

【前腔】知道,倚阑干,挪细腰,可谁是真容貌!况皓月窥帘,芳苔凝榭,细雨敲窗,乱把人搅。被有情,将情扰,待落花风扫,等垂杨秋老。认虚泡,风光已过海棠梢。

待我来续他几句。

【前腔】虚教,剔银釭,弄彩毫,笑偷取江东稿。便雏吓奇情,马蹄幻迹,鱼乐幽怀,别样新调。俊才华,难容冒,借仙心写照,画春闺逼肖。揾香醪,疏棂风雨续《离骚》。

咳!我想《南华》此卷,说尽世情,只未道及闺阁,等我来续它。(写介。芸香剪烛介)焚花散麝,人始含其劝矣。戕宝钗之仙姿,灰黛玉之灵窍,人之美恶,始相类矣。庄先生!庄先生!你晓得千百载后,有此狗尾续貂之人否?

【前腔】今宵,把闺情,细意描,悔占得春光早。甚一搦纤身,半星灵窍,十样娇眉,捏就烦恼。写愁肠,嫌枯槁。盼香云散了,剩香风缥缈。恁飘骚,杜鹃啼血莫魂销。

这不是我割去闲情,只由你们絮叨太甚,及至问他,又不肯说,此种情味,殊难领受。

【玉芙蓉】百舌聒晴韶,春色枝头闹。尽无端调侃,教人难料。低声只劝桃花笑,奈冷谈无言没口匏。倘再烦叨,更把烦叨话招。只忍住这心肠,水流花放暮山高。

妙啊!到此地位,六根具尽,万籁皆空,觉得此身竟跳出红尘之外,真十分爽快也。

【前腔】春长梦未消,只被红尘罩,仗驱情回剑,将魔除了。回头欲向天公笑,甚欲障愁罗布得牢。我乘罡风,心逐转云共飘。恁飞扬,青山历历水迢迢。

333

我还记得老子的话：三十幅，共一毂，当其无，有车之用，与佛家所说色即是空，竟是一般。即夫子之毋我，子思之无倚，亦无非空的意思。可见儒、释、道三家，竟是相通的。等我来各占一偈：(写介)你证我证，心证意证，是无有证，方可云证，无可云证，是立足境。妙呀，这才是大彻大悟也！

【山桃犯】是不落言诠妙，教色相真无着，细参详，只是无心好。则万派春情，不许遣莺花报。到其间呵，似长空鸿雁离仙峤，只孤魂一点直上云霄。

四儿！四儿！(四儿擦眼作醒介)在此。(宝玉)你看表上什么时候？(四儿)交子初了。(宝玉)也罢！把灯照我进去，你也去睡罢。

【尾声】听残更，但伴孤灯照。小形骸，只落得成枯槁。又怕柳外游丝还细袅。(同下)

园　　聚

(旦黛玉同紫鹃上)青灯孤坐读蒙庄，点滴三更玉漏长。明月溶溶转画廊，细思量，不是愁人亦断肠。我林黛玉。今日到宝玉房中，见其题壁，竟似风魔。等他来的时候，我倒要印证他一番。(宝玉上)林妹妹，到我那里闲谈去罢。(黛玉)我已经去过了，你壁上所题十分解脱。(宝玉)率意涂鸦，不免污目。(黛玉)你当真参禅，我还替你续二句：无立足境，方为干净。(宝玉)妙啊！这更进一层了。(黛玉)你要立足便着迹了。大凡禅礼，不在语言文字。参禅已是下乘，何况不能参透？人生在世，了即了，不了即不了，了即不了，不了即了，这等意思，你可晓得？(宝玉)妹妹！你的性情灵透，比我高百倍呢，我哪里想得到来。(黛玉)我也不敢谈禅，何苦白费此心。

【忆秦娥】轮回转，流光星点红尘旋。生生儿，踹着东风，芳心自展。芙蓉也要偷人面，啼鹃不准将花贱。随舒卷，荼蘼架底，春来深浅。

(宝玉)方才妹妹说的，了即不了，不了即了，有这等玄妙也。(黛玉)你若不了，即便是了，你若要了，便是不了，你可领会么？(宝玉)我已醒悟过来。(贴王熙凤上)我来报个喜信，你们要唱《游园》了。(宝玉)为何？(熙凤)方才小公公来说，奉娘娘懿旨，这大观园十分可爱，若无人住着，吟风弄月，未免莺花寂寞，山林笑人，命姊妹们都到园中居住。(宝玉)我呢？(熙凤)你是不能进来的。(宝玉)咳！偏偏我撇在外面！

【画眉序】花底着神仙，不遣凡人芳径转。正韶光似水，好梦如烟。那绮阁唤春不起,他画帘绣春成片。知难缱,人儿远,把花柳心情骤贬。

(熙凤)你不要着急,我已回过老祖宗说,宝二叔叔向在姊妹群中顽耍惯的,留你在外,未免孤寂。老祖宗已经许我,叫你一同搬进,可好不好?(宝玉)当真的么?(熙凤)谁来骗你?到二十二日,移房时节,便知分晓。(宝玉拍手介)这就好了。(熙凤)只是我要替你呼奴唤婢,设帐铺床,费多少周折。(黛玉)二嫂子当家人,又要费心了。(熙凤)我倒忘了,我替你找着姊妹们,商量商量,如何住法?你二人在此等我。(下。宝玉)妹妹!你住何处为好?(黛玉)我爱潇湘馆最为清雅。

【黄莺儿】围住碧云天,悄阴沉,燕语癫,湘娥惹得春风怨。粉痕几线,泪痕几剪,一枝斜掩桃花面。趁娟娟,纱窗写影,宜坐又宜眠。

你不晓得,屋后海棠一树,芭蕉数本,街排石子,路绕溪流,好不曲折有趣也。

【皂罗袍】春色海棠醉浅,做垂丝万缕,绾住芳年。芭蕉含语遮绿天,只心焦,风打蕉心卷。他羊肠径窄,苍苔腻妍。鸭头波绕,红英晕鲜,都教送入诗人选。

(宝玉)你的潇湘馆,是绝妙的,我要住在怡红院,那边与你又近,庭前花木,四时烂漫,屋子中十景窗儿,又极精致,好一派赏心乐事也。

【啄木儿】心荡漾,成散仙,万绿丛中红影绚,闲游戏,莺燕娇啼,向人宛转。恰正好,隔花不比天涯远。与你似东风已遭周郎便。还要挽着洪崖笑拍肩。

妹妹!你说这个地方好也不好?(黛玉)也罢!只是太浓艳些。(李纨、宝钗上)你们在这里商量,想是挑了好地方去了。(黛玉)我是要潇湘馆的。(宝钗)你才配做潇湘妃子。(宝玉)大嫂子你住哪里?(李纨)我是老了,要做老农老圃,稻香村大约人家不要的。我爱那田园景致。

【玉交枝】柴门踏藓,袅藤萝,挂得蝉联。唤归来,吩咐衔泥燕。绿阴阴,午饭牛眠。篱落幽花冷翠钿,隔溪吠影邻家犬。他一答柳桥爨烟,那一答杏帘芳甸。

(宝玉)地方固好,只是太冷静些。(李纨)你不晓得,人是冷静的好。所以风尘仕官,梦想田园,冷静最为有福也。

【玉抱肚】眼底浮云舒卷,好时光,林边水边。任波漂迹共萍轻,趁烟疏梦与槐圆。倚东风学懒,叹红尘中,何福归田。便一径桑麻老岁年。

只有一件,方才老祖宗吩咐说,我年纪又大,人也老成,姊妹们针黹,要我来教,宝叔叔在园,亦要我调度,岂不是难题目?(钗、黛、宝玉)将来都要请教大嫂的。(李纨)宝钗妹妹,你住哪里呢?(宝钗)我都使得的。(李纨)那三位妹子,并不见来,我们也要问问她住在何处,便好收拾。(钗、黛)是呀!我们同去!(李纨、钗、黛同下。宝玉)我将园中景色,摹写一番。(坐介。磨墨写介)那春日呵!

【黄莺儿】最好艳阳天,看韶光,处处妍,喉咙嗽了将春咽。茶蘼架转,莓苔径远,杏花衫子桃花扇。尽流连,踏青归去,弦索试秋千。

到夏天呵!

【前腔】最好落梅天,透秧针,冒绿田,雷声送与千峰变。轻纨试扇,新蒲抽练,鸣蝉噪树凉飔荐。尽流连,素馨戴了,香入鬓云边。

及到秋来。

【前腔】最好向秋天,采银塘,碧藕鲜,簟纹如水帘纹卷。流萤闪电,飞蛾扑面,霜砧敲动楼头雁。尽流连,穿针罢后,桂老月轮圆。

到冬日来,更有兴会也。

【前腔】最好薄寒天,曝朝阳,胜裹棉,夜长贪语残灯恋。炉香缕篆,壶冰凝砚,裁云剪絮冯夷炼。尽流连,貂裘拥着,薄醉要扶眠。

我将园中景致,略行摹写,做成一稿,与姊妹们看去,以便鼓她们的诗兴。将来可立成诗社,彼此唱和,岂不是好!正是酒宜少饮方成醉,诗要求传便不工。(下)

读　　曲

(宝玉携书上)帘幕云喋烟鞚,春事啼莺断送。惊起不成眠,闲把琴书手弄。如梦如梦,香气一肩瘦拥。我宝玉,今日一早起来,闲步园中,取了古人曲本,不免到沁芳桥,细细一路读曲。(行介)呀!你看残红满地,涸入污泥,花呀!你何狼藉若此?

【绕地游】风姿月貌,堕落埋香窖。也怕莺捎煞闹,踪迹飘摇。芳塘曲沼,似春闺芳魂替寂寥。

也罢。我把他掠在水中,由他飘飘荡荡,淌出闸去,岂不是好?正是:绿波千里送君去,明日一庭着手寒。(掠花介)

【步步娇】好韶华,容颜如人妙。逦逗春多少,过九十,暗香消。无主桃花,天台路杳,冷落杀沁芳桥。付清波,只当着金鱼钓。

这个石坪,极为平滑,我把《会真记》看来。(坐介。黛玉携锄上)你看落花满地了,宝哥哥,你在这里看什么书?(宝玉)你携这锄儿做什么?(黛玉)我要把花儿埋成香冢。(宝玉)我也把它掠在水中,看它荡漾。(黛玉)不如埋在一处,后来还可祭它。(宝玉)妙啊!(扫花埋介。合唱)

【醉扶归】你看艳生生,留恋那星昏月晓。不多时,枝头绿意绕。只可厌的,卖花声里玉人箫,伴春风吹得红颜老。作成他玉京香土奠香醪,只落得明妃青冢愁春草。

妙啊!这便是花儿的结果也。(黛玉)你看的何书?(宝玉)不过是《五经》《四书》。(黛玉)你别哄我,我倒要一看。(宝玉)你看这个《会真记》,真正锦心绣口也。(席地坐念介)落红成阵,风飘万点正愁人,这是此时光景呀!(同唱)

【皂罗袍】也有绣阁红娘通报,似这般都付与剩粉残膏。落花成阵最无聊,风吹万点芳情搅。红英满径,春痕也娇,红潮满镜,春魂也消。俏莺莺一样哭得春风倒。

(宝玉)你看《西厢》曲本,岂不是才人之笔么?(黛玉)我想才人文思,如何把闺阁幽情,摹得这般周致呀!(宝玉)这是元人曲祖。(同唱)

【好姐姐】老才人孤灯片字敲,将花管一枝香绕。蔷薇盥手,写闺情越样的描。无昏晓,他丰神曳出风前柳,意思描来雨外蕉。

(宝玉)是古才人,都是灵秀所钟,闲气而生。那《会真》院本,是元人所作。后来临川汤若士,演得《牡丹亭》一阕,虽只儿女柔情,倒也不落窠臼。那填词也是绝妙的,我递与妹妹看去。(递书介,念介)良辰美景奈何天,赏心乐事谁家院。这奈何二字,亏他想的出来。(同唱)

【山坡羊】没乱里如何是好?驀地里如何是了?哪禁得无限春苕?这花开花谢,都是那天公造!甚根苗,诉苍天,天亦老,只管教人看饱,不管教人闷倒!想香梦都抛,短韶光,逐春裊。难熬,眷东风,那处招。喧嘈,问东皇,何处教?

(黛玉)这"谁家院"三字,更说得迷离无迹也。

【山桃红】则听这秦楼彩凤何处琼箫,那答儿芳魂绕。认他家路遥,只仗着碧云飘,飞过了红墙怎高,问你的快赏心乐意饶。可恨你餐得春英饱也,则教我独立花阴弹翠翘。

(内吹箫介宝、黛起立听介。宝玉)林妹妹,你听他箫声缥缈,笛韵悠扬,不知在于何处。我与你迤逦前去。(行介。黛)这前面是梨园子弟教曲地方,我们只

悄悄听者。(宝玉唱)

【鲍老催】可不是善才未老,轻轻的琵琶儿拨动,把梁尘绕。小优伶,娇音百啭离窝鸟,则是板眼调。个中情,其中妙,这登场偷学得春闺俏。嫩娃娃,出落得太苗条,春情也要把东风嬲。

(黛)你听他唱的,就是《牡丹亭》的曲子,中有两句,如花美眷,似水流年,这八个字,十分情味,经他唱来,更加凄惋。

【绵搭絮】蕙襟兰抱,人影闹春苔。流水无心,赶得韶光去路遥。按歌腔,檀口樱桃。拨的我,字从心打,乡逐魂飘。一声声懊恼神情,玉板轻敲,愁绪怎消?

(宝玉)我们只管做诗,哪知古人词曲,才写得异样幽情,十分宛转。即如这两本曲子,都是对着今日景致,你我两人的情况。(黛玉)为何?(宝玉)这书中说的多忧多病身,倾国倾城貌,分明说着你我两人。(黛玉)宝哥哥!为何这样唐突?(宝玉)不是嘎!我是譬喻世上神情,岂敢唐突?(杂小丫头上)太太叫二爷到东府里去,各位爷都去了。(宝玉)也罢!我将曲本收起,待点灯时候,与你细细再读。妹妹,你也该回去了。(黛玉)你先去罢,我爱桥上石栏,再坐一回。(宝玉下。黛玉)咳!如此春光,百端交集,叫我如何是好?

【绕地游】东风可晓,劝把柔情疗。恐不比花能扫,长日煎熬。清波孤照,闷春怀无言付柳条。

(紫鹃上)小姐!你一人在此,可是听他歌唱?里头要晚饭了。(黛玉)晓得了。

【尾声】树梢头衔斜照也,剩有春云绕画桥。那蜂儿。怎匆忙去得早。

正是:流水落花春去也,天上人间。(同下)

侠　　赠

(生贾芸上)我贾芸。亦是东西两府近房子姓。只因家计萧条,饔飧不继,因此无颜见人,并未打算一条出路。你看近日弟兄们,谋干差使,捷足先登。咳!只是近来风气,非钱不行,即西府二婶娘,不但要人凑趣,而且要得实惠。叫我一双空手,如何设法夤缘?(想介)嘎!有了!我想端节将近,府中须用香料。我母舅卜世仁,现开香料店,不如赊它几斤送进府去,以为进身地步。将来派了差使,亦可叨沾余润。天色傍晚了,我且到母舅家去商量。(下。丑卜世仁上)半生混账又糊涂,熬过;穿衣吃饭破财多,开铺;老骚也要讨家婆,低货;若有傍人来缠我,蛮做。自家非别,乃京城里头开个大大的香铺卜世仁便是。向来也是油头光棍,东歪西缠。一个妹子嫁在贾府,我也时常去借贷,无济于事。哪里晓得我的运气来了,大前年,我在香料店内做小伙计,不到半年,东家一病而亡。我就开了多少虚账!写了几张欠票,细算起来,不但本钱没有,连店中欠账,不知有多少。彼时东家儿子年纪尚轻,怕我与贾府亲戚,不敢声张告状,白白的将一座香店让我开了。如今我也富了,贾家又穷了。我久没与他往来,大凡的人,若能瞒心昧己,何愁不能发财?(贾芸上)这里是了。(见介)娘舅,你倒没有出门,坐在家中受用。(卜世仁)你叫我哪里去?我辈这样穷鬼,到了人家,便讨人厌,只得在家挨饿罢了。外甥!你为何忽然到这里?(贾芸)外甥有一句说话,要同娘舅商量。(卜世仁)嗐说话?(贾芸)

【步步娇】则是外甥儿,生来没家计,难料理,苦憔悴。(卜世仁)你家里的穷,已是挂了幌子,人人晓得的了。(贾芸)衣食全无继,想要支持沾些微利。(卜世仁)你也大了,这是极该的。(贾芸)只为是没本莫轻提,恁空手,如何呢。

(卜世仁)不是我来说你,你家本是有钱的,只是乱花乱用,如今闹得钱也没了,儿子又长大了,你也忒老实,不会骗钱,如何过得?

【前腔】好人儿难得人心意,要生活非容易。到了富翁人家,也要会得凑趣,方可挨身进去。真是登场戏,花面装成,逢迎伶俐。等到下手的时节,也要大刀阔斧,斩他一下。赤紧的等那不生疑,弄虚花谁能避?

(贾芸)娘舅的话,说得一点不差。现在外甥有个巧宗,大观园里有多少差使,若谋得一两件,也可过活。(卜世仁)你为何不谋去?(贾芸)只有一件。

【剔银灯】要打秋风,还须土宜,投薄饵,钓他鲂鲤。(卜世仁)你去打把式,为何倒要破钞?(贾芸)母舅不晓得。那富翁虽则拥轻肥,他女眷还贪小利。(卜世仁)据你说来,如何想法?(贾芸)寻思,敢则为时乖运迟,只合借蓁芸麝脐。

(卜世仁摇头介)我活了六七十岁,还没处借钱,你到何处借去?(贾芸)借钱是难得。我看母舅铺中,香料极多,要借几斤,不出半月,即行送价过来。

【前腔】这觅余香,写明贷期,书几匦,贾芸封记。(卜世仁)我是小本经纪,况今年香料又少又贵,我是要应门面的。靠须微小本苦撑持,敢说个财源似水。(贾芸)娘舅!你香料是现成的,只是略赊一赊。(卜世仁)行规,你只要因公徇私,二十两罚例难欺。

来来来!你去看墙上贴的规例,是我等各行中新定的章程。若破了这例,不但要罚一本戏,且要罚二十两头,这是断乎不能的。(贾芸)既然如此,我只得告辞了。(卜世仁)你远远的来,吃了晚饭去。(贾芸)不消了。(下。卜世仁)这个畜生,瞎了眼睛。我卜世仁只有赚人的钱,哪有人家赚我的钱呢?好了!被我抢白他一番,看他竟自去了。我买的酒肉,与老婆快活去。(下。贾芸从西上,净倪二作醉态东上。贾芸)今日晦气,从母舅家回来,不料被他抢白一番。(与倪二撞介。倪二叫介)哪个敢碰我倪二爷?(贾芸)得罪了,是我。(倪二)听他声音,好像间壁小贾。(睁眼介)原来贾二哥,你到这个时候还不回家去,在这里做什么?(贾芸)一言难尽,听我道来。

【前腔】只旧亲情,渭阳可依,赊几许。龙涎獭髓。(倪二)你的母舅卜世仁,是我晓得的,向来靠你家过活,如今你也穷了,要赊些香料,这是一定应允的。(贾芸)你不晓得,哪知他硬着老头皮,说得我毫无情意。(倪二)他怎么说?(贾芸)支离,他说我求财怎痴,决不许分毫半厘。

我好好求他,反被奚落一番,你说可气也不气。(倪二)嗐!世间有这等没良心忘八,我倒气上来了。等我到他铺中,打得他雪片一样,试试我倪二的手段。(行介。贾芸扯介)二哥,你不要烦恼,你去打他不要紧,万一人家晓得了我说了话,我在母亲面上不好看。(倪二)气死我也!气死我也!

【寄生草】觍面无人理,贫穷百不宜。他一霎苦哀求,肮脏煞无廉耻。一霎逞豪奢,悭吝煞真鄙俚。反复雨和云,全不想酬恩义。你道世人占得便宜来,却不道是天公愁得双睛闭。

二哥!你看倪二,虽在这里独霸一方,细瞧世间的人,还是我们有些义气。

【前腔】豪眼旁观睨,无庸唾骂伊。那一个守财奴,假做作贫如洗。一个昧良人,强瞒隐门如水。无福受繁华,苦到白头而已。你看几家享到子孙来,枉辜负了丈夫侠骨英雄气。

老弟!你来!我褡裢内还有几两银子,这是利银十五两,你先拿去应用。(贾芸)二哥的银,我如何使用得呢?(倪二)不要笑话,我与你邻居相好,又不要你利钱,你有呢,还了我,没有,也就罢了。(贾芸收介)多谢二哥,这样情义,将来重重图报。(倪二)我今日吃酒回来,倒惹出气来了。

【前腔】酒态今消矣,雄情付市儿。想隐酒肆有毛公,屏车从迎倒屣。涤酒器是相如骑驴马旋乡里。世事莫须提,天许我曹腾醉。只要百年不放酒杯空,也不管他世情颠倒成儿戏。

老弟！我倪二是粗卤人,嚼了半天姐,都是不成说话。天色晚了,我还要到别处去。你告诉我老婆,今日不回来的了。(贾芸)晓得。(倪二)请了！请了！(下。贾芸)难得倪老二如此慷慨。明日买了香料,即到西府里去。不想这里倒碰见这个好人！咳！(下)

帕　　缘

　　(旦扮小红上)日长午倦线慵拈,燕子双双语画檐,独坐思量百事嫌,不成眠,绿荫娇憨四月天。我林小红。昨晚为宝二爷倒茶,受了秋纹、碧痕一场闲气,到睡去之时,恰恰遗了一条手帕,不知丢在何处,记得昨日曾向绮散斋走过,不免迤逦寻它。

　　【捣练子】曳一幅软烟罗,绣袖惹风多。恁时节,闲庭抛却何?

　　这个帕儿,女儿们拾去还好,若被男人捡了,岂不招人笑话！(生贾芸、丑焙茗上。小红欲下,焙茗叫介)红姑娘,这是本家二爷,不怕的。(小红点头飞眼介)嘎！是本家二爷！(贾芸问焙茗介)这位姑娘,是哪一房的?(焙茗)是宝二爷屋里小红姐姐。(贾芸)

　　【称人心】栽花工课,早活现花神婀娜,你看那软心儿已可。死要钉双睛,越教人无奈。(小红)二爷！你到此间,有何说话?(贾芸)昨日宝叔叔认我作干儿子。我要请安,不敢造次,烦姐姐先容道达。(小红)原来如此。(背唱)尽衣冠停妥俊书生,干儿要做心如火。还羞他好告诉我。(贾芸)倘干爷在家,还烦领进。休慢延俄,央着通名者,说小芸儿,做阿哥。仗着小红娘,能够么?(小红)我笑二爷,既做了干儿子,就是我家的小爷了,为何但认干爷,没有干娘?(贾芸)好姐姐,我就认你做干娘罢。(小红)啐！爷呵！我看你生小病风魔,权硬把干娘名坐。

　　(贾芸)干爷面前,还要你去一说。(小红)二爷！今日宝二爷到北静王府去了,看来回来得迟,你明日再来罢。(贾芸)我明日再来。(小红)你明日是要来的嚯。(贾芸)来的。(小红丢眼下。焙茗拍手介)二爷,你今日来得着哩。(贾芸)我要问你,我干爷屋里,到底有多少丫头伏侍?(焙茗)说也多哩,有体面的,如袭人、晴雯、麝月、秋纹、碧痕、檀云,这小红姐姐,尚且赶不上去。(贾芸点头介)这样容貌还赶不上去,倒也凑巧。

　　【白练序】团就醉香窝,尽玉镜台前晕黛螺。受春多。珠帘里,翠填红裹。

那小红呵！也怕愁绪难轻可,只紧蹙春山损翠蛾。倘无她,为何阑干一角,斜溜秋波？

等我明日再来,看她如何光景。(行介)咦！这是绣帕,不知何人丢下的。(焙茗)这就是小红姐姐的。(贾芸)好了,早被我红丝牵定她也。

【前腔】天女织云罗,这泪点斑斓汗渍多。手频搓。酥胸贴,甜香一抹。帕儿呀帕儿,仗你包着同心果,还想着花前袖口拖。认无讹,爱的兰心千缬,椒眼双梭。

天色已晚,我明早带花匠儿进来。(焙茗)你明日将花一种,就要结子。(同笑下。小红上)今日见芸二爷,眉来眼去,十分有情,我在这里毕竟如何安顿？天那！可能成就这番情绪也。

【前腔】情景更摩挲,羡絮语温存性气和。恁狂魔,心情逗,香闺闷锁,虽则春风人面躲,有这样牵情我的哥。莫蹉跎,他也祷愁月姊,缄恨星蛾。

咳！一番痴想,毫无把握,神思顿倦,独坐无聊,我且睡着枕儿,漫漫想他。(丑小丫头上)小红姐姐,外面芸哥儿领着花匠儿在山凹种树,上头吩咐,不要乱走。(小红入梦介。揭帐看介。生贾芸领着外山野子杂挑花儿上。贾芸指介)这一答要种桃李,那一答要种梅杏,那要苍松翠柏,他要书草寿藤,那一面是牡丹亭、木香架,这一面是辛夷坞、芍药栏,昨日画的图样,你们如式种去。(山野子)晓得了。(下。贾芸露出绣帕介。小红)我的芸二爷当真来了。(看介)这手帕儿,像是我的。(见介。小红)芸二爷！今日来得早,昨日的话,替你回过了。(贾芸)多谢小红姐姐。(小红)你的帕儿,哪里来的？(贾芸)我捡来的,不知哪位姐姐丢的,是我三生缘分呀！(小红点头介。贾芸唱)

【醉太平】情多,漾巫云一朵。似裙飞蛱蝶,雪叠香罗。知泪痕多少,月下花前,幽梦如何？(小红)红潮记得醉颜酡,揾来双颊,搓揉的嗽共绒花唾。酝酿着情波,那帕儿,梦因香压,心将恨裹。

(贾芸)这帕原来是姐姐的,我好侥幸也。

【前腔】因何,恁帕儿抛簸。想轻笼娇面,浅罩圆涡。冒东风无力,草色苔痕,黏定丝萝。

(小红)二爷休得取笑,生绡一幅薄痕多,牵情万缕,只留得香乳和香唾。失手落青莎,你就是槛移春去,廊将月堕。

二爷,你将帕儿还我罢。(贾芸)你住在何处？(小红)就在这里。(贾芸)我到你屋里去,我就还你。(行介。小红)这里是了。(贾芸)我有一句话儿,等说了还你。(小红)为何这样作难?

【前腔】揉搓,巧把腔儿作。恁奴家央煞,公子调科。试春闺春到,镜纹帘影,凭梦春婆。

(贾芸)溜钗落钿是缘多,尺幅齐纨,谁知道春色真无那?心事在心窝,只仗着,云罗三尺,冰媒一个。

(小红)二爷,你若还我,我就终身不忘你的。(贾芸)好姐姐,口出无凭,我与你对天立誓,来嚛。(拜介。同唱)

【滚遍】这芳情一点呵,芳情一点呵。仙宫月殿,冷逃去嫦娥,厮并的心如火。(起立介。贾芸唱)我眼也晙,鬓也摩,(小红)侍衾儿也拖,枕儿也挪,帕儿也弹。

(杂扮梦神嗽上。贾芸)不好了!外面有人来了!(急下。小红入帐介。梦神叫介)小红,你醒来!醒来!(下。小红起立介)嗄!原来是一场大梦,方才明明白白与芸二爷缱绻一番,哪晓得又成画饼。那梦儿好不做美也!

【醉太平】如梭,教梦儿先躲。记香肩并拥,玉齿微瑳。喜郎情款曲,语絮心绵,妆阁婆娑。梦魂一霎把春驮,唤奴醒也,双双的剩了奴单个,要怪煞风魔,情根未了,尘根已破。

咳!这也是前缘不能凑巧。我到假山旁边望他一望,呀!人也散了,一点影踪儿没有。

【尾声】只见那绿阴中。燕笑莺歌,则辜负没付托的娃娃无处挪。哥哥!者番梦里的恩情,则被你奚落煞了我。

正是人面不知何处去,桃花依旧笑东风。(下)

卷 四

魔 病

(净柳侠卿、正旦尤倩姬上。柳)八公草木迷春雨。(尤)六代楼台送夕阳。(柳)俺柳侠卿是也。(尤)妾尤倩姬是也。请了。我们云游四海,遍历十洲,今奉警幻仙子之命,来到金陵。你看江南江北,好不繁华热闹也。

【满庭芳】王气钟山,龙蟠虎踞,天分半壁神洲。大江东去,挽不道西流。笛弄桓伊,吹得斜阳瘦。无限春秋,说不尽兴亡旧恨,浩荡付沙鸥。

这也罢了。只是我们奉命而来,保护神瑛侍者,今被蚂蝗妖妇,勾摄生魂,则索飞去半空,救他尘劫。

【前腔】岁月梭轻,尘寰豆小,何曾值得懂愁。三生石在,生死托迷楼。冰雪仙心,大半消除够。粉窖香因,解不断风妖月魅,一霎假温柔。

(尤)敢问仙翁,这灾如何解脱?(柳)不妨。这宝玉是极有灵气,最能除祟辟邪,一向为酒色所迷,不免昏暗。只须将他玉儿拂拭一番,自然光明复见,疾病消除。(尤)妙啊!我们一同去者。(同下。丑马道婆披发仗剑带四尼姑执乐器上)我马道婆,昨日贾府赵姨娘布施银钱,要我作法,摄取贾宝玉、王熙凤二人生魂,徒弟们演起法来。(作法介,同唱)咕嘟咕,西边日月东边趄。噜哩噜!魔王夜叉一一听吩咐。一一听吩咐,咕嘟咕!噜哩噜!(道婆拍案介)喇!众魔神到坛听令!(杂四魔神上)道姑见召,有何吩咐?(马道婆焚来马介)你到贾府,把神针两枚,钉在贾宝玉、王熙凤二人顶门上,勾摄生魂,付与鬼卒,带来见我。(神魔)得令!(下。杂四鬼卒上。马道婆)你们勾到生魂,限三日内缚至坛前,不得有违!(鬼卒作鬼叫下。马道婆)作法已完,徒弟们收拾经坛,三日后必有效验,再索酬谢。(同下。宝玉同黛玉上)妹妹,今日天气凉爽,到我怡红院去闲谈。(黛玉)哥哥,你脸上烫的,已经好么?(宝玉)我已好了。(袭人上)舅太太到此,你不出去么?(宝玉跳起介)啊哟!头痛头痛!(高叫介)痛死我也痛死我也!(袭人扶住坐介。史太君、贾政、王夫人同丫头上。黛玉暗下。史太君)儿啊!你好端端的,为何就病起来?(宝玉睁眼介)我不是你家的人,快快放我回去罢。(史太君)看这光景,一定着了邪了!(史太君、王夫人哭介。王熙凤持刀上)我要杀!我要杀!(众丫头抱住夺刀,王熙凤躺倒介。贾政)老太太!不用着急!想是天气暑热中了邪气,且将宝玉扶至内室,请医调治。(史太君、贾政、王夫人、众丫头扶宝玉先下。平儿上)啊哟!二奶奶为何忽然病起来?(与丫头同扶介。熙凤坐介)拿刀来!(平儿)要刀何用?(熙凤)我要杀人!我杀的人不少了,今日索性杀个天昏地黑!(大叫介)好头痛!好头痛!(跳介)我的顶心,有个针钉进去了,你们拿把刀,将我劈开头来,取出了钉,快去快去!(平儿扶住介)妹妹们!你看二奶奶一味说胡话,必定中邪,我和你扶她进去,再行调治。正是:闭门家里坐,祸从天上来!(同下。柳、尤同上)你看这妖妇,已将贾宝玉,王熙凤二人生魂摄去,我

们急急赶上。(行介。同唱)

【朝元歌】苦被尘寰扣纽,妖星贯索收,魂魄挣难留。鬼判磨牙,下针脑后,不许将人宽宥。世路机心,谭笑兵戈成盗寇。暗地报恩雠,愁殃忽到头。

(杂鬼卒拖宝玉、熙凤生魂蒙头上。柳、尤拦介)你们拿他何处去?且放下他!(鬼卒拖住不放作鬼叫介。尤)这小鬼头儿,好无礼也!(拔剑斩介。旦仙童二人上上。柳、尤)道童!你将二人生魂送还贾府,我们随后就来。(仙童)晓得。(领生魂下。魔神上)你们何处邪魔,敢将我生魂放去。(挥兵器介。柳、尤腾空立桌上叫介)值日神将,为我速速降妖!(杂四神将上与魔神杀介。魔神败下。魔神变蜈蚣、蝎子、长蛇、结蛛上。柳将葫芦放开,冒出黄烟,魔神收伏介)众神将!你们将四个魔虫,压在无稽山下,不准放走。(神将)领法旨!(下。柳、尤)我们到贾府唤醒宝玉去者!(下。仙童带生魂揭盖面。熙凤先下。宝玉)呀!我沉沉闷闷,此身毕竟在何处也?

【前腔】愿影青衫依旧,家乡认得否,虚窍自悠悠。扇摺轻分,衣香徐嗅,可是怡红时候?叠水重山,一段春风将梦咒。何处觅归舟?倭迟道阻修。

(仙童)侍者不用烦恼,我们奉剑仙之命,送你回去。(宝玉)哑!这里不是我家中么?

【前腔】昨夜梦魂泄漏,歪缠禁不休,也算任仙游。魑魅风呼,魖魈月吼,一晌教人消受。剑客多情,摆脱凡尘忙抖擞。恩意谢髶虬,烟云望画楼。

(仙童)你尘限未满,今日送你回阳,日后再来迎接。(宝玉)有劳仙子。(同下。史太君上)外面有人叫唤,解灾除祟,救苦救难,快快请他进来。(柳、尤二仙上。见介。柳、尤)闻尊府有人抱病,特来解救。(史太君)敢问神仙,尊姓大名?(柳、尤)我们游方之外,并无姓名。(史太君)闻得神仙解灾除祟,还愿二位神仙垂帘一救!(柳、尤)咳!你们有绝妙的宝贝,可惜弄坏了!(史太君)是何物?(柳、尤)你们现有宝玉,取来拂拭一番,自然病体渐除。(太君递玉介。柳、尤)青埂峰头,晶莹夺目,几年不见,昏黑至此!(柳)

【前腔】石骨生成绉瘦,人世漫淹留,繁华不自由。缚向愁城,推开情牗。喜煞骷髅死守。越样光明,黑点星星霉颗透。苦劝早回头,心猿意马收。

(柳侠卿将玉递与尤倩姬介。尤)

【前腔】小字长生福寿,看得忒优游,能消几度秋?只酒郡云泉,巫山雨岫,百岁风光滑溜。梦去稽山,仙客琴筝鸾鹤奏。何苦羡公侯,蓬瀛有十洲。

345

好了！看这玉渐渐明透了，一月之后，自然病体复元，安稳如旧。（柳、尤）我们告辞了。（史太君）有劳二位大仙，请用斋去。（柳、尤）我们不食人间烟火，无烦费心，请了。（下。史太君）今日遇见神仙，宝玉一定好了。（袭人上）禀回老太太，宝二爷睁开眼睛，要吃饭哩。（史太君）这好喜也，我去看他。（同下）

饯　　春

（宝玉上）我宝玉向被病魔缠扰，一月有余，幸遇神仙搭救，残生无恙，忆我病中，众姊妹们时常看我，今病体全愈，不免移步园中，向各处款谢一番。

【黄莺儿】风色阁吟肩，病恹恹。一月缠，园林不识春深浅。荷心散钱，蕉心放笺，韶华暗被熏风转。问年年，莺簧蝶板，几度到花前。

（众丫头手持彩轿旗伞上。宝玉）你们今日，为何这般热闹？（丫头）二爷！今日四月廿八，交芒种节。花神退位之时，我们扎了旗幡，好送他去。（宝玉）有这般雅趣？

【莺啼序】送东君，凤纸鸾笺，装彩胜，花茵柳线。冷芳丛春事阑珊，都付与雏莺乳燕。我今日呵！梦儿中苦忆归家，那春呵！等不得也归心似箭。多半他生怕残英作践！

你们到何处去？（丫头）我们今日园中各处都要走到，还要棵棵树上，挂个红丝彩绸。（宝玉）妙啊！我同你迤逦行去。（行介。宝玉）

【前腔】闹枝头五色云烟，挂几处鲛绡鹅绢。赠芳名快绿怡红，可许我东风一面？春儿呀春儿！忒无情懒得回头，只不肯向人间消遣，有谁能劝得春光回转。

（小丫头提酒壶上。宝玉）这是为何！（丫头）今日饯春，须要灌他烂醉，然后送他回去。（宝玉）这越发有趣了，等我来奠酒。

【前腔】愿停骖暂向离筵，宜此酒敬陈不腆。想春情缱绻花阴，也不免泪痕满面。这酒呵！替浇愁一任蓬腾，只不许那情深醉浅，到还家应提起红尘作饯。

（丫头）我们到何处去？（宝玉）我到沁芳桥一带，次第饯去，转折而回，你们随着我去。（同下。黛玉、紫鹃上）我黛玉，昨晚到怡红院中，见宝姐姐已经进去，我屡次敲门，装聋不应，令我低徊墙角，独立苔阴，可不冤落煞人也。

【前腔】款闲庭早让人先，叩绣户有谁会面？慢延俄月地光明，哪晓得云阴忽变。教奴呵！尽冥落露湿罗裙，忍不住便阑干拍遍，细思量只忒把人儿轻贱。

咳！这是我无家的苦！紫鹃，你看檐前燕子，飞来飞去，想为觅雏到此。你把帘儿卷起，让它进来。

【前腔】上帘钩开放中边，哺几个藏窝婉娈。睇天边多少孤栖，赢得你双双美眷。燕子呵！语雕梁来去衔泥，泥住那到夕阳庭院，尽勾留好教这涎涎时见。

看它燕子回来了。紫鹃！炉内可曾添香？（紫鹃）添上了。（黛玉）

【前腔】爇熏炉篆缕晴烟，绕绮阁轻风细转。袅情丝一瓣心香，摇曳出这春魂如线。香儿呵！吐氤氲瑞鸭轻温，我和你把柔情漾展，趁飞扬只赶着韶光舒卷。

（内场打锣鼓介）今日外边为何这般热闹？（紫鹃）小姐，是饯花时节，外面热闹得很哩！（黛玉）咳！春已去了，为何这样闹它？

【前腔】喜春风脱却尘缘，熬得到消除前件。怎喧哗下界笙歌，还只要春光婉娩。哪知他瘦剪春容，也只怕为红尘苦劝，踏花茵试看这绿深红浅。

（紫鹃）外面饯春热闹异常，我们何不逛逛去？（黛玉）也罢。我到前日葬花地方，饯别一番，你在家中看它小燕，不要被狸奴捕去。（同下。宝玉上）今日饯春，倒也快活，只是没有到潇湘馆去。我从沁芳桥转过来，这也不远。（听介）何为有人在此吟诗？（点头念介）花开易见落难寻，阶前愁煞葬花人，独把花锄偷洒泪，洒上空枝见血痕。（又听介。念介）侬今葬花人笑痴，他日葬侬知是谁。一朝春尽红颜老，花落人亡两不知，啊哟！为何这等凄惋呀！

【黄莺儿】除却是神仙，送红颜泣杜鹃，似穿花蛱蝶深深见。春光几天，人生几年，人生只被春光骗。俏婵娟一腔心事，何处可流连？

我听这歌儿，一定是林妹妹的声口。咳！你何苦这样伤心也！

【前腔】未必了尘缘，向花坟，恨万千，子规啼血声声怨。花儿半眠，人见半旋。花儿也逐人儿颤。那天仙何时解脱，身世且熬煎。

我且前去问他。（行介）呀！这影踪儿都不见了，我且到潇湘馆去，慢慢地劝他。（下）

赠　巾

（外冯紫英跟仆上）我冯紫英，昨日下了帖儿，请宝二哥、薛大哥到家饮酒，为何还不到来？小厮们！你所叫的优伎可曾齐备？（仆）已在外面伺候了。（冯紫英）唤他进来。（旦蒋玉菡、贴女伎云儿上）老爷在上，小的们请安。（冯紫英）罢了,坐下。(向蒋玉菡介)你在王府,天天唱戏么?(蒋)时常唱的。(仆持帖上)贾二爷、薛大爷到了。(冯)快请!快请!(宝玉、薛蟠上。冯)为何到这时候才来?(宝玉问介)这两位是何人?(冯)这是忠顺王府里的蒋玉菡,这是名妓云儿。(宝玉)久仰!久仰!(冯)我们就坐下来。(各坐介。玉菡、云儿递酒介。薛蟠)云儿,你唱一个《绣荷包》我听听,唱得好,我们喝一大坛。(云儿唱完介。宝玉)如此吃酒容易醉,且无味,不如行一令儿,方有趣。(冯)你喝一令杯,我们大家听令。(薛蟠起立介)你们作弄我,我不入局,要走了。(云儿拖介)这有何难?停一会我还要说哩。(宝玉吃酒宣令介)如今要说悲愁喜乐四个字,却要说出女儿来,随唱一个新鲜曲子,还要席面生风,说一句书就完了。各位听者!女儿悲,青春已大守空闺。女儿愁,悔教夫婿觅封侯。女儿喜,对镜晨妆颜色美。女儿乐,秋千架上衣衫薄。(众人喝彩,宝玉抱琵琶唱介)滴不尽,相思血泪抛红豆。开不完,春柳春花满画楼。睡不稳,纱窗风雨黄昏后。忘不了,新愁与旧愁。咽不下,玉液金波噎满喉。照不尽,菱花镜里形容瘦。展不开的眉头,捱不明的更漏,呀!恰便似遮不住的青山隐隐,流不断的绿水悠悠。(唱完介。手拿梨介)雨打梨花深闭门,令完了。(众人说好。冯)该薛大哥来。(薛蟠)有有有。(咳嗽介)女儿悲。(又说不出介。冯)悲什么?(薛蟠)女儿悲,嫁了个男人是乌龟。(众人笑介。薛蟠)笑什么?难道女人嫁了忘八,倒快活么?(众人)你说的是,再说下句罢。(薛蟠)女儿愁,绣房钻出大马猴。(众人大笑)该罚该罚!(薛蟠)为何罚我?难道女人房中有了大马桶,就没有大马猴?(云儿)这是你该罚的!(薛蟠饮介,作醉介)今日你们好算计我,不行令了,不行令了。云儿,你拿了酒去,我同冯老大到前面空地方打一路拳,输者罚一大碗。(冯)使得。只怕大哥酒也不能喝,拳也不能打。(薛蟠)嗜说话,我是越醉越有力气。

(冯)这么我们就去。(薛蟠、冯紫英、云儿同下。宝玉挨蒋玉菡介)我要问你府内有个琪官,向来有名的。(蒋)这就是我。(宝玉)失敬了。敢问几岁到府的?(蒋)我十三岁进府的。(宝玉)今年青春几何?(蒋)十六岁了。(宝)咳!可惜他在府中。

【捣练子】雏出彀,便离窝,这十三打诨妆科,便供奉梨园花一朵。

(蒋)不瞒二爷说,我自小无父母,十一岁学戏,十三岁靠在王府里的。(宝玉)说也可怜!

【山坡羊】逞容颜,柳枝鬖鬓,乱年华,雨摧风簸。到侯门海样深沉,上场头学女郎婀娜。

这也罢了。就是那王爷难伺候呀！忒啰嗦,那得见笑呵呵,长则是曲罢酒阑难妥。他家人呵！看他一群乱魔,须听他咳唾,引进处,费张罗。延俄,下阶来,尖底靴。传呼,似灯前,扑火蛾。

（蒋）二爷！说的一点不错,我如今未成家室,耗在府中,亦无可奈何。

【步步娇】教俺那爱狱情牢何处躲,倒只想挨穷饿。那王爷呵！闲来便怒诃,博得懽颜,蓦然摧挫。况钻营,人想挣钱窝。趁牙唇,白眼睃,没依靠,如何可？

（宝玉）听你说话,不觉凄凉起来。今日并未带什么,有扇坠一枚,聊为持赠。（蒋）多谢二爷,我也并无别物,只有前日王爷赏的大红汗巾一条,说是暹罗所进的,送与二爷,略表下忱。（解巾介）二爷,你把小衣上松花色巾儿换给我罢。（换巾介。薛蟠上）你们酒也不吃,鬼鬼祟祟,在此干什么？你们同我到外头看打拳。（拖介。冯紫英、云儿上。云儿）薛大爷,你连输了三拳,喝了六大碗,看仔细罢。（薛蟠）你说我当真醉么？（作跌介）啊哟！被枇杷皮滑跌了。（云儿扶介,薛蟠吐介。冯紫英）薛大哥真醉了,我套了车子,送他回去。（云儿扶薛蟠下。宝玉）天色晚了,我们告辞了。（冯紫英）今日有亵。（宝玉）好说。（向蒋介）你府中无事,时常出来走走。（蒋）还要到府请安。（宝玉、冯紫英）请了！请了！（宝玉下,冯、蒋同下。袭人上）二爷今日到紫英家中吃酒,为何还不见回来？（宝玉装醉上。袭人）二爷回来了。（宝玉）今日有人来么？（袭人）并无人来。二爷,你的扇坠因何不见了？（宝玉）想是茗烟丢了。（袭人）只恐未必是丢的呀！

【风入松】坠郎当情意与谁和？扇底明珠抛堕。系双须记得灯前作,玉连环被何人解破？一味地逗着油腔哄我。飞去了,只由他。

（宝玉）这坠儿一定乘我醉了,被旁人偷去,明日再行查觅。（袭人）这又何苦来？二爷,你腰间大红汗巾何处来的？我的松花的呢？（宝玉摸介）啊哟！为何也丢了？（袭人）想也是茗烟丢的。（宝玉羞介,解红巾介）我将这红巾赔你。（袭人接介）这是腌臜东西,我不要的,替二爷留下罢。（宝玉）我已经醉了,你在外面乘凉,我先去睡了。（宝玉下。袭人）我的二爷,你把扇坠送人也罢了,不该将我的松花汗巾也给了人,如何是好？

【前腔】淡松花五尺趁风和。近女郎香麝涴,他频年帐底牵春卧。这时光便将春簸也,没揣的当作裙腰低货。轻贱煞,碧云罗。

（看红巾介）这条汗巾，异样轻柔，想是外国来的。（嗅介）这香儿不比泛常，想也是一个有情人呀。

【前腔】密层层花样似暹罗，醖得甜香细裹。那柔怀也把春风弹，染鲜红便樱桃萼破。哪禁得他一段牵情可，只闷煞没头鹅。

此巾不知何人所赠，待我收拾起来，细细问他。月儿上了，我也进去睡罢。（下）

负　　荆

（林黛玉上）莫诉心情愁燕子，且吟诗句教鹦哥。我黛玉。昨在上头，细心探听，闻得他论金论玉，十分热闹，眉来眼去，只是瞒我，教我坐也不安，立也不稳。咳！不知此身作何收场也！

【月儿高】天长日久，守着愁时候。眉心眼头，参得人情透。傲骨惊秋，忒沉闷浓于酒。谁能剖？金俦玉耦，无钗当卜筹。

我同宝哥哥两小无猜，情投意合，不料他的心情也就改变了。

【销金帐】明飞暗走，各样钟情有。假惺惺，强扣钮，说他姻缘巧凑，都来成就。孤负了一对鸦雏儿几秋。花未阑珊，冷放授花手。等闲消寂，消寂这绿云前后。

（宝玉上）我行到潇湘馆，看看林妹妹去。（见介。黛玉）你为何不去看戏？（宝玉）天气热了，我不去看。（黛玉）我恍恍惚惚，听见二爷大喜呀！（宝玉）有何喜来？（黛玉）我闻得有玉的，该配有金的，你既有宝玉，又有金麟，可不是前生注定呀！（宝玉背介）我的心肠，连妹妹不能晓，白费我一番苦意也。

【前腔】轻搓乱揉，不管人生受。这多年，劳伺候。知吾心儿也皱，梦儿也溜。满拟的小鸟花前还白头，肯放春云离出巫山岫。何人掉弄，掉弄得烟迷月逗。

妹妹，我与你嫡亲表兄妹，又是从小长大的，毕竟与众人不同，难道我待你的心，还不知道吗？（黛玉）你的心我也知道，只是有了姐姐，就忘了妹妹呀！

【前腔】环肥燕瘦，一种人生就。恋新知，忘故旧，只他无心开口，有心招手。比似我山外青山楼外楼，说起姻缘，便把神情漏。声声着急，着急煞鸾挑燕逗。

（宝玉）哑！你这疑心，只为金玉两字，我把这玉儿砸碎了，省得大家说起。（砸玉介。袭人上）二爷！你何苦如此？（抢玉介）你看这穗子，还是妹妹做的。

(黛玉立起,将穗子剪介)我白费了一番苦意也!(哭介)

【前腔】并州剪溜,割断情千缕。记从前,真刺谬,只知花儿也斗,鞋儿也绣。有几度泪眼将枯还泪流。(吐介。紫鹃扶介)小姐,你的药都吐出来了,手也冰冷,汗也雨下。(黛玉)亏你多情。绕我魂儿后,者般趣味,趣味煞病深愁够。

(宝玉哭介)妹妹,你何苦这样伤心?

【前腔】初三下九,花底频携手,没来由,开着口。怜他魂儿也抖,气儿也凑,说不出一段心情难出喉。金玉无缘,憎煞人胡诌。算来多事,多事那风媒月叟。

(鸳鸯上)老太太晓得你们两个在此呕气,叫我来请二爷出去。老太太还说,你们两个在此,为何不劝劝呀。(袭人、紫鹃)我们何尝不劝哩?只是一时劝不过来。(宝玉)妹妹,休得伤心,我去去就来。(宝玉、鸳鸯、袭人下。黛玉)看他唤了去了。还是有父母的能知疼热。

【风入松】只看那一窗竹影做新秋,恼虫吟,秋心逗。他去的时候,觑着我泪痕偷落频回首,防人笑羞脸低眸。哪知吾父母没扶持,寒灯厮守,忍着千般意,百般愁。

(宝玉上)妹妹,千错万错,总是我的不是,我赔个礼儿,不要这般固执。(黛玉哭介。宝玉哭介。宝玉)

【前腔】闪得我一腔心绪似穷鸠,恁支离,难参透。妹妹呵!容恕我无心唐突能将就。也防这雨紧风遒,病体瘦恹恹,半声微嗽。只愿你心儿放,泪儿收。

(黛玉将帕儿丢向宝玉,宝玉拭泪介。黛玉)你的心儿,我都知道,只是我自有我的心事呀!

【前腔】只恨我一身漂泊似浮沤,小雏儿,无人彀。可怜我一帘明月和秋瘦,风吹绉一半眉头。尘世纵多情,苍苔还厚,禁不起孤魂吊,梦魂勾。

(宝玉)你总放心,难道我是负心的吗?(黛玉)你说放心不放心,我不明白这话儿。(宝玉)咳!难道不明白吗?

【前腔】只盼到绿窗人静咏河洲,那些时,把心剖也有着相思树底抛红豆。寻沧海缥缈瀛洲,也要觅神仙,烟波云窦。难道是他生未卜此生休?

(王熙凤上)我看他们两个,到底好了没有?(见介)你看两个人,倒像是黄鹰抓住了鹞子的脚,都扣了环了。紫鹃,他两个赔了不是没有?(紫鹃笑介)已赔过了。(熙凤)真正似李逵骂了宋江,后来又负荆请罪,这也可笑,越越成了小孩子了。方才老太太为你两人,怨天恨地,你们两人跟我来,向老太太上头一走,让她

放了心罢。快走快走。(同下)

戏　　浴

(旦晴雯上)我晴雯今朝失手坠了扇子,宝二爷说了一番,又受袭人姐姐一场闲气,只得散步出来消消烦闷。

【忆秦娥】惭厮养,消除岁月真魔障。真魔障,风光如许,十分惆怅。云鬟无福,横遭谤。低头受得红颜涨,红颜涨,这翻愁闷,心头眉上。可笑袭人姐姐,益发屈煞了人呀。

【夜游春】忒把娇奴,调花侃月,由他仗。教人盘算,勾魂账莽行为,忍耐流簧肮脏。我且让她一步,将来必有事情落在我们眼里。天气好热呀,且到池边乘乘凉去。(下。贴扮碧痕,纱衫红裤高巧上)我们二爷叫我舀了水,在碧纱幮里,要我替他洗澡,这羞答答的,如何是好。(宝玉上)水已有了么?(碧痕)水有了。(宝玉)我和你一同洗去。(碧痕)你去洗罢,万一被人看见,又成笑话了。(宝玉)不妨的,你来嚄。(携手行介)

【画眉序】贴水戏鸳鸯,腻得波心红雨涨,正酥胸泻,滑粉乳流香,铺画板金钩巧阁试彩盆。玉唇低向春情荡,风流浪活泼煞云思雨想。(入幮阁窗介。晴雯悄上听介。碧痕)你闹得我满头满脸都是水了。

【黄莺儿】花影浸芳塘,蠢郎君没主张。蜻蜓醉倒芙蓉上,几回莽撞几回安,放十分滑迭难停当,紧钩腰洇脂渍粉,一半雨云乡。(晴雯听介点头介。宝玉)

【前腔】替你洗残妆,尽消停不用忙。画图学得春宫样,撒波曳桨沿流送舫,并头莲子随风飏。有情波,鹅儿拍水,点点湿银床。我们抹了起来,到前面柳下,乘凉去罢。(暗下。晴雯)可笑我二爷,假装斯文,动不动将人奚落,等他回来,我也要奚落他一番。

【啄木儿】游蛱蝶,书度娘。床前水,门帘前响。尽游戏这翻呵,莫怪人儿将伊嚄浪。只听那娇颤声声偎一响,六幅曳潇湘,兀自垂衣桁。瞒不过的蓬松堕晚妆。竹榻在此,我且坐坐乘凉。

【玉交枝】清飔细飔没心情,靠着胡床坐。将来端的吱吱响,怕牵缠,我自清凉。微嗅银屏茉莉香,抬头笑结蜘丝网。那一答缠绵话长,这一答神情暗想。(宝玉上)我同碧痕纳凉荷畔,不觉天色晚了,呀,竹床上有人睡觉。(看介)呀,你为何独自一人在此?(晴雯)你仍同碧痕妹子闹去罢,我喜欢清清凉凉的。(宝玉)你还为朝上扇子的事,气尚未消,我替你揉揉胸儿吧。(晴雯)二爷你也太偏心些。

【玉抱肚】假意久叨情况,教从头。越地思量,那边儿,怒脸娇嗔。这边儿,信口雌黄,恁花奴一样,俏分开,半霎炎凉,看热面和风冷面霜。(宝玉)不用说了,我同你洗脸去。(晴雯)罢罢罢,你自有碧痕妹子伺候洗澡,你叫她去罢。

【川拨棹】卿休忘,新浴风怀。试想,可不是温泉那厢,可不是温暾那汤,只隔住云钩月幌,合唤做波仙降,莫支吾弄虚腔。(宝玉)你还是一团气话,这扇儿的事,有何要紧,撕了不值什么,我有扇在此,但凭你弄坏了,不妨事的。(晴雯)我就撕了。(宝玉)撕了更好,我要听它声响。(晴雯撕介。宝玉)撕得好,撕得妙!

【玉山颓】听一声裂帛,翻成了甘州变商。吁溜溜鹣叫垂杨,忒楞楞雁起江湘。苏门啸响,恰比似缑笙清亮,怎凄切和悲壮,最难偿,嗤嗤一笑情掣纸条长。(碧痕上)你们俩人,在此说话。(晴雯)哎哟哟,活是杨妃出现了。(碧痕)姐姐休得取笑。(宝玉)你把扇儿给我。(向晴雯介)你再撕去。(晴雯撕介。碧痕)为何把我的扇子好端端的撕破。(晴雯)你俩人在柳阴底下,已凉够了,用不着这扇子呀。

【前腔】借梳梳杨柳,绾住了心情短长。乱春鬓将蓬髻来妆,遮羞颜将扇子来搪。金飚送爽,冷透的冰胎难养。只愿你花无恙,趁时光,秋风纨扇捐入女儿箱。(碧痕羞介。宝玉)你要扇子,只管在箱笼内取去。(碧痕)我可不要了,只是何苦白白糟蹋它。(下。宝玉)你把冰盆内的水果,与你同吃如何?(晴雯将盆放下。宝玉)

【月上海棠】冰盆饷,沉瓜浮,李波生浪,这甜情蜜意、玉液琼浆还怕他冻着?衷肠难为了许多酝酿。明月上,愁眉扫,闲情展,不许心凉。(晴雯)这果儿太凉,也吃得够了,我们进去罢。(携手行介)

【尾声】痴憨娇,怒浮云漾,笑今朝浑似捉迷藏,只喜煞,豁喇喇的秋声来指上。(同下)

画　蔷

(花旦扮龄官上)

【菊花新】庭前又见扫残红,瘦骨支离哪禁风?秋心细雨中,闪得我柳懒花慵。

　　我龄官。自小学戏,卖到此间,拘束住了,跳不出这圈儿去。日日闲愁闲闷,难以消遣,今日无事,向外边走走。这是一个坪儿,可以坐得的。(坐介)

　　【桂枝香】天生苦种,被人戏弄。挡银筝嗷响喉咙,没倚靠啾唧桐花凤。把奴奴葬送,把奴奴葬送。斜阳又向画栏东,悄惊心,树底西风动,秋老琵琶冷梦中。

　　咳!蔷二爷一早出去,至今还不归来。(将簪画蔷字介。宝玉悄上看介。龄官)

　　【前腔】爱他情种,怜他情重,管梨香院落溶溶,除却那不做巫云梦。俏伊人疼痛,俏伊人疼痛。蔷薇付与小名工,只簪化妙格钗痕动,印得鸿泥雪爪纵。

　　(宝玉)你看他的"蔷"字,画来画去,仍旧此字,想他意中必有所感。(下雨介。宝玉叫介)你头上都淋湿了。(龄官回头介)多谢姐姐,提醒了我。(抖衣下。宝玉)这阵秋雨,想是就晴的,我且在亭子内躲一躲。(行介)你看这个孩子,倒像是十二女伶里的,等天晴时候,我到梨香院细细问他。

　　【金索挂梧桐】心情一字中,补向苔痕空。花管摇春,只是花簪弄。把前行抹又涂,依旧写重重。画蔷人,为甚依样葫芦叠就得真烦冗。

　　难道他要做蔷薇诗,做不出来,因此写个蔷字。

　　【啄木儿】蔷薇露,盥手浓,为想题花啄句工。借银钩铁画针锋,将诗稿付与苔封。惜三分波磔埋山缝,更双声叠韵难成诵,意在烟痕土味中。

　　想也不是的,我只好行到前院,问那画蔷的意思。(龄官悄上眠帐内介。宝玉)外面静悄悄的,我一直到龄官房内去。(见介。宝玉)你为何白日睡觉,何不起来唱个曲儿?(龄官)我嗓子哑了,不能唱的,二爷你到外面坐坐去罢。(宝玉)哎哟!看他光景,为何这般冷落?(行介。贾蔷将雀笼上)二叔在此,请坐。我里头走走,即刻将茶出来。(宝玉)你干你的营生去罢。(听介。贾蔷)好妹子,你起来,我有好玩意儿在此。(龄官坐起介。贾蔷)你看这个雀儿,会得唱戏的,好玩不好玩?(龄官)你弄这劳什子,分明讥诮我呀!

　　【前腔】良家女,聚一丛,作戏逢场粉黛浓。锁金闺十二芙蓉,闲茶饭闷煞雕笼,恨梨香院是囚香洞,怎游蜂钻纸愁无缝?买他来小鸟啾喁笑话侬。

　　(贾蔷)不用它唱戏,叫它打个秋千罢。(龄官)你何苦这样弄它,岂不作孽?(宝玉听罢点头下。龄官)

【前腔】空仓雀,噪不穷,几度秋深拍遑风。被云罗一例牢笼。秋千架教得精工,看自将弦索知推送。叹雌雏也向人供奉,同是天涯一转蓬。

我今日又吐了血,看来病是难好的了,何不放此雀儿,略积些福?(贾蔷放介。龄官)

【前腔】高飞去,放出笼,欢喜心扶病骨松。听呼群飙举晴空,巢痕旧觅得前踪。算别来要诉经年痛,挣一星小命人还重,羡尔飞扬浩荡胸。

(贾蔷)你心中觉得什么?我请个大夫来与你瞧瞧。(龄官)你这一闹,又是惊天动地。况且这个病儿,不是医家能看的。(贾蔷)也罢,我扶你到后头去说说话儿,倒也闲静。(龄官)这便甚好。(同下。宝玉上)我昨夜向袭人说,多少姊妹们都与我相好,将来我死之后,她们的眼泪,淌成一片大河,将我漂去,又被风儿刮将起来,吹到无影无踪之处,就算我的造化。今日看蔷儿、龄官两人情况,这副泪儿要淌到那边去的。笑我一知半解,未能参透人情也。

【桂枝香】隔墙声动,隔花影弄,算天边明月还公,人间世便同床各梦。看他两人呵!眼波儿肯送,泪珠儿要冻,清明哭煞纸钱风,到头来不洒他家冢。各道恩情不道侬。

这样说来,便可看破一切。但人生在世,若尽行看破,有何趣味呀!只好痴迷过去。

【前腔】花娇柳宠,烟含云拥,闹红尘一味冥濛,由他去尽教人受用。语言儿笼统,人情儿懞懂,糊涂混沌没青红。落人身凭却天公弄,淡到斜阳影不浓。

左右想来,毕竟如何是好?(杂老妈拄杖上)这话如何说起?好端端就死了。(宝玉)老妈妈,你自言自语,说些什么?(老妈)二爷不晓得,那金钏儿投井死了!(宝玉惊介)怎么说,她当真死了!(老妈)自从太太打发出去,她号天哭地,闹了几日,不防备今早投井死了。(宝玉)你到何处去?(老妈)我告诉太太去。(下。宝玉搓手介)这事如何是好?分明是我害死她的。(泪介)这一腔泪儿,先要将她淌去也。

【前腔】一丝情孔,片时牵动,闷无端冷落残红,胭脂井把雏姬断送。想红颜心恸,想黄泉魂冻,嫩娃忒煞没心胸。一番儿苦恨从头涌,人到拼生便不庸。

我也不便去看她,只待到明儿再作道理。(下)

严 挞

（末忠顺王府长官上）我奉命差遣，寻觅琪官，不免到贾府一走。来此已是，长班通报。（长班）门上二爷哪里？（家仆上）何人？（长班）忠顺王府差官在此，求见大人。（家仆向内介）老爷有请。（贾政上。家仆）有王府差官在此。（贾政）道我出迎。（仆）老爷出迎。（长官）久耳鸿名，未瞻台范。（贾政）有劳枉顾，仰荷先施。（长官）岂敢。下官无事不敢轻造，只是奉命而来，有事相求，敢烦老先生做主。（贾政）敢问大人，有何见谕？（长官）这也是琐琐小事。我们府里，有小旦琪官，向来供奉王爷，十分周到。今十日半月未见回去，王爷教我寻觅。闻得外头人说，府上有个衔玉而生的公子，与他交好，藏在府中。为此求老先生转致令郎，将琪官放还，感情不尽。（贾政）有这等事？快叫那畜生来！（宝玉上。贾政）你个畜生！好端端将王府小旦琪官，引逗出来，藏在哪里？（宝玉）孩儿实不晓得琪官二字，想是传闻错误的。（长官冷笑介）公子不用隐瞒，若在府上，即可放还，以省访寻。若住在何处，亦希示知下落。公子若说不知此人，那红巾因何到公子腰里？（宝玉背介）啊哟！这是瞒不过他的了。（向长官介）大人不晓得他，现在城东紫檀堡，置了田地，买了房子居住，想他是在那里。（长官）这就好了，下官告辞。（宝玉悄下。贾政）有劳枉驾，辂裘尊颜。（长官下。贾政）气死我也！气死我也！（丑贾环上。贾政喝介）你野马似的，乱跑什么？（贾环）我原不曾跑，只因放学回来，看见淹死一个丫头，是以急急跑回来的。（贾政）嗄！有这等事！好端端谁去跳井？你们去叫琏儿来！（贾环跑下，四面看介。贾政）你们暂且退去。（贾环）老爷不用生气、我母亲告诉我，宝玉哥哥前日在太太屋里，拉着大丫头金钏儿。强奸不遂，太太将她撵逐，她赌气投井死的。（贾政气介）罢了！罢了！我这几年不管家事，弄得如此天翻地覆！（贾环暗下。贾政）小厮们拿绳子板子过来，将那畜生绑来见我！（杂二小厮同宝玉上。贾政）你们把他绑起，结实打来！（打介。宝玉哭介。门客詹、程上）老先生请息怒，今日且饶他一次，待晚生们细细说他，自然改过来的。看晚生面上，饶了他罢。（贾政）列位，都是你们平日赞他纵容，以致闹到这般田地，不知再要闹出什么大事来！如今人要劝我，我就把这顶纱帽交给他。（詹、程相觑私语同下。贾政）你们不中用，让我来索性打死他！（打介。王夫人、李纨急上。王夫人抱住板子介。贾政）罢罢罢！你们今日一定要气死我！（王夫人哭介）宝玉虽然该打，老爷也该保重。打死宝玉事小，倘或老太太一时不自在了,岂不事大?(贾政冷笑介)倒休题这话。我养了不肖的孽障,已为不孝,不如趁今日结果他的狗命,以绝将来之患!快拿绳来,把这畜生勒死!(王夫人抱住介)你今日苦苦的要弄死他,岂不是有意绝我呢?不如先勒死我,我娘儿们一同去!(大哭介)我的苦命的儿啊!若我珠儿在此,就打死一百个,我也不管!只是我也老了,单剩了你一个,我的苦命的儿呀!(李纨拭泪介。丫头)老太太来了。(史太君拄杖扶王熙凤、丫头上)先打死我,再打死他,就干净了!(贾政接介)大热天气,老太太有何吩咐,叫儿子进去就是,何必自己出来?(史太君)你原来和我说话,我倒有话吩咐,只是我一生没有养个好儿子,叫我和谁说话?(贾政跪介)儿子管他,也为的荣宗耀祖,老太太这话,儿子如何当得起?(史太君啐道)我说一句话,你就禁不起,你那样下死手,难道宝玉就禁得起了?你当日父亲怎么教训你?(太君掩泪介。贾政叩头介)老太太不必伤感,都是儿子一时性急,以后再不打他了。(太君冷笑介)你也不必和我赌气,想来你是厌烦我们,不如我们早离了大家干净,快快看轿,我同太太、宝玉回南边去。(小厮应介。太君向王夫人介)你也不必哭了,你如今倒是不疼的好,只怕将来还少生一口气。(贾政叩头介)母亲如此说,儿子无立足之地了。(太君)你分明使我无立足之地,你倒说起这句话来,我们快快收拾行李。(内应介。太君转身向宝玉哭介)你今日不知被何人绕舌挑弄,遭此毒手!(王夫人、熙凤)老太太不必过于悲伤,我们且把宝玉抬进去调养。(熙凤)丫头们!你把藤屉春凳子抬出来。(抬介。一同下。袭人掩泪上)今日宝二爷,不知为何遭此痛打,里头人多口杂,手忙脚乱,我只好出来,问明白这个缘故。(茗烟上。袭人)今日二爷打的时候,为何不进来告诉?(茗烟)我这时节有差使出去了。(袭人)你晓得老爷如何生气的?(茗烟)这金钏儿的事情,是三爷告诉的,赖大叔在背后听见的。(袭人)还有呢?(茗烟)我还听见忠顺王府里有个小旦,叫个蒋琪官,与二爷交好,王爷四面招他,十分生气。这句话恍恍惚惚,听见是间壁薛大爷放的火。(袭人)还有什么?(茗烟)更没有了,只为这两桩事。(袭人点头介)可巧这两宗事儿,凑在一时,你将来有何事情,倒底向里头通一个信儿。(茗烟)这是晓得的。(袭人)你去罢。(同下。宝钗上)今日这个事情,哪里说起?咳!宝兄弟!你若平日肯听一言半语,何致吃此大亏?(袭人上。宝钗)宝兄弟好些么?(袭人)如今疼得好些,已睡下去了。(宝钗)我有一丸药,最能解伤败毒,你替他敷上,包管三四日后,自然好了。我要问你,今日老爷为何生气?毕竟有人挑拨的。(袭人)这金钏儿的事,是三爷说的,还有一桩蒋琪官的事。(宝钗)蒋琪官的事,又是何人说的?(袭人不言介。宝钗)你我都是一样的,难道琪官的事,告诉不得我?(袭人)我也是听见外面谣言,说是你们大爷说的。(宝钗点头介)我们这个无法无天的人,自然必有此事。(宝玉在内叫介)袭人,这件事断不与薛大爷相干,你不要乱说呀!(宝钗)你看他打得如此,还是这般细致,怕我多心。姐姐,你好好伏侍他睡罢,我们也去了。(分头下。王夫人上)我去叫了袭人,要细细问她。(袭人上)太太叫我不知有何话说?(王夫人)今日宝玉的事我都明白了,只是宝玉在园中,我甚不放心。(袭人)论起理来,二爷也该老爷管管。(王夫人)儿呀!你的心倒同我的心一样。我问你近日宝玉在园中如何?(袭人)小的不敢说。(王夫人)儿呀!你有话便说何妨?(袭人)不瞒太太说,二爷倒是回家的稳便。如今年纪渐大了,姊妹们又多,与潇湘馆又近,我也是十分干系。(王夫人惊介)有什么不才的事么?(袭人)这是断没有的,不过我们糊涂想头。(王夫人想介)我的儿,难为了你,你好好伏侍他,将来不亏你的。去罢,咳!这个丫头,倒有些见识。(分头下)

题　　帕

(黛玉上)我黛玉因昨日宝哥哥被母舅痛责,不知因何缘故。昨晚到他院中,屋间人儿挤满,未便进去与他说话,教我一夜无眠。今清晨起来,想那处未必有人,不免款步而去。我昨夜呵!

【意难忘】竹摆云筛,渍泪痕点滴,逐节安排。月阴魂不起,花径梦难挨。愁不尽敲断金钗,更把不得敲尽更牌。恁徘徊,还挪将怯影抱着疑胎。

(立介)看他这个时候,也有人走动了。(薛姨同宝钗上)这里来。(下。黛)看宝姐姐进去了,她远远的来,倒先赶上。

【前腔】帘约风开,怎桃源路远,先赴天台。禁眠和蝶醒,破晓被莺猜。转尽了几处香街,便兜尽了几度香鞋。母和孩,怕慢移香去,赶送春来。

(太君、王夫人随丫头上,即下。黛)今日老太太,也是这样起得早哩。

【胜如花】低头去,郁闷怀,是哥哥活害。白头人,疼煞孩孩。想奴家,倘娘儿活在,仗慈亲,几分耽待。那诉寒暄,有个娘挨,那苦支离,有个娘偕。撇下形骸,揉得春光无赖,出落得一身无奈。争知我这样痴呆,谁知他这样和谐?

你看一起一起,渐渐散了,我眼睛红肿,前面进去,恐被人看见,又成笑话,且转到后窗进去罢。

【前腔】花阴底,转苍苔,把愁眉遮盖。奈双睛红溜难揩,怕前头鹦哥儿口快,凑旁人笑得哈哈。那曲廊儿偷着身挨,那后窗儿悄着声唉,费尽安排,落得一声妹妹,也不管是真是给。迎他面低诉幽怀,谅他心不似天涯。

　　(宝玉悄上坐床介。黛玉开窗进见介)宝哥哥,你今日好些了么?(宝玉)我好些了,昨日是装出来骗人的。(黛玉含泪介)你改了罢?(场中叫介)二奶奶来了。(黛玉欲挣脱,宝玉拽住,指眼睛急下。熙凤上)宝兄弟,今日好些了?你要什么,只管告诉我。今日老太太吩咐,以后老爷叫宝玉,须到上头告知,然后放他出去,你以后放心了。(宝玉)这就好了。(熙凤)我还有事,回来再看你。(下。宝玉)我受了打!人人为我攒眉,为我堕泪,打得好呀,打得好呀!

　　【不是路】竹板轻挨,飞舌星辰一度灾。无关碍,把花阴哭倒苦哀哀。更伤怀,知何人掩抑纱窗外?愁到旁人解不开。承宽解,猛苗条也抵春风卖。一般疼坏,一般愁坏。

　　咳!就是林妹妹方才看我,正要说话,忽然二嫂子来了,她便急急忙忙的回去,岂不得罪了她呢。

　　【前腔】无计分排,忽被闲人闯入斋。难迟待,她杨梅眼肿带桃腮。便丢开,想谁能挨到湘帘外?怜惜惺惺顾不来。轻分隔,知停留多少伤心在。那人休怪,何人耽待?

　　也罢!我把袭人支开,叫晴雯过来,送一块手帕儿去,看她如何光景。(晴雯上。宝玉)晴雯!你把这个帕儿送到潇湘馆,看她光景如何?(晴雯)这半新不新的帕儿,如何送得人呢?(宝玉)不妨,你拿去自然晓得的。

　　【前腔】越地疑猜,知她曾否笑颜开?沉如海,况绿云深锁小金钗,少人陪,劝情人暂把愁情耐,省得珠团泪满怀。无聊赖,这帕儿权作言儿代。他人尽揣,那人能解。

　　(晴雯)二爷说了半天话,也该躺躺。(宝玉)你下了帐儿去。(宝玉暗下。晴雯)我且到潇湘馆一走。(下。紫鹃上)今日小姐回来,一晌睡眠,至今未起,现有小丫头在此,我到窗外看看去。(晴雯上)紫鹃妹妹,你倒在此,小姐呢?(紫鹃)小姐睡眠,尚未起来。(晴雯)我二爷送个帕儿在此。(内叫介)紫鹃,你告诉晴雯姐姐,说这帕儿留着二爷自用罢,我这里还有。(紫鹃)帕儿不是新的,是半旧的。(内叫介)这便留下。(晴雯下。黛玉上)我痴迷睡去,不觉天色晚了。紫鹃,方才送来的帕儿呢?(紫鹃)在此。(黛玉)这条帕儿倒像我认得的,这也是何缘故?

【榴花泣】色丝黯淡,一半惹尘埃。孜孜认,费神猜。比似曾相识燕归来,想只系恋旧情怀。这泪痕还是点点滴滴,湿透鲛绡也。血泪难埋,似画图写得春魂在。细思量渍透罗巾,哪曾记得搵着香腮。

嗄!我记得了。这是从前我啼泣之时,他为我拭泪的,今送来还我,想是怕我堕泪,也当他在旁拭泪一般。

【前腔】并无人影,也算替奴揩,端端的送将来。他病中想到素心怀,只怕我泪满琼瑰。我想他好端端,为何要招人的闷,想是他要解我愁烦,故特地送来的。特要和谐,似无人自解香罗带。可知他忒样心思,还亏煞我想到头来。

也罢,我且题诗一首,等他来的时候,细与他看。(写介,念介)彩线难收面上珠,湘江旧迹已模糊,庭前亦有千竿竹,不识香痕渍也无。

【前腔】寄将密绪,检点旧诗牌,看细字两行排。怕袖中磨灭暗香埋,要花封稳阁妆台。好比猜枚,除那人不许他人解。尽留他一幅心缄,还试着这参透根荄。

紫鹃!你替我好好放着,不要损坏了。(紫鹃)晓得的。(同下)

尝　羹

(旦玉钏儿带小丫头上)有福之人人伏侍,无福之人伏侍人。我玉钏儿,前日我们姐姐金钏儿被宝玉调戏,太太撵她出去,时时生气,投井而死。我也痛念不过,日日为她落泪,不愿见宝玉之面。偏偏今日太太叫我送菜,咳!这个冤家如何是了也。

【菊花新】冷黄泉,何处把魂招,说起根由泪便抛。只缘春意挑,活生生,教香魂暗消。

行到此间,已是怡红院了。不免送将进去,回去销差。(宝玉暗上,袭人上。玉钏)姐姐,太太送的莲叶羹,教二爷吃的。(袭人)二爷在里头,你就送进去罢。(同进介。袭人揭帐介)二爷,太太叫玉钏妹妹送的莲叶羹来。(宝玉)妙啊!玉钏姐姐,倒烦你远远送来。(袭人下。玉钏)奴才罢哩是该的。(背坐介。宝玉)你吃了饭没有?(玉钏)你管我吃饭不吃饭?(宝玉)看她怒哼哼的,气尚未平,看来为她姐姐的事,这也不要怪她。(转身介)我看你因姐姐死了,忧愁不解,其实不干我事。(玉钏苦介)不是你,倒是哪个?

【出队子】烟花情撩,鸡舌含香暗地挑。待夫人醒来时,嗔煞太苗条。梦魂逐去也,啼声咽暮潮。投到重泉,飞来九霄。

（宝玉）咳！这不是我有心的呀！难道我晓得闹出事来的？（玉钏哭介）不管你有心无心，姐姐总是你害死的嚎！

【前腔】青衣年小，怎肯迷奚玉井跳？苦难言，拼着命儿抛。冤魂那处也，凭谁赋楚招。鬼语啁啾。声随雨敲。

（宝玉哭介）这原是我的罪过，她死的时候，我也替她号啕大哭，哪晓得她如此短见。

【瓦盆儿】投胎幻作娇娃，小命太轻飘，月痕井底难捞。恨她空闺胆怯，被鬼使神招。可巧的步香街，迷冤井，蹊跷。我细细想来，她也犯不着这样轻生也。虽则是辱语言，只由主母嘲。况不关名节，未被东风拗。直恁的活刺刺，苦生生，魂断了。比如告到森罗殿，也轻饶。

（玉钏）你不要花言巧语的来哄着我。（宝玉）不是呀，我来细细地告诉你。

【前腔】虽然事出前因，一半闹虚嚣。不过手足勾挑，也难桃花索命，把死罪轻标。还只是杖和笞，毛竹板微敲。姐姐你不晓得，这手足勾引的罪名，不过问他杖罪，你看我打得如此可怜也！忽喇喇两腿儿，连皮也带尻，刚则迟误了，这云鬟通报，只落得苦叫命，痛含冤，谁个晓？你姐姐在泉台下替心焦。

（玉钏立介）人家说二爷，最会哄骗人的，今听他说话，有情有理，十分可怜，倒是我错怪了他。（回身向宝玉坐介）二爷，你不要怪我，我是姊妹之情呀！

【榴花泣】双株梨雪，便一半春消。闹芳丛，恨寂寥。二爷呵！也知你不是有心挑，噪香甜舌，只是好心苗，天公知道。到后来呵！出落得玉貌花容人活跳，迷水怪灌得泥浆饱。这样凄清，柳弹花摇。

二爷！这种话不消说了。你看这个汤儿，都是荷叶莲蓬的样儿，你喝也不喝？（宝玉）你端起来，给我喝罢。（玉钏）我从来不会喂人的。（宝玉）也罢，待我起来，哎哟！（玉钏）冤家，待我送与你罢。

【前腔】撑持不定，苦绪透眉梢，怎呻吟，挪支腰。你来喝罢。（宝玉摇头介）这个汤儿，一点无味。（玉钏）这个还没味呀！他印来愁丝苦药把心描，银模小样，五味费烹调，尽生是好。（宝玉）实在毫无味儿，你去尝尝看。（玉钏尝介）我尝来是好的。只怕你病后腌臜将胃倒，思想要喉舌还烦躁，直恁长天冷腹虚枵。

（宝玉笑介）你既尝了，是好吃的了。（玉钏笑介）二爷，还打得不怕，还是这样作弄人。（宝玉）

【前腔】小姑尝去，樱口酝脂膏。喜沾唇，便春饶。你怕我打？倘然不打，怎能够姐姐到此。恁娇娥,此地共魂消。连番侥幸,长是打苗条,神仙引到。这都是顽话儿,你不晓得我想着你们姐姐,真是一心如割也。也则为是玉甃苍苔孤月吊,平白地苦把香魂叫,天上人间,一例无聊。

(玉钏)你倒底喝也不喝?(宝玉)不喝了。(袭人上)妹妹,你还没有吃饭,就在这里吃饭罢。(玉钏)使得。(同下。莺儿上)二爷叫我结个络子,我只好去走走。(宝玉)你来得正好,我要你打络子。(莺儿)要打什么?(宝玉)打个汗巾儿罢。是何颜色才好!松花色配什么?(莺儿)松花色配桃红。(宝玉)还要雅淡中带姣艳的。(莺儿)葱绿柳黄,倒也雅致。(宝玉)也好,只是如何花样呢?(莺儿)一炷香,朝天凳,象眼块,方胜连环,梅花柳叶。(宝玉)就是攒心梅花罢。(袭人拿线上)莺儿妹妹,线在此。(莺儿)这个活儿,也须两三天才能结完,我到家中做好送来罢。(宝玉)也罢,袭人,我今日好些,你扶我起来,暂走几步。(行介)

【尾声】俏行来,还只怕风吹倒,送羹来博玉颜一笑,还落得黄莺织尽绿丝绦。(同下)

绣　　鸯

(宝玉同袭人上。宝玉)我今日走得动了,向近处散步一回,不免神思困倦,要睡眠片刻。(袭人)病儿才好,也须将息将息。(宝玉睡介,袭人坐床边持拂赶蚊介)你看宝二爷已熟睡了,待我做起针黹来。

【月云高】黏红擘翠,猩兜遮腹背,穿绣线双双戏彩,不遣鸳鸯只。荇藻牵丝,恼煞闲鸂鶒。簇团圆准抵五铢衣。(穿针介)细绒飞,也只怕针儿稀。有这兜肚呵,便五夜鼾齁被半敧,两腋清风恰护脐。

(宝钗上)你在这里做活,这是哪个的?(袭人努嘴介。宝钗)这个天气,还要兜肚?(袭人)怕夜间秋凉,一不小心,就要冻了,不如哄他戴上的好。(宝钗)你也忒周到,怪不得太太说你伏侍得好。(看介)这个针线,绣出鸳鸯,实在细呀,亏你耐烦。

【前腔】縠纹细织,抹胸径尺,只看你凝神秋水,荡得烟波碧。交颈萦回,灭却丝痕迹。绣芳名,花氏小星题。你要拂儿何用?难道还有蚊虫么?(袭人)这里有一样小虫,从纱窗外钻进来的,最要咬人。(宝钗)这里花太多,大约是花心里钻出来的。细蠛蠓,偏招惹恋香闺。比似流萤巧坐衣,尘尾梳风待赶伊。

(袭人)小姐,你在此暂时坐坐,我外面转一转就来的。(下。宝钗依旧沿床坐介)我听见外面说,袭人姐姐要给与宝兄弟作房内人,这倒也罢了。

【懒画眉】画帘深约小雏飞,他花气肯压春风底。睇雕梁,已啄尽香泥。看她绣得这样细致呀!像生花熨帖更离披,直恁的妍华芳竟体。

哎哟!我就坐在她的地方,又替她做针线,不该呀不该!(黛玉、湘云悄上听介。宝钗)

【太师引】猛无端,错踏了鸿泥迹。坐将来,恰花光离即。下针头谱绣鹅绒,却好似丝丝补缉。恨脱身无计,被花阑逼。这里无人,又不便走开,如何是好?欲抛开,怕无人寻觅,难消遣今番局蹐。暂消停好交代,盼归来消息。

(黛玉指内掩口笑介。湘云)我和你到外边去,等袭人姐姐回来。(同下,宝钗打盹介。宝玉叫介)哪个说是金玉姻缘,我说是木石姻缘。(宝钗惊醒介)呀!你听宝兄弟梦中之语,十分奇怪呀!

【锁寒窗】猛不提防,他如此跷蹊,吓得我灵儿藏不及。似镜中掬影,盒底猜枚,揣不着的呓语呢喃,安心啯唧。假金缘就里真难必?乱疑团这般焦急。煞费狐疑,讨他奚落也,却为端的?

(起立介)丫头们都走开了,剩我一人在此,苦无意思呀!

【太师引】拿不定手中花,绣谱鸳鸯檄。单剩下一人儿,如何使得?并不是我有意来觅,迤逗那梦魂难勒?我想袭人姐姐,必定知其中缘故。他一晌如胶漆,这话儿,岂不识由来纵迹?也不怕你情辞妆饰,但启口难将此事盘诘。

(袭人上)小姐,倒烦你坐了半天。方才见林姑娘、史姑娘到此,可曾进来么?(宝钗)不曾进来。哎哟!我一人在此刺绣,并不留心,大约被她看了去,又要受些嘲笑。

【琐寒窗】巧形容,笑言咥咥,恁刁钻谐噱求间隙,看眼底眉头尖刻。不要人知,又要人疑,藏头露尾,悔我床头坐,为人顶替。飘瞥,由着伊偷看春色在琉璃,隔不断的画栏影里。

(袭人)小姐,不要多心,只是二爷睡了好半天,还不见醒。(宝钗)你到了何处去了,这一个时辰。(袭人)二奶奶叫了去,太太又赏了衣服,去磕头去。(宝钗)这话我倒晓得了,姐姐大喜呀!(袭人)姑娘,不要这样轻薄。(宝钗)我早听见的,昨日姨母与二嫂子商量,就在太太的月费内,每月分给你二两,以后凡两位姨娘有的分例,都给你一分,这也是极该的呀。

【红衫儿】看他渡头春水桃花楫,腰肢一捻,久锁住绣鸳鸯,把新人旧接。巧画双眉,稳教你今番亲切,卷流苏,唤醒仙郎,喜得那心重意贴。

（宝玉醒介）哑！宝姐姐也在此。我听见你们在此说话,为何就不说了。（宝钗）有天大的喜事,不告诉你。（宝玉起立介）好姐姐,你告诉了我罢。（袭人）好姑娘、好小姐,你不要说呀！（宝钗）这总要晓得的,说也何妨？（看宝玉介）这桩事只是便宜了你。（宝玉）我不明白呀！（宝钗）老实告诉你,方才太太叫她去,叫她做你房里人。（宝玉拍手介）可喜也。果然有这等事。（宝钗）她是并无金的,被你得了一半了。（宝玉）姐姐休得取笑。（宝钗）

【闹樊楼】玉郎情,不写金花帖,把一半疑心,从今昭雪。便梦呓惺忪胡诌说,倘奴家藏毒螯,有如明月。有神仙,暂向人间,破除金玉也,一段假思量团结。

（宝玉）姐姐你为何这样取笑？（宝钗）你梦儿中真奂落煞人也。（宝玉问袭人介）我梦中可曾说什么话？（袭人）我方才出去了,不曾听见,还问宝姑娘。（宝玉）我可曾说了话,得罪了人？（宝钗）你不曾说话,这是我顽儿。我坐了半天,也要到家中去看看母亲。（宝玉送介）姐姐慢慢儿去。（宝钗下。宝玉携袭人手介）你如今明公正道,是我屋里人,你前日还说要去,这时候飞也飞不去了。（袭人羞介。宝玉）

【啄木犯】你准备薰兰麝,消几度朝朝夜夜。记年前放春时节,篆炉烟重,教那心香爇。被窝云,便许那甜香贴。到后来,解不散的丁香结。母亲想早知道两人情切,多谢你苦哀怜着疼热。

（袭人）你倒不要快活,方才太太没有说明,只是半遮半掩的话。（宝玉）你放心罢。（同唱）

【尾声】奉慈命,并不比欲掩还遮,莫用花笺庚帖写。从头想,还是那时候试幻梦中耶？

天色晚了,我们进去罢。（同下）

卷　五

初　社

（宝玉上）我贾宝玉。今日因父亲奉命提学江西,在十里长亭送别。父亲吩咐,教我在家读书,只好把旧业温习起来。（袭人上）二爷回来了。三姑娘有个书信。(宝玉看介)哑！三妹妹倒这样有兴,要起诗社,这是极风雅的。等我到她那里,细细商量。

【卜算】秋意催人紧,佳句韶光引,倩娇娥花牒捉诗人,丐得诗人准。

(旦探春、宝钗、黛玉上。探春)你看,一个个诗翁来了。我也不俗,一请就到。(宝玉)这是极风雅的,我们鼓兴起来。只是一件,大嫂子不能做诗,最能评诗,须请她主坛为妙。(李纨上)你们高兴,要起诗社?(宝玉)方才正在此议论,我等诗社,须得大嫂主坛。(李纨)我也不大做诗,一切调度,都听我的主意。(众)妙极！(李纨)只是我来看诗,还须两个人张罗帮办。我想惜春、迎春两妹妹,也是不会做诗的,留我三人在外,为你烹茶涤砚如何?(宝玉)还是大嫂子主持,迎春、惜春两妹妹派管理记室,倒也各适其适。我四人就做起来。(李纨)据我看来,每月初二、十六两课,已就够了。只是风雨无阻,到我稻香村。笔砚自备,茶点由我供给。(众)怎好时常搅扰?(李纨)这也不妨。只是古来诗人,须起个别号,方为有趣。(众)请教大嫂子,即便题定。(李纨)林妹妹住在潇湘馆,就叫做潇湘妃子。(众)好极了。(李纨)薛妹妹,封她蘅芜君。(探春)我就是秋爽居士罢。(宝玉)我呢?(宝钗)你叫做没事忙。(宝玉)姐姐休得取笑。(李纨)你就叫怡红公子就是了。(杂抬秋海棠二盆上)这是外头芸哥儿孝敬宝二爷的。(众看介)好呀,倒是白秋海棠。(探春)何不就把海棠咏起来,叫海棠诗社,岂不雅致！(宝玉)妙呀！我叫他们取笔砚来。(丫头取笔砚介。李纨南坐,宝钗、黛玉东桌坐,探春、宝玉西桌坐介。李纨)既做诗社,不许交头接耳。(探春写介)

【玉交枝】重阳节近,冒西风,一色沿门。巧移栽细棵盈盈。一丛花叫起吟魂,看低亚栏干月有痕,蟾宫乍傅嫦娥粉。玩妍华秋光遍身,漫思量秋花佳品。

(李纨)三妹妹好敏捷呀！(探春)不成诗的。(黛玉)

【前腔】清芬远近,拥秋云,送到柴门。正杨妃浴罢金盆。谢素姨引逗香魂,便秋水清眸不辨痕,玉阶泪上湘筠粉。俊容颜阑珊病身,俏丰神清寒诗品。

(宝钗)你做得缥缈无迹,我是赶不上的了。(写介)

【前腔】芳踪初近,送花来,剥啄敲门。向墙阴移种瓷盆。写幽姿倩女离魂,红点丝牵叶背痕,胭脂羞煞南朝粉。傍雕阑娉婷细身,阁香闺神情细品。

(宝玉起立介)不好了,香要完了,我只好做急就章,罚作殿军罢。(写介)

【前腔】玉颜亲近,正寻思,半掩篱门。巧花奴泥护苔盆。斗芳姿最易消魂,更清露添沾玉泪痕,檀心巧晕芙蓉粉。澹烟光泥他女身,沁香肤定他仙品。

(李纨)等我细细评来。林妹妹的,浏亮浑脱,有神无迹。薛妹妹的,清辞雅致,叶背痕一句,写出海棠之神。三妹妹的,叫起吟魂四字,亦复惊心动魄。看来宝兄弟坐交椅了。(宝玉)这个自然。但是今日作了一首诗,意兴未尽,还求再命一题如何?(李纨)菊花开了,便咏菊如何?(黛玉)单咏菊花,有何趣味?我拟一题《问菊》好不好?(众)新极了。看你如何问法?(宝钗)我是《忆菊》。(探春)我咏《梦菊》。(宝玉)我学陶渊明《访菊》便了。(各坐介。黛玉)

【绵搭絮】郦泉仙种,何苦傍篱根。一样栽培,直待西风始出尘。对南山寄傲柴村,辜负却繁华芳讯。风得如人,兀自里淡到无痕,浑不向愁人诉梦魂。

(宝钗写介)

【前腔】去年今日,与尔结芳邻。盼煞归来。冷着黄衣记不真。诉心期几度逡巡,并未得还家准信。风紧秋苹,哪知道霜紧秋魂,只守到斜阳欲闭门。

(探春)你的忆菊有了,我的《梦菊》也有了。(写介)

【前腔】荣萸冷节,花事半因循。薄醉重阳,左女才华有梦亲。卷帘初也当探春,怕冷透西风寒鬓。灯老黄昏,哪禁我记得前身,但一味幽香阁瘦魂。

(宝玉)又是我交卷迟了。

【前腔】矾川一笑,几个访花人。倚仗迟徊,垫角巾欹冒雨频,对黄花觌面情亲。懒得问前程远近,稚子迎门。也费煞旧话温存,要索笑柴桑共一樽。

(李纨)这《问菊》《忆菊》都想绝了。问得无口可开,忆得无时可撇,真绘声绘影之笔。《梦菊》一首,写得迷离惝恍,无迹可求。细看起来,此三首竟是一时瑜亮。宝兄弟太板实了。我们拿这三首诗到稻香村去,煮茗焚香,大家评论一番,不辜负了今朝诗兴。(宝玉)我们大家去。(李纨)我就引道了。正是红颜题学士,秋色属诗人。(同下)

园 诨

(太君扶熙凤、鸳鸯上)今日天气温和,正好逛逛。(宝玉、黛玉、宝钗、湘云上)老祖宗今日高兴,这样早。(丑刘姥姥上)啊哟!老佛都到了!我说呢,上年纪的人,总起来早的。(太君)我们就在这里歇歇再走。(丫头送花上。熙凤)老老,我替你戴。(戴介。太君笑介)这是什么样子?你还不骂她。(老老)怪不得我头也晕了,眼也花了。(熙凤)多戴些好,这是临老入花丛的呀!(李纨上)请老祖宗朝饭,已摆在秋爽斋,晓翠堂已预备船只并女戏子,都在这里伺候。(太君亏你想得周到,我们下船去。(艄婆上请太太下船。老老)我跟着你们的船,在岸上走。(太君等下船坐介。女戏子在船头平坐唱介。老老跌介。众人笑介。太君)你们好好扶她起来,问她跌痛哪里。(老老立起介)我在田岸上走,天天要跌十七八交,难道这样娇起来。(太君)怕你躺在河里。(老老)我到河里,就洗了澡起来。(众笑介。宝玉)她在水里洗澡,倒好看的。(太君)胡说!(艄婆)到了。(太君等行介。艄婆女戏子下。熙凤)老太太,就在这里安席。(太君)老老傍着坐下。(各席地坐介。杂抬桌放介。太君举箸介)刘老亲家请了。(老老举箸介)这箸儿这样沉,我说一笑话。有个乡里亲家到了城里,城里亲家家里偏偏拿了一双极大极沉的筷子,乡里亲家就说大话,说我们乡里的比他又长又大,与他门口棋杆一样。城里亲家说是嘲笑他。刚刚有一只粪船摇过,城里亲家说道:你们乡里的脚有这样大?乡里亲家说道:这是没有的话。城里亲家说:大是没有这个大,臭是还比这个臭呢。(众笑介。太君)老亲家,不用客气,随便吃些什么。(老老立起介)老刘,老刘,食量大如牛,吃个大母猪不抬头。(众大笑介。老老坐介。老老)这个鸡子,这样俊法。(熙凤)这是才出壳的鸡子生的。(老老)怪不得我们村庄上有一个三岁的女孩子,生了一个胖大儿子。(熙凤)还请老太太行一个令,好吃酒。(老老)我是不会的,要逃走了。(立起介。熙凤拖坐介)这是要罚的,快拿大杯来。(老老)倒是木头的好,省得碰破。(熙凤)丫头把书架内一套木杯来。(太君)我要宣令了。(鸳鸯宣令介)酒令大如军令,不论尊卑,唯我是主,违了我的话,是要罚的。如今我说的骨牌令,先说第一张,再说第二张,合三张成一副。无论诗词古赋,须要押韵,错了便罚。(太君)我们只管行令,方才几个小孩子,赏她几样菜,叫她上来,唱几个小调儿听听。(熙凤叫介。女戏子坐地唱小调介。鸳鸯起牌介)左边一个天,(太君)头上有青天。(鸳鸯)当中是个五合六,(太君)六桥梅花香澈骨。(鸳鸯)剩了一张六合么,(太君)一轮红日出云霄。(鸳鸯)凑成却是个蓬头鬼,(太君)这鬼抱住钟馗腿。完了。(鸳鸯)该刘姥姥了。(老老装睡介。熙凤)我闹她起来。(将小锣在耳边敲介。老老醒介)二奶奶,要我唱什么戏,倒要罚你一大杯。(熙凤)为何在此装睡?(灌酒介。老老)我吃得醉了。我有一个乡下山歌,唱来听听罢,这不能像他们的好听的。(太君)这极好,随意唱罢了。我们也要听听。(老老拍手随意唱介。太君)唱得好,要敬一杯。(老老)我吃不得了。(熙凤灌介。鸳鸯)老老,要听令了,左边的是个人。(老老)倒底是乡里人,城里人?(众笑介。太君)只要编一句,像个人就是了。

（老老）我们乡里人，不过现成本色儿，姑娘姐姐休要笑话。（鸳鸯）中间三四绿配红，（老老）大火烧了毛毛虫。（众笑介）这是有的？（老老）什么没有！我乡里的毛虫精，有一丈多长，要吃人的。（鸳鸯）右边么四真好看，（老老）一个萝卜一头蒜，（众点头介）这倒罢了。（老老）句句真的，有什么不好！（鸳鸯）凑成便是一枝花。（老老横着脖子比介）花儿落了，结个大倭瓜。（躺倒介。太君）看她已经醉了，你们扶她睡下，我们也是个时候，大家可以散了。（太君同众人下。戏子吹打送同下。宝玉拽住黛玉、宝钗、湘云介）我们在此游玩一番。今日的酒，吃得雅么？（黛玉）很雅，只被一个老蝗虫闹得雅了。（宝玉）这个雅绰号倒也好，等我来赞她几句。

【黄莺儿】面目太朦胧，老蝗虫。咘得凶，肚皮凸出膨如瓮。咽残了哝，拍残了胸，周身横肉肥成肿，泪流脓。弯腰驼背，一个老龙钟。

（众笑介）赞的好，骂得好。（湘云）我也来赞她。

【前腔】心地忒悾悾，老蝗虫。喝得凶，甜醑只向唇边送。筋儿也红，腰儿也松，醉来只把双肩耸，眼迷濛。撒尿放屁，气息一般浓。

（宝钗）你们赞不着他，等我真正赞得她乐一乐。

【前腔】白发少年容，老蝗虫。俏得凶，（宝玉笑介）姐姐，赞她俏？（宝钗）这还不俏么？山歌也把顽腔哄。耳儿半聋，鼻儿半通，菊花插得头颅重，惹骚风。妆娇做媚，要赛玉芙蓉。

（黛玉）你们只写她的面目，还未曾说出她的性情。

【前腔】世味透玲珑，老蝗虫。刁得凶，百般妆点能趋奉。毒情似蚣，机心似蜂，上场便把人胡弄，这行踪。眉谈眼语，也算女奸雄。

（宝玉）这个就骂尽了女篾片子了。我们回去，大家写出，给姊妹们笑一笑，此时也好回去了。正是俗人谈俗语，恰逢秋雨送秋声。（同下）

品　　茶

（旦道妆妙玉上）书成贝叶鱼吞墨，烧得松枝鹤避烟。我妙玉，姑苏人氏。寄迹禅门。只因父母双亡，师父又经圆寂，因至贾府，在栊翠庵中修行。一生漂泊，只影伶仃。百八年尼，证得三清位业；大千世界，溷来五浊尘凡。喝棒晨钟，只有蒲团知己，阇梨午饭，遂成托钵生涯。亦是无可奈何，不免转生愁闷。

【薄幸】看经细省，佛爷呵！你把何人唤醒？我亦是前身明月，落下秋云片影。笑今生,迦叶花拈,梅檀香净,从头消领。听败叶敲窗,孤魂难出黄粱境。恹恹睡起,一树梅花孤耿。

昨日老太太领了多少人来,闹了一天,遂使鸽王避路,鹿女潜踪,难空穴垢之尘,几堕七心之妄。你看他一班趋炎附势之徒,婢膝奴颜,自鸣得意。咳!这尘俗中真无半丝情味也。

【前腔】凉炎情性,诣笑胁肩唯命。一到那西风晓月,只算枯槎眢井。世间人声色填胸,繁华系颈,亏他熬挣。尽残梦收回,钟声已到三更冷。作孽阎罗,百样教人替顶。

我想富贵之家,原难久住,只是离了此地,又无别处安身。昨日约了钗、黛二人,到此煮茗清谈,以消岑寂,因何还未到来?

【前腔】花盟约定,今日焚香烹茗。想只是勾留妆阁。未了脂匀妆艳。下阶行,杨柳支腰,芙蓉兜影,欲移还等。玉骨珊珊,还防雾湿云鬟冷。想得夷犹,难道要人敦请?

我等她片刻,只是不来,只好进去。道婆!倘钗、黛二位姑娘到来,即刻告诉我知道。(内应介下。黛玉上)昨日妙玉仙姑,约我同宝姐姐到她庵中烹茶话旧,咳!仙姑呀!你不晓得我两人心绪也。

【字字锦】浮云海上生,罩向东西岭,上有女萝英,各自秉情性。嗅芳馨,虽则笑靥逢迎,谁识两人行径?仙姑啊!你既要约我,为何复约了她?你还未必知她也。多情越多心病,风雅温柔,假意装名。娇舌也难凭,怜她举止端正。

我且在此等她。(宝玉、宝钗上。宝玉)林妹妹,你约了宝姐姐到何处去?(黛玉)你去不得的,不告诉你。(钗、黛同下。宝玉)妹妹不肯告诉我,我早已知道了。我藏在树林中,悄悄地去。(下。妙玉上)道婆!你把山门开了,有客来的。(钗、黛上。妙玉)好信人呀!果然到此。我伺候久了,请里头坐罢。(钗、黛)来得迟了,尚希容恕。(妙玉)好说,道婆烹茶来。(道婆将茶上。宝玉悄上)你倒在此吃茶,我也要吃一碗。(妙玉)你太蠢了。一杯为品,二杯已是解渴,岂有喝一碗的?(黛玉将茶杯看介)这是觚爬斝,不知是哪一朝的。(妙玉)《博古图》内说,是石崇的。(黛玉)真一件古器也。

【入赚】冰清玉映,想王谢风流齐整。堕楼人冷,犹留下春影秋波凝。后面还有东坡款识。试院供香茗,还将活火烹,蝶床眠去后,酸得诗人醒。逃禅人定,也比玉带山门持赠。

（宝钗）我的是"点犀盉"三字。

【宜春令】僧家钵,晕土青,字行行,蝇头细省。香霏鼻观订茶经,清泠四映。携茶具,螺杓犀罂,唤茶仙,沾唇味后。碧萝香,不是寻常饾饤。

（妙玉）你们尝尝这水儿。（钗、黛）这是五六年前雨水。（妙玉）雨水哪里有此清醇？这是五年前我在苏州梅花观内,取的梅花上的雪,只盛了鬼脸儿一坛,今日第一次试它。

【薄幸】溪桥云冷,小立袈裟人影。忆明月前村乍夜,碎把琼珠团迸。趁天明,霜压龛灯,风飘寺磬,禅心初定,借一树梅魂,雪痕交莹。冰壶净,清凉滋味,只许斟藏瓷鼎。

这烹茶的火候,益发要讲究,大约数沸而止,不可过老。

【前腔】松枝烟静,记取三分火性。候蟹眼圆浮泡影,似涧底笙笙响迸。莫留停,月色凝瓶,潮声沸鼎,炉边侧听,便倾泻中泠。鹦杯净涤盛仙茗,七椀茶痴,但遣鼻端香领。

（宝玉）我闻佛法平等,敬你两位,都是古董玩器,我就是这个绿玉斗。（妙玉）你不要嫌它,倒是时常用的。我还有一只九曲十环竹节根的大盏,你也喝不下一大海,不要白糟蹋了。

【前腔】竹根节劲,想得胸中畦町。凌霜千日孤高性,便刓得弯环曲柄,铁铮铮,雏凤棱翎,箨龙盘径,素心还挺,欲与此君盟。胸怀海阔吞难罄,绿玉奇擎,酬酢深深爵媵。

（宝玉）你玉斗原是好的,只是你们都讲奇古,所以倒低看了它。（钗黛）我们来了半天,茶也喝够了,不要妨她打坐功夫,可以去了。（妙玉）得使再来谈谈。（宝玉）你是爱洁的,昨日丫头老婆子站了一屋子,岂不腌臜这地方,我叫人抬几担水来,替你洗洗。（妙玉）这是极妙的,只不许叫他进我屋子。（宝玉）这个自然。（钗、黛、宝下。妙玉）今日品茶,极为风雅,亏宝玉还能想着替我洗这地方。道婆,等挑水来,叫他搁在外面。

【前腔】水流花径,了澈青莲座影。心头久贮无波井,一洗天空云净。涤尘情,慧拭禅灯,清涵佛镜,超凡入圣,教调水符灵。连筒试汲垂长绠。恶瘴顽魔,世上醉如酪酊。

（道婆上。妙玉）等他挑水的来,从佛殿上洒起,一直洒到我房中,都要洗得干净。正是：吸尽西江消俗虑,挽将东海涤凡尘。（同下）

理 妆

（贾琏同旦鲍老婆上）今日他们都在外边吃酒，回来想是不早的，我和你到房中去。（鲍）万一被人看见，如何是好？（贾琏）这回子戏未唱完，决不进来的，来嘘。（携入帐介。平儿扶王熙凤作醉态上）今朝老太太高兴，替我做生日，闹了一天，被人灌得希醉，只好回去。（听介）哑！里头有人说话。（鲍）我看你们奶奶，如老虎一般，二爷！你下个毒手，将来扶平儿为正，我们亦可时常走动。（王熙凤将平儿打介，撞门进介。贾琏同鲍起来走介。熙凤揪住鲍打介。鲍挣脱下。熙凤扭住贾琏撞头介）你为何要治死我，你倒勒死我罢！（贾琏）你这样撒泼，我就杀了你，偿你的命！（拔剑介，平儿挡介。熙凤绕场下。贾琏赶下。太君、鸳鸯上）今日看戏回来，正要歇息，不知外面因何一阵喧嚷。（熙凤急上，跪介）老祖宗救我，琏二爷要杀我哩！（王夫人东上，贾琏西上，王夫人喝介）你这畜生，老太太在此，还不滚去！（贾琏下。太君）你们今日毕竟为何闹起来的？（熙凤哭介）今日吃酒回去，听见屋子里有人说话，那淫妇说要治死我，扶平儿为正，她好时常走动。所以我一时赶进去，他就拔剑要杀我哩。（太君）为这点事，闹得这样。今晚住在这里，明日替你们调停。咳！吃了几杯酒，引出醋意来了。（同下。平儿同袭人上。袭人）姐姐！今日受了委曲，到我园中去散散心罢。（平儿）咳！我倒从来没有受此一场恶气！

【鹊桥仙】玉笙歌转，金灯采绚，蓦地狂风一片。不离半步可人怜，越越地将人轻贬。

（宝玉悄上听介，点头介。袭人）倒底这件事如何闹起来的？（平儿）我扶着奶奶进去，听见鲍二的老婆说，不如治死二奶奶，将我扶正，二奶奶不分皂白，就把我打起来，你说冤枉不冤枉？

【腊梅花】云翘半弹翠鬟偏，春愁不许流莺啭。何苦听人言，夫人学做，安心咒杀大娘边。

（袭人）这是二奶奶酒后，断不疑心你的，只是后来，二爷何故拔剑追赶呢？（平儿）后来呵！

【瑞鹤仙】酒色一填胸，猛推门，双扇银杠未键。二奶奶见了鲍家，就打起来。二爷一时气上心头，拔剑追赶。我又是气，又是吓。教奴满身寒颤，掣秋水芙蓉，雌雄剑旋，陡截香肩，早则被春风劝转。我的二爷，还说我帮着二奶奶，要打要骂。甘心做小,殷勤伏侍,越样作践。

（宝玉低头介）我听她言语,十分苦楚,我进去劝慰她一番。（进见介）平姐姐！今儿受了委曲,我替哥哥赔个不是罢。（平儿笑介）这事与二爷什么相干？（宝玉）兄弟们的不是,总是一样的。哥哥得罪了人,我也该替他赔个礼儿。（袭人）二爷,你晓得,是我们做小的下场头呀！

【宝鼎儿】一张花券,赚蓬门弱女,闷牢愁圈。冉冉心只许低头,涔涔泪哪容拭面。驱得玉颜腼腆,也只当讥弹消遣。想吾后日呵！随大妇鞋跟,半前半褪,花魂细转。

（宝玉）平姐姐方才好些,你偏偏兜她气上来。你看她头发蓬松,你何不把镜台来,替她梳好？（袭人）这话倒是的,姐姐,你坐在妆台,我替你梳起头来。（平儿）怎好劳动姐姐？（梳头介。宝玉背面介）一晌平儿姐姐,我从未尽个半点心儿,今日倒是天巧。

【锦堂月】小影婵娟,嫦娥镜里,一点清光才展。妒杀菱花,觑定桃花人面。会温存春色娇多,工体贴秋风怨浅。神无限,怜眉角愁勾,心头恨咽。

（袭人）头已梳完,也该洗洗脸儿。（平儿）这可不用了。（宝玉）你该擦些粉儿,妆着无事的样子,不然,倒像与二嫂子生气。（袭人）这句话是不错的。（宝玉）我把玉簪花的粉儿送给你。（递粉介。宝玉）

【前腔】秋色琼钿,一簪寒玉,小朵铅华轻碾。香液浓黏,摘取秋云半剪。启花封缕界罗纹,卸粉篦粒匀珠串。双尖捻,记得活艳千丛,生香一瓣。

这还有胭脂膏子,也是澄得极细的。

【前腔】紫姹红妍,蔷薇露沁,买画牡丹浓绚。金粉妆成,斗煞芙蓉娇面。点绛唇读曲脂香,调素手捻花印浅。为卿劝,偷看杨柳腰弯,樱桃口溅。

（平儿）二爷,多谢你费心。今晚大奶奶约我到她稻香村去,我到姐姐房中,说几句话。（宝玉下。平儿）今日承二爷及姐姐十分慰藉,我心中过不去,无以酬谢,只好做些针黹,孝敬孝敬罢。（袭人）姐姐休得如此。（平儿）

【前腔】深惜娇怜,雏姬何福,弄得者番留恋。你两人呵,小妇先迎,团簇心情缱绻。贯宫人队领鱼鱼,做窆室飞偕燕燕。真堪羡,丝绣平原,香花祝遍。

天色晚了,我就到大奶奶处去。（袭人）姐姐,休得烦闷,明日老太太必然有调停的。（平儿下。宝玉上）你看平儿姐姐,如此被人欺责,倒也没有丝毫抱怨,这性格儿真难得也。

【宝鼎儿】罡风吹雾,把粉黛摧残,十分轻贱。看他呵,款款情教人领受,深深意泥他腼腆。幸煞漏春一线,只落得见春一面,剩妆阁残香,镜区余晕,芳情熨转。

咳!你看平儿姐姐如此,并无怨尤。我待你十分情况,动不动你就要去。(袭人)前日的话,是我顽意儿,并不是真的呀。

【前腔】语言胡诌,只要劝郎才,文章黄绢。岂做人不知情分,况多你几番美眷。且整了钗头双燕,泥中诗婢真情愿。对绣枕缄情,灯花起誓,恕奴这件。

二爷,前日原是我错的,我替你赔个礼儿罢。(宝玉携手介)姐姐,你越发多情有趣了,我和你到稻香村,看看她去。(同下)

悲 秋

(黛玉上)半榻清风寒病骨,一帘细雨湿愁心。悲哉秋之为气也,物犹如此,人何以堪?我黛玉。医药支离,久未出门。今日略觉好些,不免向园中散步一回。咳!你看仙鹤儿也病起来了,瘦得如此可怜!

【薄幸】云端一只,也是病容啾唧。记辽海经年秋碧,苦落牢笼到底。病难飞,东阁守梅,西溪叫月,羁栖尘迹。恨瘦骨支离,西风愁向苍苔立。闲眠松径,越地如人无力。

你听寒蝉已歇,促织犹吟,好不伤感人也!

【前腔】莺情燕意,尽是伤秋滋味。听蝉噪残身孤寄,蟋蟀苦吟阶砌。不须提,人比秋衰,秋将人殢,一天憔悴。笑虫也可怜,声声啼彻花阴碎。万种伤心,只有此声为最。

我到池边去游玩一番,这残荷败叶,摇落如许。

【前腔】芙蓉粉坠,摇落枯茎点缀。尽消歇湘妃环佩,为甚繁华命脆?你看篱内花光,也都寂寞了。浑难知,花被愁牵,愁央花替,秋来无际。看蘸影稀疏,草虫晒日残荷背。枫冷吴江,一望清波千里。

那夕阳在山,影挂林端,好似一幅楼台图画。

【前腔】红霞如绮,染就烟容旖旎。好比并楼台金碧,全是浮云架起。景奚迷,候近黄昏,斜阳难系,霎时交替。看只有青山,窗前窈窕梳青髻。一片愁云,便是人间愁例。

金飙飒爽,吹暗云头,未免秋阴做雨,只好信步回去。(紫鹃上)小姐,方才宝姑娘送了燕窝来,已收下了。(黛玉)晓得了。今日有人来过没有?(紫鹃)只有宝二爷来的。晓得小姐在园,亦就去了,说停一会儿再来。(黛玉)你点灯来。(听介)外面是何声响?(紫鹃)外面下雨了。(黛玉)我看潇湘丛竹,十分憔悴,哪禁得起雨来打它?

【雪狮子】篁丛暗,月光移,湘帘波冷苍烟起。雨丝点逗到纱窗里,心摇曳,做恁般儿秋态,特地报秋期。云阴压户低,风声搅梦飞,竹影离披,雨打枝欹。日暮佳人谁倚?搀扶去,好引鸾回。

这里有乐府歌词,等我来和它一首。(念介)秋花惨淡秋草黄,耿耿秋灯秋夜长。已觉秋窗秋不尽,哪堪风雨助凄凉?

【字字锦】秋风百不宜,蜡尽孤灯泪。敲竹似人来,又怕寒罗袂。苦低垂,听着怨写幽篁,便打的人心头碎。想古人呵!悲凄,浓兰沉茝。渺渺湘妃,仙骨鬼胎,郁骚客闷啼,闷啼你啼不起。(又念介)罗衾不奈秋风力,残漏声催秋雨急,连宵霢霢复飔飔,灯前似伴离人泣。想我黛玉呵!最难离了这步香闺,只管教秋阴梦欺。等那知心人归,人归也欢生眼底,愁成眉底,赚煞人望深海底。哪知人伤秋无几,要今宵把秋心聚会。

(宝玉蓑笠木屐跟老婆上)我看林妹妹,尚未睡觉。(黛玉)你这个样子,扮成一个渔翁了。

【宜春令】知君去,向水涯,唤渔翁,神情活赛,雪声一派。把琅玕,钓鳌去也。甘从范蠡作舆台。志和船泊鸥波外,好情怀,明月清风许卖。

我看你的蓑笠,为何这样轻软?(宝玉)这叫做玉针蓑、金簦笠、沙棠屐,是北静王送的。(黛玉)我说,怪不得外边装束,似刺猬一样的。今这件东西,也配这样细做。

【前腔】秧针细,密意排,笑寻常,村夫褴褛,笠儿头戴。费工夫,针梭丝界。里头吟罢趁风歪,称身穿去将云摆。屐和鞋,不许芹泥拖带。

(宝玉)你若欢喜它,我就送一件给你,等到下雪时候,衣服半点不湿的。

【前腔】空濛雪,向竹筛,透寒光,玉楼银海,云衣暖䂮。霰圆抛,由它沾洒。笞痕低压步摇钗,针痕浅冒香罗带,尽安排,青笠绿蓑装戴。

(黛玉)我是不要扮作渔婆式样,有何趣味?(宝玉)我倒忘了,几日因你病来,未曾起社,今妹妹已经病好,何不再行一聚?(黛玉)忙什么?横竖是围炉赏雪的时候,可以消遣的。(宝玉)也罢,到那时节,越发有趣。(黛玉)夜已深了,雨势又大,哥哥可以回去,等明日天晴,我就要出来的。(宝玉)掌灯。(黛玉)我有玻璃绣球灯,最为轻巧,可以自己照的。(紫鹃递灯,宝玉攀介。同唱)

【前腔】筠阴暗,下玉阶,月华灯,光明境界,通明无碍。水晶球人游蟾窟,团圞月影抱珠胎,提携不唤云鬟代。漫迟徊,喜得今宵良会。

(宝玉)妹妹也该安寝了。(黛玉)你回去仔细些。(分头下)

剪　发

(正旦扮邢夫人上)老年夫妇怜他意,近日衷肠爱妾心。我邢氏。可笑我们老爷,年过半百,室有侍姬,还想得陇望蜀,要老太太身边的鸳鸯姐姐,要我从中撮合。这事倒也为难,只等琏儿媳妇,与她商量。

【捣练子】花招眼,月映颜,老年犹自恋痴顽,只要我周旋,声千万。

(王熙凤上)婆婆万福。(邢夫人)坐下。我有话儿问你,这几天老太太是喜欢的?(熙凤)很欢喜的。(邢夫人)我有一句话,同你商量商量。你们公公,要想娶老太太身边鸳鸯姐姐为妾,再四要我去求。这句话,倒底说得说不得,你是晓得的。(熙凤)这件事情,不可造次。老太太身边,只有鸳鸯姐姐,贴身伏侍,不肯放的。据媳妇看起来,先要把本人说得活动,然后可相机行事。(邢夫人)这话极是,我就当面向她说去。老婆们,传外面套车,到西府里去。(同下。旦鸳鸯上)

【普天乐】独立凭栏,心肠不遣莺花绾。好秋光,惊煞楼头雁。猛抬头,天边云汉。想嫦娥,也怕落尘凡。银河岸,灵槎泛。我将针黹做起来。金针度,千般绣出贞梅绽,要嘱咐青云孤鹤影,叫得声情凄惋。撒银丝,界住月阑云栈。

(邢夫人上)鸳鸯姐姐,你在这里做活。(携手介)我要问你,今年几岁了。(鸳鸯)我十六岁。(邢夫人)你看这样身裁,这般容貌,活现一幅美人,嫁了一个做官的,立刻封了姨娘,生下一男半女,就是夫人了。(鸳鸯不语介。邢夫人)停了一会子,我叫你嫂子,告诉你一句话,你要依着我的。(下。鸳鸯泪介)听她说话,不怀好意,者番逼奴奴苦也。

【前腔】不料今番,把宦门架子将人贩,他孟光接了梁鸿案。听言辞,夫妻能干,等闲设计玉连环,难羁绊,成冰炭。想他呵,郎情半是黄金扮,想奴呵,也不配你夫人谬赞。便把甜言调侃,顿心惊,一把惭惶香汗。

我且暂时躲开,向园中一走,看她如何法子?(平儿上)哎哟!鸳鸯姐姐大喜呀!(鸳鸯)唔!你这下贱的人,只说下贱的话。(平儿)为何这般生气,你若成了这事,就要做我婆婆了。(鸳鸯)我也不稀罕做你婆婆,你看我眼睛中,哪里瞧得起这班人呀!

【前腔】骨劣皮顽,恨诗书风雅成河汉,将深闺奇女寻常看。浑不似红娘奇束,尽由他梦入邯郸,春风懒,凭人赶。你知我呵。贞心劣,阎罗不判风流案,只抹煞狂奴恶态,哪许东邻顾盼? 大夫人,枉费柔情婉娈。

(平儿)据我看起来,也不是了局,他既有此意,将必有法子弄你去。(鸳鸯)怕什么? 横竖老太太在一日,我就伏侍一日,将来老太太归西,毕竟要逼我,还可削发做了尼姑,亦无奈我何。(袭人上)你看没脸的人,女孩儿家,说起这种话来。(鸳鸯)事到其间,不能不说。

【不是路】人去身单,把一领袈裟两臂摊。他时候,风催磬老,月拥经翻。闭禅关,喋鸳鸯,递不到坡陀岸。秋鹤春猿共碧山,真消散。须弥世界三千,容纳空花一瓣。

(平儿)我倒有一个计策,你跟了琏二爷,他就不便开口。(鸳鸯啐介。袭人)我们宝二爷,又温柔,又风雅,做侄儿身边的人,也可垛住他了。(鸳鸯)你们都不是好人,我说正经说话,你们倒来奚落我。还有一说,人是总要死的,古来忠臣烈士,义夫节妇,拼着一死,何事不了?

【前腔】燕恼莺烦,教星点残生没地安。将花了,蟢蛴领滑,鹡鸰膏寒。任摧残,到阴司也纂叠冤魂案。闭上双睛就脱凡,离尘限,放他万丈游丝,能向黄泉捆绊。

(平儿)你也说得太过分了,何至于此?(金嫂子上)各位姐姐在此,我们姑娘,亦在园中闲逛。我找了半日了,我同你到别处去,告诉你一句说话。(鸳鸯)你有话就说,有屁就放,什么鬼鬼祟祟?(金)这里不好说的。(鸳鸯)我都晓得了,必是那边大太太,告诉你的话。(金)可不是这句话? 你做了姨娘,我们一家都造化了。(鸳鸯)好下作没廉耻的东西,你们只晓得丫头做了小老婆,你一家就在外面行凶霸道,把我送到火坑里去。(哭介)

【前腔】说也羞颜,借了东风便挂帆。难消受,奉承面目,势利心肝。泪泛澜,语支离,长舌弄搬虚幻。只教我子规啼血画栏干。休承盼,料他作势装腔,只说上人难犯。

(金)姑娘可不是么? 并不是我饶舌,无奈我们是家生子。那边老爷的性气,你是晓得的。昨日叫了我的男人去,立刻要他到苏州,逼我公婆上来。他只说得一句父母有病,当时即要打死,你说我为难不为难?(鸳鸯想介)也罢,你领我到老太太那里,看她意下如何?(金)姑娘是当真的么?(鸳鸯)谁来哄你,要即便去。(金)姑娘,你不要变卦。(鸳鸯)看罢咧。(同下。太君、王夫人、宝玉上)今日天气阴沉,看来要下雪了。(坐介。鸳鸯上跪向太君哭介。太君)这是为何?(鸳鸯)老太太听禀。

【普天乐】巧布机关,嫩枝芽偷入东君眼,说小星也红丝牵绾。(太君)谁要你做小?(鸳鸯)这是东府太太说的,大老爷要讨我去,我是断乎不去的嚅。愿青奴呼茶唤饭,恳收留自小云鬟。

(太君)好!有志气!(鸳鸯剪发,王夫人夺剪介。鸳鸯)春云挽,春风划,堪怜我,雏姬险被先生馔。十六载靠重生父母,留下青丝一辫,祝慈悲,完这件怜香案。

(太君向王夫人介)你们儿子媳妇,都是盘算我的。(宝玉)老祖宗,这不关母亲的事,大伯伯的事情,小婶子哪里晓得?(太君)我倒糊涂了。宝玉,你去请大娘来。(宝玉下。太君向鸳鸯介)你且进去,我自有道理。(邢夫人上,王夫人、鸳鸯暗下。太君)大太太,你也太贤惠呀!老爷的话,百依百听,就是我的碎丫头,还摸得着我的脾气,你们毕竟要盘算了去。(邢夫人)媳妇已劝了几回,只是不听。(太君)你告诉他,这丫头让我伺候,只当他伺候我一般。若要娶妾,但凭他一万八千银子,尽管买去。哎哟!好儿子呀!好儿子呀!(同下)

诗　　痴

(旦香菱上)纱窗密,画帘深,意沉吟。梦向池塘春草,问知音,我香菱。近日搬到园中,与宝姑娘同住,落得清闲自在。只恨我不会做诗,只索到林姑娘潇湘馆中,请教她一番,

【忆秦娥】珠帘卷,寻诗梦引香魂转,苔阶软,吟情画意,今朝深浅,想她呵,清新词笔霜华剪,潇湘路隔蓬山远,还寻见逋仙何处,梅痕才展。

来此已是,不免进去。(黛玉上)香菱姐姐,闻你搬在园中,大家都要热闹了。(香菱)我昨日进来的,今日到各处走走。一向要来,不能得便。今园中无事,好小姐,你教我做诗罢。(黛玉)诗是不难的,只要拜我做先生,方能教你。(香菱)当真的,我就来拜。(欲拜介,黛玉拖介)这顽话儿,你便认真起来。(香菱)

【夜游春】幼妇怜黄绢,红颜弟子真羞腼,从今连朝袖一卷,拜诗人,绛帐生

徒听选。(黛玉)

【黄莺儿】觅句不成眠,弄花枝当翠笺,诗情寄托胸怀展。推敲几天,沉酣几年,莺声清脆莺声贱,耸吟肩,灯前月下,思索坐枯禅。

(香菱)只是做诗。倒底从何入手?(黛玉)我把王摩诘的五律先与你看,紫鹃,你把书架上这本书取来。(紫鹃递书介,黛玉)

【画眉序】五字悟真诠,圆透红硃经入选,想曲终不见。春入能言,空色相波光云影,论离奇云蒸霞变。花成片,珠成串,管教垂涎读遍。

(香菱)我听见一三五不论,是何讲究?(黛玉)作诗全在命意运气,两般既妙,即作拗句,亦无妨碍。

【㭴木儿】难得是立意圆,九曲湘帆随处转。灵机活着雨空濛,趁风舒卷,黄鹄题诗君不见。算千古知音,只有青山面,便探取骊珠恰自然。

(香菱)我看摩诘塞上一首"大漠孤烟直,长河落日圆"。日自然是圆的,烟如何是直的呢?(黛玉)你不晓得"楼台倒影直""塔影孤尖直"古人惯用直字,这直字是绝妙的。

【玉交枝】边风朔霰,漾穹庐万帐炊烟。似戍楼苴蓿峰头见,矗孤尖,不肯盘旋,直上青冥悬一线,条条挂出云中练。比不得香炉细然,想到那天山传箭。

(香菱)小姐说来,这直字是极妙的了。这诗上还有两句,"渡头余落日,墟里上孤烟",好像我上京来途中光景。看了此诗,又似梦到那边。

【玉抱肚】渡口扁舟人远,傍斜阳残鸦满天。霭村墟独树明霞,罨茆庐老屋疏烟。斗城州与县,把春风船景色收全,那诗呵,就置我沧浪水驿边。

(黛玉)古人的诗,也是有脱化来的。陶渊明"暧暧远人村,依依墟里烟"此二句更为淡远。他上字从依依二字体会出来。可见后人作诗,不能脱前人窠臼,只要运化得好。

【玉山颓】除柴桑丰韵,谁能够意境天然?倚南山澹到无言,傲东篱冷到无边。随风舒卷,恁真趣翛然独远。晋名贤,一生亮节,忘不了义熙年。

但是陶诗最难学的,他品高故诗亦高。你读辋川集后,再读李、杜,便无奇不备了。(香菱)我昨夜梦中,得了咏月一首,小姐替我看看。(递诗介,黛玉念介)精华欲掩料应难,影自娟娟魄自寒。一片砧敲千里白,半轮鸡唱五更残。绿蓑江上初闻笛,红袖楼头夜倚阑。博得嫦娥应自问,何缘不使永团圞。妙啊!已有五六分意思了!

【忆多娥】金璧绚,霜雪练,涌冰轮,挂向画檐前。忆吟到五更天。缠绵,清钟阁晓,孤枕欺眠。梦借诗圆,泻光明,影落蛮笺。

(探春、宝玉上)你们在这里讲诗,我也要听听。(黛玉)香菱姐姐,昨夜梦中得句,竟是绝妙,你看去。(探春)所谓思之思之,鬼神通之了。

【月上海棠】真新俊,梦魂忙把诗肠转。想心逐春婆,笔挟飞仙,被姮娥送出花前。写蟾窟素波清浅,芳情展。梅花帐,芙蓉幕。拍定香肩。

(香菱)小姐们休得取笑。(探春)我明日再补一会,请你入社。(宝玉)这就好了,社中多一诗友。(探春)我们拣了一天,索性大嫂子作为主考,二嫂子作为监临,要仿场中规矩,出几个怀古题目,试试各人的本领。(宝玉)怀古题就难了,我去刷了卷子,等他点名时用。(探春)我们都到大嫂子那里去,一同商量。林妹妹、香菱姐姐,一同走走。(香菱)我是不懂怀古的。(黛玉)怕什么?到这时候,告诉你出典。(探春)尚未下场,已经拿了代倩了。(同笑下)

集　艳

(杂艄婆摇橹,旦邢岫烟上)回首望苏台,长短邮亭赠别。生憎江上芦花,逆一秋萧瑟。数声柔橹月中来,教心绪难说。我邢岫烟。生长吴门,家居虎墅。绮罗队里,唯住深闺;杨柳楼头,不知行色。近因家中贫苦,我母亲命我到姑母贾家,暂时栖止,只得附舟一行。

【金珑璁】呼秋秋欲语,挂征帆,风雨问长途,经过了丹阳路,报三声津吏鼓。从头数,夕阳红树,说不尽征邮苦。

(杂艄婆、老旦李母、旦李纹、李绮同上。艄婆问介)你们的船,到何处去的?(艄婆答介)我们到南京去的。(李母向艄婆)你去问船上小姐,到南京何处去?(艄婆问介,艄婆答介)我们邢小姐,要到南京贾家望亲戚的。(李母)这样说来,也是我们亲戚了。船娘,你过去请邢小姐过来,一同谈谈。(邢岫烟过船介。李母)邢小姐,你们与贾家,是何亲串?(岫烟)我们姑母,是荣府大房长媳。(李母)这四门亲了,我们也要到他家去,正好结伴而行。(艄婆下。李母)

【北点绛唇】问行藏叨托葭莩,这今番有隔不住的移春花坞。点出姻亲簿,省得羁孤。看携手,扶着你朝和暮。

我们与你并船前进,以免寂寞何如?(岫烟)多谢伯母携带,我当朝夕伺候。正是:落花有意随流水,垂柳多情送画船。(同下。小生薛蝌、旦薛宝琴同上。

薛蝌)妹子！你看一江秋水,六代残阳,来此已是桃叶渡了。

【北寄生草】流水明前渡,烟波画不如。是当年桃叶桃根路,春来春水春无数。玉郎迎妾横塘住,日斜江上卷帘初。到如今,堂前燕子犹来去。

(宝琴)妙啊！这原是风流胜地也！

【前腔】春水洲前鹭,秋风巷口乌。看积金叠玉峰回互,穿针楼上银蟾贮。劳劳亭子行人去,菰蒲一片莫愁湖。好妍华,桃花雨湿胭脂土。

哥哥！我与邢、李二家一同行走,为何还未见到？(薛蝌)他在后头,想就来的,我们先进城去,省得人夫拥挤。(行介)舟似孤凫泛秋水,人如小燕傍雕梁。(下。宝玉上)

【生查子】帘外小莺啼,啼在相思树,杨柳欲依人,濛濛故飞絮。

我宝玉。向谓林、薛二人,天之钟美,尽于斯矣！今日见宝琴妹子,邢、李二家姊妹,各具一种妩媚样子,叫人说不出来。天啊！何巧妙若此？

【解三酲】妆成的三春花雨,出落得百斛明珠,也亏煞天公分样塑。团玉粉,滴琼酥,把千般娇靥千般做,稿本难依旧画图。销魂处,多则是香来镜里,影落灯初。

那宝琴妹妹,更娇小可怜也。

【前腔】她年纪盈盈十五,生成这玉液脂肤,正豆蔻香包含未吐。半灵慧,半模糊,画笼才出雏鹦鹉。额发沿眉八字梳？君知否,好比似梨花雨腻,杨柳风疏。

这邢家妹子,是从贫苦来的,哪知布衣粗服,转觉妩媚。

【前腔】将就了衣裳济楚,贪图的茶饭欢娱,喜一笑无言呼尔汝。离乡去,靠亲姑,惯贫家留取真眉妩。仙骨由来结束粗,春如许,管教你妆成蛱蝶,碾出蟾蜍。

她大嫂子的两个妹子,更是十分伶俐也。

【前腔】一则有亲娘调护,更兼那亲姊帮扶,想订定前生花月谱,联玉佩,曳珠襦,教并头花殿烟花部,月里嫦娥影不孤,春风侣,还记得双声笛外,叠字吟余。

只不知她众姊妹们,可能够住在园中。

【前腔】联眷属春风团聚,论诗酒明月招呼,便姊妹花枝都认误。牵衣去,下阶扶。笑青箱密贮香奁句,叠就蛮笺细字书。《群芳谱》,浑不是花阴易换,春梦难苏。

(湘云上)宝哥哥,你一人在此,作何消遣。(宝玉)今日新来的姊妹们,你都看见了么？(湘云)我都见过了。(宝玉)我要问你！她们还是要回家去,或住在这里？(湘云)我听见老祖宗说。宝琴妹妹是跟随老祖宗同住,邢家妹子住在惜春妹子那里,李家妹子住在大嫂子那里。(宝玉)这就好了。(湘云)今后诗社,要兴旺了。(宝玉)何以见得？(湘云)她姊妹呵！

【前腔】她工点笔真看凤翥,会题诗惯学鸦涂,把飞絮才华刚半吐。间弄笔,尽操觚,这雪花吟后梅花补。点着金钩击唾壶,《闲情赋》,独不见裁花绣口,剪水清眸。

(宝玉)她们都会做诗的,这是越发妙了。我和你到前面去打听打听,毕竟何日进园。有约皆成诗弟子,相逢即是女词人。(同下)

扫　　雪

(宝玉蓑衣箬帽上)好一场大雪也！

【忆秦娥】黄莺报,纱窗雪影催春晓,催春晓,天分玉宇,山临琼岛。聪明冰净开诗窍,画图粉本添花貌,添花貌,霏屑融酥,夜来多少。

(湘云上)昨日大嫂子,叫我们各出份子,在芦雪亭中饮酒赏雪,为四位妹子接风。(宝玉)所以我今日特地起来得早。(湘云)你看一带山坳,被雪罩住,哥哥你前日做诗未成,应该罚你扫雪。(宝玉)是该罚的,我就扫起来。

【夜游春】曲径微茫杳,瀹山濛水枯芦饱。前番吟诗苦未了,当奚奴,趁墙根,将雪扫。

(宝钗、黛玉、宝琴、邢岫烟、李纹、李绮同上)吓！你们倒先到了。宝哥哥穿了蓑笠,在此扫雪,雅极了。(黛玉)宝哥哥惯喜如此妆饰,活像一个村庄人也。

【画眉序】花底唤渔樵,蓑笠轻盈云笼罩。似寒江垂钓,枉渚撑篙。听飒爽金鏖百折,要演习瑶台一套。渔家傲,真堪倒,却便是诗人画稿。

(宝钗)宝兄弟！你若扫不干净,还要罚哩。

【黄莺儿】秋草缚轻筊,像弓儿弯着腰,生生灭尽鸿泥爪。山边路钞,水傍径凹,牢搜石缝枯苔老。莫轻嘲诗人禁体,不许说琼瑶。

(李纨、熙凤、探春上)哎哟！宝兄弟在此扫雪,扮得什么样子！不知哪一位姊妹们作弄他的。还不快脱下来！我们揣着了,大半是湘云妹子的主意。(湘云)不关我事。(宝琴)方才我们来的时候,只有他两人在此。(熙凤)我说呢,还该罚他扫雪。(湘云)等我穿起蓑笠来。(宝琴)你扫不来的。(湘云)我偏要去。

（宝琴）

【皂罗袍】装扮得渔姑逼肖，她那禁滑达不怕鏖糟。伶仃石角难立牢，印泥痕越显凌波小。怕行迟仄径，苦将首搔。粉流香汗，慵将背敲，今番压得春风倒。

（湘云）已扫完了，何不到芦雪亭去。（众人行唱介）

【啄木儿】喜赏雪，快招邀，冷艳丛中红艳闹。淘写的月思风情，霜襟雪抱。况因他联床话雨人初到，只是亲亲姊妹分中表，须度过了栏边皂荚桥。

（宝玉）来此已是，我们就坐下来。依我说来，就是两位嫂子，坐在上头，各位照依年纪，挨次而坐，我就坐在下首，省得推让。（熙凤）我们就是这样。（各席地围坐介，杂上酒菜介。湘云）不有佳作，何申雅怀？今日须要对雪联句。（熙凤）我不会作诗，只说"一夜北风紧"五字。（众）起得妙绝。（李纨）

【玉交枝】开门月皎，幂楼台瑞霭轻飘。（探春）想天公冬景嫌枯槁，故飞飏瘦色将肥罩。（李绮）一领寒风酒易消，消寒要把诗来搅。（湘云）浩荡煞天风海涛，妆点着月阑云窖。（岫烟）

【玉抱肚】想得绵绵古道，俏情思阳关灞桥。（李纹）响飕飕水际菰蒲，耐高寒雪里芭蕉。（黛玉）只鹤声孤吊，听悲风号，苦煞《离骚》，要梦到瑶京倚玉箫。

（香菱上）也让我联一句。（众）你尽管做。坐下。（香菱）

【玉山颓】把诗人作践，不许我青衣共邀。借风光群玉山高，助吟哦白战诗鏖。（宝钗）彤云缥缈，远望着蓬莱琼岛，吹铁笛梅花调。喜今朝团圞围紧，不许你逐香消。

（小丫头上）老太太来了。（香菱先下，宝玉、宝琴暗下。太君）你们瞒着我在此赏雪，该罚不该罚？（李纨、熙凤）罚我各做一东。（太君）这就罢了。我是吃过饭，不同你们饮酒，只闲坐看看。你们在这里做什么？（众）赏雪联句。（太君）你们倒会做这种雅事。宝玉为何不在此？想是做不出诗，逃走了。（宝玉、宝琴捧瓶梅上）方才到栊翠庵中，摘了一枝梅花，孝敬老祖宗。（太君）还是你们想得着，好一枝老梅呀！（宝琴）

【川拨棹】红未了，白雪光中越俏。响不断铃声似铙，听不尽经声似潮。一半借梅花入道，轻可的将枝拗。做人情，折半梢。

（太君）那妙玉在那里做什么？（宝玉）他在庵中赏雪赏梅，你看雪添虚白，梅倚深红，好不十分景致也。

【忆多娇】雪色皎，梅影绕，似梨雪冒住海棠梢，便有夜盗红绡，丰标染霞佩，冷贮月瓶敲。春味先饶东风到,第一花朝。

(太君)小丫头,你把这瓶儿好好安放我桌上,我先回去了,不要扫你们的诗兴。(李纨、熙凤)我们扶着老祖宗去。(同下。宝玉)偏偏我今日未曾联得一句。(湘云)谁叫你不快说?(宝玉)你们抢得快,教我插不下口。

【月上海棠】真难道今生不是诗人料,只让你多才散雪词高。这一番曳白偏嘲,哪做得回波栲栳。成下考,联吟句,不轻付瘦岛寒郊。

(众)我们顽了一天,也该回去了。(合)

【尾声】一帘冻色将云阁,怕诗情便把梦魂飘,只落得教你读吟笺,思到晓。
(同下)

补　袭

(晴雯病容上)近日袭人姐姐回家,昨晚麝月开门到后园子去,我欲吓唬她,不料被一阵寒风,吹得毛发竦竖,发起热来。今日宝二爷为我请大夫诊视。听见家中人说,若病势沉重,还要挪我在外边养病。咳!难道是一病不起来?(坐床上介)

【桂枝香】吹灯睡浅,裹棉身软,病恹恹瘦了啼鹃。忍不住那寒风一剪。叹心情如线,更泪痕成片,子规昨夜苦衔冤。听离门别户将人贬,纨扇青箱顿弃捐。

(麝月上。晴雯)你同平姑娘蝎蝎蛰蛰,说什么话?(麝月)没有什么。(晴雯)我都听见,虾须镯的情事已经破了,这坠儿个丫头,实在可恨可恼!

【前腔】罪名难遣,丑声难免,须收拾意马心猿。强争好被鸥鹓逼转,说她真腼腆,恨她还嗷喘,教人病骨故忧煎。几般儿懊恼心如茧,鹦鹉前头不许言。

(宝玉上)你的病好些了么?(晴雯)略好些。(宝玉)我觅得太阳膏在此,替你贴上。(贴膏药介。宝玉)药有了么?(麝月)有了。(宝玉)我就替她煎起来。

【梧桐花】这是妙岐黄,勾引得阳春转。为你药炉煨火将花劝,不许心情如急箭。到其间,煽它茶灶吐青烟,也算得石上三生今许愿。

药已好了!管教一服即愈。(喂药介。小丫头上)宝二爷,太太说,今日叫到舅老爷处拜寿。(宝玉)晓得了,我就来。(丫头下。宝玉)你吃了药,好好地睡一觉,出一身汗,即好了,我去去就来。(下。晴雯)

【前腔】只是有情人,略放得胸怀展。料心缄押了同心券。临去丁宁无别件,则今番红颜虽是病魔缠,偏被那一种柔情刚熨转。

（宝玉搔首上）麝月姐，包袱内有一件翠云裘，悄悄的送到外边，教人赶紧织补，明早一定要来取的。（晴雯）什么衣服？（宝玉）今日老祖宗赏我翠云裘一件，说是孔雀毛织的，一时不小心，烧了豆子大一块。（晴雯）你扶我起来，让我看它一看。（扶起介。晴雯）这是孔雀金线织的，外头人哪里织得来嘘。

【赚】绿羽翩跹，织就鹅绒成一片。这界影嵌丝，那针痕灭线。曾谁补绽？只好病中人消遣。

（宝玉）你已病了，不可用力。（晴雯）不妨，你把针箱内小弓剪子取来。（宝玉取送介。晴雯）我把烧痕裁去，小弓绷起，方能接缝。偏憎牵连，竹弓儿紧楦，围圆只趁花纹辫。并刀要把淞江剪。（晴雯打嚏介。宝玉）想你着了凉，待我将斗篷替你披上。（披衣介。宝玉）你深宵想是裹衣单，忍看着两肩寒战。（晴雯）你将抽屉内暹罗国金线取来。（宝玉取送介。晴雯穿针做介）配色弄新鲜，试看绿云丛里黄金绚。密行行，背后萦方罥，缭绕情丝带梦牵，窜丛络索珠成串。不教红豆留轻瓣，似穿花蛱蝶深深现。（头晕介）宝二爷，你把我扶住，等我消停一会。（宝玉扶头介）我须愁煞你袖弹鬟偏，苦煞你花老莺眠，莽厮缠，埋怨我将人作践，他欲言不语声声颤。（晴雯）我一时头晕了。（宝玉）你毕竟怎样？且歇歇罢。（晴雯）不碍事的。天回地转头颁旋，气儿微喘涎儿微咽。（将裘瞧介）

【金索挂梧桐】密绪当心笺，戏水鸳鸯片。无缝天衣，遮住旁人面。也罢，补完了，你把刷帚来。（宝玉递介。晴雯）顺梳梳，一缕烟，猛可的寸心联。待我挪平了他。裘儿呵，教你熨贴安排，莫怪轻敲细碾。（作吐靠背介。宝玉）哎哟！晴雯姐姐！你醒过来，醒过来嘘！只知她指头能引春风线，哪教冷汗凝珠流满面。真留恋，喉间药味，瘦损得难蒸变，可不是病向情边，要啼彻声声怨。

（晴雯醒介）二爷，你扶我起来，与你说说话儿。（宝玉扶定介）姐姐，你不用愁烦，日后自有道理。（晴雯）今日尚且不知，哪管后来？（宝玉）只是坠儿的事，你也犯不着生气，坏了身子。（晴雯）只因我平日心直口快，以致被人嫌憎。

【前腔】恨难娇舌镌，悔不香喉咽。火热心肠，却被多心缱。恶言儿随意编，调侃逞风传。一番的蝎螯蜂针，欺负得奴心软。二爷，你说日后，只是目前已难过呀！只教我到头指望屏山远，也怕枝上黄鹂愁不啭。还愁那柳荡梨妖，唾煞桃花面，血泪偷流，到死后才分辩。

（哭介）不知我的一生，如何结局也！（宝玉）你的心事，我都知道，只是病体在身，也该保重为是。（晴雯）二爷，我到死的时候，你来看我一看，也算你情分。

(宝玉)你病了两三天,养养就好,何苦如此伤心!(晴雯)不是呀!人生如朝露,吉凶祸福,岂能预保?

　　【意不尽】只凭今夜将花饯,便鸳针叠叠,则索把情穿,亏得奴千缕愁情留一线。

　　(宝玉)你今夜已劳乏了,又复苦楚起来,更添了病。我扶你到暖阁中去睡罢。正是一夜落花风更扫,三更啼鸟晓频催。(同下)

卷　六

锄　园

　　(平儿)新年才过。我们二奶奶因近来劳乏了,昨晚小产,回了太太,就派大奶奶同探春小姐同办家务。二奶奶说,她大奶奶是菩萨一样的,恐众人不服管教,倒是探春妹妹知书识字,比我又强,我平日且惧她三分,只要她作个筏子,我也省得费心。咳!想我们二奶奶,平日最喜争强,如今也要急流勇退,真正白费苦心也。

　　【凤凰阁引】劳拿不放,骚向人心痒痒。世间何苦忒情长?都被旁人肮脏,啼鹃昨夜催春梦,把旧事从头想。

　　我们二奶奶只是一味好胜,要讨老太太的好,外边奴婢们抱怨千千万万。大凡聪明伶俐的人,是世界上第一等受苦的。

　　【前腔】百年尘障,也算投生一趟。看看利锁共名缰,不遣天公发放,聪明况受聪明恼,这就是能人样。

　　如今好了,二奶奶提醒过来,也要息肩。

　　【前腔】惊胎抱恙,晃得人情雪亮。不经热闹不心凉,也要随波逐浪。半生辛苦休提起,只好学糊涂样。

　　(内打自鸣钟听介)哎哟!已到巳初了。我且到议事厅上伺候去。(下。李纨、探春上)莺喧燕闹难消受,柳怨花慵费主张。(李纨)我们两个人,派在这里办事,不知从何一样办起?(探春)方才吴登新的女人上来,十分怠惰,须将一起有体面的豪奴健仆镇压得住,方能办事。

　　【园林好】叵豪奴言辞太狂,装体面掉弄虚腔。算他难做真强项,教站着一枝香。

（平儿上）我来得迟了。二奶奶说，家中一切事情，仰烦大奶奶小姐管理，只是太劳动些。（探春）你来得凑巧，现在有一件事，要问你奶奶，方才管事的媳妇来说，三位上学的官儿，要领年例银八两，这一项可以勾的。（平儿）很该开除。（探春）不是呀！哥儿们的纸墨笔砚，都是内里支用，这是他们虚开销的。就是那买办一项，也该除却。（平儿）小姐不晓得，若是别人买去，买办的还要不依。所以他们只可得罪里头，不肯得罪外面。（探春）这样可恶！

【江儿水】则这个假殷勤，奔走帮，瞥夺了金银饷。只由那占窠窝，不许旁边抢。我想富贵人家，都逃不出他们圈套。料心情。密地蛛丝网，阎罗挂出求财榜。忘却主人情况，树倒猢狲散，到鸡鸣大亮。

这也不用说了。我想一年所支的花粉钱，不下数百金，现在大观园中，竹园田亩，大有出息，也该叫人经理经理。（李纨）这极是的。（杂老婆子上）求奶奶小姐，派我们一分差使。（李纨）你们且下去，待我派定了，再来传你。（老婆下。宝钗上）你们在这里讲论什么？（探春）方才我与大嫂子商议，要派经管园子的，不知谁透消息，已有老婆子来求哩。（宝钗）幸于始者怠于终，善其辞者嗜其利，这般夤缘钻刺的人，哪里是有良心的？

【前腔】只说是会营谋，口齿强，黑地里将人诳。低声息，蜜甜甜，故意装穷相。便眼睛出火沿门快，奴颜婢膝奸贪状，肯把双肩阁上。到后来呵，生活花前赢得春风供养。

（探春）这句话一点不错的。我想稻香村一片田地，叫老田妈管理，面前一片竹子，叫老祝妈管理。

【前腔】十亩的上腴田，熟稻粮，恰还似武陵源，趁流水桃花港。要装点老农妻，鸡黍提篮饷。况沁芳桥畔晴波涨，牧童闲煞耕牛放。除却鹁鸠喂养，荅熟新年，还说乌程家酿。

这千丛竹径，更宜培植也。

【前腔】保佑得玉琅玕，待凤凰。饱看那竹生孙，百尺干霄上。待取次画栏边，引到秋飔爽。只家风蔬笋堪贻饷，蜻蜓拍翅眠衣桁。抵过荆山篆荡，笛料箫材，叫彻云清月响。

便是那蘅芜、怡红二处，各种花儿，苦无出息。（宝钗）你不晓得，这种香花，皆是香料中要的，即败荷枯叶，皆有用处的呀。

【前腔】则臭着一丛花,百和香。不须那卖花人,更唤彻饧箫巷。但管教贮箱奁,酝出春风盎。道裁红接绿凭花匠,缠藤贴梗编花帐,免教玉颜藁葬。败柳残荷,也作成年犒赏。

(探春)这花儿交给老花妈,叶儿交给老叶妈,可使得?(李纨、宝钗)甚好。(探春)

【前腔】则要那一桩桩差使当,可巧的姓和名,分派的能停当,休荒却陆家庄,每件分头掌。笑富家作事贫家样,闲来盘算烟花账。不许丝毫冤枉,花粉胭脂,省却随时支放。

平儿姐姐,我们分派已完,你去回二奶奶一声,明日再行定见。(平儿)晓得了。(下。李纨)我们也该散了。(探春)

【尾声】仗今番做主由家长,(李纨)都是你的主意。(宝钗)这都是一样的,不要管明支暗访。(李纨)怕茅庐初出,还待熟商量。(同笑下)

梦　甄

(宝玉上)我宝玉。昨日恍惚听见园子里都派定老婆子经理。咳!这种山儿、石儿、花儿、鸟儿,也就拘束起来。我要到各处逛逛,被人管住,奈如此春光明媚何!

【念奴娇序】园林正好,被春风约住,桃关柳栈。一点芳心犹未展,早把花光低贩。孔雀银屏,鹦哥画笼,一例拘留惯。蝶状梦去,江南红紫无限。

(袭人上)二爷,方才老太太叫人来说,有江南新来的甄家,也是老亲,奉旨来京,叫你快快出去拜望拜望。(宝玉)我就到里头换起衣来。(同下。太君跟鸳鸯上)昨日鹊声同噪,今朝远客来到。我与江南甄家,数代老亲,因他作宦远游,久经疏阔,今日遣人先送礼物,须要好好款待。(正旦、小旦扮甄家使女上)老太太在上,奴婢叩头。(太君)罢了。鸳鸯,你把脚踏来,让他们坐了,说说话儿。(太君)你家老太太好?(使女)很硬朗。(太君)你家有几年没上京了?(使女)算起来也有十八九年了。(宝玉上。使女)咦!这位哥儿,倒像我们的宝玉。(太君)你家也叫宝玉么?(使女)叫宝玉。(太君)我这个孙子,也叫宝玉。(使女)这越发奇了。(太君)你细细瞧瞧他,面貌可是一样?(使女瞧介)真是一模一样的。这个哥儿性格好,拉他的手,只管笑嘻嘻的。(太君)你不晓得,他也淘气异常。如今见了外人,所以略斯文些。两位妈妈到外间用饭,回去多多道谢。(太君、使女下。宝玉)听得甄家人一套话,也算奇事。大凡天地生人,各有一种性情面目!难道就是依样葫芦么?

【似娘儿】造物也为难,费神思刻划容颜,教千般面目千般扮,奈恒沙世界,老天难换一副心肝。

(袭人上)你今儿甄家去不去?(宝玉)不去了。我今日起得早,想到床中歇息片时,你把帐钩放下。(宝玉睡介。袭人下。梦神上)镜中人影三生在,帘外风光一笑痴。(引起宝玉即下。宝玉)这不知又是哪家的园子,待我进去一看。(行介)这不是沁芳桥,前面好像似潇湘馆也。

【念奴娇】星桥偃月,看水流花瓣,东风九曲栏杆。旧样亭台新样稿,抄袭文章,谁留破绽?那里呵!筛影萧疏,斑纹点滴,湘娥啼血声声慢。试行去,前途问讯,波曲山弯。

(旦假扮袭人、晴雯上)宝玉,你在此逛了半日,还不回去?(宝玉)姐姐,你们想是在此园里的,领着我逛逛去。(袭人)听他声口,不是我家宝玉。(细瞧介)哎!你何处来的臭小子,敢在园中胡闹,还不快走?(下。宝玉)呀!看她两个如花似玉的美人,偏偏奚落起我来。

【前腔】双枝招飐,料心情懒散,旁人不许轻看。欲访桃花宜问主,悄地寻春,并无花柬。一味夷犹,几多嘲笑,哪容杨柳舒青眼。毕竟是谁家亭院,何处关山。

也罢,既到此间,索性向前一走,难道把我赶出去?哑!这是我的怡红院了。

【前腔】水晶槅段,忆绮窗摊饭,几回尘梦难安。走到家中无别路,寂静花阴,娇姬偷懒。小立苔阶,侧寻兰径,蔷薇还把人衣绾。谁争识刘郎前度,谢客今番。

(听介)哑!里头有人说话。(床上甄宝玉叫介)袭人姐姐,快来快来!(袭人上)二爷何为如此大惊小怪?(甄宝玉)方才我梦到一所花园,与这里一样的,也有一个宝玉,也有你们这个人,岂非奇怪?(袭人)这是你胡思乱想,梦魂颠倒。(贾宝玉听介)呀!你听里头说话,竟是与我家一样的,不如闯进去,看看他的光景。(进介。袭人下。甄宝玉)你是宝玉呀?(贾宝玉)你是宝玉呀?为何你我两人在此?(甄宝玉)你即是我,我即是你,真即是假,假即是真。(贾宝玉)是呀!(同唱)

【前腔】精灵一点,便游来汗漫,梅香春意阑珊。佛说无人无我相,鸟啼花落,梦魂追赶。我本如仙,卿还是客,琼瑶休辨真和赝。同记取,无端风月,有例尘凡。

(内叫介)宝玉。老爷回来了,快快去罢。(甄宝玉下。宝玉)你看他也去了,撇我一人在此,不免步出园门,再寻归径。

【古轮台】到其间,黄莺已解学缗蛮,池头柳絮和风铲。夕阳晼晚,带得梦魂还,省却云鬟遥盼。如此漫漫,不知何许,将前程一望无涯岸。宝玉呀!你今在何处也?画图小影,霎时光顿判仙凡。百影东坡,三人太白,随波聚散。一枕到邯郸,无人伴,赢得今朝人侮慢。

(睡神上)宝玉,你回来了。好好的睡你的觉去。(下。宝玉睡中叫介)袭人姐姐。(袭人上)我在此。(宝玉起介)我告诉你,做了一个奇梦。(袭人)梦到哪里?(宝玉)我梦到一个地方,与我园中一样的,也有一个宝玉,我与他说了半日话儿。

【前腔】莫相干,两人形影不成单,并肩四目平分看。留心顾盼,不遗一分悭,宛似同胞共产。还和他絮叨烦,侬家能许春风但。(袭人)这是镜儿没有划上,你的梦是镜中的影儿。(宝玉)镜光石火,勾引梦儿顽,浩荡天涯,希夷尘世,镌碑刻板,枝叶总难判。思量甚,到头来一把春风汗。

(袭人)你不要见神捣鬼,天色尚早,外头走走去。(宝玉)也好。画中谁说无双谱,镜里还留不二身。(同下)

鹃　啼

(紫鹃上)紫燕翩跹啄杏泥,仙源何处问前溪,陌头杨柳黛眉低。缱我寻来前日梦,殢人等到夕阳西,故将红豆打黄鹂。我紫鹃,只因我家小姐,每日睡思昏昏,痴情脉脉,看她与宝玉若即若离,半吞半吐,两人心事,皆说不出来,不知将来如何是了!等宝玉来时,细细的试他。

【挂真儿】奴奴不放心头寸,倚雕栏揉断春魂。苦绪无言,疑情但泪,都被春风缚紧。

咳!宝玉!你害煞我们小姐也。

【太平令】似假还真,水远山遥香味近。枝头未报三分信,桃源迤逦问前津。正是有意唤春春不到,无情逐水水常流。且把针黹做起来。(宝玉上)呀!这是潇湘馆了。何为静悄悄的?哑!紫鹃姐姐,在此风前坐着,身上太单薄些。

（拍肩介。紫鹃）二爷,你年纪一年大似一年,不要这样动手动脚。你看里头的一位都渐渐地远着你。（宝玉）不错的,我时常与妹妹谈谈,觉得生分了些。（紫鹃）二爷呵!

【孝南歌】大人家,里外分,楼头莺花各自春。你自佩青绅,她自调红粉,须教安顿。恁兄妹称呼,有闺房名分。不比少年时,尽调笑,娇厮趁。算来亲,只如宾。她不出闺门,还未定小婚姻。

（宝玉）据你说来,我不好与妹妹说话的了。（紫鹃）说话是使得的,只是表兄表妹,也该略避嫌疑。（宝玉）我与妹妹从小生长一处,有何嫌疑的介?

【前腔】同眠起,笑语频,茶杯酒樽浑不分。她自会温存,我自能帮衬。几年亲近,便怄出愁肠,叫那人低问。我化作香泥,也只要双心印。是前身,有前因。听鸟语留春,只索要东君肯。

（紫鹃）你的说话,总是一厢情愿。大凡世上事情,哪里料得定介。我们小姐,虽住在这里,只怕一年半载,也要回去。（宝玉）回何处去?（紫鹃）回苏州去。（宝玉）她苏州没有了人。（紫鹃）二爷,她家也是书香大族,岂肯叫她在别人家出嫁,被亲戚笑话。

【水红花】则便是女孩儿,毕竟有家门。簇新新,江南金粉。虽是你意中人,春水泛萍根。闹纷纷,谁知春信?（宝玉搔首介）哑!林妹妹已定了亲了么?（紫鹃）这还没有。只是将来总要回家出嫁的。只画鹚樯帆风紧,陌头杨柳色,渡江春,莫教辜负小钗裙。

（紫鹃下。宝玉）听她说话,半遮半掩,不明不白,真要闷煞我也。（行介）咳!这是上年葬花的地方,花儿花儿,送到何处去也?

【小桃红】算总是断肠人,无处款花身,他花也真心忍。难道一丛丛,风雨了黄昏。问踪迹天涯远近,隔断红尘。莺帘晓,鸳阁晚,鸭炉春。都是这勾魂本也,空描写淡墨烟云。但祝颂侬侬蠢蠢,任那绿波蘋流去春痕。

（洒泪坐介。雪雁上）二爷!你坐在石头上风地里,要着了凉的。（宝玉）你们如今不理我的了,又来问我则甚?（雪雁）谁不理二爷呢?（宝玉）男女们也该别些嫌疑。（晴雯上）我找了半日,二爷你倒在此。（雪雁摇手介）他又发了呆了,我们好好扶他回去。（晴雯）二爷,我在此扶你回去。（宝玉）回去要一同去,是到苏州去么?（雪雁）到苏州去呀?（宝玉）林妹妹呢?（雪雁）林妹妹随后就来。（宝玉）如此就走。（行介。袭人上）二爷为何如此痴痴迷迷的?（晴雯）想又是旧病发了。(袭人)扶他在床上躺躺。(宝玉睡介。袭人)为何好端端发起呆病,必有缘故。(雪雁)他方才与紫鹃姐姐说了半天话,不知说些什么?(袭人)是了,解铃还是系铃人,雪雁妹子你快快请她来,解说解说。(雪雁下。袭人)这又是失了通灵玉的样子,你们不要大惊小怪,等紫鹃来,再作道理。(紫鹃上。袭人)紫鹃在此。(宝玉坐起介)紫鹃,你是到苏州去了的呀?(紫鹃)我们是不去的了。(宝玉)啊哟!不好了!你们的船儿在此。(袭人)不是呀,这是画上的船儿。(宝玉)你拿来,教我锁住了它。

【下山虎】我则把纤绳齐捆,舟楫来吞,不许它移家船稳,不由它一帆风顺。江水外,前村后村,图画里,说不尽情根恨根。从今后,仙客裴航休渡人,教西子无归信。只仗着胸口里牢笼紧,休将挂起头颅晕。

好了,我已船牵到屋里,事放心头。紫鹃,你去问声林妹妹,如今可是不能去了。(同下。黛玉上)我听见宝哥哥被紫鹃一番言语,竟沉迷过去,咳!你真个痴心人也。

【醉归迟】灵心巧,尘心钝,忒多情,那晓得情都尽,为甚么,不留下这花阴余韵?不许啼莺烦闷?待谁来唤醒那梦魂?这殷勤,真颠倒两时辰。咳!不要说他,连我也是痴人呀!痴人也要说痴人,留恋着柳眠花孕。尽由它来春去春,只不管眉纹朝颦暮颦。各心怀觌面难论,却都是一般儿山痕水痕。想不出前因后因,料不到前身后身。试看花坠香茵,也痴了三分四分。

(紫鹃上)小姐还未睡觉,宝二爷已好些了。(黛玉)这桩事都是你闹出来的,因何好端端说到苏州回家的话?(紫鹃)我见他与小姐十分情重,所以我把话来试试他的心儿,哪知他竟是真意。

【水红花】则道是浪杨花历乱碧波滨。忆王孙萍踪难认。谁知那惜花人,说到便消魂,梦昏昏,烟愁香悒。小姐呵!不是我饶舌,算来一动不如一静。苦忆煞摩肩擦鬓,原来生长到这三春。看如今春水如云已到门。

(黛玉)你又说疯话了,还不随我进去。

【尾声】移灯火,被炉熏,休问起春色氤氲。与你没干涉,惺惺惺,却怕今宵梦难稳。(同下)

眠 芍

(湘云上)又是一年春,不道春光窄,桐棉兼柳絮,点点和风织。鸟语闹笙歌,花气侵筵席,酾酒寿东君,醉倒眠茵客。我湘云。只因今日是宝哥哥的生辰,我们要去吃他寿酒,待宝钗姐姐来,一同行去。(宝钗上)你倒起的早,想是要去拜寿。你不晓得,今日拜寿的地方多着哩。邢大妹同宝琴妹子,连外面的平姑娘,都是今日。(湘云)如此益发凑巧了,我们闹他来,一同吃酒。(行介)

【月儿高】轻轻年纪,生长罗丛里。牵裙挈衣,自小无回避。逞兴衔杯,攒凑着彩衣戏。卿须记,寿星聚会,尊前蛱蝶飞。

这里已是怡红院了。因何拜寿的还未见到?(宝玉上。宝钗)我们拜寿来的。(宝玉)哪里敢当?(湘云)拜了寿,好吃你的面哟。(拜介。湘云)今日邢、薛两位妹子同平姑娘,都是生日。(宝玉)这也凑巧。我们何不聚在一处,吃一天酒?(宝钗)我已打发人知会去了。(湘云)哥哥,今日如何请我?(宝玉)自然有的,已排在芍药轩了。(邢岫烟、宝琴、平儿同上)我们拜寿的来了。(宝玉)据我看来,今日也是各人的生日,不如脱了一番俗套,倒觉清雅。(平儿)二爷,我是要拜的。(宝玉)如此,我躲生日去了。大家坐下。(湘云)我们何不就到芍药轩中看看花去?(行介。湘云)

【锁金帐】春风无底,忙把人心泥。乱花丛,谁料理?几天莺燕呼起,三分犹未,哪做得出这样丰姿儿似伊?鹦鹉杯擎,咽下春滋味。难道一声春去也,便做三春婪尾。

到了。你看春光明媚,花意朦胧,好是十分景致。(李纨、探春上)我两人一来拜寿,一来闹席。(宝玉)就坐起来。我们四个,都是主人,还是大嫂子首座,挨次坐罢。(各坐介。宝玉)我新学得一个令儿,要一句古文,一句旧诗,一句骨牌名,一句曲牌名,一句时宪书,总要意思联贯。我说了。奔腾澎湃,江间波浪滔天涌,须要铁索缆孤舟,既遇着一江风,不宜出行。(湘云)谁耐烦这些唠唠叨叨。(宝钗)也罢,就是寿字飞觞罢。(湘云)这多得紧,寿比南山,寿延千岁,寿星挂拐杖,寿星吃砒霜。(众人笑介)都是自己吃的。(湘云)我说了寿字,为何倒要我吃?(众人)你都是第一个字,该自己吃。(湘云)我不晓得。(众人斟酒灌介。湘云)你们这样作弄人,被你们灌醉了,我到外边逛逛去。(下。李纨)我们也是分儿了,何不大家散散?晚间的酒,就排在怡红院罢。(同下。湘云醉容扶丫鬟上)今日醉了,这里芍药栏边,有个石坪,可以坐坐的。(坐介)

【前腔】阑干斜倚,薄醉云阴里。俏妖娇,怜旖旎。装点佳人罗袂,王孙琼佩,便立不定花径阴沉烂泥。如此丰神,辱没煞称花婢,金粉妆台和斗艳,只怕红颜让你。

（立介）你看蝴蝶儿飞上飞下，翩翩不定，丫鬟，你把扇子来。（扑蝶介）偏偏又飞去了。闹得一身绵软，酒气又要涌上来。丫鬟，你去取茶来。（丫鬟下。作半睡介）

【前腔】丝丝力气，头重扶难起。困人天，留客地，看它那般明媚，那般细碎。要叫花眠也，眠也陪伴醒颜殢。酕醄花容，酣态还容易。倘遣春风来问我，只说今番醉矣！

（睡介。宝琴、岫烟、宝玉上）今朝酒后，姊妹们都到家中歇息，我们三人，还向园中走走。不知湘云姐姐逃出席来，在于何处？（宝玉拍手介）这不是湘云妹子么？你看一身花片，满面酒容，直是春风无赖也。

【风入松】则看她，苔茵眠稳醉蔷薇。俊双睛，朦胧闭。可由着秋阴压住胸前气，逐层层香骨添肥。一榻当芙蓉，还亏得花神破费。也不管花枝外，有黄鹂。

（宝琴）你看扇儿已丢了，那一群的蜂儿蝶儿，只是围住了她。

【前腔】窣地里，偷香窃艳掠花飞。嗅头油，恣游戏。也管教蜂情蝶意还肥腻，密嗡嗡吮上春衣。恨纨扇飘零，抛来苔砌。便画到妆台畔，睡杨妃。

（岫烟）待我唤醒了她，免得冷着。湘云姐姐呀！只是叫不醒她。

【前腔】莫不是，芳魂扶梦上天梯。一声声，来叫你。只为是春衣单薄风难避，况斜阳已到栏西，凭骂煞春婆，妆慵不理。试问此中消息，但春知。

（丫头捧茶上。宝琴、岫烟）我们把她扶起来，吃杯茶儿。（湘云擦眼作醒介。宝琴）此时日已傍晚了，你这一觉，也睡得不小。（湘云）你们扶我起来走走。（行介）为何这样站不稳的？

【前腔】则笑煞，山翁烂醉已如泥。重行行，颠还踬。只多谢扶春归去将春倚，不分明前路高低。一曲醉花阴，被人调戏。若向前头移步，不由伊。

（丫头）小姐喝口茶罢。（湘云饮介，作晃介。岫烟）你站稳些，我们两人扶你回去。（扶行介。同唱）

【前腔】恁今日，花底频尌介寿杯。恰翻阶，羞罗绮。则落得玉人能识春风意，燕行斜一径差池，行不得也哥哥，欲前还退。谱入玉箫声里，醉扶归。（同下）

解　　裙

（旦芳官上）话到家乡何处也，间随燕子傍雕梁。香染熏笼，眠酣画阁，珍重主人情况。我芳官,姑苏人氏。只因自小父母双亡,出来学戏,作梨园之子弟,呼菊部之班头。来此已经三载,今年派我在宝二爷处伺候,倒也十分自在。你看一群女孩们,都向前头顽耍去了。

【小蓬莱】刚送三春去后,滴生生一径青莎。蛾和人闹,蝶和人扑,钱也和人簸。

也罢,我也向前,同她们顽去。(杂丫头二人上)姐姐!我们到山石底下斗草去罢。(芳官)也好,若是输了,要打手心的嘘。(丫头)就打,坐下来。(坐介。同唱)

【喜相逢】露茎风叶,条条随手团搓。看输赢,不许轻饶哪个。

(丫头)姐姐,你输了,该打该打!(香菱上)花红摇薄鬓,草绿上春衣。你们在此作何戏耍?(芳官)我们在斗草,输了打手心。(香菱)甚好,我在这里看何人输赢。

【雁鱼锦】看她撷取墙阴枝与柯,湿苔坪,一簇人团坐。笑无力拿春双手鞾,叫唤输赢,满口啰唆。教板轻敲,只任伊拖,掌上罗纹把痛搓。一个是东风得意娇春惯,一个是桃李无言学醉酡。

你们斗草,须要说一草名,可配对的,方为雅趣。(丫头)我有罗汉松。(芳官)我有观音柳。(丫头)我有君子竹。(芳官)我有美人蕉。我再出一对,我有姊妹花。(丫头)这对什么?(香菱)我替你对了罢,我有夫妻蕙。(芳官)这句才对景儿,丈夫出门两三月,又想起夫妻蕙来了。(香菱)我把你烂舌根的,撕破你的嘴。(摔介。芳官将香菱拖倒介。丫头)不好了,香菱姐姐的裙儿都湿了。(香菱立起介)哎哟!这裙儿被一涡水浸透了。(丫头下。香菱搅裙介)

【前腔】愁它蘸积溜圆涡,贪却嬉春,转把心情挫,浓渍春痕,也比似榴花掩泣,一般泪点还多。暂且捎干墨沈,揾除霉涴,教坏色还愁看破。这不是裙拖六幅潇湘水,也只笑罗袜生尘步洛波。

(宝玉悄上听介。香菱)那水儿不干,这褶儿已皱了。还须晾晾才好,若是老夫人看见,还费一番唇舌也。

【前腔】怕她积世老婆婆,说我轻狂,便把新衣污。咳!这裙儿是老夫人所赏,第一天穿的呀!浅色桃红,则一霎回黄转绿,教人解脱如何?恨那云鬟恶赖,把奴推堕,倘瞥见行藏怎躲?切莫笑康成诗婢泥中句,只好说滑跌池塘瀨水拖。

(宝玉见介)香菱姐姐,你的裙儿坏了,鞋儿也湿了。(香菱)都是你们的芳官,将我拖在水中的。(宝玉)这是我们的不是,该赔个礼儿呀!(作揖介。香菱)二爷又要作此张致,好不肉麻?(宝玉)你不要着慌,我们袭人姐姐,也是姨娘送她的裙料,与你做的一色一样,取来替你换下。(香菱)她的东西,如何使用得?(芳官)不碍事的,我去告诉她。(下。香菱)二爷呵!

【前腔】知么?闷煞没头鹅。调侃无端,碎口嫌烦琐。若说湔裙,又不是秉兰赠芍,空教心事蹉跎。(宝玉)咳!她嫁了我们大哥,诸事又不称意,说来甚觉可怜。叹你愁绪牵缠,闷怀堆垛,则一向宽心犹可。便何妨背人偷把春风换,只怕你草绿裙腰瘦得多。

(袭人将裙上)哎哟哟!香菱妹子,你好顽皮呀!把裙儿弄湿了,我有新的在此,是一色一样的。(香菱)多谢姐姐!等我暂时遮过去了,明日送还。

【前腔】摩挲,是百褶云罗,叠在箱奁,一段芸香里。异样鲜明,更多谢熨帖缠绵,个中兜得情多。(解裙介)二爷!你且背过脸儿,让我好换。你且回头学避,低眉装躲,比不得两人你我。恰比似桃花不放三分色,也防着帘外莺偷与燕唆。

(袭人)这就好了,可以掩饰得过。你把旧裙给我,替你收拾去。(香菱)多谢姐姐。(袭人下。宝玉)好了,今番是一样的了。只是鞋儿尚有湿痕。

【前腔】婆娑,冷眼看如何?月影更番,旧样新添谱。换霓裳,还是要云帔低垂,深深遮住凌波。(香菱)二爷,难为你这样周旋也。则看一样娉婷,十分停妥,把话柄轻轻解脱。不羡那同心带绾鸳鸯结,只落得称体裙移翡翠窝。

恐怕有人看见,我与你分头去罢。(宝玉)你也该向姨母处走走。(各行介。香菱)二爷回来。(宝玉)有何说话?(香菱)你见袭人姐姐,为我多多道谢。(宝玉)晓得的。(各行介。香菱)二爷回来。(各携手笑介。宝玉)你还有何话?(香菱)我有多少话要谢你,只是说不出来。也罢,你哥哥回来,不要说起来呀!你去罢。(分头下)

寿　　红

(旦袭人上)一群娇鸟小孩孩,玉手搀扶粉脸挨。今夜月圆人静后,小红低唱寿筵开。我袭人。昨日宝二爷生辰,众人都来闹了一天,我们未尽一点孝心。我与晴雯、麝月、秋纹四个人商量,各出分子,办了果碟,替他补祝。

【十二时】围住了怡红景,替东君补庆。私语杯长,良宵漏短,剔银灯,今夜更称觥,也算得云鬟孝敬。

(芳官上)姐姐,果酒已预备好了,就排在里头炕上罢。(袭人)使得。(宝玉上。袭人)二爷回来了,众姊妹们出来为二爷拜寿。(晴雯、麝月、秋纹上)我们为二爷磕头。(拜介。宝玉)生受了你。

【不是路】簇样娉婷,下气低头爱小星。深深拜,被钗裙拖住这三生。谢多情,蝶儿活了花间命,听无限柔情叫一声。真侥幸,老人星借姮娥影。泥金柬订,坐花筵请。

(袭人)我们的酒就在里头炕上,请二爷坐了,我们好安席。(宝玉)不用这样闹了,我们想了一件事,如今人太少了,不如请钗、黛二位一同行令。(袭人)既然如此,索性请了大奶奶、三小姐,大家热闹一宵。(芳官)我去请她。(下。袭人)我们虽不安席,也要在各人手中饮一口。(袭人递酒介)

【前腔】春水盈盈,先劝春风殢酒情。(晴雯递酒介)和杯尽,要今宵狂煞不宜醒。(麝月递酒介)二爷为何只管看我,只是不饮?举芳醽,教奴故意唇边等,就破费工夫四目瞪。(宝玉饮介。秋纹递酒介)我是弥满十分,祝二爷福寿无量。双擎定,酒添花福花奴赠,轮番爵滕,难容觚剩。

(宝玉)都领了情了。只是她们来时,一桌还坐不开,须要安排停当。(芳官、钗、黛、李纨、探春同上。芳官)客都请到了,请坐罢。(李纨)今夜该寿星上坐。(宝玉)使不得。(李纨)芳官,你陪着二爷坐,(探春)你要上桌,先唱一套曲儿与我听听。(芳官)唱什么?(探春)唱"翠凤毛翎"罢。(袭人等各持乐器吹弹,芳官唱完介。宝钗)唱得好,合席贺饮一杯。(宝玉)我有酒筹,甚为雅致,各人抽筹饮酒。(袭人将酒筹掷色介)该宝姑娘先抓。(宝钗念介)这牡丹花,艳冠群芳,后面题着,任是无情也动人。(合席各贺一杯。宝玉)这筹上的意思,已经打成曲谱,随抽一根,即叫芳官唱去。(芳官唱)

【前腔】富贵花明,占断仙宫第一名。窥妆镜,便天香酣酒带微醒。(袭人掷点介)该林姑娘了。(黛玉念介)这芙蓉花,风露清幽,后面题着,莫怨东风当自嗟,牡丹陪饮一杯。(芳官唱)俏亭亭,谢他廿四番风聘,想江上秋光夜月清。撑孤梗,白蘋波老苍葭冷。三分花性,三分香影。

(李纨)我要先掣了。竹篱茅舍自甘心。妙极!芳官,你按谱儿唱者。(芳官唱)

【前腔】霜晓寒轻,吩咐梅花放玉英。心清净,将孤高标格共花盟。(李纨向探春道)我替你掣一筹。(念介)日边红杏倚云栽。得此签者,必得贵婿,大家快快公贺。(探春)大嫂子,拿这筹打趣人。(李纨)得了贵婿倒不好?芳官!你要唱得好,将来还要大大的讨赏。(芳官唱)透天星,天公注就夫人命,待听取鸾箫合凤笙。墙边杏,舆台桃李间花媵。玉颜端正,金闺消领。

(袭人)这筹儿惯要作弄人,我偏要抽一枝,看它如何。(取筹介)这是一枝桃花。(递与宝玉介)二爷你替我看看,筹上写的什么?(宝玉念介)坐中同庚者陪一杯,同姓者陪一杯。大家算来,宝钗姐姐同晴雯两位,皆是同庚,应各饮一杯。独无同姓者。(芳官)我也姓花,应陪一杯。今夜被袭人姐姐拖上我来了,听我唱来。

【前腔】寒食清明,映水深红弄午晴,望盈盈,忆春风人面去年曾。偏偏我又是同姓。女优伶,今番巧做花凭证,是陪伴春风一小莺。论同姓,三生共结桃花命。将筹为令,将诗为证。

(黛玉)今日饮酒乐甚,夜已三更,不胜杯酌,也该散了。(李纨)此话说得极是,各人掌灯。(杂照灯上。李纨、探春、钗、黛)今儿闹了半夜,明日再来奉谢。(同下。袭人、晴雯、麝月、秋纹)芳官,你伏侍二爷睡罢,我们要到各处收拾去。(同下。芳官醉晕介。宝玉)芳官,你今日醉了,靠在我身上,替你撕摩一番。(芳官靠宝玉身上低唱)

【月儿高】酒意酣难醒,胸头还自省,扶起娇无力,兜定郎君颈,许上台盘,并肩挨,不遣花枝零。酬红飞绿,由着东风竞。音绕梁尘,更情绕灯前影,谜突得醉薏腾。俏投怀,燕子身轻,说不尽的欢娱景。

(宝玉)你看她说说话儿,竟睡着了。这花光酒味,百和氤氲,好不动人情绪也。

【前腔】生小娥眉靓,孤雏无照应。薄醉由人缱,不解装娇性。(摸介)哎哟!脸上火热,想是口渴了。芳官,要喝茶么?(芳官摇手介。宝玉)一味沉迷,怕烦劳口渴辞春茗。芳官,你进去睡罢。(芳官)我一步走不动了。(宝玉)蝶懒蜂慵,哪许寻芳径?只好抱着她进去也。抱得香归,要勾得蜻蜓领。怜惜那没支撑,帮扶花睡到三更,安慰我的风流病。

芳官,我抱着你进去。这抱起来,还是小孩子一样。杨柳腰支刚半捻,可怜瘦小一身轻。(下)

私　祭

（宝玉持鞭跟茗烟上）我宝玉。前日见藕官在园中烧纸,问起根由,原来她与药官,是一处生长的。后来药官死了,时时挂念,特地祭她。咳!我想这班女孩子,还有十分情况。

【绕地游】墓门宿草,哭煞离群鸟,魂逐纸钱回绕。檀板香消,玉箫声老,小雏鸦,痛把楚词招。

（茗烟）二爷,你要到秦官人坟上去,只是未带香烛,如何是好?（宝玉）蠢才,古来招魂设奠,只要心里虔诚,难道转重礼物?

【步步娇】北邙间,西风斜阳道,三尺孤魂窅。阴司里,路迢遥,山鬼通灵,哭声呼到。怎待的彩幡招?诉心香,报说故人昭告。

（茗烟）到了。秦官人的坟,就在这庙里。待我叫门。（敲门介。老尼上）何人敲门?待我开了一看。（宝玉进介。老尼）宝二爷!为何到此荒凉地方!（宝玉）我要到秦哥坟上去哭祭一番。（老尼）就在后头。徒弟看茶来。（智能上。宝玉）这不是智能仙姑么?（智能）正是,二爷万福。（老尼）徒弟,你与二爷是从小认得的,陪着谈谈,我里头办斋去。（下。宝玉）智能仙姑,你坐着,我要细细的问你,你何时搬到此间的?（智能）二爷听禀。

【醉扶归】则这落空门,偏惹出万般烦恼。老优婆,灵旗穗帐飘。更笑那佛根生小不坚牢。嫁春风早被桃花笑。自从别后,我师父一病而亡,智善又已嫁人,剩我一人,好不孤零也。勘破得镜中花影水中泡,难支守,一灯清磬孤村庙。

（宝玉）咳,一年不见,你竟落魄至此!你与这里道姑,如何认得的?（智能）这是我的姑母,因我无依无靠,所以挪到此间的。

【皂罗袍】人间一粟不容娇小。记从前,都付与烟冷香消。尘沙世界一鸿毛,阇梨午饭随缘饱,红灯焰少,经声昨宵,绿苔阶扫,花阴昨朝,冷心肠,只不管啼鹃老。

恰好秦官人坟墓在此,我替他每夕焚香,终年看管,尽我一点虔心。（宝玉）咳!可怜!（智能）

【山坡羊】香一炷,月痕孤吊。秋一抹,风声孤叫。可怜我只影无家,听晓钟暮磬,一撮秋坟能靠。他灵儿,我梦儿难引到。只有声声祷告,算了生生酬报。因缘还凑巧,死和生,哪分晓?无聊,等清明,杯水浇,忍抛,诉衷肠,一纸烧。

（宝玉）难为你这般诚意，只是你年纪尚轻，将来毕竟作何收煞？（智能）二爷，古人云：士为知己者死，女为悦己者容，我只好倚着坟儿，过了一生的了嚎。（哭介）

【山桃红】则看着土花紫晕，墓草青胶，也算我同他老。风潇雨潇，何怕骨瘦香桃，早情愿颜零鬓雕，若我智能，早早一死，葬在他的坟旁，也算一生心愿了。待要咒短命年尘影消，白杨愁啼煞同林鸟也，还是结果奴奴的下梢。便香窟星魂抱，鬼语牢骚。早难道愿同死，阎罗不肯饶？

（宝玉）我听她的话，十分可敬，十分可怜。鲸卿呀鲸卿！不辜负你一分恩爱也。

【好姐姐】金风飘残，魂恋细腰，今日里九原含笑。夕阳衰草，声声儿也哭得娇，无明晓。花怜花惜春归早，团就香泥鬼亦豪。

（老尼上）二爷，坟上已排好桌儿，请二爷上香。智能你陪香去。（下。宝玉）那一带荒烟蔓草，古木寒鸦，好不凄凉人也！（智能）此地就是秦官人的坟了。（宝玉）哑！你晓得故人宝玉在这里看你？（焚香掩泪介）

【鲍老催】还记你书灯同照，还记你寂静禅房，把春风闹？桩桩儿，出落的风流年少。哪信太蹊跷，一病来成枯槁，野猫下拜苍蝇吊。哪知宝玉呵，奠香醪，不住的揾鲛绡，哀蝉碎聒得秋风恼。

（智能）我趁此香，也来拜他一拜。（拜介）秦官人呀！

【前腔】你撇我成仙去了，你撇我孤苦伶仃，有谁能保？上灯初，无言有恨将衣咬，这是苦根苗。香冢边，哥哥叫。咳！我只管唤他，只怕他还要恋我，转教他幽魂抑郁。如今不是从前貌，灭丰标，白费你太心焦，多情况未把花枝拗。

（老尼上）二爷，你们祭已完了，请客堂用斋去。（宝玉）我们凄惨了一场，食不下咽，腹中尚不饥饿。另日补送香金。只是智能小姑，你要好好照顾她。

【绵搭絮】愁肠闷饱，生死两魂消。一片精灵，佛劫仙尘去住超。那智能姑呵。破空虚木落山高，闷的我沾泥絮净，打梦钟敲。守今番孤鹤梅花，目断神交，情种心苗。

（茗烟带马上）天色已晚，二爷也该回去了。（宝玉）师父，倒破费了你。（老尼、智能）二爷慢慢去。（下。宝玉）前日看见芳官化纸，今日又见智能守坟，可见世上钟情，大半多在女子。

【尾声】缄诚心，堪共表，世上多情付小娇。这心肠，把痴男还压得倒！（下）

醋　　骗

（旦尤二姐上）杨柳无心飞絮，飘泊帘钩烟雾。昨夜不成眠，难问春风前路。且住且住，守到莺朝燕暮。我尤二姐，嫁于琏二爷为二房，倒也安心乐意。只是住在外边，总不安稳，倘露风声，如何是好？

【绕地游】一张红帖，命是桃花妾，三五星光清怯。

二爷一朝出门，因何还不回来？（贾琏上）二娘，你一人在此，我有紧要公事，要到平定州一走。（二姐）几时回来？（贾琏）多则一月，少则二十天，一定回来的。你看守门户，好好的过日子。（二姐）晓得的。二爷呵！

【绕红楼】千里的征尘道路赊，寒暄调护小心些，芍药脂残，芙蓉粉卸，怅望夕阳斜。

（贾琏）你替我收拾收拾，明日就要起身。我同你进去说几句话儿。（下。熙凤、平儿上）我恍恍惚惚，听见小厮们喊说，二爷在外娶了二房。平儿，你可晓得么？（平儿）不曾听见。（熙凤）你是二爷的心腹，就是这样鬼鬼祟祟。我昨日拷审小厮，也问明白了。只是此事如何办法？（想介）哑！有了！平儿，叫车夫套车我去烧香。（车夫、小厮上。熙凤）就靠着我们墙后边走。（熙凤、平儿同车介）你看这个地方，倒也僻静，怪不得是藏奸之所。（小厮）到了。（敲门介。老婆上）何人敲门？（小厮）二奶奶在此。（老婆）不好了。二奶奶有请。（二姐上。老婆）琏二奶奶在外。（二姐）啊哟！这便如何是好？也罢，只好接去。（开门介。熙凤）好妹子，我一向不知，撇你在此，是我的罪过了。（二姐）不晓得姐姐降临，有失迎接，就此叩见。（二姐拜介。熙凤拖住介）好妹子，我视你如亲姊妹一般，有何客套，妹子坐了好谈。

【罗江怨】你萍踪莫漫嗟，而今安贴，我心情只是要从头说。苦前番不晓得一些些，累你独自周遮，撑不住门庭别。则教那管廒盐，日影斜。倦针箱，灯影赊。一家人，怎拉向外边成两家客？

妹子，你只听外边风里言，风里语，说我是醋罐，不能容下，真真是冤枉煞我。（二姐）姐姐待人，是极好的。（熙凤）你将来自然晓得我的。

【玩仙灯】人口乱吱嘈，闹丛丛，掉出一般儿唇舌。

妹子，你不晓得，我当家已久，就有一班不得意的小人，苦苦的偏派我。

【入赚】恨我痴呆，挑着这一肩空担也，平白地费张罗，翻被人污蔑。妹子，你看我的平儿,平日待她怎样的?心稠意叠,只看天边,还要她小星儿赶月。一样钗裙,教大小何分别?你若到家帮我,我还得一臂之力。(二姐)只是妹子年轻,诸事不懂,还求姐姐教训。(熙凤)我晓得的,自然告诉你。诸事烦难,终日无休歇。须索闺中人帮助,方亲切。不但如此,妹子,我还有一件事,要央求你。(二姐)姐姐何必说到如此?(熙凤)你有所不知。若是你肯到家中,就把我的醋名儿也就减下去了。说他绮阁中,新谱却鸳鸯帖。把从前恶话儿十分遮,这声名,还亏你周旋的妥贴。你若住在外边,叫我如何放心?看门巷外太萧条,影孤子,况三尺低墙,也防偷窃。(二姐)但凭姐姐吩咐。(熙凤)不是我苦苦劝你,你另房居住,连二爷的声名,也就不雅。便郎君行止多亏缺,也是关名节。造出谣言,说是柳巷花街近狭邪,岂不糟蹋了我的糊涂爷。(二姐)姐姐说得一点不错。(熙凤)我也在家中,收拾三间屋子,与我是一模一样的。是金屋中,深深围住鸳鸯舍。从此玉镜台照着她,障罗帏早铺设。(二姐)只是家中的箱笼家伙,还要收拾收拾。(熙凤)好妹子!你的箱笼,只要封锁好,我就叫人来抬过去。粗苯家伙,贮在此间,横竖有看屋的人。管教肩驮兼手挈,趁庭阶斜照,正是归时节。则看门前停了七香车,特来迎接。

(二姐)还求姐姐挑个日子。(熙凤)今而是黄道吉日,最好的呀!何须周折,就今日喜红鸾,莫扭捏。平儿,叫外面套车,我同妹子一同回去。团圆真便捷,哪许将卿撇。看几番扯拽,几番招惹。

(二姐)多谢姐姐费心,我就跟着姐姐去。(熙凤)就与我同车如何?(二姐)甚好。(携手上车介。熙凤)

【尾声】看妻妾鹣鹣鲽鲽,情和协。从今呵,春风休放了花间蝶。(同下)

吞　　金

(尤二姐病容上)蓦地一朝尘劫到,闷将鹦鹉锁雕笼,命坐天牢,人游地狱,都被黑风断送。我尤二姐,自从被大娘赚入园中,于今两月。起初丫头们倔强,到如今连粥饭茶水,都懒散了。天啊!这长日子,如何挨得过呀!(坐介)

【凤凰阁引】低头暗想,布定愁罗闷网。去年懊恼嫁王昌,错认风流偶傥。河东狮子真无赖,消受残生魔障。

前日偶然抱病,被胡太医一剂药,就把胎儿打下来,看看倒是一个小子。

【江儿水】活活的贾家儿草字行,并非是假私男,须腓字牛羊巷,忽请那打胎医,闪逼胞衣荡。虽孩孩恐怕难成长,但呱呱听见啼声状。咳!则奈何未满月,将他养,不认亲娘,孤零的无依傍。

我听见二爷自平定州回来,娶了秋桐,至今尚未与奴见面。咳!最怜女子意,难识丈夫心。

【前腔】独不忆画娥眉,镜影双?独不忆剔银灯,勾引到春风帐?苦厌我瘦伶仃,不是人儿样?恨春风便把桃花飏。音容只许痴魂想,受无限凄凉况。血泪红枯,哭到望夫山上。

这也罢了。只是日已晌午,尚未端洗脸水来,不知丫头在哪里?(杂丑丫头上)你听听她,又是丫头呀丫头的只管叫。你静静儿坐着罢哩,叫我做什么?(二姐)洗脸水呢?(丫头)今儿人家不洗脸,看你脸上臊不臊,还要洗什么脸?(二姐)咳!反受她出言奚落。

【园林好】听她言机锋怎当,揉的我神情怅怏。招出了风流供状,多嘴的小梅香。

(旦扮小丫头上)我们平儿姐姐,送了茶点在此。(二姐)多谢姐姐,等我病好时,过去磕头。(小丫头下。丑丫头)你不要高兴,我听见秋桐二奶奶说,你原是有夫妇女,一向不正经的,如今你的前夫,在衙门里告了一状,连蓉哥也拿了去。(二姐)哑!有这等事!(丑丫头)难道骗你?(二姐)

【前腔】退婚书存留一张,还认得手模脚样。难道是未经妥当,为甚的弄虚腔?

(丑丫头)我还听见,我们琏二爷服中娶妾,还要革功名哩。(二姐)若果如此,这事倒闹得大了,如何是好?

【前腔】案情儿桩桩未防,一定有讼师摒挡。没辱煞丈夫肮脏,也是我丑行藏。

(丑丫头)今日我们奶奶与秋桐二奶奶十分着急,已闹到那边去了。不料你们老娘,先行逃走。(二姐惊介)呀!我的娘到哪里去了?(丑丫头)这如何晓得,现在不知死活存亡。(二姐哭介)痛煞我也!急煞我也!

【江儿水】埋怨煞女儿歪,累着娘,只怕你老年人,经不起风兼浪。若是我在家呵!猛可的泼残生,尚有娘儿两。今孩儿已被愁绳绑,娘儿又被风声谎,抛撒得迷归向。生女门楣,痛煞者番模样。

我一向在此,不知外间情事,多谢好妹子来告诉我。以后打听消息,务须寄我一声。(丑丫头)晓得的,我去了。(行介)二娘叫我来吓唬她,她倒谢起我来,真正是糊涂人。(二姐)我今朝起来,勺水并未入口,不免身子困倦。(睡桌上介。杂扮夜叉绕行下。二姐)啊哟!鬼来了!吓煞我也!

【前腔】则想你鬼爷爷将死帮,则看我病骷髅原不是长生相。已到了鬼门关,不作人身想。算前生欠了风流账,今生挂了风流榜,一霎里香魂漾。冤诉从头,受不起零星棒。

我恨从心起,火到头来,不如将小刀儿破腹而死!

【前腔】我则要洗心肝,刳胃肠,也晓得事良人,并未把形骸放。只忍却一波波做鬼情犹爽。嗳!毕竟不好,闹得血肉狼藉,教人如何装裹,不如悬梁自尽的好。把情丝扣了蜻蜓项,气丝咽了啼莺吭,没收煞,悬空宕,遍体梁尘,便勒住春风鞅。

咳!既要死了,为何做出这般张致?我箱内有生金一块,不如吞了,死得人不知,鬼不觉。有理呀有理!(起介)我将衣服穿好。(哭介)

【六犯清音】算今生圆满人间幻相,此番梦醒黄粱,只拼一死,酬他蝶怨蜂狂。忙插戴,整巾裾,风飕飕,啸纸窗,月迷奘,冷画廊。人儿一个,此刻影儿双。已穿好了,你看像人儿像鬼?不管伊故人知否怜人意,则笑吾新鬼无端学鬼妆。我须望空拜别父母。愁的是亲生父母,恨的是薄幸儿郎,惨的是投胎血肉,怨的是饶舌姬姜。把一生心事从头想,这三更孤灯如豆,魂入女儿乡。

此时不死,更待何时?只好硬着心肠,吞它下去。(吞金介)

【尾声】落花人去也,将花葬。下喉咙,难熬痛痒。只是有天难告诉,无地可商量。

(捧腹介)啊哟!好痛煞我也!(尤倩姬上)姐姐,你不要苦楚,我领你回去。(将黑纱蒙头下)

闺　　试

(宝玉上)我们一向家中多事,诗社久已阑珊。昨日探春妹子,与众人商量,近日天气融和,要结桃花春社。我说不如仿照闱中模样,局门严试,以比高下。今日已是试期,不免前去应名。话犹未了,你看主考监临,早已到来。(下。内吹打介。李纨、熙凤红袍纱帽,杂四青衣跟上。李纨)妆出闺门新气象,(熙凤)偷他男子旧衣冠。(李纨)门墙一样栽桃李,(熙凤)作戏逢场看试官。请了。今日局试,须要分个优劣,题目也要新鲜。不致被人抄袭。(李纨)这个自然。(青衣)请主考监临升堂。(内吹打升坐介。熙凤)吩咐开门。(宝钗、黛玉、探春、宝琴、湘云、岫烟、香菱各扮青衿同宝玉上。青衣)诸生听点。(各人应名接卷进介。青衣)诸生按名而坐,不可撺越。(青衣将题目牌上,主考出题,青衣传下,诸生看题牌上写金陵、潇湘、维扬、钱塘、荆门、邺都、苏台、蜀道各怀古词一首。宝钗)我是《金陵怀古》。

【驻云飞】江左长安,三径苍烟问蒋山。看白影杨花晚,红影桃花懒。丁字画栏杆,燕子留关盼,六代斜阳,莫把长绳挽。恨香井胭脂点血斑,也愁煞江南谢阿蛮。

(黛玉)我是《潇湘怀古》,正合我意。

【前腔】风戛琅玕,点滴从今泪未干。想帝子愁春晓,山鬼啼春旦。九面望衡帆,相隔成河汉。到底秋清,声断随阳雁。我飞过洞庭振羽翰,鼓瑟西风一曲寒。

(探春)我是《维扬怀古》。

【前腔】杨柳娇眠,一半隋堤大道边。忆盘就金花线,搓就金丝牵。阁上美人肩,步步腰肢软。廿四桥头,明月箫声远。叹士女嬉春拾翠钿,赢得雷塘十亩田。

(宝琴)我是《钱塘怀古》,我从小时到过的。

【前腔】西子湖边,三尺桃波罨画船。怎丝竹东山院,灯火西山苑。苏小墓门前,花草春风面。记得年时,踪迹随萍转。便吟到吴山第一巅,尝到孤山六一泉。

(湘云)我是《荆门怀古》,这题倒难,脱不出少陵窠臼。

【前腔】痛煞婵娟,马邑龙堆路八千。笑和□将花献,画笔将花贬。马上拨鹍弦,谱出昭君怨。草色青青,犹恋昭阳殿。羡归汉文姬脱塞烟,只香水西流不肯还。

(岫烟)我是《邺都怀古》了。大约是魏宫故事。

【前腔】老去曹瞒,买履薰香望墓田。算甭白怜黄绢,宫瓦砸青砚。铜雀傍云烟,玳瑁装台殿。漳水东流,流出桃花片。到五马同槽恨逝川,洛浦桥头咽杜鹃。

(香菱)我是姑苏人,今咏《苏台怀古》,倒要把家乡丽景,一一写来。

【前腔】叠锦云帆，消夏湾头赋采莲。正春草吴姬钏，明月吴宫扇，搴取苧罗烟，留订鸳鸯券。秋老梧桐，乡屡斜阳院。喜生长山塘绿水边，士女丰茸胜往年。

（宝玉）我是《蜀道怀古》，如何写来？

【前腔】剑阁巉岏，蜀道高凌尺五天，看矶石孙妃怨，驿路杨妃恋。苦诉子规冤，毕竟魂难见。花蕊宫词，也被流光饯。忆《长恨歌》成擘蜀笺，想自古愁心蜀女媥。

（内吹打催卷介。青衣）你们都完了不曾？（众）都完了。（青衣取卷送呈介。熙凤）吩咐开门放牌，诸生们在外候榜。（内吹打宝钗等下。李纨）我看潇湘一首，最有魄力，一定抢元了。（再细看介）金陵一首，包裹细密；荆门一首，措词清婉；吴宫一首，抒华妍丽；就取此四人作为鼎甲传胪罢。（熙凤）甚好，就此放榜。（杂二人扮报录人上）第一名是我的。（杂）第二名是我的。（青衣唱名介）第一甲第一名林黛玉。（杂点头介。青衣）第一甲第二名薛宝钗。第一甲第三名史湘云。第二甲第一名香菱。（杂报录人下。黛玉、宝钗、湘云、香菱上）请了。我们叨列同年，岂非侥幸，不免进去谒见。（同进介。熙凤）取官服过来。（四人冠带各披红插金花介，四人拜见介）多谢老师提携。（李纨）列位坐了好讲话。（四人告坐介。同唱）

【前腔】怀古缠绵，咏入霓裳便列仙。那纱绢乌丝辫，锦带黄金片。戏耍挽青年，女扮男装串。一样科名，不许将花贱。听呼殿胪声隔巷传，记取今番女状元。

（青衣）请状元爷归第。（内吹打，李纨、熙凤下。宝玉扮马夫执鞭上。众）宝玉，你好不识羞。（宝玉）我听见妹妹中了状元，喜之不胜，愿随鞭镫，请妹妹上马。（行介。宝玉）从今文字让钗裙，（众）也许钗裙张一军。崇嘏当年夸及第，（宝玉）愿随马足蹑风云。（同下）

卷　　七

风　　筝

（旦史湘云上）我史湘云，昨日仿闹中规矩，闱试一场，倒也风雅。今日清闲，做了一首《柳絮词》，不免送姊妹们一看。

【金珑璁】杨柳又三眠,香雾倩谁扶起。簇团团,蘼芜径里,梨云蘸影肥。梅雪搀痕替,满腔情绪飞空际。

（宝钗、黛玉上）正是桃花怜着雨,从知柳絮恼随风。（见介）湘云妹子,在此做什么？（湘云）我填了一阕《柳絮词》,要送来请教。（宝、黛念介）好呀！这是追魂摄魄之作,我们也来胡诌一首。（宝钗磨墨唱）

【前腔】烟色做轻柔,一半困人滋味。算光阴,贴红偎翠,飞扬会订期。天上吹嘘气,长风催送凤凰池。

（湘云）这清婉题,倒写十分气色。（黛玉写唱）

【前腔】飘泊恨无家,又被东风呼起。纵飘茵,残生有几,模糊梦亦迷。迤逗心摇曳,个中消息有谁知？

（探春、宝琴上）你们的好词,我都听见了,我已江郎才尽。琴妹妹,你作一首赛赛她。（宝琴坐唱）

【前腔】休怪暮春天,都是东君游戏。浪生涯,逐浮萍矣,情深去故迟。心事绵绵寄,云烟叫断是黄鹂。

（探春）这一首说来,最是和平,正是有福人的光景。（杂小丫头上）各位姑娘们在此。我们方才在室中,只听树梢上豁喇喇的一响,出来看时,倒是一个大大的风筝。（黛玉）我倒忘了,正是清明时候,也该把风筝放断了,消消晦气。（同下。宝玉持美人风筝上）啊呀！美人呀美人！我替你送到碧霄宫去者。

【傍妆台】款红衣,星儿点靥月儿眉。也不识多年纪,仗一缕是风媒。消瘦的纸儿身,喘息的丝儿气。呀！为何放不高呢？饧箫声送,无情奋飞,彩幡春钱,经年别离。恨无言,摸不着一腔心事只由伊。

呀！放了它去,看它飘飘荡荡,倒也有趣。

【前腔】莫低徊,休愁镇日锁鸳闱。不是我轻相弃,教寻着玉郎依。恨煞你逐人行,妒煞你知人意。今朝一别,留情是伊,他年重会,知心是谁？莽天涯,都付与情天碧汉老封姨。

（湘云大蟹、探春宝钗凤凰、宝琴仙鹤、黛玉蝴蝶各风筝上）宝兄弟！听见你在这里放风筝,为何不见了？（宝玉）我有美人风筝,已放去了。（湘云）美人岂是放去得的？我将大蟹放起来。

【喜迁莺】生长香溪,看张螯透爪,长空插翅群飞。皮里无肠,眼中有铁,从今不辱涂泥。只须我线索徐牵,待尔横行千里。风紧也,扶摇直上,笑它蛤瘦鲈肥。

（宝琴）湘云姊姊，声情悲壮，毕竟与众不同。等我放起来。

【前腔】鹤立群鸡，是仙胎逸骨，樊笼肯受羁栖！冻守琼梅，声传玉笛，到天边俯瞰云霓。步青云得意归来，遥带蓬山清唳。轩翥处瑶台璇阁，凡人不许提携。

（探春）你的鹤儿飞得好，我的凤凰也要飞了。

【前腔】一霎云泥，正雌雄六六，丹山喜与双栖。台上吹箫，楼边调瑟，裁筠缚纸织鸳机。听归昌第一和鸾，俯睇莺奴燕婢。千丈线手中擎掣，果然威凤来仪。

（黛玉）你们站立高坡上放，自然起得来快，我的蝶儿小，只好在花底下游戏一回。

【前腔】梦熟荼蘼奈匆匆春去，邻家又老蔷薇。蜂闹羞狂，莺慵偷懒，想人间何处芳菲。只愁他庄梦难回，都被游丝萦系。凭去住腰支无力，哪堪少女风欺。

（宝玉）我们把它全行放去，消消晦气罢。（探春）我们逛了一天，也该散了。（同唱）

【尾声】春庭畔，夕阳低，喜姊妹花枝真旖旎。只看明年，风筝还逐柳花飞。（同下）

情　　隐

（旦司棋上）我司棋，向在姑娘房中伏侍。只是我从小儿时，与表兄潘又安私订终身，愿为夫妇，今日约他进来，为何还未见到？（外扮潘又安摸介）妹子在哪里？（司棋）我在这里。（相见携手介。潘又安）妹子，想煞我也。（司棋）哥哥好。向来园中门户严紧，不便约你进来。恰好今日外边热闹，因此悄悄的叫你进来，说句话儿。

【望远行】生小呱呱厮惯，慢扶携口齿呫喃。奴奴不识春风意，假学夫妻两手搂。撕摩丫髻发髟髟。

（潘）你还记得从小玩耍时候？

【前腔】中表闺房亲近，影双双呆女痴男。妹子呵！从今说到儿童事，一片心头石阙衔。无边情绪你和咱。

从小的事，不必多说，现今新月如钩，我和你对天立誓，表此赤心。（同拜介）

【前腔】素魄当头垂照,愿天怜密绪幽缄。暗中摸索明中记,月下红丝仗月担。团圞此夕是初三。

(鸳鸯上听介)这太湖石畔,有人说话,甚是奇怪。(嗽介。司棋)不好了,外面有人来了,你且躲在外边。(潘下。见介。鸳鸯)你在此鬼鬼祟祟,同何人说话?(司棋)好姐姐,你要饶恕我这遭。(鸳鸯)你从实对我说,我替你瞒过。(司棋)姐姐是明白人,想都是知道的,只求耽待耽待。(鸳鸯)听你的话,我已猜着几分,只是下次不可呀。你去罢,我是不告诉人的。(司棋下。鸳鸯)倒吓得我怦怦心跳。

【扑灯蛾】看她着了邪,包得浑身胆。不知因甚事,便把旁人兜揽。是万般心事口难开,费我详参,也只装聋装哑替她担。还只怕她,耽惊受怕芳容减。

这也不消说了。正是各人自扫门前雪,莫管他家瓦上霜。(下。司棋病容上)我前日一时糊涂,叫了表兄进来,几乎吓死。三四天来,并无动静,看来尚好。只是因我病重,听得要我娘来,领我出去。

【泣颜回】镇日病恹恹,闷相思,不阁眉尖。多言鹦鹉,怕他觑透珠帘。等闲消息,幸遮瞒我的瘦皮嫩脸。便霎时轻忐,这般发付,教人目瞪唇舔。

咳!我听见哥哥前日吃了一惊,便逃走出门。不知躲往何处,真正痴男子也。

【红衲袄】莫不是怕牵连,这俊潘安巧避嫌。莫不是受惊惶,这小潘郎装病脸。莫不是到家门,别讨了爷娘气,惹憎厌。莫不是没志诚,把立誓的小鸳鸯抛荏苒。恨他的眼前花小嘴油,把一块石放我心头掐指尖。男儿薄幸,除非夫妻欠也,到阴司还须做鹣鲽。

哥哥你好做人不了呀,你就要寻死路,还该同我一块儿死。

【前腔】则道他订佳期,跪诉了神灵暗卜签。则道他祝重逢,别解了琼琚留证验。则道他就还家,迟等我妆阁弄香奁,怎匆忙,苦凄惶,魂灵儿躲闪,梦难寻他梁鸿庑下檐,想则是猛阎罗,见鬼占,死能同穴,也算郎情也,则叵耐无半言如睡魇。

(鸳鸯上)

【眼儿媚】绮窗问病病轻添,蠢云鬟,贪痴爱却兼。想有情飞絮,无情飞蝶,着意沾黏。

(见介)妹子,你病好些么?(司棋)也不见什么病,只是无情无绪。

【么篇】只有三春情绪,无故上心尖。簇似春云,曳出纤纤,满怀不遣分毫欠。并非是浥露宵沾,终日意难忺。况传闻口舌谵谵,莽风波百样磨渐。

(杂司棋母上)我的女儿,向在园中,不知办错了什么事情,忽然要我领她出去,我倒要问个明白。(见介。鸳鸯)妈妈,妹子因身子不好,是以叫你来领出,暂行调理,俟病好时,再行搬进。(杂)哑!这就明白了,我先行回去端正端正。(下。司棋)今日就要离别,只是与姐姐交好一场,承你十分照应,倘我活在世间,要与你供个长生禄位。

【前腔】恩义如何报答,只许意留淹。姐姐呵!着意调停,魂梦安恬,祝长生,眠余饭后声声念。只怜我全无收煞,心事托银蟾。到如今,执手惨惨,苦支离,草舍茅檐。

(鸳鸯)你也不必愁烦。只要你病好时,就可相见。我且送你出去。(携手行介)

【意不尽】旧事无嫌,把一腔心事口中拑。全身病,怕风尖。长则是闷心头,恐只把娥眉敛。(同下)

园　　抄

(丑傻大姐拿荷包上)呵哟!好顽哟好顽!你看两个耗子精,精赤条条在那里打架,我要送与老太太看看。(王夫人上)痴丫头!你笑什么?(傻大姐)我有一件顽意儿,请太太瞧瞧。(王夫人)这是顽不得的。我且问你,是何处捡来的?(傻大姐)我从园中山石下走过,见了就拾来的。(王夫人)你以后不许胡说,若说了,就要活活打死,你去罢。(下。王熙凤上。王夫人)你来得正好,我久未到园中,不料闹得太不像样了,你且看去。(递介。熙凤)这是从何来的?(王夫人)方才傻大姐说从山石下拾来的。万一园中有些缘故,如何是好?(丑扮王保善家的上)太太、二奶奶在此,据下人看来,此事一点不难。(王夫人)据你意思,如何办法?(保善家)今夜将园门封起,待三更时分,我和二奶奶带了多人,向各处一搜,如有赃物,便知此事下落。(王夫人)你的主意甚好,今晚就和二奶奶办去。(同下。探春上)今夜外面喧嚷,说二嫂子带了多人,向各处搜查,索性开了园门,看他如何搜法。

【菊花新】家门无福受消遥,腹里干戈笑里刀。着意养鸱鸮,平白地,海底针捞。

(李纨上)妹子,你夜静更深,还未睡觉。(探春)我在此等候查抄。(坐介。探春)大嫂子,说起这事,岂不可笑?(李纨)我也不知始末根由。(探春)大约是上头人糊涂,以致下人挑唆出来的。

【桂枝香】心头颠倒,容人作耗,爱婺奴探听虚枒。小耳朵喜煞灯前报,便谗唇乱掉,便惊情乱跳。拖枝带叶没根苗,苦无端罪案将人套。这就是学做夫人第一条。

我看这般女仆,就是各房陪嫁来的,更加容纵。(李纨)可不是么?(探春)

【前腔】娘家跟到,由来识窍,似亲人寸步难抛。叫奶奶装做当家料,把主人倨傲,把旁人讪笑。夸他身份硬撑腰,是非窝闹得无分晓。这便是钻骨蛆儿没下梢。

(李纨)你的话一点不差。吾想当家的人,总要心地光明,是非浏亮,便能镇压得住。若专凭权术,贪使心机,一旦被人看破,便是一钱不值的了。想吾们二奶奶,将来也有难过的日子。

【赚】浪说才高,冻解冰消山自倒。命向尽头时,苦苦无依靠。如何收拾,悔煞从前贪弄巧。说到此间,可为寒心。反眼无情,像开门揖盗,一生破绽人知道,百年业障人来讨。这也不要怪人,还是自己不好。据我看来,不如牢实的人,转省得后来周折。想上场容易下场难,毕竟是真诚可表。我笑凤丫头,生平忙碌,闹得天怒人怨,岂非自取其辱。一片好灵心,你看捆绳只把灵心绕,聪明人特地兜烦恼。权重时乖脚不牢,年深怨积身难保。纵然嗑得东风饱,忽然忍得西风扫。我看她近日光景,已经难以下台,只是不便说破。不露分毫,这景况已觉无聊。没开交,巴不得抽身及早,怕抽身一状将她告。也只为生平做事非公道,如何是好?如何是了?

(探春)你的说话,真是透过半壁。我想大嫂子,于世情物理,明白到底,因何一语不发,一事不管。(李纨)你不晓得,我是寡居的人,外面事情,全不晓得,如何兜搭到身?(探春)我看家中之事,装能干的装能干,假糊涂的假糊涂,这便如何是好!

【金索挂梧桐】娇莺舌肯饶,痴蝶魂都晓,不是模糊,毕竟模糊好。你装成没口匏,甘做卷心蕉。闷葫芦,为甚骨肉关情,只冷看阶前草。这也不能怪你,你看世上的人,遇疑难的事,只是推出门外,一概不管。他只知东风热闹春风笑,哪愁秋阴憔悴秋花老。只为世路不分皂白,以致聪明伶俐的人,十分看破,袖手旁观。

凭谁靠?也只怕费力周方,转弄得心缠扰。明知是忠赤空劳,觑破人情颠倒。

(李纨)妹子,你但知其一,不知其二。家中事,有可为,有不可为。你看近日的事,已闹坏的了,教人如何着手?

【前腔】残灯焰半消,枯树霜初饱,事到其间,个个盲厮闹。那外边呵!把膏粱子弟招,酒色忒鏖糟。这心情,夸煞公子豪华,便做梦也还早。他里边呵!他只知一床风月春难晓,谁道午夜钟残鸡又叫?贪将就千团锦绣,断送了莺花窖。家门消落似归潮,谁只手擎天妙?

(王熙凤同王保善家提灯上,李纨躲下。熙凤)妹子尚未关门?(探春)我闻外边有事,哪敢关门。(熙凤)也没有什么事,只是上头丢了一件东西,要向丫鬟们一搜。(探春)我的丫鬟的东西,我都知道的,我是窝家,就来搜我,丫头们,你把我箱笼取上来。(杂丫鬟送介。熙凤搜介)没有什么,归好了。(王保善家将探春摸介,笑介)我把小姐身上都搜过了。(探春打介。王保善家)好打好打!(下。探春)丫鬟们,你张起灯来,我好到老太太面前评评理。(熙凤)这是我的不是,明日处治她就是了。(探春)这是你治家不正,以至如此!(熙凤)你不用生气,睡觉罢,我也去了。(下。李纨上)我听见你的说话,十分爽快。(探春)我倒也伤心,好端端把家中抄起来,也是不祥之兆!

【意不尽】破家荡产由心召,便全家无恙,只索把园抄。赶今番,尽头行径装名号。

(李纨)你也不消说了,此时已到三鼓,也该安歇,我要去了。老妈张灯。(探春)明日再说话。(分头下)

品　　笛

(黛玉上)风向西来月上东,嫦娥想不怕西风。欲与西风诉憔悴,倚帘栊。(湘云上)八月中秋秋正半,三秋明月月当中,世上痴男痴女意,问天公。(见介。湘云)妹子,今日中秋佳节,老太太高兴,在凸碧轩中家宴,十分热闹。(黛玉)他们一家团聚,只我一人,好不孤零也。

【探春令】千般月色千般相,照尽炎凉。绮阁光明,孤帏冷淡,喜学人间样。

(湘云)这是景向情生,境随心转。(黛玉)偏是我冷落的人,到了热闹场中,更生无限感慨。

【莺啼序】孤灯寂寞更漏长,梦不逐浮云漾。我几曾怕受凄凉,也只怕红尘十丈。苦搅不成眠,无主繁华说不尽。莺花历乱烟花涨,便恼煞愁人情况。

(湘云)你也不用愁闷,我看老太太,这般热闹,还嫌寂寞,天下事哪里有十分圆足的呀!你不见月儿么?

【玉山儿】秋蟾晃朗,片云遮,隔断银潢。天边影,也就匆忙。人间意,不容停当。尽地高寒,也谁得光明无恙。世界由人想,容他满意些些欠,看月下回廊。

(黛玉)咳!月有圆缺,人有衰旺,这是一定的理。我亦不想十分美满,只是只身孤影,无依无靠。

【前腔】姮娥临降,碎心情,与你商量。从前的,丢了爷娘,后来的,如何发放?哪能如今宵三五,满轮推出青云上。也只想略现些微亮,卷帘下拜黄昏后,可许说衷肠?

(湘云)你看老太太的福气,只是十全的了,近日闻甄家的事,家中亦七颠八倒,她一一明白,只不肯说出来,今宵寻乐,亦是强为欢笑也。

【前腔】百般肮脏,阁心头不肯端详。里头的惯闹虚腔,外面的风闻惊慌。月明如水,也知渐被浮云漾。只怕从头想,者番权作欢娱夜,消受子孙觞。

(黛玉)她老年人,世故已深,只好不管闲事,也宜如此取乐。

【前腔】香花供养,世间情历尽风霜。疑难甚,冷捉迷藏。惊惶甚,险逢魍魉。百年垂尽,从今勘破尘寰网,装出模糊状。今秋难待来秋月,此夕且徜徉。

(内吹笛介。湘云)你我也不要说这种闲话,如今明月当头,清音入耳,好不清爽也。

【锦堂月】听月空廊,云鬟㑳笛,叫月月音清亮。万籁无声,偷谱霓裳遗响。尽陶镕,尘世铅华,想月姊心情畅朗。秋风底,记取玉宇残星,银河微浪。

(黛玉)你是最爽快人,是宜如此高旷。唯各人见地不同,我闻此声,见此色,好不凄凉也。

【前腔】秋夜何长,秋风萧飒,送与愁娥职掌。促管悲筝,陡遣人心痒痒。问天街何苦光明,勾引出笙歌嘹亮。人间世,哪得一幅秋容,十分圆相。

(湘云)你不要埋怨月儿呀!吾想中秋好月,一年一度,我与你鼓兴做起诗来,咏出这番情景如何?只是限何韵呢?也罢,我将竹栏杆从头数起,看它几茎。便是何韵。(数介)这十三茎,是十三元了。我与你联句起来。(黛玉)使得。(同唱)

【前腔】竹影潇湘,阑干十二,添得初桃更上。检点诗牌,把十三元同唱。夺先声斗起心兵,押险韵奇营意匠。聪明小,记得半夜推敲,两人对仗。

也罢了,等明儿录出来,请教姊妹们去。(丫头上)小姐,你们还在这里做诗,你看月色阑干,已到五更了。(湘云)啊哟!真正影挂林端,阴沉波底,恰恰四更后了。(黛玉)此时也该回去。(同唱)

【阮郎归】银河络角影幢幢,诗思托苍茫。到头终夜打油腔,月钩斜笑煞痴人两。

正是:鹦鹉问秋秋不语,蟾蜍醉月月应眠。(同下)

换　衫

(晴雯病妆上)西风料峭两肩寒,休当黄花晚节看。惆怅意中人不见,重泉相忆路漫漫。我晴雯,不知被何人作弄,在太太面前,搬了是非,将我逐出,住在表嫂房中。咳!一病难痊,九原将近,好苦命呀!(坐床上哭唱介)

【望远行】秋老芙蓉花影,矮茅檐蠡壳孤灯。到头心事桩桩省,哭向阎罗叫一声。世间冤抑鬼通灵。

我想生平心直口快,并无过恶。今被旁人肮脏,说我妖娆。受此丑名,死也不能明白。

【眼儿媚】雨云翻覆恨难平,赴重泉,心迹是谁清?任他莺调蝶戏,无波寒井,不晕孤星。

坐了半日,不免头晕起来,我且略睡片时。(睡介。宝玉上)我今日央了老妈妈,到晴雯家中一看,来此已是。哎哟!你看晴雯已睡去了,看她泥床半壁,竹席一条,岂不可怜。

【榴花泣】几曾经过这样死和生,我也不识就里,霎风波便恁般心硬。仄影茕,那泥坑草荐呵,结果她性命,看一种凄凉巴不得心头冷。我明知泼水难收,倒不如早闭双睛。

我要唤醒她,又怕她转生烦恼,不免在此等候片时。(晴雯睁眼介)二爷,你还来了,你竟来了!我此时又惊又喜,又悲又痛!

【红衲袄】惊的是夜更初,怕隽郎君悄地行。喜的是病深时,将小奚奴还追省。悲的是在山泉翻做了浑河水,不分明。痛的是少女峰移不到望夫山,无究竟。亏煞你冷绸缪着意亲,也不得把我困阑珊特地醒。秋宵一晌,幸些时还挣也,是春尽黄鹂只此声。

（宝玉泪介）不想你病容沉重，愁绪凄清，事到如今，如何抛撇得下？（晴雯）二爷，你扶我起来。（宝玉扶介。晴雯）二爷呀！我伏侍你几年，并无瓜葛，今外边人浪言浪语，说我挑逗闲情，岂不冤曲煞人也。咳！知有今日，悔不当初！

【榴花泣】平生最恨，第一是声名，世路谁识皂白，恣编排，闹得无形影。二爷，你是自己明白的，想我从前，还是清清白白的人。那话何曾？恨他们生派吾凭谁儿证？那答儿歪缠，还说道人端正。叹残年转受飘零，悔当年错却调停。

（宝玉）你的心事我都知道，只因太太听人挑唆，我不能回心转意，如何是好？（晴雯）我口渴得紧，你替我倒一盏茶来。（宝玉）茶在哪里？（晴雯）就是黑吊子里。（宝玉）看那水浆浑浊，臭味腥膻，如何咽得下呀！

【眼儿媚】瓷锅漆黑当茶铛，这黄汤，未许泻清冷。想她渴唇燥吻，杨枝一滴，胜服参苓。

（晴雯）你倒来罢，我好口干。（宝玉送茶，晴雯饮介）二爷，多承你伏侍我。

【望远行】难够呼茶答应，倩情郎露洒金茎。螺杯入手春风领，一段痴魂泼得醒。痴魂等不到三更。

（宝玉）你有什么话，则索告诉我。（晴雯）我到此时，还有什么话呀？只是二爷保重些。（咬指甲介）二爷，你把荷包装好，算我一点记念。

【泣颜回】心盟，记当年与你拨银筝，一弯指爪，是我魂灵。凤仙花印，打泥时节，卿卿折赠。到如今，葱尖还剩，咬将来，亲付诗囊，这一些些，要表我的真情。

（宝玉装介）咳！我的相思，就是这指甲儿，不知何日是了也。（哭介）

【前腔】轻盈，看纤纤一指万分情。怜她撕扇，裂帛声听，恨吾薄幸，咬上残牙，双睛觑定，霎时间抛她孤零。痛今宵草草分离，那指甲呵，一瓣香痕，回想握手娉婷。

（晴雯）如今什么时候了？（宝玉）不过戌初光景。（晴雯）哎哟！夜静更深，你也该回去了，你扶着我。（挣介）你把我的汗衫褪下来。（褪介）

【前腔】松惺，这经年酝透汗香凝。半新半旧，退色红绫。认它袖领，也曾贴胸磨颈，云交霞映。恁穿残也还干净。猛厮罗，脱却尘衫，交付情郎，只是不许心疼。

（宝玉脱衣介）我怕你着了凉，我把我的袄儿替你披上罢。（披衣介。晴雯）二爷，多谢你来看我，我就耽了虚名，死而无怨。

【前腔】星星,把一心死了更回生。泥他疼热,叹我伶仃,从今目瞑。虽未身偎,暂容头并,顿消除,旁人话柄。纵今生不算夫妻,漫说姻缘,与你预订来生。

(宝玉)我扶你睡下罢。(晴雯)你同老妈妈张灯回去罢。(宝玉)你好好的养病。(柳五儿提灯上)晴雯姐姐在哪里?(进见介)二爷也在此。(晴雯)妹子,你来得正好,你把二爷送了回去,你把帐子放下。(晴雯暗下,宝玉行介。柳五儿)晴雯姐姐,都是冤枉的噱。(宝玉)可不是么?不消说了。

【意不尽】她苦支撑,怕西风寒,病卧越凄清。从今后,不堪听,只好把狠心肠飘撇了桃花影。

来此已是怡红院了,你就回去罢,咳!(分头下)

入 道

(旦芳官道装上)梨香歌院景萧条,春色逐人飘。玉阶箫管,琼楼弦索,旧梦路迢迢。善才已死秋娘老,提旧事,黯魂销。只有观空,梵音佛号,今夜又明朝。我芳官。向在梨园学习,今又伏侍二爷,不想太太将我逐出,交给养娘领去。吾想养娘,原不是亲生父母,从前已经拐卖,此番更不怀好意,这便如何是了?

【月云高】两番抛撇,如今向谁说?指望的只身依靠,心绪知疼热。苦海无边,这种生分别。恨无娘,更恨煞无爷。翠生生,拼小命,央明月。还怕长宵月易斜,月呵,特仗你的光明片刻赊。

今有水月庵的师父,在太太房中说话,不知肯挈带我去?

【前腔】皈依水月,今生才了结。则索把金经写,都染了啼鹃血。这水月两字,真看得虚空粉碎也。泉心止水,毕竟香清洌。孤影照,无明灭。寒影浸,无圆缺。这佛寺来供释迦,风幡漾容留女冠耶?

咳!近日委曲事情,也不独是我。前日司棋姐姐,因与潘又安自小订缘,不合叫他进来,被人看破,遂成话靶。近日闻她与潘又安一同寻了死路,倒也干净。

【懒画眉】桃花人面把羞遮,尽双双同赴泉台也。想我呵,没牵情犯不着苦阑截,一枝花凭着那干瘪,只一领袈裟偎熨贴。

即就晴雯姐姐,她的事情更属无端,前日晚上,叫无数的娘,即便死了。咳!我的母亲,不知更在何处?

【太师引】叹奴奴,不晓得生时节。把双亲,就这般决绝。仗生魂寻得双亲,却要问因何抛得孩儿孤子。细想起来,还不及晴雯姐姐,尚有娘可叫也。想雯时人鬼,一声啼呋,还让你哀音清澈,愁煞我梦魂难接。尽安排,一径去枯吮亲生血。

我在热闹场中,转瞬四五年,何事不经阅历。看到今番,已成余焰,也是我们合当受苦。

【琐寒窗】荣悴奚凭,偏生出啁嘛。有偌大南柯将人吓,笑尘寰虮虱。不值痴呆,只不过是莽骷髅儿,底须周折。小行藏,造物久安设。恁今生黄齑淡饭,着甚咨嗟,只仗得俺回头儿勇决。

我就怕两个妹子狐疑不定,将来毕竟消磨尘障。(旦蕊官、藕官常服上)红尘负我三生债,黑狱迷人两段愁。姐姐,你一个人在此,因何穿着道服?(芳官)我已立定主意,不受牢笼,不知你两人意下如何?(蕊官、藕官)我们两人,也如此想,只怕干妈不依,且耐不得这般冷静。(同唱)

【太师引】打不得五更钟,陡的心飘越。怕坐却冷禅关,凡尘扯拽。况我的干娘呵!也贪却年少云鬟,够了那半生度日。忖心地,真庸劣。地头蛇,扭不过,便将奴磨折。还怕他甜言弄舌,赚我闲花零落重叠。

(芳官)这也何难?只怕你们二人,不能立定主见。

【琐寒窗】小家儿逢场扭捏,既难如镜新磨忠节,又难学渔阳激烈。装点些些,不过雏孩,又无枝叶。但了单身事,有何难撇?休说,将奴奴蓬门闺女兜搭也,只要你绵软心肠成铁。

(蕊官、藕官)我看干娘毕竟要卖我弄钱,只怕逃不出圈儿去。(芳官)咳!既非亲生父母,有何畏惧?

【红衫儿】祥呼爹妈真冤业,心情难说。浑不过拐人儿,因何受搜掣?恁地摧残,也不是全身历劫。比贪生受苦半年,还不及今宵罚折。

(蕊官、藕官)姐姐说话,一点不错,我们不如一同去罢。(芳官)放下屠刀,立地成佛,只要志诚。

【前腔】世间人,闹得无休歇,菩提总结,把百八牟尼,佛慧能昭雪。只要你割弃尘凡,仗的斩钉截铁。悟明澈,做了女黄冠,冷月当头皎洁。

(蕊官、芳官)我们听了这话,如梦初觉,不知尚在人世,且装扮起来。(换道装介)姐姐,你看我两人,像个女尼么?(芳官)既要出家,岂在装束!

【滴溜子】参禅去,参禅去,沉檀细爇。优婆夷,优婆夷,蒲团稳惬。脱却了舞衣百摺,木鱼声,似笙箫,还亲切。地久天长,此身交卸。

（蕊官、藕官）妙哉！妙哉！我如今更投胎去者！

【闹樊楼】佛前灯，晃得尘踪灭。料得我三人，今妥帖。难道女婵娟，非俊杰？谢同侪，我去者，分头做客。等他时，海枯石烂，是何人巧拙、只索待，维摩剖别。

（芳官）我们同投师父去。正是金刚猛棒当头喝，揭谛名幢立脚牢。（同下。正旦王夫人、杂水月庵尼知通上）尘缘未了千桩案，心愿还凭一炷香。知通师父，我前日送了香金，要替我还愿，可曾做过功德？（知通）已做过了。（王夫人）你且坐下，与你谈谈。（杂养娘上）回太太话，昨蒙恩典，将三个孩子叫吾领去，只是寻死觅活，口口声声但愿出家。（王夫人）哪里由得她？你去打她一顿，把她嫁人。（知通）阿弥陀佛！这一点善心，也是回头觉岸。

【啄木犯】金经诵，能消孽。现婆心，毕竟是蓝迦，但回头不受红羊劫。鹁鸽经换了鸳鸯帖，花香人影，指证菩提月。看空些，一念归般若。佛家缘，便把空身舍。这是种福的善根，休拦截。

（王夫人）据你说来，出家如此容易？（知通）迷津宝筏，佛度有缘，太太如叫她出家，亦积些阴德。（王夫人）也罢，你叫她三个孩子来。（芳官三人上）太太在上，小尼稽首。（王夫人）你当真要出家么？（芳官）太太听禀。（同唱）

【三段子】说为人妻妾，教奴奴冷半截。气丝陡怯，苦尘途，求暂歇。故吾今吾心不别，假戏真戏由他捏。一半靠菩萨师尊，一半靠如来檀越。

（王夫人）听她说话，倒也简决。不料小小年纪，便能投迹空门，一向错怪了她。（知通）看她聪明伶俐，就是有根基的。（王夫人）你三人过来，就拜了师父，一同修心去罢。（三人应介。王夫人下。芳官）我们拜见师父，全仗提携。（知通）不消了。（三人拜介）

【斗双鸡】前身明月，今后钻透蟾蜍窟穴。便升天也非是奇绝，全凭志烈。禅心就把尘心揳，拜深深，弟子和南，要的是一张度牒。

（知通）妙啊！你若贞心不改，就是一生造化，随我来。（芳官等）师父先请一步，弟子就来。（知通下。芳官）这是我们结果的地方。（同唱）

【鲍老催】管弦繁，冷向孤钟谢，黄粱梦今灭。我三人呵，莺啼花落春风咽。淡生涯，风味别。窄芒鞋，踏遍敲门月。这空明，非可向人说。

天色已晚，我们就到庵中去。正是：沙明水净栖寒雁，木落山空冷暮鸦。（同下）

惊　秋

（宝玉上）池塘菡萏又惊秋，西风勾起闲愁。沁芳流水忒悠悠，梦醒眠鸥。穿过蘼芜庭院，行来杜若芳洲。无端心事只夷犹，哭倒红楼。我宝玉。前日晴雯死后，我做了芙蓉花诔，祭她一场，不免伤感。近日迎春姐姐出嫁孙家，夫妇不和，又是一番冤债也。

【意难忘】掌上珍珠，忆姮娥遣嫁，十里香车。奈豪游侔郭解，行径赛登徒，因何爹妈，只许见金夫，教她就嫁得牧猪奴。甚由来，笑今番作弄，前度模糊。

迤逦行来，已是紫菱洲了。你看轩窗寂寞，屏帏翛然。那岸上蓼花柳叶，十分摇落，大有追忆故人之态。

【胜如花】前缘事，闷葫芦，这菱洲已替她苦楚。冷萧萧响咽菰蒲。白茫茫不记萍踪路。只怕香魂，也如人去。盼到归来，哭得泪枯。想到头来，惊得梦苏。请问葭荸，便低头不语。为何飘泊秋如许，只看那冷落芙蕖，也知它水草亦心孤。

这头亲事，老祖宗原不愿意，只是隔了一层，只以"知道了"三字了结，不料闹得如此。

【前腔】何曾说，漫嗟吁，劣因缘，竟不由做主。老年人假扮糊涂，是孙行便莽嫁孙飞虎。新妇参军，欠些调度。只是我迎春姐姐呵！木讷名儿，生得太拘，绵软人儿，想得太愚。哪肯帮扶？有亲生父母，今番只可凭她去。只是那毕竟鸾雏，奈何将三字抵婚书。

我想老祖宗，这样一概不管，将来我的事情，又不知如何了结。

【前腔】从思想，没捉摸，意中情，更凭谁证据？恨营谋赞穴穿窬。只林妹妹呵！她无言料把真心吐，腼腆红颜，又无门路。外祖母呀，全不似初。外舅母呀，待得又疏。性僻身孤，况病魔缠扰，春风只被人欺侮。只好从镜影看渠，怕无情莺燕不知吾。

这是后来的话。就是迎春姐姐，目下已难过活。我要见了老祖宗，接她过来，消停几日，岂不是好？我且向前说去。（下。太君同王夫人上。太君）近届深秋，不免寒冷起来。闻得孙家女婿，昨日说起有五千银子，未曾还他，欲与迎春拼命。这种冤家，如何是好？（宝玉上。史太君）你急急忙忙，跑来做什么？（宝玉）就是老祖宗提起迎春的事，不如接她回来住几天还好。（太君）嫁出女儿泼出水，如何管得许多！（宝玉）不是呀！

【不是路】记得当初,嬉戏莱衣入画图。亲含哺,是双鬟丫髻并头梳。嫁罗敷,便将她抛弃如尘土。况且她家没舅姑,须调护。叫爷娘一夜三千度,前番已误,者番休错。

(太君)听你说话也是至情,你去吩咐外边人,说我说,迎接迎春小姐回来,去罢!(宝玉)是。(下。太君)儿女的事,真正撕罗不了,我们同进去。(下。迎春淡装上)

【前腔】拼得微躯,前世冤家已剥肤。秋如缕,看这般摇落乱愁予,款门庐,启雕笼,放出愁鹦鹉,画阁珠帘一半疏。闲庭步,似梦魂直到前生路。光阴难雇,心肠难诉。

(宝玉上)迎春姐姐,当真回来了。(迎春)多谢你牵记我,叫人来接我。(宝玉)闻得你在家中,不能安妥,毕竟如何?(迎春泪介)一言难尽!

【前腔】无计支梧,忍向人前说丈夫?藏心曲,悄雏姬无奈做妻孥。念声佛,恨春花零落胭脂雨,午夜沉吟击唾壶。前生苦,前生罪孽今生悟。凭谁照顾?凭谁摆布。

(宝玉)说也可怜,俗语云,人善被人欺,马善被人骑,你因人太忠厚,转致折磨。

【前腔】阅尽尘途,势利心肠刁滑徒。守财虏,这孙郎原未读诗书。漫嗟吁,抒至诚,翻把诚心负,嬉笑欢娱倏有无。真堪恶,恁慈门善女金刚怒。日儿难度,人儿难做。

(袭人送茶上)二小姐,你回来了?一向好?(迎春)姐姐好。(袭人)我听见风里言,风里语,说香菱妹子毒死了金桂,已被官人锁了去了。(宝玉)有这等事?哎哟!不好了!袭人姐姐,你快快打听去!(袭人下。宝玉)

【前腔】越样娇姝,贯索链缠一颈箍。陡苛酷,痛鸠人羊叔被人诬。这爱书,浼城隍细细还吩咐。也怕雏姬泪半枯。(迎春)宝兄弟,看香菱妹子,断不是这种人,想来别有缘故。官穷鞫,看分明皂白真情叙。一番倾吐,一桩区处。

(袭人上)这时候好了。(宝玉)你晓得其中缘故么?(袭人)那边薛大爷,娶了夏金桂,一见香菱妹子,便似眼中之铁,背上之钉,立意要弄死她。她金桂有一个兄弟,在薛家时常走动,当即叫他买了毒药,和在面中,叫香菱吃。那夏金桂恐香菱疑心,误把有毒的面一气吃完,中毒而死。夏家带了女人闹过来,不可开交。恰好地方官来相验,哪里晓得丫头宝蟾,竟一口咬定,说夏家兄弟买的毒药。那官儿就要拘他来,问明买药缘由,那夏家也慌了。如今已经拦验,看来没事的了。(宝玉)这便安稳。

【前腔】一纸官符,教恶梦迷离两骨甦。知缘故,恨当年燕婉配蘧蒢。狠心奴,买砒霜,溲面将人蛊。天网恢恢却害渠,俊身躯。霸王呆,险把虞姬误。从前如虎,今朝如鼠。

(袭人)二爷,还有一桩喜事,闻得薛太太说,等事情完结,要将香菱妹子扶正。(迎春)她的事情,有时完结,我的终身,不知何时是了?

【前腔】寸步趑趄,同穴夫妻弃路隅。暂延伫,叹红颜只合葬黄垆。日西徂,残香一段斜阳坞。波影衣衫可是吾?吾想香菱妹子,以后就有结果了。闺房副,喜今朝婢学大人做。工家桃渡,谢家柳絮。

(宝玉)姐姐不用愁烦,不过偶尔龃龉,将来自然妥帖。我和你同到老太太跟前请晚安去。(同唱)

【尾声】最难忘却是鸳鸯浦,菰芦扶槛外,楼阁上灯初。这紫菱洲还记取珠帘绣户。

咳!不如意事常八九,可与人言无二三。(同下)

心　梦

(林黛玉上)

【绕地游】愁深缘浅,悄拍阑干遍。香梦游丝牵软。碧汉心悬,画栏人倦。闷情怀思量阁那边。

昨日宝钗姐姐,叫了老妈妈送我东西,唠唠叨叨,说了些话,还提起宝玉来,不免引出愁情。咳!真正不做美呀!

【步步娇】刮苍头,春风端详遍,半吐词还咽。说两个似真仙,想是推详,将人消遣。难道是凭空羡?揣根由,只细把柔情展。

那妈妈的说话,只怕未必无因。

【醉扶归】只说是颜容扭捏的双双儿现,口声声分明有夙缘。哪知我常一身儿受病有谁怜,作成他好事何人劝?

咳!这是无影无踪,何处得此消息?

【皂罗袍】陡然飞下红霞一片,有这般为何这鹦鹉无言?他耳聋只怕是风传,桃源未必渔郎便。窗外呼愁,流莺低啭。楼头锁恨,垂杨懒眠,小心情无奈把花枝捻。

（黛玉入梦介。王夫人上）外甥女儿，恭喜你，你父亲升了巡道，娶了继母，如今你继母做主，说亲上加亲，将你对定婆家，即日就要接你去。（黛玉）外甥女是不去的呀！（王夫人）说哪里话来？

【好姐姐】说姻缘，姻缘在那边。红丝定，良辰美眷。春光无限，好佳音你占得全。你他日呵！双心绾，并头两朵兰花剪。我如今，一杯浊酒将花饯。

（黛玉）还求舅母做主。（王夫人）你还是做梦哩，我们去罢。（下。黛玉）听舅母说话，是真的了，毕竟此生，如何安顿？

【山坡羊】哪晓得亲爹活转，只恨煞亲娘难见，难道我梦境缠绵？奉承他继母，还未认颜和面，甚情牵？说新亲还订券，闪得我周身软，缠住花阴一线。怎挨到南边？苦程途，蚁儿旋。俄延，没抓拿，梦里烟；忧煎，没根由，梦里言。

我们舅母，原是不管事的，只好求老祖宗去。（行介）

【山桃红】则是我无家婉娈，失母婵娟。我母亲岂不是你亲分娩，听孙儿叫冤，是隔腹的嫩雏鹓。不听这声声杜鹃，到此刻口似箝，心似癫。怎牵衣忍得奴身战也，看慈母死面，殷勤动一言。况小命今如线，央煞周旋，难道到尽头路，哀求不肯怜。

且忙忙赶去，或者尚可挽回。（下。太君、鸳鸯上。黛玉急上。太君）你为何头也不梳，面也不洗，到此何干？（黛玉哭跪介）哎哟！老祖宗救我！

【鲍老催】只一霎容留见面，痛奴这没亲人的，苦逐春风转。后娘呵！拗花摘柳将人贱，说是前世缘，今世事，成亲串。求祖宗猛退却莽姻缘，教奴服侍也还情愿。

（太君）林姑娘，你现有父亲继母在家，我哪里管得许多。

【山桃红】则是你东床婿选，柬定鸾笺。只是由你父亲继母做主的。想是天台阮，风流欲仙。你要我老年人白周旋，况望到苏台，似蓬山隔远。只索递一纸书儿恐未便。

鸳鸯，你把林小姐扶起，挽她回去。（太君下。鸳鸯）小姐回房去，看来是不中用了。（下。黛玉）咳！老祖宗是极疼我的，不料今日竟变了卦。

【绵搭絮】慈悲佛面，影冷竹云边。硬了心肠，枉费摩挲十六年。关窗推出月轮圆，赶的我鸥情逐水，蝶梦迷烟。外婆婆一旦心偏，你不矜全，哪个见怜？

只是宝玉，也不来见我一面。（宝玉上。黛玉）宝哥哥，好呀！（宝玉）你也好,我也好,你有你的好,我有我的好。(黛玉)听他说话,一味含糊。宝玉,我要问你,你从前的话,还记得不记得?宝玉,你的心何在?

【鲍老催】可不是瓣香许愿?看他趔趄儿般行动,把东风劝。今朝呵!扪胸只怕无前件,依旧大观园、潇湘馆、怡红院,却不似你的人心变!(宝玉)你要见我的心,我就把心挖出来,与你一看。(宝玉将刀刺心下。黛玉哭倒伏桌上低唱)这心儿,还活活的盘旋,知他割断情千片!

(嗽介,吐血介,立起介)呀!原来是一场大梦!(紫鹃上)小姐怎在此做梦?(看唾盂介。黛玉)想是我的心血都呕出来了。

【尾声】他的心剐来成片,我的心抽来成线,只要把两副心儿都向一处悬。

(紫鹃)小姐不必愁闷,我扶你进去吃药去罢。咳!何苦来?(下)

枯　棋

(惜春上)白生虚室宜禅榻,红点尘炉即佛经。我惜春。自幼孤栖,渐知觉悟。柔肠欲化,俗骨难医。意欲修炼还真,归心净土,无奈拘束闺门,厌烦罗绮,如何是好?

【捣练子】春光懒,秋色残,归真要觅九还丹,向天地韶华偷冷眼。

我想世间人,都是瞧不破。就是林姐姐极聪明的,着了一点半点,就要认真起来。咳!天下事有多少真的呢?

【普天乐】白水青山,这烟云都是天装扮。叹人生难脱衣和饭,罩人头闷罗愁栈,泣呱呱堕落尘凡。利名赶,妻拿绊,无权柄,一霎间酒阑歌散。这种圈儿,偏是聪明人,越越逃不出去。留一片蓬莱孤鹤影,笑指鹣鹣结伴,当真来世界莲花空瓣。

我想澈悟二字,也是前生带来的,看那妙玉师父,虽是自幼出家,还恐尘心未了,终未能超脱。

【前腔】冷着黄衫,便少年捉住归松梵。小芳名,硬叠莲台案。出家人还装崖岸,要夸她骨重神寒。心情惯,谁能挽?依禅定,谁叫你栖身仕宦?她心计太深,性情太癖,便非佛家自在宗旨。恁午夜鬒丝禅榻畔,那个铁心罗汉,瞒心机也是冲魔着幻。

我揣量她的光景,还是六根未净,槛外人未必不是槛中人也。(妙玉上)落叶半床敲午梦,清池一片澹秋心。(见介。妙玉)小姐,你在此作何消遣?(惜春)我在此静坐。(妙玉)闻得手谈极妙,与你一下如何?(惜春)丫鬟们,把棋子上来。(同下棋介。妙玉)下棋可以悟道的。

【不是路】秋雨灯残,清簟疏帘落子寒。还须到乔松流水,精舍经坛。小姐,你这一角已输了。(惜春)何以见得?(妙玉)我这一吃,你这一应,毕竟缓一着。(惜春)这就不要了。(妙玉)仗灵心,也只合灵心幻,死里求生着实难。从君看,堤防不用篱藩。要闲中着眼。

下这大棋,是一着落后不得的。正是:谋生齐客营三窟,冒险秦师出二陵。(惜春)这盘棋已经输了,不必再下。我想下棋,尚带机心。不如闲谈为妙。

【啄木公子】机心惯,毕竟难,蛮触雌雄,学他何干?勘透三空证菩提,指定风幡。只把拂帚儿将尘担,索性睁开宇宙观空眼。稳挂慈航渡海帆,秋色逼身寒。

(妙玉)妙呵!生天在灵运前,成佛在灵运后,你的觉路,胜人十倍。(惜春)敢问师父,此心作何安着?(妙玉)尘根触法,最难捉拿,以定生静,以静生慧,是摄心的道理。

【前腔】秋声里,落叶干,打心头,钟尽更阑。悄不知何处相干,兜臆萦肝?则怕蓦地关情难捺按,早被无端燕外情丝绾。清磬一声梦不安,携枕上邯郸。

(惜春)声色都空,有何挂碍?(宝玉上)你们在此参禅,我要听一听。(惜春)你还早哩。(妙玉)二爷,你来得正好,我只认得来时路,不认得去时路,还求二爷指引迷途。(宝玉)我该引路,送你回去。(妙玉)小姐请了。(惜春)师父慢请。(惜春下。妙玉随宝玉唱介)

【前腔】行踪去,路曲环,树槎枒,勾住衣襕。走尘途,不许僧还,隔断中间,则看摇落花阴愁娩晚。谁道出家还向前程赶,山外青山滩外滩,迷路出花难。

(宝玉)妙公,前面已是潇湘馆了。(妙玉)我们只索向前去。(同下。黛玉上,紫鹃抱琴同上)烟漠漠,雾濛濛,秋色苍茫冷色中。一径琅玕三尺水,绿窗不语付丝桐。咳!秋士悲秋,解人谁解?我前日理他琴谱,宝玉全然未晓,世间人何处觅得知音也。(坐介)

【前腔】修琴谱,旧调翻,动清商,流水高山。十指儿撩拨秋寒。小续幽兰,无奈俗耳嘈嘈操鼓板。则怕七弦愁煞嵇中散,碧玉昆仑久罢弹,此曲去人间。

也罢!紫鹃,你把琴儿安放桌上。(紫鹃放琴,宝玉、妙玉上窃听介。黛玉理琴介)三日不弹,手生荆棘,不免将旧曲温理一番。(弹介)子之遭兮不自由,予之遇兮多烦忧。之子与我兮,心焉相投,思古人兮俾无尤。(宝玉)我不懂琴理,为何这等凄惋?(妙玉)宫音太高了。(黛玉又弹介)人生斯世兮如轻尘,天上人间兮感夙因。感夙因兮不可掇,素心如何天上月?(妙玉)啊呀!不好了!如何作变徵之音?我们去罢。(宝玉)妙公,另日再见。(分头下。内作琴弦断介。黛玉)你看弦已断了!成连已去,师旷难逢,寡鹄丝轻,离鸾调苦,难道子敬人琴,竟做了广陵散么?

【尾声】一声声,抵却啼千万,碧琅玕,恨潇湘日晚,帝子愁予,星星血泪斑。

紫鹃!你把琴弦上好,我们进去罢。正是:曲终人不见,江上数峰青。(同下)

离　　魂

(净柳侠卿、旦尤倩姬仙装上)廿年岁月总阑珊,黯淡参横月落间。天上销除人世案,仙踪不许梦尘寰。请了。我们奉警幻仙姑之命,保佑宝、黛二人,今尘限将完,归程已近。前已吩咐花神,将花妖示见,以警顽心。又摄取通灵宝玉。今又令园中土地,将绛珠瑶草生魂引来,体认凡魔,宏开觉悟。(土地引黛玉上)土地土地,全无阳气,一闻呼唤,搭臀放屁。大仙,黛玉生魂到了。(柳、尤)你把黛玉生魂扶她坐好。(坐桌内介。柳、尤)绛珠仙子,你将一生幻境,悲欢离合,细细从头一想,我们去罢。(同下。黛玉醒介)呀!不知我身在何处也!

【鹊桥仙】斜风身递,残阳魂细,缥缈云间烟际。问他形影悄无言,活活的由天调戏。

我黛玉。向往潇湘馆中,倒也无拘无碍。叵耐幻影千端,愁情万叠!是何因果?

【掉角儿】十分愁,眉痕翠低。万分情,啼痕红滞。了无干,孤衾梦飞。浑难定,孤灯身倚。魆魆的上心头,来眼底。玉堂前,妆阁里。笑语如伊,音尘似你。非他是谁,总依稀。看多少无味思量,不明情意。

我想宝玉,从前在一处顽耍,近来已觉生分些。

【端鹤仙】娇小会牵衣,恁嗔痴,羡煞一团稚气。年来便回避,似月与云移,花将叶替。两小无嫌,浑不识人情向背。则是因何?颠顶套话,殷勤浪态,做了成例。

嗳!生也有涯,别如小死,此身已非是我的了,何苦百般珍惜?

【前腔】弱息欲何依,苦形骸,少个有何关系。千般的张致,恨梨梦娇态,梅魂肥腻。一向投胎,即就被天公灌醉,何方人氏,何朝世界,是那知会?

勘破此关,倒还闲适,无奈此身可却,此意难抛,连累我的魂儿影儿,也就困倦起来。(睡介。紫鹃上)啊呀!小姐已睡熟了,我将被儿替她盖好。(旦侍书上)紫鹃姐姐哪里?(紫鹃摇手介,见介)妹子,你为何到此?(侍书)我告诉你一桩奇事。(黛玉起听介。紫鹃)什么奇事?(侍书)你不晓得,我们宝玉要娶亲了。(紫鹃)是哪一家?(侍书)我听见王家、傅家,都来说话,想是就要成了。(紫鹃)低声,你去罢。(黛玉掩泪睡介。紫鹃)正是哪里说起,分明催命的鬼了。

【宝鼎儿】青鸾影只,记前身霄汉,蓬莱山碧。镜里花残香无恙,沟中叶漂没难觅。都被深寒浅勒,难道天涯咫尺。痛瘦影如烟,流光似水,裹成啁唧。

(黛玉嗽介。紫鹃上)小姐,你要什么?(黛玉)我也不要什么,只因探春姐姐,前日打发人来问我,你替我谢她一声。(紫鹃)晓得了。(下。黛玉)我朦胧睡中,听见侍书和紫鹃说话,私语缠绵,春光漏泄,好不叫人心冷也。

【前腔】情来无迹,怎今朝情去,通身无力?款款言未听仔细,明明说难知端的。只恐风闻未必,因何这声情太密?恰窗外莺啼,帘前燕语,凭谁解释?

我听她半吐半茹,不明不白,转觉烦闷起来,不免找了宝玉,问他则个。(行介)哎哟!这事如何问他呢?

【锦堂月】一点灵犀,两心相印,毕竟多年兄妹。虽是魂儿,未必将人当鬼。把新愁对面思量,将旧事从头提起。相逢处,还要目诉衷肠,眉传哑谜。

想他未必真能知道也。

【前腔】隔断香溪,东风消息,不识梅花开未?况是遮瞒,知我两人同意。失通灵落魄多时,迷智慧离魂一例。难寻取,这样世界妖狐,人情鬼魅。

咳!事到如此,不能不问个明白。

【前腔】此事跷蹊,他人犹可,难道卿卿忘记?镜里灯前,赢得无言有泪。闷人心漫托神交,听他言如何搪抵?心摇曳,试问蝶使蜂媒,花姻月缔。

来此已是了,嗳!因何再找不着,想是怕我絮叨,先行躲避去也。

【瑞鹤仙】楼阁是耶非,访仙踪,先遣东君回避。缘何面难见,只莺燕啼红,鸳鸯呼翠。渔父重寻,浑不辨桃源身世。镜台留影,深深拜诧,细说来意。

我要回去,又寻不着归路,如何是好?

【前腔】不识路东西,苦思归,乡梦苍茫千里。如今梦都废,但步也难移,魂兮难起。春向何归？还希冀春归容易。潇湘甥馆，竹影深琐，花阴浅睡。

（紫鹃上）我到探春小姐房中，走了一趟，不知小姐痴痴迷迷，又到哪处去了。（见介）小姐，你在此，依墙傍壁，走得乏了，不如回去好。（黛玉）回去是最好的，回到何处去？（紫鹃）回潇湘馆中去。（黛玉）仍是潇湘馆么？

【幸幸令】萍踪仍此地，柳绪更谁知？难得身在红尘魂半弃，红杏色，何苦恋芳菲？

（紫鹃）到了！小姐也该歇歇罢！（黛玉）

【尾声】世路今遭，莽别离，数归程，吴头楚尾，那时节小草心苗托故溪。

（同下）

卷　八

花　妖

（外扮花神随二道童上）我大观园中花神是也。花谢花开，装成世界，春来春去，绘出韶华。只因树长根芽，也似人含智慧，随心感召，特示灾祥。状元折桂之徵，公子毓兰之梦，祖孙慈竹，兄弟荣荆，每以枯菀分形，顿著家门殊兆。今奉警幻仙姑之命，将怡红院已萎海棠，于十一月间非时发花，俾宝、黛二人稍知觉悟。侍儿们，吩咐开花去者。（众花神上合唱）

【莺集林春】叹人间，木魅山魈，都被风光做作，逗点儿教人心摸索。一树海棠，前度摇落。唤天边人去者，特放春来，点点缀红萼。巧天公，幻几许须弥尘世，不遣个中觉。

安排已毕，我们回花宫去。（同下。旦惜春道装上）我惜春，素心冷淡，绝意繁华。前日《心经》写毕，老祖宗十分欢喜，许我在家修省。今日怡红院中，海棠盛开，老祖宗赏玩片时，众人信为喜事，只索走一遭也。（行介）吾想无妄之福，人之所忌，何况此花，开得非时，大为可怪！

【四犯莺儿】莫便把镜花捞，也只怕无凭靠。怎团搓冰雪，凑成花稿？况海棠呵！爨下桐焦，枥下枯倒，还魂昨夜香魂叫。羯鼓谁敲，鹤书哪召，卦卜生黄，便假扮的活跳。

不道此花，还是这般留恋尘寰也。

【前腔】飘撇了旧根苗,绚染他新容貌。尽丰姿出世,也向红尘闹。戏尽兰翘,冶尽桃笑,余痕淡煞斜阳道。西府千娇,南柯一觉,春向何来,就颠倒的没晓。

吾想此花,忽萎忽生,毕竟大有机关。

【前腔】想不定世妖娇,猜不定天心窍,似冬烘面目,推出唐花窖。非是花朝,只恐花报,问花消息将花祷。从前海棠诗社呵!楚客词招,杜陵诗钓,芳讯回头,没吟兴更写照。

说了半日话,不知宝哥哥在家否?(宝玉上)莫嫌憔悴日,更值艳阳辰。(见介。宝玉)妹子,你也在此看花?(惜春)闻得老祖宗说,此花是哥哥的大喜。(宝玉)有何喜呀!当日晴雯姐姐出去,此树忽然萎谢,今见花开,不免伤感。

【前腔】还记得玉颜消,还恨她花颜老,只人影衣香,都被花阴扫。萍叶轻飘,莲叶轻拗,同生同死花知道!晴雯姐姐呵!面隔蓝桥,心枯白草,合让名花,留取今日重到。

(惜春)花偶然大发,安知不是晴雯的变相?

【前腔】是续命女儿胶,是返魂神仙药,是巧取人身,勾向花身阁。前日心交,此日心约,花情留得花魂魄。翠色苗条,红英寂寞,同是天涯,人影花影非各。

(宝玉)妹子,此话大是寓言。只因此花开得奇怪,不知是何缘故?(惜春)人事无常,天机难泄,只好日后证验,岂可私心揣度?

【前腔】想不是闹虚枵,做出他阳春脚,恁尽地聪明,揣去无非莫。银烛还烧,锦帐还幕,东君不许东风觉。世外喧呶,天边约略,料谪仙人,牛渚月影空捉。

(袭人急上)二爷,请到里边,说一句话。(惜春)哥哥请进,吾在此赏玩片时,也就回去了。(宝玉)失陪了,再请宽坐。(宝玉、袭人下。惜春)看袭人姐姐,慌慌张张,大有心事。(听介)呵呀!里头喧嚷,说通灵玉已失了!咳!此花开得毕竟不祥。

【懒画眉】瑶光星堕入衣胞,是卷石前经劫火烧,偶人间变现返青霄。它照来石火尘寰小,哪能知花有姻缘玉有苗。

此玉原是通灵,想有神仙摄去,唯家中招寻,闹得不休,如何是好?(邢岫烟上)妹子在此做什么?(惜春)你不晓得么?昨日海棠忽然开了。今日宝哥哥通灵玉失去无踪,现在外面求签问卜,杳无信息。(岫烟)不消如此。我晓得妙玉师父惯能请仙,我替你问一问去,你少停来到庵中,便知下落。(惜春)如此妙极了,我少顷便来。(同下。妙玉上)清磬无声孤榻冷,禅灯有晕一龛闲。我在这栊翠庵中静课,倒也十分自在。(邢岫烟上)师父,你在庵中,并未出门,我有一件事,要求师父。(妙玉)小姐,你有何事?(岫烟)你不晓得,那怡红院内,失了通灵宝玉,欲求师父请乩仙一问。(妙玉)咳!何苦这般饶舌也!

【前腔】三间屋占海棠巢,这月夜无心听玉箫,被无端疑事问元苞。俺凡人,未必真仙到,要求他鬼谷先师第几爻?

我久不作此事,不知乩盘搁在何处?(岫烟)还仗师父,大发慈悲,救他一家性命。(妙玉)也罢,我将乩盘请出来,待我书符,请了值日神灵,再行祷告。(拜介,画符介)到了。我和你扶起乩来。(念介)嚜!来无迹,去无踪,青埂峰下倚古松。欲追寻,山万重,入我门来一笑逢。(妙玉)乩已定了,我当拜送。(拜介,惜春上)师父请仙,想已到了。(妙玉)有仙示在此。(同看介。惜春)请得何仙?(妙调)请到拐仙,极有灵验的。

【前腔】支笻蓬岛海天高,只尘世葫芦背后挑,受奔波一脚踏云霄。只仙符片纸将仙召,可怜他入洞烟霞兀自劳。

(惜春、岫烟)不知青埂峰在于何处?(妙玉)这是仙机,无处寻觅,据我看来,丢是丢不掉的,找是找不着的。(惜春、岫烟同唱)

【尾声】青埂峰头天一角,难寻到这四海五岳,从今怕快绿怡红共寂寥。

我们去罢,师父有劳了。(妙玉)好说!(分头下)

焚　稿

(黛玉病容上)

【绕地游】周身如赘,瘦影秋光倚。苦咽从前滋味,阶浸莓苔,墙敧薜荔。迅流年,斜阳入户低。

(坐床上靠桌介)前日园中,海棠花发,奴因病体,未能前去。外人传说,宝玉喜事,应在此花。咳!花儿呀花儿,何苦这般奚落人也?

【步步娇】俊花枝天心还怜惜,特地浓妆饰。舒玉靥,润琼肌,想有花神,飞驰花檄。谁好事,把花乞,冷残香,只恐花泪无滴。

昨闻傻大姐说,宝哥哥与宝姐姐联姻,即日就要成亲。咳!此事早已猜着八九,何必瞒我。

【皂罗袍】原来玉树金枝连理,趁繁华,只管教红紫芳菲。旁人偷觑透灵犀,遮瞒还禁龙儿吠。此等世情,何必再萦心曲?莺愁燕喜,春光自知,月移云闭,春风自吹,万般人都装入葫芦里。

（紫鹃上）小姐,喝些汤罢。（黛玉）使得,你把我箱内有字的手帕取来。（紫鹃送帕介。黛玉）这就是前生孽障也。

【好姐姐】看行行细字半迷凄,费寻思。将他泪洗,残痕无恙,惹愁情要恨着伊。帕儿呀帕儿！卿须记,奴今不便轻捐弃,只待殷勤伴尔归。

我的诗稿呢？（紫鹃递介。黛玉）咳！何苦作此断肠词也。

【山坡羊】浑不过明霞余绮,只算得熏香残履。悔当初粗解妃豨,便国风幽怨,收拾到吟魂里,小莺声毕竟是啼难起,骗煞模糊情意,诌煞凄凉景致。想墨沈淋漓,字珠儿都和泪。歔欷,问词人,只自知。支离,笑愁人,空自痴。

虽是文人慧业,即成折福根由,古来多少诗人,哪个是享受荣华的介？

【前腔】平日里,吟情游戏,暗地里,天公妒忌。哪知道堕入泥犁,凭前生福分,折罚的无思议。狠穷愁,大半是诗人例。觉的诗淫成醉,恼的诗魔作祟。他识字男儿,汨罗江,魂儿馁。凄其,越通才,耽毒媒。吁兮,越多情,下狱梯。

到此时节,有何系恋？紫鹃你把火盆拿上来。

【山桃红】则今日教人短气,送你还期,还把他深安慰,只幽魂共栖。这是海棠社,那是菊花诗,还有《葬花曲》。从头事,莫须提,都迸做愁情乱堆。只好是检丛残,觅旧题。篇篇儿揾着啼鹃血也,且待我寒食纸钱一路飞,则吟绪都销矣。想去依稀,早知道缱绻句,生生要别离。

吾将帕儿稿儿,全付祝融一炬！（丢介,喘介,紫鹃扶介）小姐,为何这般伤心！（黛玉）嗳！你不晓得。这诗儿最是害人的呀,把它化了,吾心方见干净。

【鲍老催】怪不得焚书秦帝,这般的诗人儿风雅,将情怀寄？想当年造书仓颉天垂泪,都是织愁机,锁恨城,兜情地。诗儿呵！我只要把你申申詈。则奈何逐样样教人迷,被他不识字的从旁睨？

（焚稿介）咳！我的心血都已呕出来了。（吐血介。紫鹃）小姐还该保重。（黛玉）我残喘虽存,痴魂已化,雪雁哪里去了？（紫鹃）上头叫她去了。（黛玉）今日姊妹们,并无一人来看我。

【山坡羊】只料我生存不得,只恨那从前相识。只怪你不肯徘徊,假恩情到底,到底得无怜惜。那雪雁呵！嫩雏姬,站不定人间刻,越越地由人逼,撇我恁般火急。想芳讯全非,顿抛却春鸿迹！狐疑,旧心情,没个提。鸳闱,旧姬姜,没个依。

（紫鹃）那纸灰内，还有未曾烧过的？（黛玉）你取来一看。（紫鹃送介。黛玉）这是我写的《心经》。佛法无边，不遭尘劫，留给与你忏悔则个。

【鲍老催】毕竟是西方弥勒，看蝴蝶儿分飞去也，尚留残墨到天涯，还认得是今生笔。如今什么时候了？（紫鹃）这戌初光景。（黛玉）这还早哩。这是等死期，恋世情，真难毕。呀！只气丝未断捱斜日，漫延俄，人去了，总成灰，人间不放我鸳魂只。

紫鹃！我有一句话儿，要替你说。我死之后，你告诉上头，将我的棺材，送到南边，靠着祖宗坟墓，就是你的情分了。（紫鹃大哭介。黛玉）你也不消如此，你看我如今还有半点泪儿么？

【前腔】挥别泪精干无滴，看她有无分儿苦绪？借鲛珠泣。哪知吾竹痕截断湘妃碧。就是回南的事，不能放心。说到悄魂飞，靠祖宗，今难必，漫天花影西风勒。急忙忙，来路草盈堤，只须行得到天西北。

我要长睡去了，你把帐子放下，不要惊动我。（紫鹃放帐，黛玉暗下。李纨、探春上）我们几天忙碌，未曾到林妹妹那里一看，闻得她病势沉重，则索迤逦行去。（内吹细乐介。李纨、探春听介）呀！此曲只应天上有，人间能得几回闻。吾想林妹妹，毕竟是仙去了。（紫鹃见介。李纨、探春）小姐好么？（紫鹃）小姐今朝哭了一场，把帕儿诗儿都烧了，吩咐我回南去的话，叫我下了帐子，不许惊动她。（李纨、探春）你该揭起帐子一看。（紫鹃揭帐子哭介）啊哟！不好了！小姐已经去了！（李纨、探春同哭唱介）

【绵搭絮】落红敛翠，撒手顿西归。万种心情，一病缠绵困蒺藜。紫鹃！你不要号啕大哭，她是仙去的人，也要心儿静静的。休烦她仙梦迷奚，好指望巫山云去，湘水魂归。细思量，冰雪聪明，一霎成灰！堪怜是伊。

紫鹃！你把她衣服穿好，我们办她后事去。正是：绿芜千里目，黄叶一生心。（分头下）

梦　　别

（宝玉洒泪上）我宝玉。自从失了通灵，神情无主，昨被何人撺拨，说是合卺团圆。满拟与林妹妹成亲，不料却扇开奁，竟是移花接木。咳！撇得我林妹妹好苦也。

【夜行船】病骨愁容魂一把，怯生生人在窗纱。秦女闲箫，湘娥罢瑟，一片绮云飞下。

我想到潇湘馆中,与她说说话儿,无奈袭人她们拘管得紧,不肯放我出去,这便如何是好?

【香遍满】香闺闷煞,恨她丫鬟口乱喋。紧裹粉香丛,真没法,似天涯,别怨诉琵琶,心猿意马,把我捆住苗条打。

不知林妹妹,如何抱怨我也?

【懒画眉】并头撕鬓,对着镜中花。撒手分襟,远似海上槎。说吾柔情都假,不争差,旁人撮弄春风耍,可知道有个妒月人儿,只恨着咱。

咳!此事如何分辨,只好将来细细与她说明。

【二犯梧桐树】这心情,没处抓,只落得人糟蹋。装哑,苦无一字的能登答。教俺模糊闪得无收煞。只是见面的时候,还要细诉衷肠也。林妹妹呵,可知道花底魂销不自唱,欺骗的朦胧,巧把这东风嫁。你也少撮合的爹和妈。

别绪如丝,柔情若缕,真觉此生苦无安顿处也。

【浣纱溪】难禁架,做冤家,并头莲,另插枝杈。锦屏挡得心情傻,只把胸膛猛力挝。越想越恨,不免困倦起来。难挣扎,将她敛黛愁蛾心上掐,苦寻思魂袅天涯。

(睡介。仙女上)宝玉!宝玉!你醒来呀醒来!林妹妹在此等你,你快快赶去。(下。黛玉道装,仙童仙女长幡绕场下。宝玉擦眼介)我朦胧睡中,听见有人唤我,说林妹妹在此等候。呀。这不是林妹妹吗?妹妹你且缓行一步,我就来也。(行介)

【刘泼帽】似仙踪,还肯向尘寰插,难道夕阳中睡眼昏花?这丰韵儿更超脱烟霞,即教那做天仙,全仗着的真风雅。

嗳!急急赶去,为何再赶不上。可恨我脚跟无力也!

【秋夜月】堪笑咱,赶得来泥滑溚。正彩云一路音容恰,芳尘半被青山抹。急茫茫,教人难捺,脚底东风压。

想她去也不远,我且赶上去,难道不叫我见一面儿。

【东瓯令】俺抬头望那一答,便到天尽头寻着她,难道她不微步凌波袜,只黄叶声中踏?若是见她时呵!对面真羞煞。无闲话,咬着牙。

(下。仙女驾云引黛玉上同唱)

【金莲子】喜到家,就能勾森丛丛,更向春风亚。笑世上人情乱似麻,则问他人情谁是真和假,毕竟难拿。

行过千山万水,不知这是何处?闻得宝玉要赶来见我,咳!痴人呀痴人!

【隔尾】觑人间世,一寸愁肠千段剐。不争奇,乱纷纷,个个癞虾蟆。也罢,我且踮着云头去等他。

待我登高一望者。(登台介。宝玉急上)再四寻来,从未能见。(仰看介)呵哟!这不是林妹妹吗?妹妹你当真仙去也。

【朝天懒】你就是玉宇吹笙萼绿华,又到得蓬莱顶弄彩霞,仿佛鬓边鸦。认无差,更游心万仞呼难下。你看林妹妹,还钉定双睛细认咱。

(黛玉)我已去了,你何苦再来招惹?

【前腔】你只把十二金钗着意查,薄命的姻缘簿,问女娲。觅行踪除是泛仙槎,莫嗟呀,是离情隔住青山罅,休管天涯共水涯。

(宝玉)妹妹,我是要与你一同去的嚯。(黛玉)你尘限未满,尚多兜搭,毕竟有见面日子。哥哥,我就告别了。侍女们!驾祥云去者。(舞云下。宝玉)看这一朵祥云,将林妹妹拥护去了。

【宜春令】晴霄外,护碧霞,渡银河,有虹桥儿斜跨。风吹欲化,奈何人人儿只剩咱?不知渠何处生涯,相离背面相看乍。知她,这就是南国佳人,西方菩萨。

我要告诉衷肠,只是无从开口。

【前腔】云端影,晕眼花,欲含谭,怎含糊的赸搭。教人冷煞,启朱唇只怕口内嗏。活神仙禁着喧哗,但见面无言也罢。嗟呀,我和你世外多缘,口头没话。等我回去慢慢地访她。

【耍鲍老】幽谷红霞,看她催云中君速发,这乾坤偌大,也要搜穷发,访得洞仙家。(内作风雨介)呀!风雨来了!树梢头,风飒飒,衣襟上,雨雪雪,暗尘中,泥滑滑。来去浩无涯,谁知来去双牵挂?

(坐靠桌上介)走得我好乏也。(擦眼介)嗄!原来是一场心梦?

【红衲袄】莫不是到天台阿姊家?莫不是步江皋波仙下?莫不是意中人眼际花?莫不是相思情分别话?今日呵,把画眉儿笔,也画他两字离魂押。说甚么新也如何旧孔嘉,只今夜独眠儿一榻,可再有梦里人来笑向咱。

(袭人上)二爷外边寒冷,里头歇歇去罢。(宝玉)你先进去,我就进来。(袭人下。宝玉)咳!

【意不尽】可怜见生小无嫌一嫩娃,一时间变了游魂卦,只慢慢地枕头儿上想着她。

（内叫"二爷请进来罢"。宝玉）来了！（下）

哭　　湘

（宝玉上）一日三秋意，百年千古愁。潇潇修竹雨，无梦访红楼。我宝玉。昨日梦中见林妹妹，在五色云中，与我辞别，醒来十分疑惑。等我叫雪雁出来，问她则个。

【夜游宫】梦逐游云细转，六铢衣满袖香烟。望仙山去也，别绪缠绵。青嶂间，细雨外，翠微边。

雪雁哪里？（雪雁上）二爷呼唤，有何吩咐？（宝玉）你跟我到外边来，你这几日见过林姑娘么？（雪雁呆介，宝玉）呀！（雪雁）见、见、见、见是见过的。（宝玉）她近日病得好些么？（雪雁）病、病、病也差不多。（宝玉）我看她说话支离，神情恍惚，毕竟有些缘故。（转介）雪雁，你是林姑娘自小带你来的，难道一点良心没有？（雪雁哭介，袖中取帕介。宝玉）这帕儿是林姑娘的，为何偷了来？（雪雁）这是林姑娘给我作记念的。（宝玉）因何说记念两字，快快的说来。（雪雁背介）这不好了。（宝玉）你说记念二字，我都明白，何苦瞒我？（雪雁）这都是二爷不好。（宝玉）怎么？（雪雁）就为你娶了宝姑娘，就是一气而亡的嘘。（宝玉）她、她、她当真死了，啊哟！（晕倒介。雪雁）二爷醒来，醒来！（宝玉哭唱介）

【月儿高】未肯留残喘，黄泉恨浅深。难道前生命，不许见今生面？人何在？莲台但愿魂灵现。辜负那多情，把人怨。

我到潇湘馆一看。（行介）一进园中，为何这样凄凉也！

【前腔】这是怡红院，春风自消遣。结曲蜘蛛网，招惹这残英片，随舒卷。可知当日昭阳殿？一例冷凄清，玉阶藓。

远远望去，前面已是潇湘馆了。

【懒画眉】望湘娥，风雨奈何天。只看它草没苔阶隐翠钿，原来无情修竹影娟娟。懒鹦哥，不逐愁莺啭，可知是人与花魂一晌眠。

来此已是，为何门儿闭上？

【前腔】非葳蕤玉锁把门拴，只因何白日闲将绣户扃？愁看画楼一带冷秋千。（雪雁敲门介）开门呀开门！（宝玉）里面并无声响，这红墙隔住蓬山远，争禁得万唤千呼不答言！

（听介）呀！里头似有人饮泣，莫非是林妹妹么？

【不是路】月殿婵娟，偶小憩尘凡泣诉冤。声宛转，气儿绵软，似生前在何边？林妹妹呀！你不要怪我！蜂媒强递春风券，误唤刘郎过别船。难如愿，莫怪幽魂怨，我把幽魂低劝。

（敲门介）里面有人么？（紫鹃上）外面何人叫门？（雪雁）宝二爷在此。（紫鹃）宝二爷一晌不来，如今人已死了，到此何干？（宝玉）紫鹃姐呀！

【前腔】心字难笺，闪得我愁怀日夜煎。能方便，容留一面说前缘。（紫鹃）听他言，书生薄幸难分辩，拍着胸头去问天。也罢，我们小姐，或者魂灵儿，尚要见他一面。真歪缠，若教勾得魂儿转，剩丝儿微喘。

（开门见介。紫鹃）二爷，为何还想到这里？（宝玉）我听见林妹妹死了，到此哭她一场。（紫鹃哭介）都是你害的呀！（宝玉哭介）都是我害死她也！

【尹令】咱悔煞从前缱绻，翻做出情深会浅。又不许别时见面，只怕泪痕洒遍。半诉衷肠还咽，教我这生生，咳咳！生生向何处怜？

小姐的灵柩呢？（紫鹃）三四日前，已经出殡，送到铁槛寺去了。（宝玉大哭介）咳！妹子呀！生不能临别一言，死不能抚棺一恸，真正痛煞我也！

【玉交枝】有这等云烟舒卷，等不得停灵几天。不教咱惜花人去将花唁，冷落煞别凤离鹓。教我泪珠儿洒不到穗帏前，素筵儿蘋香谁奠？魂牌儿锦字谁填？便空落落没星星眼见。

紫鹃，小姐毕竟何日何时死的？（紫鹃拭泪介）说也奇怪！

【前腔】就是你绿窗婿选，别院里笙歌沸天。只叫他三声宝玉无余件，霎地里柳暗花眠。（宝玉）哑！她死的时节，就是我娶亲的一刻。只一时分派了生死缘，那边儿钗梁飞燕，这边儿湘峡啼猿。这晷刻儿，不争差一线。

她死时还叫我三声，这是她一生恨处也。

【前腔】也只是心头一片，到死时心头尚悬。可怜她将吾名字还提遍，有一种恩怨难言。紫鹃！她还有什么话儿吩咐你？（紫鹃）说棺材尽能够归故园，厌他乡旅魂都倦，爱江南古墓常眠。就此一句话儿，也便叮咛百遍。

（宝玉）这就她从前要回去的话，想人到临终时，毕竟有首邱之想。

【前腔】也不论孤魂近远，只想着家乡墓田。况是她女郎清洁依亲串，不过是二八青年。小魂归泷垄上飞纸钱。这件事，我要告诉老祖宗，毕竟依她为好。她生前随心那件，她身亡收骨那边，魂去也有爷娘见面。

她必有抱怨我的话,紫鹃,你听见么?(紫鹃)没有抱怨的话,只是自伤薄命!(宝玉)好苦命的妹子也!好短命的妹子也!

【月上海棠】空缱绻,闲愁多少欢娱浅。曳春云一剪,却被春风吹转。便影去魂来如掣电,更上天入地难寻见。出落如花,收拾如烟,修篁泣雨斜阳院。

她从前诗稿,可曾收拾?(紫鹃)她三四日前,已把稿儿全行烧毁。(宝玉)她心情尽了,所以收拾了去。

【前腔】无系恋,神仙便把文章饯。恋丛残一卷,也是人生罪遣。那懊悔能诗焚笔砚,生憎识字知愁怨。墨化成云,纸化成烟,古来名迹多兵燹。

可惜她女中才子,世外仙人,留不得些些笔墨。(紫鹃)那焚化的时候,我从火中抢出几页,倒是《心经》一卷。(宝玉)这是她虔心所感。

【前腔】经百炼,红云照彻冰斯篆。他心情一片,付托维摩经卷。恁归去西方难带转,教空中色想还灵现。人影成禅,字影成仙,从前只是人轻贱。

紫鹃!我要问你,小姐可有影像么?(紫鹃)她有小照,存在我处。(宝玉)你取来一看。(紫鹃送介,宝玉看介)这活像我妹妹丰神也!

【前腔】看这件画图唤真真现,玉人儿不见,留得庐山真面。觑小立芸窗神乍倦,又低垂茜袖容能辨。生没人冤,死没人怜,云鬟挂起芹香荐。

紫鹃!你替我收好,我要时常展礼。(紫鹃收介。宝玉)你屋内并无人伴,难道就你一人在此?(紫鹃)二爷呵!

【前腔】闲宅院,玉尘跟逐香鞋转,十分儿稳便。今日瑶台人远,怕小胆空房难独缱,孤魂呜咽无言劝。与病缠绵,与鬼周旋,奴身伏侍晨昏奠。

(宝玉)咳!多亏你十分情绪,林妹妹在九泉之下,亦增冥感。

【前腔】声宛转,杜鹃一只神仙眷。听声情腼腆,志气还她裙钏。叹一领青衣心不变,别离尚把前言践。耐得天天,守得年年,画梁孤负单栖燕。

(袭人忙上)我在二奶奶室中,人说二爷到园内去了。老太太十分着急,叫我各处找寻。嗳!二爷倒在此说话。雪雁妹子,你好大胆呀!(宝玉)紫鹃!你好好在此,将来还要你送姑娘回去。(紫鹃)晓得的。(下。宝玉)我们也只好回去了。

【意不尽】话吱吱是哪里能全?被大样奚奴逼转。我妹妹呵!只等你茂苑归帆,也还上送别船。(同下)

鸳　殉

　　（鸳鸯披发哭上）我鸳鸯。跟随老太太十五六年，不料到桑榆暮景，那儿孙一辈，闹出弥天大罪。如今家已抄了，东边大老爷坐台去了。老太太受些委曲，一病而亡。天啊！教吾眼睁睁看这般光景。

　　【齐破阵】衰连家庭巧凑，风波莫问根由。红袖春归，白头人去，留下青衣黄口。蝴蝶梦回枝上月，蒲柳愁添鬓畔秋，秋江浸一沤。

　　我想老太太，虽受半世荣华，已吃一生辛苦。今朝撒手西归，还须身后风光，存些体面。此事还得求二奶奶去。（下。王熙凤、平儿上）今日老祖宗的大事，我们也要把执事人等，分派停妥，方能齐整。平儿将花名册上来。（女仆上）二奶奶传唤，想是为老太太的事。（熙凤）可不是么？如今先要把对牌取来，以便领银。（女仆）银库上早没有银子，要对牌何用？（熙凤）执事的人，是要派的。（女仆）回奶奶，如今男仆不过二十余人，女仆不过十七八人，一切动用家伙，都不齐全，如何分派？（熙凤）这就为难了，如何是好？（鸳鸯上）二奶奶在此，今日鸳鸯要磕个头。（跪介。熙凤扶起介）鸳鸯姐姐，今日为何这般张致？请坐了。（对坐介。鸳鸯）今日有句话，特来告禀。

　　【刷子序犯】奚奴怎开口？只因这事，心曲怀忧。猛耽兜，绞衾柳鬃须周。（熙凤）这是各人都要尽心的。（鸳鸯）还愁办事的心情滑溜，说话儿强半胡诌。霎时撩草便都休，者番儿装扮得忒悠悠。

　　（熙凤）就是银子不能凑手，人手不能齐集，所以难办。（鸳鸯）老太太身后的事，都是自己私房，不用公中银钞，难道前儿未经收来么？（熙凤）收是收了，只是存在外边，不肯应付。（鸳鸯）只须奶奶吩咐，外面哪敢不依！

　　【朱奴儿犯】你办事儿从不丢手，性格儿何曾垂首？况体面言儿好开口，只免不得病中抖擞，便挣扎的到人前上头。太夫人花团锦凑，方遮过眼前羞。

　　（熙凤）你的意思，我都知道，等我慢慢的上头去说。（鸳鸯）多谢二奶奶费心。（下。熙凤）咳！这件事情，原该认真办理，只是诸事掣肘，如何办法？也罢，你们且出去，等回明了两位太太，再作道理。（下。琥珀上）哎哟哟！外面闹得越不像事了，今日客来，要茶没茶，要酒没酒，把我的肚子气直了。（鸳鸯上）你的说话，外面当真如此，难道二奶奶不尽一点心么？（琥珀）谁来撒谎？（鸳鸯）

　　【普天乐】到今番受恩人都灵透，假装忙，忒将就。老夫人恩意难酬，哪晓得容颜难又？我只恨二奶奶，为何昧着良心也。论祖宗抬举，还尽够，不管祖宗身后。只落得当家身退，怕事身抽。我虽是康成婢，空操箕帚，看不得模样儿，尽教抬头。

（琥珀）我听见二老爷说，丧与其易也宁戚。大凡丧事，只在悲恸，不在礼貌。（鸳鸯）我只恨这读书酸子，动不动以圣贤说话欺压人，他世故人情，全然不懂。

【玉芙蓉】皮里没阳秋，爷也糊涂够。似魂游梦里，醉来酒后。胸无墨水斯文否？我老太太呵！八座夫人到白头，这段风光，也要车如水流。怎收场？不肯着意绸缪。

（琥珀）我听见那边大太太与二老爷商量，将来老太太一项，还要留几两银子，在坟上盖房，以备子孙居住哩。（鸳鸯）那边大太太倒也罢了，只是二老爷也是这般识见。

【前腔】持家没半筹，只把公中扣，便笑此翁田舍，积财培塿。丈夫亏你颜何厚？丑样经营忍出喉。况是衔哀早便家私预谋，读书人如何阁放心头？

琥珀姐姐，你到外头再行打听打听，使我放心。（琥珀）我就打听去。（下，鸳鸯）咳！不料老太太身后，人人各怀私意，闹得七颠八倒，叫我也就没法了。（在桌上睡介，入梦介。邢夫人上）鸳鸯姐姐，恭喜你呀！如今大老爷回来了，孝也脱了，即便要娶你去。（鸳鸯）我伏侍老太太一辈子，也要守她一辈子，我是断乎不肯出去的。（邢夫人）鸳鸯！你从前有老太太作护身符，如今由不得你了。侍女们，挽她出去罢。（众人拖介，鸳鸯哭倒在地。琥珀上）姐姐为何哭倒在地？（鸳鸯）我得了一个恶梦，想是活不得了。（琥珀）我扶你到套间屋里养养去。（鸳鸯坐床上介。琥珀）我仍到外面张罗去。（下。鸳鸯）

【山桃犯】想不是同心耦，到梦里还来扭。小云鬟逃不出留云窦，则没爷娘剩一段魂儿瘦。大夫人呵！折磨人暗地河东吼，甚噤香蝴蝶，掘穴蜉蝣。

我想老太太已经归西，不如跟了她去，转为干净。

【前腔】二十载恩情够，也算那生疼肉。苦冥途伏侍无人候，想等奴奴要一路扶持走。则今朝呵，冷孤魂左右扶灵柩，是女郎面目，侠烈骷髅。

这便如何死法？（旦扮秦可卿魂上，绕场下）吓！这是蓉大奶奶，死得久了，为何还来？看她手中帕儿，想是教我的死法。

【前腔】学这个双绦扣，我只愿跟她走。赶前程两个魂生受，则女孩家身后事能将就，只今生呵，繁华世界能参透，便放开眼底，撇去心头。

我已久有此心,今日是安心立命处也。且到后房中,闭上了门,再作道理。(下。琥珀、小丫头上)鸳鸯姐姐半天不见出来,想是她哭倒在内。(敲门介)呀!为何门儿紧闭,不见动静?我们挖开门儿进去。(挖门介)哎哟!不好了!鸳鸯姐姐吊死了!我们扶她下来,看她可救不可救?(摸介)啊哟!一点气儿没有了,我到外面告诉去!咳!(下)

尘　劫

(杂扮强盗带四小卒上)我们奉大王之命,要到金陵地方,房掠金银财宝,并有绝色女子,弄她几个,送与大王快乐,只是到了这里,不知路径,如何是好?(丑何二上)啊哟!输煞哉!输煞哉!(盗伙见介)请问高姓?(何二)我叫何二。一向在赌场内过日子,如今赌得精光。(盗伙)赌光了,还须弄些才好!(何二)如何弄法介?(盗伙)哎!如今金陵城中,富家甚多,何不抢些来用?(何二)使不得,使不得,将来官府拿着,算了强盗是要杀的。(盗伙)我们老实告诉你,我们是海里头来的,如拿到东西,同到海外一走,如何?(何二)哑!海里去得的,这就不碍事了。我告诉你一个巧宗儿,近日荣府贾家,都送老太太出殡去了,只剩几个女人看家,我们从后墙进去,如探囊取物。(盗伙)她们女人,有标致的么?(何二)多着哩,但凭挑选。(盗伙)如此甚好,今昨就烦你引路,我们一处去罢。(同下。副净黑脸扮包勇执棍上)

【捣练子】人气概,胆豪粗,甄家旧仆贾家奴,仗三尺棍儿雄似虎。

我包勇,自从甄老爷荐到此间,吃些冷茶闲饭。前日我因贾雨村那厮,忘恩昧良,我在街坊上,骂了他一顿。奴才们告诉了上头,罚我在这里看园。嗳!哪里晓得包勇的忠肝义胆也!

【山坡羊】老苍头,英雄气骨。抚头颅,丝丝白秃。守园林,苦竹黄芦。闷栖迟,伴着狐狸窟。叹区区,只等待扫萑苻。我看这里,也是十分胡闹,把这班狐群狗党,养在里头,如何是好?偏只要谄笑胁肩规矩,奈何欺凌客奴,蓦将人摆布。这园子空落落的,只好小心看守。人静后,怕穿窬,堪虞,这蒙茸,树影疏。由吾,打倒来,不放渠。

如今天色已晚,不免到各处去照看照看。俺来也。(下。何二盗伙上)你看这里墙是低的,跳进来,就是假山背后。(盗伙)何二哥,你在前引路。(跳墙介)何二)你们要见绝色女子,只从窗糊内看去。(众)晓得。(何二)我们挖开了门,悄悄进去。(挖门进介,向窗糊内看点头介,取箱笼包裹介。打更人上)啊哟!不好了!腰门开了!里头有了贼了!(众家人上)你们这般毛贼,往哪里走?(贼持械介,包勇打倒一人,余贼跳墙逃介。包勇)这种贼,真不中用的,被我打死一人,其余都跑了,等我索性赶去!(跌介)哎!为何有物在此?(摸介)是一个箱子,里头精空的了。(嚷介)上夜的人快来。(众家人上。包勇)你们查点查点,丢了多少东西?(众家人)老太太上头东西一些没有了。啊哟!打死一人在此,这是何二呀!(包勇)被我一棍打死了,你们守着各房,我再赶去,抢他回来。(分头下,盗伙上)那、那、那个黑汉子,十分厉害,这里走不得了。我们到五更时候,从别路进去,用了闷香,掳他女子。正是一不做,二不休,各位须要努力。(下。妙玉上)清磬乱敲千里梦,佛灯冷照一生心。我妙玉。托迹空门,寄居贾宅。今见他家门零落,这栊翠庵亦非安身处也。

【步步娇】不晓得一种心情阁何处,精瘦魂如许。春风梦五湖,泣望乡关,经年红雨,近今来,连梦亦模糊,甚蘧庐,安顿吾?寻不出来时路。

睡也不稳,坐也不稳,如何是好?

【前腔】并没儿女闲情乱心曲,闷锁萝烟绿。钟声午夜初,一个蒲团,三间茅屋。淡生涯,顿顿馔伊蒲。不如归,劝鹧鸪,欲开口,何由出?

还是打坐的好,只是眼前,半成魔障。

【前腔】看此地跫音似空谷,眼泪无由哭。尘踪乍有无,半世投胎,终朝闭目,这形骸,想起总非渠,定心神,坐跏趺,看灯影,枯成粟。

外面已四更天了,我且略睡片时。(坐睡介。盗伙执闷香上)我们挖开寺门,一同进去。(照介)在这里了,我背了去,速速出城。(下。剑仙柳侠卿、尤倩姬上)世界由心造,云烟转眼看,劫灰烧不尽,风色一肩寒。(倩姬)今日仙翁同我到此,有何事干?(侠卿)你不晓得,今日妙姑夜遭尘劫,我们向前救护她去。

【风入松】闷香儿似蝶化蓬蓬,叹午夜红绡盗取。那行藏,不入氤氲簿。没收梢,这春痕去住,怎领受着来时路,还认得是真吾。

(盗背妙玉上,剑仙拦介。盗伙)你这妖道,为何截我去路!(剑仙)放下女人,我就容你出去。(盗伙)妖道,你敢口出大言。(拔刀上介,剑仙登高介)值日神将,将天罗地网罩住。(神将上。盗伙)为何走来走去,走不出去?(神将将盗伙杀下。妙玉坐地睡介。剑仙下)妙姑醒来醒来。(妙玉低唱)

【前腔】睡蒙眬,想引到华胥,也不觉行程几许。乱纷纷搅得身如絮,问旋途怕回头即误。更漂泊得无人回护,直落得这羁旅。

(起立介)这是荒郊僻野!因何一人在此?好不明白呀。(转身介)呀!大仙在上,小尼稽首。(剑仙)妙姑,我在此等候多时了。栊翠庵,青埂峰,你毕竟要到何处去?(妙玉)请大仙指示。(剑仙)你坐了听者。

【前腔】女雏娃,生长在姑苏。只不过韶光几度。尽千年一霎人来去。做神仙,撇下余生骨。你看此身,还有还无?只就你的睡中云雾,也不是旧尘躯。

(妙玉)我已脱了尘体么?(剑仙)你方才被盗迷惑,强行劫去。我们杀退了他,救汝出来。无奈你肉身已坏,只留下真灵在此。(妙玉)多谢大仙指教,我们毕竟到何处去?(剑仙)我将一叶慈航,引你到彼岸去。

【前腔】佛山缘,真影入真虚,只引到他无着处。使心中种着菩提树,妙庄严不是泥能塑。你要晓得无凭无据,方与你说真如。

我实实告诉你,你本是警幻仙子坐下一个侍者。只因偶动凡心,遂遭尘劫。今谪限已满,引你归去。正是:海畔蛟螭愁日暮,淮南鸡犬梦家山。妙姑,随我来。(同下)

辞　亲

(宝玉上)

【月儿高】登场傀儡,投靠人间世。闹不了顽魔劣障,搅得无滋味。沁肺揉肠,断送莺花地。乱丛丛,偏逐样醉成泥。好时光,犯不着心摇曳。

我宝玉昨日见了师父,劝我速去归真,完成正果。特是世人俗眼,必须博取科第,方遂显扬。咳!何苦这般着意也。

【太师引】说书生,须滥入登科记。着蓝袍,便出人头地。博虚名,蕊榜留题。可不是人间俗例?叹穷年皓首守头巾秘。失了的一生憔悴,得了的一天欢喜。这圈儿俱罩住,魔煞人多矣。

只是要入科场,须得做近时文字,我本不大理会,昨日偶翻墨卷,不过油腔滥调,这也有何难乎?

【前腔】漫涂鸦,将笔墨成游戏,苦呷唔,腔调空摩拟。乱牵拽,不认何题。也还要点头得意,没半点心灵,一毫情味。只教你讲章牢记,只教你类联排比。论薪传,村学究,玷辱文章气。

我到场中,随意写去,不怕功名不唾手而得。

【前腔】矮场中,直闷得心头黑,散花仙,展出生花笔,学他人脑满肠肥,蘸点滴金壶墨汁。叠云罗百摺,教天孙织。也则把秋鸿高弋,也则把秋香寒勒。不稀奇,我去也,尘账书销讫。

只是母亲抚养我二十年,如今已要到萱帏拜别,但此事未便说明,只好含糊其词,尽一刻人子之情。

【琐寒窗】廿载哄她,她千万孩儿,揉断了愁肠无个替。况越经年长,还怕风吹,则索闹得得个老人家,身心粉碎。说今生报答恐难矣,认仙家生身来处难道都迷?只全仗舍却空门子弟。

就是宝钗姐姐,与我合卺一年有余,如今也要长别。只是她聪明人,自然揣得透个中道理。

【前腔】注定因缘,因缘短夫妻。萧史做双仙,偕女婿。只蛮蛮谁负,鹣鹣难栖。况是你的未了尘缘,如何捐弃?怕凡胎交卸非容易。姐姐呵!恁聪明,今番知未?即便相依?你看哪个是白头到底?

辛苦尘寰二十年,淮南鸡犬不成仙。浮云西北身如叶,问我家乡碧落边。咳!林妹妹先经回去。妙玉仙姑,虽遭尘劫,却登仙篆。宝琴妹子、邢、李两家妹子,将来都受人间福寿。只是迎春妹子,遇人不淑,苦了一生。你看扰扰天涯,都是一场大梦也!

【前腔】恸哭投胎,生生恶风吹,将干支八字分样配,教脚跟磨转,身子轮回,便装出个父子夫妻,弟兄姊妹,偶然间结聚无遮会,尽苦辣甜酸分递,百样支离,只笑那消受风光有几。

(旦道装惜春上)哥哥,你今日一定要回去了。(宝玉)妹子,你如何晓得?(惜春)我既出家,自然慧眼观空,有何不晓得的?

【懒画眉】尘心参透佛心机,芳魂飞动在三空际。羡今宵,稳踏了上天梯。想吾呵!整铢衣,等我唤黄鹂,叫醒了梦魂寻着你。

(宝玉)妹子,我母亲已老,万一想念我,你说些前因后果,解劝一番。

【前腔】西风一路雁行低,只留得单身妯娌,强颜安慰。妹妹呵!仗晨昏寒暖侍萱闱,说端倪,晓得世间奇,只一块石头闲耍戏。

(惜春)我都晓得。哥哥,你就去罢。(下。宝玉)此时已是入场时候,只索到母亲娘子处,拜别一回。(下。王夫人、宝钗上。王夫人)儿吓!今日宝玉进场,也要催他早些去,不可误了时候。(宝玉上。王夫人)这时候已该点名了,你同兰儿就去罢。(宝玉)孩儿就此拜别。

【闹樊楼】老年人,百事宜宽譬,谢扶养孩儿,这般年纪,只落得题名雁塔里。(向宝钗揖介)姐姐,全靠你伏侍母亲,奉高堂,温靖期,安排仔细。待他年家庭兰桂,齑盐勤料理,方教那神仙得意。

(小生贾兰上)叔叔,这时候要进场了。(王夫人)你们叔侄二人,一同去罢,出场后早早回来。(宝玉)晓得。(分头下。杂扮家人持乡试灯笼上,内吹打介。家人)这是放牌时候了,我们小心接去。(内放牌,诸生拥挤介。柳侠卿立高处将宝玉拉走。贾兰出场介。家人)相公,看见宝二爷么?(贾兰)我们一同交卷的,他先出来了。(家人)我们在黑暗之中,恍惚看见,不知挤到何处去了?我们一同向前找去。(下。柳侠卿同宝玉僧衣上)这时候好了。(宝玉)多谢大仙指引。

【懒画眉】仙衢云路没高低,抽身已得了初桄地,赶行程,早趁着夕阳西。(柳侠卿)且住。你父亲现在泊舟常郡,你须拜别一回,我们驾起云头去者。(同唱)苦低徊,父子要分离,这才是神仙道理。

你父亲舣身在毗陵驿,前面已是,你去拜别了,速速回来,我在前面等你。(分头下。内船上打锣介。外贾政同老仆上。贾政)我贾政,回乡葬亲,半载有余,不觉已经秋杪。今到毗陵驿,船只拥挤,不免就此停泊。(坐介。宝玉在船头拜介。贾政立起擦眼看介)苍头,这船头上拜的,不是宝玉么?你叫他进来。(宝玉下。苍头)宝二爷!宝二爷!老爷在此叫你。吓!头也不回,竟自去了。(转身介)老爷,前面就是宝二爷,已经去了。(贾政)你速速赶上去,一定拉他回来。(老仆赶介。贾政)这也奇了,宝玉因何到此,穿了僧衣,其中必有缘故。难道我眼花了?或者面目相似,亦未可知。(老仆上)老爷,我急忙赶去,前面有个和尚,带着二爷行走如飞,行过山坡,就不见了。(贾政)这越发奇了,明明看见的,难道做梦不成?也罢,且待到家再行细问明白。(同下)

寄孥

(平儿素服上)我平儿,自从二爷出门,二奶奶病势十分沉重,家中七颠八倒,一切事情,都搁我肩上,叫我如何办理?(坐介)

【齐破阵】方信世情难料,今番灰冷香销,愁比春深,欢随梦短。红泪半干翻笑。欲待躲时何处躲?欲待抛时未可抛。黄昏将首搔。

(末扮家人上)平姑娘,你一人在此,敢问二奶奶近日病势如何?(平儿)只是照常，不见增减。（末）近有一段喜事，要禀知二奶奶。（平儿）有何喜事？（末）今有外省藩王，进京朝觐，有一孙子，欲与府上巧姐连姻。（平儿）此事须等二爷回来，方好做主。（末）昨日已经王舅爷告知大太太，出了帖子，现有王府相看的女人在外。（平儿）如此，请她进来。（杂媒婆上）二娘在上，我们该见个礼。（平儿）罢了，请坐。请问王府是哪一家？（媒婆）是西平王府，朝觐来京，为孙子求亲，现欲带了孙媳，回府成亲，只不过三四日，就要接过去。昨晚王舅爷说明，府上不必预备妆奁。（平儿背介）此事大有蹊跷，且唤姐儿出来，再着道理。（向内叫介）丫头，快扶姐儿出来。（丫头随巧姐上。平儿）有藩府养娘在此，汝来一见。（媒婆细看介）好品貌，有福气！（平儿背介）看她来人，不是王府样子。（转介）丫头！扶了小姐进去。（巧姐下。媒婆）我们挑了日子，就来迎娶。（平儿）请了。（媒婆下。平儿）我看王府女媒，绝不类大家举止，必有移花接木之事。

【山桃犯】也不识何人保，也不识何家讨，莫来由，仔细端详到。是对头亲，不应把春风搅。想那人家，就都无亲戚和姑嫂，要官媒说合，这样轻佻。

此事无从打听，里头无人做主，毕竟不知端的。（旦小丫头上）平姐姐，我告诉你要紧话，今日我听外头嚷说，王舅爷与芸二爷众人商量，将你巧姐儿卖与王府作使女，讲定银三千两，明日就要抢去的。（平儿惊介）有这等事！（巧姐窃听介。丫头）我明明白白听见，一点不差的，还须姐姐出个主意。（巧姐哭上）干娘！我是断乎不去的嗬。（平儿）你休要哭，等我想个主见。（巧姐）事已急了，未可再迟。

【刷子序犯】风波撇头到，何人掉舌，撮弄虚楞？我爹呀！去寻亲，不知水远山遥。我母呀！昏朝，越发沉迷颠倒。剩一个无主夭桃，雏姬性命贱鸿毛，空辜她十四岁白心操！

（刘姥姥上）姐姐，我久未到城，今日特来探望。（平儿）不要说起，自从老太太归西，家中十分萧索。（姥姥）这事我都知道，我看你们愁眉不展，毕竟有何心事？（平儿）并无别故。（姥姥）不要瞒我。

【普天乐】我看她这白生生多烦恼！恨偏长，愁不少。眉端传出那心焦，难道是教人莫晓？论多年周济恩未报，何苦通身瞒着？只把你心中事让我推敲，休说老年人全无分晓，也可作女昆仑侠气秋高。

（平儿）不瞒姥姥说，有一桩疑难事情。这巧姐儿，被人欺骗，买了作妾，如何是好？（姥姥）此事该早早告诉我，这也何难？

【雁过声】须跑,拼轻身一走,教他家人海难捞。姑娘呵!凭仗胆如斗,世上事何事不了?趁着没人瞧,小路钞,脱牢笼,便上云霄。玉楼人去了,有谁知脱壳金蝉妙?恰恰的巧机关,宜及早。

(平儿)只是千金小姐,何处可躲?(姥姥)到我庄子上去,人不知,鬼不觉。

【倾杯序】撩草,旧衣裳,打一包,有哪个人知道?就三尺蜗庐,千盘蚁径,一镜鸾台藏躲的巧。暂时光,寄生草。看轳轳缏绕,听桔槔声闹。任逍遥,乡村风景最堪描。

(平儿)你当真的么?(姥姥)我一把年纪,谁来哄你?(平儿)万一走漏消息,向你要人,如何应答?(姥姥)我村庄上人,难道一无智谋的?

【玉芙蓉】乡邻似漆胶,消息何人报?便樵夫钓叟,心儿关照。即便他们知道呵!全无凭据休厮闹,谁敢闯闺房,索阿娇?倘然闹得凶狠,我也有法搪抵。寄寓他家,看那从何处招?索逋逃,也难瓜蔓连抄。

(平儿)果然如是,实在妥当。姥姥,你须受我一拜。(姥姥拖住介)何必如此?(平儿向巧姐)你到里头,速速收拾细软,同姥姥去。(又向丫头)妹子,你到后门,悄悄雇一辆车子,趁点灯时候,送她出去。(巧姐丫头下。平儿)好了,一块石头放下来了,全亏姥姥周旋。(姥姥)好说。(合)

【尾声】巧名儿,凑得真奇巧。趁机谋,直赛过陈平妙。这教暗度陈仓明栈道。

(巧姐上)包裹已装好了。(丫头上)如今后门上,竟无一人,可赶紧混出去。(平儿)这么你们就走罢!只是累了姥姥。(姥姥)我们就去了。(同下。平儿)我将这桩事,告诉这边太太,可以放心。(下)

冥　戒

(净扮城隍杂鬼判鬼卒同上)人生包着臭皮囊,一霎西风到北邙。爱色怜香烦恼障,争财仗势是非场。坟堆不聚黄金窖,窀室谁支白玉床。善恶桩桩凭鬼簿,森罗殿上镜中光。俺乃江南都城隍司是也。掌八郡之生灵,受百年之香火。今奉命审理庶狱,须要详慎判断也。

【北点绛唇】天地威权,春秋褒贬,都判得字字无偏,只莫说神灵远。

我看这等地方,繁华太甚!咳!造孽呀造孽!

【混江龙】看一带珠摇金绚,江山锦绣最喧妍。耳靡靡莺喉燕舌,眼睁睁鹤盖鱼轩。想泰伯到勾吴，装出了春风盘马地；沿晋代都建业，拥簇了明月试灯天。这金陵呵！含章殿，华林园，云蒸霞焕；穿针楼，邀笛步，柳媚花眠。听唱罢后庭花，声声白纻；看估来芳乐酒，步步金莲。说不尽齐梁国后，闹不尽王谢堂前。到后来，杨白花，风吹绉长溪春水；胭脂井，月迷住十幅寒烟。一杯酒劝长星，求饶今夜；九子铃再打围，且乐余年。都只为坏长城，三百年王气尽矣；那能够守天堑，扬子江流水依然。咳！也休说到兴亡旧恨，花月遗篇。

　　只是俺奉命而来，平章罪案，超度冤魂，判官！将金陵册子过来。（呈介）这是贾家二府功过册，你看贾代化，以忠义起家，不料子孙闹得一败涂地。

　　【油葫芦】哪记得乱纷纷，首蓿斗峰烟。哪记得挣功名，颁铁券。到子孙一门富贵十分全，便做了豪华公子绮罗眷。逗心儿暴殄，忒看得黄金贱。哪里有读诗书供细研，不过是斗轻儇朝和宴。谁知道皇天有眼人难见，则看你十年间大厦顿翻掀。

　　俺看起来，贾家极盛当衰，亦由王熙凤积恶所致。（判官）现在有人告她一状。（城隍看介）这张金哥，原许与王公子为妻。后有府中豪戚，欲要抢娶，被馒头庵老尼，用三千银子，托了王熙凤，竟断离了。小女人自缢而死，丈夫亦投河自尽。哑！此事竟害他夫妻二命，好不狠也！

　　【天下乐】你但想弄舌摇唇苦骗钱，拆散双鸳，他鹣鹣愿比肩。看一对小夫妻，苦青春，埋黑冤。当日呵，翻案黩贪三千串，今日呵，入尼犁堕一万年。咳！到头来一桩桩，罗宪典。

　　判官！你摄取熙凤生魂，到堂听审。（鬼卒锁熙凤上）犯妇王熙凤当面。（城隍）熙凤，你生前作恶多端，现在馒头庵一事发了。（熙凤）小妇人不知馒头庵何事？（城隍）你前在馒头庵，老尼向你说合，送了三千银子，拆散张金哥的婚姻，以致他夫妻各各自尽，此是有的？（熙凤）小妇人实在不知。（城隍）人命至重，鬼神难欺，判官，你将老尼阴魂唤来。（鬼卒锁老尼上）鬼魂到。（城隍）你做了女尼，不修本行，还说官司。从前张金哥一事，三千两头，是你过付的。（老尼）是小尼过付的。（熙凤）大王爷爷冤枉呀！（城隍）现有质证，有何分辩，画供。（画供介。城隍判介）此案破人婚姻，害人性命，应发往刀山盘旋一百年，将犯人带下。（判官呈册介）五年前，有当方土地呈报，王熙凤害死贾瑞一案。（城隍看介）起初原是贾瑞见色生心，后来设局谋害，以致冻饿而死，好狠毒呀好狠毒！带熙凤过来。（带熙凤上。城隍）你从前把贾瑞谋害致死，是何道理？（熙凤）小妇人没有害死他的嚛。(城隍)带贾瑞进来。(贾瑞进介)阿呀！二嫂子你因何在此受苦？(判官喝介)小鬼不得无礼。(城隍)你的性命,是王熙凤害死的,从实招来。(贾瑞)这是自己害病死的,不关二嫂的事。(城隍)汝被人作弄,致死不悟,还要隐瞒。(贾瑞)实在二嫂子是冤枉的嚛。(城隍)哈哈哈！倒是一个风流鬼。

【哪吒令】你看他无前缘后缘,苦一夜不眠,无生边死边,没一日不怜。无人冤鬼冤,弭一口不言。还只索大海捞,还只要泉台见,方称他蠢痴人心愿。

贾瑞不肯应承,此案只好销了。(带下去。判官)还有剑仙尤倩姬来文书一道。(拆看介)剑仙尤倩姬之姊尤二姐,给贾琏为妾,被王熙凤骗入园中,打落胞胎,百端磨折,以致吞金自尽,现在枉死城中,尚未超度。吓！又有这桩公案,叫尤二姐上来。(尤二姐上。城隍)你毕竟如何死的？(二姐)大王爷爷听禀。

【鹊踏枝】只说她并香肩,只认她是真言,撮合着地狱天牢,百计熬煎。逗心机,打下胎,无辜赤子,便央着蓬头鬼,毕命黄泉。

(城隍)说也十分可怜,带熙凤到案。(熙凤上。城隍)有人在此诉冤,你当面对来。(熙凤)啊哟妹子呀！我当初如同亲姊妹一般,不料后来死了,至今还想着的嚛。(二姐)你害得我已够了,我的尸骨,也化成灰烬。

(熙凤)这是外头办的事。(城隍拍案介)你害她性命,还是假惺惺,花言巧语。鬼卒！割她舌头下来！(熙凤)小妇人认了,只因一时妒心,以致造此冤业。(城隍)

【寄生草】逼到无生路,欺他有觉天。妇人长舌尖如剪,阴司铁面明如电,弥天泼胆微如线。挣的是一生快作女英雄,受的是千年苦被神磨炼。

(判介)尤二姐着发到阴司投生去者。王熙凤妒她姬妾,绝了子嗣,应发油锅中泳游百沸。(搁笔介)熙凤！你的罪名已定,放你暂时还阳,将一生罪孽,告诉世人,使知炯戒。你若闭口不言,罪名更重。待三日后,摄你魂魄,向各处受苦去,去罢。(熙凤下。城隍)妙啊！从今以后,世上人咸知醒悟,亦天公仁爱也。

【煞尾】笑星星浊世,不肯受天公劝。都是急急忙忙作践。把刀林剑树穿心箭,千般样逐件牵连。你看茫茫世界,哪里逃得出阴间断案？俺指望猛回头饱食安眠,休漫把伸手棺材只爱钱。若是执迷不悟,叫老天爷也无法子了。可怜人教孽缘消遣,教孽缘活现,有谁识阴阳报应在心田？

判案已毕,退堂。(同下。场上设帐,熙凤在帐内叫介)平儿！平儿快来！吓死我也！(平儿上)二奶奶为何这等惊慌？(熙凤)方才有鬼卒拿我到了城隍殿上，将张金哥、尤二姐两案审断，罚我到刀山上油锅中受罪，并叫我将阳间恶迹，阴间苦楚，一一告诉世人，三日后就要取我性命了。(平儿)这是梦魂颠倒。(熙凤)何尝是梦？逼真看见的。天啊！我死之后，不知如何受苦也。你扶我进去罢。(下)

幻　圆

(柳侠卿同宝玉上)迤逦遥寻兜率天，西方佛地浩无边。(宝玉)金微路远三千里，琼阁人游二十年。(侠卿)前面已近佛地，待我们暂坐片时，只索前去。(宝玉)不知我的家乡，现在何处？(侠卿)你向东南望去者。(宝玉)

【怨东风】玉宇罡风紧，驾起云头稳，关山万里隔红尘，认认认。歌管谁家，楼台何处，天涯远近。

一派白茫茫，教我何从望得见也？

【前腔】天上人间信，递书鸿未肯。神仙不许问前身。闷闷闷！膝下双亲，目前万里，心头一寸。

(侠卿)痴哉蠢哉！你既到此间，还想尘世么？(宝玉)不是呀！只因父母在南，不知安否？(侠卿)将来自有消息，你须随我去者。(同下。尤倩姬同黛玉上)秋风秋雨返仙乡，草色经年一半黄。(黛玉)堪笑银河牛女恨，停梭底事觅情郎。敢问师父，奴家去来，是何因果？(倩姬)你原是无稽岭下一丛小草，只因神瑛侍者灌溉之恩，愿将一生眼泪，酬他功德。今已圆满，合还一处。(黛玉)有此因果。

【山坡羊】他骨森森斓斑星晕，发梭梭苍茫苔孕，情脉脉摆脱山外尘，喜孜孜将小草儿帮衬。留万古春，华滋到宿根，趁今番要把当初认。一霎儿愁颦，一霎儿香酝。芳魂，多谢你金茎溢玉津。东君，只一滴杨枝一片云。

敢问我们姊妹，将来还能见面否？(倩姬)善有善因，恶有恶报。那金陵十二金钗，上中下册，都是有来历的。只因心地不良，遂成堕落。上有花神十二名，在幻仙案下，即日可以会面。(黛玉)原来如此。

【前腔】天上人间，一般丰韵。到琼楼一例温存。好姊妹，团聚了一丛做花神，还只是名花品。敢问师父，我宝钗姐姐，在花神内么？(倩姬)听者！大凡佛家所取者真性，所忌者机心，那薛宝钗，一生机心用事，安得再成正果。(黛玉)咳！可怜他不能再见了。他脱了根，还成不了人，倒不如懵懂兼痴蠢。一会儿神昏，一会儿心恨。前因，亏煞我心机欠一分，酸辛，难得这三十六宫都是春。

（倩姬）你也不用愁烦,现离天宫不远,我和你朝真去也。（同下。警幻仙子云帔霞衣,四仙童仙女各执羽盖长幡上）善哉善哉! 祸福无门,唯人自召,现在石头一案,已经圆满,等他剑仙带宝、黛二人到来,再正因果。（登坛介）

【山桃红】教他细想,烟霞今世,冰雪前身,人有尽,意无尽,还怕那难断根。咳! 红尘碌碌,岂可再作痴想? 教他一遭儿痴爱贪嗔,已受用了虚情假恩。倘然他信不真,话不伦,请问胎儿孕也,为甚的日夜呱呱哭煞人?

（侠卿、宝玉、倩姬、黛玉同上）来此已是宫门,我们一同参见。（进介）大仙在上,弟子稽首。（警幻）各位少礼,坐下。宝、黛两弟子今已还真,你将尘世事试说一遍。（宝玉）大仙听禀。

【不是路】投得人身,廿载黄粱朝暮昏。头颅晕,绮罗香阵醉红云。裹氤氲,就把人去住魂难稳。教一晌回头没有痕。到后来,黛妹身亡,又被师父点化,弟子才醒悟过来。真心印,荣枯踪迹青天问,从今安顿。

（警幻）黛玉! 你的眼泪够了,也受了万般烦恼。（黛玉）可怜弟子呵!

【前腔】病骨愁罤,泣望天涯何处春? 东风紧,莺花妒煞石榴裙。乱缤纷,韶华未老辞红粉。这不是相思也出神。不料今日,还得回来。芳根润,萧疏青草凝青鬓,前生缘分。

敢问师父,我们姊妹们毕竟如何结果?（警幻）现有十二花神在外,叫他进来厮见者。（仙童各执彩旗随花神上。上书正月梅花李纨、二月杏花探春、三月桃花平儿、四月牡丹花元春、五月芍药花湘云、六月荷花妙玉、七月菱花香菱、八月桂花宝琴、九月菊花惜春、十月芙蓉花晴雯、十一月山茶花迎春、十二月腊梅花鸳鸯,绕场唱介）

【前腔】全仗梅魂,才殿三冬还献春。杏花信,桃花红白梨花衬。倒芳樽,看牡丹富贵无双品。更芍药花阴回出尘。莲台隐,亭亭濯水妆红粉,斗他邢尹。

（警幻）你们管领名花,须要生香不断,四季常春。（花神又绕场唱）

【前腔】洁白如银,流水浮沉带绿蘋,天香近,喜中秋月桂早舒芬。款柴门,陶潜篱菊芳情酝。还看木芙蓉簇样新,茶花嫩,一年开谢凭谁问? 还凭风信。

（警幻）你们姊妹们,在此闲谈片刻,各归洞府。宝黛二人,到我宫中,仍还旧位,毋得留恋。我们先行回宫。（众仙）弟子送驾。（警幻、剑仙下。宝玉）大嫂子,我自从别后,家中父母若何?（李纨）双亲头颅虽白,精神尚健。（宝玉）这便喜也。

448

【啅林莺】神仙要做今安稳,思量白发双亲。转千山,愁煞无家信。如今便见了亲人,把不孝声名承认。把不老韶华盘问,说前因,只祝他百年偕老长春。

各位姊妹,因何到此?(花神)我们奉警幻大仙传唤而来,是以到此相见。(宝玉)人间天上,毕竟是一样也。

【前腔】游仙诗纪游仙本,山门依旧家门。尽欢娱,幸金闺亲近。又结了天上芳邻。都则是前生福分,都则是今生丰韵。叙殷勤,哪知道天风送到昆仑。

他邢、李两家妹子,如何不来?(花神)他尘限未满,数年后也就要来的。我们谈了半日,不可迟延,还该各理花事去者。(宝、黛)好了,我和你仍做石儿、草儿去也。

【尾声】谢天恩,唤做仙,惭迟钝。脱了尘缘,卸了梦魂。这就是天地一家春。你看人生如转瞬。

红楼梦集古题词

金陵自昔擅繁华,况是通候阀阅家?画戟东南开甲第,朱轮朝暮过香车。贾生早佩郎官绶,粉署含香趋禁石。北李南卢结近亲,五侯七贵同杯酒。起居八座太夫人,钟郝偕来笑语亲。新妇才华尤出众,侍儿明慧亦殊伦。王郎再索征佳梦,闻说释迦亲抱送。阿大中郎俱不如,门前客到休题凤。却因家袭富平侯,公子髫年未识愁。懒接鸡谈劝夜读,爱携鸳侣作春游。红楼四面珠帘绕,帘外花枝方袅袅。帐里依稀如有人,欢惊未尽莺声晓。金陵十二自分编,梦境迷离恍遇仙。梦醒思量梦中事,袭人花气薄于烟。外家姊妹多才思,少小无嫌共嬉戏。道是无情却有情,银河不隔蓬莱地。佩声钗色出幽斋,群羡清才三妹佳。不信灵芝今再世,侍书仍许阿甄偕。春花秋月园中好,秋夜眠迟春起早。待月时来问水亭,看花齐上临湖岛。怡红院里锦屏舒,凹碧堂前玉洞虚。结社联吟贪昼永,分曹赌酒趁宵余。佳人别自倚林竹,料得也应怜宋玉。脉脉春风荡酒情,盈盈秋水横波目。两心相照两相疑,两处缄愁两不知。难借鲛绡传密意,空将凤纸写相思。痴儿呆女同时病,不道黄姑偏误聘。喜结同心七宝钗,悲分照影双鸾镜。红楼缥缈倚云开,前度刘郎今又来。只为含愁独不见,泪珠干尽蜡成灰。觉来悔被迷津误,波岸思寻仙筏渡。行到源头见落花,伤心依旧悲崔护。自怜老去渐婆娑,闲借填词写翠蛾。勘破繁华归寂寞,红楼一梦等南柯,桃花乱落如红雨,燕子归来相共语。风景依稀似往年,楼中不见当时侣。

海宁俞谦思拜撰

凡　例

诗三百篇,皆可被诸弦管,发乎情止乎义理而已。一变而为乐府,再变而为词曲,皆不失风人宗旨。《红楼》曲本,时以佛法提醒世人,一归惩劝之意云。

古今曲本,皆取一时一事一线穿成。《红楼梦》全书,头绪较繁,且系家常琐事,不能不每人摹写一二阕,殊难于照应,偶于起讫处稍为联络,盖原书体例如此。

原书以宝、黛做主,其余皆是附传。然如湘云、惜春、宝琴、妙玉、香菱皆聪明过人者,摹其性灵,使千古活现。

晴雯是黛玉影子,袭人是宝钗影子,所谓身外身也。今摹拟黛玉、晴雯,极为苍凉,摹拟宝钗、袭人,极为势利,可以见人心之变。

柳湘莲、尤三姐俱有侠气,与各人旖旎者不同,难以安顿,且净脚颇少。今借柳尤二人,以代一僧一道,不特避熟,而净脚亦可登场。

有原本所无曲中添出者,有原本在前曲中在后者,取其情文相生,随手变化,无庸拘泥。

余素不谙协律,此本皆用四梦声调,有《纳书楹》可查。检对引子以下,大约相仿,唯工尺颇有不谐,度曲时再行斟酌。

清道光十五年(1835)粤东省城西湖街汗青斋刊本。阿英编《红楼梦戏曲集》(中华书局1978年版)收录。

红楼佳话

周 宜

第一出 会 艳

俏佳人他乡逢故旧

（贴摇橹随小旦上。小旦）

【北仙吕·点绛唇】细雨春帆，烟花深处见长安。泣别慈颜，泪湿衣襟尽血斑。

奴家林黛玉，久住维扬，因先母贾夫人早亡，外祖母史太夫人频催北上，故特买舟前来，想已离京都不远了。

【香罗带】帝城春未阑，姹紫嫣红，离人莫误认家山。弹着香肩怯晓寒，但酝酿愁万种，恨千端。低徊不觉坠钗环，想到今番，早有个疑团儿莫与谈。

奴忆此来必见那衔玉而生的表兄，正不知他是怎样个人？

【混江龙】天生奇幻，莫非孤僻人皆罕，况偏道蒲柳弱质，非尽谢桃李解欢。只为乡心千里，从今始母教三迁。此后难，柔情脉脉，病体珊珊。异地差谁另眼看，谁怜叹？奴今生命薄，影只形单。

（末带杂抬轿子上介）姑娘，请升罢，老太太接姑娘的轿子来了。（小旦出舱上轿介。杂抬下，众随下介。净扮史太君，众扮王夫人、凤姐并各丫鬟上介。净）林姑娘怎样还不来？（杂扮老嬷嬷上）老太太，林姑娘进来了。（杂下。小旦上进见介。净搂哭介）好心肝，想杀我了。（小旦拭泪拜介。净抹介）好，好，免了罢。自你母亲去世后，我日夜思想，今你来此，千万不可闷郁；闲时可和你那二哥哥并众姊妹解解闷儿，别受委屈。（小旦）是。

451

【油葫芦】念靡依,时抱终天憾,泣向河干解缆。画船寂寞泪阑干,春光惯使舟人懒,夜停柳岸但看山。幸遇风姨不用桨。轻舟征帆,始得登堂。瞻慈范,肃拜喜承颜。

(净指众介)这是你二舅母,那是琏二嫂子。(各行礼见介。众设席让座介。饭罢介。王夫人、凤姐下介。小旦)适到此地,尚未往二舅父处请安,并众兄弟姊妹处候候呢。

【西地锦】来外家,承顾盼。遵母训,无慵懒。从今形迹虽宜删,那得把规模减。

(起辞介。净)鸳鸯,你跟出去,着外面小心伺候。(贴随小旦下。净)这真是个绝好的孩子,独我家那个魔王,怎么仍未回来?(贴上)林姑娘先到大老爷府里去了。(净)你再看看宝玉去。(贴下。旦上)各处都走过了。(净)歇歇罢。(贴引小生上)宝二爷回来了。(小生进见,惊介)

【传言玉女前】形秽自惭,掷果莫认潘安。

呀,这妹妹好像会过似的。

【黄莺儿】这芳容谁曾看?想将来若梦还,重逢不识何时散。(指小旦介)但看她盈盈秋水,淡淡春山,始知粉黛总无颜,莫不嫦娥悔窃灵丹,特自蟾宫返。

(净)好,孩子,来见你林妹妹罢。(相见介。小生)请问妹妹大名?(小旦)幼名黛玉。(小生)字什么呢?(小旦)无字。(小生)我看妹妹眉黛青颦,不如唤做颦颦最妙。(小旦不语,笑介。小生)妹妹可有玉呢?(小旦)没有玉。(小生解玉掷介)这个神仙似的妹妹也没有玉,偏我有这个何用?(净惊介。命丫头拾玉为小生挂介。净)你林妹妹也有玉,只为你姑母死,殉了葬了。(小生笑介。小旦背介)

【前腔】乍相逢,即恨晚,旋教俺左右难。试将哑谜暗详参,羞防颜变,愁情眉攒,尽人不解这疑团。待想到今生今世,兀的不泪潸潸?

(拭泪转介。净)你二个此后当如自家骨肉,切莫你生我别,方是有缘千里来相会者。丫头们,将林姑娘的铺盖,安置在宝玉那屋子碧纱橱后,那里却甚是和暖,等天热再选个好地方罢。今日一天也乏了,你们也该歇歇去了。(小生、小旦同下。净)我也要躺躺去了。(下,众随下)

第二出 情　　谮

痴公子出口没遮拦

　　(小生持书上)我生端底为谁来,不爱功名不爱财。只愿流连闺阁里,哪知形迹惹人猜。我贾宝玉。自林妹妹起社以来,兼领薛姨妈、宝姐姐的佳话,已觉茅塞顿开。昨又得《西厢》妙曲,风流可爱,少不得往那太湖石上,偷看一番。(行介)
　　【画堂春】芳情绿意两相投,画堂人喜春留,来春此日春不?几回搔首,欲托云中青鸟,传言天上信俦。温柔乡里胜封侯,不羡瀛洲。
　　呀,这里落花满径,幽僻无人,正好闲玩片时。(持书坐看介。小旦持花帚上)
　　【唐多令】抛卷依琼楼,卷帘上玉钩,纱窗孰与话温柔?但看满园珠玉碎,空绻缱,孰知忧?
　　【北石榴花】一阵阵落红满径未曾收,将不免污淖陷渠沟。徒可知花开易落,花谢难留。浮沉莫卜,谁问东流?奴只觉荡悠悠,奴只觉荡悠悠,低徊不识何处有香邱?艳魄虽残,芳情依旧。病恹恹的惜花心,不管形骸瘦,只愁他香冢倩谁修?
　　(叹介)这里落花丛集,可惜无人收葬。
　　【南泣颜回】怜春不自由,哪禁别恨闲愁,都上眉头。休看燕侣莺俦,只叹这飞片片逐风颠,飘泊谁扶救?安得锦囊收艳骨,一抔净土掩风流。
　　奴将选个地方,将它安葬起来。(望介)呀,那不是宝玉看书的么?(进介。小旦)好哥哥,给我看看罢。(小生)这不是书。(小旦笑介)是甚么?(小生)
　　【谒金门】请罢休,毋容苦追求;异书本是借荆州,何劳穷追究。
　　(小旦)这可奇了!书乃是天下公物,不料你这个人也竟如此。(小生)我与你看,你却不可说与别人。(出书介)这真是才人奇撰!(小旦接看介。小生)妹妹,你道是奇撰否?(小旦点头看介。小旦)这方是个才人。(小生睨小旦笑介。小生)我是个多愁多病身,怎当你倾国倾城貌。(小旦掷书恼介。小生拾书介。小旦)呀,你渐渐好了,将这些书来戏弄我。我去舅舅面前,与你讲讲去。(走介)

453

小生扯介。小生)好妹妹,饶我罢。我若有心,教你将来做了一品夫人,百年之后,就着我为你负个大石碑。好妹妹,饶我罢。(小旦恼介)这又不知混说的甚么东西?

【大胜乐】只说是意气乎,谁知道竟不伴,纵然出口未深筹。若非我,必追求。低语无端谁曾受?我得好休便休,不加追究,也只缘你是个银样蜡枪头。

(笑介)我也葬花去了。(持帚介)

【三学士】暮春不许鹂鹕留,谁说天长地久?可惜你艳句新词空自赏,辜负那红消香断不知愁。试看春尽花全落,忍教随水赴东流!

(小生顿足介)真个可惜了!

【驻云飞】玉碎珠抛,一春芳信归乌有。花落鹅儿水,香残燕子栖。呀,春光何不久?早似逢秋。如今我们且将它扫起来,然后葬在一处,再做篇文祭它。方了我自悔辜负它的心肠。(小旦笑介)这却是你为人,只是那未落的时候,却不知你在哪个地方?

【前腔】诗咏蜉蝣,应把白驹留,缘何仅得扫花游?

(小生叹介)我已自悔迟了!好妹妹,你和我快去扫来罢。

(小生)共谁惆怅泣黄昏,(小旦)环佩空归怨女魂。

(小生)满地胭脂红未扫,(小旦)只愁辜负护花幡。(同下)

第三出 题 帕

意中人索解意中话

(贴持宫灯并旧手帕上)奴家柳晴雯,得侍宝玉,恰也十分合意。不料这小祖宗,今日不知为甚么事,被老爷痛责一番,惊得老太太们,并各位姑娘们,都哭了一天。你道好不苦么?

【商调引子·风马儿】补裘不惮病恹恹,也只为你求全。到如今何事未曾悛,家法从严?岂竟两无缘!

只可叹他痛楚难禁,还念着林姑娘,着我将这旧东西送去,真不解是何意儿?

【二郎神】茫然不知他这个有根原,我权且暂出怡红院。行到那一径深深翠竹前,(走介,望介)呀,窗前恍见影娟娟。喜银灯半明半灭,立风檐,想那巧样人儿何不眠?

（进介）姑娘还未睡么。（旦扮紫鹃上）你来做什么？二爷现在怎样？（贴）刻已安息，着我将此手帕送与姑娘。（旦献茶介）你且吃茶，待我拿进去，看说什么。（旦下，旦上）姑娘说，收下去了，夜深也不留你了。（贴笑介）姑娘，可又哭的甚么？（旦）晚间你从哪里来，眼圈儿都红了。（贴）莫说这些姑娘，就是我——（旦笑介）不害羞的，就是你怎么样？（贴笑下。小旦持帕上）

【集贤宾】耿耿银河未晓天，闷坐如永夜，滚玉抛珠孰我怜？泪涓涓，病已难痊。䄂着香肩，对此一幅吴宫绢。悟真诠，试取霜毫题素怨。紫鹃取笔砚过来。（旦设笔、设砚介）

（小旦铺手帕坐下欲写，又想介。旦）

【黄莺儿】方见他朱颜变，旋见他玉指拈。轻将竹露点松烟，把今生事欲寄毫尖。颠来倒去心不厌，多管是搁着笔儿，想得目涓涓。

（背介）我姑娘平日作诗，都是一挥而就，今何这样费想呢？（小旦写介。写毕又想介。旦）

【前腔】既不曾涕涟涟，却何为目悬悬，含情无限亦无言。姑娘睡罢。（小旦不应，改颜化喜色介。旦）愁言顿展，朱颜愈显，红灯近映芙蓉面，好一似桃腮乍染，侵入鬓云边。

姑娘，你体重千金，自宜保养。如此更深夜静，岂可有劳神思？不如床上躺着为是。（小旦不应，笑介）紫鹃，你哪里知道？

【猫儿坠】百虑熬煎，畴将心事传？唯叹那一幅云笺，怎容得许多的悲咽？凄然惜双情迥别，梦隔黄泉。

【江儿水】含情唯自语，有恨复难言。翘首朝朝暮暮，煎心日日复年年。始得挥毫题素绢，释去几分心愿。寄语天边，谁解愁肠一片？

【孝顺歌】叹幼年没比肩，孤单独寄谁家院？竹竿空染泪，鹦鹉亦无言。咨嗟，枉然幸得鲛绡，聊舒积怨。感此惠赠，相看应解相怜。

（起介。旦）姑娘身子倦了。前日一病，自今尚未实落，千万不可自己作践。最是要紧。（小旦笑介）你这话虽说得是，只是我长睡不着，将奈何？（旦笑介）姑娘，你把心肠都安放了，断无睡不着的。（小旦叠帕介）这个手帕虽是旧的，却要为我收好了。（旦收介。小旦）适才晴雯来，那个人儿却算得园内生色的，只是口快心直，不免为人忌恨。适间来时，可提及宝玉今日的事么？（旦）没有说着。

（小旦想介）可曾说他现在怎么呢？（旦）说此刻疼已定了，在那里安睡呢。（小旦喜介）罢了，我也睡去了。（旦下持灯介）

【尾声】念他骨肉都邈然，也分得愁怀一半。只此刻呵，且叠起忘忧高枕劝伊眠。

适闻宝二爷稍为安静，方要去睡，可见我平日看人不错了。（笑下）

第四出　祭　　花

眼前话唤醒眼前人

（小生上）

【黄钟引子·西地锦】唯我有恨难言，为她负屈含冤。昨宵风雨泣昏畴，说是肝肠冷。

（哭介）我的晴雯姐呵！

【前腔】此时指甲犹存，当年扇子谁争？深闺不见补裘人，岂是寻常愁闷？

可惜你一世聪明，反送了无常性命。风波顿起，冤枉难伸。怜卿此去，伤如之何？昨闻英灵未散，敕为花神，又喜你到了绝好的境界。现在园内芙蓉正开，必须祭她一番。（持香行介）

【传言玉女前】我想这晴雯呵，莲脸生春，应是芙蓉化身。

【啄木儿】只是她平日稍急烈，欠温存，片言微忤即生嗔。遂起风波来平地，顿教珠玉坠浮尘。马嵬坡下青霜落，群玉山头白日昏。哪里寻环佩空归怨女魂？

想来怎不悲伤？唯将这炷香对着芙蓉，聊申缱绻。（焚香介）

【前腔】忆月貌，泣花魂，数载宁忘顾盼恩。（哭介）晴雯呵！你生前有恨，死后有灵，可知我今日这片心么？怜你眉黛青颦犹我画，腰肢损瘦倩谁温？这虽是女郎薄幸，却也由公子无缘。（呆想介）试问我来生可也省识芙蓉面？（小旦便装徐上）

【寄生草】乍过藕香榭，又到蓼风轩。试看春花秋月多更变，怎忘骨肉家园齐抛闪？但虑风尘肮脏违心愿，空负了良辰美景奈何天，望断了赏心乐事谁家院。

（行介）呀，前面若歌若泣，何不窃听一番？（想介）必是宝玉，没有别人。（进见介)好句！好句！只是女儿公子之称，尚欠雅致些儿。(小生笑介)妹妹，你为我改正改正罢。(小旦笑介)难为你还是个诗翁，连这个也要人改么？(小生想介)有了，不若改作我本无缘，卿何薄命罢。(小旦不语。怔介，贴扮麝月上)二爷，老爷找你呢！(小旦强笑介)改得甚好，仔细到舅父跟前去罢。(小旦向贴介)你回来给我一个信，看老爷找他做什么？(小生)我少刻就来，你可等着我。(随贴下。小旦作想介)

【三段子】我私心自忖，这哑谜由来作甚？遥知此后非无证，岂独生前定有因，念你悼亡成妙句，将奴唤醒得真诠，哪能狐悲兔死，热血全喷？

(怔坐地介。旦扮紫鹃上)呀！姑娘，这湿地上岂是坐得的么？(扶介)姑娘，我扶你回去罢。(扶起走介，小旦)

【归朝欢】望家园山高路远，痛浮生差谁解怨？寄篱边举目无亲，孰温存空试泪痕。(微喘介。内作鹦鹉语介)侬今葬花人笑痴，他年葬侬知是谁？(旦)这鹦鹉倒被姑娘教熟了。(小旦微笑介)你知晴雯死了么？(旦)只听说死了。(小旦泪介)一朝落魄赴黄泉，暗洒闲抛亦枉然，但看他空余荒草负晨暄。

(怔介。旦)身子乏了，请就去睡睡罢。(扶下。贴上)这已是潇湘馆了。(敲门介。旦上开门介)你来，莫非宝玉问候姑娘的么？(贴)不是，我来回姑娘话的。(内问介)是宝玉来的么？(贴)是麝月回姑娘话的。(小旦上)是什么事？(贴)呀，姑娘，这样神色，莫非又欠安了么？(小旦点头介)你且说老爷唤他做什么？(贴)也没有什么？不过因他近日写的字，后有几张，想是姑娘代写的，故唤去问问，又为老爷不久就要出门，吩咐他几句话，便回来了。(小旦笑介)原来为此。你回去只说我已知道，不必提我身子不快了。(贴下。旦)我看姑娘的旧恙又发了，不如还是躺着，待我去弄点人参汤喝。(小旦点头介。同下)

第五出　艳　　逝

弓影杯蛇　魂归冥路

(旦扮王熙凤上)前日老爷出差，老太太犹豫不定，是我说金玉良缘，遂将宝姑娘定了。刻下宝玉病重，老太太要代他冲喜，又恐他还念着林姑娘，不如将林姑娘的丫头偷换一个过来，也是一条妙计。(净扮史太君率王夫人并众丫头上。

净)今日是宝玉的好日子,薛姨妈那边想已齐备了。你们须防宝玉,若果认错了,你们竟难下得去呢?(众)是。(净)昨晚紫鹃来告急,你们可各办喜事去。唯我须到那边瞧瞧,好教人准备林姑娘后事。(率众下。旦扮紫鹃上)前日无端来个傻大姐,说了些无心话,俺姑娘便见病重,想来真不得好了。(泪介。内唤介)紫鹃你来?(旦下。扶小旦上坐介。小旦)

【仙吕过曲·醉扶归】睡昏昏梦断池边草,冷飕飕风碎鹿边蕉,眼睁睁往事已全抛,瘦棱棱巧骨将谁靠?春蚕到死丝方尽,哪能退步抽身早?

【前腔】紫鹃呵!你不用絮絮将神祷,你不用急急逢人告。劝嫦娥莫悔偷灵药,叹玉人何处教吹箫?可怜弱质被扶摇,谁惜芳容今已老。

只是我和你。

【皂罗袍】并坐闲窗凄悄,叹今生有汝,喜得相遭。蒙慰藉的是深交,相哀怜恨不同胞。到这今日呵!计穷力竭,我怜风烛,你惜廷枭,别离倏已在今朝。

还有一件事,为我将诗稿拿来。(旦下)取稿上。(小旦)我渴的过不得了。(旦)吃点参汤罢。(旦下,取汤上。小旦焚稿介。旦)呀,这为什么事?(小旦)

【前腔】白雪阳春虽好,但用心太过,枉费推敲。昔日有情成虚话,今朝无泪莫空号。但看那金飙飕飕,竹叶萧萧,摧风摆香断红消。盍也将今生情话都勾了。

(净带丫头上)林丫头,你是怎么的?(小旦微笑介)老太太,你白疼了我了。(净)好孩子养着罢。(背介)这光景不好。紫鹃,你小心守着!我教人备后事去。(下。小旦睡介。内作鼓吹介。小旦)紫鹃,我还要坐坐呢。(旦扶起介。小旦)呀,哪里来这片音乐?(想介)是了,是了。

【山坡羊】梦沉沉夜来无兆,鹊纷纷朝来慵噪,耳侧侧何处佳音,目悬悬盼不得亲人到。叹寂寥,将谁把信邀?苔痕湿处魂空绕。此日萧条,何人欢笑。谁浇,这芳心一寸焦;谁报,那好音万里遥?

(喘介。旦进参汤介。小旦饮介)罢了,罢了。

【西地锦】昨朝香胜春朝,今宵魂断秋宵,念娘恩地厚天高,问不孝何时报?

紫鹃姐姐,我与你永别了。

【皂角儿】只说是我爱你怜,却不料缘疏分少。到如今泉路迢迢,爹娘应叹归家早。再休想和新诗,聊旧好,对黄菊,持紫蟹,强作心交。前把今生债讨,今把前生账了,魄落魂消。

（指介）宝玉你好。（咽介。倒介。瞑介。旦哭介）我的姑娘呀！

【前腔】你虽然芳魂艳魄叹全抛，他依然凤瑟鸾笙喜同调。既曾经剪穗子真个开交，却又来赠手帕假成圈套。哄得你长泪落，若珠跳，既绝粒，又焚稿，枉费焦劳！到得这时候呵。他既姻缘簿缴，你把相思账了，还说什么宝玉你好？

（拭泪介）是了，我姑娘这句话，莫非说他好负心么？奴想宝玉平素和我姑娘如此相契，谁料竟有今日。从今后我已绝不理他了。况他曾说，姑娘死了，他便去做和尚。如今看来，这话也都是谎了。（大哭介。杂扮家丁人等上）紫鹃姑娘离开些罢，现在琏二爷在外面说，请向外边收殓呢。（抬介。旦）我的姑娘呀！（抚尸大哭介。随下）

第六出　哭　　艳

心怀木石　计入空门

（小生上）

【南吕引子·临江仙】葬花人自泣残芳，鹦鹉亦解诗肠。闲抛血泪为谁伤？只缘多惆怅，畴说是清狂。

（大哭介）

【前腔】病中情事那堪商？精神枉自消亡。焚诗绝粒命谁偿？芳魂已缥缈，肌肤孰知香。

我的妹妹呀！想我病中昏愦，不料以假作真，枉送了你命，教我如何扪心得过？况前言在耳，你已死去，我岂独存？乃有紫鹃姐姐，避我如仇。不知我的心已似死定了一般。

【油葫芦】从前辜负绮罗香，而今命短情长，香魂何处独徬徨？梅菊开时酬逸韵，芙蓉诔句动愁肠。空教他泪将襟染，面比黄花。昨宵风雨泣残芳，畴把西施葬？

只是她临终之际，闻说我好负心，这冤枉真没处诉了。

【南吕过曲·一江风】引领望，缥缈云烟漾，枉把相思酿。暗自商，艳魂芳魄可在瑶台上？我因风觅暗香，依稀在那方？安得李少君，慈悲渡我入仙乡。

（叹介）现逢大比之期，老爷再三嘱我应试，想此一去，园内又少一人了。只

是旧址难忘,少不得往园内痛哭一番,就如林妹妹仍然活在,我去辞行的罢。(行介。哭介)

【天下乐】潇湘馆内竹苍苍,物在人亡。茜纱窗,有谁洒泪诉愁肠?明显似云敛高唐,荡悠悠似水涸湘江,休再把那说不的哀情长费想。

林妹妹,你知道我也从此已矣。(贴扮袭人上)哎哟!小祖宗,你怎么到这里来?哄我四处乱找,快回去罢。太太和二奶奶已备下进场的物件,等着你呢。(小生笑介)一第何难,哪用这样忙法?(贴扯介)去罢!这园内从老太太去世后,久已无人敢到,你竟不怕有鬼么?(同下。老旦扮王夫人、旦扮宝钗上。贴引小生上。贴)找着了。(小生呆立介)

【北石榴花】忽刺刺斜风急雨到中堂,却不道音容仍渺茫。但看那草封旧院(指宁府),人泣空房(指凤姐),棋离画纸(指妙玉),竹掩纱窗(指黛玉)。因觉得明朗朗,因觉得明朗朗,不如早卧青灯古佛旁,几时炎热,转瞬凄凉,冷清清的大观园,冷清清的大观园,不似从前样,只落了片地白茫茫。

(笑介。转向老旦拜介)母亲,考事已备齐全,孩儿可以告辞了。(老旦泪介。小生)

【黄钟过曲·出队子】拜别高堂,从今菽水倩谁尝?但愿功名由此得,尚留喜信报爹娘。痛儿不肖,幸勿悲伤。

(转向旦揖介)姐姐,你跟着太太守我喜信罢。(旦泪介。小生)

【金络索】妇应随夫唱,虽异同胞养。一样恩情,非不关痛痒。但喜你事翁姑,勤孝养,尚足为我报穹苍。既克有以学孟光,自能守义效共姜。慎毋忘!这本是乘除加减数应当。况我和你业配鸾凤,也消却今生账。

我去了。(转向贴笑介)你此后少受我些拘牵,倒可省便了。(众俱泪介。杂扮家众携衣囊考具上)二爷走罢。(小生又向旦揖介)姐姐,你身子千万保重。话已全了,事已完了,走罢走罢。(引杂下。众俱拭泪下)

清道光六年(1826)赵麟趾抄本。阿英编《红楼梦戏曲集》(中华书局1978年版)收录。

红楼梦填词二十四出

褚龙祥

选自天津图书馆编《中国古籍珍本丛刊天津图书馆卷57》(国家图书馆出版社2013年版)。

自　　序

　　鸿濛初辟,天籁自鸣。抗队永言,人声为贵。于是人能度曲,代有传歌。溯夫墨胎采薇,林类拾穗,越人拥楫,楚狂接舆,买臣刈薪,宁戚叩角,冯谖弹铗,祭遵投壶,以及析薪舒姑,泉因其姓,负水女子,山以歌名。叶落庭前,带系丽娟之袂;笙吹榭上,风飘飞燕之裙。南渡羡津吏之娟,北园惊王孙之琐,数阕遗束彩,何似妖姬,一曲值千金,有如宫妓。盖不分男女,大都解啭歌喉,无论尊卑,一概晓通曲调也。然皆倡叹在我非以推演于人,故夔旷通律吕之音,无传声谱,豹驹擅讴歌之技,未著曲文。采轻艳被以声歌,律依竹谷,爱清新选为法曲,乐奏梨园,所以唐代传奇举世奉为雅唱,元时杂剧通人不斥淫哇,施高汤沈之流竞尚南曲,关白郑马之辈俱善北音,则有忼忾兴歌、激扬制曲者纷纷起矣。味曼声之细啭,觉逸兴之遄飞,矜吐属以赏音,掷碎珊瑚之树,按铿锵而击节,咏残芍药之花。好事者或梓行之填辞家,且鳞集也。

　　曹雪芹删订《红楼梦》一书,虽关稗说,竟自薪传都下。传钞因而纸贵,远方借览尽是书淫。乃有客来怂恿,楚宋玉盍亦填词?仆则周遮。晋郭讷本不识曲,吹竽滥厕,无异南郭先生,拍板支离,有愧东坡居士。譬诸窥豹,管中时见一斑,效彼鸣蛙,鼓吹聊当两部,丝抽昼夜杜癖何妨?皮里春秋张颠岂避。书内史太君者,金花罗纸诰敕七张,板舆轻轩起居八座。看来隔幔侍婢岂止十人,弄必含饴爱孙则唯一个。慈乌自喜于时歌，介寿之章，贺燕为荣，不待上陈情之表。夫政也者，乐有慈亲，其顺矣乎，福归寿母。贾存周为人戆直，有汲黯之风，处事糊涂，为吕端之绪。忧同司马，岂不曰我乃无兄；孝等封人，应亦云小人有母。非无儿之李峤，责善何苛；类女贵之伏波，旌勋不与。被剿而珠履仍留，未尝令严逐客；袭职而簪裾复至，何必论广绝交。宝玉则赵婆之百药，陶令之阿宣，窦氏书痴，时或沾沾自喜，陈儿情种，亦曾咄咄书空其忙也。不为黄花所题者，无非红叶。怜香宝帐，每相狎而相优，弄影珠帘，亦载言而载笑，依然公子。厥名无忌若是，女儿应号莫愁，不好读书，偏能解夫刈稻，实难逃杖，岂有误于耘瓜？奈何得朱衣点头，耻作饼啖之客，不愿与俗人拭泪，甘为粥饭之僧也耶。林黛玉，羞花面嫩，雅宜朱粉之脂，弱柳腰纤，恰称紫裙之襮。无如西施善病，常是眉颦，薛女娇啼，凝成泪血。其奈破瓜之候，尚待字于笄年。可堪采绿之朝或兴歌子子夜，卒之倚柱而啸，腹疾奈何？解佩无缘、浮生若梦，斑竹湘江之泪，乃槁其形；香兰醉草之诗，竟焚其集。芳年难买，致叹其兰玉早雕，人寿几何？每嗟与落花同瘗也已。薛宝钗，甫毕新婚，未掩红妆之扇；才成遗腹，便作白头之吟。虽不等李纨之槁木死灰，何害釐也。离鸾别鹤以勖寡人而制就齐纨，娥眉自若织成秦锦，蝉鬓依然。固与宫裁皆所谓巢燕孤飞、寡鹄独宿者也。史湘云者，如观徐傅辨论，堪作耳砭。若与琴岫衡才，足称腰鼓。妆成点额，蝶欲寻花，剪就垂鬓，蝉来饮露。贾探春，扫眉才子，不栉丈夫。此日下堂鸣，佩辛氏姊画，策寡双他时，出阁结缡，卢少妇金钗十二。至于王熙凤，妩画长眉，笑为龋齿。倘来陌上，定邀使君。踟蹰若在垆头，难免监奴调笑。所喜凤姐者，媚同孙寿，笑必回头；其于平儿也，妒等郭槐，怜仍屈脚。若晴雯，石氏绿珠，仍为处子；乔家碧玉，宜号针神。团扇一枚遮羞容而未就，明珠十斛买转盼而不能。何尝作妇庐江，竟遭呵遣。从此萧郎陌路，但有泪垂，令人慨面。别情深应发破涕之笑，身熨缘浅宜作当泣之歌也。悲夫！鸳鸯，水雪心肝，可入列女传矣。紫鹃，松筠节操，其为优婆夷乎？乃袭人，宝玉破荒，既开香洞，琪官拾芥，又作肉台。卫妇重作董妻，岂得谓人尽夫也。李姬后为牛妾，尚何言女之耽兮。莺儿以下概不足传，有女化离奚？置勿论。于是本红楼说梦之书，奋白望雕华之笔，曰生曰旦，想见其人；为介为白，如闻其语。春华秋实，闲就阅章；夏葛冬裘，动经霜白。幸弹丸之脱手，如褟裸之离身。唯是不学操缦，是用作歌句，读之短长，莫明所以；音韵之平仄，总觉茫然。譬如拾渖凿空，拙工更无绳墨所恃，抽帛检竹，依样可画葫芦。误等蹲鸱，每虑周郎顾曲拙同疥骆，难逢钟子知音。夫以刘勰撰文,时流轻薄;左思作赋,世俗讥訾。况仆委巷妄谈,而沈约不置书案,巴人累句,岂王敦为打唾壶也哉?刘梦得创作竹枝归于乐府,白香山撰为杨柳进入教坊,纵古有之,非吾望也。填成小调,如陶潜之赋闲情,贻笑大方,凭刘歆之讥自苦。

道光壬寅芒种日卧庐散人漫笔

客来怂恿我填词,可奈声歌未解,知脚色已经难配合,腔喉唯恐涉支离,何曾拟入梨园。谱不过权充委巷,辞流水高山,侬自赏知音应也有钟期。

填词第一说琵琶,十种都嫌近小家。饶我耗干心上血,怕人见了肉头麻。言明不许周郎顾,想凿仍邀郭讷夸。且学颠顸且得意,疵瑕笑话但凭他。(正字通方言呼人,曰他,读若塔平声)

西厢词藻最超群,不论调腔只论文。捉笔写生妨午睡,披衣待旦忘辛勤。短长句读规须合,平仄推敲字最分。况且传神凭口吻,何容赤帻涠红裙。

不知暑也不知寒,那计晨餐与夕餐。旁午研思无觉苦,成丁自负未尝酸。惭虽放荡非骚客,妄拟衔封作稗官。役使多人权在握,凭吾喜怒效悲欢。

曲文不若艺文然,体验工夫历半年。子曰诗云须巧妙,土音俗语最新鲜。著书缘起三春季,脱稿几成二百篇。但得传钞心足矣,非期付与梓人镌。

庚子冬月自题

词虽小道侭难填,四六诗歌样样全。写意传真兼绘事,摹神打趣寓情缘。演春秋笔宗盲左,著太史书效腐迁。搜尽枯肠为戏谑,敢撑头诩腹便便。

壬寅秋仲又题

红楼梦传奇题辞　绥鲜赵玺

笔墨原来惯写生,岂其点化独神瑛。奇传粉黛人如活,义演悲欢纸作声。注脚雨村非假话,装头荣国是真情。填辞唤醒红楼梦,也似清平调不平。

红楼梦传奇题辞　边钟峰邹岑

悟到空虚一喟然,等闲富贵若云烟。谁知此老通灵笔,有梦能令入管弦。
事事都从幻境来,男痴女怨费疑猜。此情何处分真假,先使登场演一回。
娉婷钗玉溯名姝,凤妒云痴绝世无。多少风流小儿女,更番口角费描摹。

随园才子前生慧,红雪词人旧拍谙。燕赵从今传戏墨,也如书法重河南。

《红楼梦》稗说谚语

贾不假,白玉为堂金作马。

阿房宫三百里,住不下金陵一个史。

东海缺少白玉床,龙王来请金陵王。

丰年好大雪,珍珠如土金如铁。

前 八 出

目 录

第一出　赚呆　十二回　王熙凤毒设相思局

第二出　咤妒　二十回　王熙凤正言弹妒忌

第三出　泼醋　四十四回　变生不测凤姐泼醋

第四出　摘奸　五十五回　欺幼主刁奴蓄险心

第五出　闹府　六十八回　酸凤姐大闹东府

第六出　搜园　七十四回　惑奸谗抄检大观园

第七出　痴梦　八十二回　病潇湘痴魂惊恶梦

第八出　查剿　百五回　锦衣军查抄荣国府

脚 色

生　贾政

小生　贾宝玉

正旦　王夫人

旦　薛宝钗　尤氏　李纨　侍书　袭人

小旦　鸳鸯　贾探春　晴雯　林黛玉

贴旦　平儿　莺儿　紫鹃　薛蝌

花旦　王凤姐

老旦　史太君

外　西平王

　　末　北静王世荣　副末　赖大

　　净　赵全

　　副净　贾瑞　赵氏　赖嬷嬷　贾珍　周瑞家

　　　　　贾赦　北王府内监

　　丑　贾蓉　贾环　贾琏　吴新登家　王善保家

　　　　薛家婆儿　锦衣司官　焦大

小丑即丑旦　贾蔷　鲍二家　秦显媳妇

配合脚色

赚呆　花旦王凤姐　贴旦平儿　副净贾瑞　丑贾蓉　小丑贾蔷

咤妒　旦薛宝钗　贴旦莺儿　丑贾环　小生宝玉　副净赵氏　花旦王凤姐

泼醋　老旦史太君　小旦鸳鸯　副净赖嬷嬷

　　　旦尤氏　花旦王凤姐　贴旦平儿　丑贾琏

摘奸　小旦探春　旦李纨　丑吴新登家　副净赵氏

　　　贴旦平儿　丑旦秦显媳妇

闹府　花旦王凤姐　副净贾珍　旦尤氏　丑贾蓉

搜园　花旦王凤姐　正旦王夫人　贴旦平儿　副净周瑞家　丑王善保家

　　　小旦晴雯　小生宝玉　贴旦紫鹃　小旦探春　旦侍书

痴梦　小旦林黛玉　旦袭人　贴旦紫鹃　丑薛家婆儿

　　　花旦王凤姐　旦薛宝钗　老旦史太君　小生宝玉

查剿　生贾政　副末赖大　净赵全　丑司官　外西平王　副净贾赦

　　　末北静王世荣　老旦史太君　小旦鸳鸯　正旦王夫人　花旦王凤姐

　　　旦薛宝钗　小生宝玉　丑焦大　贴旦薛蝌　副净北王府内监

第一出　赚　呆

【步步娇】（花旦扮王熙凤上唱）荣国堂,堂真不假,感沐皇恩大,金陵旧世家。白玉为堂,黄金作马,权柄尽归咱,号令谁不怕。

（坐介诗）凤目娥眉鬓学鸦,芙蕖出水映朝霞。

口头有蜜胸藏剑,满圃鲜红一朵花。

（白）奴家王氏熙凤，婆家母族，彼此均系勋臣。侄女姑妈，后先同归荣府。笑语如簧之巧，姿容似蕊之。祖母垂怜，如珠擎掌。夫君钟爱，捉笔画眉。翁姑推一味痴聋，全然不管。叔婶将大权委托，半点无疑。任怨任劳，那顾桀狗吠主。作威作福，不辞牝鸡司晨。仆婢如云，一呼百诺。心机似镜，九算十成。且喜此刻无人禀事，乐得偷懒片时。（贴旦扮平儿上，递茶介）请奶奶用茶（花旦接茶介）今儿没有甚事么？（贴旦）事却没有，只有瑞大爷进来与奶奶请安。（花旦）哼，这厮合败。（贴）他临去还说再来，敢是想求些什么事儿么？（花）非也，前者东府张筵，那厮呵。（贴接茶杯介）

【江儿水】（花旦）可恼安心儿戏弄咱，藏身曲径层峦下，小小毛团怀奸诈，丢些蝶恋蜂恣话，漏泄心猿意马，妄想天鹅的是癞头虾蟆。

（贴）好个没伦的禽兽，奶奶就该打断他的念头，怎么还容他进门？（花）你不晓得，等他再来我有道理。（副净扮贾瑞上）不疑无兄犹可辩，陈平盗嫂料无差。俺贾瑞字天祥，前见琏二嫂嫂颇有情趣，惹得俺心头火热，今特前往调戏她一番，看是如何。二嫂嫂在家么？（花）是他来了，快请。（贴传介）请瑞大爷进来。（副净）嫂嫂在哪里？嫂嫂在？（作相见笑介，花）叔叔。（相揖拜介，分坐介，副）嫂嫂近安？（花）多承记念。（向贴介）瑞大爷不同别个，你须回避，不用在此伺候。（贴）是。（下。副暗喜介）二哥哥怎的不见？（花）再休提起，日夜在外不知干些甚的。（副嬉笑介）想是被那些残花败柳，把他脚来绊住，也是有的。（花）可知男子汉眼睛馋，见了有点姿色底妇人，一个也不肯放过。（副叹介）咳，二哥哥这便不是了，你只顾在外游荡，丢得嫂嫂恁般清冷，可怜花朵般人儿，年小青春，绣帏孤寂，闷也就闷坏了。（花）叔叔真是善体人情，何尝不是常常懑坐，巴不得盼个人来，谈笑开怀才好。（副）这巧得很，嫂嫂若不憎嫌，我便时常来与嫂嫂解闷何如？（花）只怕你是谎话。（副）我贾瑞在嫂子面前撒一句谎，天打雷劈。（花）因甚怪剌剌发起誓来嚛。

【香柳娘】（副净）对苍天誓发，对苍天誓发！片言虚假，当头准备雷来打。（起介）羡麻姑指爪，羡麻姑指爪，痒处倩人爬，（背介）骑虎难终下。（扯花旦手介）指上绝好的戒指，借手一观。（花旦）耳目太众，放尊重些。（副净）有陈平话把，有陈平话把，便宜本家殊非外甲。

【川拨棹】（花旦）耽惊怕，恁事儿关系大，窗儿外仆婢纷麻，窗儿外仆婢纷麻，也还须带些眼纱，脚踪儿一步差，贼和奸一样拿。

（副揖介）恳求女菩萨慈悲则个。（花）青天白日如何使得,你要必须如此,起更以后暗暗藏在房背后,小穿堂内,等我便了。（副介）可不要失信。（手摩挲花旦脸笑介,花推副手介）谁来骗你？（微笑介,副）如得将军令,单听漏鼓挝。（笑合手介）阿弥陀佛。（下,花）平儿快来。（贴旦复上）来了。（花）即令小厮将蓉儿蔷儿招来,听我吩咐。（贴）是。（花）贾瑞呀贾瑞,岂知鸿未罗渔网,管使狐悲陷兔穴。（引贴下,副净急上,内作起更介）

【渔家傲】（副净）忽听冬冬更鼓挝,满肚蛔虫添上虾蟆。幸喜门上无人拦阻,得到这厢只是天气寒冷,星斗无光,黑越越好怕人也。你看风寒地暗难禁架,把人来吓煞。介早晚有二更时候,他也该出来了。（丑扮贾蓉暗上,副抱起拥入帐里介。副）你怎这时才来,急死人也。哎哟,救苦。观音慈悲菩萨,教俺浑身骨肉麻。

【剔银灯】（小丑扮贾蔷提灯急上）忙忙的飞奔步,偹手执着明光烛蜡,见韩候蒲伏屠儿胯,因甚的无端骗马？（丑）蔷兄弟,你来看,瑞大叔要和我行奸。（小丑拍掌笑介）哈哈,奇呀,教人笑煞,老汉推车认路叉。

（丑）俺黑洞洞走到这厢,他便如饿虎扑食,馋猫捕鼠,瞎马闯槽的一般,双关子将我抱住。问他是甚么意思？（副作欲逃介,小丑拉住介）哪里走？说了实话,俺便放你。（副）两位贤侄饶我去罢。（丑）你不实说,待我去禀明太太。（副揖介）

【摊破锦地花】（副净）寂无哗,听俺诉真情话。琏嫂邀我今夕在此相会,俺一心呵痴想寄瑕,博得个牵牛织女泛仙槎,实犯奸条,休作贼拿。

（丑）如此说来,是调戏琏二婶娘了,我们齐集合族中人,评评此理。（副）二位贤侄饶命,恩当重报。（丑）看他可怜,放他去罢。只是各门已闭,从那厢出去？（副）待我买赇门上人,放你逃走。（丑禁声）慢吧,呀,只恐怕打草惊蛇。

（小丑）待我先去打个探儿,再来引你。（副）好蔷侄,你就是如来佛,救我苦难,阿弥陀佛。（小丑）蓉哥哥是观世音菩萨,我又是如来佛,两尊神圣还不能消你的胀气？（副）不要取笑,急切打救我则个。（小丑）来来来。（场左角设椅介,小丑引副净蹲椅傍介,小丑）你且躲在这里,不许做声。（副）是。（丑、小丑混下,副）我想琏嫂千娇百媚,那种神情。

【麻婆子】（副净）少有少有,娇滴滴一双眼乜斜,没福没福,巧姻缘翻成镜里花。

（杂扮老妈儿,提净桶上,向副净头上倾倒介,即下。副净）咳呀,阿谁不管脑儿瓜,花花尿屎一齐下。（啐介）呸呸呸,这是她设就圈套,特来害我。才知才知桂姜辣,害杀人母夜叉。

（小丑复上）后门开了,瑞大叔随我来。（副立起介）喏。（小丑）笑你南柯梦想差。（副净）可怜两眼望巴巴。（小丑）我劝你从今割断相思情。（副净）罢了,罢了,自愧公孙井底蛙,臊皮臊皮。（分下）

第二出 咤 妒

【北斗鹌鹑】（旦扮薛宝钗上）听家家爆竹声喧,见户户桃符象换。针黹消停,女子工闲,笔砚收藏,书生课散。剪彩胜贴屏间,戏竹马闹门前,点缀新年,太平景验。

（坐介）火树灵花景色鲜,声歌遍地太平年。莫愁女子无底事,手把金钗插鬓边。奴家薛氏宝钗,追思木本水源,簪缨世胄。向在金陵土住,乔寓京华,远去父母之邦。寄栖葭莩之宅,金钱山积,花费水流。唯幸孀母持家,克勤克俭。可虑傲兄在外,以邀以游。年方及笄,身仍待字。少不好弄,性爱看书。针黹本是女红,诗辞闲为儿戏,兹值户悬桃板,人折松枝,贴宜春仍荆楚遗风,弄百戏如汉朝故事。当妃嫔戏掷金钱之候,正妇女忌做针线之时。不免将莺儿唤来,大家想个顽艺,过年歇嘘。（唤介）莺儿哪里？（贴旦扮莺儿上）来了,姑娘有何吩咐？（旦）我欲与你做个耍戏消遣,只是想不起做甚才好,你且想来。（贴做仰面想介）赶围棋何如？（旦）极好。（旦正坐,贴傍坐,围几作赶围棋介,丑扮贾环上）师父偏不我爱,读书最讨人嫌。好容易才盼到年,也得闲闲散散。俺贾环,可恼府中上上下下全不喜欢俺,倒是嫡母的甥女薛宝钗好个脾气儿,且到梨香院走走。（作入见二旦介）原来你们赶围棋,我也来耍。（二旦离坐介,旦）环兄弟来了,请坐。（丑上坐作入局介,二旦两旁坐介,丑）待我先掷。（作掷骰子大笑介）我赢了,我赢了。（作揸钱介,贴）我也掷。（掷介丑）你输了,你输了。（又揸贴旦钱介,贴）我再掷。（掷介,丑）赢了我了,且拿钱去。（贴取钱介,丑）我掷。（掷介,贴叫介）幺幺幺,（丑叫介）六七八,（贴笑介）果然是幺了。（丑怒,揸起骰子介）明是个六点,怎说是幺,快给我钱。（抢钱介,贴）明明的是个幺,怎便抢起钱来？（旦瞅贴介）好没规矩,难道环三爷赖你几个钱不成？（贴）何尝不是赖,我从不见过做爷们的这等小器,怎赶得上宝二爷半点儿？（旦）胡说。（贴起立介,丑）我拿什么比宝玉？你们知道我是庶出，故此来欺负我。(旦)环兄弟休如此说。(丑哭介)呜呜呜。

【紫花儿序】(旦)休恁地胸膛气满，面庞色变，泪道不干，分星擘两，金裹挑铅，水内捞盐，只恐怕外人儿听了去，反笑话咱。(指贴介)这丫头不讨体面，越长成越发不晓事，该打一千。

(贴旦低头退下，小生扮贾宝玉上唱)

【天净沙】(小生)非同黛妹盘桓，便和宝姊流连，脱不过镜底衾闲，离不了脂傍粉畔，公子无忌翩翩。

来此已是梨香院，不免径入。(见旦介)宝姐姐。(旦起介)宝兄弟请坐。(小生)便坐。(分坐介，小生)环兄弟，为何在此哭泣？(丑不语介，旦)莺儿得罪了他，你不要管。(小生)怪呀！

【小桃红】(小生)缘何年歇不寻欢，反来恁泪洒无情面，也似这般一划糊涂，你把读书就饭，哎呀痴环呵，尽吃到脊梁边。从记得小甘罗，年十二割赵城，广河闲也。须知道，有才岂在高年，为甚么好端端，只这么涕涟涟，没来由，在介搭里尽厮缠。

我劝你快快走了的是。(丑)我若走慢些，哪个敢吃了我不成？(下，小生呆介)宝姐姐，你看环儿，蠢蠢地一个浊物，倒触起俺的念头来了。

【调笑令】(小生)叹天地钟灵毓秀忒偏偏，凡灵的是女，蠢的为男，蠢不剌些男儿汉，怎晓得温柔乡娇情艳。呀！猛可里想洛阳妇女争来看，把果子掷盈车乱打潘安。

(旦笑介)宝兄弟你好呆也。

【金蕉叶】(旦)你为何猛想起红裙翠钿？你为何突说起花容月颜？笑书呆有点痴癫，后语儿不搭前言。

(小生)怎么我这话讲错了么？无怪林妹妹常常见怪于我，该打嘴巴，该打嘴巴。(旦)只是你说话不着头脑，自家姐弟，就一时讲错了，也没甚么要紧，况且又不曾触犯了我，何至有掌责之罪，兄弟休得如此。(小生)姐姐恕过我了？(起揖介)待我来谢。(旦笑推小生坐介)

你坐了罢(贴、旦、副上)不必分辩理了，史家姑娘来了，快快看她去罢。

(小生)史妹妹来得好极，待我去看。(立起欲行介，旦)且慢，等我同你一搭儿前去。(小生)着着着(喜介)动静不离花月影。(旦)性情应等水云闲。(同下)

（副净扮赵氏上）处室良人无见宠，偏房母子有谁怜。（坐介）奴家赵氏，与贾政为妾，生女探春，育子环儿，熙凤当家，使俺气心不忿。探春任性，教人顺口难调。环儿也不玷辱，各各憎嫌。宝玉有何德能，人人偏爱。想起来条条可恨，样样难熬，怎么设个法儿，除消了熙凤、宝玉才好。（丑哭上）嗄呀妈呀！（花旦扮王熙凤尾上，作立窗外听介）（副净）怎么这个样子？又在那里垫了踹窝来了。（丑）千不合，万不合，跑到梨香院，和莺儿赶围棋，被大伙儿欺负。

【秃厮儿】（丑）最可恼莺儿欺软，赶围棋哄骗了铜钱，薛宝钗旁观坐啸全不管。宝玉不知在那里，腾地走来，泼口大骂。小妇生，猴儿崽，不把骨头战。

（副净怒，切齿介）可恼呀可恼！

【鬼三台】（副净）你是正根苗，非枝蔓，奔高枝招人厌，上不得大台盘，野奴才都加白眼。贱骨头，贱骨头，仗势人，韩卢一般逢宝玉肩胁，见环儿脸翻，眼皮俗锦上花添，雪飘飘谁来送炭。

（花旦）赵姨娘，你不该背地里嚼起舌根来。

【圣药王】（花旦）絮搭搭谁容你恁挡尖，一腔妒忌，满嘴辛酸，柱口价咒一番，骂一番。环儿虽系你所生，究竟是主子，就是应该教训有椿萱，累着你甚相干？

环哥儿快出来。（副净）人尖儿来了，俺不敢惹，阿弥陀佛。（下。丑作出，见介，花旦）你好没才调。

【络丝娘】（花旦）腌臜货不思长进，只学刁钻，听唆挑，流下贱。没大量纷争几个钱，也难为，把子曰诗云白念。

你输了多少钱？（丑）一二百钱呢。（花旦）丰儿，快拿一串钱来还他。（内应介，花旦）环儿，休怪我说你姨娘呵。

【尾声】（花旦）他如同吃了蚺蛇胆，嚼舌根絮叨叨地乱番蛮，真是小枝儿破下的瘪凸梢。你若听信了他，闻在老爷耳内，皮鞭子挞你个羊头烂。

簁室多轻贱，十中九不堪。（下）

（丑啐介）呸呸，早知心地苦，但是口头甜。（下）

第三出　泼　　醋

（老旦扮史太君，杂扮四侍婢，扶上端坐介）

【双劝酒】（老旦）福量海兮，寿高山矣，金珠有余，荣华无比，算来金陵家世，唯贾史王薛名齐。

宫号阿房三百里,难容一个金陵史。乔居锦绣帝王畿,回首江城如画里。老身史氏,于归贾门诰封一品夫人,位列八公命妇,堂同四室,尊号太君。年过八旬,群称寿母,有福禄一门共享,为宁荣两府独尊。有子二人,生孙四个。少孙宝玉,和气一团,庶孙环儿,淘神百怪。次子政极其孝顺,曾孙兰颇有才华,长孙妇宫裁嫠霜,似死灰槁木。次孙妇熙凤,才貌如飞鸟依人。亏得这凤丫头,一年到晚当家主事,费力劳心。今乃是她好日子,曾命东府里,堂孙妇珍哥家,替她作东作生日,不知可曾齐备否?

(小旦副净旦花旦同上,小旦)金凤花中第一枝,(副净)有孙援例做官儿。(旦)宁支掌印女郎中,(花旦)荣府寻风母监司。(小旦鸳鸯、副净赖大之母赖嬷嬷、旦尤氏、花旦王凤姐,副净)太君在上,大家向前。(众)正是。(众叩头介)请太君安。(老旦)罢了。(众起分立介,花旦复叩介)我再给老太太叩一个梯己头,谢老太太费心替小孙子媳妇儿作生日。(老旦笑介)起去罢,谁受你这些梯己头。(向旦介)珍哥家,(旦)太君,(花旦起立介,老旦)今日是凤丫头好日子,你们让她上坐,好生替我作东,报答她一年到头辛苦。(旦笑介)太君不知,这凤丫头是猴子性儿,不惯坐上席,坐在上头,横不是,竖不是,一钟酒也不肯吃。(老旦)想是你们不会让酒,她再不吃,我便亲自去让。(花旦笑介)太君不要信她,她嘴里没舌头,俺今儿酒已吃多了。(老旦笑介)她没舌头,你的舌头倒多,我不管你们,只顾快拉了凤丫头,按在座位,轮流让劝。她不肯吃,我当真的就亲自作东了,只管奈何小寿星,不许轻饶狐媚子。(笑下,侍婢随下,众推花旦上坐介,副净左旦小旦右傍坐介,旦)凤丫头快快地在我手内吃一杯。(举杯介)

【前腔】(旦)谁敢不依,太君钧旨。(花旦接饮介,副净举杯介)盈尊满卮,称觞扬觯。(二奶奶请酒,花旦复饮介,小旦举杯介)权当西江水吸,知海量欢饮休辞。(花旦又饮介,小旦复斟酒劝介)再干一杯。(花旦作醉容介)实实吃不的了,告便。(众)请便。(花旦作出席介,众混下)

【步步娇】(花旦)大醉醺醺忙逃席,未免行之字。(作醉行踉跄介,贴旦扮平儿急上)奶奶慢走,待奴来搀扶。(扶行绕场介,花旦)如何整步趋。(杂扮小丫头上,复下介,花旦)妮子抽头,定有跷蹊。(平儿,快与我赶回来)急捉住勿容去,俺一一询备细。

(贴旦应下,即捉小丫头,上跪介,花旦坐台阶介)我又不是鬼,你怕甚的,怎么见了俺只顾跑去?(杂)奴婢方才出来,实系不曾望见奶奶,因为忘下一件东西,即忙回去要取。(花旦一掌打杂嘴巴介)胡说!这妮子犟嘴,就该把他嘴打烂了。(又一掌介,贴旦)奶奶,仔细手痛。(花旦)还不实说。

【前腔】(花旦)妮子忙忙供端的,稍有之乎字,提防剥尔皮,缩脑探头,显尔奸细。(贴旦)把奶奶气坏了,还不快招。(花旦)急拔下玉簪儿,(头上摘簪刺杂嘴介)恶狠狠把犟嘴刺。

(杂嘴出血倒地哭介)哎哟呦,(复起跪介)奶奶息怒,听奴婢实言告禀,二爷与鲍二老婆在奶奶房中,不知干些甚的,叫奴婢在此观风。(花旦出神介)好呀!(吩咐杂介)你且去。(杂起咬指下,花旦)平儿搀我来。(贴扶花旦绕场介,花作醉容介)反了!是反了!(当场摆设帐幔介,丑扮贾琏,丑旦扮鲍二家暗上,藏帐内介,花旦立帐外侧耳听介,丑旦)可惜你堂堂男子汉,被一个活阎罗老婆挟制住了。(丑)我命里犯了夜叉星,教我怎样?(丑旦)多早晚这母夜叉死了,你把平儿扶了正,也就好了。(花旦一掌打开贴旦介)原来你们都是一伙儿。

【风入松】(花旦)翻缝尔等眼睛皮,明处难猜暗地,城狐社鼠一窝里,打伙儿同谋奸计,趔趄脚投空便踢,妄想游僧每撑住持。

(猛入帐,揪出丑旦介)好娼妇,你偷主子汉子,还敢嚼舌根咒骂我。(打介,贴丑傍观介)

【急三枪】(花旦)野娼根,贼淫货,臭臊蹄,是个石头块在毛厕,真轻贱,无廉耻,颏东西,竟恁奴偷主把天欺。

(复乱打介,贴)奶奶息怒。(花)你们这些娼妇,原来都多着我了。(回手打贴介,丑呆看介,贴赶打丑旦介)

【风入松】(贴旦)臊歪刺骨奔高枝,没脸私偷主子,凭空浪嘴胡喷矢,俺与你毫无渣滓,因甚的攀扯入泥?像这钢刀嘴实欠撕。

(撕丑旦嘴介,丑旦)哎哟呦,(丑怒介)气死人也。

【急三枪】(丑)主霸王,婢强盗,太过余,眼见通欺俺会稽鸡,俺便打你。(打贴介,贴)你与鲍家淫妇弄的兰儿,累我何干?都来打我,我还要命作甚?(作痛倒介,花旦)你不是打平儿,分明敲山震虎,指狗骂鸡,你们做出没脸的勾当,反要设心害我,我不等你们暗算。(抢头撞丑介)你拿快刀子,割了我头,省的船多碍帮,车破碍道。你好把鲍二家收在屋里,谈梯己,专房宠,正头妻,落得清世界统华夷。

(旦、小旦、副净同急上)这是怎说?方才好好的,怎么一时就闹起来?(丑转身拔剑介)我便斩了这泼妇。(旦喝介)你没得逞强,还不退下。(丑)可恼呀可恼。(气下,众)大家消消气儿,再做道理。(副净推丑下,小旦扶贴旦下,旦)凤丫头快随我去见太君。(花旦哭介)呜呜呜,(旦扶下,四侍婢扶老旦上,老旦)知足常乐,索趣解颐,(坐介,旦推花旦上,花旦扑跪老旦怀介)太君救命罢,(老旦)因何致此,慢慢讲来。(花)琏二爷将鲍二老婆招在我屋里。

【风入松】(花旦)窝藏仆妇效于飞,類煞几亡室矣,嫌奴碍眼谋倾死,声说要除消萝蔔,也落得宽绰地皮,因此提刀剑杀嫡妻。

(老旦)这还了得,丫头们,将琏儿那下流东西,与我叫了来。(众应下,老旦)你且起去。(花旦哭介)呜呜呜,(起立,右旁旦下手哭介,众引丑上)老太太,叫孙子做甚?

【急三枪】(老旦)呸!忒装憨,惯摸狗,惯偷鸡,反倒充男子管娇妻。(丑)老太太不可惯他,纵了他性子。(老旦啐介)呸!还敢分辩!(丑跪介)是孙子带酒撒疯,老太太息怒,孙子当面领罪。(老旦)你曾读书识字,曾记得《说文》讲,妻也者,与夫齐,须得先赔礼解她颐。

(丑)孙子遵命。(起介)只是越发纵坏了她。(向花旦揖介,花旦背面不理介,丑)二奶奶,俺这里拜揖了。

【风入松】(丑)恭身使礼拜菩提,介是郎君冒失,夫妻隔夜无嫌隙,休和俺一般见识,走岔路还可指迷,到此虽追悔,已噬脐。

(老旦、旦大笑介,花旦仍不理介,老旦)他是做丈夫的,苟苟就就,向你赔礼,你再着恼,便不是了。(旦)太君,这不但是琏兄弟吃醉,连她也是醉了。(老旦)她这醉不是因吃酒,倒是为吃醋。(众笑介,花旦亦笑,向丑介)我怎么像阎罗,像夜叉,你帮那娼妇咒我死。(丑)是,是我的不是。(旦)你家两口儿吵架,不该拿平儿煞恼气,如今你们好了,也该抚恤他才是。(老旦)有理。

(老旦)夫妻不可逞高低。(侍婢扶下)

(旦)究竟公鸡让母鸡。(笑下)

(花旦)俗说男儿是狗脸。

(丑)罢罢罢,者番醒龊再修题。(同笑下)

第四出 摘 奸

(小旦扮探春上,杂扮翠墨随上)

【一枝花】(小旦)轻梳蝉翼鬓,淡傅芙蓉粉,晓妆收拾罢,天才恁打起精神,摆个堂堂阵,怎嗤鸟饥声噪,一鸣则惊人,且把玫瑰花详细认。

(坐介)性如烈火气如春,巾帼何尝让角巾。史学大家诗小妹,一心最爱两般人。俺贾氏探春,祖爵国公,父官郎中,祖母爱如怀中之璧,慈亲视如掌上之珠。姐姐册封,现居椒阃。嫂嫂矢志,载咏柏舟。见他们荣华名节,既经个个占先。奋自己志气才能,岂肯常常落后。鸟止爱知高处,花开总有红时。梧桐本是凤凰所栖,燕雀安知鸿鹄之志。现今琏嫂抱恙,主事乏人,母亲委派当家,自知任重。仆妇含糊禀事,多藐年轻,须得作个排场,休教他们笑话。这般时候,大嫂嫂也该到厅来也。(旦扮李纨上,杂素云随上,旦)欲邀姑笑面,须称小姑心。孀妇李纨,字宫裁,太太命俺同三姑娘,权且支掌家务,须得经心。(相见介)三姑娘早来了么?(小旦起迎介)也不多时,嫂嫂请坐。(旦)三姑娘请坐。(旦左,小旦,分坐介,翠墨、素云各递茶介,茶毕,丑扮吴新登家上)

【金钱花】(丑)答应主子淘神,淘神,一味想赚钱文,钱文。琏二奶奶似阎君,只得献小殷勤,他今病不理事,新添了两个当家的。大奶奶活观音,三小姐是千金,囫囫囵囵,是不是他们就敢出头当家,我且试他们一试。来此已是议事厅了,不免竟入。

(入见介)禀大奶奶三姑娘知道,赵姨奶奶的兄弟赵国基没了,该发银两。(作仰面介,小旦)嫂嫂,这该发他多少?(旦想介)有了,前日袭人的妈妈没了,记得是发银四十两,这个也该照样才是。(吩咐介)素云取对牌。(杂)是。(旦)吴家拿了对牌,到前面账房去领。(杂取牌,丑接介)哈。(小旦)且慢,我且问你,从前这等事儿极多,自有旧例,你且举一两条上来,我们听一听。(丑)这算什么大事?赏多赏少,任凭姑娘,何用查例?(小旦)这是甚么说话?

【懒画眉】(小旦)休得支吾话浑沦,一划骄张轻觑人。(丑)奴才不敢。(小旦)俺便星星两两要敲真,半点难容混,须得账簿清查再领银。

(丑)姑娘休嗔,待俺去取旧账。(转向外作咬指介)好个利害姑娘!(下,旦)这吴家忒也累赘,既有旧账,何不早些拿来?(小旦)他何尝累赘?分明是故意儿,试探你我,可否当家。

【桂枝香】(小旦)旧规瞒隐,明知故问,敢来冒领多支,特地胡缠鬼混。凤姐姐当家他便似田夫献芹,似田夫献芹,惹人牙碜。藐视吾侪新进,故意假装昏。岂料眼明足察秋毫末,哪晓牙快颇能咬菜根。

（丑持账簿上，呈簿介）旧账取到。（小旦）呈上来。（接看介）这上面注得清楚：四十两是赏在外的，住府的只是二十两，嫂嫂请看。（旦接簿介）姑娘，这件事如何主张？（小旦）有甚主张？一锅里做不出两样饭来，也只好二十两罢了。翠墨。（杂）有。（小旦）与她对牌去领。（杂）是。（取牌递与丑介，转向外介）耶哩耶哩，怪不得人叫她是玫瑰花，闻着香，看着红，只是有刺，扎的手疼。（下，副净扮赵氏上）亲生女当家主事，一定有私意偏心，谁知她任性无情，竟恁的有条不紊。（作带气入见介，旦、小旦同起立介）姨娘来了，请来上坐。（副净居中坐介，二旦分坐介，副净）一家人都来躐蹋我，姑娘也该拉我一把才是。

【烧夜香犯】（副净）为人莫做小星身，下四低三垫舌根，亲生女犹然当外人，没分文，两手空空，有谁怜悯？

（小旦作诧异介）这话从哪头说起？（副净）你看我若大年纪，生男长女，反倒不如袭人，连姑娘脸面上也不大好看。（小旦）原来因为这件事起见（掀账簿介）姨娘请来看，在外的赏四十两，在府的赏二十两，这是祖宗手里一定旧例。（副净）我不懂什么旧例新例。（哭介，小旦恼介）嘻

【梁州序】（小旦）何方残泪几时馀，恨雨骤风驰一阵，银多与少要知，赏字无分，介个关何体面，有甚光华，不怕旁观颣。享太平厚福也要安神，何苦只包藏小利心。（旦合唱）仍旧例，遵祖训，断不容浪费投虚牝，这账簿是个凭准。

（副净）因为太太疼你，又令你当家，你在太太面前说一是一，说二是二，不过靠你照看我些儿。（小旦作色介）教我怎样照看。（副净）姑娘你也忒狠心了。

【前腔】（副净）翎毛无满，旋忘根本，抢白咱来一顿。生男育女，偏生各各离心，竟凭鸽飞旺处，鸟占高枝，独我无时运，姑娘倘后来出阁也，似翔禽，还指望乌私报哺恩。（旦、小旦合）仍旧例，遵祖训，断不容浪费投虚牝，这账簿是个凭准。

（旦）这却怨不得姑娘，姨娘也须体谅才是。

（换头）【梁州序】（旦）非不知弄瓦恩勤，岂不念里毛名分，倘少形左袒，口声难禁，须谅心头有意，面上无情，手自该当褪。（小旦）大嫂嫂，怎么你也韶刀了？哪个主子不照看出力有用的人？哪个好人净仗别人照看？凭般眼孔小，语谆谆，可惜衰残利令昏。（旦、小旦合）仍旧例，遵祖训，断不容浪费投虚牝，这账簿是个凭准。

（副净）太太本自大方，都被你们糊涂人儿乱当家，教太太有恩无处使，如今你舅舅死了，你就把银子多发给三二十两，也不是费了姑娘的，难道你出阁还带

了去不成?(小旦)我舅舅姓王,已经升了九省都检点,奉旨查边去了,哪里又钻什么舅舅来?那赵国基,若果系亲戚,就该端出舅舅的架子来,为甚么镇日价与环儿跟班。(哭介)

【前腔】(小旦)谁不知庶出钗裙?哪不晓篷生红粉?不争来表白,怕人不信,偏我脱生女子,若作男儿,早向天涯遁,听蛙声聒耳,乱纷纷,有口难调鹘突人。(旦合前)

(小旦大哭介)呜呜呜。(贴旦扮平儿上)小姐当家应掣肘,主人抱恙尚关心。俺平儿,奶奶命我到议事厅与三姑娘计议一事,只得前去。(作入介,副净忙立介)平姑娘来了,请坐。(贴旦)大奶奶、三姑娘在此,哪有我的坐处?(副净)你来自是有事,我不便在此打搅。(出坐介)果然铁面无情款,哪得靴皮有笑纹。(下旦)你来做甚?(贴)我家奶奶言道,赵国基死了,按旧例该发二十两殡葬银,因他系赵姨奶奶的兄弟,凭姑娘做情,加厚添些也可。(小旦)又凭白添什么?你奶奶要添,等她出来自己添,舍着太太不心疼的钱她做人情,不能自我开端破例。(贴笑介)姑娘面带泪痕,丫头们,还不快拿水来洗么。(内作细乐介,翠墨素云各取水盆、巾帕、靶镜,安置小旦面前介,贴替小旦挽袖、卸镯介)

【节节高】(小旦)丫鬟捧沐盆,(贴用长巾掩小旦衣襟介,小旦)敛衣襟,纤纤沃盥香汤润,(作盥沐介)红妆褪,真玉温,如花嫩。(丑旦扮秦显媳妇上禀介)禀姑娘,家学里支环爷兰哥儿公费银。(贴)你好不懂事,睁开眼看看,姑娘洗脸,直恁的没规矩,突然禀事,还不退下。(丑旦笑介)我没眼色,望姑娘宽恕。(下,小旦揾脸介)素罗帕把桃腮搵,(梳发介)从新整理乌云鬓。(翠墨旁执镜小旦照介)对镜端详月一轮,(搽粉介)连忙素手轻匀粉。(盥手介)

(内作细乐介,贴替带镯、展袖介,翠墨、素云各收盆、帕、镜介,小旦)方才是谁回话?(贴)秦显媳妇。(小旦)唤她来。(贴)秦家快来,姑娘唤你。(丑旦复上)小媳妇在。(小旦)你方才支什么银子?(丑旦)家学里的银子。(小旦)作哪一项用?(丑旦)一年学内吃点心、纸笔之费,一位少爷零花银十八两。(小旦)爷们的使费,各屋里都是有月银的。宝二爷的是袭人领,环儿的是姨娘领,兰儿的是大奶奶领,怎么又每人加出银子来?从今儿介一项蠲了,就连我们,每月头油脂粉银二两,一齐蠲了。(旦贴)这两项原是宿弊,蠲的极是。(小旦)虽除了弊,利也不可不兴。(旦贴)怎样兴利?(小旦)我想大观园介些花儿匠、山子匠、并打扫园子人工费用若干,不如派出几个老妈儿专管,就把园中出产,抵补园里花销,保管一年胜似一年。(旦)有理,快将园中所有婆儿花名册取上来,大家参酌分派。(贴向内介)拿大观园内妈妈儿名单来。(内应介,贴执名递与旦介,旦同小旦看介,小旦)有了,吩咐叶、祝、田三个妈儿上厅听点。(丑旦背介)这一定无我的差使了。(下翠墨传介)叶、祝、田三个妈妈,上厅听点。(丑旦)妈妈上厅听点。(杂扮叶、祝、田应上,叩头介)奴才们与奶奶姑娘请安。(贴)站下,(三杂起,分立介,小旦)听俺吩咐:叶妈儿,管怡红院、蘅芜苑一带花果香草。(叶)是。(小旦)祝妈儿,管潇湘馆竹子林。(祝)是。(小旦)田妈儿,管稻香村菜蔬稻稗。(田)是。

【前腔】(小旦)奉行要认真,勿因循。栽培种植无容损,花木林,潇湘笋,芬芳品,名园不用银钱赁,资生出产唯而问,乾枝败叶自经心,非同阱圃郊关禁。

【尾声】(旦、小旦、贴旦合)从此后怡红乐利蘅芜稔,潇湘竹茂稻香深,恁大观园遍地金。

(三杂叩头介)谢姑娘恩典。(小旦)起去。

(三杂)自矢知恩必报恩,(下)

(小旦)兴除利弊一番新。

(旦)果然井井能条理,

(贴旦)巾帼之中有达人。(鱼贯下)

第五出 闹 府

【粉蝶儿】(花旦扮王熙凤上)气满腔喉好,教俺气满腔喉,这事也殊难忍受,可恨的没情郎外宅私谋,这株林乐、桑中喜,多管是蜂媒引诱,东府里与俺结下冤仇,且去看伊行,把甚言儿遮羞。

(坐介)俺王熙凤,昨日拷问兴儿,才知珍大哥与蓉儿,和俺那无情义的丈夫,通同作弊,把个有夫之妇尤二姐,作了外宅,教俺气忿难忍,又不好做出来,只得假意言欢,将尤二姐接进大观园,暂且寄放。俺便令来旺儿,寻她前夫张华,与他二十两银子,教他在都察院,呈告俺丈夫国孝家孝,背旨逆亲,依财仗势,强逼离婚,停妻再娶的缘故,听说已来传人。(杂扮丰儿暗上,侍立介,花旦)俺不免先到东府,看他夫妇父子,有何面目见我。丰儿吩咐外厢驾车,待俺一到东府。(杂传介)老妈们,吩咐车夫驾车,伺候奶奶一到东府者。(内应介花旦)凭他有神机妙算,须难防秘计阴谋。(引杂下,副净扮贾珍上)祖功宗德贻多福,(旦扮尤氏上)

夫唱妇随是好述。(副净贾珍,旦尤氏,分坐介,丑扮贾蓉急上)禀父亲知道,张华在都察院呈告琏二叔强娶有夫之妇,现今差传孩儿前去质审。(副净)我却早也提防他这一着,只是这狗男女好大胆子,敢来作对,快封一百银子,着人到察院打点。(丑)是。(杂扮卟儿上)西府里二奶奶,已经下车进来了。(副净)官司却不打紧,这二奶奶倒是难惹,我且躲避躲避。(作欲下介,花旦引丰儿上)大哥哥好人,带了兄弟,干得好事。(副净笑介)丫头们,预备好茶好饭,好生伺候二奶奶。稍有怠慢,打一百鞭子的嘘。(急下,旦迎见介)凤丫头忙碌碌地是何事情?(花旦啐介)呀啐!

【醉春风】(花旦)你可也不顾半点儿羞,丢尽尤家丑。你尤姓姊妹没人留,全作贾氏妇,成日价偷鸡盗狗,你是个老牵头,现打了官司,且看是甚方儿解救。

(扯旦衣袖介)合你说也无益,同你去见太君,就将合族人邀来,当同大众说个明白。(旦)妹妹息怒。(向丑介)蓉儿你来看,我当初怎样拦阻,你和你老子,全当耳旁风,如今教你婶娘来寻我。(花旦啐介)啐啐啐,常言说的好来,家有贤妻,男儿不作歹事,又道是里壮强如表壮,你是个没嘴的葫芦?

【北石榴花】(花旦)直恁个糊涂涂糨子罩心头,一味价从顺假温柔。你纵是沽名钓誉,可也没来由随流附和,顺水推舟,把一个活人妻,把一个活人妻,硬强霸占成婚媾,惊官动府怎能了手,干例禁犯天条,干例禁犯天条。怕伊等难辞咎,竟把祖宗脸面一齐丢。

(旦)妹妹骂的我何曾不是,只是这样丈夫,不肖儿子,教我如何是好?妹妹且请坐了,歇息歇息。(扶花旦坐介,旦陪坐介,花旦以帕掩面哭介)呜呜呜。(丑跪介)婶娘息怒,这事与我父母毫不相干,都是侄儿一时糊迷,做出来了。(花旦仍哭介)

【斗鹌鹑】(丑)权收起眼泪交流,且暂放眉头紧皱,怜侄儿尽叩光头。(介)望婶娘高抬贵手,儿恶端累积虽稠,谅好处些须也有。这件事情业经办错,似泼水怎能收?再不消题了,望一笔尽都勾,海量大肚里撑舟,博得个恩开罪宥。

(花旦哭介)呜呜呜。(丑)婶娘好了罢?(花旦)天打雷劈,五鬼分尸,没良心的种子镇,日价调三窝四,干出没脸面、没王法、倾家败产的营生来,祖宗的阴灵也不容你,还敢来劝我。(举掌介)我便打你这畜生。(丑)婶娘当真气不平,不须婶娘打,容我自打。(左右手自打嘴巴介,自问介)贾蓉往后还顾三不顾四,单听叔叔的话瞒哄婶娘不咧?该打狗脸,该打狗嘴。

【上小楼】（花旦）可恨恁一伙真禽兽,你父子争聚麀,吃不了剩饭残糠,让给憨头,令抱衾裯,只落得惹祸招灾,只落得惹祸招尤。鼠牙雀角,遗臊弄臭,那得个墙茨扫帚。

（丑）婶娘息怒,全当侄儿和那猫儿狗儿一般,须得您老人家担带。况此事已经生米下锅做成饭,就是骂死侄儿也无益了,倒怕气坏了千金贵体,值得多了。

（花旦）只是便宜了你家母子。（拉丑介）起去罢。（丑）婶娘若不欢喜了,侄儿就跪死也不敢起去。（花旦作笑容介）好个涎脸的货。（丑笑起抖衣介,旦）卍儿,伺候温水与二奶奶洗去泪痕,预备酒饭,待我与妹妹把杯赔罪。（卍儿）是。（花旦）我是不用酒的。（旦）你若辞却,仍是着恼,蓉儿还过来跪了婶娘。（丑一旁皱眉揉膝介,花旦）不必如此,我不辞就是了。

【尾】（旦）皮笊篱一点汤不漏,快把那酿醋坛儿弯远丢,难为你臊嘴的东西,骂了咱个足而够。

（花旦）这都是你木雕泥塑自惹自受。（卍儿）请奶奶后堂饮宴。（旦）妹妹请。（花旦）请。

（花旦）懊恨良人淫外州,胭脂虎岂善干休。

（旦）纵然吸得西江水。

（丑）难洗今朝满面羞。（混下）

第六出　搜　　园

【水红花】（花旦扮王凤姐上）当家立纪费周章,性刚强,偏偏抱恙。（坐介,正旦扮王夫人引杂、小霞上,正旦）防微杜渐要精详,事荒唐,严严密访。（贴旦扮平儿由左急上）禀奶奶,太太过这边来了!（花旦作惊介）太太有何事亲自到此?待我去迎。（正旦）果是何人混账,失落绣香囊,这治家不谨咎谁当也啰!

（花贴迎见介,花旦）太太请里面坐。（正旦作入正坐介,贴旦取茶,花旦接杯转过介）太太请茶。（正）我不用茶,平儿快些出去。（贴）是。（花还贴杯介,场左角设椅,贴作出房、冈坐介,正旦出,袖内香袋掠与花旦介）你自去看来,这是什么物什?（花接看介）这是春意香袋儿,太太从哪厢得来?（正）我成日坐在井里,念你精细可托,才把若大重任交付与你。谁料你自不尊重,把这样东西丢在园内,倘被你兄弟妹妹瞧见,成个什么体统!（花）太太怎见是我丢的?（正）你还敢赖么? 这一家人除你小夫小妻,弄介床头私意,还有谁来? 分明是琏儿不长进,下流种子,在外面把来与你。

【醉花阴】(正旦)年小夫妻虽轻荡,也只合床帏无状。为什么将春意带身傍?全没个收拾遮藏,竟丢落苍苔上,幸巧被老太太房里傻丫头拾着,落在你婆婆手内,若教个不知检点的拾去,传与外人,道荣府不善谨闺房,把祖上好声名儿尽丧。

(花旦跪介)太太息怒,侄女儿从来没这样东西。

【画眉序】(花旦)伏乞细参详。俺纵少年夫妻两,岂私情戏谑,不顾行藏,仆妇中也有年轻,婢女内非无齿长,分明女怨遭夫旷,才作出情伎俩。

(正旦叹介)咳,你且起去。(花旦起立介,正)谅你是大家姑娘,不至轻薄如此。只是你兄弟姐妹都在园中,颇有知识,也要防微杜渐,怎么想个善全方儿才好。(花)如今趁老太太不知道,就将周瑞家、吴兴家、郑华家,贴近的几个人安插园内,以查赌为名暗查此事。倘有形迹,仆妇便逐离出府,婢女则撵去配人,庶可清理。(正)有理,快唤周瑞媳妇等来见。(花)平儿快来!(贴)来了。(花)吩咐周瑞家、吴兴家、郑华家来见太太。(贴)是。(向内侍介,副净扮周瑞家、二杂扮吴兴家、郑华家,丑扮王善保家,全上叩头介)奴才们与太太叩头。(正)起去。(众起分立两旁介,花旦向丑介)你是王善保家?谁唤你来?(丑)是,奴才告退。(正)慢着,方才封送香囊与我便是她来,这件差使正好用她。(众)太太唤奴才们前来有何吩咐?(正)因为有件东西来历不明,命你们入大观园白昼严查,黑夜上宿。(丑)不是奴才多嘴,近来这些女孩子,不亚于千金小姐,就像受了封诰的一般,谁敢向她们出口大气儿。头一个是宝二爷屋里的晴雯,自恃生得标致,口又利辩,乔装打扮,少不如意,便睁着眼骂人。(正向花介)这些丫头我并认不清楚,敢是那个水蛇腰削肩膀儿,眉眼上有些像你林妹妹的么?(花)或者是她。(丑)太太何妨唤她来当面认认。(正)唤晴雯。(小霞应下,引小旦扮晴雯病容随上,傍立介,正)你就是晴雯么?(旦)奴才是晴雯。(正冷笑介)哈哈哈!

【喜迁莺】(正旦)休得把春容来幌,休得把春容来幌。好端端鬓散钗僵,哎哟!妆也么妆,活赛个西施病样,巧打扮,春睡捧心状,柳叶眉画恁长,那得个多情张敞。谁容你狐媚风狂?谁容你狐媚风狂?

(小旦跪介)太太请细验,奴实系带病。(正旦)我且问你,宝玉做甚?(小旦)奴才不知。(正)这便该打嘴,本屋里底丫头怎推不知?(小旦)太太容禀,怡红院不同别处。

【画眉序】(小旦)除却袭人忙,其余事务分支掌,俺专司刺绣,再没差当,有秋纹进食更衣,靠麝月铺衾叠炕,非听呼唤,无从上与宝玉影踪不傍。

(正旦)阿弥陀佛,你不傍宝玉,是我天大底造化,快些去罢,休在介厢麻犯了我眼皮,我看不上你这病西施。(小旦起哭下,丑)太太且请息怒,奴才想这春意绣香囊断然不止一个,等到天晚园门关闭,内外不通风,就给她们个冷不防,到各处丫头房里大行搜检,莫有搜不出来的,那时太太再行处治何如?(正旦)此话有理,凤姐儿你道怎样?(花旦)任凭太太。(正旦)如此你就带领她们前去搜检。(花旦)遵命。

(正旦)大搜园内绣香囊。(起立介)盼咐王家作主张。(引小霞下)

(花旦)一点疑团难打破。(下,贴、旦、副净、二杂俱随下)

(丑)突来冷箭怎提防?(作得意下)

(小生扮宝玉上)不解晴雯因甚哭?管教暮夜又添忙。(坐介)俺宝玉,晴雯被太太唤去,不知何故回来只是哭泣,再三问她又不肯说,好教俺放心不下。(花旦引丰儿、丑、副净、二杂提灯同上,花旦)盼咐将大观园各处角门上锁。(二杂传介,内应介,花旦)就从上夜的婆儿们房内搜查起来。(众)是。(丑、副净、二杂下,作入内搜介,花旦立等介)丰儿,你看太太一时之怒,作出这等刻薄事来,我又不敢拦阻,逗了王家这个奴才,只怕不大稳便。(丰儿)只好顺从她去。(众复上,副净)只有积攒蜡烛吃食,并无别物。(丑)这便是赃,不可擅动,等回明太太再议。(花旦)随你。(小生自语介)这般时候是哪里声闹?(丑)启奶奶,请先到怡红院。

(花)引路。(丑作敲门介)开门。(小生)春燕看是何人叫门。(杂扮春燕上)晓得。(作开门介,见众介)二奶奶来了。(众作拥入介,小生离坐介)凤姐姐到了,请坐待茶。(花)宝兄弟请坐。(花旦左、小生右分坐介,春燕递茶介,众分头提箱笼上,小生)这是什么缘故?(众开箱翻介,小生)呀!

【出队子】(小生)猛可里无端乱攘,又只见烂纷纷倒箧倾箱。似贼人犯官司,虎役入抄赃,直恁地,直恁地半夜三更闹洋洋。俺只合望姐姐,把实理真情,细说端详。(花旦)宝兄弟不要惊惶失色,因为丢了一件要紧东西,大家混赖各处,略查一查以释疑团。(小生)哎哟呦!这等小题大作可怕人也。(丑)这箱子锁着是哪一个的?快来自开。(小旦挽发急上,作勒锁倾箱,将衣物丢地介)任凭去翻。(丑)介是晴雯姑娘,怎生这等大气?

【滴溜子】（丑）你休得，你休得恁般气象，俺不是，俺不是私来劫抢，现奉太太差遣，主子命谁何敢抗？姑娘若是容我们搜，即便肆搜查，难留分上。若是不容，呵，俺立刻销差再作商量。

【刮地风】（小旦）哎哟！何用虎仗山威逞强梁？一任恁作势拿腔，不过是舌尖巧妙逢迎上，得主子些须笑面优庞，讨个猫儿头差使来当，你道是主人差来此处严查细访，俺也奉太君言，在这里守护关防，正房里大的奴小的婢，都曾来往，没曾见尊容歪刺样，猛然间又钻来管事婆娘。

（丑）你介光景敢是抗违主命么？（小生）哎哟呦！竟竟是吵闹起来了。（花旦）晴雯住口！（向丑介）你且查你的，不须和她争长较短，还要到别处去，倘若迟误，走了风声，我却担架不起。（丑作怒翻介。小旦）哎呀呀！竟恁地狗仗人势。（怂下，小生）了不得了不得！这样乱腾腾教人可怕，嘘嘘嘘！（拢手下。副净）禀奶奶，并无私弊东西。（花）王妈儿你可要的细查查，这差使是你讨的，倘查不出赃证，怎生回话？（丑）这里没有还有别处。（花）我还有一句话，蘅芜院是薛姑娘客寓，这可断乎搜查不得。（丑笑介）这个自然，岂有连亲戚都搜起来的？奴才也有一句话要禀奶奶。（花）怎说？（丑）林姑娘虽也是客，女孩子都是我们家的，须得查查才是。（花）你可不要惊动了马蜂，如此直往潇湘馆去。（花旦离坐随众绕场介。丑）来此是了。（作叩门介）开门。（贴旦扮紫鹃上）伏枕睡浓人似玉，叩门声急语如黄。是哪个？（作开门见介）原来是二奶奶，请里面坐。（花）紫鹃姐儿，姑娘在哪里？（贴）已睡下了，待奴去请。（花）不须惊动姑娘，因为有一事不明，太太命各处查一查，你只将你们所有包裹箱笼容她们略一考查便去也。（贴）这个不难，只顾查去。（场右角设椅，花旦坐介。丰儿傍立介，贴、旦当场斜立介。众作搬出箱箧、打开翻介。丑掏出寄名符、束带禀介）奶奶，请看这寄名符和束带，都是男子的物什，怎么得到这里？（花旦接看介）这是宝玉小时旧物，他从幼同林姑娘在一处，怕这里没有宝玉的东西么？（丑）奶奶既认得是宝二爷的，放下就是了。（丑接过仍放箱内介。贴旦）俺家姑娘与宝二爷。

【西江月】所有应心爱物，彼此递换收藏，某年月日却全忘，那记介篇旧账。都是太君偏爱，惯成两个霸王，你有托天手段，强断绝他们来往？

（拂袖介）岂有呀岂有。（下。花旦笑介）又一个。（丑）各房里都是这样厉害姐儿，请奶奶到秋爽斋去。（花）走走走。（众暂下，小旦引探春侍书上。小旦）夜静已经关绣户，声喧何自过花墙。（坐介）俺探春，正要卸妆歇息，只听得一片声喧叫,不知从何而起。(杂扮小蝉上)禀姑娘,二奶奶率领多人,遍处翻赃,已经在宝二爷房里翻过,往林姑娘那边去了,看看到这里来。(小旦作色介)有这等事?丫头们,快把门户大开,多点几支蜡烛。(旦杂应介)晓得。(作开门秉烛介,众复上,花旦见介)三姑娘还没睡下么?(小旦端坐介)哼,不曾睡。(旦)二奶奶请坐。(花旦坐场右角椅介,小旦)二嫂嫂,这般时候率领许多人来此作甚?(花旦)因为太太丢了一件东西,连日访查不出,只恐屈了旁人笑了贼,各处查查,乐得大家洗洗干净。(小旦作色介)我们丫头都是贼,我便是头一个窝主,如此先来搜我。(吩咐介)丫头们,把箱笼衣包镜奁妆盒,若大若小之物一齐打开,让凭他们翻赃。(旦小蝉作一一搬运打开介,花旦笑介)妹妹休错怪了我,我不过是奉着太太命来。(向众介)你们还不替姑娘好生收拾了么?(丰儿、副净、二杂作收拾介,小旦)荣府中上上下下,谁不知我歹毒?凡丫头所有一针一线,不敢隐瞒于我,你们搜,只管来搜我,要想搜我的丫头,这却不能。任你们去回太太,说我抗违意旨,有甚罪名我自去领。

【滴滴金】(小旦)太平岁月胡抢攘,平白宅乱家翻成甚状,分明摆个该抄样,谁兴端作此想,天诛地丧,管不久大祸降,叹自己剿家预兆不祥。

(花旦作呆看众介,副净)既是姐儿们的东西都在介里,奶奶且请到别处去,好让姑娘安寝。(花旦)这话有理,我们告辞。(作欲行介,小旦)慢走,须得细细查明,若是另来,我便不依礼待了。(花旦)丫头们的东西既全在这厢,就不必搜了。

【四门子】(小旦)俺家居并没三和两,俺家居并没三和两,馨所有眼前放,一点儿瞒半点儿藏,算咱祖护心偏党。尽意儿搜,极力儿掠,须仔细奸邪漏网。

【鲍老催】(花旦)妹妹无需面黄,千金气坏奴怎当,还求妹妹宽怀想,这都是嚼舌根,坏心肺,造孽障,调停太太开新样。妹妹的丫头全翻过了,有差池尽在奴身上,具一篇无事状。

(小旦向众介)你们众人,都搜得明白不曾?(副净二杂合)已经明白了。(丑)有姑娘一人担起来,奴才们也不用搜查了。(小旦)怎么连我的箱笼包裹,俱已打开,还说没搜,若不足兴,不妨再翻一遍。(丑笑介)哈哈哈。(向前掀小旦衣襟介)连姑娘身上我都翻了,果然没有夹带。(小旦大怒,一掌打丑嘴巴,倒地介)好奴才,竟敢拿我取起笑来了。

【水仙子】(小旦)你你你你休逞强,臭臭臭臭臊狗猖猖人势仗,看看看看摇头摆尾狐精像,蠢蠢奴才胆儿壮,老老老老娼根眼儿盲,错错错错打了那定盘星两。敢敢敢敢擅自来拉扯衣裳,把把把把他去太太跟前讲,问问问问怎的对俺撒癫狂。

(哭解纽扣介)待我脱下外衣,同到老太太、太太那里当面去翻。(花旦向前替小旦整衣介)妹妹不要生气,她算甚么,气着姑娘倒值多了。(小旦)好呀,你们纵容奴才,在我身上翻起贼赃来了。(丰儿副净二杂)姑娘息怒。(丑背介)罢了罢了,我这是头一遭挨嘴巴。(小旦)侍书,我不曾听她胡说些甚的,你还听着么?(旦指丑介)依我说,你知点儿好歹,省言一句儿罢了。

【双声子】(旦)嘴巴响,嘴巴响,怕污了仙人掌。休怨望、休怨望,撒野话谁容讲,快拿镜照面庞,甚的腔儿,公然犯上。(花旦拍掌笑介)好呀,好丫头,好利口,真是强将手下无弱兵。

【煞尾】(花旦)听她口给心欢畅,唇舌齿尽带锋芒,倘逢着炙彀髡儿,也定要挝垂不肯让。

(副净、二杂推丑介)还不过来跪了姑娘。(丑跪介)姑娘恕过奴才罢。(花旦)妹妹安寝了罢。(小旦)可恼呀可恼,平白纷争怎一场。

(旦)是谁敢打女儿箱。(旦小蝉扶小旦下,花旦)王妈儿,这是你自讨没趣!出乎尔者反呼尔。(丑)我的奶奶,岂料深闺有霸王。(旦)请奶奶一到暖香坞。(花旦)快走。(众混下)

第七出 痴　梦

【山坡羊】(小旦扮林黛玉上)孤零零失巢窠的雏鸟,飘悠悠荡江湖的萍草。娇滴滴怯霜雪的盆花,惨凄凄迁乔木的流莺。叫宝玉纵情绕,者一线姻缘难逆料。好似芙蕖并蒂菱花照,又似月影团圆水面飘。魂销悬旌心总是摇,泪抛翠娥眉懒待描。

(坐介)命薄薄于纸,心高高入霄。花容方玉润,玉体等花娇。俺林黛玉,怙恃全无,远托葭浮之所。室家所有,尽归族姓之门。袖大身长,形单影只。赖外祖母娇养,较诸表姊妹有加,在大观园寄居,供一切吃穿无缺。在他人虽视无亲疏之别,于自己终觉有主客之分。月影花阴时常洒泪,风凄雨冷暗里伤神,自叹自嗟,几时结个了局?多愁多病,怎样打破疑团?既生予勿生汝,缘何倡和常常,我有意他有情,只是参差尔尔。咫尺若天涯之隔,聚首当自分襟,沧桑历变换之多,数年犹同一日。日月逝矣,时不再来,吁嗟女兮,靡所底止。

（叹介）咳,思来想去,左右闷得慌,不免看书一番。（作看书介,旦扮袭人上）牛女尚无逢巧夕,参昴先已遇良宵。俺花氏袭人,今天无事,不免一到潇湘馆。（作径入介）姑娘近来病恙可大安了？（小旦欠身介）好了,多承关注,请坐。（旦）谢坐（傍坐介,贴旦扮紫鹃,送茶上）姐姐请茶。（旦起接茶介）劳动妹妹。（小旦）怎得工夫到这边来？（旦）宝二爷上学堂去了,房中便没有一点事儿,特来望望姑娘。（小旦）他怎么又上学了么？

【小桃红】（旦）今番奋志忒坚牢,并不是强把虚名钓也,则见他寝不求安,又且食无求饱,回家来一念一个大半夜,灯影下诵声高,俺见他指儿披、眼儿觑、嘴儿吟、头儿摇也,请书乐,不惮身劳,有甚么桃呀夭。（小旦）想是桃之夭夭。（旦）念甚么鹊呀巢。（小旦）是维鹊有巢。（旦）又甚么兴也赋也尽叨叨。

（丑扮薛家婆儿,提瓶上立场角,问介）这里是林姑娘闺阁么？（贴旦作出迎介）作甚？（丑）我们宝姑娘打发我来,与林姑娘送点东西。（贴旦）随我进来。（作同入介,丑打半跪介）老婆子与姑娘请安。（小旦）紫鹃,快扶起来。（贴扶介,丑）我们姑娘,叫我送一瓶蜜饯荔枝与林姑娘。（小旦）多谢了。（贴旦接瓶收介,丑看旦介）此位不是宝二爷屋里花姑娘么？（旦笑介）正是。（丑直视小旦,又向旦介）怪不得俺家太太,时常说这林姑娘和你们宝二爷是天生一对儿。（小旦作面羞介,旦）妈妈,在外闲歇歇儿去罢。（丑）我哪有工夫歇着,回去了罢。（小旦）回家去多上覆宝姑娘,容日面谢。（丑）这等好模样儿,除了宝玉,什么人擎受得起？（下,旦）怎么人到老年,只顾混说白道。呀,天晚了,告辞。（小旦）多坐一歇儿再去。（旦起介）不坐了。（小旦）紫鹃,送姐姐。（贴旦）是。（旦回顾介）请了。（下,小旦）紫鹃,收拾床帐,待俺去睡。（贴旦）是。（当场设帐介,贴旦安置介,小旦入帐）不用伺候,你也歇息去罢。（贴旦应下）

【前腔】（小旦）呀,婆儿絮语纵谰咋,倒触俺小鹿心头跳也。恁事儿并没风声,谁把谣言混造？敢是太君,暗里有些口角,因此上乱相剿,我好闷也,怎能够称青春。了红怨,结朱陈,渡蓝桥也。一双好,载咏夭桃,缔甚么凤鸾交,把甚么瑟琴调,到那时箫史弄玉共吹箫。

一路魂思梦想,不觉有些疲倦,且睡了吧。（作卧帐睡介,杂扮雪雁急上）禀姑娘,贾雨村求见。（小旦起作介）他要见我做甚？我虽从他读书,却不比男学生,你快去回他,说我带病不能出来,替我请安罢了。（杂应下）

(花旦王熙凤、旦薛宝钗同上,合)林妹妹恭喜了,我们特来送行。(小旦)有何喜事?二嫂嫂、宝姐姐都来唝我?

　　【鲍老催】(花旦)非同戏嘲,蒹葭客寓终系匏,姑爷升作湖粮道,都说是续孀嫠,飞章奏,请封诰,事无巨细全然靠。你这继母有个亲戚,故剑新亡,就将你续了弦,如今贾化南辕,带你还乡,完却花烛。门儿前已备车和轿,快梳妆休误了。

　　(小旦)我便不信。(花旦)信不信由你,我们不管,自有老太太来催你。(向旦介)宝妹妹,我们去也。(同旦下,小旦)呀,不好,我不免央求老太太便了。(老旦扮史太君当场作介,小旦哭跪介)外祖母,救孩儿一救罢。(老旦)我怎样救你?

　　【前腔】(小旦)山高水遥,甘心不肯归故巢,严亲净任重婚挑,要把俺死折磨,生龌龊,命难保,此行一定遭圈套。我已是没了亲娘,望太君怜悯存孤藐,恶姻缘须打吊。

　　【双声子】(老旦)续弦好,续弦好,长几岁强如小。花烛早,花烛早,哪女子留家老?怎羞愧忒装乔,尽在吾家,几时是了?

　　(小旦)外祖母,你从来慈悲,今日怎么不疼我了?你说我是外孙女,隔了一层肚皮,难道我的娘不是你亲生女儿么?(大哭介)就是不疼奴,也要看我那过世的母亲。

　　【前腔】(小旦)苦哀告,苦哀告,曾爱我如珍宝,眼看着,眼看着,火坑里凭咱跳。太君发慈念救儿娇,便死黄泉万难就道。

　　(老旦拂袖下,小旦)呀,不想外祖母这等狠心,可见外祖母与舅母姊妹,一向好待都是假的,似这无依无靠的孤身,在世何益?不免寻个自尽罢。且住,或者宝玉肯可怜我,怎么独不见他?(小生暗上,对面介,小旦)呀,介不是宝哥哥。(小生)正是,我特来与妹妹贺喜。(小旦)我如今才知道你是个无情无义人了。

　　【山桃红】(小旦)实指望投桃报李,似漆如胶,可把终身靠,竟是虚饶。俺空自迷心窍,枉自皱眉毛,你是忘情辈,负义流,赚煞人,彼童狡也。想从前泪落知多少,八字儿前生造,限数难逃,俺只合舍命交天赴宴曹。

　　【前腔】(小生)千般苦楚,万种牢骚,事定难终掉,怎好开交?休得恁频厮闹,直恁乱嘈嘈,俺怎忘尊义,负厚情,我无言,你翻道也。想当初把俺常颠倒,委曲心何尝恼?看你今遭,再觅个含养温存像我曹。

　　(小旦扯小生哭介)好哥哥,你叫我向哪里去?呜呜呜。(小生)你不去也好。

　　【绵搭絮】(小生)无须苦恼,俺本故相嘲,姑丈曾许婚姻,岂范云翻来缴剪刀？（小旦喜介）既然如此，你到底放我不放？（小生）你尽来彻底根刨，心地唯天可表，倘不信剖出来瞧。（袖内出刀介，闪衣露腹介）恶狠狠刀划肤开，（带采出血介）且来看血淋淋赤心抛。（小旦急握小生腹，失声介）呵呀！

【前腔】（小旦）猛然号倒，平白起风涛，你怎破肚开肠？忒轻生，性命等鸿毛，却原来量窄心剽，恁的不禁要笑。（小生仰地介，小旦）呵呀！不好了！气息都断了。他已是命赴阴曹，战钦钦胆破心寒。（大哭介）我的哥哥呀！你叫俺向何方把魂招？

（小生下。小旦仍入帐介，贴旦急上）姑娘怎么样了？（小旦作梦醒介）不曾怎么。（贴旦）夜深了，姑娘安神睡一睡罢。（小旦）你且回避，不要管我。（贴旦）是。（下）

【尾声】（小旦）呀！恁一场恶梦觉，好一似井泉水劈头浇。俺只愁软丢答身子难保。

挑灯吊影自魂销，梦后相思几万条。
恶弄竹声风淅淅，怎生挨过可怜宵。（徘徊下）

第八出　查　剿

（四杂衣冠，扮石、谢、戚、韩同上，石）帝载风云奋，（谢）皇恩雨露浓。（戚）银章隆爵赏，（韩）铁券大分封。（石）缮国公公孙，世袭一等子，石光珠。（谢）定城侯公孙，世袭二等男，京营游击谢鲲。（戚）襄阳侯公孙，世袭二等男，戚廷辉。（韩）锦乡伯公子韩奇。（石举手介）众位请了。（众拱介）请了。（石）贾存周先生，任江西粮道，被参回京，华函相召，我们须索前往。（众）正是。（石）共赴东山会。（众）咸钦北海风。（鱼贯下，生扮贾政上）

【端正好】（生）叹无才，惭食俸，叹碌碌，本无才。惭昧昧空食俸，一味儿要图个清白官声，倒被那贪财蒙弊奴来唝，得离任真天幸。

（坐介）葛蕾庇荫世簪缨，汗马功劳荷宠荣。纨绔儿孙多不肖，阿谁继继振家声。俺贾政，字存周，金陵旧族。玉阙元勋，当年著汗马之劳。垂绅搢笏，奕世奉椎牛之祀。衍椒绵瓜，有开必先。应勉励绳其祖武，克昌厥后。勿陨越诒厥孙谋，大概世禄之家。由礼者鲜，旧勋之族，越分者多，用戢骄淫，爱归淳朴，深喜母封极品。

海屋添寿，尤幸女册贵妃。椒房奉御，兼祖荫女贵之荣，备元朗署，膺江右海疆之任。擢职监司,本期裕国便民,直声载道,何意恶奴污吏,枉法蒙官,节度上闻,朝廷下诏,虽然无交部议,未免有玷官箴,只责吏治之生疏,深感皇恩之浩荡。著降三级,仍以工部员外上行走。谢天谢地,今日排宴庆贺,众宾客也该到门了。(副末扮赖大上)小子报捐为县尹,老奴骤贵作封翁。俺赖大。(半跪介)禀爷,客已到齐,现在门外。(生)快请。(副末)是。(向外介)众位爷,有请。(石、谢、戚、韩同上)座上客常满,樽中酒不空。(副末)家爷出来了。(众)老先生在哪里?(生迎见介)众位。(笑相揖介,生)众位请。(众)请。(作入分主客坐介,副末递茶介,茶毕。众)老先生江右归来,未及接风,反辱先施,惶恐惶恐。(生)通家世好,岂在虚文。今蒙玉趾辱临,辉生蓬荜,幸甚幸甚。(众)好说。(生)来吩咐宴设荣禧堂。(副末)哈。(传介下,杂扮四小厮捧盘执壶上,侍立介,作吹打排宴介。生安席,众就坐介,小厮斟酒介。众)请问老先生,昨日圣上召见,承何优旨?(生)列位。

【滚绣球】(生)沐皇恩长江似的水涌,感帝德高山似的气耸。节度使题参本略为不省,免部议处分儿从轻,蒙召见加恩仍留部用,姑宽宥一省的微臣,念两世的勋庸,难难难,主上恁优容。

(众)圣天子在上,吾侪之福也。(副末复上)禀爷,锦衣府堂官,赵老爷来拜。(生)敢是赵全?(副末)是。(生)素不往来,到此何干?(副末)老爷快去出迎,那赵爷带领司员已进二门了。(生迎介,净扮赵全上,丑扮司官随上,净挽生手,仰面问介)贾老先生,一向好么?(生)不敢,大人枉顾,定有钧谕。(净)倒有一件事,只是不便明言。(众面面相觑介,副末复禀介)禀爷,西平王爷驾到。(生作色介,外扮西平王擎旨带四校尉上,外)双手擎钦命,一心秉至公。(生暨石、谢、戚、韩、副末、四小厮跪接介,外人正坐介,校尉分立两旁介,净丑半跪介)奴才请王爷安。(外欠身介)罢了。(生、石、谢、戚、韩叩首介)王爷驾安。(外左手擎旨、右手扶生介)政老与众位请起。(众起侍立右边、净丑立左旁介,净叫介)王爷已到,司官快令跟役把前后门都封了。(丑应下。外向生介)无事不敢轻造,奉旨交办事件,着令兄接旨。(生变色介)是。(向副末使眼色介,副末传介)大老爷快来(副净扮贾赦上跪介)贾赦与王爷叩头。(外)暂且起去(向众介)想众位都是来赴筵席,各取方便,独留本宅人,听候宣旨。(净)前后门俱已封锁,怕他们不便出去。(外)他们俱是贾宅亲友,留此何益?吩咐锦衣司官,不必盘诘,快快放出去。(净)遵令旨。(石、谢、戚、韩混下,校尉撵贾氏小厮下,净)番役们伺候。(内应介,众扮四番役上,凶凶立介,净举手介)请爷宣旨,奴才就要动手了。(外立介)本爵奉旨带领大锦衣赵全,查勘贾赦家产,伏听宣读。(副净、生伏地介)万岁。(外开旨介)奉旨:贾赦交通外官,依势凌弱,深负朕恩,大违祖训,着革去世职,钦此。(副净、生)万万岁。(外坐介,净左旁坐介,净)将贾赦拿下了,其余一概看守,不容宽纵。(众应介,将副净项腕上锁介,生起立,右旁抖介,净)司官。(丑复上)在。(净)率领番役,分头按房查剿。(众应介)者。(外)且慢。

【叨叨令】(外)捧圣旨煌煌地下九重,奉纶音赫赫地来将命。姑念他祖上勋臣报国忠,只索要一人作罪,不许全家共。今日里施威作福要公平,天堂地狱须惊悚,并不是罪犯株连瓜蔓抄,俺闻得同胞各爨恁家居另。兀的不苦煞人也么哥,兀的不叹煞人也么哥。呀!赤紧的天威不违颜咫尺,也权些轻和重。

(净)回王爷,贾赦兄弟呵。

【脱布衫】(净)并不是衅阋墙各立门庭,他现有老萱亲家条井井,俺怎肯关颜面徇卖私情?担不起欺君罪蒙蔽朝廷。

王爷,就该尽行查抄。(外)奉旨单抄贾赦,你要全抄,待本爵覆旨,再候定夺。(净)就依王爷,独抄贾赦。(顾众介)番役们,先将贾赦父子两房剿起来。(众)嗄。(外)你们不许啰唣。(丑)是。(引众下。内作鼓声介,生拭泪介。丑复上,半跪禀介)回爷的话,抄出许多禁用之物,奴才不敢擅动,特来请示。(外)待本爵自行查看。(立起作欲行介,净亦立介,番役上跪介)回王爷,抄出两箱房田契纸,又一箱借票,都是违例取息的。(净切齿介)好个重利盘剥呀,狠该全抄,狠该全抄,待奴才全抄了来,再候定夺罢。(生、副净抖介。外)岂有此理。(杂扮王府长史上,半跪禀介)北静王爷到,请爷接旨。(外)有迎。(内作乐介,外、净出迎介,末扮北静王世荣擎旨引四内侍上)圣旨下。(作入介,末开旨介)听宣读。(外、净净、副、生同伏地介,合)万岁。(末宣介)奉旨,着锦衣官赵全,单提贾赦、贾珍质审,余交西平王遵旨查办。钦此。(众合)皇帝万岁万万岁。(起介。净)贾赦随俺来。(副净)鸱鸮入巢无好兆。(两番役押下。净)噫,豺狼当道岂容情。(切齿下,外左、末右分坐介,四内侍、四校尉、丑二番役分立两旁介,生伏地哭介)求两家王爷救命罢。(末扶起介)政老请起,料此无妨。

【小梁州】(末)且把那泪痕展去免耽惊,纵主上怒发雷霆,你祖上勋铭钟鼎,本爵自然保奏。备陈情,回天听,管恩诏降彤廷。

【前腔】(生)这都是犯官鹃突忒昏庸,真不若傀儡刍灵,明是个木雕土梗瞽,兼聋无观听,只落得把家倾。

【前腔】(外)俺劝你无须太息涕龙钟,收泪面且著欢容,树直表翻招曲影,我皇衷,称齐圣,定谅恁铁铮铮。

(向末介)俺正与老赵生气,亏得贤王捧旨到来,不然贾府定吃大亏了。(末)小王闻王爷在此,谅这里不至荼毒,不想老赵,这等可恶!(外)方才番役禀道,抄出禁用之物,自是当时贵妃应用的,容易声明,只是重利借券,须得设个方儿才好。(末)政老,领我们里面查一查,再作计较。(外)有理。(生向副末介)吩咐里面肃静,说两家王爷进来。(副末)女眷回避,王爷进来了。(引外末生丑众绕场介,末叹介)不想堂堂荣国,一败涂地。(外末分坐介)司官。(丑半跪介)有。(外末)将所抄之物,一一登簿。(丑)者。(起取纸笔作写账介,写毕复跪报单介)启王爷,首饰衣服,珠宝什物共二千六百零,金五十两,银五千二百两,钱七千串,记清。(外)我们就此进内复旨。(末)我想赦老已经获罪,就将这重利盘剥,并案办理便了。(外)贤王高见。(末)政老小心候旨,我们去也。(外、末作上轿介,生跪谢送介)送王爷。(外、末)免。

(外)可叹霜寒专着草,

(末)须知树大自招风。(下,内侍校尉丑随下。小旦扮鸳鸯扶老旦史太君上,正旦王夫人、花旦王凤姐、旦薛宝钗、小生宝玉随上)

【幺篇】(老旦)听前厅燕雀寂无声,已抄得沸乱腾腾,吓得咱魂儿落,胆儿惊,刚苏醒,眼望娇儿把泪珠零。

(生迎跪介,老旦正坐介)我的儿,不想还得见你。(哭介,生凑跪膝下介,小生随跪介,众皆哭介。生)母亲放心,蒙皇上天恩,两家王爷恩典,万般护持,如今家下,一些也不动了。(老旦)你哥哥现在何处?(生)锦衣府带去质讯,问明白了,主上自有恩旨。(老旦)我儿起去。(生、小生起介,众复哭介,丑扮焦大喊上,两军校随上。丑)我是两府总管老管家,你们这伙毛团,敢把焦大爷怎样?(军校)你到底是哪边的?两下里混撞,拴你去见锦衣府爷们。(老旦)外面叫喊为何?我儿去看。(生)是。(正旦、小生左,花旦、旦、小旦右侍立,老旦两旁介,生作出见介)你们因何喧嚷?(丑)二老爷在这里,听老奴说,我天天劝那些不长进的爷们,倒把我当作冤家,连二老爷还不知道,我姓焦的,跟着太爷受的苦楚。今日弄到这般田地,珍大爷,蓉哥儿,都被什么王爷拿得去了,女主们又被什么锦衣慢衣的衙役锁在空房里看管,那些不成材料的狗男女,都像猪狗一般的拦起来了,所有的东西都挞的稀烂粉碎,他们还要捆我,我活了八九十岁,只知有跟着太爷捆人的,哪里倒叫人捆起来俺呵。

【快活三】(丑)沙场上对过兵,军垒上饶来命。(向军校介)我还要这老命作甚?便与你们厮并了罢,怎一颗非人种。(军校)啊,骂起来了。(丑)试试老头,犹兀自桂姜性。

(军校)你老人家安静些儿罢。(丑)我不安静便怎样?(军校)介是奉旨的事。(丑)奉旨不奉旨,不曾拿我,你们这些狗头待怎的?(生)你老年人且去歇息了罢,不可只顾着恼。(丑)罢了罢了。(下,军校亦下。生转向老旦哭介)呀!原来东府也被剿了。(众皆哭介。老旦)苦呀!(贴旦扮薛蝌上)风来花已谢,日出雾初晴,俺薛蝌。(入见介)禀姨丈知道。(生)怎么?(贴)我在刑科探听大老爷是为交通平安州,包揽词讼,又倚势索石呆子古扇,逼勒致死。珍大哥是为强占张华之妻尤氏为妾。(花旦咬指介,贴)都在枢密院听审去了,闻得钦派北静王亲鞫,想来有些护庇。(生)谢天谢地,你快快再去打听。(贴)是。(下。生)母亲这就好。

【朝天子】(生)这的是托慈亲福洪,恨儿行孽重,削竹把罪名书,只怕南山罄。赖皇天保佑祖上阴功,遇贤王承钦命,一定将犯由轻拟,科条减等。劝娘且收泪宽心,保重了,桑榆景。(哭介。正旦向前介)老爷休恸。(生)夫人你须把家园另整。(向小生介)儿喇。(小生前鞠躬介。生)你须把门楣复与,或者可人力胜天,得骨肉重欢庆。

【煞尾】(老旦)恁堂堂荣国公,与皇家休戚共,子孙世世应昌盛,却缘何竟恁地悠悠一场春睡梦。

(副末上)禀爷,北静王爷令旨到。(生)有迎。(作出迎介,副净扮内监上,相见揖介。副净)王爷命咱家前来与老先儿报喜。(生)何喜?(副净)王爷将令兄令侄罪名俱从轻拟,令兄发往军台效力,令侄派在海疆,所遗荣国公世职,奉旨加恩,着老先儿承袭,这是天大喜事了。(生)皇帝万岁,皇帝万岁,待俺排设香案、望阙谢恩。(副净)告辞。(生)奉送。(副净)请了。(下。生作入介。老旦)北静王有何令旨?(生)倒不是令旨,是特遣人与孩儿暗送一信,说皇上恩旨,着孩儿承袭荣国公世职。(老旦)好呀!这是格外天恩,鸳鸯排了香案,合家望阙谢恩。(内奏乐介,当场排香案介,老旦焚香率众四拜介,合山呼介)皇帝万岁万万岁!

（起介）

（老旦）福来不觉祸来惊。

（生）云出无心日出晴。

（正旦）非比绵花弹愈起。

（小生、旦、花旦合）亦犹宝镜磨弥明。（小旦扶老旦下，正旦、花旦、旦、小生随下，生各下）

道光二十一年二月初三日辰刻录凡六十三篇

中 八 出

目 录

第一出　嘲黛　二十回　林黛玉俏语谑娇音

第二出　葬花　二十三回　西厢记妙词通戏语

第三出　辨惑　三十一回　因麒麟伏白首双星

第四出　遭谗　三十三回　不肖种种大受笞挞

第五出　情诱　五十七回　慧紫鹃情辞试莽玉

第六出　醉眠　六十二回　憨湘云醉眠芍药裀

第七出　焚稿　九十七回　林黛玉焚稿断痴情

第八出　娶钗　九十七回　薛宝钗出闺成大礼

脚　色

生　贾政

小生　贾宝玉

正旦　王夫人

　旦　薛宝钗　袭人　李纨

小旦　林黛玉　第八出袭人接补

贴旦　翠缕　紫鹃　平儿　莺儿

花旦　史湘云　王凤姐

老旦　史太君

净　忠顺王府长史牟亥
副净　茗烟　王济仁　雪雁
丑　贾环　李嬷嬷　傻大姐　林之孝家　侯相
外　詹光
末　王作梅

借补另旦　探春　翠旦　晴雯

配合脚色

嘲黛　小旦林黛玉　小生宝玉　花旦史湘云　旦薛宝钗

葬花　小生宝玉　副净焙茗　小旦林黛玉　旦袭人

辨惑　花旦史湘云　贴旦翠缕　小生宝玉　旦袭人

遭诟　生贾政　副末家人　净牟亥　小生宝玉　丑贾环　外詹光
　　　末王作梅　正旦王夫人　老旦史太君　花旦王凤姐　旦袭人

情诱　贴旦紫鹃　小生宝玉　旦袭人　丑李嬷嬷　老旦史太君
　　　正旦王夫人　副净王济仁　小旦林黛玉

醉眠　小生宝玉　旦袭人　翠旦借晴雯　另旦借探春　贴旦平儿
　　　小旦林黛玉　花旦史湘云　旦薛宝钗

焚稿　小旦林黛玉　丑傻大姐　贴旦紫鹃　旦袭人
　　　小生宝玉　副净雪雁

娶钗　贴旦紫鹃　旦李纨　丑林之孝家　副净雪雁　老旦史太君
　　　正旦王夫人　花旦王凤姐　小生宝玉　小旦借袭人
　　　生贾政　丑侯相　旦薛宝钗　贴旦莺儿

第一出　嘲　黛

【瀍陵桥】(小旦扮林黛玉上,唱)奈何奈何,鸟借一枝托,介天长日多,也不晓后路儿怎生结果,恼煞糊涂宝二哥,业已长成人,还不分你我,莫不你心儿真真个。

(坐介)哑谜宝难猜,疑团打不破。俺林黛玉,一自进得荣府,和宝玉共居与共,饮食与同,如今薛宝钗,来往梨香院,他时常就去谈笑,当此新年,不胜幽闷。正是寂寞无人来,幽闲且静坐。(小生扮宝玉上)宓妃出处从河洛,西子家居傍苧萝。天地钟灵皆在是,山清水秀人美多。俺宝玉,适才见环儿介个蠢东西,赶围棋输了几文钱,他便哭闹起来,该打呀该打,来此是潇湘馆了,不免进去。(相见介)林妹妹。(小旦)宝二哥。(相揖拜,分坐介。小生)听得说史妹妹来了,可曾到这里来么?(小旦)不曾,你从那厢来?(小生)从宝姐姐那厢来。(小旦)怪不得大半天不见你,原来有地方绊住脚了。(小生)这话奇了,难道只许同你打诨醒脾,不许到别处去?(小旦)没要紧,谁用你醒脾?一百年不到我这厢,哪个想你?(小生)呀,又恼了!

【五供养】(小旦)你是巧嘴鹦哥,是送生婆,翻正脸多,脚根常趄趔,倒像蹉偏坡,你有醒脾去处,到这里支吾作么?你那宝姐姐又会作诗,又会写字,又会说会笑,舌尖又巧妙,脾气又柔和,尽去寻伊,休来傍我。

(小生)妹妹一个大明白人,难道把远不闲亲、新不闲旧这两句话也忘了?我和你是姑舅兄妹,和他是两姨姐弟,论亲戚他比你远,我和你自小儿在一处长大,他是才来的,这等论,你是旧人,我的脾性,你是早知道的,你不常听见,大嫂嫂叫我没事忙。

【前腔】(小生)俺本性好张罗,无事事多。一位憨哥,妇人群里混。絮语赛贫婆,话言颠倒,不过是无心儿错,萧墙怎起衅,同室岂操戈,担带些儿,仍求看破。

(花旦扮史湘云上)爱哥哥,林姐姐,你们好人儿,我轻易不在介里,你们却打伙儿躲我。(小生、小旦同起介。小生)史妹妹来了,请坐。(小旦)偏是咬舌子嘴乖,二哥哥不叫二哥哥,只管爱呀爱的,回来赶围棋,又该你闹幺爱三了。(花旦)单是你,好挑小字眼,我指出一个人来,你若敢挑,我便服了你。(小旦)你说是谁?(花旦)你敢挑宝姐姐,算是硬汉。(小旦)我当是七个头八个胆,十八罗汉四大金刚,托塔的天王,举鼎的霸王,翻江倒海的老龙王,却是他,我若挑了他,他能跳在我眼儿里和瞳人一处站着?(小生)算了算了,好两位妹妹,都别说了。

【望吾乡】(花旦)快口悬河,都都一托罗,舌尖利辩通翻译,该去出关贩骆驼。我盼你嫁个咬舌子林姐夫,爱爱浑同我,那时现在眼里,南无阿弥陀,口念千声佛。

(作笑跑介,暂下。小旦)好云儿,骂得我苦。(作赶下,小生招手介)史妹妹慢跑,砌地的石块儿滑,仔细滑倒。(亦下。花旦复上,立场左,拍手笑介,小生、小旦鱼贯,小生叉手拦介)算了罢。

【古轮台】(花旦)笑呵呵,便宜今个占来多。(笑拜介)伏乞宽饶我,下遭不可。(小旦指介)云儿,我要饶了你呵,除是天鹅,能够高飞远作,也要擒来,把翅儿剁,须知手段善伏魔。(小生)渠知认错,求饶服软待如何,眼睛逼鼠,口头蜜钵,可怜饶过。(小旦)谁用你遮逻?沓儿沓,衣冠中的活老婆。(旦扮宝钗由左上,坐望见介)

【扑灯蛾】(旦)见他们合伙,见他们合伙,颦儿双脚跺,云儿抽身躲,宝玉从中作合也。(小生)宝姐姐快来,看热闹罢。(旦)你三人笑么,快些把情由说破。俺呵,老吏案经多,瞧瞧断理是如何。

(花旦)此案非小,伏乞公断。

【前腔】(花旦)为灌夫骂坐,为灌夫骂坐,范增撞斗破,药崧钻床躲,敬德挥拳发火也。淖方成便唾,周昌说期期不可,存勖叫七哥,河清一笑包阎罗。

(旦)你看史妹妹,把些古典七敛八凑归拢到一块儿,真是个快口人。(小旦)快口只管快口,就是咬舌些儿。

【尾】(小旦)口吃期期非一个,还有艾艾邓二哥,秦桧妻被岳王恨,妇人长舌皆为祸,不若云儿自扐妥。

(花旦)你打趣我,我又说出来了。(小生旦)罢罢,都不许说了。(杂扮侍婢上)老太太屋里摆饭,请三位姑娘和二爷用饭哩。(众)知道了。(杂退下)

(花旦)数语诙谐招笑嗟。

(小旦)欣然展放眉头锁。

(丑)女苏秦遇女张仪。

(小生)无祖右仍无祖左。(鱼贯下)

第二出 葬 花

【点绛唇】(小生扮宝玉上)幻梦千千,春愁万万,神疲倦,长吁短叹,恁却作怎生消遣。

(坐介)花浓鸟噪奈何天,多少萦怀口莫传。柳线系愁兜不尽,临风聊付绿杨烟。俺宝玉,衔玉降生,大母爱同至宝。惜花成癖,先天本异凡根。性不嗜书,而过目者略能成诵。情如有种,所关心者疑属夙缘。柳阴花影之人,罔非粲者。瓜葛葭莩之女,无乃仙乎。群聚芳园,花枝招展,列居绣阁,风韵飘摇。我则杂处其间,何分彼此?谁于欢哗之会,少别嫌疑,向也嗜欲未开,鲜能知味?今者知识渐广,如得其情,可卿曾梦效于飞,尚属巫山幻境,袭人乃天作之合。从知祸水真诠,尽对花娇无敢轻折,生来面腼,岂能妄干?因之餐梦踌躇,起居辗转,好不烦懑人也。(作蹙眉坐介,副净扮焙茗上)爷用茶。(小生摇首介)不用。(副净)爷为何不乐?(小生)心头闷闷,我自己也不知何故。(副净)街道上有十锦杂耍,我们去看看散闷如何?(小生)那市井玩艺儿,有甚解闷处?(副净)有一个说书的,说得是月亮滴溜溜地转,倒是热闹。(小生)月亮怎么滴溜溜的转?(副净)羊羔大战银母猪,他们都说是叫作月转。(小生)想是岳传,牛皋大战金兀术。(副净)着着着,是油炸膏大战金蜘蛛。(小生)那是鼓词,一概胡诌乱扯,有甚好听?(副净)热闹的不好听,有情趣的好不好?(小生)甚么情趣?(副净)西门庆和潘金莲,在王婆子茶坊里调情,介一套书可好?(小生)这却有趣,只是街道上听书,我不惯和那些市井人拥挤。(副净)小的到书铺买来,爷自看如何?(小生)倒也罢了,你且去买。(副净)者。(下。小生自语介)但不知西门庆潘金莲,是何等样人?怎么调起情来,须知野史稗乘,自然各有一种妙处。(副净抱书上,笑介)爷看罢。(放在案上介)买得来了。(小生)怎买得许多?(副净)小的对书铺里人说,凡情趣书我都要买,他便拿出介些来。(小生就几翻书看介)介是飞燕野史,呀妙嗏!

【混江龙】(小生)色荒飞燕,床帐亵事忒不堪,如此风情月态,恁般雨覆云翻。介是《控鹤监秘记》:武后荒淫贪接媾,六郎纵欲耐交欢。介是《杨太真外传》:香馥馥丰肥玉体,娇滴滴嫩媚红颜。偎衾倚枕风骚惯,介都是纵壑内鱼从水跃,又像是集苑里鸟向花穿。

(拍手笑介)呵呀,有趣呀,有趣。(作抱书介)待我拿到里面去看。(副净)慢着介,可了不得,若教人看见,传与太太知道,我就吃不了的兜着咧。(小生)不妨,我只拿一部《会真记》。(副净)不论会真会假,爷总要的细。(小生)我晓得。(副净下,小生持书绕场介)前面是沁芳闸,待俺越过桥去。(作过桥介)看介桃花盛开,好一派春光也,且在桃树下坐石看书便了。

【油葫芦】(小生)史汉文章万古传,不曾载情漫趣艳。只介落红花阵,何等句新鲜。呀!好大风。(当场散花片介)猛吹得一片片如同锦浪翻,乱纷纷恰似天花散,可想销恨花,胜似忘忧草一霎。沁芳闸变作武陵源。(作放书、起拾落花介)无言地下自成蹊,怜香且拾娇红瓣。(兜花抖向池介)羡煞恁落花流水尽波澜。

(小旦扮林黛玉,荷花锄挑纱囊提花帚上)你为何将介些落花抛在水内?(小生回身见介)落花满地无人扫,岂不可惜?抛向清流,不至糟蹋了。(小旦)你道这水清洁,不知流出园去,倒有人家所在,仍是不能洁净,不如把这些落花扫起,装在绢袋,送到那边畸角埋了,造个花冢,日后随土化了倒是干净。(小生)妙极了,我且帮你收拾。(小旦)石面上甚么书?(小生)中庸讲章。(小旦丢锄帚介)我便不信。(取书介)待我看来。(小生)你看不妨,好歹休教别人知道。(小旦坐石看介,小生)介真是好文章,怕你看了连饭也吃不下去的嘘。

【天下乐】(小生背介)则见她不转睛珠可也的细看,弯也么弯眉锁远山,多管是神情入了多情炫,却怎生金人口只是缄,莫不你石头心不可转,活生生地闷葫芦憋坏俺。

妹妹看完了么?(小旦)完了。(小生)你说介书好不好?(小旦)却也有趣。(小生)我就是个多愁多病身,你便是倾城倾国貌。(小旦抛书起立,作色介)你这该死的胡说。

【哪吒令】(小旦)甚愁缠病缠,你依癫卖癫,把淫编艳编,来拘咱引咱,弄花言巧言,特嘲咱戏咱,竟把我当笑谈,明欺奴是孤雁,和你去对舅母诉根源。(作欲行介,小生拦介)妹妹是我说错了,饶过我罢,我若出于有心,明儿掉在池子里,叫个癞头龟囫囵吞了,变个大乌龟,单等你受了一品夫人封诰,百岁归西,在你坟前,驮一千斤重的大石碑。(小旦笑介)呸,原来也是个银样镴枪头。(小生)哟哟哟,这可是你自己说的。

【鹊踏枝】(小生)看起来你介理就翻,专挑斥斜字眼,只许你倒四颠三,不容人一丁半点,偏也么偏,把便宜儿独占,你两本黄历应官。

(小旦)怎么两本黄历,你显弄你过目成诵,难道我就不记得几句么?(小生)罢呀,再别提介个了,正经你我把这落花埋了罢。(小旦)有理。(同作扫花介)

【寄生草】(合)花发人争羡,花飞谁见怜?(拾花介)被一阵妒花风剪,剪碎了娇红片。(盛纱囊介)有两个爱花人拣,拣起了残香瓣。(掘地介)收拾锦红霞,筑得个花京观。(埋花介)漫说扫花完却惜花心,唯有介埋花恰称怜花愿。(旦扮袭人上)有甚正经无了却,不知作么怎流连。奴袭人,(作望见介)哪里无有寻到,原来在此,老太太着人来说,大老爷不爽快,叫你去请安咧。(小生)我就去。

(旦)底事寻忙掘地泉。

(小旦)惜花收拾葬花阡。

(小生)落红不付东流水。(下,旦随下)

(小旦叹介)咳,几度春风补恨天。(内作细乐介)

【尾】（小旦）肄业奏梨园，声来自梨香院，细听得绝调喉珠一串，他唱的是只为你如花美眷，似水流年，这两句与西厢花落水流红，闲愁万种，一样的悲凉。似这等，一曲阳春胜荆楚艳，真个是和者皆难。须知道，填词家，笔也大如椽。（下）

第三出 辨 惑

（花旦扮史湘云，引贴旦翠楼上，绕场介）

【水底鱼】（花旦）花径崎岖，条枚碍步趋，炎天暑日，浃背汗沾衣，浃背汗沾衣。

（立当场介）武陵溪里草萋萋，遥见林花识旧蹊。远树依依如送客，佳人绝唱翠眉低。俺史湘云，带米绛纹石戒指，要赠袭人，且到怡红院走走。（贴旦）姑娘，怎磨这池里荷花还不开放？（花旦）时候未到。（贴旦）他们家这石榴，是怎么秧得？接连五六起，开的花，像火似的红，比咱们那个茂盛多了。（花旦）花草也同人一样。

【窣地锦裆】（花旦）姿容修养赛花枝，每在人生富贵时。譬诸草木岂差池，沃土秧花定不离。

（贴旦）若说花和人一样，我便不信，单说这石榴，楼子上起楼子，不见世上人，头上又长出个头来的。（花旦）我说你不用说话，你偏好说，叫人怎的答言？天地间是人是物，莫不本阴阳之气所生。（贴旦）介可越发闷煞人了，什么是个阴阳，我只问姑娘，阴阳是怎生个样儿？（花旦）阴阳无影无踪，不过是个气罢了。

【叨叨令】（花旦）你只顾絮叨叨一划价孩儿气，像是阳为天，介个阴便为地，阴是月，介个阳就是日，可叹你个糊涂虫，糊涂虫没些儿怜利，兀的不闷煞人也么哥，兀的不笑煞人也么哥，就让我说破唇，难醒你。

（贴旦）我可明白了，怪不得人向着日头叫太阳，那算命的，管着月亮叫太阴，想是介个理了。（花旦）着着着，阿弥陀佛，介才明白些儿了。（贴旦）姑娘。

【古风】（贴旦）听我说个比方语，比方那蝇子蚊虫小东西，它飞飞到了身上咬肉皮。又比例，又比例虫子跳蚤小虫儿，它爬，爬到了脚上龈皱泥，它们只顾拿人餐个饱，这是阴哪可也是阳呢？又像花儿开茂盛，一枝高么，一枝低，一枝低矬矬的，任着丫头随手殴。满洼草儿绽点青，小子拿刀割了去。喂驴喂马喂老牛，牲口吃了变成屎。花儿通红草儿绿，难道也有阴阳理？砖头块儿瓦儿片，丢得掠得满街满巷里，那个是阴那个阳？姑娘一一为我说端的。

【山花子】（花旦）昆虫花草皆天与，以及砖瓦儿些须。若向阳正面可知，在背阴反面无疑。（贴旦手托花旦身上戴的金麒麟问介）难道介金麒麟也有阴阳？（花旦）走兽中阴是草驴，飞禽内阳是公鸡，和你说到日平西，总是糊涂，说也多余。

　　（贴旦）凡东西都有阴阳，人也分阴阳不呢？（花旦）又胡说了，好生走罢。（贴旦）姑娘不肯说，我也明白了。（花旦）你明白何来？（贴旦）娘是阳，女儿便是阴。（花旦用手帕掩口笑介。贴旦）说的是了，不怕姑娘不笑。（花旦仍笑介）很是很是。（贴旦指介）你看蔷薇架下金晃晃是甚东西？（花旦）拾起来。（贴旦作捡起介）原来也是个金麒麟，比姑娘佩戴的还大些儿。（花旦接看介）果然，但不知是何人丢落。（小生扮宝玉上）你们在介日头地里作甚？

　　【大和佛】（小生）红日当空，可畏紧如许。主和媛，沿途说甚梯己？脚步儿懒待向前移。裴回不觅阴凉地，不怕东君火晒，香汗透罗衣，管西子眉颦，薄澣轻纱渍。（花旦）你休得迎头打趣，俺特带一点人情表赠贻。

　　（小生）敢是送我什么东西？（花旦）不是送你的，是送你家当家婆。（小生）如此我们快走。（引花、贴旦绕场，向内唤介）袭人快出来，史姑娘与你送礼来了。（旦扮袭人上）我如何敢当姑娘送礼？姑娘请坐。（花旦）有坐。（居左，小生右，旦侧分坐介，花旦袖出戒指介）这是绛纹石戒指，特来奉送。（旦接介）多谢姑娘。（花旦）有何可谢？不过是千里送鹅毛，礼轻人意重。（小生）我新近得了一件顽艺儿，妹妹看好不好。（向身寻介）呀！不好了，（介）可丢了。

　　【舞霓裳】（小生）爱物随身未尝离，未尝离，惹气丢财似昏迷，似昏迷。咳，介宗耳性真不济。（花旦）真个的，你到明儿作了官，难道把印也丢了？我是锄商大野获麟兮，不用齐宣缘木求鱼矣，有归赵完全蔺生璧。

　　（小生接金麒麟看介）好了好了，你从哪厢拾来的？（花旦）不是拾的，我新学成了大搬运。（杂扮小婢上）兴隆街雨村大爷来了，老爷叫二爷出去会呢。（小生）这等的烦气，有老爷和他坐着罢了，巴巴的会我作甚？（花旦）主雅客来勤。（小生）我也不雅，他未免来的太勤了，一年价不离乎跑来三百六十场。（起介）势利场中多俗客，字文搭里尽书痴。（下，旦）姑娘来的正好，我有一双镶云鞋，烦旁代做。（花旦）是你的？是爱哥哥的？（旦）你不用问谁的，会胜我承情就是了。

　　【红绣鞋】（花旦）你们家巧手非稀，非稀，晴雯手段出奇，出奇爱野鹜厌家鸡，图自在把人支，单好占小便宜。

　　【尾】（旦）一双鞋没甚多针黹，怎好抢奴小面皮？姑娘若是肯做，你到明儿出嫁,我也做双朱履,一般还你扪腹腨。

(花旦)你求人做针线,反到奚落我,我更不作了。

丰干怎底来饶舌,

(旦)京兆无何便画眉。(花旦引贴旦下,旦随下)

第四出 遭 谗

【新水令】(生扮贾政上)簪缨累世沐皇恩,每思量瓜绵草荫,克家唯肖子,报国即忠臣。最可虑,纨绔儿孙,辜负了教义方庭前训。

(坐介)昭烈无儿尚有孙,景升后裔犬兼豚。从来娇娘养生氛子,客到防题凤字门。俺贾政,工部分曹,官清如水,书房养性,客全如云。虽然有些应酬,却也无甚烦苦,适才雨村到来邀宝玉出会,俺见他应对如流,未免暗喜,只是不好读书,教人介意。(副末扮家人上,半跪介)禀爷,忠顺王府长府官牟亥要见。(生)何事要见,且请进来。(副末向内介)请牟爷。(净扮牟亥引杂扮小厮上,净)凭俺舌锋三尺剑,管他气晦半天尘。贾老先生可在?(生迎见介)牟大人。(相揖介)请坐。(净左、生右,分坐介,副末递茶,茶罢敛杯介,净)无事不敢轻造潭府,我们府下有个扮小旦角色的名唤琪官,最是王爷得意的戏子,无端逃走,王赫斯怒。

【步步娇】(净)一片声扬追逃遁。勒限三天,紧分头四下寻。道路喧传,都说衔玉而生的那位公郎百计相勾引,尊府不同别处,怎好便搜人,祈忙放出休隐瞒。(生变色介)唤宝玉。(副末)哈。(下,即引小生上)二爷到。(生)畜生你如何将忠顺王爷驾前承奉的琪官引诱了出来,从实说。(小生)什么奇官奇私,孩儿不知。(净)公子不必遮饰,或藏在府内或知其下落,望早说明,省我们少受些巡逻辛苦,岂不感念公子的德行。(小生)大人。

【折桂令】(小生)凭空价误听风闻,是哪个捏造谣言,血口喷人?并不是张俭逃亡,孔融隐匿,党祸临门,切不可捕风捉影,也须得彻底刨根。俺呵,惴惴微忱,学诗礼遵依庭训,怎敢败坏家声玷辱斯文?

(净)若要人不知,除非己莫为。尊严大人当面,必得教俺说了出来。

【江儿水】(净)鸟过须留影,风声定有因。俺凿空没个张骞本,若无把据为凭信,徒将空口谁承认?琪官腰间物什怎得落在公子之手?现有腰巾难混,报李投桃,怎说和他没甚?

(生)畜生还不实说!(小生抖介)

【雁儿落】(小生)你既然投缟带晓得真,却为何迁乔木知不准?闻他在紫檀堡择里仁,这都是薛文龙传荒信。

(净立介)多谢你吐实情、指迷津,省的俺违限期、担处分。我着就是罢了,若还不见再来请教。(向生举手介)告辞了。(生)奉送。(净)请了。(下,小生暗下。生)可恼嚛可恼,跨小旦就该打千百顿,介畜生不成材一万分,期心他已经把将来阴鹭损,瞒亲,他怎能把义方家教遵,把义方家教遵。(丑扮贾环跑上。生)这是环儿,奴才你风的,如同野马一般跑些甚的。(丑跪介)孩儿本不愿跑,只因过井害怕故跑了过来。(生)过井有甚怕处?(丑)昨日宝玉哥哥调戏金钏被太太看破,金钏就羞投井,那尸骸好不难看嚛。

【侥侥令】(丑)溺人惊破胆,过井尚担心,恨不能飞躲过才安稳。因此步难停效骏奔。

(生)哼,去罢。(丑起咬指下,生)介畜生竟是逼出人命来了。(转入坐介,喝命介)快拿宝玉来,快拿宝玉来。(杂扮四小厮上,分立介,副末)哈。(搓手向内介)二爷快来。(小生上,生)取大板来。(杂取板介,生)按倒这畜生着实打。(小生跪倒介)父亲饶过孩儿罢。(生)挞挞挞!(副末引四杂跪,介)老爷息怒。(生)有为畜生求饶者,一例臭打,还不起去,与我打来?(副末)是。(众起介,三杂按小生,一杂打介,副末背介)畜生。

【收江南】(生)直恁般习下流不肖呵,玷污了我家门。不能够光宗耀祖平步青云,却缘何丢德丧行辱先人?贾政贾政的祖宗呀!你堂堂旧勋,你堂堂旧勋,怎积下不茛不莠的儿孙。

(小生滚地哭介,外扮詹光、末扮王作梅同上,劝介)老先生请息怒,只顾一时气愤,倘然打坏,后悔便迟了。(生)詹子亮、王尔调你们如何晓得?

【前腔】(生)俺怎容惹是非孽障呵,情愿价绝后昆。他竟敢狐朋狗党合成群,俺如今抛恩断义灭天伦,不存留祸根,不存留祸根,管教汝。

(打介)魂飞魄散见阎君。(外、末面面相,外)老先生盛怒之下,怕公子吃了大亏,快觅人去请夫人出来才好。(末)有理。(向杂介)你快说与听事的老妈儿传禀夫人知道。(杂应下,正旦扮王夫人应急上,贴旦扮丫鬟随上,小生作昏倒介,正旦坐地抱小生哭介)呵呀,竟是打死了。

【园林好】(正旦)我已经年逾五旬只落得丝延一根,岂料中途命殒,我那苦命的儿喇,抛的我好苦。你慢走,等慈亲!你慢走,等慈亲!

（生挺坐椅上，闭眼仰面长吁介，外末四杂分下，小生呻吟介）哎哟呦。（贴旦）太太休哭，二爷醒过来了。（正旦）呀，娇儿醒，娇儿醒来。

【前腔】（正旦）你读书不知用心，你糊涂焉能惹人？你死何关要紧？若有珠儿在世，漫说死你一个，就是十个八个我也舍得了你，痛孤木不成林，孤木不成林。

（老旦扮史太君拄杖，二杂扮丫鬟扶上，花旦王凤姐、旦袭人随上。二杂）老太太出来了。（生起鞠躬迎介）母亲大人暑热天怎亲自走出来？

【沽美酒】（老旦）听报来摘我心，听报来摘我心！

（见小生介）噫，打半死果然真，是哪个背地逸言嚼舌根，葬送俺小娇孙，倾害俺老年身。

（生）母亲不知这小畜生交通戏子，逼死丫鬟，败坏门风，岂不道姑息养奸，也须得与他些家教。（老旦）他小小毛孩懂甚，我姑息糊涂搅混，你明白该当毒很？岂不道虎不食子，你心狠毒过于猛兽了。（生）母亲，凡事情有得已不得已，春秋时卫石碏大义灭亲，曾杀其子石厚，君子称为纯臣。（老旦）我是个草木之人，不懂得唇喷口喷、腺文臭文，打得他细皮嫩肉糜烂也忍。（生）母亲不须着急，孩儿训教他成人，也只为光宗耀祖。（老旦）你说为光宗耀祖，当初你父亲在日也曾下这般毒手教训你来。（生扶老旦坐下介）母亲且请坐了。（老旦哭介）娇生惯养的孙儿，不知被甚人架是非，倾得你苦，痛死生老身了。（正旦哭介）呵呀，不争气的儿喇，连累祖母高年抱痛。（老旦）媳妇你也不用哭了，如今宝玉年小你知疼他，怕他将来长大成人，作官为宦，未尝知道疼你是他母亲了。（吩咐介）丫头你们快收拾行李，吩咐外厢打点轿子车马，我带了宝玉一回南京老家去，离了他们有家教的眼皮。（生躬俯首介）母亲如此说，使孩儿无容身之地了。

【清江引】（老旦）纵然管教，何须凭？又非干例禁，无偷同舍金，没失皇家印，为什么打贼般介一顿。

凤姐儿袭人，（花旦、旦）在。（老旦）吩咐丫头们，将宝玉抬往怡红院好生调养。（花旦、旦）遵命。（丫鬟作欲抬介，花旦）糊涂东西，也不睁眼看看，这般样儿如何搀扶走得的，还不快去把藤屉子春凳抬了来，服侍二爷安稳么。（丫鬟抬春凳上，扶小生介，旦引众抬下）

（老旦）天真烂漫鸟依人，怎怪怜同掌上珍。

（正旦）瓜熟黄台难再摘。（同花旦扶老旦下）

（生）谁知责善触娘嗔。（各下）

第五出　情　诱

【鹊桥仙】（贴旦扮紫鹃持针黹上）逭寻活计，凭般时候得点工夫。

（坐介）刺绣（缝介）穿针引线尽缝绸，停不住纤纤素手。银汉天涯隔女牛，傍人常替古人忧。倩红始遂莺娘愿，到底张生有福头。俺紫鹃，豫先侍奉太君，自林姑娘进府以来，便分房服役。且喜姑娘青目，待俺甚好。只是她多愁多病，意有所属，俺也不好说出来。此时趁她歇中觉，且在这廊檐下作些针黹则个。（作针黹）（介小生扮宝玉上）张生不病莺莺病，勉强无愁越越愁。俺宝玉，林妹妹有些喘嗽，待俺去看。（见贴旦介）你原来在这厢作针线，你家姑娘在哪里？（贴旦）歇晌儿呢！（小生）说有些咳嗽，好了吗？（贴旦）好了。（小生合手介）阿弥陀佛，能可好了罢。（贴旦）学生念佛，真是新闻。（小生手按贴旦背介）你这点薄袄夹背心儿，如何遮得风嘘。

【解三酲】（小生）你穿衣恁般薄厚，怎挡起阵阵风窜，像我们作男儿的冻着还咳嗽，况你们作女子的冷了鼻嚏流。介时气乍寒乍热不能正，怕的是生病生灾难自由。停针绣，你别在穿廊底下过道风头。

（挨贴旦坐介，贴旦立起介）咱们往后都三年大二年小的了，怎么只管涎皮赖脸啰唣人。

【前腔】（贴旦）女和男不亲授受，四书话岂是胡诌？你不该望女儿价，来贴皮沾肉，总不改那孩子气，尽上脸扑头，绝没个端方郑重书生派。一划的古怪刁钻挑达猴，嫌疑剖，快把那顽皮毛病一笔消勾。

（小生）是了。介一辈子再也不挨你坐了。（作低头纳闷介）（贴旦）你不用生气，我劝你是好意。（小生）什么好意？（贴旦）我们常在一处亲热闹惯了，到明年我们走了，心儿里热突突地全不好受，不如预先冷淡些儿也好。（小生）谁们哪里走？（贴旦）老太太教我侍奉我们姑娘，姑娘回家我能不跟了走？（小生）回哪个家？（贴旦）苏州老家。（小生）你又白话了，我们姑母姑丈俱已下世，她回家投谁？

（贴旦）愕愕愕。

【太师引】（贴旦）没由来怎把人看陋，难说她尽在闺门不出头，已经的长身大袖，早该订凤侣鸳俦。她叔伯族间皆有代主婚，谁不能够？已经有书明年来接,焉能久?延迟怎过秋,就让是太君不舍也难留。

（小生怎叹介）噫！（作发呆介,旦扮袭人上）又怎的发起呆来,回房去罢！（小生不语介,贴旦笑介）把个人闷坏了,你快同他去罢,哈哈哈。（笑下,旦）这是怎说？（当场设床帐介,旦扶小生绕场介）走罢！

【前腔】（小生）水浇头把俺心冷透,不承望永远天河隔女牛。为什么车翻道右,因甚的船覆河沟。大抵是风来忒骤,不如意十常八九。真难受！今番性命休,细想是生离死别一般愁。

（旦）你自言自语说些什么？（扶小生入帐睡介,小生闭眼介,旦）呀,不好了,看他迷昏眼阵,满脸汗流,怎么办？（喊介）李奶奶快来！

（丑扮李嬷嬷上）怎么样？（旦）你老人家快来看他眉眼不睁,手脚发冷,叫是怎的了？（丑）待我来看。（就摸小生脉介）呀,可罢了我了。

【夜游湖】（丑）哭一声心肝儿肉,令俺三行噗两泪交流。

（旦）到底是好是不好,你老人家怎么只顾哭起来了？（丑）等我哭罢额再说,不要拦我的兴头。（哭介）哎哟,我那会吃饱乳的干儿子喇,我白白地恩养了你一场呀！（旦）你老人家经多见广,才寻了来,替我们长些胆量,倒被你哭的没主意了。（丑）他不中用了,我为何不哭？（旦向内介）丫头们,快去请老太太、太太来看,切不可大惊小怪。（内应介,老旦扮史太君拄杖,二杂扮侍女扶上,正旦扮王夫人随上。老旦）宝玉,宝玉。（小生不语介。老旦）呀,他不应如何是好？（坐左旁介,丑）老婆子禀上老太太,哥儿想是撞见祟火了,觅个师婆来送送祟罢。（老旦）且慢,袭人过来。（旦）在。（老旦）他这病因何而得？（旦）方才好好的,在那厢和紫鹃说了几句话,奴才请他回来,就这等不醒人事了。（老旦）如此快唤紫鹃来。（旦）是。（内向介）唤紫鹃。（贴旦上,叩头介）紫鹃请老太太安。（老旦）起去。（介）你和宝玉说些甚的来？（贴旦）不曾多说,只说我们姑娘呵。

【铧锹儿】（贴旦）在京华住久,岂不字十年贞守,早晚的当出绣阁返嫁苏州。笑谈间讲究,别没原由,他便眉也皱,汗也流,是奴家言差谬,饶舌情甘任咎。

（丑）哥儿和林姑娘从小儿在一处长大的,说一个走,他是个心实的人,怎么不热刺刺地,这一定是场急病了,叫个医生来,保管一剂缓药就好了。（老旦）病名药名哪个有缓急二字。（向贴旦介）紫鹃。

【前腔】（老旦）在吾家已旧,我见你心儿怜透,知个天真烂漫,水性和流,怎将无作有？哂信磨头,介疾怎瘳？药怎投？快把言分剖,你惹仍须你救。

（贴旦）是。（登床附小生耳）二爷，我们姑娘不回苏州，是我唬你哩。（小生猛起坐介）真个不走么？（贴旦）不走了。（众）好了，好了！

【前腔】（小生）幸真真不走，赖我佛空中保佑。（合手介）俺这里南无念诵，合掌祈求。那十锦橱子上是什么东西？

（旦）西洋自行船。（小生）呀，不好。林家到底接来了，顺着长江溜泛彼轻舟。（正旦）那是你小时候的玩意儿，袭人取来与他看。（旦）是。（取小船递小生介，小生藏过介）我将这船藏了，她可去不成了。（杂禀介）禀上老太太，林大娘要进来看二爷。（老旦）不用说与他，快打发人去请王太医。

（杂应下，小生）可不是林家来了么，介便怎好？（老旦）是林之孝，我们家内总管，你忘了吗？（小生）凭他是谁，不许姓林嘘！臊似狗，蠢似牛，算甚林家后？除却林妹妹，介姓何容再有。

（老旦）你说的是，以后凡姓林的都教他们改了？（小生复卧介，杂复上）请得王太医到了。（老旦）媳妇退后，单留紫鹃侍奉。（正旦）遵命。（引旦下，老旦）请太医。（丑向内介）太医有请。（副净扮王济仁上）来了。（揖介）太君在上，晚生王济仁拜揖。（老旦欠身介）免礼，请坐。快与小孙诊脉。（副净）是是是。（就坐诊脉介，贴旦垂首介，副净）禀上太君，世兄之症乃是痰迷心窍，古人云痰迷有别，有气血亏弱，饮食不能镕化而迷者，有怒恼中痰急而迷者，有急痛时壅塞而迷者，此系急痛所致，较诸痰迷似轻。（老旦）谁听你背药书，我只问这病怕也不怕？（副净）不妨不妨，都在晚生身上。（老旦）既如此请到外面开方，治好了，准备上等谢礼，还令小孙亲身去叩谢。

（副净）不敢。（老旦）若耽误了，提防拆你们太医院大堂。（副净俯首介）不敢不敢。（丑）我们老太太取笑你，你说不敢，比我老婆子还糊涂，充得什么医生？（副净）我是乍到这厢，不觉一梦。（丑）若到那厢，你更当梦几梦。（老旦笑介）哈哈哈。（贴旦微笑介，副净下，老旦）将宝玉搀进里间伺候服药。（贴旦）是。（扶小生下，二杂扶老旦下，丑随下）

（小旦扮林黛玉上）乍闻他患病又令我凄愁。（坐介）俺黛玉，紫鹃一去不见回来，好教俺放心不下。（贴旦上）姑娘还不曾歇吗？（小旦）不曾。那个病人怎样？（贴旦）好了，难得宝玉一片实心，我特用假话试他，说姑娘早晚回南，他便认真急出病来。

【入破】（贴旦）听得说走，他竟自像疯魔神魂不守，介才看透一片真情漏，并非虚谬,他呵,外面虽装傻,内里纯藏秀,似恁表兄妹,正好婚姻就。

(小旦啐介)呀啐,还不回避了,在介里嚼甚蛆,女孩儿家乱说白道。

(贴旦)非俺多言乱口。(小旦)一点羞耻也不顾。(贴旦)也非皮酣脸厚,你岂同那些时年幼?姻缘合凑,尚兀自含甚臊,趁着老夫人高年大寿,若不早亲订及时,怕将来悔生于后,倘有差池归怨偶。纵然公子王孙,有正行的能有多少?或眠花卧柳,或是迎新弃旧,折磨谁咎?可怜那时节,苦吟白头,泪淹红袖,对望夫石怎生消受?(小旦)这丫头今儿可疯了。

【下山虎】(贴旦)非奴在疚,替你担忧。宝玉是现成佳偶,实在好逑。况妗母作姑嫜,舅父为翁舅,一定爱女甥、爱儿妻,格外恩加厚也。俺介话不知真是否,且请细体究,不自早求,怕是遭难在后头。

(小旦)不须多言各自去罢。(贴旦)是(下)

【前腔】(小旦)说来入彀,意自相投。不觉得柳眉频皱,杏眼泪流。暂借一枝栖,知道难长久,那是老子亲热娘慈,知爱心头肉也。只俺这病缠腰越瘦,怎样是了手。暗地里愁难道,莲花不并头。紫鹃哪紫鹃,

【尾】你只顾白话说空口,俺心中似火浇油,你非月下老,怎得赤绳儿?(踌躇下)

第六出 醉　　眠

【西地锦】(小生扮宝玉衣冠上)拜罢威灵祖像,连拜大母爷娘,该行礼处挨门让,笑生日却添忙。

(坐介)无觉无知又一霜,年年生日百花香。寿星自古人称老,哪有青春白面郎。俺宝玉,今天生日各处行礼回来,觉得乏了,我且歇上一歇。(旦扮袭人上)禀二爷,先是二姑娘、四姑娘,紧接着就是环三爷、兰少爷,还有奶子抱着巧姐儿都来给你拜生日。太太曾吩咐不许年轻人受礼,我所以替你都辞了。(小生)很好,很好。(丑、副净、众杂扮老妈、丫头六七人,抱红毡上)宝二爷快预备长寿面,我们吃拜寿的挤破门了。(小生起介)罢罢罢,你们费心倒没的折我福寿,免了吧!(众)我们来做甚,难道连个礼儿不行?(小生)你们屈膝,我也得弯腰,介是何苦!(众)恭敬不如从命,我们就净等吃面了。(小生)请罢,请罢。(众笑下,翠旦借扮晴雯。引另旦借扮探春上,翠)三姑娘拜寿来了。(另)二哥哥请上,容妹妹拜。(小生)好妹妹可是不拜的。(旦)太太吩咐不教他受拜姑娘,免劳罢。

（翠）不拜也使得，现时姑娘当家，吩咐把酒席预备丰盛些折准了罢。（另）你倒巧，我借着太太的钱买的不磕头，倒是便宜。（翠）顿首不如谨具。（小生）妹妹请坐。（小生左、另右分坐介，贴旦扮平儿上）宝二爷在家么？（小生起迎介）你好人儿，我方才到凤姐姐门上，打发人进去连你一齐让，怎的不见我。（贴旦）我正替我们奶奶梳头，你见了可怎么着呢，又让我，我哪里当得起，请上罢。（小生）我也是当不起。（贴旦）我不同别人，一定要拜的。（拜介，小生）袭人快搀了。（旦扶贴旦介，小生揖介）不敢当不敢当。（旦推小生介）你再作揖。（小生愕然介）已经完了，怎么又作揖？（旦）她与你拜寿，你也该与她拜寿。（小生）这就奇了，我是生日她又不生日。（旦）她生日也是今儿。（小生）诺诺诺。（揖介，贴旦拜介，翠）我倒不理会今天寿公寿母成了对了。

（贴旦）好晴雯，又使巧儿呢！（小生）别还口，今儿是咱们好日子，让她些儿。（另）我也不知道你生日也是今儿，如此酒席要双上。（小生）大家请坐。（仍左、另、贴旦右坐介，小旦扮林黛玉，花旦扮史湘云同上，二杂扮丫鬟随上）

【前腔】（小旦、花旦合）弱柳腰围两两，娇花面貌双双。趋阶携手飘然上来，介寿快飞觞。

二哥哥，我们拜生日来了。（众起相见介，小生）介可实在不敢当，请坐了罢。（小旦花旦同拜手，小生揖介小花，另贴四旦左，小生右分坐介，花旦）今日是你好日子，有甚好酒席请客。（小生）三妹妹已经吩咐下去了，袭人摆开座位。（旦）是。（另）慢着，这里不方便，不如红香圃宽敞，刻意畅饮。（小生）有理，袭人看家，我们一同前去。（旦）是。（另）请到红香圃。（众）请。（旦暗下，众半绕场，仍前分坐介，小生）快请宝姐姐来。（杂应下，旦改装扮宝钗，随杂上，杂）薛姑娘来了。（众起介）席尊到了。（旦）奴家怎敢。（小生）摆开筵席。（杂应介，丑、副净扮侍婢上场，左右设两几筵介，小生）今日该是宝姐姐、林妹妹、史妹妹三人上坐。（花旦）爱哥哥。

【狮子序】（花旦）休尽让，且商量，岂等闲坐次，随心不妨。岂寻常会饮，序齿该当，只论年纪儿少长。这的是祝生日，庆寿星，进霞觞，蟠桃会享，自应是宝哥平姐上坐双双。

（贴旦）三位姑娘在我们家是客，还是请上座的是。（旦、小旦）史妹妹讲得有理。（另）姐姐们请坐了罢，闹什么假斯文，装出那酸秀才腔儿。（旦、小旦、花旦）如此有劳了。（旦、花旦左旁、小旦右旁上坐，贴旦、小生陪左，另、翠陪右坐介，

丑、副净、二杂斟酒，众饮介）

【太平歌】（合唱）坐花开琼宴，酌酒转觥觚。酒过三巡遵礼让，觥筹交错心花畅。容颜掩映桃花放，恁一番脂营粉阵鬓云香，满座簇红妆。

（小生）雅坐无趣，须得行个令儿才好。（贴旦）猜枚。（小生）闷得慌。（花旦）拇战。（小生）又不雅。（另）射覆。（小生）也不爽快。

（花旦）有了，酒面要一句古文起，中用一句旧诗，一句骨牌名，一句曲牌名，要一句时宪书上的话煞尾，五句凑成一件事。酒底要关人事的果菜名，说不出罚三大杯。（小旦）单是他的令礧磕，却也有些意思儿，如此你先说。

（花旦）奔腾烹湃，江间波浪兼天涌，须要铁锁揽孤舟，既遇着一江风不宜出行。

（众）介一串子实在有趣，快说酒底。（花旦用箸夹鸭头介）这鸭头不是那丫头，头上有那桂花油。（翠）姑娘会开心，拿着我们取笑，该罚一杯。（花旦笑介）认罚。（饮介，翠）以后不要酒底，单说酒面罢。

（花旦）依你，该爱哥哥了。（小生作想介，旦催介）快说来。（小生）谁行过这样令，也等想一想。

（小旦）让我先说。落霞与孤鹜齐飞，风急江天过雁哀，却是一只折脚雁，叫的人九回肠，这是鸿雁来宾。

（小生）我也有了。尽态极妍春日，凝妆上翠楼，见个探花，不满三十，越看越恁好，宜结婚姻。

（旦）太不雅训，也该罚一杯。（小生）认罚。（饮介）我另说一个如何？（众）说来。

（小生）山行六七里，关塞萧条行路难，过了九溪十八洞，才知道不是路，有谁平治道涂。

（旦）曲眉丰颊，沉香亭北倚阑干，七红沉醉杨妃，搜出一支红绣鞋，仍命高力士捕捉。

（小旦）本身说法。（旦）颦儿乱说，梗令，该罚。（小旦笑介）杨太真体胖，你也体胖，胖人专好说胖子，我说甚歹话来。（众笑介，另）免罚一次，听我说。一士谔谔，日绕龙鳞识圣颜，既明晓三纲五常，每逢朝天子，宜上表章。（翠）阳春烟景，桃花历乱李花香，有二士入桃园，赏花时，正当清明三月节。

（贴旦）我不会说，云姑娘代倩了罢。（花旦）如此你先饮一杯。（贴旦）从命。

（饮介，花旦）会桃李之芳园，醉折花枝当酒筹，掐了左一枝花，右一枝花。（作不语介）

（小旦）没说完，还有时宪书一句呢！（花旦）有。那一年大约是闰三月。（众笑介，旦、另合）好，这更巧得很。（花旦）告便。（小旦）你出的令，先自梗令，该罚。（花旦）告便怎算是梗令。（小生）人有便不能不便，请便请便。（花旦下，小生）这个令好，我们接着行，该林妹妹了。（小旦）有。夕阳在山，贾客船随返照来，载得碎米粟，寻经纪鲍老催，交易纳财。（小生）天雨墙坏，密雨斜侵薜荔墙，偏查二十四气，腹内卜算子，偏又不宜动土。（旦）方夜读书，中宵能得几时睡，斯时昼夜停，直读到五更转，宜入学。（另）驾一叶之扁舟，大半生涯在钓船，钓得顺水鱼儿，忙去沽美酒，宜会亲友。（小生）史妹妹出去，恁大工夫，不见回来，我们该去寻他。（众）有理。（鱼贯下，花旦上，作踉跄行介）

【赏宫花】（花旦）红颜醉妆，饮醇醪未及防。罚依金谷数，耻作玉山僵。纵勉强真难胜酒力，怎支持且自趁风凉。此处有一石凳待俺歇息。

（作卧石凳介，当场散芍药介，落花旦遍身满面介，小生上）呀！

【降黄龙】（小生）芬芳掩映红妆，醉态酣容娇模媚样，你看芍药花埋蜂恣蝶恋，遍体生香。你们都来看噱！

（旦、小旦、另旦引丑副净二杂上）怎么？（小生）史妹妹睡在这石登上，被芍药花落了通身满脸，实在好看。（旦、小旦）待我们扶她起来。（小生）休慌，猛然惊动，怕余酣上撞，倒不如徐徐唤醒自起安详。（旦）宝兄弟说的是。（唤介）云妹妹醒来。（花旦闭目作醉语介）泉香酒洌醉扶扫，宜会亲友。（小旦、另同笑介）她还忘不了酒令呢！快醒醒罢，怕石头上睡出病来。

【大胜乐】（花旦起坐介）启秋波自愧荒唐，落瓣遮身。（抖介）抖擞衣裳乍抬头，（立介）只觉乌云晃。

（另）丫头们扶了云姑娘。（丑、副净扶介，花旦）难自走，赖人帮，今日个贪杯醉倒惭逃坐，准备着带酒扶归惹话长。（另）传与监厨柳嫂，快预备沐盆、净水、解酒鲜汤。（丑、副净扶花旦下）（另）花圃锦簇绮筵张。（旦）最美今朝酒令强。（小旦）偏是令官为酒困。（小生）重新继烛再飞觞。（旦、小旦、另旦、二杂、小生鱼贯下）

第七出　焚　稿

【集贤宾】（小旦扮林黛玉上）弱柳儿风吹几欲倒，嫩蕊儿雨过红消。那禁得愁紫病绕,常兀自泪滚珠抛。俺林黛玉,那宝玉失落了通灵宝玉,竟自疯魔了,俺且去看。来此是沁芳桥,那山石背后,正是当日葬花所在。每商量花窟刨深,破工夫花冢埋高。他和俺惜花心,分明两两照,到如今事往情遥,每想起当时春色烂,抵得过夹岸的武陵桃。

（内哭介,小旦）什么人哭泣？

【逍遥乐】（小旦）是何人哭叫？有甚情私,偷来泪落。

（丑扮傻大姐哭上）呜呜呜。（小旦）愕,俺则见胖大粗腰,在那厢似狮吼狼嚎,是一个蠢不刺沙赤脚曹,俺待要问额真情的确。（向丑介）你因何委曲,有甚烦难,竟恁啼号？（丑）姑娘容禀,俺珍珠姐姐呵。

【上京马】（丑）她把俺脸皮腮颊一齐敲,她骂俺嘴大舌长娼妇小。

（小旦）你说甚的来,她竟打骂你。（丑）俺并不曾说甚歹话,只说宝姑娘今成了宝二奶奶了,呼奶奶唤姑娘一字包,总不离宝字分毫,介洞房可可地变作了宝贝窑。

【梧叶儿】（小旦）呀,好教俺小鹿儿心头跳,又一似冷水儿面上浇。那些个尽是白饶,怪不得近日里不瞅睬,热心肠大概都冷落。洗净眼,且观瞧,任你每双双渡鹊桥。

（呆立出神介,贴旦扮紫鹃上）姑娘因甚气色不正,傻大姐你说些甚么来,惹我们姑娘这般气苦？（丑）我何尝惹着姑娘,我说宝姑娘做了宝二奶奶了,与姑娘什么相干。一个人时运不济,啐了点唾沫便成燎泡。了不得,了不得。（下,小旦作欲行介。贴旦）姑娘要向哪里去？（小旦）我去问问宝玉。

（贴旦）问他何来？（小旦）不用你管。（贴旦）姑娘看仔细,待奴扶了走。（扶小旦半绕场介,小旦内向介）宝二爷在哪里？（旦扮袭人,扶小生宝玉病装上,小旦）你因甚病了？（小生）我为妹妹害病。（贴旦、旦相顾失色介）

【醋葫芦】（小旦）你一心都是假,俺双睛全是眇。那承望双文枉自夜香烧,竟把人来错认了,将一个画饼儿,怎整吞求饱,从此后镜花水月一笔勾销。

（小生、小旦对面呆视介,贴旦）姑娘。

【幺篇】（贴旦）一划地神气儿恍么惚,话头儿颠么倒,软丢答贵体禀来娇,劝娘行珍重千金加意保,那是你冰山可靠,为什么轻生灭性,满腹楚离骚。

（旦）姑娘话语支离,紫鹃妹妹快扶了去罢。（贴旦）姑娘回去了罢。

（小旦）我也快回去了。（转身介,旦扶小生下,当场设床帐介,贴旦随小旦绕

场介)

【金菊香】(小旦)脚步儿凫趋鱼跃,自觉着胁旁插翅体轻飘。这走险如夷,哪管步低高,咳,恁关关一片鸟声儿让彼叫。

(副净扮雪雁上)姑娘回来了么?(贴旦)阿弥陀佛,可到家了。(小旦色变做欲倒介)嗳哟,(贴旦、副净同扶介)姑娘怎么样了?(小旦)热突突腹内如烧。(作呕血介)见呕出痰红血紫,一阵价梦魂销。

(作垂首闭眼不语介,贴旦)呀,不好,竟是昏去了。(副、贴合)姑娘苏醒。(扶上床介,贴、副哭介)姑娘呀!(小旦睁眼介)你们因甚哭起来。(贴旦)姑娘从宝二爷那厢回来,吐了一口血竟昏倒了,教奴不得主意。(小旦)扶我起来。(贴旦)是。(同副净扶起坐介,小旦)紫鹃妹妹,自从老太太派了你来,与俺相处几年,形影相依、心意相投,曾没半点差池,就同亲姐妹一般。(贴旦拭泪介)

【柳叶儿】(小旦哭介)可叹奴孤零零浮萍野草,冷清清只孤雁苗,眼巴巴麋瞻依没个爷娘靠,纵是你肯热肠当俺作同胞,担不起病缠身,把你委曲心空操。

(贴旦)姑娘善养罢。(小旦)雪雁取我手帕来。(副净)有。(取帕递介,小旦)要上面有字的。(副净)是。(另递介,小旦接看介)再取诗稿来。(贴旦)姑娘才缓过些儿,只怕劳神,改日再看罢。(小旦)取来。(副净取书递介,小旦接看介)笼起火来。(贴旦)姑娘躺好了,多多盖上几件,只怕着了炭气,又咳嗽起来。(小旦摇首介,贴旦)雪雁,依着姑娘,快拿火盆来。(副净取火盆当场放介,小旦)近前些。(副净)是。(向前挪介,小旦)扶我来。(贴旦)怎么姑娘向火么?(小旦点头介,贴、副同扶小旦置帕诗稿于火介,贴旦)姑娘这是怎么说?

(小旦退坐床介)

【浪里来】(小旦)俺把这一行行积年的耗血条,俺把这一句句催命的题红稿,眼见化成灰烬火烟高。想当日火焚书,慢议那秦皇无道,留著作何非混闹,凡字文臭腐,一例尽该烧。

【高过随调煞】况且俺女孩家写情诗传人间招讪笑,把笔墨化灰尘不令外人瞧。介才把红尘看破了,任莫愁魂一往价乐逍遥。惜甚么青春年少,俺转恨投生世界,多余走这一遭。

(复作呕血介,贴旦)雪雁姑娘,这病有些不祥,快请大奶奶来看。(副净应下)(贴旦)织女牵牛合渡桥,

　　　　银河咫尺隔天涯。

系绳月老偏多舛,

耽误香闺命一条。(扶小旦下)

第八出 娶 钗

【引】(贴旦扮紫鹃哭上)哭得眉膀眼肿,尚兀自泪滚珠零,病入膏肓难救醒,果是红颜薄命。

俺家姑娘自从焚了诗稿,眼也不睁,只有出的气儿,并无入的气儿,眼见不中用了。(坐椅上伏首哭介)呜呜呜。(副净扮雪雁暗上,拭泪介,旦扮李纨引杂婢上)

【引秋蕊香】(旦)陡见灾沉病重,眼见的少吉凶多,姊妹相依入傍影,怎不唇忘齿冷?

(唤介)紫鹃,紫鹃。(贴旦不应,哭介)呜呜呜。(旦)傻丫头,这是甚的时候,你只顾哭,还不快拿衣裳替姑娘换了,难道教他女孩家精着来,光着去吗?(贴旦大痛介)哎呀,姑娘呀!(旦拭泪介)叫你把我的心都哭乱了。

【忒忒令】(旦)惹得人眼泪纵横,哭的俺心头酸痛。好孩子,姑娘后事要紧,衣裳在笥,快去拿来用,倘耽误了不成,纵悲伤也不中,后悔将来怕更。

(丑扮林之孝家上)紫鹃姑娘,二奶奶立等唤你就去。(贴旦猛起拭泪介)林大娘你性忒急了。

【尹令】(贴旦)她气息还无断送,俺左右仍须侍奉,你呼唤合该方命,勿庸颁逐客令,少侍玉女香埋,不必来催,便各自行。

(丑)我不过是个来人,传的是你二奶奶命,怎么把话来搡我?(旦)你别恼她说,本来林姑娘病在危急,诸事备她,她怎脱得开身?(丑附旦耳语介,旦)如此打发雪雁前去。(丑)这使得么?(旦)你对二奶奶去说,就说是我的主意。(丑)遵命。(向副净介)雪姑娘随我来。(副净哭应介,随丑下。旦)快取衣衾,打点姑娘则个。(贴旦哭下。旦)可怜哪,可怜。(引杂下)(老旦扮史太君挂杖,四杂扮侍婢扶上,老旦)儿子迁官,孙娶妇,双双喜事到门庭。(坐介,正旦扮王夫人、花旦扮王凤姐上,侍立介,老旦)老身史氏,我孩儿荷蒙圣眷,出任江西粮道,不日起程,只是宝玉失了通灵玉,心神恍惚,亏得凤姐儿善于调停,宝玉宝钗遂得过庚作合,为此急谋花烛喜事,一冲或可平复。(向花旦介)凤姐儿,悬红挂彩,鼓吹花轿,灯笼火把,坐床撒幔,一切应须礼数,可曾预备了?(花旦)预备整齐,待唤得紫鹃来,便要行礼。(老旦)唤紫鹃作甚?(花旦)俺曾试探宝兄弟,说与他娶林妹妹,他便欢天喜地,魔症好去八九分,故此用紫鹃搀扶新妇,显不出是宝妹妹来,作个偷梁换柱的法儿。

【品令】(老旦)须知下水阙地蘧子冯,还如阿鄄孙膑假装疯,陈儿齐女两个皆情种,恁莲花厮并,且遮遮藏藏护弄,因此借个映身,预备移山觅情红。

(丑引副净上)禀上二奶奶,大奶奶说林姑娘危在旦夕,紫鹃不得闲,教奴才领得雪雁来了。(花旦)雪雁却也使得。

【豆叶黄】(老旦)呀,这孩儿意恁闺怨题红,只落得谷变虫飞。却因为孩提玉弄,风山蛊症,和缓无功,把一片热心儿冰冷,热心儿冰冷,短折之凶,辜负俺恩如山重。

(花旦)祖母不必牢骚,宝兄弟花烛之事要紧,请到前庭观礼。(老旦)有理。(众扶下,花旦)林妈妈盼咐外厢齐备,迎娶新人过门。

(丑)晓得。(下,正旦)袄朝玉环齐女孽。(下,花旦)洞房花烛伏郎赓。(引副净下,小生扮宝玉衣冠上)虞书载鳌降,齐俗不亲迎。

(坐介,小旦借扮袭人上,小生)袭人,我今番好生爽快也。

【玉交枝】(小生)者番高兴,逢喜事精神倍增,俺自觉十分减却九分病,分外添些笑面欢容。袭人,林妹妹打从园里来,一墙之隔,为什么这等费事?

(小旦)等好时辰咧!(小生)在户在天尽望星,俟堂俟著磨人性,滴溜溜心头转篷,望巴巴眼圈盼红。(花旦上)宝兄弟说些什么来?(小生起介)凤姐姐来了,我正问林妹妹为何尽自不来。(花旦)好笑,好笑,把个新郎可等心急了。

【赛红娘】(花旦)劝你新郎官略等等、暂停停。新人快梳洗,才窥镜,换大红,现时彩轿疑行动,挨少顷,今宵花烛须垂与良夜永。

(内传介)太君出堂来也。(花旦)我们前去迎接。(四杂扶老旦上,正旦随上,老旦)为歌之子归,可卜如宾敬。(坐介,四杂分侍,正、小生、小旦左,花旦右,分立介,生扮贾政上)勉强毕儿婚,殷勤遵母命。(揖介)孩儿拜揖。(老旦)罢了。(正旦)恭喜老爷。(生)夫人。(花旦拜介)叔爷万福。(生)免礼。(小生半跪介)孩儿请安。

(生)不消。(生、小生左,正花小旦,右分立介,副净上跪介)禀上太君,花轿到门了。(老旦)凤姐儿出迎。(花旦)是。(向副净介)雪雁随我来。(副净)哈。(随花旦暂下,生)传傧相伺候。(内应介,丑扮傧相上,叩首介)傧相与老太太、老爷、太太叩首。(生)起去一傍赞礼。(丑起介)是。(立场左角介)

【双蝴蝶】(众合)明煌煌花烛儿满堂红,架桥百雀,渡汉双星,笑把桃夭咏。

雍雍雁儿,锵锵凰德。德耀举案饭梁鸿,礼貌恭。君瑞戴月会崔莺,春色浓。

(内奏乐介,花旦复上,副净扶旦宝钗顶蒙头上,丑)伏以结彩华堂一划红,银河七夕鹊桥通。百年伉俪应长久,预兆螽斯采正风。请新人双双拜花堂。(喝介)叩拜天地揖。(小生揖介,丑)跪。(小生跪介,丑)叩首。(小生叩介,丑)再叩首。(介)三叩首。(介)兴。

(小生起介,丑)揖。(介)叩拜主婚老太太揖。(介)跪。(介)叩首。(介)兴揖。(介)叩拜父母揖。(介)跪叩首。(介)兴揖。(介)夫妇交拜。(介)礼毕。(老旦)送入洞房。(副净扶旦下,小生、旦提灯引小生下,丑口头介)傧相叩喜。(生)账房领赏。(丑)哈。(下。生)天色已晚,母亲且请歇息。(老旦)你们也该回房去罢。(生、正旦)是。(老旦)凤姐儿,你到洞房看个端的,再来回复。(花旦)遵命。(下,众扶老旦下,正旦、生亦下。副净扶旦上,小旦提灯引小生上。小生坐左角,旦坐右角介,小旦、副净斟酒递小生、旦饮交杯介,小生)呀!

【莺踏花】(小生)俺糊涂涂如何做情,笑吟吟十分高兴。

(站起介)林妹妹,你与俺从小在一处,为何今夕呵,坐一旁端庄不动,装新人支吾阿兄。(向前揭蒙头介)呀,怎的不像林妹妹了。(贴旦扮莺儿随花旦上,花旦)莺儿向前服侍姑娘。(贴旦)是。(侍旦侧介,花旦)雪雁回避了。(副净应下,小生持灯照旦介)这新人盛装金服,阔面丰肩,如同荷粉露垂,杏花烟润,活像宝姐姐。

(旦低头不语介,小生)呀,奇怪。

【番卜算】(小生)如何翠黛无踪,变作金钗幻影,想是南柯梦。

(小旦)今乃是花烛良宵,什么梦不梦。(小生)一个人怎变更?介哑谜不分明。(坐介,指旦问介)袭人,那边坐的美人是谁?(小旦)是新娶的二奶奶。(小生)好糊涂,你说二奶奶到底是什么名字?

(小旦)宝姑娘。(小生)明明娶的是林姑娘,怎么换作宝姑娘了?

(花旦)宝兄弟不要混说。

【窣地锦裆】(花旦)太君做主订姻盟,花烛交杯礼已成。快休风话误营生,冷落巫山十二峰。

(小生)我看今晚什么是花烛星期,一划地神出鬼没,懑也把人闷坏了。

【十二时】(小生)今宵鸳鸯各梦,几时鸾凤和鸣,投梭织女银河梗,把积恨合浓情尽付与水流东。呀,林妹妹呀,占于飞待来生,占于飞待来生。

（花旦）宝兄弟旧病复发，宝妹妹也该安寝。袭人、莺儿，快扶他们分床去睡。（贴旦小旦）是。（各扶旦、小生下）

【尾】（花旦）张冠李戴安排定，新妇新郎一概唝不是俺自己夸口说，阴谋不让陈平。（下）

后 八 出

目 录

第一出　怜香　二十四回　内附宝玉嗜胭脂也
第二出　誓节　四十六回　鸳鸯女誓绝鸳鸯偶
第三出　渥被　五十一回　胡庸医乱用虎狼药
第四出　补裘　五十二回　勇晴雯病补雀毛裘
第五出　小忿　五十九回　柳叶渚边嗔莺叱燕
第六出　私邀　七十一回　鸳鸯女无意遇鸳鸯
第七出　驱淫　七十四回　惑奸谗抄陈大观园
第八出　问恙　七十七回　俏丫鬟抱屈夭风流

角　色

小生　贾宝玉
　旦　袭人　迎春
小旦　鸳鸯　晴雯
贴旦　平儿　麝月　莺儿　司棋　柳五儿
花旦　王凤姐
副净　胡君庸　典婆子（坠儿妈也）　贺婆子（春燕姑妈）　周瑞家
　丑　金文翔家　宋嬷嬷　何妈儿　潘又安　王善保家　吴贵家

配合角色

怜香　小旦鸳鸯　旦袭人　小生宝玉
誓节　小旦鸳鸯　贴旦平儿　旦袭人　丑金文翔家　小生宝玉
渥被　小生宝玉　小旦晴雯　贴旦麝月　副净婆儿　丑胡君庸

补裘	小旦晴雯　贴旦麝月　杂坠儿　丑宋嬷嬷　副净典婆儿　小生宝玉
小忿	贴旦莺儿　杂春燕　副净贺妈儿　丑何妈儿　小生宝玉　旦袭人　小旦晴雯
私邀	小旦鸳鸯　贴旦司棋　丑潘又安
驱淫	丑王善保家　副净周瑞家　花旦王凤姐　杂丰儿　吴兴家　郑华家　贴旦司棋　旦迎春　小生宝玉
问恙	小旦晴雯　小生宝玉　丑吴贵家　贴旦柳五儿

第一出　怜　香

(当场设床帐介,小旦水红袄,青缎背心,白绉腰巾扮鸳鸯上)

【点绛唇】(唱)俺也非乖,太君真爱,箱笼盖,不许人开,锁钥随身带。

(坐介)多因忙活停针绣,少得工夫较剪裁。奴鸳鸯,本姓金氏,虽然服役侯门,奚翅安居绣阁,价不减千金之重,红线何妨。名独占百花之先,紫绡无玷。太君知奴便了,委任綦专。卑人荷主栽培,纪纲罔懈,旧伴儿袭人、晴雯、紫鹃等一个个分房给事宝二爷、林姑娘去了,俺不免到大观园,看袭人作些甚的。(起绕场介)苹州花屿随栖止,蓼浦兰皋任去来。呀,袭人那厢去了,床上有扎得花儿,待俺看来。

(坐床看针黹介,旦扮袭人上,回顾介)宝二爷快来嘘!(小生扮宝玉上)来了!(见小旦介)呀,原来鸳鸯姐姐在此。(小旦笑不语介,旦)你甚时候来的?(小旦)来时来的。(小生)袭人你且取衣帽朝靴,我换上好与大老爷拜寿。(旦)是。(向小旦介)姐姐不要走。(小旦)我不走。(旦下,小生)近来袭人这活计你看好不好?(小旦)半好。

(小生)那一半哩!(小旦)那一半李蛴螬吃了。(小生笑向前挨坐介)

【一枝花】(小生)诚哉,俺是个呆打孩,禁不得唇上樱桃赛,闻得胭脂香投鼻窍,引得俺毛病动心怀。

(小旦半躲介)离远些儿罢!(小生)喜孜孜眼笑眉开,攀得个姐姐头休摆。(抱小旦介)且由着区区口就来,发慈悲令舐净胭脂,胜似过食一顿东坡蜀菜。(小旦)袭人快来,袭人快来嘘!(旦抱衣履上)怎么?

【牧羊关】(小旦)你且看涎憨脸抱人腰,碰人腮,险些儿乱腾腾鬓散簪歪,已经的长成若大,尚像婴孩。

(小生)好姐姐赏我吃了罢!(小旦)直恁恁吃胭脂当买卖,眼巴巴舐嘴唇像

合该。都是你惯就他一划坏,难道不条理扶持成个材。(笑推开小生介)

【四块玉】(旦)他、他、他,越大越痴痴,添些个古而怪,镇日价顽皮打混不成材,哪像个正道学生派。争奈他劝不听,争奈他悔不改,争奈他皮脸儿落得下来。

小爷快换衣服罢,别只顾装憨了。(服侍小生更衣介)

【乌夜啼】(小生)你两个只管尽唠叨唠叨混赖,只管尽说我不该。鸳鸯,俺尝当口儿挨。袭人,俺何尝心儿歹。并不曾舔舔朱唇,舐舐香腮。问值得几文钱?一点点胭脂块,一点点胭脂块,舍不得叫人吃了从新买,不自知心儿窄,反道把人来怪。从此后,阿弥陀佛持了长斋。

【煞尾】(旦)你看他醒醒形不快,看他糊涂想不开,谁和你估重估轻讲买卖,不过怕惹得人猜,也须知自爱。闻男女授受不亲,嫌疑大义岂容乖。

(小生拍手笑介)嗳呦呦,他并不曾读书,竟知道什么男女授受不亲,我只见《孟子》上说:好色则宜慕少艾。

(小旦)樱唇腻汁何容丐。

(小生)生来性癖嗜胭脂。

(旦)不用嗒嗒了,与大老爷上寿去罢,快去通知老太太。

(小旦)来来来,随我来。(小生)请呀!(随小旦下,旦各下)

第二出 誓 节

【水底鱼】(小旦扮鸳鸯上)不体人情,强要作小星,凭他怎说,只当耳旁风,只当耳旁风。俺鸳鸯,可恼大老爷,若大年纪,竟说出来纳俺为妾这等事儿,如何强得的。虽然辞却,料他未必歇心,是奴心中烦闷,不免到大观园散愤一番。

【新水令】(绕场介)行行暗里泪珠零,细想来红颜薄命。玉温无点玷,花艳自招风。好女子不字完贞,铁石心难摇动。

【步步娇】(贴旦扮平儿上)遥见单身穿花径,鬓散乌云耸,眉愁翠黛横。

(相见介)鸳鸯妹妹,因甚的独步方园,孤栖吊影,介早晚便作新姨娘了,还只顾假惺惺,不早收拾金丝帐耐意等。

【雁儿落】(小旦)只顾恁觜吒吒丢屁松,不管俺心突突无情兴。并没个热肠儿话正经,一划价嚼舌根汗邪病。

(贴旦)奴家失言,妹妹休怪。你看介枫树下好块干净石,我们坐了谈谈心曲。(小旦)请坐。(并坐介,贴旦)如今大太太尚在我们房内,奶奶替你作难,令我前来探听,只是你却怎么处?

【沉醉东风】(小旦)我早早把介一片心横,伊恁恁也只一场睡梦。漫说是嗜宵征下陈内宠,就一任他言甘币重,凭着纳采纳征,凭着三媒六证,正大光明,娶做嫡妻,也万难从命。

(旦扮袭人暗上)呀啐。

【得胜令】(旦)也不管头上神有灵,也不顾背后有人听,羞答答女孩谈花烛,牙碜碜嫁汉凭媒证。姐姐不用作难了,消停老太太主张定,言明宝二爷纳为宠。

【忒忒令】(小旦)才平儿像害邪风,介袭人又缠汗病,个个信口胡呲把人戏弄,你们得意嫁着夫,便觉郎多情,女高兴,别对铁石心人来施逞。

(贴旦)我方才略略取笑,她便泼口骂我一顿,你又来惹她臊嘴,骂一个饶一个,快坐了罢!(小旦居中,贴旦左,旦右,平坐介,旦向小旦介)那边来的,好像你嫂子。(贴旦)定是为介事而来。(丑扮金文翔家上)惯掉三寸舌,能连六国衡。奴家金文翔之妻,奉大太太之命,叫劝说俺家小姑儿与大老爷作妾,闻得人说她往园里去了,待俺去寻。(作见介)到处寻来姑娘却在介里。(贴旦、旦)金嫂子请坐。(丑)姑娘们坐着我不坐,要和我们姑娘说句体己话。(小旦)什么梯己蹄人,有甚话且讲罢。(丑)姑娘是爽快人,平姑娘、花姑娘也不用瞒。

【沽美酒】(丑)介天来大喜逢,介天来大喜逢。攀得上主人翁,不消提富贵荣华享一生。胜绿珠嫁石崇,胜红线配薛嵩。

【好姐姐】多少年庚比并,嫁汉儿吃穿为重。我估料大老爷五十以上,尽多也莫九岁零。细思省,强如陆展染毛犹媚宠,张环落齿尚多情。

【川拨棹】(小旦啐介)呀,呀,呸!眼皮儿薄又红,眼皮儿薄又红。见利心开娼妇性,想把我送入火坑。错定盘星好借势,拉满劲弓逞起威风。你算是心机枉用,你若希图,仔管活离另嫁,小老婆脚根硬。

【园林好】(丑)姑娘只信口不干不净,不揣操何轻何重。你骂我罢了,俗话说得好,当着矮人别说短话,你口口声声小老婆长小老婆短,平姑娘、花姑娘怎生落脸?现都是专房擅宠,在这里侧耳听,保得住不心惊。

(贴旦)你别说这话。

【太平令】(贴旦)小机谋不须施逞,巧舌尖休来挑动。受骂的不自脸红,旁观的为何犯病,有什么心惊胆惊,休恁的使精弄精,麻犯犯教人疑影。

（丑）是我不会讲话，姑娘们不用气恼。（转向外介）项了满脑袋土，腺了一鼻子灰，正是惹来睛转，白羞得脸飞红。（下，小生扮宝玉上）呀丢！

【清江引】（小生）三女为粲，三人众，直恁谈高兴。石上话三生，像是三仙洞，却不怕风飕飕吹得冷。

（贴旦、旦起介）宝二爷来了。（小旦伏石介，小生）鸳鸯姐姐，怎么在介凉石上伏着，冰了肚腹，岂是要得？（挽小旦起介）快起来，到我那厢吃茶去，平姐姐也要来嘘！

（小旦）岂唯不字十年贞。

（小生）未解三人作么生。

（贴旦）心醉非关贪酒醉。

（旦）气清最是饮茶清。

（小生挽小旦下，贴旦、旦随下）

第三出　渥　被

（当场设床帐作暖阁介，左旁设床炉介）

【锁南枝】（小生扮宝玉上）日将暮夜似年，贴身人去未归还，独自怎生眠，从来莫离惯，不由人望穿，总把他挂心坎。

（坐介）沙滩飞只雁，莎罽剩孤鸳。俺宝玉，袭人归省阿娘，已着人将铺盖、妆奁取去，在外过夜。我想侍女虽多，皆不如她贴身方便，她今不在家中，值此冬夜苦长，好生难过。

【前腔】（小旦扮晴雯上）月轮上，夕照悬朔风，吹得透衣寒。

（作入见介）原来宝二爷一人默坐，为其独装憨，通谟个人伴。（小生）你们各投闲散，我唤谁来？天色晚了，你也该卸妆歇息。（小旦笑介）呵，你看老婆腔儿，卸妆不卸妆，也都来管待我来。（作褪裙卸妆介）解罗裙绣带宽，卸晚妆鬓云散。（坐左边床上围炉介，贴旦扮麝月上）

【孝顺歌】（贴旦）鸡栖桀，雀宿檐，黄昏门户须早关，主意半由咱，勤劳多靠俺。

（作入介）晴雯姐姐原来在这里坐着，怎底动也不动？（小旦笑介）有你们介起人，我乐得安闲些儿，等你去净了，我再动也不迟。（贴旦）你爽利不用动，我就收拾佛龛、沐手、焚香把你来供献。（小旦）我是观世音菩萨，你个作孽的小妖狐,敢不供献我。

(贴旦啐介)呀啐,亏你没耻无羞一副颠顶脸,你装甚么,新媳妇不动弹,揣成胎要分娩。(小旦)妮子骂得我狠,你怀崽子产羔子。(小生)你们女子家只顾撒村。(贴旦)说是说,笑是笑,好姐姐你身量高些儿,去把穿衣镜套子放下来,别的一概不用你管。(小旦)我才暖和些儿,小蹄子只管啰唣。(小生)不用,你们待我来。(作放镜套介,贴旦作点灯、铺床介,内作起更介,小生)今夜咱们都在那厢睡。(贴旦)我们在薰笼上睡,你就在这暖阁里。(小生)呦,这一所大房子,空空落落,我独自一个,怎生睡得稳便哪!

【前腔】(小生)心疑影,意隔烦,房空熬,恁长夜难,我岂赵常山,通身都是胆,明是吓咱。

(贴旦)自家房屋有什么谎处?(小生)你不懂得《诗经·大雅·抑之》篇说的明明白白,有个屋漏神灵在一旁瞪眼。(小旦)你看说的怪刺刺地。(小生)倘到夜半三更,定把魂惊散,你两个睡梦酣,我孤身出虚汗。(小旦)不用絮叨了,我在薰笼上,教麝月在你帐子外睡,何如?(小生)这便使得。(内作二鼓介,贴旦)谯楼已交二鼓,安寝了罢!(小生)有理。

(贴旦代小生解衣入帐卧介,小生)一觉放开心地稳,梦魂应是赴巫山。(小贴、二旦各闪大衣只穿短袄,小旦自卧介,贴旦卧帐外介,内作三鼓介,小生在睡梦唤介)袭人,袭人。(笑介)哈哈哈。(小旦)麝月醒来。(贴旦作打哈什介,小旦)他才打哈什咧,宝二爷声唤,我在弯远都惊醒,你挨得近,便便地不曾听见,真是挺尸呢!(贴旦)他唤袭人,累我什么相干?(小生)真是叫顺口了,袭人不在家,我只顾唤她,麝月递我一盏茶。(贴旦)是。(起介,小生)仔细冻着,披了我的皮袄再去。(贴旦)者。(披皮衣下床,盥手拭巾取漱盂介)温水在此先漱了口。(小生漱介,贴旦递茶介)茶到。(小生坐饮介,小旦起坐介)好妹妹也赏我一口儿茶。(贴旦)越发上脸儿了,我只会服侍公子,不惯服侍小姐。(小旦)好妹妹,明儿晚上你别动,我服侍你整一夜。(贴旦)甜言蜜语一概白饶。(小旦)你若递我一盏,我唱一回乱弹腔。(小生)介倒很好,与她一盏罢。(贴旦)唱了再吃茶。(小旦)我漱了口好唱。(贴旦)这却使得。(递温水漱盂介,小旦)小蹄子这等刁难。(漱介,小生)唱乱弹腔。(小旦)好个姐儿站门前,门前,我特地走来。(咳咳咳)介里打茶尖,我特地走来,介里打茶尖,娘子可有高香片片片,婆惜两手把茶端,婆惜两手把茶端。

（内吹浪介）你吃净了再闹碗，再闹碗。到屋里只管只管歇腿酸，好一个有情有趣张文远，胜似蠢不剌衣毛脏宋黑三。

（小生拍手笑叫介）哈哈好是好咧！（贴旦）她骂我是阎婆惜，我更不斟茶了。（小生）人家唱得口干舌燥，也该可怜见，递一杯才是。（贴旦笑递茶介）便宜你一盏儿。（小旦接饮介，小生）我并不晓得你会唱，唱的真好！再唱一个。（小旦）不唱了。（小生）好姐姐，唱唱罢，我爱听。（小旦）黑更半夜，偏惹起没絮烦的，来听着，又有句话且休瞒休瞒，你说你嫖（咳咳咳）婊子花冤钱，你嫖婊子花冤钱，叔叔可也听人劝劝劝，快把行李向家搬，快把行李向家搬。（内吹浪介）嫂嫂介话糟蹋俺，糟蹋俺！武二一点一点色不贪，俺是个顶天立地男子汉，不信且看介精光打虎拳。（小生、贴旦拍手合笑介）好好好，真难为她。（小生）介两出戏胜似《水浒传》《金瓶梅》，有趣有趣。（贴旦）你两个别睡，说这话儿，长我的胆量，我出去走走。（小生）外头大月亮，你只管去。（小旦）去不得，外头有个鬼等着呢！（贴旦）我的运旺，鬼不敢傍。（作开门出介）你看好明月色嘘。（暂下，小生作咳嗽介，小旦）我去唬她一唬。（出卧处介，小生）罢呀，冻着不是耍的。（小旦摆手作出门介）好冷天。（小生喊介）呦，晴雯出去了。（小旦转入介）那里就唬煞她了，偏是蝎蝎螫螫惯装老婆样儿。（小生）不尽是怕唬了她，这么冷天，你冻着怎了。（小旦）真个冷得很嘘。

【锦月堂】（小旦）稀撒星寒，明光月冷，一阵阴风似箭，透骨侵肌，打个惊慌冷战。手都冻得冰凉了，我且在你被窝里渥一渥。

（小生）着快来渥罢。（小旦探手入被介）且莫憎麻姑爪尖，只觉得右军腹坦。（小生）呀，好冷手。（觑小旦介）看你面色冻的似胭脂般红，待我替你握一握。（两手捧小旦面介，小旦）忙回搣，怕是尽握腮红，翻生手颤。

（贴旦急上）呀，不好。（小生）怎么？（贴旦）唬了我老大一趟嘘。

【前腔】（贴旦）墙角西边，梅梢底下，黑影迎头出现，蓦地飞升落在山阴背面。

（小生）呵，是个什么东西？（贴旦）也并非偷儿，越垣又不是鬼狐入院。（小生）到底是什么？（贴旦）哪哪哪，便是那只大锦鸡，惊非浅，幸莫冒失声张，惊人动犬。（作洗手介）方才喊说晴雯出去，怎的不曾见她？（小旦）我在此渥手，何曾动身，介妮子可是自惊自怪。（小生）我若不喊得快，那怕不吓一大跳。（贴旦）她就只穿这件小袄儿，像跑解马是的出去么？（小生）可不是么。

【醉翁子】（贴旦）好胆。夜静,风飕似箭,恁嫩肉娇皮提防冻烂。闹闪,你作孽冤家,死也不挑好日,干白站,站只穿得些子绵衣,怎底遮寒?

（小旦作连打嚏喷介,小生）何如,果然冻着了。（小旦）不相干,哪里这么娇嫩。

【前腔】（小生）听劝,再也休充硬汉,你面似花娇,身如柳软,夜半,尽一片阴风,可怎生禁栗烈寒?

（内作鸣钟两声介,小旦）钟二点,不用尽日自唠叨,快着安眠。（小生）真个的,咱们别说话了,再睡睡罢。（各归寝介,内作打五鼓鸡鸣介,贴旦起,穿大衣介）晴雯姐姐,天大明了,快起来罢。（小旦）我只觉腹漤头沉,有些不爽。（小生起介）怎么说,到底病了,麝月扶她入暖阁来。（贴旦）是。（小旦）不用服侍,我自行。（过正面床帐介,左旁设椅,小生坐介）麝月,快叫个婆儿来。（贴旦）是。（向内介）外厢听事,妈儿走来,宝二爷唤。（副净扮婆儿上）来了,宝二爷唤奴才那边使。（小生）晴雯偶冒风寒,也不是甚么大病,去寻个大夫来看脉,别处不用声张,只禀明大奶奶便了。（副净）晓得。（暂下,贴旦）待我洒扫卧房安置陈设好,放太医入来。（小生）正是。（贴作洒扫安置垂帐介,丑扮胡君庸,副净引上,丑）没得管生干,怎能饕饱饭。揣摩本草书,好把铜钱赚。俺胡君庸,荣府招呼只得向前。（副净）先生在此,少待我通禀。（丑）是是是。（副净作入介）请得大夫来了。（小生）引进来。（副净）哈。（小生、贴旦暗下,副净）先生随我来。（作引入介,副净对帐小语介）晴雯姑娘探出手来,容大夫诊脉。（小旦从帐缝露腕介,丑）呀!

【侥侥令】（丑）轻盈舒玉捥,掩映露香肩,细审白皙柔荑,娇养得指甲恁长尖,染凤仙。

（副净用手帕裹小旦手介）请先生近前诊脉。（丑）遵命。（坐左旁作深思脉理介,起介。帐内换出手,副净复以帕裹介,丑坐右旁诊介,毕向副净介）外感内滞,算是小伤寒之症,不相干,吃十来剂药,疏散疏散,等不得半月保管好了。（副净）如此,到该班房内去开方。（丑）是。（副净引绕场介）先生开了方,且别紧走,我们小爷啰唆,怕还要问话。（丑）怎么者?适才在绣房耳,隔帐将脉诊之,我不曾在睡梦矣,分明是小姐也,难道是位小爷乎?（副净）呸,什么夜壶净桶,你到我们家定是初次。（丑）不错,是头一遭儿哉!（副净）那里介些之乎者也耳矣哉,打鼻子臭的虚字眼儿,我们小爷卧室怎么成了绣房了?倒不是小姐,是侍奉小爷的一位大姐。(丑吐舌介)那大姐的指甲就有三寸长,若是小姐定有三尺了。(副净)呸,你又不是货郎儿卖杂色零布,论甚么三尺两尺,快去开方儿罢!(丑)是。(向外介)此后去吹腔,今番开了眼。(下,副净亦下,小生、贴旦复上,小生坐左旁介,副净持药方上)大夫开得方儿,请二爷过目。(贴旦接过转递介,小生念介)

【西江月】紫苏一味汤头,麻黄枳宝当先,石膏桔梗各三钱,荆芥防风两半。引用黄酒一斤,去皮生姜三片,井水三钟,尽自煎。空心温服发汗。

(掷方于地介)嚛,狗屁胡说,着实该打。一个女孩家,如何用得这样狼虎药。(贴)与他一串钱,打发他快跑道罢。(副净)奴才有句话禀上。(小生)讲。(副净)大奶奶说服两剂药,好了便罢,若是不好,如今时气不正,恐怕沾染了别人,着向外厢服养。

【前腔】(小旦怨掀幔介)些须招外感,哪个害伤寒,怎么就招病别人了?谁能一辈子没个头疼脑热,保定无病无灾,一点子就逐出大观园,不少延。

【尾声】(小生)君家肝气从来满,逐客令无须抱怨,那容易出离函谷关。快去吩咐外厢,另请王太医来看。

(副净)理会得。(下)

(小旦)恃强未免冒风寒,气忿人将下眼看。(下)

(小生)那许乱投狼虎药。(下)

(贴旦)仍寻卢扁本来难。(下)

第四出 补裘

(当场设床帐介,小旦扮晴雯病容上)

【引】闷悠悠有病乱投医,个个平庸不济。

(坐床介)手捧心头紧蹙眉,眉颦不是效西施。皆因抱恙难禁受,日夜愁烦十二时。俺晴雯,性极刚强,体颇柔弱,腰细杨柳,应见妒于小蛮。脸际芙蓉,欲争妍于卓女。卢少妇金钗十二,自是天人孟尝君。朱履三千,谁非食客。寒遮半臂,岂生偏袒之嫌。贵值千金,不减毫厘之价,也曾撕扇,何异裂缯人。都说俺与林姑娘容貌性情,不分上下,我自觉合同诸姐妹,诙谐笑傲,未有参差。不料偶尔违和,莫能爽然即愈。非思东伯蓬首如斯,岂效西施。颦眉乃尔画长眉而手颤,有些捉笔难描。露龋齿而神疲,无意拈花自笑。踌躇对镜,懒待梳妆。偃息在床,抛却针黹。病容自雅,何须膏沐为容,睡态生姿,岂必铅华作态。(贴旦扮麝月上)病来如山倒,病去似抽丝,俺麝月。(见介)姐姐好些么?(小旦)哪里容易就好了,近来这些大夫只图骗人钱,并没一剂好药与人吃。(贴旦)你不须急燥埋怨,大夫一点儿草药,又不是老君仙丹,哪里来得灵验。俗语说得好来,三分服药七分养,你只静养几天,自然好了。(小旦)妹妹你看我病在这里,那一伙小丫头不知都向那厢浪淘沙去了,一个也不来打个照面。(杂扮坠儿上)姑娘做甚?(小旦)这小蹄子,我不找寻,你也不来,介里又发月钱了,又分散果子,你该跑在前头了,近前些。(杂抖介,小旦)我不是老虎,吃得了你,还不近前些。(杂向前介,小旦左手揪杂,右手取头上簪介)

【绣带太平】(小旦)把一丈青忙拿手里。(杂)姑娘饶我罢!

(小旦)天生下贱臊蹄,谁容你大胆包身,那许你厚脸酣皮偷东西,多管是口馋眼浅无廉耻。拈不动针引不得线,这爪子要他何用益?

(刺介)就该戳烂了。(杂哭叫介)呦呦呦。(小旦)你看这妮子声喊,蠍螫螫鳌猪镦鸡,怪刺刺鬼叫狼啼。

(贴旦解劝介)你才出些汗,不好生养着,何苦为她生气?(小旦)宋嬷嬷快来。(丑扮宋嬷嬷上)来了。(小旦)你把坠儿赶早打发出去。

(丑)这孩子本来不好,姑娘暂且担待,等花姑娘来家,再打发她,省姑娘作丑人。(小旦)甚么花姑娘、草姑娘,丑人俊人的这等啰唆。

【懒针绣】(小旦)她不是主人正头妻,又不是列屋专房擅宠姬,何用分星擘两辨毫厘。絮叨叨花儿红草儿绿,兀的不兜来晦气。一点子必得将军令,半点子也摇帅字旗。休提靠袭人规矩,都惯得盗狗偷鸡。(丑)姑娘息怒,待我打发她去,坠儿随我来。(杂掩面哭介)呜呜呜。(丑向内介)典嫂儿走来。(副净扮典婆子上)怎么?(丑)因为前日你女儿偷了二奶奶虾须镯,如今发了。晴雯姑娘吩咐下来,教你领了出去。(副净)待我进去央免。(丑)只怕央也无益。(下,副净引杂如见介)姑娘们,你侄女儿不好,管教她就是了。怎么撵出门去?好歹与俺留些脸面。(小旦)介事与我们无干,是主子吩咐下撵得,你只等宝玉来,和他当面讲。(副净)我有天胆敢和主子当面讲,介屋里,哪件事不是听姑娘们调停。(小旦)没的扯臊。

【前腔】(小旦)你惯就鼠偷小家妮,这样子发横丢歪势不依。

(副净)我怎敢不依。(小旦)谁是挑三窝四活狐狸,别胡呲乖的言巧的语。(副净)俺岂敢说姑娘挑三窝四,介屋里本是姑娘们当家,比如方才虽是在背地里,姑娘就直叫主人名字,也不过姑娘叫罢了,在别人谁敢?(小旦)俺便叫千声宝玉,空气你迸裂瓜儿脑,白气你崩开肚儿皮,多余你狗拿耗子,何苦的格外生枝。(贴旦)典嫂子,你快领你女儿去罢。你细打听,有谁和我们撒过泼,别说是你,就是赖大奶奶、林大娘,也得担待我们三分。

【醉宜春】(贴旦)村气,华堂大体,你三门了吊,本自难知,介提名喝号也不算甚么罕稀。老太太着人写他小名儿遍处去贴,教上千上万的人都知道,为的是好养活,连挑水拣粪叫花子都叫得,怎么单是你就不晓得?偏伊之乎者也不符题,分外价添些虚字。介宝玉二字并不忌讳,打破你一场春梦半生哑谜。

【前腔】(小旦)劳气,言三语四,像虾蟆聒噪,懂甚官私。麝月你也忒多话了,枉操琴五弄,尽对着大耳草驴。

(作怒色介,贴旦)勃溪谁容你掉舌讨便宜,依我劝快些回避,介地方岂是丁嘴打舌所在?想是你未之思也,则何益矣。(副净)央也是不中,坠儿随妈妈来。(引杂下,小生扮宝玉披孔雀裘上)程据雉头焚,六郎翠羽褫。扫兴呀扫兴。(贴旦迎见介)为何?(小生)今早去与舅爷迎寿,老太太给我这件孔雀外褂子,不防后襟上着了个烧眼,怎么办?(脱下介,贴旦接过就明处看介)真个的。这定是靠着手炉坐,迸上火星了。明儿叫人寻个能干织补匠,补上就是了。(小生)方才赶着就教李贵、焙茗等,分头去找织补匠、绣匠、裁缝精、巧女工,并没一个敢承揽的。(坐左旁椅介)明儿是舅爷正生日,还要穿。(拍手介)咳,怎么好,怎么好。(贴旦)这就难了。(小旦)你们只管乱闹甚的,掌上灯拿来我看。(小生)麝月,快些点灯。(贴旦)是。(掌灯递衣介,小旦坐起看介)这又何难,难道这件衣服是长就的么,不过也是人工作成的,只要把线色配好,一针针界密就是了,麝月拿我针线包儿来。(小生)你才好些,如何做得活计?(小旦)不妨,麝月且拿来。(贴旦)是。(递针蔷包放床上介)

【锁窗绣】(小旦)慢慢地挽发(介)颦眉(介)一阵儿火点,金星满眼飞。(作凝眸视介)岑岑我头(疾首蹙额介)耳响若蚊雷。(开包作取针线介)拈针手颤(介)。令人心恚。(作怒容介)俺岂容介造化儿磕要强心肯推谁让谁?要强心肯推谁让谁?

(小生)麝月,替姐姐取一盏滚水来。(小旦)不用。

【前腔】(小旦)灯儿下介线挑丝。(介)努力儿挖补弥缝集翠衣。

(小生取斗篷披小旦肩介,小旦)为公子裘。(小生取枕靠小旦腰间,小旦伏枕歇息介)抱恙敢推辞。(仍起坐介)回纹合缝线严针密。(小生)你歇上一歇,慢慢再补。(小旦)小爷你去睡罢,熬上半夜,明儿眼睛抠搂了,可怎么好?(小生)是是,我就睡。(小旦)管作成,莫火印儿痕迹。(作作成丢衣介)喘得人气长吁短吁,喘得人气长吁短吁。

(作卧倒介,小生取衣着看介)妙嗻!

【节节高】(小生)说甚么,弄剪的封姨和穿梭的织女,云锦巧夺天孙织。有条理,经线稀,纬线密,翠毛一色浑无异。难为手巧工精细,不觉开颜叫伙颐,教人拍掌惊奇技。介便好了,麝月收在箱内。

(贴旦接衣收过介)

【东瓯令】(贴旦)身沉恙,尽缝衣,个里谁能勇似伊。只怕使犯了嘘。看一番,强打精神。敝劝你,你不自养千金体。常言说,病去若抽丝,七分养三分医。你究竟噬介要强脐。(内作自鸣钟四点介)

【尾声】(小旦起介)金钟四点夜深时,忙些歇息勿稽迟。哎哟呦,俺只觉得似火烧身不可支。

奋勇挑灯补翠衣,

那堪病后费心机。

(小生)颦眉西子娇无力。

(贴旦)似醉长生殿里妃。

(鱼贯下)

第五出 小 忿

【绕地游】(贴旦扮莺儿上)桃红杏粉柳色黄嫩,介堤坡彭林接阴。千红万紫簇芳春,柳拂长堤一带新。正好供咱编什件,折枝岂必赠行人。俺金莺儿,自幼服侍宝姑娘,适才到潇湘馆看林姑娘回来,路过此堤,见这花明柳媚绝好春光,不禁技痒,俺不免折些新柳,编作花篮便了。

(作折柳介,杂扮春燕上)莺儿姐姐,你破柳条何用?(贴旦)编花篮儿作耍。(杂)你编中了送我,你且编,待我来破。(贴旦)就依你说。(坐地编篮介,杂作折柳介)

【前腔】(贴旦)条柔肆笋,就湿团团搏,怕韩湘到来错认。

(副净扮贺妈儿拄拐上)小燕儿,我常叫你照看介些花木,你不照看也罢,为何引头儿糟蹋?(贴旦)著小燕儿,我说你不听,捋的那里一堆花,介里一抱柳,到底惹起你们姑妈来了。(杂)姑妈休听他说,他喷你顽咧。(副净)小蹄子。

【二郎神】(副净)谁打诨,介丫头把咱来当甚,我和你巴巴同乳龈,敢花言巧语,当场戏弄尊亲,怪不得阿娘切齿恨。

(杂)我妈恨我何来,我又没烧糊了洗脸水,有甚不是处?(副净)年轻轻天良丧尽,介暴殄天物是造孽欺心,到来生不转人身。我便打你。(用拐打介。杂)怎不值的就打骂起来。(贴旦起拦介)贺妈妈怎因我一句顽话,便打骂她,岂不是臊我的脸么?(副净)我们管孩子,怎么臊着姑娘了?(贴旦)凭你管去。(仍坐编介,丑扮何妈儿上)姑妈为何与小燕儿置气?(副净)你来看看你生的好女儿,作践得介些花柳摊了满地,说说她还不服呢!(杂)我何尝作践花柳来?(副净)你看她强嘴。(丑拾柳枝举向杂叫介)介叫做什么?介编的是你妈的什么?(贴旦立介)是我编的,休得指桑骂槐噫!(折篮乱掷介)是非只为多开口,愚蠢何关大量心。(下,副净)作践花柳天也不容。(合掌介)阿弥陀佛。

【前腔】(丑)难隐忍,臭妮们一齐骂阵,昨儿芳官为洗头和我一场大闹,就打着干娘不算甚,怎亲生自养,也无半点良心?

(丢柳枝介)你引头把花枝轻折损,教姑妈将谁喝禁!小妮子,你能上了几日台盘,也跟着那起轻薄小妇学恁大样子,看为娘分文不值就让你嫁了储君,也不能藐视皇亲。(打杂耳刮子介,杂)呦呦呦。(握面哭下,丑)小妮子哪里走?任你跑到阎魔天,脚下腾云须赶上。(赶下,副净)该该该,打死这冤家先少一个,掐花折柳的。(下,小生扮宝玉上)娇啼何处女儿音,辄动怜花一片心。(坐介,旦扮袭人上)常伴纨绔公子读。(小旦扮晴雯上)且停刺绣美人针。(小生)袭人、晴雯你们听那厢哭叫?(旦、小旦)管他则甚?(丑赶杂上,杂扑向小生介)二爷救命罢!(小生握杂手介)不妨,有我在此。(丑)宝二爷不要管,待我打这妮子。

【集贤宾】(旦)老糊涂忒也过了分,眼睁睁打上苏门。三日两头打了干的又打亲的,介是卖弄女孩多,也怎的往上看。(指小生介)上坐端端他是甚,你也合偷睛认。虽然他不怎,你到底低头忖忖,拿不准,他面性近来利害得很。

【前腔】(小生)我很如何像这婆子狠,生就来铁石般心,偏性不怜女子,怎娇养得鲜花样品?你看那婆子,指头同棒棍,嫩皮肉教他怎禁,倘不信,且自把嘴巴打上一顿。

【啄木儿】(小旦)虾也跳龟也奔,河水清清全搅混。往往在背后遭殃,越越得人前斗很。细查点大概不安半点分,得一步饶定赶来一步进,恁般抢攘,不若逐离门。

(旦)这也使得,叫人告诉林大娘,说何妈不守规矩,赶出园去。(丑跪介)二爷恕老奴这一次,再也不敢了。

【前腔】(丑)怜俺老,惜俺贫,苦煞当初郎罢殒,抛得我服没完衣,丢得我粮无半顿。好容易奔到佛堂才转运,倘逐出定倒穷途为殍殣,乞抬贵手不忘再生恩。

(小生)我是个软心肠,可怜见的,饶你去罢。(丑叩头介)谢过二爷。(小生摆手介)罢罢罢。

【金衣公子】(丑)天生爷是菩萨提心,大慈悲超度人,南无勒陀佛,合掌首三顿。

(小生介)算了罢,算了罢,救苦观音,救难观音,不救花儿朵的他,单救蠢不刺的恁活怄神,嗒嗒嗒信口子胡乱云。(丑下,小旦笑介)呀丢。

【前腔】(小旦)雁孤话儿笑煞人,男菩萨字眼新。佛爷为母的,大士有公怎?颠倒尊神,糟蹋尊神。你不凑男儿伙里谈,专向女子搭里混,婆儿心,多管是招上你爷儿们。

(小生)不用取笑,大家进去了罢。

凭他物议乱纷纷。举止难离妇女群。

(小旦)咳咳咳,入坐须防灌夫骂。

(小生)灌夫因甚骂我?(小旦)骂你老婆腔儿。(小生)笑骂凭他,笑骂老婆我自为之。

(旦)老程不值钱一文。(同笑下)

第六出 私 邀

(小旦扮鸳鸯上绕场唱介)

【香柳娘】疾忙忙步骤,疾忙忙步骤。起更时候,上弦月魄弯弓瘦。各房中秉烛,各房中秉烛,闪烁射星眸,亮自纱窗透。俺鸳鸯,今乃八月初三日,老太太八旬正寿,本家喜鸾姑娘、四姑娘都来拜祝,老太太留在园里宿歇。命俺前来吩咐上下人等,也照三姑娘等一例相看,不许慢待。天色晚了,趁角门未闭,快些出园呀！觉兜来便溲，觉兜来便溲，如何自由殊难耐久。那边丛桂下，一块湘山石却也僻静，不免前去渴饮，难挨茶满腹孤踪，且喜月迎头。

（下，贴旦扮司棋上）

【前腔】（唱）耐心肠等候，耐心肠等候。复关知否？秋风飒飒吹衣透。

（丑扮潘又安上，接）荷多情定约，荷多情定约。暮夜赴私偷，脚步逡巡走，姐姐哪里？（贴旦）奴在此。（相见介）你缘何落后？你缘何落后？业已西沉月钩，良时岂偶？

【玉抱肚】（丑）娥眉慢皱，怨不才来迟失候，纵芳卿戴月耽惊，也谅咱入户防搊，南无蚤合风流，尽把相思一笔勾。

（扯贴旦衣袖介）望姐姐作成则个。

【前腔】（贴旦）钟情太骤，好姻缘何容苟就，想百年地久天长，岂暂时燕侣莺俦，野田草露效绸缪，只怕将来玷好逑。

【前腔】（丑）良宵难又，介相逢非同邂逅，莫空耽片刻千金，须抵偿一日三秋。

（跪抱贴旦，贴出神半推介，丑）慢推且就勿嫌羞，意马脱缰怎样收？

【六幺令】（小旦上）偷儿哪走？

（丑惊急下，小旦）是司棋胖大丫头已经捉住，敢云不？网鱼雁风马牛，淫奔犬子焉能够？淫奔犬子焉能够？

【前腔】（贴旦跪介）娘行噤口，不成材该绞该刘，可怜自小旧同游，按舌下，记心头。饶咱初犯须宽宥，饶咱初犯须宽宥。

（小旦）呀，妮子！我本和你顽笑，你竟真个作出来，你且起去！（贴旦起立介）

【玉抱肚】（小旦）原来出丑，怎不防千人骂诟，那鼎铛有耳听人，这墙茨难施扫帚。主人知道怎干休？防备皮鞭遍体抽。

（作惊介）呀！桂树后什么人？（贴旦）是我姑表弟潘又安。（小旦啐介）呀啐。（贴旦）已被姐姐看见，还不过来跪了。（丑复上跪介）求姑娘救命。（贴旦亦跪介）我两个性命全在姐姐手内，望超生则个。（小旦背面介）还不叫那汉子快快出去么？（贴旦起介）你且去罢。

（丑起介）是非之地须分手，生死相关且缩头。（下，小旦转面介）事已败露，怎敢隐瞒，他此来呵。

【前腔】（贴旦）贻奴佩玖，特地定终身匹耦，一向来爱欠情赊，并不曾私通暗有,些须脸面替奴留,万勿声张到上头。

【尾】(小旦)节烈名自香,奸淫便遗臭。难为你不害半星羞,性命相关焉敢泄漏。

怜渠下气苦哀求。

(贴旦)仔细人前勿狎优。

(小旦)心印无须多嘱咐。

(贴旦)从来女大不中留。

(分下)

第七出 驱　　淫

(丑扮王善保家,副净扮周瑞家,各提灯同上)

【字字双】(丑)善保婆儿本姓王。(副净)久仰。(丑)心花老辣赛生姜。(副净)嘻嗉。(丑)主意出来本就强。(副净)孽障。(丑)正经差使尽咱当。(副净)妄想。

(丑)周嫂子你介些趁语,未免太刻薄了。(副净)脚后跟皮厚,只是又臭又硬。(丑)休得取笑,二奶奶你来也。

(花旦扮王凤姐,杂扮丰儿提灯引上,又二杂扮吴同、郑华家随上,花旦)暗里有谁为把戏,夜间无事却添忙。俺王熙凤,奉太太之命在大观园各屋搜检,业已查得怡红院、潇湘馆、秋爽斋、稻香村全无私弊,唯有藕香榭四姑娘的丫头入画箱内白银四十来锭,他说是他哥哥寄放的,我看入画也不像混账人,但事关疑似,必得先令周瑞家收过,明日细查便了。(副净)请奶奶前往紫菱洲。(花旦)引路。(众绕场介)

【山坡羊】(花旦)乱纷纷像杨家的女将,闹轰轰似跑解的马扬,弯转转赛下夜的更夫,恶狠狠提若捉魂的山魈魉。伏天降严霜,平地起风浪。闹浑河打尽了只一网,仗人势逞坏了吠尧犬。思量秋爽斋本无双,平常藕香榭竟有贼。

(众鱼贯下,贴旦扮司棋上)

【花严海会】(贴旦)餐愁梦想为潘郎,几度相思几断肠。昨被鸳鸯惊好会,于今尚觉意荒唐。

(坐介)俺司棋,昨邀潘郎入园相会,赠俺香囊袋作表记,被鸳鸯冲散,表记也失落了。这时尚然胆怯,方才安置姑娘睡下,俺心内有事,左右睡不着,好不难过。(副净上,叩门介)开门来。(贴旦)是谁?(副净)二奶奶来了。(众引花旦上,贴旦作开门介,众人作入介,花旦)二姑娘睡了么?(贴旦)正是睡下了。

(花旦正坐,丰儿侍立介,花旦)不须惊动姑娘,且搬出箱笼当面查看。(副净、二杂)是。(作搬运箱箧打开番介,花旦)介箱儿是谁的?

(贴旦)绣菊。(花旦)你的呢?(贴旦变色介)锁的便是。(丑)禀奶奶,绣菊箱内既没什么东西,想司棋更无私弊了,不看也罢。

(副净)这是什么话?显见是你外孙女儿分出厚薄来了。

(花旦)正是,打开翻,王妈儿。

(众作开锁翻介)

【雁儿落】(花旦)你也忒两褃儿巧肝肠,你也忒一些儿窄肚量,也须得把私心掠一旁,也须得存公道无二样。时宪书无两本门里王,秤杆星有一定斤和两。

(副净取出鞋袜介)翻出一双男子鞋袜,奶奶请看。(花旦接看介)清水袜好整齐行儿扬,镶云鞵极工致底儿帮。(交丰儿介,副净复递同心如意并书子介)又有同心如意并一封书子。

(花旦接着看介)这不是赠玉簪的陈妙常的,是赠同心结的隋杨广,装也么佯,曹氏女偷给韩寿香。(作开封,看书笑问介)王妈儿,你是司棋的老娘,他表弟该姓王了,怎么又姓潘?(丑)他姑妈嫁的是潘姓,奶奶看的是什么账?

【山坡羊】(花旦)闹不清西贾铺的谎账,写不真鼓儿词的字样。丢不开潘六儿的情书,俗不剌乱弹腔的多拜上。一篇臭文章,几句坏供状,谁勾串表姐弟入了巷,怪不得识字的看西厢,应当崔莺莺烧夜香,何妨张君瑞跳粉墙。那春意香袋儿可有着落了,多亏你在太太面前撺掇要翻,该记大功一次。

(拍手笑介)呵哈哈,周瑞家你们瞧,介司棋不用他作老娘的费一点儿心,鸦雀不闻就弄中了个好女婿。(副净)人家有能干,何用费一枪一刀,自然太太平平地了,介未尝不是作老娘的传授得六奇计。(丑自行打脸介)咳咳咳,老不死的业障,那辈子造下的孽,说嘴打嘴现世现报。(花旦)周瑞家,你且把司棋看管,明早禀明太太,打发他出去就是了。(副净)遵命,司棋介里来。(押贴旦下,花旦立介)正愁事秘无头绪,也得疑团有下场。(引众下,丑各下,旦扮迎春上)睡梦不知缘底事,清晨犹自唤梅香。(坐介)俺迎春,昨夜在窈寐之中,像是有人声闹,今早起来不见了司棋,教人纳闷。(副净押贴旦上,贴旦)有情反惹无情面。(副净)小胆休饕大胆汤。(贴旦扑旦跪介)呵呀!姑娘呀,是俺一步走错,眼见得就要逐离出门。

【惜奴娇】(贴旦)好性姑娘佛心,小姐替把人情讲。讲得饶放,也是主奴一场。须念雨夕风朝,月影花阴时时相傍,倚仗,对太太求一个分上,易如反掌。

【黑麻序】(旦)咱行,忒软心肠,见司棋哭泣,惹人泪眼汪汪,但自知识短,空是情长,介事不由俺主张,教人有甚方。那有百年不散的筵席,无苦央,自来悲欢有定,聚散无常。你且去罢。(下)

(贴旦哭介)呀,好狠心的姑娘。(副净)你自己作出不才事来,就让留在园里你着甚脸面见人,快些走罢。(作出门介,贴旦)周婶子徇点私情,容俺到众姐妹跟前,去辞一辞再走。(副净)扯臊,谁是和你一个衣胞里爬出来的,辞他们作甚?不用挨磨工夫了,快走罢。(小生扮宝玉上)周嫂儿你叫他那厢去?(副净)太太吩咐了,教搴他出去。(贴旦拉小生袖介)宝二爷,快替我求求罢。(副净)你这般拉拉扯扯,成何体统?你如今不是副小姐了,若不好生走。我便推搡。(小生)你容他说个明白,慌了甚的。(副净)二爷管不来,太太急切等回话咧。(搡贴旦介)走走走。(搡下,小生)怪呀,怎么这些人一嫁汉子、染了男人的气就坏,坏到底了噱。

【锦衣香】(小生)物反常,妖精样,人失形,怪鬼相。天理良心全行凿丧,真真泼赖夜叉行。挑三窝四,嘴大舌长,惯瞒天撒谎,没些儿温柔女像,也在人前幌,难为他长,人皮一领偷披身上。

(内喊介)太太吩咐叫吴贵儿家领了晴雯出去。(小生)呀,不好。

【浆水令】(小生)猛听来一片声扬,却为何双头火杖,晴雯底事也遭殃,乍闻错愕,四顾惊惶。驱翠黛,逐红妆,落花流水齐飘荡。似撒下,似撒下天罗地网,要打尽,要打尽双雁孤凰。(急遽下)

第八出 问 恙

(当场设床塌介,小旦扮晴雯病容上)

【粉蝶儿】紫燕离巢奴非苦,紫燕离巢奴只恨弓伤病鸟。今日个女屈平满腹离骚,介孤眠蓐独栖枕。

(坐床介)多管是涕痕玷了这一病,蚕自断就难逃,只是生折磨,却怎生价尽熬。俺晴雯,自十岁从赖嬷嬷进得荣府,太君见喜,即便留下服役几年。太君命俺伺候宝玉,深幸得所。不料突遭谗谤,被夫人搴出府来,四顾无亲,在表兄吴贵儿家存身。病缠死症,吴家那淫妇整日价出门风跑,连碗汤水也没个人照管,好不苦也。

（卧介,小生扮宝玉上）星雨迷离金屋在,天涯咫尺玉人遥。俺宝玉,晴雯带病被逐,死生未保,为此瞒过府内人,前往探问。一路打听而来,此间是了不免径入。（作入见介）呀,晴雯何一病至此。（小旦坐起哭介）我自含冤出府,料今生今世与你不能相见了。

【泣颜回】（小旦）无半语涉戏把君招,怎言轻挑？受骂冤情非小,病中加气,一朝重似一朝。回想补集翠之时,那一场病,医生药保把门儿挤破听呼召,这一世再不能勾了。一日夜十二时,只俺一个病身儿苦挨。

（握小生手介）哪曾见问病谁来,断不想关情你到。

【北石榴花】（小生）打量着金黄柴瘦越减小蛮腰,可也怎花枝枯似柳枝梢,你心儿最要强,性情最暴起,根儿因气恼,到底儿损花娇。待俺去遍觅仙方,遍觅仙方,要卢医和扁鹊,你只合静气安神,也耐活好生,咳,养着,你忘记掀衾渥手两情饶。

【泣颜回】（小旦）那大夫诊脉尽虚饶,早参透了,八字前生豫造,听天由命,无烦累你徒劳。

（作咳嗽介,小生为捶背介,小旦）口干舌燥,将茶儿替俺相倾倒。

（小生）茶在哪厢？（小旦）在灶台上。（小生斟茶尝介）这样苦咸的茶,如何咽得下呦！（小旦）拿来罢。（小生递介,小旦饮介）你虽说苦似荼煎,我还觉甘如蜜泡。

【黄龙滚】（小生）见恁般苦楚堪怜,见恁般苦楚堪怜,不觉的心酸泪落。

（拭泪介）想当初式食庶几,想当初式饮庶几,莫不是精工内造,女儿茶吹嘘鼎镞犹烦恼,怎落得苦饮子渊瓢。（哭介,小旦）你不须哭,介是命该如此,我有一句话想对你说。（小生）请讲。（小旦不语介,小生）有甚话按在腔喉,不对俺明明说道。

（小旦）我如今挨一时少一时,挨一刻短一刻,自分也没有甚么远限了,不过三五日内就要回去了。只有一件,死不甘心,我和你相处几年,从没半点私情勾引,怎么一口咬定我是狐狸精？至今耽了半天虚名。不是我说句后悔的话,早知如此我当时……（哭介）呜呜呜。（作卧倒喘介,小生为捶背介）姐姐苏醒。（小旦起介）

【上小楼】（小旦作口咬指甲介）奴不惜瓠犀牙,奴不惜麻姑爪。

（咬下,递小生介）留与你作个念头,留与你作个念头,人亡爪在,应为痛倒。

533

（脱贴身袄介）再与你着肉残衣，再与你着肉残衣，满腹心事唯天可表。呵呀，哥哥呀，再相逢只有梦中招。

（小生亦脱贴身衣，互相易服介，丑扮吴贵家上）你两个说话我全听见了。

【叠字令犯】（丑）一个冠玉美少，一个羞花女貌，没作了真夫妻，枉耽了虚名号，哭哭啼啼，想成就不能够了。

（牵小生衣介）你年纪小小，那禁得情话勾挑，想欲火变成浚溺。（小生）你且放手。（丑）我是个救苦观音，我是个救难观音，惯度沙门，就来鸟道，且试看我门开月下，尽待小僧敲。（贴旦扮柳五儿上）晴雯姑娘在介厢住么？（丑）是在介里。（放手介）

（小生）方议割鸿沟，大梁救兵到。不为壅水攻，且效汉王跳。（下）

（贴旦作入介）晴雯姑娘在哪里？（丑）在床上哩！（向外介）扯他娘的臊，扫兴，扫兴。（下，贴旦）姑娘，花姑娘命俺送来衣包，还有几串钱在此。（小旦）你是哪个？（贴旦）柳五儿。（小旦）放下。

（贴旦放衣包介，小旦坐介）呀，好个袭人。

【尾】（小旦）义仍高情非小，只是俺一丝游气待时消，这衣服自分今生已尽抛。（分下）

谐 音 目

此书曲调本五方元音，不依诗韵（唯上下场诗按韵），一出中自首至尾通属一音，取其顺口无须咬字。

前八出

赚呆	十马音	咤妒	一天音
泼醋	十二地音	摘奸	二人音
闹府	五牛音	搜园	四羊音
痴梦	六癸音	查剿	三龙音

中八出

嘲黛	八驼音	葬花	一天音
辨惑	十二地音	遭逸	二人音
情诱	五牛音	醉眠	四羊音
焚稿	六癸音	娶钗	三龙音

后八出

怜香	十一豹音	誓节	三龙音
渥被	一天音	补裘	十二地音
小忿	二人音	私邀	五牛音
驱淫	四羊音	问疾	六獒音

曹雪芹先生删订红楼梦稗说缘起

贾宝玉

女娲氏炼大荒山无稽崖石三万六千五百零一块,以补天剩一块顽石在青埂峰下,被茫茫大士渺渺真人点化警幻仙子赤霞宫,神瑛侍者含玉降生荣国府中,试第七名举人。

林黛玉

本灵河岸绛珠草,也受神瑛侍者甘露灌溉,修成女体,把一生所有眼泪报侍者恩,投生林探花为女。

红楼梦男女姓名考

贾氏世系图

宁国公演 ─ 代化(京袭节度使,袭一等神威将军) ┬ 敷(夭亡)
　　　　　　　　　　　　　　　　　　　　　└ 敬(丙辰进士) ─ 珍(世袭三等威烈将军) ─ 蓉(应天江南县监生,五品龙禁尉候补侍卫)

宋国公源 ─ 代善(袭爵) ┬ 赦(字恩候,袭) ─ 琏(捐同知)
　　　　　　　　　　　└ 政(字存周,恩赐主事,升员外郎,历工部掌印郎中,出任江西粮道,后承袭) ┬ 珠 ─ 兰(举人)
　　　├ 宝 ─ 芝
　　　└ 环(庶出)

贾府眷属

贾母史太君(代善夫人生子二,赦、政,女一,敏)

邢夫人(赦夫人生子琏)

王夫人(政夫人生男二,珠、宝玉,女一元春)

贾敏（政之胞妹，林如海夫人，生女林黛玉）

元春（入宫为女史，晋封凤藻宫，尚书加封贤德妃，薨谥贤淑贵妃）

迎春（赦庶出女，混名二木头，适世袭指挥大同孙绍祖）

探春（政庶出女，人称玫瑰花，言又红又香又有刺也，适海疆总制周琼公子）

李纨（字宫裁珠妻，生子兰）

王凤姐（即熙凤，琏妻，生女巧姐）

薛宝钗（宝玉妻，生子芝）

惜春（珍胞妹，出家栊翠庵）

尤氏（珍妻）

巧姐（琏女，适乡居富室周姓）

秦可卿（蓉妻）

胡氏（蓉继妻）

周姨娘（政妾）

赵姨娘（政妾，生子环，女探春）

尤二姐（琏妾）

贾家戚属

史湘云（贾母侄孙女）

邢岫烟（邢夫人侄女，适宝钗堂弟薛蝌）

薛姨妈（王夫人胞妹，宝钗母，琴伯母）

薛宝琴（宝钗嫡堂妹，适梅翰林之子）

夏金桂（薛蟠妻，宝钗嫂）

李婶娘（李纨叔母，纹绮之母）

李玟（李纨嫡堂妹）

李绮（李玟妹适甄宝玉）

尤老娘（尤氏继母，二姐生母）

尤三姐（二姐同母妹，许配柳湘莲）

贾氏族属

喜鸾（贾瑞妹）

四姐（贾琼妹）

娄氏（贾兰母）

周氏（三房里后街贾芹母）

五嫂子（西廊下贾芸母）

贾母婢

　　鸳鸯（姓金，从贾母）

　　鹦鹉（疑非鹦哥）

　　珍珠（此非袭人）

　　琥珀、玻璃、翡翠、靓儿、傻大姐

王夫人婢

　　金钏（姓白投井）

　　玉钏（金钏妹）

　　彩云、彩霞（私贾环）

　　彩凤、彩鸾、绣凤、绣鸾

　　小霞（彩霞妹）

宝玉婢

　　袭人（姓花，初从贾母，又名珍珠，宝玉为改名，后嫁琪官）

　　晴雯（初从贾母）

　　麝月、秋纹、碧痕、茜雪、檀云、绮霞

　　小红（林之孝女，本命红玉，避玉字单名红，私贾芸，后跟王凤姐）

　　四儿（本名芸香，袭人为改蕙香，即佳蕙，宝玉又改四儿）

　　春燕（何姑妈女）

　　柳五儿（柳嫂女）

　　坠儿（晴雯逐出）

　　良儿、定儿

黛玉婢

　　紫鹃（初从贾母，从惜春出家）

　　雪雁（从南带来）

　　鹦哥（初从贾母）

　　春纤

宝钗婢
　　莺儿（姓黄，本名金莺）
　　文杏
湘云婢
　　翠缕
探春婢
　　侍书、翠墨、小蝉
迎春婢
　　司棋（私表弟潘又安）
　　莲花儿、绣菊
惜春婢
　　入画（交还尤氏）
　　彩屏
宫裁婢
　　素云、碧月
熙凤婢
　　平儿（贾琏纳宠）
　　丰儿、彩明、善姐
邢夫人婢
　　嫣红（贾赦纳）
　　翠云（赦纳）
　　秋桐（贾赦赏子琏作妾）
尤氏婢
　　佩凤（贾珍纳）
　　偕鸾（珍纳）
　　文花（珍纳）
　　卍儿（私焙茗）
　　银蝶儿
可卿婢
　　瑞珠（从可卿）

宝琴婢
　　小螺
赵姨娘婢
　　小鹊、小吉祥儿
薛家婢
　　香菱(即甄英莲,后为薛蟠内人)
　　臻儿(香菱婢)
　　同喜
　　同贵(喜、贵具薛姨妈婢)
　　宝蟾(夏氏婢,为薛蟠妾)
　　小舍儿(夏氏婢)
　　篆儿(岫烟婢)
元春婢
　　抱琴等(随入宫)

梨香院女戏子

文官(为贾母婢)
芳官(唱正旦,为宝玉婢,后出家水月庵)
蕊官(补药官小旦脚,为宝钗婢,后出家地藏庵)
藕官(小生,为黛玉婢,同蕊官出家)
葵官(大花面,为湘云婢)
艾官(老外,为探春婢)
茄官(老旦,为尤氏婢)
豆官(小花脸,为宝琴婢)
药官(小旦,殁后藕官为烧纸)
龄官(小旦,常指画蔷字)
宝官(小生)
玉官(正旦)
栊翠庵道姑
妙玉(苏州人)

贾 府 婆 儿

赖嬷嬷(赖大之母)

赖大家(赖尚荣母)

林之孝家(内总管)

李嬷嬷(宝玉乳母)

王嬷嬷(黛玉乳母)

赵嬷嬷(贾琏乳母)

单大家、吴新登家

周瑞家(王夫人陪嫁)

吴兴家、郑华家

来旺家(求凤姐要彩霞作儿媳)

来喜家(上至周家皆陪嫁)

李妈(巧姐乳母)

宋妈妈(怡红院听使)

祝妈(管潇湘馆一带竹子)

叶妈(焙茗母,管怡红院、蘅芜院一带的花草)

田妈(管稻香村一带菜蔬稻稗)

何妈(春燕母、芳官干娘)

夏婆子(何妈姐,小螺外祖母,藕官干娘)

王善保家

费婆子(与王家皆邢夫人陪嫁)

秦显家(司棋婶母,园子南角门上夜)

玉柱媳妇(迎春乳母之儿媳)

吴贵家(晴雯表嫂,看院子后角门)

柳家(五儿母,管园内厨房)

鲍二家(私贾琏)

多姑娘(多浑虫老婆,改嫁鲍二)

周妈(湘云乳母附)

格 外 妇 女

周贵妃(不载)

刘姥姥(王狗儿丈母)

刘氏(王狗儿之妻)

青儿(王狗儿之女)

傅秋芳(傅试妹)

银姐(卜世仁女)

明儿(倪二女)

张金哥(长安县人)

张王氏(张三之母)

朱媒婆

马道婆(受赵姨娘贿下锁物者)

云儿(铜香院妓女)

鹤仙(水月庵女道士,偷贾芹)

沁香(水月庵沙弥,偷贾芹)

净虚(水月寺姑子,水月寺即馒头庵)

智善(与能儿皆净虚徒弟)

智能(即能儿,偷秦钟)

智通(水月庵尼姑,领芳官出家)

圆信(地藏庵尼姑,领蕊、藕官去)

大了(散花寺姑子)

荣 府 家 人

赖大(大管家)

赖升(大管家)

来升(大管家)

林之孝(总管)

郑好时(老家人)

吴新登(银库总领)

戴良（仓房头目）

钱华（买办）

李德（门上）

余信（管各庵月银）

张材

王兴

周瑞（周姨娘弟，经管地租）

吴兴

郑华

来喜

来旺（即旺儿上自周瑞皆王夫人陪嫁）

李贵（李嬷嬷儿，宝玉大家丁）

张若锦

王和荣

赵亦华

钱启（四人俱大长随亦跟宝玉）

焙茗（初名茗烟，宝玉心腹跟班）

墨雨

掃红

锄药

双瑞

寿儿（自茗烟六人俱跟宝玉）

引泉

挑雪

扫花

伴鹤（家丁四名）

金文翔（鸳鸯兄，贾母买办）

金彩（文翔父在金陵老家看房）

吴贵儿（晴雯表兄，园子后角门买办）

兴儿

隆儿

昭儿

庆儿（四人俱跟贾琏）

住儿

拴儿（跟贾赦）

赵天梁（赵嬷嬷儿）

赵天栋（与兄梁从贾蔷办戏）

赵国基（赵姨娘弟，与钱槐俱跟贾环）

钱槐（赵姨娘内戚，其父管库账）

玉柱（迎春乳母儿）

秦显（司棋叔父）

包勇（甄荐来看守大观园）

鲍二（先在东府为贾琏守外宅）

多官（即多浑虫厨役）

方椿（花儿匠）

李十（江西道有体面二点儿）

周二（向西道任门上）

东 府 家 人

焦大（有军功，老家人）

来升（都总管）

赖升（管家有赖升、来升、来陞四名未知混否）

喜儿（与寿儿皆跟贾珍）

寿儿（西府亦有此名）

乌进孝（黑山村庄头）

荣府门下清客

詹光（字子尧，善画楼台）

程日兴（画美人）

王尔调（名作梅）

嵇好古、胡斯来、单聘仁

卜固修(与聘仁从贾蔷往姑苏办戏)

贾 氏 族 人

贾代儒(义学先生)

代修、贾敕、效、敦

贾琮、珩、珖、琛、璘、璎、瑚、琼、璜

贾瑞(字天祥,代儒孙)

贾蓝、菌(二人荣府近派重孙)

贾蔷(东府正派元孙贾珍,为各立门户)

贾菖、菱、蓁、萍、藻、芬、芳、荇、芷、芝

贾芸(行二,廊下的)

贾芹(行四,管铁槛寺事)

贾范(金陵人世袭三等职衔)

贾化(字时非,号雨村,湖州人,进士,作知县革职游维杨,教林黛玉,识贾政,为族叔,遂夤缘得金陵应天知府,升御史擢吏部侍郎,补授兵部大司马,协理军机参赞大臣,改调京尹落职)

贾 府 戚 谊

史鼎(湘云叔父,袭忠靖候)

林海(字如海,姑苏探花,兰台寺大夫、巡盐御史)

王子腾(王夫人胞弟,京管节度使,九省统制,查边擢都检点,薨,赐内阁职衔,谥文勤)

王子胜(腾胞弟)

王仁(凤姐胞兄)

邢德全(邢夫人弟,即傻大舅)

邢忠(岫烟父)

周琼(探春翁,金陵人,镇守海门总制)

李守中(宫裁父,国子祭酒)

孙绍祖(迎春婿,大同人,世袭指挥

秦拜叶(疑即秦业钟父营缮郎)

秦钟(字鲸卿,可卿弟)

胡公(贾蓉岳父京畿道)

薛蟠(字文龙,绰号呆霸王,宝钗兄,世袭皇商)

薛蝌(蟠嫡堂弟,岫烟婿)

梅翰林(薛宝琴翁)

贾史王薛金陵四望族

贾府世谊

镇国公牛清

牛继宗

公孙世袭一等伯

理国公柳彪

柳芳(公孙一等子)

修国公侯晓明

侯孝康(公孙一等子)

齐国公陈翼

陈瑞文(公孙三品威镇将军)

治国公马魁

马尚(公孙三品威远将军)

缮国公石(与宁、荣、镇、理、修、齐、治称八公)

石光珠(公孙世袭)

神武将军冯唐

冯紫英(冯唐公子)

二等男将子宁(平原侯孙)

二等男戚延辉(襄阳侯孙)

二等男兼京营游击谢鲲(定城侯孙)

五城兵马思裘良(景田侯孙)

韩奇(锦乡伯公子)

陈世俊

卫若兰(送秦可卿殡者)

甄应嘉(字友忠,金陵体仁院总裁)

甄宝玉(应嘉子,受业贾化,中举人,娶李绮)

傅试(行二,作通判,贾政门生)

诸 王

东安郡王穆莳　东平郡王

北静郡王世荣　西平郡王

西安郡王　南安郡王

乐善郡王　忠顺王　永昌驸马

格 外 杂 人

太师镇国公贾化(云南人)

安国公(征剿越寇)

庆国公、锦乡侯、川甯候、寿山伯、临昌伯、临安伯、粤海将军邬、云南节度使王忠、长安节度使云光、永兴节度使冯胖子

特晋爵太傅前翰林院掌院,事王希献

吴天祐(吴贵妃父)

仇都尉、杨侍郎、赵侍郎、吴巡抚、锦衣府堂官赵全

南韶道张(与邢家老亲)

苏州刺史李孝

(总理内庭都检点太监)裘世安、六宫都太监夏秉忠

大明宫掌宫内监戴权

(忠顺王府)长府官

(忠顺王府)小旦琪官(即娶袭人之蒋玉菡)、知县赖尚荣(赖大子)

(贾太师家人)鲍音私带神枪火药出边

(贾范家人)时福强奸逼死节妇

江西粮房吏詹会

皇粮庄头张华(尤二姐本夫)

御医王均效(济仁叔祖)

传 奇

太医王济仁、太医张友士、太医胡君庸、

穷医毕知庵、测字刘铁嘴、占卦毛半仙

(薛家当铺揽总)张德辉

开香料铺卜世仁(贾芸母舅)

古董行冷子兴(周瑞女婿)

马贩子王短腿、店主人李二

(李家店当槽的)张三(被薛蟠打死)

张大(张三父)

吴良(张三案内干证)

冯渊(被薛蟠打殁)

薛家管家李祥

夏三(薛蟠过继小舅子)

花自芳(袭人兄)

潘又安(司棋表弟)

封肃(大如州人,甄费丈人)

甄费(字士隐,英莲父,住姑苏城阊门外仁清巷)

柳二郎(名湘莲,与宝玉交好)

杏奴(柳湘莲小厮)

王信(王子腾家丁,为凤姐走动官司)

王成(认王子腾家连宗)

王狗儿(王成子)

王板儿(狗儿子)

学生金荣(贾璜内侄,附香怜玉爱)

石呆子(有世传好扇)

醉金刚倪二(贾芸邻居)

铁槛寺住持色空

天斋庙道士王一贴、潘三保

何三(周瑞干儿子)

红楼梦男女可指名者凡四百有二人

杂 剧

葬　花

孔昭虔

（小旦持花篮、花帚上）

【北新水令】惜花人对落花天，倚纱窗夕阳庭院。枝头莺对语，檐底燕双眠。春意阑珊，风搅碎红片。

［集唐］断肠烟柳一丝丝，独倚纱窗刺绣迟。瑶瑟玉箫无意绪，五更风雨葬西施。奴家林黛玉，小字颦卿，本贯金陵人也。不幸萱椿早背，桑梓无依，因此投托外家，在此园中居住。每当花朝月夕，虽有几个姐妹，邀欢取乐，但举目无亲，触景尽成感慨。咳！这也是红颜薄命，自古如斯。今当暮春时节，天气困人，况值绿叶成荫，落红如绮，愈觉恼人情绪。不免到阶前一看去。（行介）

【驻马听】点点苔钱，不免花枝留半面。丝丝柳线，难牵春色驻芳年。啼妆揾透雨痕鲜，舞腰折碎风枝软。叹杜鹃，生生逼得个香魂散。

咳！几日不到园中，便零落这般光景也。

【沉醉东风】歌楚帐乌江梦远，葬胡沙青冢魂牵。坠妆楼，苦绿珠；随风去，乔然燕。乱纷纷飞舞窗前。寒食梨花暮雨天，又兜起凄凉幽怨。

我想这花是最洁净的，今日半随流水，半落尘埃。茵溷飘零，煞是可惜。不免拾取起来。（作撩袖系裙介）

【雁儿落带得胜令】我则把裙腰紧紧拴，（卷袖介）罗袖深深卷。（坐地拾花介）香泥细粘桃花片，轻轻捻。这是红杏一枝残，这是秾李半堆蔫。这是桃晕红霞暖，这是梨凝白雪寒。纠缠，怀袖里春堆满；流连，指尖儿香正鲜。

【滴滴金】你看疏疏密密，浓浓淡淡，春魂万点。不用绣针穿，则这酸心几缕，愁绪成丝，泪痕如线。一片片幽恨萦牵。

拾取已毕，何处可以埋葬？（作起身转行四望介）那一边是怡红院，那一边是稻香村，那一边是蘅芜馆，呀，则这太湖石畔，一答儿净土，正好埋葬此花。（坐地

掘土埋花介。泪介)

【折桂令】博得俺抬泪眼问取苍天。既然遣花神妆点青春,为甚又逼封姨断送芳颜?早知恁的难弃,何不当初不现婵娟?百五日韶光过眼,二十四番风信都阑。春色年年春恨绵,花老枯枝,人老红颜。(埋完起行介)

我想前日柳婵莺娇,嫣红姹紫,十分繁盛。曾几何时,亭榭依然,风光非昨。树犹如此,人何以堪?(泪介)花呵,你早已替奴写照了。

【锦上花】想当初掩映纱窗,花香人面。到如今寂寞空阶,影只形单。则这万种关情,有恨难言。一寸柔肠,千回百转。

【幺篇】留将解语枝,犹是知音伴。粉碎香残,红泪偷弹,不是我痴情自惹淹煎。自古道,兔死狐悲,蕙焚芝叹。

【碧玉箫】只道今番花落侬埋掩,未卜他年侬死更谁怜?薄命俺下场头也这般。红粉春残,青灯夜闪,黄沙便是吴娃馆。

【鸳鸯煞】似这般花飞水卷春光暂,朝来暮去流年换。早共他红粉飘残,痴意淹煎,枝上啼鹃,香埋叠藓。畅好是同病相怜,也无甚将伊荐。则这泪点潸潸,权当我供养花魂半杯儿奠。

(内鹦哥叫介)宝玉来了。(小旦回首惊听掩泪下)

清嘉庆年间抄本。阿英编《红楼梦戏曲集》(中华书局1978年版)收录。

三钗梦北曲

许鸿磐

第一折 勘　　梦

　　(外羽衣,丑扮童儿随上。外)空即是色,色即是空,色若不空,孽障无穷。贫道渺渺真人是也。修成不坏之躯,住彼太虚之境。偶然遨游海上,来到这大荒山青埂峰下,又惹出一桩公案。只因娲皇炼石补天,剩下了一块顽石,弃置于此。那顽石既受阴阳淬炼之功,又得日月精华之气,见有灵性,化成男身,因此呼为神瑛侍者。那灵石之阴,生有五色神芝,常受灵石荫庇。灵石之阳,生有绛珠仙草,屡蒙灵石滋培其侧。又有芙蓉一株,也曾被灵石拥护。俱蕴灵机,化成女体。谁知这四个灵物,偶动了你怜我爱之心,露出些色授魂与之态。娲皇见而大怒,拟将他们贬落风尘,受尽折磨,以偿罪孽。已敕下太虚幻境警幻仙姑施行,适南海观音大士经此,悯其一落尘寰,便迷本性,命贫道事前指点他们一番,令其回头归正。这是菩萨慈悲,也是贫道一场功行。(叹介)我想世上,唯情欲一关,最难打破也。

　　【点绛唇】混沌初开,氤氲世界,结成情一块。说什么儿女痴骏,便木石也缠恩爱。

　　【混江龙】茫茫欲海,叹众生沉溺最堪哀。那里有花招蜂至,欲似那蝶恋香来。温柔乡也难记风流罪过,欢喜地早种下烦恼根荄。你看那大英雄,也摆不开多牵缠的衾裯枷锁,只见这蠢东西,早紧粘住有知识的草木形骸,哭一回,笑一回,几次着魔该醒悟;生半晌,死半晌,一场大梦苦耽挨。须知道回头是岸,只索要撒手丢开。

　　只因这四个灵物投凡,又惹出了一群情鬼,都愿随行,共计三十六名,俱应转生江左,分正、副、又副三等,每等十二人,谓之金陵十二钗。那十二钗中,唯有神芝、绛珠、芙蓉根器最深,遭逢亦苦也。

【油葫芦】提起那艳绝金陵十二钗,一个个把风情赛,有几个冤家薄命最伤怀。只因为三生石上钟恩爱,却落得痴情反被多情害。两个儿命丧黄泉白骨埋,一个儿对青灯红泪洒,偿不尽情天恨地的冤愆债。怎得那顽石点头来。

【天下乐】都因为这一点痴心沉了苦海,我叹你呆么么呆?幸遇着救苦救难观自在,净瓶水泼灭了火焰山,杨柳枝指出了清凉界。那时节才解脱了旧情胎。

今日是他四个谴责之期,且预先点化一番。童儿,请神瑛侍者并神芝、绛珠、芙蓉三仙子来见者。(丑向内请介。生执灵石,旦执神芝,小旦执仙草,贴执芙蓉,俱仙装上,排列向外介)真人稽首。(外)诸仙请坐,听俺讲说因缘。(外居中,生左,三旦右,俱跌坐。外)神瑛听者。

【寄生草】你石性虽难改,石心要转来,可知道石光一闪难久在。只怕凿开石窍天真坏,及早儿补完石罅归修界。要你冷眼睛看透死生关,硬头皮撞破烟花寨。

神芝仙子听者。

【其二】堪叹人间宝,谁怜坠井钗?你冷香莫犯痴淫戒,肉香慢恋肌肤爱,喜天香剩有灵芽在。可知道镜中薛媛空断肠,休教艳朝霞五花神光坏。

绛珠仙子听者。

【其三】不是同林鸟,谁为画黛来?你拈来风露一生耐,筑成花冢他年待,留得潇湘竹泪斑斑在。须知天地本无情,便到眼枯见骨谁疼爱?

芙蓉仙子听者。

【其四】天与芙蓉面,生成泣露腮,只怕袭人花气熏人坏。要你晴丝一缕无牵碍,便秋云万里皆空快。莫恨香肌玉骨化成灰,那时你花神才跳出红尘外。(生、旦、小旦、贴俱起,合掌向外介)多蒙真人指示,我等感佩不忘也。(外)黄巾力士何在?(末扮力士上,外)送四位太虚幻境去者。(外起立唱介)

【煞尾】灵质被尘埋,须留得灵根在。幻出些闹热凄凉惊骇,休认作花开镜中是真色,把瞌睡虫一指弹开。但愿恁醒眼儿去,还醒眼儿归来。(末须生等下。外)你看四人,竟是欢天喜地去了。不免知会警幻仙姑,十五年后,陆续收拾,完此一段公案也。

第二折　悼　梦

（生束发箭袄扮宝玉上）

【端正好】奈何天,伤心话,提起来把俺疼杀。说什么怜香惜玉情无那,只落得半路里分离乍。

小生贾宝玉,父母俱废,兄弟二人,素蒙祖母钟爱,今一十五岁矣。虽系簪缨之胄,实非纨绔之流。唯是性爱温柔,情耽花月。且喜姨表姐薛宝钗、姑表妹林黛玉,皆羞花之貌,咏絮之才。同俺住在这大观园中,时亲芳泽,已属此生之幸。更有侍女晴雯,容貌竟与林妹妹一般。林妹妹号潇湘妃子,因呼晴雯为潇湘次妃,为此颇招众忌。加她言语尖冷,怨毒益深。不知何人在太太面前,造作蜚言,太太陡地进园,立遣晴雯出去。正值她抱病之时,加上这番悲愤,次日即便身亡。小生疾首痛心,通宵未尝合眼。更听小丫鬟说,她已做了芙蓉花神,因在枕上撰成《芙蓉诔》一篇,今晨缮出。又备下祭物数品,皆晴雯素爱之物,拟到芙蓉花下哭奠一番,以摅悲悼。我的晴雯姐姐呀!

【滚绣球】你洗净铅华,更丰神俊雅,好一幅潇湘图画。吃亏你惯伤人利齿冷牙。都说你仪态儿忒轻狂,眉眼儿会兜搭,把一个女孩儿倒做了招眼的箭靶。一齐价洗垢求疤,星儿事造得天来大。好一似黑罡风日夜刮,可怜煞嫩蕊娇花。

（内望指介）那是晴雯的卧榻,绣幕低垂,余香犹在,你去的好惨人也。

【叨叨令】她病恹恹神虚也那气乏,我镇日里心牵挂。不提防猛风波来一霎,捉青丝立拖床下。恨两个粉面夜叉,全不顾软哈哈的病体难禁架。她并没有亲娘、后妈,丢与那不相干的哥嫂冷摔打。兀的不痛煞人也么哥,兀的不痛煞人也么哥,生克察俏魂儿立刻随风化。

且喜袭人不在房里,趁此走遭。（提篮盛祭品行介）迤逦行来,已到沁芳桥畔。那一带院墙之外,就是晴雯哥嫂的住房。昨日拖她出去之时,小生魄裂魂飞,未得相交一语。到日已平西,瞒着袭人,偷去探亲。见她那番光景,好不痛心也。

【脱布衫】只见破空房无人伴她,止一个困顿尘榻,哪里有鹦鹉呼茶,使得她气竭音嗄。

彼时晴雯正口渴呼茶,并无一人答应。小生去的恰好,就到厨房内瓦壶中斟了一杯茶,哎哟哟,就如盐卤一般。只得走递床头,可怜她如得琼浆玉液。她呵!

【小梁州】喘吁吁四体如绵,强挣扎,把红绫袄退下给咱,噶崩崩,银牙咬下指儿甲。我魂欲化,心头肉似被卿掐。

【么篇】凄惨惨说了句伤心话,痛青春二八年华,须知是玉无瑕,不似花偷嫁,恨只恨虚名空挂,转悔那旧时差。

小生不敢久停,转回园中,十分放心不下。不料次日清晨,就奄然长逝。(顿足介)死也罢了。怎么把未冷的香躯,即刻抬往城外火化?天哪!竟有这样狠心人哪!

【上小楼】难道是前生注下?令人悲讶,又不是炼剑说法,怎便作炉内芙蓉,火里莲花,只落得啼饿鸦,飞野马,形销骨化。望烟尘,怎掇得香灰一把。

【么篇】捉迷呵,不闻你俏步行;兰草呵,不见你纤手拿。怎再得补我珍裘,裂我湘纳,睡我云榻,这是我负她,是她害咱,分明把心肝摘下,揾不住渗渗泪珠盈把。

前面已是芙蓉花下,摆列祭器,哭奠一番者。

【满庭芳】来到这芙蓉花下,但只见西风落叶,衰柳寒鸦,哪里有美人艳血将磷化,空列着冷清清花蕊香茶。你福薄呵,香销黄土;我缘浅呵,肠断绛纱。(奠茶介)慢临风,倾杯斝,望不尽碧落青天,招不来云軿虹驾。

我想晴雯这样人定有来历,人不爱之,天必惜之,于今果做了芙蓉花主,天公位置不差也。

【快活三】这的是惜花,天也爱她。领秋艳,胜春华,从今后,把芙蓉花改作女儿花。我想她既已为神,必有灵爽,待我叫她几声,问她几句,我的晴雯姐姐,我的女儿姐姐,小生的苦衷,已哭诉于你,你的苦衷也告诉小生哪?噫!怎娇怯怯问不出一句知心话?

春间,槛外一株海棠忽萎,我原说怕于晴雯不利,今果然矣!

【朝天子】先萎了槛外花,毕竟是应着她,可知是花神一脉相传化。恨不哭卿哭死,同一搭,并葬在这花根下。化出些连理奇葩,并蒂奇瓜,便天荒地老也难甘罢。就此把《芙蓉诔》哭读一番。(恭立读介)

唯美人大去之年,骚客悲秋之月,痴子销魂之日,怡红院浊玉谨以花蕊冰绡,香泉露茗,致祭于女儿之灵曰:嗟呼!女儿自临尘世,止一十六年,而玉得近仙姿仅五年八月。虽无琴瑟之好,俨同鱼水之欢。不料鸩鸠为灾,芝兰见刈,彩云忽散,花梦难寻。迷窟无却死之香,灵槎鲜回生之乐,以致宝衣被化,昆玉遭焚。隔雾圹以啼猿,绕烟塍以泣鬼。嗟呼!红绡帐里,公子情深,黄土垄中,女儿命薄。然见嫉于鬼蜮,终有感于神灵。是以上帝垂旌,花宫待诏,生侪兰蕙,死辖芙蓉。卿已如斯,余复何憾?特是花残月缺,见面何时?夏日冬宵,衔悲奚极。芳魂不远,尚其鉴诸。

我好恨也,恨不把鸩鸟舌拔,妒鸟喉扎,空把《芙蓉诔》读罢增悲咤。

【煞尾】芙蓉城,真也假?女曼卿,在哪搭?我欲要梦里寻卿,又不知仙居何所?我只怕一枕游仙道路差,望卿家梦儿里说向咱。

(小旦扮林黛玉上)好新鲜祭文呀!(生)胡诌几句,以写悲怀,不料被妹妹听去,出丑也。(小旦)你不必在此感伤,拿着这《芙蓉诔》,同我到潇湘馆里,彼此赏订一番,何如?(生)使得。(丑扮小丫头上)袭人姐姐哪处不曾找到,原来二爷在这里。(生皱眉介)你来的也好,先提这篮儿,盛了家什回去。告诉袭人姐姐,不必再来聒噪,我到林姑娘处闲话,片刻就来。(丑提篮下。生)无端写出伤心事,(小旦)惹得旁人也泪流。(生)妹妹请。(同下)

第三折 断 梦

(小旦病装,贴扮紫鹃扶上,坐介。贴上灯。旦叹介)

【一枝花】身如落叶轻,人比黄花瘦。把怎般俏样儿断送甚来由?独坐潇湘,又捱到黄昏后。消受,这打窗风雨一灯秋。似这等无了无休,倒不如速亡速朽。

(贴)姑娘,且耐烦坐着,我与你煎药去。(下)

(小旦)俺林黛玉,自今年犯病,日见沉绵。暮热朝寒,形销骨立。大约残生有限,凤愿难酬。细想从前,好无聊赖也。

【梁州第七】不由人一桩桩思前忆旧,把往事凑上心头。恰便似一场春梦难回首,经几番轻尝暗试,才得个意合情投。则俺这热肠冷面,也只是佯怒乔羞。空惹那燕妒莺仇,依旧的玉冷香幽。有缘呵,可怎的私愿难酬?无缘呵,为什么髫年厮守?少待呵,又恐怕薄命难留。推求,知否,这的是春蚕将死丝还有,孽债呵没还够。直到那蜡炬成灰泪始休。天哪！俺就死呵,还向地下埋愁。

（贴捧药上）姑娘服药吧。（小旦）心绪烦恶,且自消停。（掩泣介）紫鹃！俺只为俺娘早逝,兄弟全无,无奈何,从八岁上自扬州来寄居外家。谁知道久客生厌,又加上痼疾不瘳,泪眼将枯,愁肠欲断,空房冷落,哪个见疼,我好命苦也。

【牧羊关】堪叹伶仃命,淹煎病不瘳。望家乡,曾无个好梦到扬州,倒似那倩女魂异地沉浮。再休提的亲娘舅,和那假疼人的外祖母,谁瞅睬俺将死的丫头！（哭介。大嗽介。贴）姑娘,你看满地鲜红,吓死我也。（小旦喘息低唱介）洒桃花一阵翻肠嗽。敢则是泼残生今夜休。

（贴）姑娘好生稳着,我温这凉药去。（下。小旦）唉！自宝玉遗失通灵,移居园外,那怡红院早已十分冷落也。

【四块玉】望怡红,泪暗流,人去也,空帘牖。早只见绛芸轩寂寞锁清秋,听说他犯痴迷旧症今番骤,多管是痴性儿只为咱日夜愁。可知我病样儿已到了九分九。镇凝眸,见一面也怎能够。

（丑扮傻大姐上）林姑娘,你一人在此,好不冷清,你看前院热闹哩。（小旦）为何热闹？（丑）只因琏二奶奶说,要与宝二爷冲喜,哎呀呀,就点了满堂的灯烛,要与宝姑娘拜堂成亲哩。（小旦）果然？（丑）是我亲耳听的,亲眼见的。（小旦）哎哟！（跌倒介。贴执药杯上,惊问丑介）为何这样？（丑）我只说了一句宝二爷要与宝姑娘成亲,姑娘就跌倒了。（贴放杯恨介）该死的,叫你坑杀人也。（丑奔下。贴扶小旦坐,唤介）姑娘醒来。（小旦忽起向外行介,贴拉小旦哭劝介）姑娘,要往哪里去？目下夜已二鼓,露冷风寒。刚才失血过多,还当保重为是。（小旦呆立不语顿足介）我好恨也！

【骂玉郎】好一似快刀儿戳了心头肉,怎命逢冲破,尽变了冤仇？热心儿一霎冰凉透,果然的是冤家才聚头。从此把我眼泪呵收收收,恨说不出的苦衷肠谁代剖？

（贴）姑娘,不必恨了,请坐下歇息服药罢。（小旦取药泼介）紫鹃,我已看透也。

【哭皇天】休休休,把往事一笔全勾。只要他天长地久,从今后西风夜鬼啼孤柩,就是俏红颜落得下场头。（取案头诗稿介）这诗呵,皆出我锦心绣口,不教艳蕊娇香一字留。（投火盆介。贴）这是怎么？（小旦）这才剪除了魔障也,莫忏悔风流。

（小旦坐喘。忽定神向贴介）紫鹃，我知心只你一人，姊妹一场，今日永诀矣。我有句要紧言语，你须听着。

【赚尾】生前此地伤心透，死后心伤此地留，你务要把我尸骨送回扬州安葬。（点哭应介。小旦）且喜我是完洁之躯，可以无憾。你也不用过悲了。你不必鹃血乱洒淋漓袖，把泪眼轻揉，看俺含香豆蔻。（晕倒介。贴扶叫介。老旦扮李纨上。贴）大奶奶，俺姑娘不好了。（老旦）妹妹醒来。（小旦睁眼笑介）哈哈俺呵，今日里打破情关可也大撒手。

（小旦合眼。老旦、贴叫不应介，哭扶小旦下。内作细乐。杂扮四女童执幡幢，引小旦跨鸾上）俺林黛玉眼空色界，位列仙班，好不自在也。

【乌夜啼】俺驾着翠巍巍仙鸾灵鹫，簇拥着云罕星斿。揽云头再向那尘寰低首，只见大观园惨惨月光浮。那壁红烛光幽，这壁素幔风遒。听那哭声笑语判欢忧。哭声笑语判欢忧，霎时间一样归无有。慢悲俺魂销白骨，请看他梦散红楼。（内复作乐，小旦）妙呀！

【煞尾】顺天风一派仙音奏，俺待环佩声归十二楼，谁羡他笙歌接至珠帘右？落得个月闪欢眸，电开笑口，把那些旧恨新仇，都撒在大荒山青埂峰后。（翱翔下）

第四折　醒　　梦

（旦淡装扮薛宝钗，贴扮莺儿，执灯引上，坐介）俺薛宝钗。自哥惹出大祸，俺随妈妈投奔姨母，别院而居。妈妈把俺许给宝玉，也是强配鸾凤。自赋于归，甫经一载，不料秋闱方罢，即遁迹不回。前日老爷自常州寄来家书，说在昆陵水驿前，见他身挂缁衣，在船头叩辞而去。想他已入空门，断无归来之日矣。噫！闪得俺苦也。

【赏花时】一度春风老绿芜，芳草连天望远途。从今后慢自比罗敷，竟做了青闺孀妇，常伴闷夜一灯孤。

【其二】也不恨薄行痴郎撒弃奴，恨只恨薄命红颜犯寡孤。你听那莲漏下铜壶，冷清清愁怀谁诉？好教人慵看绣衾铺。

（内打三更。贴）姑娘，夜深了，请睡吧。（旦）莺儿，你教我如何睡得稳也？

(贴执灯引旦下。杂扮仙女上,向内介)神芝仙子醒来。(旦扮梦魂上)

【新水令】恰缠是怀人一枕梦初回,透纱幮娇莺声细。(望介)只见帘前红袖立,阶下翠云低。心内惊疑,问仙姝,何事唤侬起?

(杂)太虚宫警幻仙姑有请。(旦)警幻仙姑未曾拜识,忽然见召,果主何因?(杂)到彼便知,请同行。

(杂引旦行介。旦)

【驻马听】夜色微微,几缕春云拖素绮。星光历历,一轮华月漾玻璃,遥望见琼楼飘缈翠烟迷。(场上系一匾,书"离恨天"三字)早来到相思千古伤心地。(杂)来此已是宫门,请入宫相见。(旦)我缓步历瑶墀,只见控金钩一带珠帘启。

(老旦扮警幻仙姑迎卜,旦入拜,老旦扶介)红尘陋质,擅造仙宫,瞻仰金容,何胜惭恐。(老旦)廿载别离,时萦梦寐,人天一会,聊证因缘。请坐。(旦让老旦正坐,旦傍坐,老旦)有贤妹故人在此相候久矣,侍儿请神瑛侍者相见。(生僧装扮宝玉上。见旦笑介。旦立唱介)呀!

【沉醉东风】只见他锦袈裟斜搭半臂,越显得秀丽清奇。说甚么玉树袅风前,分明是罗汉临凡世。虽然你升天拔地,为什么金童远去,竟忘了玉女相随?柔肠欲碎,你开口笑,我揩涕泪。

(老旦)贤妹不必伤感,你哭他笑,可以悟道也。(旦点头介。老旦)有话坐下讲。(生旦左右对坐介。旦)

【雁儿落】只说你攀仙桂,步云梯,谁知你餐佛果登初地。但与你云光里坐一回,也强如红尘影中打瞌睡。

(老旦)请绛珠仙子相会。(小旦仙装扮黛玉上,旦起迎介)怎么林妹妹也在这里,兀的不想杀我也。(小旦笑不语介。老旦)请坐。(小旦坐旦次介。旦)

【得胜令】我与你姊妹胜亲的,这心事有天知。恨煞他诡计桃当李,怎能得瞒人鹜代鸡。心灰,弄得你翠黛销,悲长逝;情远,弄得我玉钗断,恨远离。

(老旦)贤妹也不必伤感,你与他终是一路人也。(旦)

【乔牌儿】看你霓裳霞袂,已证了仙家体。待与你携手儿住瑶扉,也只是指烟霄卜后期。

(老旦)侍儿请芙蓉仙子相见。(贴仙装扮晴雯上。旦)原来晴雯姑娘同在这里。请坐。(贴挨小旦坐介。旦)

【甜水令】看她整整齐齐,婷婷袅袅,天风吹坠,何处问因依?原来绝世佳人,皆是神仙转世,一个个自在由夷。

(老旦)贤妹说的不差。侍儿,将转轮镜抬来。(杂抬玻璃大镜上,正面玻璃内影一命服美人。老旦)贤妹请照自身者。(旦照介)呀!

【沽美酒】我定睛儿仔细窥,定睛儿仔细窥,早变了旧容仪。哪里有雾鬓风鬟尘外致,颤巍巍珠冠点翠,束宫锦,玉一围。

咥!原来是个俗物,我好恨也!(老旦)贤妹请照那面者。(背面玻璃内影一仙装美人。旦照介)妙呀!

【太平令】早则见鹤氅羽衣,换却了珠翘锦帔。果有这潇洒日期,管甚荣华憔悴。俺呵,忘悲意怡,一霎时破痴觉迷。呵,牡丹花也挣的与梅花一体。

(老旦)贤妹悟了么?(旦)尚未了然。(老旦)只好如此,天机不可尽泄也。

【煞尾】世事等空花,人生如梦寐。倒是太虚宫景象却真实。只怕一会人天还是梦里。

(老旦)是梦非梦,不必深究。俺有冰桃雪藕,玉液琼浆,请众仙小聚片时。还有渺渺真人制成的《红楼梦曲》,可以歌来下酒。侍儿看酒。(生旦一席,小旦、贴一席,老旦陪席。老旦)歌童歌《红楼梦曲》者。(杂扮歌童八人,皆丫髻、锦袄、绣裤、执花,舞唱介)

【红楼梦曲】(即俗歌《雷峰塔·皈依》折之【十锦九云罗】也)孽海无穷,因叫俺管情天,住在太虚宫。解脱冤愆,别有那阴阳妙用,堪笑无情石木,也做了爱蠹痴虫。您道是情根种,哪知道孽债完时,回首也皆空。早则见,严霜一夜落芙蓉,又听得鬼哭秋风。只留得潇湘竹上泪斑红,说甚么玉关金锁,便恩爱也镜花同。胥不是鬼使神差拨弄,莫怨天公。这是后果前因,偶现梦儿中。明本性,大荒东,抛懊恼,长欢容。展放响喉咙,唱醒红楼梦。世上有情的人呵,须看破,莫把聪明成懵懂。

(众)妙哉!真是诸天无碍,大地光明也!(旦)经这番提撕,弟子大悟矣。(老旦)侍儿送神芝仙子归去者。

(杂引旦自人门下场,老旦领众自鬼门下)

三钗梦北曲小序

《红楼梦》小说脍炙人口,续之者似画蛇足,其笔墨亦远不逮也。近有伧父,合两书为传奇曲文,庸劣无足观者。临桂朱蕴山别为《十二钗》十六折,思有以胜之,脱稿示余,未见其能胜也。(蕴山后刻其《十二钗》,将此四折中之断梦、醒梦借刻其甲内,意亦不相入也。)余谓读《红楼梦》以为悲且恨者,莫如晴雯之逐,黛玉之死,宝钗之寡,乃别出机轴,以三人为经,以宝玉为纬,仿元人百种体,为北调四折,曰:勘梦,曰悼梦,曰断梦,曰醒梦,因谓之《三钗梦》。夫晴雯之逐,梦也;黛玉之死,亦梦也;宝钗之先涸尘而后证果,则梦之中又演梦焉。嗟呼!人生如梦耳!余亦在梦中。乃为不知谁何之人摅其悲,平其恨,呓语邪,抑痴人之说梦耶?

六观楼主人自题

道光二十六年(1846)《六观楼北曲六种》本,阿英编《红楼梦戏曲集》(中华书局1978年版)收录。

红楼梦散套

吴 镐

归 省

（杂扮内侍四名、宫娥四名，正旦扮贾妃上）

【黄钟·画眉序】 彩仗趁香风，七宝仙辂下九重。喜鸿基祚固，鼎运昌隆。列貂珰象服增华，映蛾鬓雀钗承宠。星球火树辉元夕，匝地升平歌颂。

［集曹唐句］休道蓬莱归路长，细环清佩响丁当。霓旌着地云初驻，侍从皆骑白凤凰。我贾元春是也。祖贾代化，袭封荣国公；祖母史氏，晋封一品夫人；父亲贾政，官任工部员外；母亲王氏，诰授宜人。我自幼绛纱系臂，选入椒庭，青绶垂腰，久操彤管。荷螽斯之雅化，感螮蝀之优恩，晋授凤藻宫尚书，赐号贤德妃。着金环而御夕，每司分茧之劳；鸣玉佩以惊晨，深沐贯鱼之宠。克修女诫，以备内宫。欣逢景运光亨，鸿图丕炳。天颜有喜，俯怜乌鸟私情；圣德难名，准奏葛覃雅乐。因此命驾雕舆，竟归珂里。一切礼仪，已在前殿叙过。衿缨奉侍，尚依稀旧日房栊；耳鬓厮磨，重认取当年弟妹。目下来到园中，你看桂宫高敞，兰殿巍峨，琼枝与火树交辉，绣槛共绮窗相映。虾须帘卷，鼎飘沉水之香；龟甲屏开，笛引绕梁之韵。只觉太奢华靡费了。内侍。（应介）吩咐暂停箫管，请太夫人等上殿。（向内宣介。净扮贾母，外扮贾赦，老生扮贾政，老旦二人扮邢、王两夫人上。合）

【赏宫花】 春涵蕊宫，凤来仪，圣德浓，恰喜那头番的圆月镜长空。（拜介。正旦起立）看坐。（内侍列座，众谢坐介）太液恩波真浩浩，天伦乐事正融融。

（正旦）女儿虽得荣贵，然骨肉分离，转不如田舍之家，可遂天伦乐事。（老生）臣等草莽寒门，岂意瑞徵鸾凤，此皆日月精英，祖宗远德，政等虽夕惕朝乾，忠于厥职,岂能酬报万一?念臣呵!

【啄木儿】叨余荫,袭旧封,更遭际玉胜徵祥出女宗。只道是老郎官白首星曹,谁承望列椒房赵李歌钟?唯愿贵妃呵,宜男草向尧门种,还要婉妗仙算西池永,再休得垂顾家园念阿翁。

(内侍)禀娘娘,排宴。(正旦)伯父与父亲外厢休息。请姨妈同妹妹们来一叙。(外、老生应下。老旦)我乃薛门王氏是也。(小旦)我乃薛宝钗是也。(旦)我乃林黛玉是也。(正旦)我乃李纨是也。(贴)我乃王熙凤是也。(杂旦)我乃贾迎春是也。(小生)我乃宝玉是也。(杂旦)我乃探春是也。(杂旦)我乃惜春是也。(合)娘娘命我等侍宴,就此同去。

【赏宫花】金迷翠笼,是花丛,是锦丛?灯桥凝玉树,一园红。(众拜。正旦起立介)银汉高悬晶饼月,兰堂轻拂宝筝风。

(内侍排宴,元妃正中一席。东薛姨妈、邢夫人、宝钗、李纨、迎春、探春。西贾母、王夫人、黛玉、凤姐、宝玉、惜春。各就席立介。薛姨妈、贾母、邢、王两夫人送酒)一杯为寿,愿娘娘千岁康宁。

【神仗儿】献瑶罩酒鳞风动,献瑶罩酒鳞风动。看这菜甲春盘,只是家庭清供。一般儿蚕母趋陪,一样的斋娘承奉。愿长乐未央宫,愿长乐未央宫。

(宝钗、黛玉送酒介)敬献瑶觞,愿祝娘娘千秋介福。

【前腔】露春纤金罍高捧,露春纤金罍高捧。读了这碧字香生,一片彩毫云瀚;真抵得大篆龙蛇,刚照看小天星众。(正旦)方才讽吟两妹锦篇,迥非愚姊妹等可及。(两旦)娘娘过誉了。笑初学愧雕虫,笑初学愧雕虫。

(李纨等送酒介)洁卮称祝,愿娘娘千龄叶庆。

【前腔】奏云韶兰樽再送,奏云韶兰樽再送。飏风前彩袖高抬,逗着佩环微动。尽麻姑笑指东溟,一任他瑶砂露重。攀雕辇且从容,攀雕辇且从容。

(正旦立介)取酒来,待俺答敬一樽。(众)实不敢当此礼,请娘娘台坐。(正旦)既如此,宫娥们代俺斟酒。(杂应,向各杯斟介。正旦)

【绛都春序】璇闱严重,难得是好元宵,亲和族团栾共。感皇朝敦亲崇孝多殊宠,全家齐把尧天颂。(合)绮筵前珠围翠拥,愿年年此夕,笙歌西第,人月圆同。

(收席,内侍禀介)时已丑初,请娘娘到栊翠庵拈香。(众)我们先去候着。(各下。正旦)

【尾声】白发高堂话正浓,时牌促驾太匆匆,可能得今夜司天莲漏永。

葬 花

(旦肩花锄佩纱囊携羽帚上)

【北双调·新水令】甚韶华如许易飘零?冷惺忪梨云梦醒。兰风吹袂举,香屧踏莎轻。池水盈盈,照见我病根苗,愁形影。

花谢花飞飞满天,红消香断有谁怜?游丝软系飘春榭,落絮轻沾扑绣帘。我林黛玉,自进芳园,居停湘馆。三千翠凤,长绕妆台,万片绿云,平侵眉秀。抚兹胜地,惬我幽怀。只是草号寄生,花名独活。虽则罗帷绣幕,同称掌上之珍;无如瑶想琼思,恐作风中之絮。六时怅怅,百感茫茫。咳!朱鸟窗前,每弹别鹤;青鸾镜里,难展修蛾。适当春序将阑,落红满地,悼他花劫,触绪增悲。痛爱护之无人,叹漂流于何底?为此备下羽帚,尽数扫来,贮在纱囊,埋之净土,庶不负了东皇长养,南国芳华。你看揉香搓粉,煞是可怜人也。

【南越调·绵搭絮】抵多少彩云红雨暗长亭,一味价碎锦残绡,似坠楼人受逼凌。梦蘅芜魂断娉婷。烟消紫玉,雾散瑶瑛。艳质芳枝,一例的苦蒂危根了此生。

且行向沁芳闸去。

【前腔】携了这荆苕小小绕堤行。休认做闲踏天门,御仙风翠凤翎。这纱囊呵!也算是殓瑶姬云母留形。叹珠襦玉匣,一样沉冥。尘劫茫茫,羡杀他不老仙春碧海瀛。

早间紫鹃说宝哥哥到东府去了,且绕过这怡红院者。

【黑蟆令】步过这凫汀、鹤汀,收拾了那些残英、败英。呀!小蔷薇抓住香缨。怕听这绿阴中莺声、燕声,只当做哀猿啸声、啼鹃泣声。那里是绮榭芳庭,只似那愁城、夜城。

恰喜地香残红,纱囊将满,好筑花冢了。(挥锄作葬介)

【商调集曲·八宝妆】[金梧桐]消磨却三生绮陌天,领受了半晌阳和境,一霎风光,做一霎凄凉景。[四块金]可怜他谪下蓬山,移来绣岭。[五更转]本来是孤苗悴叶恹恹损,禁他雨雨风风,酿就了红颜薄命。[琥珀猫儿坠]空留这护花幡拂护花铃。[三台令]尚兀是送丁丁隔院声。[山坡羊]虽则是一抔瘠壤胭脂冷,较胜了落溷飘藩逐浪萍。[绿裓衫]这不是惺惺从古惜惺惺。[骏甲马]要晓得我异乡孤零影,说不尽那罗绮丛中凄楚情。

【梧桐坠五更】[梧桐树]春晖午乍亭,芳树阴初正,一现优昙,便是娥眉的小影。这个土馒头呵!虽没有白杨数树萧疏映,也须得寒食清明哭几声。[五更转]俺只待把蚕丝烛泪都担领,猛地酸辛,(搵泪介)啼珠交迸。

葬花已毕,不免以哀歌吊之。(吟曰)侬今葬花人笑痴,他年葬侬知是谁?一朝春尽红颜老,花落人亡两不知。

【前腔】诌几句凄凄肠断声,唱一套黯黯伤心令。碎韵零章,也抵得半统残碑剩。斗想起当日呵!香车细碾雷塘径。咳!这便是小玉勾斜宫女茔,只少点三更鬼火星星影。一样的瘗玉深深,埋香暝暝。

时已过午,不免回去罢。

【尾声】回避了画墙阴,苔藓青,拭褪了鲛绡红冷,则留下一点越梅酸,阁住在小心窝终夜哽。

警　曲

(生上袖《西厢》一本)阮籍尘机少,嵇康世虑疏,好排花下席,且读枕中书。昼长无可消遣,携得《会真记》曲文,小坐柳阴,饱看一回者。

【仙吕·望远行】芳园静昼,一道裙腰绿秀。锦片春光,好把清词怀袖。(展卷介)看他待月莺雏,缔了飐波鸳耦,又引起三生情窦。

(旦上)解语牡丹才馥馥,识愁杨柳又婷婷。呀!原来宝哥哥在此。看什么书?(生)不过是《中庸》《大学》。(旦)又来弄鬼,趁早给我瞧瞧。(生授书与旦介)真好文章,想妹妹也赏赞的。(旦作看介。生)

【桂枝香】非秦非柳,陶写就闲心妙手。为传他卷里崔徽,平捏出天边张宿。彩毫端似春云展收,春云展收,灵机迤逗。这才是文章星斗好风流,凭他慧业才人笔,描出琼闺弱女愁。

(旦)那双文煞是可怜也!

【前腔】孀孤相守,寓蒲东普救。绣屏前白发凄凉,妆阁里红娘即溜。结西厢凤俦,结西厢凤俦。墙花阴逗,迎风户扣。只落得恨悠悠,弃置凭谁道,羞郎转

自羞。(生)

【皂花莺】[皂罗袍]休为萧娘眉绉,爱吹花嚼蕊,粉滴酥揉,且看他出格好温柔。[水红花](旦)细凝眸,又何须暗抛红豆?这绝妙好词呵!只合借双成笙管,传向碧云楼。(生笑介)我便是多愁多病身,你就是倾国倾城貌了。(旦怒介)怎把淫词来欺负我,告诉舅母去。(生拦揖介)原是说错了,并不敢有心的。(旦回身笑介)呸![黄莺儿]原来也是银样蜡枪头。

(生)怎么你也说这个呢?(旦)哑!你会过目成诵,难道我女孩儿家,就不能一目十行吗?(贴扮晴雯上)二爷,老太太找呢。快过去罢!(生)妹妹,我且暂去,你休要感伤。(旦点头,生下。内唱《牡丹亭·游园》【袅晴丝】一曲。旦)

【金盏儿】猛听得风送清讴,是梨香演习歌喉。一声声绿怨红愁,一句句柳眷花羞。(内唱"姹紫嫣红"介。旦)呀!原来曲中也有如许好文章的。教我九曲回肠转,蹙损了双眉岫。姹紫嫣红几日留?怎不怨着他锦屏人看贱得韶光透?想伊家也为着好春俜偢。咳!黄土朱颜,一霎谁长久?岂独我三月厌厌,三月厌厌,度这奈何时候?

(内唱"如花美眷"一曲,旦蹲坐听讫)呀!这又不是女孩儿口气了。

【前腔】那里是催短拍低按梁州,也不是唱前溪轻荡扁舟?一心儿凤恋凰求,一弄儿软款绸缪。这的是有个人知重,着意把微词逗。真个芳年水样流,怎怪得他惜花人,掌上儿奇擎够?想从来如此的钟情原有。咳!今古如花一例一例的伤心否,把我体软哈哈,体软哈哈,坐倒这苔钱如绣。

曲谱一道,向来未习,如今也要留心也。

【江儿水】似听琼枝曲,如闻幔卷绸。一声河满才离口,两行玉箸罗襟透。分明子夜伤心,又如此好天长昼。镜里荣华,明日更应消瘦。

夕阳将残,且归去者。

【尾声】落花飞絮关心候,又学那撅笛宫墙把曲偷。俺呵!只好掩着幽闺,自怜还自守。

拟　　题

(小旦、杂旦同上。小旦)

【中吕·金菊对芙蓉】苏锦文名,谢帘风韵,扫眉才子休夸,论兰闺静媛,不在词华。(杂旦)一般似狂阮籍情怀旷达,愁攀岳意绪嗟呀。(合)绣余鸳枕,织残凤帕,拟咏寒花。

[集叶小鸾句·风蝶令](小旦)桂已檀黄褪,莲初黛粉干,嫦娥眉又小檀弯,照得满阶花影只难攀。(杂旦)陶令一尊酒,难消万古愁。问天肯借片云浮,袅袅乘风归也,上瀛洲。(小旦)云妹妹,我方才的话,是一片真心为你,你休要多心,说我小看了你。(杂旦)宝姐姐,你这样说,倒是有心待我了。(小旦)你说要咏菊花,眼前倒也合景,只是前人做的太多了。这诗品呵!

【千秋岁】论诗家,总不在韵险题纤巧,分甚么怀珠拾瓦。也不在斑管云飞,斑管云飞,便显的七步风樯阵马。只要的灵机逗,多潇洒,新词秀,多闲雅。水到凭渠泻,便是钩心斗角,散彩纷霞。

(杂旦)我也想的,恐怕落了熟套,不能主意清新。(小旦)有了,如今以菊为宾,以人为主,拟出几个题目来,赋景咏物,两下相关,便见新鲜了。(杂旦)只是不知用何等虚字才好,你且先想一个来。(旦)

【南吕集曲·三十腔】[绣带儿]须就着前题变化,巧样翻成新法。[石榴花]便不是土饭尘羹,人嗤恶扎。有一个忆菊如何?(杂旦)很好,寂寂秋斋闲扫榻。[水叩令]猛忆着寒庭佳友,白露蒹葭,尚阻菰莼驾。也有个访菊了。(小旦)亦可。[三学士]趁着这木落山空把游屐蜡,访柴桑处士人家。[大胜乐]揽环结佩在东篱下,话西窗,你共咱。既如此,就用上个种菊罢。(杂旦)要用的。[黄龙衮]开三径,破苍苔,挥锄锸。[斗黑麻]滋养灵苗,待吐芳葩。便要与他相对了。(小旦)使得。[玉娇枝]碧梧金井静纷华,轻掩了六扇文纱。[娇莺儿]休笑道和卿比瘦,结个忘言契,不争差。顺着再拟他一个供菊。(杂旦)很是。[皂罗袍]忍教卧荒畦烟孤月寡,须珍重瓶花品格,位置偏佳。抛除蝶阵与蜂衙,女茎更见风流煞。就用个咏菊如何?(小旦)一定的。[解三酲]糟云初泛樽中酒,墨雨重开笔上花。[五马江儿水]吟哦的冷香袭袭,沁入齿牙,幽情脉脉,笑斟杯斝。再拟个菊影上去。(杂旦)配的好。[秋夜月]看银荷畔潜渡的秋容,恰只少了轻挑画叉,更胜了描摹临摄。又逗起一个画菊来了。(小旦)也算文心所至。[琐窗寒]好玲珑,付他,妙手把丹毫洒,杀粉调铅细画。[醉扶归]趁一屏秋留月,姊借三尺纸写寒华。[五供养]图成了筠亭挂映松霞。加上一个问菊罢。(杂旦)更好了。[普天乐]畅好是,知音侣不在天涯。[懒画眉]我灯炧茶温闲絮话,你为什么霜面冰心无语答？［三字令］笑痴情的费波查。还须拟一个簪菊在上。（小旦）必要的。［四边静］绣苑晨妆罢，摘向钗头插。［柳穿鱼］真个是华鬘轻颤髻盘鸦，俊似龙山落帽嘉。［东瓯令］又有一个菊梦了。（杂旦）更巧！逗得神女繁霜来相迓，幻缘缥缈休惊诧，胜得罗浮春一霎。便以残菊收结前题之感罢。（小旦）甚是。［双劝酒］冷飕飕云中几点晓鸦，夜沉沉风前数拍吟笳。［排歌］可怜他傲霜劲节，憔悴蓬笆。（杂旦）尽够了。［闹樊楼］把三秋妙景争夸。［刮鼓令］绝似制成菊谱寄山家。［簇御林］题十二，数更佳，巧配金钗风雅。只是该限个什么韵呢？（小旦）［鲍老催］也不须分题限韵多兜搭，任他们各自去把心机化。［节节高］免使支离穿凿玉生瑕，刻舟求剑多拘扎。

明早把这题纸粘在壁上，待他们能做几首，就做几首，倘有高才捷足，全做亦可。（杂旦）你看参横斗转，夜色很深了。

【尚按节拍煞】看秋河斗转三更杀，（小旦）多只为要商量的题巧诗葩，（合）待盼的锦字团成付碧纱。

听　　秋

（旦引杂旦上）

【商调·水红花】进商声做就可怜宵，瘦腰围十分宽了。看他冷笑蘂，翠盖早全凋。病黄华，金铃低袅；伤感煞，白蘋红蓼。望江南，云影正迢迢，何处是广陵涛？咳！乡园路遥。

［集本句］闲苔院落门空掩（桃花行），冷雨敲窗被未温（哭花）。尺幅鲛绡劳惠赠（题旧帕），秋闺怨女拭啼痕（白海棠）。紫鹃，你看风雨交加，秋声满耳，你与我垂下帘栊，把灯火移在书几，待我坐此静听一回，以消永夜。（杂旦）姑娘连日身体欠安，须要自家珍重，不可触景伤怀。（旦）知道的，你去罢。（杂旦下）

【小桃红】你听这乱飞银竹，骤卷金飙，一味把秋心搅也，天与我撒下了愁苗。飕飕的摧残叶陨林皋，点点的要滴碎芭蕉。累的个雁儿号、蚕儿吟、蛩儿唧、萤儿飘也，好教我似金仙铜盘铅水倒，只落得窗外窗中一样如潮。

想我幼年在南边的时候，水秀山明，二十四桥，红杏青帘，香车画舫，唯我独尊。不幸椿萱早逝，来借枝栖，就同这惊秋花鸟，一样伶仃了。你看园中姊妹，俱有老亲怜惜,就是宝姐姐也有母兄相傍,岂不强如我失巢寒雀乎?

【下山虎】我比那早莺换柳,乳燕移巢。说甚的金屋藏娇小,花憔月憔;便一种看承,也不恼自恼。只怪的弱骨香桃逐渐消,想着他一般儿姊妹娇,绕娘行百十遭。触目关心处断肠暗撩,剩有那蜡泪垂垂也替我抛。

凄然无绪不免展开书卷。呀!是本古乐府。

【莺啼御林】[莺啼序]这一个是明妃远嫁泣檀槽,一个是度惊鸿惆怅神霄。还有那十八拍蔡女思乡,卓氏望白头永好。小班姬月扇萧条,陈后在长门静悄。[簇御林]暗魂消,佳人绝代,一例耐煎熬。

阅至此,可不令人感叹!不免拟《春江花月夜》之格,作《代别离》一首,以舒幽念。(吟曰)助秋风雨来何速,惊破秋窗秋梦续,抱得秋情不忍眠,自向秋屏挑泪烛。

【集贤醉公子】[集贤宾]这不是竹西歌吹玉人箫,倩他像板声敲,正是一幅伤心的愁草蒿。好比那戛苍梧苦竹聊萧,酸酸楚楚,平抵做青草渡子规声叫。秋阴悄,只这翠竹房栊,也算得黄陵古庙。

(生斗笠蓑衣上)

【北双调·夜行船】苦雨凄风打绮寮,多只怕意中人把病又勾挑。一寸芳心,担烦受恼,因此上来相伴茜纱深窈。

(杂旦)姑娘,宝二爷来了。(生)妹妹,今儿身体可好些?(旦)哪里来的这个渔翁?(生)是北靖王送的。唯有这斗笠有趣,上头顶是活的。我送妹妹一顶,下雪天很可戴得。(旦)我不要,戴上那个,岂不成了画儿上画的,和戏上扮的渔婆儿了么?(作羞介。生取诗诵,旦夺去。生)已记熟了,妹妹,我特来伴你听这风声雨声也。

【骤雨打新荷】滴滴声声,漾秋情缥缈。正配着桄翠茶铫,梨香笙调。一盏好醇醪,怎不学呼灯儿女助秋兴,篱落逍遥?还看你走彩笔,把清词玉戛,抵过那白雨珠跳。

(旦)教我怎生有这意况也?

【四块金】入骨荒寒,似走西陵道。和着檐琴,恍合伊凉调。三更太息声,一个孤凄貌。甚处钟敲?甚处砧捣?好无聊,甚闲情把秋容眺。(生)

【风流体】休得要对寒灯,对寒灯欢意少;吟怨词,吟怨词伤怀抱。只盼你,只盼你双眉绉自消;病烦人要强自寻欢笑。

（生）妹妹，夜深了，早些安歇罢，我回去了。（杂旦）小丫头们在外点灯呢。（旦）这个天怎点灯笼？（生）不妨，是羊角的。（旦）紫鹃取那玻璃绣球来。（杂旦）在此。（旦付生介）这个亮些。（生）我也有一个，怕他们打破了，所以没有点得。（旦）跌了灯值钱呢，跌了人值钱？几时又变出剖腹藏珠的脾气来？（生笑下。杂旦）这样风雨，难为宝二爷来相伴，姑娘也休自感了。（旦）

【尾声】不枉了恁笠屐冲泥走这遭，胜多少却话巴山慰寂寥，俺呵，还怕这梦魂儿在潇湘江上绕。

剑　　会

（贴道装背剑上）

【北中吕·石榴花】青萍断送绿窗魂，倒惹得警幻笑痴人，心期虚盼好良姻。哪知道鸳盟未稳，剑聘非真，一似路人硬向萧郎近。枉关情，这镜里夫君，只落得他抚棺泪雨粘红粉，声声道害了贞烈小钗裙。

因痴惹恨早轻生，留得人传烈女名。还待引她超苦海，休言入道便无情。我尤三姐是也。生长绮罗，耻随纨绔；性成霜月，托意柳莲。谁道十年待字闺中，真是五载望夫山上。不料他误听了赤舌谰言，谬认做墙花路柳。笑我热心，遭他冷面，遂将闪电青锋，了却如花红粉。哪晓得梦未阳台，名无阴府，灵河才到，幻境便知。又承警幻片言，再动凌波数步，要引他撇下那未了年华，顿悟得易阑岁序，超出迷津，可昇觉路。咳！休笑我生既痴憨，死犹爱恋，想起前情，好不感忆也。

【道和】五年来月夜花晨，月夜花晨，帘波不动掩朱门。闷黄昏，对炉熏，耐尽了潇潇暮雨残灯晕。双双乳燕穿窗进，看二乔早自缔朱陈，绸缪风月好情亲。我黛常颦，姊笑问，道天台路，渔郎引，为甚么锁葳蕤藏春紧。那知是待英才，虚合卺，不学他鞋提金缕把香阶印。似这般惺惺相惜有情真，也抵得人面桃花多丰韵，苧萝相遇心盟准。叹狂夫玉石难分，言语逡巡，谬认了无耻淫奔。猛逗起，（泪介）填胸恨，霎时里一腔颈血向剑光喷。

咳！方才警幻仙姑何等导引，这些往事，我也不必忆着了。

【上小楼】只待划断情根，抛除前恨，撇下浮尘，还提什丝牵绣幕，绠判氤氲。任他小巫娥散雨云，逗的柳娇梅褪，我太虚仙独拈花微哂。

就此驾上云头,寻他去者。(下。小生佩剑上)

【南中吕·怨回纥】六州铸错尚何云,寻春断送好青春。真个是花到手时偏不折,璧从怀后转生嗔。(顿足介)我如此缘悭矣,只分的寒衾孤枕了单身。

我柳湘莲一时志短,把一个绝色的刚烈人儿轻轻断送了,好不十分愧悔。只得眼睁睁看她入殓,痛哭一场,辞了他们,来此旷野,稍舒忧闷。呀!为什么?

【会河阳】一霎的心境迷离,神思幽昏,愁丝千缕乱纷纭。(泪介)伤情,(内作佩声。生听介)是那里彩佩铿锵,来到这渔汀蓼村。(贴上)柳郎何不早寻归着,还向那里去作甚么?(生回身见作惊呆介)呀!是三姐,都是我孤寒士,无缘分,(泪介)害卿,遭薄幸把花躯殒。如今且喜遇着了香魂,愿化做墓顶上的鸳鸯稳。

(作拔剑欲刎,贴扯住,笑介)莫不是又疑我向你索命而来么?

【最高楼】我事如梦远已无痕,并不怨珠沉玉损,也不要胜的画图省识消郎闷,月下魂归环佩冷。

柳郎,妾以痴情待君,不期君果冷心冷面,只得以死报此痴情。今奉警幻仙姑之命,前往太虚修注案中情鬼,不忍相别,故来一会。(小生)三姐呵!

【青玉案】你既不似魏云华借体谐秦晋,又不似唐文喻离香椽,便再世玉箫难定准,倒不如双鸿并冢,英台合殡,胜似闪下我担愁恨。

(贴)柳郎也不须悲悼了。人世情缘,只如水泡易灭,你早修觉路,得上慈航,便可久常相见了。(小生)三姐,你既离尘证道,就带我同步云程罢。(贴)此时岂能便带得你同去?

【斗鹌鹑】我如今影珊珊步的梯云,袂飘飘驾的缯云。虽则是一般儿云鬟月鬓,可知道顿变了云帔霞裙。怎和你絮喝喝云期相订,软兜兜云意相亲。只盼你心静浮云悟法云,五云香里拜慈云,这才得云车同驾,云鸾同跨,(指剑介)就是此剑呵,也得个会延津风云陡趁。

柳郎!当念无常之火,烧诸世间,回头要早,我去也。(小生扯介,旦挥袂,作驾云下。生闷倒介。外扮道士上)缓向丹台餐玉李,且从绿野渡湘莲。我渺渺真人是也。警幻嘱我(指生介)度他入道,且待他醒来再处。(作捕虱介。生醒介)想我怎么到这一座破庙来了。那边有一个道士坐着,且去问他。(作向外介)请问此系何方,仙师何号?(外)连我也不知此系何方,我系何人,不过暂来歇足而已。(小生呆想,忽大声介)嗄!

【越恁好】叹人生邯郸一枕,似邯郸一枕,悲欢处总未真。又岂有繁华不谢,占定了万千春?我柳湘莲有此七尺之躯,妄想建些功业,今日里寸心灰矣。片刻里喜相逢笑忻,怨分离嘅呻,苦咽酸吞,(作挥剑断发介)也只须把烦恼丝斩尽。

(外起介)可喜可喜,柳郎早悟了也。

【尾声】俺好似岳阳楼上仙风趁,恁便胜却三度城南姓柳人。柳郎呵!俺与你认着柳宿光中寻他天路准。

联　　句

(旦上)

【仙吕·江儿水】碧落瑶蟾灿,愁人独自看。待乘风跨凤把灵娥盼,问玉宇琼台可也孤寒惯。(内吹笛介)听数声钿笛惊霜雁,猛逗起离情无限,他们似庾亮风光,我似做了个登楼王粲。

(杂旦上)露和玉屑金盘冷,月射珠光贝阙寒。呀!林姐姐,想来你又在此触景伤怀了。(旦)云妹妹,你看方才他们一家许多人,老太太尚说不得齐全,就是宝姐姐回去,也有母女弟兄同乐,令我不无增感耳。(杂旦)你是个明白人,还不自己保重。我只恨琴妹妹他们,订下中秋吟诗玩月,今日便弃了我们回去,弄的社也散了,倒是宝玉他们叔侄纵横起来。可是宋太祖说的好,卧榻之侧,岂容他人鼾睡的。你看这!

【玉连环】雪凝水镜闲庭院,忍教他尘暗麋丸砚滴干,好和你分笺挥翰。晕碧裁红,遣兴消烦。消烦,词追元白,句配苏韩,较胜了弹丝品竹传杯盏。

(旦)既如此,就到凹晶馆去,休要负了你的豪兴。(杂旦)当日取这名色,就有学问,可道不落窠臼,便见新鲜。但这二字不大见用,陆放翁用了凹字,还有人说他俗的,岂不可笑?(旦)论这两个字么,古书内如《神异经》《青苔赋》《画记》,以及少陵、樊川等集,用的甚多。这是那年我代宝玉拟下的。(杂旦)我道苟非我辈中人,用字怎有这般冶炼。姐姐你看这一派!(行介)

【长拍】非雾非烟,非雾非烟,似烟似雾,花影迷离纷散。竹敲风动,桂飘露冷,好园亭无异仙山。苔藓绿花斑。趁鞋弓微步,不管他罗袂生寒。胜似银屏珠箔金荷照,回身顾影佩珊珊。好一片水月也!皱碧成纹多漫澜,只少了瓜皮一叶,泛遍这曲曲汀湾。

要是我自己家里,就立刻要坐船了。(旦)古人说的,事若求全何所乐,我说这也罢了。(坐介。杂旦)姐姐,我两人都爱五言,就联它一首排律罢,可惜没有带的笔砚来。(旦)明日再写,只怕这一点聪明还有。(杂旦)用甚么韵呢?(旦)

【五月红楼别玉人】[五供养]且和你争评月旦,韵帖诗牌,(作数栏杆介)巧借栏杆。(杂旦)十三根是十三元了。(旦)只把那记事珠频掐,也不须洒墨与磨丹。我先起一句现成俗语罢。(吟介)三五中秋夕,(杂旦)清游拟上元。撒天箕斗灿,(旦)匝地管弦繁。几处狂飞盏,(杂旦)有些意思了。

[月上海棠]我诗情如夜鹊三绕难安,你休做出满城风雨近重阳,教我忙避席,任君讥讪。(旦)休虚赞,是剩语浮词,教人颜赧。(杂旦吟介)谁家不启轩?轻寒风剪剪,(旦)对虽比我好,只是平直了。(杂旦)[红娘子]可知道韵险诗难,怎便把写景来删?(旦)到后头倘没有好的,看你羞也不羞。(吟介)良夜景暄暄。争饼嘲黄发,(杂旦)吃饼是唐志上的,我也有了。(吟介)分瓜笑绿媛。香新荣玉桂,(旦)笑你趋异争奇把冷字翻,倒做了道家书光庭杜撰。(杂旦)明日查书相对何?(旦吟介)色健茂金萱。蜡烛辉琼宴,(杂旦)觥筹簇绮园。分曹尊一令,(旦)射复听三宣。殷彩成红点,(杂旦起介)[雁过南楼]趁这心闲意闲,向枯肠搜索多番。只要灵机变幻,怎道绿窗人懒,休笑是吟哦太慢。(吟介)传花鼓滥喧。晴光摇院手,(旦)素彩接乾坤。赏罚无宾主,(杂旦)吟诗有仲昆。构思时倚槛,(旦)拟句或依门。酒尽情犹在,(杂旦)更阑乐已阑。渐闻笑语寂,(旦)这底下一步难一步了。[江头送]一句句,一字字,要推敲细捡;便八叉手,七步才,总是辛艰。(吟介)空剩雪霜痕。阶露团朝菌,(杂旦)这一句怎么对?(想介)那里得汗珠楚璧同璀璨,呀!幸而想出一个字来了。(吟介)庭烟敛夕楣。秋湍泻石髓,(旦笑介)这促狭鬼,果然留下好的在后,我少不得打起精神来对这一句。[玉娇枝]这奇情突出费遮阑,须索要奇兵接战阵连环。也有了。(吟介)风叶聚云根。宝婺情孤洁,(杂旦)银蟾气吐吞。药催灵兔捣,(旦仰空点头介)人向广寒奔。犯斗邀牛女,(杂旦)似敲金戛玉声悠慢,研炼的了无虚泛。(吟介)乘槎访帝孙。盈虚轮莫定,(旦)晦朔魄空存。壶漏声将涸,呀!你看河中像有个人到黑影里去了,敢是个鬼?(杂旦作抛砖介。旦)原来是只仙鹤飞去了。(杂旦)胎仙梦醒,飞过秋滩。(吟介)窗灯焰已昏。寒塘渡鹤影,(旦作惊介)这一句更好了,这鹤真是助她

的。[余音]好一个寒塘鹤影多清惋,要对的他凄楚苍凉增感叹,才不是学步邯郸。(作仰首寻思介。杂旦)大家细想,不然明日再联亦可。(旦作喜色介)有了,冷月葬诗魂。可对的过么?(杂旦拊掌介)好句,好句。(贴扮妙玉上)两位诗翁,不可再联下去了。(旦、杂旦)呀!是妙公!(贴)我听他们吹的好笛,就走到了这里,又听你两人联句,遂听住了。诗中佳句虽多,只是过于颓败酸楚。夜漏已深,快同到庵中吃杯茶去,只怕鸡声将唱矣。(旦)谁知道已到了这个时候了。(杂旦)就此同去罢。(行介。贴)我来阻住你们的诗兴呵。

【豆叶黄】怕心声成谶,数运相关,一般的掌珠闺秀,怎禁得许多愁攒?向雁堂同听茶板,消却心烦。(杂旦)阁外的松涛飞卷,和着那半声钟响,(旦向杂旦)且和你写上云蓝,剪烛重看。

(贴)到了。请向里边录了出来,待我来续貂如何?(旦笑介)正要请教,这等一发好了。(同下)

痴 诔

(生袖诔上)

【正宫·端正好】蕣英凋,芳华飐,看甚的橘绿橙黄。惊秋潘令多凄怆,脉脉悲泉坏。

(集樊榭山房悼月上句)怅怅无言卧小窗,漫歌桃叶不成腔。当时见惯惊鸿影,才隔黄泉便渺茫。早间小丫头说,晴雯去做芙蓉神了。品物类才,斯言可据。因此作下《芙蓉诔》一篇,好向花前泣奠一番。

【滚绣球】影消了扫黛屏,声残了响屧廊!尘漠漠绮寮珠网,冷惺惺鸳帷蛤帐。(顿足介)多则为猛然间谣啄来,一霎时娥眉丧!不许她小清娱追随书幌,可怜她病珊珊竟卧黄肠。虽求蓬阆山中药,虚盼蘅芜梦里香,万种悲凉!

想她五载相依,千般柔顺,好不令人感悼也。

【前腔】裁半臂护春寒,烧片脑伴秋釭,俏云鬟风花跌荡,小比肩圆冰偷漾。蹙眉心,翠黛啧,托香腮,红潮涨。艳盈盈彩笺分掌,碧澄澄露茗同尝。只指望诗人老去莺莺在,一似他公子归来燕燕忙,怎变了如许收场?

那日到她家中,看她真个是火烙肝肠了。(哭介)

【叨叨令】那里有绣榻牙床,只卧着一个腌腌臜臜的炕;几曾得玉液琼浆,稍润她焦焦烦烦的嗓。只见那衾儿、枕儿,拥着个蒙蒙眬眬的样;握着那巾儿、帕儿,说不尽那熬熬煎煎的状。兀的不痛杀人也么哥,兀的不惨杀人也么哥,待的俺出了门儿,她还是凄凄惶惶的望。

且把诔文念过,好化在芙蓉树下。(念介)维太平不易之元,蓉桂竞芳之月,无可奈何之日,怡红浊玉,谨以芳泉露茗,花蕊冰绡,致祭于白帝宫中,抚司秋艳芙蓉女儿之灵曰:窃思女儿自临人世,凡十有六载,玉得相与共处者,仅五年八月有奇。其为貌则花月不足喻其色,其为体则冰雪不足喻其洁,姊妹悉慕娴媖,姬媪咸钦慧德。岂料高标见嫉,贞烈遭危,偶逢蛊蛋之谗,遂抱膏肓之疾。花原自怯,岂奈狂飙?柳本多愁,何禁骤雨?白薏辛酸,谁怜夭折?洲迷聚窟,何来却死之香?海失灵槎,不获回生之药。眉黛烟青,昨犹我画;指环玉冷,今倩谁温?芳名未泯,檐前鹦鹉仍呼;艳质将亡,槛外海棠预萎。休道红绡帐里,公子情深。恰怜黄土垄中,女儿命薄。乃知绛阙垂旌,花宫待诏,生侪兰蕙,死辖芙蓉。始信权衡,不虚秉赋,一杯遥奠,哀哉上飨。(焚诔介)

【四煞】把忧愁诉与卿,凭着这鲛绡诔一章。茫茫长夜何时朗?空留得撕残的湘扇抛尘架,织补的金裘贮彩箱,教俺触目增悲怆。真个是水流花落,物在人亡!

(焚香介)

【三煞】篆氤氲透鸭炉,那里是震灵丸却死香。最怜劫火光中葬,好一似胥涛送玉无青冢,蜀道招魂剩绣囊。只愿你从今忏尽红尘障,骖鸾瑶阙,跨凤神乡。

(洒泪奠酒介)

【二煞】揾不住泪珠儿,滴在那云母浆。咳!这浆儿和泪都要卿分享。看了这半衾薄袄留情重,两管纤葱寄恨长。并非俺贪恋此生,不与卿同尽,想你也知道的。别有个,誓三生难欺诳,负了你双株连理,一冢鸳鸯。

呀!猛地凉风乱卷,可是你灵儿降了。

【一煞】猛然间卷凉飕似芳魂过这厢,冥途中听不出点屐弓弓响。要问你帷中人影归何处,指上环痕在哪方?再生缘,心期望,盼断了一双泪眼,转尽了千片愁肠。

你看新月东生,秋声满耳,无非助人悲悼也。

【隔尾】遍苔径陨残梧,满莎砌咽寒螀,看帘风竹影多惆怅,好做个不寐的鳏鱼永夜想。

（生吊场。旦上）且请留步。（生回身介）呀！原来是妹妹。（旦）好新奇祭文，可与《曹娥碑》并传了。（生）正要呈稿削正。（旦）长篇大论，一时不能细悉，只是红绡黄土一联，未免俗滥。我们现用霞影纱，何不说茜纱窗下呢？（生笑介）甚好，但是唐突闺阁了。不如改作茜纱窗下，小姐多情罢。（旦）不好，这像诔紫鹃了。（生）又有极妥的了，不如说茜纱窗下，我本无缘，黄土垄中，卿何薄命罢。（旦惊疑介）不必乱改了，明儿再说罢。（生）风露清寒，妹妹也早些回去。（生下。旦踌躇介）怎生说茜纱窗下，他本无缘呢？

【南吕·红衲袄】早难道小温峤瞒过了玉镜台，诈无情把微言给？料不是三生木石心盟改，料不是金锁浮谣恋宝钗。瘦词儿真费猜，哑谜儿好费解。怕的是出口无心，倒做了谶语成真也，好教人意悬悬难放怀。

看他如许悱恻缠绵，煞是多情种子，也不负晴雯了。

【尾声】团云散雪浑无奈，休只为不耐秋的红衣泪满腮。就是我黛玉呵，也不知闷守纱窗能几载！

颦　　诞

（杂旦扮史湘云、薛宝琴、迎春、探春、惜春，老旦扮李纨，贴旦扮王熙凤，生扮宝玉上。合）

【小石调·相思引】玳瑁筵前宝炬焚，兰堂百和正氤氲，姿媛彩伴，仿佛列仙群。

［集唐］（湘云）金谷如相并（李德祐），（宝琴）瑶池似不遥（张乔）；（李纨）兰迎天女佩（崔湜），（熙凤）柳断舞儿腰（李贺）。（迎春）银榼携桑落（白居易），（宝玉）珠钗挂步摇（张仲素）；（探春）彩云飘玉砌（赵存约），（惜春）鸾凤来吹箫（杜甫）。（老旦）今日林妹妹生辰，奉老太太之命，排宴园中，着梨香院女孩子，演戏称觞。林妹妹已到荣禧堂，见太太们去了。（向杂旦介）我们就在此间候她下来坐席罢。（众）正是。（贴）宝兄弟，你看林妹妹带得紫鹃珊珊来也。（生笑介。杂旦）

【北仙吕·寄生草】你看她玉树亭亭立，香莲冉冉熏，恰似藐姑山飞下了神人俊，洛川妃徐步的凌波稳，玉卮娘出落的新妆靓。则这飐潇湘六幅画裙拖，只少簇瑶𨰉几朵云霞衬。

（旦带紫鹃、雪雁上）竹楼花谢参差过，珠箔银屏迤逦开。（众）妹妹来了，就此拜祝罢。（旦）姊妹多礼，实不敢当。（对拜介，贴）小的在此伺候姑娘大驾很久了，请姑娘上坐罢。（杂旦）二嫂子，这是我向常听说你对二哥哥说的，仔吗今儿又向林姐姐说这个呢？（贴笑介）你别跟着我数贫嘴，专挑人家的短。（生向旦介）早到潇湘，妹妹已经出来了，未及专诚叩祝。（旦）岂敢有劳。（贴）你两个哪里像天天在一块儿的，有这些套话，可是人说的相敬如宾了。（旦羞介。老旦向旦介）妹妹我把盏了。（旦谢，各归坐介）

【么篇】多谢恁檀儿围来密，芳樽劝的勤，趁着这好花朝敢延得群芳命。只这大观园也抵得琳宫胜，多怕俺小苗条当不得瑶田笋。（众合）但祝恁保平安九畹茝兰身，便是佩长生六甲灵妃印。

（紫鹃引女乐上禀介）请姑娘们点戏。（贴）点什么？你们替林姑娘上个寿就把新演的做上来是了。（应下介）

（女乐扮钟离、铁拐上）（元贾仲名词）（钟离）玉殿金阶列众仙，蟠桃高捧献华筵。（铁拐）仙酒仙花映仙果，长生不老亿千年。今日本府中姑娘寿诞，我等理应敬祝千秋。

【仙吕·奉时春】远望蓬瀛瑞霭飘，衔紫诰一双青鸟。白玉围池，琼花成岛。（献桃酒介）九重春色醉仙桃。（下）

（老旦）要是咱们林妹妹，才配得过这两仙上寿。（贴）我也想做仙人好。（杂旦）二嫂子，你莫不是要仙人点石成金的那个指头儿吗？（贴啐）我倒要有仙人的心呢？（旦）这又奇了，凤姐姐要来怎么？（贴咳）我若有了，就知道人家干的事，你琏二哥再要娶什么尤几姐，那可就瞒我不过了。（众笑介）

（女乐扮二仙姬用翠节引嫦娥上）

【宴蟠桃】不昧灵光，顿超尘劫，重归月殿逍遥。

我乃月姊是也。上清小谪，坠入软红，几乎给人为配。幸蒙普陀大士指引，重返广寒，忆着前踪，好不自危也。

【河传】尘缘可笑，只认风情好。一任他情丝密绕，哪知道闪电年华，春草秋花易老。咳！险些儿把广寒宫忘却了。（细乐引下）

（杂旦）这就是新出《蕊珠记》里的冥升了。（紫鹃向各席斟酒介。旦）

【南中吕集曲·驻马枪】[驻马听]只见他绛节归真，依旧是七宝光中人导引。想那芳华朝菌,料着他步虚声里也暗消魂。再不学兰香容易降凡尘,畅好老霜娥碧海青天稳。[急三枪]彩霞分,霄路准,踏云头,重把那琼楼认。

（贴）也亏了这女孩子,我前儿在忠顺王府里瞧见扮这个的小旦,叫做蒋玉函,人品儿生得同蓉儿一样怪好的,要不是宝兄弟闹过那一次,我就叫他到咱们家来使用了。（杂旦）你要他干什么？（贴）你不知道,我身边平儿这些人,哼哼唧唧,一句话也说不上来,检截换上小子们也好。（杂旦）那再没有奶奶随身跟小子的。（贴笑介）原是我空有这个心罢了。

（女乐扮达摩带徒弟捧钵上）

【小蓬莱】踹着这一茎黄芦归去也,满眼的乱卷惊涛。浊流不息,法航可渡,徒弟,大凡人世机关,也多是如此险恶,但他不肯自渡耳。倘能契证呵！觉岸非遥。谁是咱家和你,栖虑元门,万念都消。你看香城雾廓,莲花座上,笑语相招。（下）

（杂旦）这也是新谱。（雪雁向各席斟酒介。生）

【前腔】只见他了悟前因,霎时里证了莲花台九品。这是禅宗心印,早渡了万重欲海与迷津。趁着这天风海水莽奔浑,那里有痴云腻雨胡厮混。笑红尘真海蜃,老头陀值不的回眸哂。

（贴）单是你们看戏罢了,有许多议论？（旦起立介）就向老太太那里谢酒去罢。（众）

【尾声】幔亭仙乐留余韵,（杂旦）这欢场暂慰了多愁多病,（旦）只恐人散歌终依然翠黛颦。

寄　　情

（场上先设书案,列文房四宝介。旦上）

[酒泉子]习习凉风(萧颖士),旧恨年年秋不管(冯延巳)。倚阑干(李景),凭绣槛(阎选),思无穷(薛昭蕴)。残灯半点小星红(梅尧臣)。复视缄中字(韦应物),万般心(冯延巳),千点泪(顾敻),一时封(冯延巳)。我薛宝钗。自幼严亲见背,嬬母相依。胞兄薛蟠,任性凶顽,前日酒后,和人争竞,酿成命案,收入狱中。正是飞祸惨遭,呼天莫救。兼之夏氏嫂嫂,妒忌香菱,日有狮声猊语；衰迈萱亲,含愁病榻。想我生辰

不偶,一至于此乎?

【商调·高阳台】憔悴慈乌,伶仃小凤,那堪家事中变!一个同怀,争禁缧绁遭谴。堂萱不是忘忧草,况河东狮吼难劝?便算我旷襟怀,几能把一寸眉痕,担领他千般忧怨。

早间写下云笺,要寄颦卿妹子,未曾将去。趁此遥夜,不免再赋古诗四首,一并寄我胸怀则个。

【解连环】闷怀难遣,有浣花笺六幅,霜毫拂砚。好寄与湘馆知音,是一样香心,蕙兰同畹。还只恐韵窄情长,匆匆的缄愁犹浅。喜伊人咫尺,不怕那黄耳信乖,鱼杳鸿远。频将蜡花轻剪,休认是词坛击钵,刻烛忘倦。想寄去修竹窗中,料几度沉吟,几许凄恋。永夜寒闺,猛惺忪春纤难展,又添他茜纱窗下泪珠几串。

想当日在大观园,与群姊妹劈笺分韵,何等欢洽,转瞬之顷,已成陈迹矣!

【黄莺儿】回想那秋社好诗篇,咏黄花,列翠筵。一班儿星娥月姊神仙眷,花鬟态妍,罗袂笑嫣,抵多少银璜湘磬瑶池宴。怎留连?芳时闪电,残梦落花边。

想俺颜不花红,竟命如纸薄了么?

【山坡羊】纵不能逍遥阆苑,也应须安居庭院,怎生价灾生祸生,镇日里坐愁城,把泪洗芙蓉面?幽恨田,凭将尺素传。那日蚪二哥回来说,原供虽然番过,听说他那里还要上控,这可就了不得了。倘若是黄门北寺干刑典,岂不把白发高堂,魂飞骨颤?忧煎,悲烦怎自蠲?谁怜,伤心欲问天。

曾记往日颦卿妹子,羡我有母有兄,相依为命,岂知又变了如许情景,想他潇湘孤零,更多凄感了。

【高山流水】他是个蕊宫谪下小飞仙,软红中,一缕情牵。生长绮罗丛,拈花咏絮芳年。霎时的雨恶风颠。须承领,孤露凄凉的况味,没靠的婵娟。虽则是傍渭阳亲戚,也一样垂怜。到底是雏凤无依借枝宿,又哪得事事求全?况兼他蕙质与兰心,触处幽恨萦连。诉衷肠,每托冰弦。镇日的,惨绿啼红锁黛,雨泪嫣绵。咳!妹子呵!休羡我有家门也,到而今较似你更愁缠。

(贴扮香菱上)原来姑娘还在此写诗么?(旦)我悲怨填胸,做了四首,明早一并寄与林姑娘去。(贴)姑娘,我想人生,都是乐少愁多,就是我香菱这轻尘弱草呵。

【水红花】小年间抛撇了椿萱,趁狂风絮飘萍转。且喜得近兰帏,玉女许随肩;又何曾,秋风团扇,只指望抱衾裯,安心命蹇。哪知斗起祸无边,猛地月亏圆

（旦）你看古今来典籍之中，娇娃弱女，大半含愁抱恨，岂独林姑娘和你我三人呢。令人想起，可不伤感也。

【雪狮子】花成梦，玉如烟，一般的恨种情田。灵光慧性相迤逗，尘寰现。担承了个愁千片。真无那，且留连，奈何人也天，奈何人也天。岂独我三人，岂独三人时乖命薄，遇着百般熬炼。

（贴）夜色已深，请姑娘安卧罢。（旦）

【尾声】封书叠做同功茧，（贴）想林姑娘见了呵。也定有十斛鲛珠落彩笺。（旦）待他时细辨那泪痕儿谁深谁较浅？

走　　魔

（小旦道装上）

【羽调·忆余杭】宝络华鬟，清净庄严灵鹫院，配的我云裙月袂影蹁跹，稽首向青莲。竹炉茶板闲消遣，有甚绿窗红怨，只待的雨花乱点悟三诠，珠海驾沧烟。

[集句]案上香烟铺贝叶，佛前灯焰透莲花(刘禹锡)。名题小篆矜垂露，诗作吴吟对绮霞(徐铉)。我妙玉是也。髫年慕道，绮岁栖禅。凤台弄玉，不吹缑岭之笙；鹤馆飞琼，待击湘阴之磬。冰心寂寂，自称槛外畸人；花骨珊珊，人道云中彩伴。忆到蟠香古寺，不无乡思萦纡。移来栊翠新庵。且喜善缘相契。今早惜姑娘使人相请，就此前去。（作行介。杂旦扮惜春带彩屏上）且停花下丹青笔，好整松间黑白枰。呀！妙公来了。（见介，小旦）不知惜姑娘何事相招？（杂旦笑介）午窗无事，邀你手谈一回。（小旦）使得。（彩屏布棋盘下。杂旦与小旦对坐弈棋介。杂旦）

【马儿三嘱歌】[马鞍儿]疏帘风细茶香软，苔阶静，鸟不喧，好向侧楸方罫把心兵战。休笑道木野狐何须深究，可知蓬阆仙真总贪恋。要参他新罗机变，雁行马目休迷眩。（小旦）这弈道呵！[三嘱咐]通神守默，也似金丹冶炼。[排歌]戏事里，道可见，输赢我亦但随缘。

（生上）好几日不见惜妹妹了，且和她闲话去。（杂旦作下子声介。小旦）你在这里下了一个子儿，那边不去应么？（生）原来在那里下棋，这声音也熟得很。

（作听介。杂旦）缓着一着，总连得上的。（小旦）我要这么一吃呢？（杂旦对局算计，生窥探介）呀！原来是槛外人在此，不可惊动。（作躲在小旦背后介。杂旦）嘎！还有一着反扑在里头，我倒没有防备。（各下子介。小旦）争胜局，终难免，这风景呵，只少个烂柯的王质在旁边。

（生笑出外介）我在此也等的久了。（两旦惊起介。杂旦）你进来怎不言语，使这促狭来唬我们？（生与小旦见礼介）妙公轻易不出禅关，何缘下凡一走？（小旦红晕介。两旦仍向局各坐介。生）倒底出家人比不得我们在家的俗人，第一件是静则灵，灵则慧。（小旦抬眼看生又低介）你从何处来？（生呆介。小旦冷笑。杂旦）二哥哥，你何不说来处吗？也值的把脸都涨红了，似见了生人似的。（小旦低首半晌介）我来的久，告辞回庵了。（与杂旦作别下，笑介）久已不来，回去的路头，都要迷住了。（生）这到得我来指引。（小旦）不敢，二爷请。（内合琴声生作听介）呀！是什么响？

【四季花】也不是曲涧水潺湲，又不是风敲的琅玕动，想必是林妹妹湘馆奏桐弦。（小旦）原来她也会这个的（作听介。生）清绵，金徽玉轸把雅韵宣，心上情思指下传。（小旦）是第二叠了，何忧思之深也！她茜窗中独黯然，一星星似秋宵旅雁，一声声似春宵杜鹃，琼思瑶想向心坎镌，逗的我顾影也生怜。这又是一拍，如何忽作变徵之声，音韵可裂金石矣，只是太过！（生）太过便怎么样？（小旦跺蹰介）她只待孤鸾诉怨，把徵音斗变，可怕的峰青江上人难见。

（内作断弦声。小旦惊介。生）怎么样？（小旦）日后自知，我回庵里去了。（生）恕不再送。（小旦）岂敢。（生下。小旦作行介。净扮道婆上作望介）远远的似庵主回来了。（小旦）在四姑娘处多坐一回，不觉向晚了。你且掩上门儿，佛前点起香灯，待我课诵。（净作掩门点灯讫，下。上香介）

【金凤钗集】［金凤钗］开金鼎，爇檀烟，（礼佛介）瞻仰这慈悲黄面。［胜如花］袅婷婷低折腰肢，（翻经介）玉纤纤轻翻宝卷。［醉扶归］要修持的法性圆明显，摩尼珠向蜂台现。（内作钟声介）［梧叶儿］幡影飐风前，催的霜钟响，透云边。（旦作坐禅，内缓击钟鼓介）［水红花］我且安禅，床敷孤展。呀！为甚么霎地的柔丝一缕，婉转绕心田？［浣溪沙］莫不是方才机锋挑逗多留恋，累的神思向物外牵？咳！潇湘弦断，大非吉兆，我微露片言，宝玉好生着急，煞是多情种子。［望吾乡］倘若是人琴散，真乖舛，［大胜乐］朱颜黄土他难免，可撇的公子生生失比肩。唪，我出家人趋向真如，怎生顾起他们这些事来？［天下乐］这便是色即成空处,我观相要全蠲。(重又坐下。内作响介)是甚么响?敢是有贼了。[解三酲]猛教我魂惊颤!(起立介)好一庭明月也!(作凭栏介)[八声甘州]看彩华淡荡,丽月团圆。[排歌]银河畔,女牛仙,盈盈相盼鹊桥填。(内作雁声介)[桂枝香]寒笳惊起双栖雁,嘹唳寻呼去复旋。这月色呵![一封书]照的他碧沼鸳鸯交颈浅,照的他绿树频迦并翼眠。(内作猫叫介)[皂罗袍]听狸奴相唤,可也缠绵缔联,笑物犹如此,把风情爱怜。[黄莺儿]早难道瑶姬定许檀郎见,就多少好因缘?[月儿高]似携带交裙墨会灵箫眷。[掉角儿序]小云翘咒桃缱绻,瘦兰香随钟谐婉。一般儿配叶寻花,耐不住凄寥琼院。不比我影单单、身悄悄、意孜孜、情脉脉、含愁凝怨。[三叠排歌]猛忆着怡红语,好留连。(低介)只觉的春生腮斗纵心猿,[东瓯令](呆坐介)懒向豆房眠。

(小生、外扮王孙公子,丑、净扮媒婆上。外)妙姑!我特来娶你回去。(小生)还是我与他有缘?(丑、净诨介)请新人快些上轿罢。(小旦)

【二集排歌】[排歌]我麻姑不嫁,休多缴缠。[下山虎]你莫把巧舌来相谝!(众作扯拽介)累我羞颜腼腆,怎要想硬管鸾绦,欺人懦愞?(众下。杂扮盗贼上)妙姑看刀!快从顺了咱们罢!(旦)呀!(急走,众追介。旦)唬的骨战心惊步不前,(哭介)[园林杵歌]哀哀的悲吁天。(倒地介。贼众下。净扮道婆、贴旦扮小尼急上)庵主为何啼哭起来,快去看她。呀!怎生是这一个样儿了?(叫唤介。小旦)我是有菩萨保佑的,你们强徒敢要怎样?(净)这是哪里说起?(小旦视净、贴介)你们是甚么好人?肯相送我仍归大观园。(贴)这里就是你住的所在。(小旦向贴介)你是我的妈呀,早些来救你孩儿到佛前。

(贴扶下。净吊场)可笑可笑,闹出一场怪病来了。怎么好?咳!小小年纪,就出了家,像我老人家,尚且耐不得这暮鼓晨钟,凄凉况味,何况是她这般绮才花貌呢?啐,一定相思病了,且看他们这班没用的医生瞎猜去。(下)

禅　订

(生上)

【北小石调·青杏儿】锦幄失名姝,猛见了雀裘线迹好欷歔,斗然间雹散春红去。愁心似水,欢情若梦,终日萦纡。

小生昨日在学中,穿着了晴雯姐姐补的那件雀裘,教我好不自在。今早设下茗香,焚词奠泪,心中十分烦恼。且到林妹妹那边,和她谈讲一回则个。来此已是潇湘馆了。林妹妹在家么?(杂旦扮紫鹃上)宝二爷,姑娘在里头写经呢。(生)不可惊动。(作看对介)绿窗明月在,青史古人空。(笑介)是新写的。(看画介)斗寒图。(仰首作想介。旦上)宝哥哥简慢了。(生)妹妹还是这等客气?(各坐介)且请问妹妹,这斗寒图是什么出处?(旦笑介)岂不闻青女素娥俱耐冷,月中霜里斗婵娟么?

　　【南小石调·流拍】他耐冷淡月路霜衢,趁着这雾卷云驱。丹霄里响佩裾,更显得花为骨,玉作躯。我当个烟萝子挂堂隅,算有个素心人为伴侣。

　　(生)妹妹这两天可曾弹琴?(旦)写经尚觉手冷,没有弹得。(生)不弹也罢了。琴虽清高之品,妹妹身体单弱,只恐倒弹出忧思怨乱来。(旦微笑介。生)

　　【一机锦】休笑我,言太迂,真个是枯桐助感吁,不比紫玉红牙可自娱。理冰弦。法最拘。托幽音,心怎舒?空落得雁冷潇湘,玉指生寒也,寄闲情似不须。

　　妹妹,这几天做下多少诗了?(旦)社散之后,总未做了。(生)你别瞒我。前日听见琴中什么素心天上月,声音分外响亮,怎说没有?(旦笑介)你倒听得真。(生)后来变了仄韵。是怎生的?(旦)这是人心自然之音,做到哪里,就是哪里的。我那日呵!

　　【玉剉子】蘅芜君半幅鱼书,诉不尽怨词愁语,道恶滋味与我无殊。累的我终夜好踟蹰,要的他钟期善听,向秋窗谱出伤心律吕。

　　(生)说起宝姐姐来,我方才看见姨妈,很不像先时亲热。问起宝姐姐,她并不答言,难道怪我不去瞧她么?想来宝姐姐是最体谅我的。(旦)若论宝姐姐,她更不体谅。她向在园中赏花做诗,何等热闹,如今她病了,你像没事人一般,怎生不恼?(生)难道她就不和我好了?(生闷介。旦)姨妈遭了官事,心绪不宁,你如何疑到宝姐姐身上去?可是你自己胡思乱想,钻入魔道去了。(生笑介)

　　【青玉案】愧痴人多臆度,胡猜虑。无端的添下了妄想也么哥,羡煞你居士青娥。笑挥谈尘,灵灯慧剑,开我迷云,怪不的禅通智惠珠。

　　妹妹,你的性灵,比我胜远了。怨不得你前年说的禅语,我对不上来。我虽丈六金身,还藉你一茎所化。(旦)嘎!即此便有参证的。

　　【柳稍青】难道金粟光中,语言无着处?只待的透灵机朗月高悬,孤云无住。这才得利根内具,身不是黄花翠竹,也罢,且将猊座狮弦,问你识浪心波,可又惹着妖云悖雨。

我便问你一句话儿。(生趺坐合掌笑介)讲来。(旦)宝姐姐和你好,你怎么样?宝姐姐不和你好,你怎么样?她今儿和你好,后来不和你好;前儿和你好,今儿不好你好,总怎么样?你和她好,她不和你好;你不和她好,她偏要和你好,又怎么样?(生笑介)

【伊州遍】任凭他弱水三千,我只取一瓢自饮,葛藤永断无寸缕。(旦)瓢之漂水奈何?(生)那是瓢漂水,好比风幡不动水自流,瓢自漂去。(旦)水止珠沉奈何?(生)我禅心已作粘泥粉絮,无念无营,不管他鹂啼向春风处,这便是法门不二有真趣。(旦)禅门第一戒,是不打诳语的。(生)有如三宝,怎好把轻薄莲花,舌尖诳汝。

(杂旦上)今儿宝二爷讲的好高兴。(生)同妹妹谈了一回禅机,令我顿开茅塞。(杂旦)别教姑娘只是讲的劳神。(旦)并不劳神,我也最喜谈这个的。

【惜分飞】我湘馆秋寒闲倚伫,愁到眉峰碧聚。只好绣阁檀烟炷,芬陀檐卜消情绪。也抵做绣佛山楼清净女,耿耿心灯慧炬。听空里频迦语,则怕善缘可也应相许。

(生)妹妹,我明日再来看你。(旦)也罢,你也该回去安息了。(作别介。旦同杂旦先下。生)

【尾声】借机锋订下迦陵侣,愿向那欢喜园中稳共居,莫柱了花雨弥天一番印证语。

焚　稿

(杂旦上)

【南吕集曲·青琐恨痴郎】[琐窗寒]负心人愧比温峤,可怜他恨胜长门困阿娇。支离病榻,耐这愁宵。咳!姑娘往常病着,从老太太起到各位姑娘,无不殷勤探问,今日并无一人到此。[恨萧郎]药烟低袅帘栊悄,孤单单我相伴也我更凄寥。[痴冤家]只怕她轻轻怯怯易香消。殢珠襦有谁依靠?想我那一年,向宝玉说了一句谎话,他就急得病了,今日竟公然做出这件事来。[贺新郎]覆雨翻云无定准,似这般薄幸的儿郎少,撇不下心头恼。

（场上设帷帐。贴扮雪雁扶旦病容上。杂旦）姑娘，此刻气色觉得好些，请静养数天，可望大好了。（旦）我怎能够就死呢？

【红雨湿香罗】[红衫儿]好情缘断送的我残生巧，真成就如此收梢。也休怪爱海多颠簸，只痛的椿萱谢早。[香罗带]拜膝下，喜非遥，则盼的金鸡剪，梦魂便销。说什么到劫难超，也难道是恋着潇湘泪愿抛。

（杂旦）姑娘，事情到了这个分儿，丫头不得不说了。姑娘的心事，我们也都知道的。至于意外之事，是再没有的。宝玉这等大病，怎么做得亲呢？劝姑娘别听浮言，自己安心保重才好。（旦微笑介）

【孤雁啼秋月】[孤飞雁]我向似魄蛾自吐丝缠绕，累的个乱愁盈抱，到如今寸心儿月静云空了。[秋夜月]还相劝身躯保重好，何物是身躯要保重好。

雪雁取我的诗本。（作喘嗽介。贴取诗本与旦。旦将手帕示贴介）有字的。（贴取字帕与旦，旦作撕介。杂旦）姑娘且安歇一回，又何苦劳动？（旦）

【有才都有恨】[风检才]且毁了泪句冰绡，怕留下恨种情苗。（作咳嗽晕倒，杂旦扶介）姑娘休要自己生气。（旦）[中都悄]猛然的神昏耗，心目摇摇，几待殒倒。将火盆移近些。（贴移近。旦抛诗帕入火。贴抢介）完了！都烧坏了！（取下。旦）[恨萧郎]凭他慧火焚愁稿，何须又惜爨下桐焦，高山流水知音杳。

紫鹃妹妹。（杂旦应介）你是我最知心的，虽是老太太派来伏侍这几年，我当你亲姊妹一般看待的。（杂旦掩泪介）

【商调集曲·八仙奏乐】[水红花]多承你伴愁人月夕与花朝，絮叨叨不许人烦恼。数年来一般的耐尽了煎熬，[渔父]知心着意的青衣少。[啭林莺]只指望袅烟常侍云翘，随肩并影同悲笑，又谁知一瞬先凋？[山坡羊]闪的你有谁共调，闪的你似失群孤鸟。只怕到寒食清明，梦儿中尚把我姑娘叫。（杂旦哭倒介）你休要如此，我还有话嘱咐你。（杂旦哽咽应介）我死之后，叫他们念亲戚分上，把我这口棺木，是要送到我爹妈坟上去的。[寄生子]非我死尚痴，迷恋着云母光中冰肌玉貌。可知咱双亲久抛，寒燐弱骨总须相靠。[高阳台]倘若是泉途聚首，依然也倒得个女孩家莱斑行孝。（作晕倒。杂旦扶唤介）姑娘且自静养一回。[二郎神]拼一弄晓风吹去，元神散荡惊飘。冷汗透心窝，心乱搅。扶我进去罢。（杂旦扶介。旦）[集贤宾]咳！事到今朝，只待的断魂缥缈。

（同下。老旦扮李纨上）

【南吕集曲·痴新郎】[痴冤家]猛地里听的噩耗，教我掩泪来到。这都是凤姐儿,[贺新郎]妄谈金玉天缘妙,累的她心盟木石轻抛掉。姻缘薄,生圈套。

我李宫裁,听说林妹妹不好了,因此急急赶来。咳!姐妹之中,她的容貌才情,唯有青女素娥,可以仿佛一二。小小年纪,就做了北邙怨女,真是可怜!来此已是潇湘馆门首,怎么寂无声息?(场内旦直声唤:宝玉你好!宝玉你好!老旦顿足痛哭介。内奏细乐。老旦)呀!哪里来的一片音乐之声?且向房中看她去。(下。贴哭上)姑娘啊,你真是:

【商调集曲·秋夜哭春花】[秋夜雨]琉璃小命不坚牢,一缕的香魂消散了。负心人锦帐风和,埋恨女灵帷月冷,似这般酸苦凭谁告?我好恨这狠心短命的,[哭梧桐]一向装乔,可怜我姑娘,认了他是把密意真情来表。只落得今日里,他别枝栖稳同心鸟,你长眠孤馆少人吊。(老旦上)看来今夜是不能入殓的了。(杂旦)大奶奶,你是有情有义,还来送我姑娘,也不枉相好一场。似他们这般相待呵![满园春]说甚么掌中珠金屋藏娇?太太是姑嫂争如姊妹好,老太太是亲生女早亡了,信他们谗口花言巧。炎凉态,我知道。(净扮林之孝家的上)奉二奶奶吩咐,叫紫鹃姑娘去扶新人,来此已是。姑娘,二奶奶唤你去呢。(杂旦作恼介)奶奶请罢,姑娘已是死了,我们自然就要出去的。(净冷笑介)姑娘,这些闲话,是告诉得二奶奶的吗?(老旦)为甚么叫她?(净附耳老旦点头介)呀!既如此,叫雪雁去罢,一样的。(净)大奶奶说了就是。(下,杂旦)[水红花]任你去高堂相报,我青衣女到不肯强承欢笑,只愿的永守着旧窗绡。咳!姑娘呵,想你深愁积恨怎生消也啰?(老旦掩泪介)好孩子,你把我的心都哭乱了。且止悲痛,好商量正事。

【啼煞】[莺啼序]这是瑶花易谢数难逃,总不许红颜寿考。方才听得隐隐一阵音乐之声,想必是接你姑娘去成仙的,你也休得太伤感了。料的他趁罡风梦云遥,(杂旦)如此尚可[尚绕梁煞]稍宽我一分烦恼。姑娘呀!你便贝阙逍遥,休要把我抛。

冥 升

(杂四人扮云童推云上舞,杂旦八人扮仙姬持蜺旌羽节上)

【商调·折梧桐】雾卷云驱,宝络排空过。碎佩丛铃,璈管锵风和。缓步抬裙,兀是烟鬟亸。萼绿兰香,来迎倩女离青琐。

我等乃绛珠宫女史是也。今日绛珠娘娘,解脱情尘,超升幻境,因此排下彩仗,接上丹霄。(向杂旦介)彩伴奏乐。(内合十番。杂旦向内介)请娘娘不昧灵光,早返太虚者。(云童暗下。旦霓裳舞衣上)

【水红花】猛然间似春蚕顿脱了茧窝,才信的老维摩,道我原非我。休比那病瑶芳先醒梦南柯,权抵做小姮娥把软红抛躲。说甚是兰因絮果?昙花身世也易消磨。乌兔急如梭也啰。

(杂旦)一转罡风过小劫,(杂旦)二分明月证前身。(合)启娘娘,想当日青埂留缘,红楼入梦,不识娘娘此时可还记忆否?(旦)

【越调·小桃红】我是闪灵光打个小磨陀,下珠宫眉常锁也,虽则订三生宿爱,应酬他灵妃几向迷津堕。累的我对绛罗,愁堪斛,提彩笔,泪成河。一种种伤心过也,依旧的木石缘讹。镜里恩情何苦,独怜那潇湘月夜呵,紫鹃啼红雨声多。

(杂旦)娘娘今日已超爱海,重返灵河,影事前尘,不须系念了。(云童暗上)起驾。(行介。内合十番。旦)

【下山虎】则见蜺旌交引,瑶盖低摩,看梯霞云车坐。耀银津红墙列垛,耸碧落紫阙巍峨,好教我猛地里怅惘延俄。(杂旦指介)那一答便是太虚幻境了。若不是女史回身指郁罗,认绛宫还相左。咳!才悟得驹隙韶华一刹那,说甚心盟妥。逗动了情魔病魔,只落得恨缕镌心尚未磨。

呀!我问你,我的爹妈,可同在绛珠宫么?(杂旦)老大人受职天曹,不在幻境。(旦泪介)

【五韵美】生和死孤凄我,盼不到老双亲高堂坐。原来是埔城女,也愁城难破。便证仙班休贺,愧蓬莱拜母鸣珂。只道从此就可终依膝下,哪里知道,返璇台,仍间隔,再蹉跎。怎如他拔宅飞升,一家儿团栾相合。

(杂旦)娘娘已返珠宫,相见有日,且休悲感。吉时已届,云童们趱行者。(众应行介)

【黑蟆令】响笙箫鸾歌凤歌,列着众花鬟星娥月娥。不由人微步瑶波,一任我御天风凉透衣罗。看塞路的云过雾过,把小游仙新词细哦。(杂旦)启娘娘,已到宫门了。(旦)依然蕊榜荃莪,好重认琼文斗蝌。(杂旦合)

【尾声】看潇湘翠竹影婆娑,配的火宅迎归莲一朵,(旦)不知他病神瑛可就把梦儿勘破?

诉　愁

（生上）

【北黄钟·醉花阴】吊影惭愧深太息，活怕了罗纨丛里，为什么留下我受孤凄？眼睁睁木石缘非，又强认是画眉婿，走酆都尚恐路途迷，转做个未亡人如旅寄。

小生自从失玉以来，被病魔所困，神志昏迷。林妹妹骤归黄土，小生娶了宝钗，真是聚九州之铁，铸成大错，可恨啊可恨！我前日在病中，已到冥关，那人说黛玉并不在此。咳！林妹妹是一定瑶宫去了。我这浊物，可有慧根，好去寻她？孤零一身，遇着花辰月夕，无非助人悲悼，绝似李后主所说，此中只以眼泪洗面的日子，怎生过得？一腔心事，只可诉与紫鹃，怎奈我几次低声下气的问她，她从没有一句话儿回我。今晚他们都到老太太跟前去了，且待紫鹃到来，和她诉说一番，稍舒愁闷者。（杂旦扮紫鹃上）

【南南吕·金莲子】泪偷啼，翠竹依然彩凤飞，好教我双影无依，怕见他蛮笺鸳帐人欢喜。

（生）呀！紫鹃姐姐请坐了。我求你今日把姑娘临去的一番语言情景，告诉我知道。（杂旦）二爷，倒还念着我们姑娘么？人已死了，提她则甚！（小生）咳！紫鹃姐姐！你在此终日眼见的，还不晓得我这苦情么？

【北南吕·菩萨梁州】那里是玉镜夫妻，这的是赤绳误系。欺人病迷，结下衿褵。我几曾春风并翼乐双栖，我几曾比肩影到菱花里？只落得临风对月长吁气！千秋恨，我和你，怎么蕙性兰心尚未知，更添我湿哭干啼。

（杂旦）二爷！到底要问我姑娘什么？（生）紫鹃姐姐，他们作弄的，好端端把一个林妹妹断送了。就是她死，也该叫我见个面儿，说个明白也罢。前日三姑娘说的，林妹妹临死，好不怨我。（杂旦冷笑介）这也有之，那宵呵！

【梁州序】她身凭燕几，灯残芳苡，恹恹喘息轻微。有谁探问？可怜寂寞寒扉，眼前只有我知心小婢。（生泣。杂旦掩泪）咳！异样酸辛，我也难追忆。只见他恨声呼宝玉，渐声低。一缕香魂销散兮，此等事可堪题？

（生作哭晕介。杂旦）二爷醒醒。（生）我这柔肠寸断矣，总是我害的如此了。

【贺新郎】说什么断肠人远事休题,便天上人间怎肯忘伊?我和她七条弦知音有几?我和你两同心苦衷难譬。累的她玉碎珠霏,真是绛纱消瘦影,黄土伴香肌,想浮生似梦真何必。但只是灵河重见日,我兀是把头低。

紫鹃姐姐,我想当日晴雯死了,我还做了篇祭文去祭她,你姑娘曾替我改过。我如今灵机一点都没有了,连祭也不能祭她一祭,你姑娘岂不更怨着我么?(杂旦)

【贺新郎】又何用楮笔虚辞,染斑筠潇湘一祭?总不能把泉下人重新扶起。况是她参透西来最上机,将文字因缘抛弃,焚诗帕可知矣。便蛮笺血渍也均无益,枉教费这心机。

(生)林妹妹恨是该恨我的,只是我如今死又不能,活又伤心,这种景况,紫鹃姐姐,你尚不能体谅我,想妹妹岂能鉴我心迹?可怜我真是无处申诉的了。

【隔尾】凭谁知我愁填臆,只道恋着新姻志渐移。哪知是伴装的笑嬉,背地伤凄,枕畔衾边泪成迹。

(内作钟声介)呀!这钟声是栊翠庵来的,我不到潇湘将有半载,不知风景如何了?(杂旦)真令人不堪回首也!

【南商调·集贤宾】茜窗中恋残红蛛网细,冷月照灵衣。寒螿唧唧闲苔砌,燕巢空吹堕香泥。镜暗尘飞,怎教我抚今忆昔,猛歔欷,转眼的残生有几?

(小生泣介。杂旦)咳!二爷这般念旧,可是我姑娘命薄了。(生)

【北商角调·梧叶儿】那里是紫玉生年短,这多是韩童命格低。咳!甚处着瑶姬?他恨海超香象,我愁山听夜鸡。生扭做比翼锦翎齐,生扭做比翼锦翎齐。怎晓我眠食都废?

紫鹃姐姐,林妹妹仙化之时,室有异香,空中吹下音乐之声,想你也听见的了。(杂旦)是有的。

【南商调·梧桐树】碧落悠悠玉笛飘,隐隐金钟击,风过帘间,一阵灵芬起。多应早在埔城里。缓步云程,可好带我青衣,免似了孤雀无枝,向别个争闲气。早难道成仙作佛是硬心的?

(杂旦)二爷夜深了,请进房去罢。

【浪里来煞】浸心窝酸辛味,只盼丹霄有路现云梯。倘若是兰期尚遥难觅迹,便待空山面壁,才不负三生禅订,免了堕泥犁。

觉　梦

（贴一手执花、一手执镜上）

［如梦令］摘断愁苗痴种，飞上海山骖凤。太息小神瑛，尚在迷津酣纵。情重、情重，笑煞春风一梦。我乃秦氏可卿是也。痴情凤业，绮岁身亡，归入太虚幻境，警幻仙姑命我掌管这些怨女痴男三生因果。兹因潇湘妃子偿完泪债，已返太虚，青埂峰下，那块顽石，尚迷尘劫。着我引他梦魂，再登幻境，悟出前后因缘，好待大士真人，领归正觉，早证菩提。就此前去者。

【北双调·甜水令】素袂飘霞，黄裙拂雾，罡风送冷，天路步玲珑，（用镜向内照介）凭着俺镜底昙光，烛醒他南柯郡内瑶台虚境。怕他不火里莲生？

你看神瑶梦魂将待来也，我先去回复仙姑者。正是：堪叹古今情不尽，可怜风月债难酬。（下。生上）

【沉醉东风】猛逗了潇湘旧影，骤然间泪滴红冰。路苍茫，天昏暝，好教俺意悬悬风枝难定。呀！便是黄泉也问声，可晓得颦卿名姓？

（杂旦扮尤三姐捧剑绕场下。生）这是尤家三姐儿呢。

【风入松】她是个望夫山上小钟情，闭绣苑，守心盟。恨湘莲错把浮言听，累娇娃鸳剑捐生。想来此间真个是冥途了。也罢。盼着个故人见也，好问颦卿行径。

这旷野地方，那里倒有琳宫玉宇，莫不是神仙境界么？（作看匾介）太虚幻境。（看对介）假作真时真作假，无为有处有还无。呀！这所在我曾来过的。（沉吟介）

【折桂令】踏琼梯琳宇重登，依然的桂殿芝亭，晃耀着丹篆题铭。曾记当筵乐奏仙韶，杯泛仙灵，莫不是林妹妹呵，驾笙鹤早归玉京，教泪来特叩云肩？怎不见翠羽明珰，玉佩摇声？

记得这厢房内橱中堆着册子，且喜又得取来一看。（作看册惊异介）是了，果然机关不爽，姊妹们的寿夭穷通，全在此了。必要细细玩熟，这番回去，做一个未卜先知的，也省了多少烦恼，岂不是好？

【驻马听】造化难争，原来玉折兰摧皆分定。尘缘画饼，只须片纸注三生。

这的是黄垆点上谪仙名,璇台判下桃花命,虚牵燕婉情。从今好自澄心省!

(杂旦上)你又发呆了,绛珠宫宣你呢。(生)好了,鸳鸯姐姐。快快带我回去罢。(杂旦)我非鸳鸯,奉妃子之命,特来请你。(生)那妃子究系何人?(杂旦)不必细问,见了自然知道。(生随行介)

【小将军】朱栏扣砌憎憎静,琅玕戛玉东丁。这棵是什么草?(杂旦)这是灵河上绛珠草,已历尘劫,近日初归真境。(生)此中必是花神所居了。姐姐,我问你。灵箫伴高会墉城,可有个掌芙蓉一女卿?(杂旦)这个除是我主人,定然晓得。(生)你主又系何人?(杂旦)就是潇湘妃子了。(生)这妃子是我表妹呀!(杂旦)此乃上界神女,何得与凡人有亲?少混说!待我先去通报,你且在此候宣罢。(场上挂绣帘,旦花冠彩服上坐,宫女两人左右立介。生)好个所在。

【雁儿落】珠帘翡翠屏,这是七宝庄严境。那里是极乐化城中,界道金绳正。[得胜令]但见些云叶髻眉青,雾卷小娉婷。莫不是地下崔罗什,遇着天官鲁女生。珑琤,把仙音细听。偷惊,漫猜他尹与邢,漫猜他尹与邢。

(官女)请侍者参见。(卷帘。生看介)原来林妹妹在这里,教我好想。(官女)这侍者无礼,快快出去。(垂帘介。旦引官女暗下。生)这是哪里说起?

【前腔】迷离事不明,教俺甚处来相证?难道恁独上蔚蓝天,不问人间信。我与宝姐姐这姻缘呵,金锁强和成,哪里是玉杵负云英?为甚么郭密传严敕,不许他麻姑近蔡经。吞声,叹银床断绠;心疼,湿青衫血泪倾,湿青衫血泪倾。

(杂旦扮凤姐、迎春、晴雯、金钏绕场向生回顾下。生)可好了,原来回到自己家里了。

【川拨棹】甫能够到家庭,一霎时迷关儿顿清。(向内望介)呀!怎么这些女子,变了一班鬼怪,同着力士赶上来了。(急走介)唬的俺战战兢兢,战战兢兢,哪须儿尚敢消停,怎脱得这魔境?

(内扮力士鬼怪各四名绕场追生,生急避介。净扮老僧、外扮老道上。净)我乃茫茫大士是也。(外)我乃渺渺真人是也。(净卓锡,力士鬼怪下。净)奉元妃娘娘旨意,特来救你。(生)师父,我方才看见好些亲人,都不理我,忽然又变了鬼怪,到底是梦是真?(外向净笑介)咳!痴儿尚不了悟?(净向生介)世上情缘都是魔障,哪里是真,哪里是假,试说与你听者。

【仙吕·混江龙】开辟鸿蒙,安排下这太虚幻境,好替那痴男怨女了冤情。一霎里意绵绵花娇柳靓,一霎里花惨惨玉碎珠零。今日的黄土垄中埋窈窕,是前宵红绡帐底卧猫婴。你看他沐恩波,雉翟翚衣蕴灵根,筠廊湘馆,一般的丢下了皮囊革袋,枉了他弄聪明,使机巧;秉月貌,擅风情。更叹他嘉耦难谐,更怨耦也难谐,总只是不多时彩画灰瓶。便玉树双荣,也眨眼价虚名儿,落了这一幅银泥紫诰,独羡他把韶华堪破,这才得终身儿受用着佛火青灯。较胜了娇娃远嫁,弱女偷行。闹纷纷,愁扰扰,真个是半宵绮梦,一局樵柯。便做道巧成就、庆团栾谐老夫妻,也不过一弹指证三生。就算有好根基大福分,终须撒手,哪里有亿万年锦片前程?怎及得拜金容,皈鹫岭,把这座绛珠宫化做了兜率的天庭。人散园空,落了片白茫茫,大地真干净。(生合掌介)弟子省了也。(净外合)昔日个绣屏中既惭柳惠,今日里烟霄外休愧孙登。

(旦扮警幻仙姑引贴上)恭喜大士真人,情缘完结了。(净、外)仙姑稽首,且幸顽石点头,好待秋闱过后,度他超升火宅便了。(向贴介)仍劳送他梦魂归去者。(净)神瑛。

【煞尾】你石火光中休久停,(外)须记着善法堂前欢爱永,(旦)可卿你此去人间呵,休得要梦觉重生入梦情。

红楼梦散套序

《石头记》为小说中第一异书,海内争传者已数十载,而旗亭画壁,鲜按红牙。顾其书事迹纷繁,或有夫已氏强合全部作传奇,即非制曲家有识者所为,况其抒词发藻又了不足观欤?荆石山民向以诗文著声,暇乃出其余技作散套示睐。夫曲之一道,使村儒为之,则堕《白兔》《杀狗》等恶道,猥鄙里亵,即斤斤无一字乖调,亦非词人口吻。使文士为之,则宗《香囊》《玉玦》诸剧,但矜饾饤,安腔捡韵,略而勿论,又化为钩輈格磔之声矣。今此制选辞造语,悉从清远道人四梦打勘出来,益复谐音协律,窈眇铿锵,故得案头俊俏,场上当行,兼而有之。凡善读《石头记》者,必善读此曲,固不俟余言为赘也。乙亥竹醉日,听涛居士书。

自题红楼梦散套

愁城爱海,逗痴儿怨女,聪明耽惑。一缕情丝柔似许,绕得缠绵悱恻。绿绮传心,翠绡封泪,偿了灵河债。楼空人散,梦缘留在缃帙。

我亦初醒罗浮,酸辛把卷,未悟空和色。捡取埋香芳冢,恨谱出断肠花拍。

驻彩延华,揉酥滴粉,愧少临川笔。春宵低按杜鹃红,雨应湿。

寄调《百字令》　荆石山民

红楼梦散套题词

元夕冰轮耀素华,葛覃雅乐送鸾车。
满园罗绮金钗辈,便是毫端五色花。(归省)
小庭红雨春残后,描尽琼闺儿女痴。
百种聪明千种恨,埋香冢畔泪连丝。(葬花)
轻风散梦总无痕,幻境均须彩笔论。
此后红牙新按拍,有情人更暗销魂。(警曲)
一卷听秋新乐府,胜他祭酒《秣陵春》。
珊然一个孤凄影,读向寒闺定怆神。(听秋)
注:我乡自梅村祭酒作《秣陵春》后,百余年无制曲家,今仅见此刻。
芙蓉枝下泣鲛绡,老眼看来泪亦抛。
应付君家写韵手,浣花笺上细传抄。(痴诔)
翠拥珠围动佩音,清歌声里玉杯斟。
当场略照《归园镜》,费尽才人一片心。(警诞)
巧样翻新词几阕,烟云在手好文机。
蘅芜愁与潇湘恨,共对瑶缄涕暗挥。(寄情)
漫说弹毫能觉梦,早参泡电悟三生。
只愁慧业挑公子,记曲重增红豆情。(觉梦)

璞山老人题

因幻成痴,因痴成梦,梦觉痴醒,一场爨弄。此非绮语,亦非情禅,谚谟曲典,作如是观。噫!楼头公案分明在,你既无心,我也休参参。

忏摩居士

清嘉庆二十年(1815)蟾波阁刊本。阿英编《红楼梦戏曲集》(中华书局1978年版)收录。